레드브레스트

RØDSTRUPE(THE REDBREAST)

Copyright ⓒ Jo Nesbø 2000
All rights reserved.

Korean translation copyright ⓒ Viche Korea Books 2013
This Korean language edition is published by arrangement with
Jo Nesbø c/o Salomonsson Agency through MOMO Agency, Seoul.

이 책의 한국어판 저작권은 MOMO Agency를 통한
Jo Nesbø c/o Salomonsson Agency와의 독점계약으로 도서출판 비채에 있습니다.
저작권법에 의하여 한국 내에서 보호를 받는 저작물이므로 무단전재와 복제를 금합니다.

레드브레스트

1판 1쇄 발행 2013년 3월 10일 **1판 11쇄 발행** 2023년 4월 27일

지은이 요 네스뵈 **옮긴이** 노진선
펴낸이 고세규
편집 이승희 **디자인** 길하나

발행처 김영사
주소 경기도 파주시 문발로 197(문발동) 우편번호 10881
등록 1979년 5월 17일(제406-2003-036호)
주문 및 문의 전화 031)955-3200 **팩스** 031)955-3111
편집부 전화 02)3668-3292 **팩스** 02)745-4827 **전자우편** literature@gimmyoung.com
비채 블로그 blog.naver.com/viche_books **인스타그램** @drviche **트위터** @vichebook

ISBN 978-89-94343-99-0 03890 책값은 뒤표지에 있습니다.

비채는 김영사의 문학 브랜드입니다.

이 도서의 국립중앙도서관 출판시도서목록(CIP)은 서지정보유통지원시스템 홈페이지
(http://seoji.nl.go.kr)와 국가자료공동목록시스템(http://www.nl.go.kr/kolisnet)에서
이용하실 수 있습니다. (CIP 제어번호: CIP2014022597)

레드브레스트

THE REDBREAST

요 네스뵈 장편소설

노진선 옮김

비채

하지만 새는 조금씩 용기를 내어 십자가에 매달린 남자 곁으로 날아갔다. 그러고는 자그마한 부리로 그의 이마에 박힌 가시를 빼냈다. 가시를 빼내는 동안, 남자의 얼굴에서 흘러내린 피 한 방울이 새의 가슴에 떨어졌다. 피는 금세 번져 새의 작은 앞가슴을 온통 붉게 물들였다. 그러자 십자가에 매달린 남자가 입을 열어 속삭였다. "천지가 창조된 이후로 너희 종족들이 그토록 갈구했으나 얻지 못했던 것을 비로소 네가 얻어냈구나."

셀마 라게를뢰프의 《진홍가슴새의 비밀》 중에서

차례

PART 1
흙은 흙으로

014   1999년 11월 1일
        오슬로 근교 알나브루의 톨게이트

025   1999년 10월 5일
        오슬로

033   1999년 10월 5일
        칼 요한스 가

038   1999년 10월 5일
        빅토리아 테라세 내 외무부

048   1999년 10월 5일
        왕궁 정원

051   1999년 10월 9일
        그륀란의 경찰청

059   1999년 10월
        묄레르의 사무실

065   1999년 11월 1일
        알나부르의 톨게이트 매표소

PART 2
창세기

068   1942년

079   1942년 12월 31일
        레닌그라드

087   1943년 1월 1일
        레닌그라드

092   1943년 1월 2일
        레닌그라드

096   1943년 1월 3일
        레닌그라드

104   1999년 11월 4일
        외무부

114   1999년 11월 4일
        상크트 한스헤우겐

122   1999년 11월 5일
        홀베르그스 플라스, 래디슨 사스 호텔

128   1999년 11월 5일
        경찰청

132   1999년 11월 10일
        왕궁 정원

137   1999년 11월 12일
        웅스토르게 광장의 헤르베르트 피자집

146   1999년 11월 15일
        헤르베르트 피자

153   1944년 1월 17일
        레닌그라드

163   1999년 12월 22일
        닥터 부에르의 진료실

PART 3
우리아

170	1944년 6월 7일	오스트리아의 빈, 루돌프 2세 병원
181	1999년 12월 31일	비슬렛
190	1944년 6월 8일	빈, 루돌프 2세 병원
195	2000년 2월 21일	경찰청사 국가정보국
204	1944년 6월 9일	오스트리아, 린츠
213	2000년 2월 22일	텔레마르크 주 실리안
218	1944년 6월 23일	빈, 루돌프 2세 병원
225	2000년 2월 24일	경찰청사
231	1944년 6월 25일	빈, 랑 가문의 여름 별장
239	2000년 2월 28일	요하네스버그
247	1944년 6월 27일	빈의 라인츠 동물원
257	1944년 6월 28일	빈

PART 4
연옥

270	2000년 2월 29일	비에르비카의 컨테이너항
275	2000년 3월 1일	이리스바이엔 가
282	2000년 3월 1일	컨티넨털 호텔, 1층
286	2000년 3월 2일	일라, SATS 헬스클럽
292	2000년 3월 2일	헤그데헤우그스바이엔 가, 신사복 매장
294	2000년 3월 3일	홀멘콜렌
301	2000년 3월 3일	마요르스투엔, 비베스 가
311	2000년 3월 3일	국가정보국
317	2000년 3월 3일	SATS 헬스클럽
321	2000년 3월 6일	해리의 사무실
329	2000년 3월 6일	송
333	2000년 3월 7일	드람멘
343	2000년 3월 7일	엘렌의 사무실
345	2000년 3월 7일	그렌센 가의 카페 뤼크테
349	2000년 3월 7일	뷔그되위 알레, 김레 극장
352	2000년 3월 11일	오슬로
387	1944년 6월 30일	함부르크

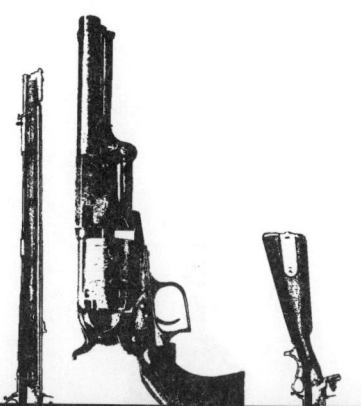

PART 5
일곱 날

- 390   2000년 3월 12일 / 옌스 벨케스 가
- 392   2000년 3월 13일 / 옌스 벨케스 가
- 394   2000년 3월 14일 / 옌스 벨케스 가
- 396   2000년 3월 15일 / 옌스 벨케스 가
- 397   2000년 3월 16일 / 옌스 벨케스 가
- 399   2000년 3월 17일 / 옌스 벨케스 가
- 401   2000년 3월 18일 / 옌스 벨케스 가

PART 6
밧세바

- 404   2000년 4월 25일 / 해리의 사무실
- 411   2000년 4월 27일 / 외무부
- 419   2000년 4월 27일 / 경찰청
- 422   2000년 5월 2일 / 국가정보국
- 432   2000년 5월 2일 / 비에르케 구, 크로클리바이엔 가
- 440   2000년 5월 2일 / 크로클리바이엔 가
- 446   2000년 5월 2일 / 슈뢰데르 바
- 448   2000년 5월 5일 / 저녁 식사
- 453   2000년 5월 6일 / 할보르센의 아파트
- 455   2000년 5월 8일 / 비베스 가
- 460   2000년 5월 8일 / 이리스바이엔 가
- 468   2000년 5월 9일 / 노르베르그에 위치한 브란헤우그의 저택
- 476   2000년 5월 10일 / 프레데릭스타에서 할렌까지
- 480   2000년 5월 10일 / 노르베르그와 컨티넨털 호텔
- 496   2000년 5월 11일 / 스웨덴의 클리판

PART 7
검은 망토

- 500   2000년 5월 11일 / 국립병원
- 515   2000년 5월 12일 / 묄레르의 사무실
- 519   2000년 5월 12일 / 이리스바이엔 가
- 522   2000년 5월 12일 / 해리의 옛 사무실
- 526   2000년 5월 12일 / 이리스바이엔 가
- 530   2000년 5월 12일 / 경찰청
- 537   2000년 5월 12일 / 우라니엔보르그, 파르크바이엔 가
- 541   2000년 5월 12일 / 헤르베르트 피자집
- 545   2000년 5월 12일 / 홀멘콜렌
- 550   2000년 5월 12일 / 해리의 아파트
- 554   2000년 5월 13일 / 아케르스후스 요새

PART 8
계시

- 560 2000년 5월 14일 빈
- 568 2000년 5월 14일 왕궁 정원
- 571 2000년 5월 14일 빈
- 579 2000년 5월 15일 테레세스 가
- 593 2000년 5월 16일 그뢴란슬라이레
- 599 2000년 5월 16일 경찰청
- 602 2000년 5월 16일 오슬로. 이리스바이엔 가
- 610 2000년 5월 16일 홀멘콜바이엔 가
- 612 2000년 5월 17일 홀멘콜바이엔 가

PART 9
심판의 날

- 616 2000년 5월 17일 오슬로
- 620 2000년 5월 17일 오슬로
- 629 2000년 5월 17일 오슬로
- 638 2000년 5월 17일 오슬로
- 644 2000년 5월 17일 오슬로
- 648 1999년 10월 16일 오슬로
- 649 1999년 11월 15일 오슬로
- 650 2000년 5월 17일 오슬로
- 654 2000년 5월 17일 오슬로
- 659 2000년 5월 17일 오슬로
- 662 2000년 5월 17일 래디슨 사스 호텔

PART 10
부활

- 676 2000년 5월 19일 울레볼 병원
- 682 2000년 5월 19일 경찰청
- 683 2000년 6월 1일 슈뢰데르

—
- 685 옮긴이의 말

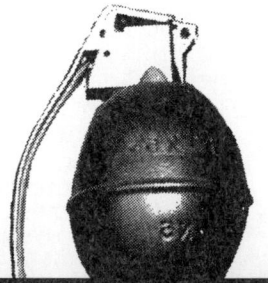

- 본서는 저자 및 저작권사의 공식 인정을 받은 Don Bartlett의 영어판 번역과 노르웨이어판을 바탕으로 번역되었습니다.
- Redbreast는 일반적으로 개똥지빠귀를 의미하나 이 책에서는 작가의 의도를 살려 진홍가슴새로 번역하였습니다.
- 인명을 포함한 고유명사는 노르웨이 현지 발음을 기준으로 표기하였습니다.
- 모든 주는 옮긴이주입니다.

1999년 11월 1일
오슬로 근교 알나브루의 톨게이트

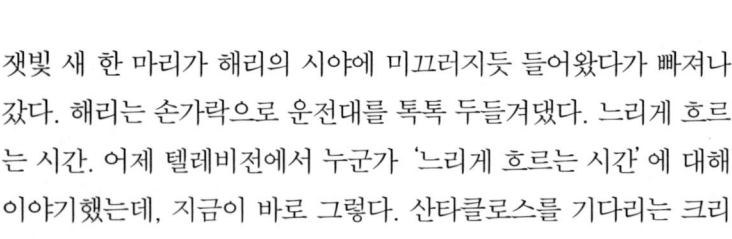

잿빛 새 한 마리가 해리의 시야에 미끄러지듯 들어왔다가 빠져나갔다. 해리는 손가락으로 운전대를 톡톡 두들겨댔다. 느리게 흐르는 시간. 어제 텔레비전에서 누군가 '느리게 흐르는 시간'에 대해 이야기했는데, 지금이 바로 그렇다. 산타클로스를 기다리는 크리스마스이브처럼. 혹은 전기의자에 앉아 전류가 흐르기를 기다릴 때의 그 순간처럼.

운전대를 두드리던 그의 손가락에 더욱 힘이 들어갔다.

그들이 탄 차량은 톨게이트 매표소 뒤의 공터에 주차되어 있었다. 엘렌이 라디오 음량을 한 단계 높이자, 엄숙하면서도 숭배하는 듯한 아나운서의 목소리가 흘러나왔다.

"50분 전에 대통령 전용기가 착륙했습니다. 그리고 정확히 6시 38분에 대통령께서 노르웨이 땅을 밟았고, 울렌사케르의 시장이 대통령을 맞이했습니다. 현재 여기 오슬로는 화창한 가을 날씨로, 이번 정상들의 만남에 더할 나위 없이 멋진 배경을 선사하고 있습니다. 30분 전에 열렸던 대통령 기자회견을 다시 들어보시죠."

벌써 세 번째였다. 해리는 이번에도 철책을 밀치며 소리 질러대고 있을 기자들의 모습이 눈에 선했다. 철책 반대편에는 비밀 경호원처럼 보이지 않으려고 대충 노력한 흔적이 보이는 남자들이 회색 양복 차림으로 서 있을 것이다. 그들은 어깨를 위로 올렸다가 내리며 군중을 훑어보고, 이어폰이 제대로 귀에 꽂혔는지 열두 번째로 확인하고, 다시 군중을 훑어보고, 유달리 긴 망원렌즈를 든 사진기자를 잠시 눈여겨보다가 계속 군중을 훑어보고, 다시 이어폰이 제대로 꽂혔는지 열세 번째로 확인할 것이다. 그러는 동안 긴장되어 올라갔던 그들의 어깨도 풀어질 것이다. 누군가 대통령에게 영어로 환영의 인사말을 건네자, 주위가 조용해졌다. 이윽고 마이크에서 끼익 소리가 났다.

"우선 노르웨이를 방문하게 되어 기쁘다는 말을 전하고 싶군요……." 허스키한 목소리에 강한 남부 억양이 들어간 미국식 영어. 저 말만 벌써 네 번째였다.

"저명한 미국 심리학자가 쓴 글을 읽었는데, 대통령이 MPD래요." 엘렌이 말했다.

"MPD?"

"다중인격장애Multiple Personality Disorder요. 지킬 박사와 하이드. 그 심리학자 말로는 대통령의 평소 인격은 또 다른 인격인 '섹스광'이 수많은 여자와 관계하는 걸 전혀 모른대요. 따라서 대통령이 선서를 하고도 그 일에 대해 거짓말했다는 탄핵 재판소의 기소가 성립될 수 없는 거고요."

"맙소사." 해리는 그렇게 말하며, 하늘을 맴도는 헬리콥터를 올려다보았다.

라디오에서 노르웨이 억양이 들어간 영어가 흘러나왔다. "대통령 각하, 이번이 대통령 취임 후 네 번째 방문이신데 소감이 어떠신가요?"

정적.

"다시 오니 정말로 좋군요. 더 중요한 사실은 이스라엘과 팔레스타인의 지도자들이 이곳에서 만난다는 것입니다. 이는 앞으로—."

"지난번 방문 때 기억에 남는 일이 하나라도 있으신가요, 대통령 각하?"

"네, 물론입니다. 오늘 회담에서 우리가—."

"오슬로와 노르웨이가 세계 평화에 어떤 역할을 하고 있습니까, 대통령 각하?"

"노르웨이의 역할은 아주 중요합니다."

이번에는 노르웨이 억양이 들어가지 않은 목소리가 들렸다. "대통령께서는 이번 회담의 실질적인 결과가 무엇이라고 생각하십니까?"

녹음은 중단되었고, 스튜디오에 있는 누군가가 그 뒤를 이어받았다.

"대통령은 노르웨이가 에…… 중동 평화가 정착되는 과정에 중요한 역할을 한다고 말했습니다. 현재 대통령은 오슬로를 향해 가는—."

해리는 신음을 뱉으며 라디오를 껐다. "대체 이 나라는 왜 이 모양이지, 엘렌?"

엘렌은 어깨를 들먹였다.

"27지점 통과." 계기판에 부착된 워키토키가 지글거렸다.

해리는 엘렌을 바라보았다.

"각자 위치에 있어?" 해리의 질문에 그녀가 고개를 끄덕였다.

"이제 시작이야." 해리가 말했다. 가르데모엔 공항에서 대통령 일행이 출발한 후로 벌써 다섯 번째 듣는 말에 엘렌은 대답 대신 눈동자만 굴렸다. 현재 그들의 차가 주차된 곳에서는 톨게이트에서 공항 쪽으로 쭉 뻗은 고속도로가 보였다. 차 지붕에 달린 경광등의 파란 불빛이 느릿느릿 돌아갔다. 해리는 손잡이를 돌려 차창을 내리더니, 한 손을 뻗어 와이퍼 밑에서 무언가를 빼냈다. 노랗게 시든 나뭇잎이었다.

"진홍가슴새예요." 엘렌이 손가락으로 앞쪽을 가리키며 말했다. "이런 늦가을에는 보기 힘든 새죠."

"어디?"

"저기, 매표소 지붕 위에요."

해리는 머리를 낮춰 앞유리창 너머를 바라보았다.

"아, 있다. 저게 진홍가슴새라고?"

"네. 하지만 선배는 저 새가 붉은날개지빠귀와 다를 게 뭐냐고 생각하겠죠?"

"맞아." 해리는 손으로 눈가에 그늘을 만들었다. 근시가 됐나?

"진귀한 새예요, 진홍가슴새는." 엘렌이 다시 보온병 뚜껑을 돌려 닫으며 말했다.

"제대로 알고 하는 소리야?"

"이 시기가 되면 진홍가슴새의 90퍼센트는 남쪽으로 떠나죠. 말하자면, 극소수만 위험을 감수하고 여기 남는 거예요."

"말하자면?"

무전기에서 다시 지글거리는 소리가 났다. "62지점에서 경찰청에 알린다. 뢰렌스코그로 가는 분기점에서 200미터 떨어진 곳에 경찰 표시가 없는 차량 한 대가 있다."

베르겐 억양이 들어간 저음의 목소리가 경찰청에서 답했다. "잠시 기다려라, 62. 조사해보겠다."

정적이 흘렀다.

"화장실 확인했어?" 해리가 에소 주유소 쪽을 향해 고갯짓하며 물었다.

"네, 주유소에서 직원과 손님 모두 내보냈어요. 주인은 사무실에 가뒀고요."

"톨게이트 매표소도?"

"네. 좀 진정해요, 선배. 다 확인했다고요. 맞아요, 여기 남는 새들은 올겨울은 따뜻하리라는 희망을 품고 남은 거예요. 그렇게 되면 다행이지만, 그 기대가 어긋나면 죽는 거죠. 그렇다면 왜 그냥 만약을 대비해서 남쪽으로 날아가지 않는지 궁금하죠? 그냥 게으른 걸까요, 남아 있는 새들은?"

해리는 백미러를 들여다보았다. 철교 양쪽에 서 있는 경비 요원들이 보였다. 검은색 옷, 헬멧, 목에 건 MP5 기관총. 이렇게 멀리 떨어진 차 안에서도 그들의 몸동작에 배어 있는 긴장감이 느껴졌다.

"중요한 사실은 만약 겨울이 따뜻하면, 다른 새들이 돌아오기 전에 최상의 위치에 둥지를 틀 수 있다는 거예요." 엘렌은 이미 꽉 찬 수납함에 보온병을 쑤셔 넣으며 말했다. "그러니까 계산된 위험인 셈이죠. 잘 되면 입이 찢어지도록 웃는 거고, 아니면 완전 엿먹는 거고요. 위험을 감수하느냐 마느냐. 괜히 도박을 했다가, 어느 날 밤 꽁꽁 얼어붙어 나뭇가지에서 떨어질 수도 있어요. 봄이 올 때까지 얼어 있는 거죠. 반면 겁이 나서 남쪽으로 갔다가 돌아와보면, 둥지 틀 곳이 없을 수도 있고요. 사실 이건 우리가 늘 대면하는 영원한 딜레마예요."

"방탄복 착용했지?" 해리는 옆으로 몸을 틀었다. "착용했어, 안 했어?"

엘렌은 대답 대신 손마디로 가슴을 툭툭 쳤다.

"경량?"

그녀는 고개를 끄덕였다.

"제발, 엘렌! 내가 그런 미키마우스 조끼 같은 거 말고, 제대로 된 방탄복 입으라고 했잖아."

"미국의 비밀 경호원들이 뭘 입는지 알아요?"

"내가 맞춰볼까? 경량 조끼."

"맞아요."

"내가 쥐뿔도 신경 안 쓰는 게 뭔지 알아?"

"제가 맞춰볼까요? 비밀 경호원."

"맞았어."

엘렌이 웃었고, 해리도 억지 미소를 지었다. 무선기가 다시 지글거렸다.

"경찰청에서 62지점에게 알린다. 뢰렌스코그 분기점에 주차된 차량은 비밀 경호국 차량으로 확인됐다."

"62지점. 알았다."

"이거 봐." 해리가 짜증난다는 듯이 손으로 운전대를 내리치며 말했다. "커뮤니케이션이 전혀 안 되고 있다니까. 비밀 경호원들은 아주 제멋대로야. 우리 몰래 거기에 차를 대고 뭘 했겠어, 응?"

"우리가 제대로 일하는지 감시했겠죠."

"자기들이 지시한 대로 하는지 말이야."

"선배도 언젠가는 결정을 내릴 수 있는 위치에 올라갈 거예요.

그러니까 불평 좀 그만해요. 운전대도 그만 두드리고요."

해리가 순순히 양손을 무릎에 내려놓자, 엘렌이 미소 지었다. 해리의 입에서 긴 한숨이 새어나왔다. "예, 예, 예."

그의 손끝에 리볼버의 개머리판이 만져졌다. 38구경, 스미스앤드웨슨, 6연발. 그의 벨트에는 각각 여섯 개의 탄환이 든 탄창 두 개가 더 있었다. 그는 리볼버를 토닥였다. 엄밀히 말하면, 그는 총기를 소지할 권한이 없었다. 어쩌면 정말로 근시가 되어 가는지도 몰랐다. 작년 겨울 40시간의 교육을 받은 뒤, 그는 사격 시험에 떨어졌다. 흔히들 겪는 일이지만, 그에게는 처음 있는 일이자 매우 못마땅한 사건이었다. 재시험만 보면 되는데도 (네댓 번씩 보는 사람들도 많았다) 무슨 이유에서인지 그는 계속 시험을 미뤘다.

다시 지글거리는 소리가 났다. "28지점 통과."

"한 지점만 더 지나면 로메리케야. 다음은 카리헤우겐, 그리고 그다음이 우리고."

"왜 그냥 하던 대로 하지 않죠? 저 거지 같은 숫자들 대신, 그냥 어디를 지나는 중이라고 말하면 되잖아요."

"왜겠어?"

둘은 동시에 "비밀 경호국!"이라고 외치고는 웃었다.

"29지점 통과."

해리는 손목시계를 보았다.

"좋아, 3분 뒤면 차량 행렬이 여길 통과할 거야. 난 무전기 주파수를 오슬로 관할구에 맞춰놓을 테니까 넌 최종 점검해."

엘렌이 눈을 감고 대원들과 무전을 주고받자, 차례로 대답이 들려왔다. 그녀는 마이크를 다시 제자리에 걸었다. "다들 제 위치에 있고, 준비됐어요."

"수고했어. 이젠 헬멧 써."

"네? 정말 왜 그래요, 선배?"

"내 말대로 해."

"그러는 선배나 써요!"

"내 건 너무 작아."

새로운 목소리가 들렸다. "1지점 통과."

"젠장, 가끔씩 선배는 정말 너무…… 고지식해요." 엘렌은 머리에 헬멧을 쓰고는, 턱 아래로 끈을 조이며 백미러 속의 해리에게 인상을 썼다.

"나도 네가 좋아." 해리는 그렇게 말하며, 쌍안경으로 전방 도로를 바라보았다. "저기 온다."

카리헤우겐으로 향하는 오르막길 꼭대기에서 햇살이 금속에 반사되어 번쩍거렸다. 지금은 차량 행렬의 맨 앞 차만 보였지만, 해리는 그다음의 순서를 알고 있었다. 노르웨이 경찰 호위 부대 소속의 오토바이 여섯 대, 노르웨이 경찰 호위 차량 두 대, 미국 비밀 경호국 차량 한 대. 그다음으로 똑같은 모양의 캐딜락 플리트우드 리무진 두 대(미국에서 공수한 비밀 경호국 특별 차량)가 있는데, 둘 중 하나에 대통령이 타고 있을 것이다. 어느 차에 탔는지는 철저하게 비밀에 부쳐진다. 어쩌면 두 차량 모두에 앉아 있을지도 모른다. 한쪽에는 지킬이, 한쪽에는 하이드가. 그 뒤로 앰뷸런스, 통신 차량, 비밀 경호국 차량 여남은 대 등 덩치 큰 차량들이 뒤따른다.

"사방이 조용하군." 해리가 말했다. 그의 쌍안경이 서서히 오른쪽에서 왼쪽으로 이동했다. 쌀쌀한 11월의 아침이었는데도 아스팔트 도로 위로는 아지랑이가 피어올랐다.

엘렌의 눈앞에 첫 번째 차량의 윤곽이 드러났다. 30초 후면 저들이 톨게이트를 통과할 것이고, 그럼 이번 임무의 절반은 끝난다. 이틀 후면 똑같은 차량 행렬이 반대 방향으로 지나갈 것이고, 그녀와 해리는 일상 업무로 돌아갈 수 있다. 새벽 3시에 일어나 냉동실 같은 볼보 안에 해리와 함께 앉아 있느니, 차라리 강력반에서 죽은 사람들을 상대하는 일이 나았다. 새로 맡은 임무에 부담감을 느낀 해리가 걸핏하면 짜증을 냈기 때문이다.

차 안은 해리의 고른 숨소리만 들릴 뿐 쥐 죽은 듯이 고요했다. 엘렌은 양쪽 무전기에 초록색 불이 들어와 있는 것을 확인했다. 차량 행렬이 경사로를 거의 다 내려왔다. 이 일이 끝나면 퇴르스트 바에 가서 진탕 마셔야지. 지난번에 거기서 어떤 남자와 눈이 마주쳤다. 검은 곱슬머리에 살짝 위험해 보이는 갈색 눈동자, 군살 없는 몸매. 지적이면서도 약간 보헤미안의 분위기가 풍기는 남자였다. 어쩌면 그 남자와······.

"이런 젠—."

해리는 재빨리 마이크를 움켜잡았다. "왼쪽에서 세 번째 매표소에 사람이 있다. 누가 신원 좀 확인해주겠나?"

무전기가 지글거리는 침묵으로 답하는 동안, 엘렌은 나란히 늘어선 매표소를 차례로 훑어보았다. 저기다! 매표소의 갈색 유리창 너머로 한 남자의 등이 보였다. 불과 4, 50미터 떨어진 거리였다. 햇빛을 받아 남자의 실루엣이 또렷하게 보였다. 그의 한쪽 어깨 위로 삐죽 솟아 있는 짧은 총신도.

"총! 남자가 기관총을 가지고 있어요!" 엘렌이 외쳤다.

"젠장!" 해리는 차문을 박찼다. 하지만 문이 열리지 않자, 양손으로 문틀을 잡고 확 밀쳤다. 엘렌은 차량 행렬을 바라보았다. 기껏 해야 2, 300미터 떨어진 거리였다. 해리가 차 안으로 머리를 들이밀며 말했다.

"우리 쪽 사람은 아니야. 하지만 비밀 경호원일지도 몰라. 경찰청에 연락해." 그의 손에는 이미 리볼버가 들려 있었다.

"선배……."

"빨리! 만약 경찰청에서 비밀 경호원이라고 하면 경적을 울려."

해리는 매표소를 향해, 양복 입은 남자의 등을 향해 달리기 시작했다. 총신으로 보건대 우지 기관단총이었다. 이른 아침의 차가운 공기에 폐부가 얼얼했다.

"경찰이다!" 처음에는 노르웨이어로, 다음에는 영어로 해리가 외쳤다.

아무런 반응도 없었다. 매표소의 두꺼운 유리는 외부의 차량 소음이 전혀 들리지 않도록 설계되었기 때문이다. 이제 남자는 차량 행렬 쪽으로 고개를 돌렸고, 해리는 그의 검은색 레이벤 선글라스를 볼 수 있었다. 비밀 경호원이다. 아니면 비밀 경호원 흉내를 낸 누군가일 수도 있고.

이제 차량 행렬과 매표소는 20미터 거리였다.

만약 저자가 비밀 경호원이 아니라면 어떻게 문이 잠긴 매표소에 들어갔을까? 젠장! 벌써 차량 행렬의 오토바이 소리가 들렸다. 매표소까지 뛰어갈 시간이 없다.

해리는 안전장치를 풀고, 총을 겨눴다. 차의 경적이 울리기를 기도했다. 그리하여 그가 결코 가고 싶지 않았던 이 통제된 고속도로, 이곳에 감도는 아침의 이상한 정적이 산산조각나기를 기도했다. 지침대로라면 쏘아야 마땅했지만, 머릿속에는 자꾸 이런 생각들이 꼬리를 물었다. '얇은 방탄조끼를 입었을 텐데. 저들은 커

뮤니케이션도 제대로 하지 않았어. 그냥 쏴. 그건 네 탓이 아니야. 저 남자에게도 가족이 있을까?'

매표소 바로 뒤에서 차량 행렬이 다가왔다. 빠른 속도로. 몇 초 후면 캐딜락이 매표소와 일직선상에 놓일 것이다. 시야의 왼쪽 구석에서 움직임이 감지되었다. 지붕에 있다가 하늘로 날아오르는 작은 새였다. 아까 엘렌이 했던 말이 떠올랐다.

'위험을 감수하느냐 마느냐……. 영원한 딜레마죠.'

해리는 방탄조끼의 목이 파인 것을 염두에 두고 리볼버를 1센티미터 내려 겨눴다. 오토바이의 굉음에 귀청이 떨어질 듯했다.

1999년 10월 5일

오슬로

"그것은 크나큰 배신이었습니다." 머리를 말끔하게 민 남자가 원고를 내려다보며 말했다. 머리는 물론 눈썹, 울룩불룩한 팔뚝, 심지어 독서대를 붙잡은 큼지막한 양손도 깨끗하게 면도되어 있었다. 그는 마이크 쪽으로 상체를 내밀었다.

"1945년 이후로 국가사회주의의 적들이 이 세상을 지배했습니다. 그들은 민주주의와 경제 원칙을 개발하고 실행에 옮겼습니다. 결과적으로 이 세상에 전쟁 없이 해가 지는 날이 하루도 없게 되었습니다. 여기 유럽에서도 우리는 전쟁과 집단 학살을 겪었습니다. 제3세계에서는 수백만 명이 굶어 죽었습니다. 유럽 역시 대량 이민과 그로 인한 혼란, 궁핍, 생존을 위한 투쟁의 위협을 받고 있습니다."

그는 잠시 말을 멈추고 주위를 둘러보았다. 실내에는 냉랭한 침묵이 감돌았다. 방청석에서 오직 한 사람, 그의 뒤쪽에 앉아 있는 한 사람만이 머뭇거리며 박수를 쳤다. 한층 격앙된 그가 연설을 계속하려는데, 마이크 아래쪽에 불길하게 빨간불이 들어왔다. 마이크의 상태가 좋지 않다는 신호였다.

"노르웨이도 마찬가지입니다. 지금은 당연시 여기는 이 풍요로부터 멀어지고, 우리 자신과 주변 공동체에 의지하게 될 날이 머지않았습니다. 경제적 혹은 생태학적 재앙, 전쟁, 그리고 우리 모두를 너무도 빨리 사회의 수동적인 고객으로 만들어버린 법과 원칙의 네트워크 전체는 갑자기 사라질 것입니다. 가장 큰 배신은 1940년 4월 9일에 일어났습니다. 소위 국가 지도자라고 하는 자들이 자기만 살겠다고 도망친 것입니다. 더구나 런던에서 호화로운 생활을 하기 위해 나라의 재산인 금괴까지 가져갔습니다. 이제 이 나라에는 다시 적들이 나타났습니다. 그런데 우리의 이익을 보호해야 할 자들은 다시 한 번 우리를 실망시키고 있습니다. 그들은 우리 터전 한복판에 적들이 모스크를 세우고, 노인들의 돈을 빼앗고, 우리 여인들과 피를 섞도록 허락하고 있습니다. 우리 인종을 보호하고, 우리에게 도움이 되지 않는 자들을 제거하는 것은 노르웨이인으로서 마땅히 행해야 할 의무입니다."

그는 다음 페이지로 넘겼다. 하지만 앞의 연단에서 기침소리가 들리자, 동작을 멈추고 고개를 들었다.

"고맙지만 충분히 들은 것 같군요." 판사는 그렇게 말하며, 안경 너머를 바라보았다. "검사는 피고에게 질문이 남았습니까?"

오슬로 형사법원 17호 법정에 햇살이 비추자, 남자의 민둥머리 뒤로 후광이 생기는 듯했다. 그는 하얀 와이셔츠에 가느다란 넥타이를 매고 있었다. 아마도 변호사의 충고에 따른 옷차림일 것이다. 그의 변호사인 요한 크론 주니어는 의자에 등을 기댄 채 검지와 중지로 볼펜을 돌려대고 있었다. 크론은 현재 상황이 썩 마음에 들지 않았다. 검사의 질문이 나아가는 방향도, 그의 의뢰인인 스베레 올센이 자신의 의견을 솔직하게 발표하는 것도. 또한 올센이 셔츠 소매를 걷어 올려 양쪽 팔꿈치의 거미줄 문신과 왼쪽 팔에 새겨진 나치의 십자 문양을 판사와 두 배석 판사에게 보여주는 것도. 게다가 올센의 오른팔에는 일련의 고대 노르웨이 상징과 신나치주의 갱단의 이름인 발키리아가 검은색 고딕 글씨로 새겨져 있었다. 하지만 그것 말고도 재판 과정 전체에 무언가 거슬리는 것이 있었다. 다만 그게 무엇인지 콕 집어낼 수 없을 뿐이었다.

이 사건의 담당 검사 헤르만 그로트가 새끼손가락으로 마이크를 밀었다. 새끼손가락에는 법조인 연합회의 상징이 새겨진 반지를 끼고 있었다.

"두세 개만 더 묻겠습니다, 재판장님." 부드럽고 차분한 목소리였다. 마이크 아래에 초록색 불이 들어왔다.

"그러니까 1월 3일 9시 정각, 피고가 드로닝엔스 가의 데니스 케밥에 갔을 때는 분명한 의도가 있었던 거죠? 아까 말한 대로 우리 인종을 보호하는 의무를 행하겠다는 의도 말입니다."

요한 크론은 재빨리 마이크로 튀어나갔다.

"제 의뢰인은 이미 자신과 베트남인 주인 사이에 말다툼이 있었다고 답변했습니다." 빨간불. "흥분한 상태였던 거죠. 고의성을 제기할 이유가 전혀 없습니다."

그로트 검사는 두 눈을 감았다.

"당신 변호사의 말이 사실이라면 말입니다, 올센 씨, 그때 당신이 야구방망이를 가지고 있었던 건 순전히 우연이겠군요?"

"자기방어였습니다." 크론이 재빨리 끼어들어 대답했다. 그러고는 못 말리겠다는 듯이 양손을 들어 올렸다. "재판장님, 제 의뢰인은 이미 저런 질문에 여러 차례 답변했습니다."

판사는 턱을 문지르며 피고 측 변호사를 바라보았다. 요한 크론

주니어가 막강한 영향력을 행사하는 스타 변호사라는 건 누구나 다 아는 사실이었다(특히 요한 크론 본인이). 그 때문인지 판사는 다소 짜증을 내며 마침내 이렇게 말했다. "동의합니다. 검사 측에서 새로운 사실을 덧붙일 게 없다면, 다음으로 넘어갑시다."

검사는 눈동자 위 아래로 흰자위가 보일 정도로 눈을 뚱그렇게 떴다. 그러고는 고개를 숙이며, 지친 몸짓으로 신문을 높이 들어 올렸다.

"이건 1월 25일자 〈다그블라데〉*입니다. 8페이지에 인터뷰가 실렸는데, 피고와 같은 이념을 가진 남자의—."

"이의 있습니다." 크론이 운을 뗐다.

검사는 한숨을 쉬며 정정했다. "그렇다면 인종 차별주의적인 견해를 가진 남자라고 해두죠."

판사는 고개를 끄덕였지만, 동시에 크론에게 경고의 눈길을 보냈다. 검사는 말을 이었다.

"이 남자는 데니스 케밥 습격 사건을 언급하며, 스베레 올센 같은 인종 차별주의자들이 다시 노르웨이를 지배해야 한다고 말했습니다. 이 인터뷰에서는 '인종 차별주의자'라는 단어가 존경의 표현으로 사용됐죠. 피고도 자신이 '인종 차별주의자'라고 생각합니까?"

"그렇습니다, 전 인종 차별주의자입니다." 크론이 미처 끼어들 새도 없이 올센이 대답했다. "하지만 제가 말하는 인종 차별주의는 의미가 좀 다릅니다."

"그게 대체 어떤 의미인가요?" 검사가 미소를 지었다.

---

* 노르웨이의 타블로이드 신문.

크론은 테이블 밑으로 주먹을 꽉 쥐며 연단을 올려다보았다. 그곳에는 판사와 두 명의 배석 판사가 앉아 있었다. 저 세 사람이 앞으로 몇 년간 이 의뢰인의 운명을 결정할 것이다. 더불어 앞으로 몇 달간 토스트룹쉘레르 바에서의 그의 서열도 저들에게 달렸다. 배석 판사는 국민과 상식적인 정의를 대표하는 두 명의 일반 시민으로 '시민 판사'라고도 불렸다. 하지만 크론의 눈에는 꼭 판사 놀이를 하는 사람들처럼 보일 뿐이었다. 실용적인 싸구려 양복을 입고 판사 오른쪽에 앉은 젊은 남자는 재판 내내 거의 고개를 들지도 못했다. 판사 왼쪽에 앉은 통통한 젊은 여자는 재판 과정을 이해하는 척하며, 시종일관 목을 쭉 빼고 앉아 있었다. 이제 막 접히기 시작한 이중턱을 연단 아래 있는 사람들에게 들키지 않기 위해서였다. 평범한 노르웨이인. 그들이 스베레 올센 같은 인간에 대해 뭘 알고 있을까? 뭘 알고 싶어 할까?

증인이 무려 여덟 명이나 되었다. 그들은 스베레 올센이 겨드랑이에 야구방망이를 낀 채 케밥 가게로 들어갔고, 짧게 욕설이 오간 뒤에 가게 주인의 머리를 야구방망이로 내려치는 것을 목격했다. 마흔 살의 가게 주인은(1978년에 베트남에서 노르웨이로 건너온 보트피플이었다) 머리를 어찌나 세게 맞았는지 다시는 걷지 못하게 되었다. 올센이 검사의 질문에 대답하기 시작했을 때, 요한 크론 주니어는 이미 머릿속으로 대법원에 제출할 항소문을 작성하고 있었다.

"인종 차별주의란," 올센은 자신의 원고에 적힌 문장을 그대로 읽었다. "유전적 질병과 퇴보, 유전자 말살에 맞서는 끊임없는 투쟁입니다. 또한 삶의 질이 한층 높아지는 건강한 사회를 꿈꾸는 욕망이기도 하고요. 인종 혼합은 일종의 쌍방 학살입니다. 지구상에서 가장 작은 딱정벌레도 보존할 수 있는 유전자은행이 없는 한, 지금까지 수천 년을 거치며 발전해온 인종을 섞고 말살시켜서는 안 된다는 것이 일반적 통념입니다. 1972년 저명한 학술지인 〈아메리칸 사이칼러지스트〉에 실린 기사를 보면, 미국과 유럽의 과학자들 50명이 유전 이론 논쟁 억압의 위험성에 대해 경고했습니다."

올센은 말을 멈추고, 사방이 막힌 17호 법정을 쓱 훑어보더니 오른손 검지를 들어 올렸다. 그러고는 검사를 향해 몸을 돌렸다. 크론은 올센의 뒤통수와 뒷목 사이, 말끔하게 털을 민 두툼한 살덩어리에 새겨진 희미한 문신을 보았다. 지크 하일*. 이 법정에서 오가는 냉정한 수사법과 기괴한 대조를 이루는 문신이자 침묵의 비명이었다. 이어지는 정적을 깨고 복도에서 말소리가 들렸다. 옆방인 18호 법정이 점심시간을 위해 휴정한 모양이었다. 몇 초가 지났다. 크론은 예전에 어디선가 아돌프 히틀러에 대해 읽었던 글이 생각났다. 대중 집회가 열릴 때마다 히틀러는 연설 효과를 높이기 위해 최대한 3분까지 뜸을 들였다고 한다. 올센은 다시 입을 열며, 손가락으로 리듬을 타듯이 톡톡 두드렸다. 마치 듣는 사람의 머릿속에 단어 하나하나, 문장 하나하나를 박아넣듯이.

"이 세상에 인종 간의 투쟁이 없는 척하는 자들은 장님이거나 매국노입니다."

올센은 법정 안내원이 탁자에 올려놓은 물잔을 들어 물을 마셨다.

검사가 끼어들었다. "그렇다면 그 인종 간의 투쟁에서 당신과,

---

* Sieg Heil, 승리 만세라는 뜻의 나치 구호.

오늘 이 법정에도 와 있는 당신의 몇몇 추종자들만 공격할 권리가 있다는 겁니까?"

방청석에 앉아 있던 스킨헤드족이 우우 야유를 보냈다.

"우린 공격하지 않습니다. 방어할 뿐이죠. 그건 모든 인종의 권리이자 의무입니다." 올센이 말했다.

방청석에서 누군가 고함을 쳤다. 그 말을 들은 올센은 미소로 답했다. "사실 다른 인종 중에도 인종 차별적인 국가 사회주의자들이 있죠."

방청석에서 웃음보가 터졌고, 여기저기서 박수 소리가 들렸다. 판사는 정숙하라고 외친 뒤, 묻는 듯한 시선으로 검사를 바라보았다.

"이상입니다." 검사가 말했다.

"피고 측 변호사는 질문이 남았습니까?"

크론은 고개를 저었다.

"그럼 검찰 측의 첫 번째 증인을 들여보내세요."

검사가 안내원에게 고개를 끄덕이자, 안내원이 법정 맨 뒤의 문을 열었다. 문 밖에서 의자가 뒤로 지익 밀리는 소리가 나더니 문이 활짝 열렸고, 거구의 남자가 들어섰다. 살짝 작은 양복 재킷, 검은색 청바지, 큼지막한 닥터 마틴 신발이 크론의 눈에 들어왔다. 빡빡 깎은 머리에 날씬한 근육질 몸매로 보건대 대략 30대 초반 같았다. 비록 충혈된 눈과 눈 밑 지방, 그리고 모세혈관이 확장되어 생긴 작은 역삼각형 자국으로 울긋불긋한 피부를 보면 50대라고 해도 믿을 정도였지만.

"해리 홀레 형사?" 남자가 증인석에 앉자, 판사가 물었다.

"네."

"집 주소가 기재되어 있지 않군요."

"비밀입니다." 해리는 엄지로 어깨너머 뒤쪽을 가리켰다. "저들이 제 집을 습격하려고 할 테니까요."

방청석에서 야유가 터져 나왔다.

"확약은 했소, 홀레 형사? 다시 말해, 선서했습니까?*"

"네."

크론은 자동차 뒷좌석 선반에 장식되어 있는 강아지 인형처럼 고개를 연신 까닥거렸다. 그러고는 맹렬하게 서류를 뒤적이기 시작했다.

"강력반에서 살인사건 담당이시죠? 그런데 왜 이 사건을 맡게 되었습니까?" 검사가 물었다.

"이 사건을 살인이라고 오판했기 때문입니다."

"네?"

"우린 그 베트남인이 살아날 줄 몰랐거든요. 두개골이 박살나고, 그 안의 내용물이 밖으로 튀어나오면 대개는 살아남지 못하니까요."

크론은 배석 판사들이 무의식적으로 움찔하는 것을 보았다. 하지만 지금은 그게 문제가 아니었다. 그는 시민 판사의 이름이 적힌 서류를 찾아냈다. 거기에 그가 원하던 것이 있었다. 착오.

---

* 선서가 신 앞에서 진실할 것을 맹세하는 반면, 확약은 신을 배제하고 진실만을 말하겠다고 약속하는 것으로 선서와 동일한 효력을 갖는다.

1999년 10월 5일

칼 요한스 가

'얼마 남지 않았습니다, 어르신.'
계단을 내려가다 우두커니 멈춰 선 노인의 귓가에 아직도 그 말이 맴돌았다. 강렬한 가을 햇살에 눈이 부셨다. 동공이 서서히 수축되는 동안, 노인은 난간을 꼭 붙잡고 숨을 들이쉬었다. 천천히 깊게. 보행자들에게 건너도 된다고 알려주는 삐삐 소리와 자동차, 트램 소리로 이루어진 불협화음에 귀를 기울였다. 그리고 여러 사람의 목소리에도. 또각거리는 구두 소리를 반주 삼아 그 속에서 들뜨고 행복한 목소리들이 피어올랐다. 그리고 음악. 살면서 음악을 실컷 들은 적이 있던가? 하지만 그 어떤 소리도 이 말소리를 지우지는 못했다. '얼마 남지 않았습니다, 어르신.'

닥터 부에르의 병원 앞, 이 계단에 서 있던 적이 얼마나 많았던가? 1년에 두 번씩 40년간이었으니 모두 합해 80번이다. 오늘처럼 평범했던 80일의 나날들. 하지만 거리에 이토록 강렬한 생명력과 흥분, 삶에 대한 왕성한 식욕이 흘러넘친다는 것을 전에는 미처 깨닫지 못했다. 10월이었는데도 꼭 5월의 어느 봄날 같았다. 평화가 선포되었던 그날 같다면 지나친 과장일까? 그녀의 목소리가 들리고, 햇살 속에서 뛰어나오는 그녀의 실루엣이 보였다. 하얀 후광 속으로 사라지는 얼굴 윤곽이 보였다.

'얼마 남지 않았습니다, 어르신.'

그 하얀 빛이 색채를 띠더니 칼 요한스 가로 변했다. 마지막 계단을 내디딘 노인은 걸음을 멈추고 좌우를 살펴보았다. 어디로 갈지 결정을 못한 사람처럼. 그러고는 몽상에 빠져들었다. 이윽고 마치 누군가가 깨운 것처럼 움찔하더니, 왕궁을 향해 걷기 시작했다. 어기적대는 걸음걸이, 아래로 내리깐 시선, 살짝 헐렁한 모직 코트 속의 구부정하게 여윈 체구.

"암세포가 퍼졌습니다." 닥터 부에르는 그렇게 말했다.

"그렇구만." 노인은 대답하며 의사를 바라보았다. 환자와 심각한 이야기를 나눌 때는 안경을 벗으라고 의과대학에서 가르치기라도 하는 걸까? 아니면 근시인 의사들이 환자들과 시선을 피하기 위한 방법인 걸까? 닥터 콘라드 부에르는 이마가 벗겨지고, 눈 밑 지방이 그의 아버지처럼 근심 어린 분위기를 풍기면서부터 점점 아버지를 닮아갔다.

"간단히 말해주시오." 노인의 입에서 지난 50년 넘게 듣지 못했던 낯선 목소리가 나왔다. 죽음에 대한 공포로 성대가 떨리는 남자의 공허하고 거칠며 그렁거리는 목소리.

"사실 뭐라고 확실하게—."

"제발 부탁이오, 의사 양반. 난 눈앞에서 죽음을 목격한 사람이오."

노인은 언성을 높이며 목소리를 떨리지 않게 하는 단어들만 골랐다. 닥터 부에르에게 들려주고 싶은 목소리, 자신이 듣고 싶은 목소리가 나오도록.

의사의 시선이 테이블 표면과 낡은 마루 위를 스쳐 더러운 유리창 밖으로 향했다. 그곳에 잠시 피신했다가 다시 돌아와 노인의 시선을 마주 보았다. 의사의 손은 안경닦이를 찾아내 안경을 닦고, 또 닦았다.

"저도 잘 압니다. 지금까지 어르신이 얼마나 힘들게—."

"선생은 아무것도 몰라." 노인의 입에서 짧은 헛웃음이 터져 나왔다. "기분 나빠 하지는 마시오. 하지만 내가 한 가지는 장담할 수 있지. 선생은 아무것도 몰라."

노인은 거북해 하는 의사를 바라보았다. 동시에 복도 맨 끝 방의 싱크대에서 물이 똑똑 떨어지는 소리가 들렸다. 전에는 듣지 못했던 소리였다. 갑자기 20대의 청력으로 되돌아간 걸까? 참으로 불가사의했다.

닥터 부에르가 다시 안경을 쓰고, 종이 한 장을 들어 올렸다. 마치 그가 하려는 말이 거기에 모두 적혀 있다는 듯이. 그러고는 목청을 가다듬으며 말했다. "얼마 안 남았습니다, 어르신."

갑자기 살가워진 의사의 말투가 노인은 영 마음에 들지 않았다.

노인은 사람들이 모인 곳에서 걸음을 멈췄다. 기타와 노랫소리가 들렸다. 다른 사람들은 분명 옛날 노래라고 생각할 것이다. 그는 전에도 이 노래를 들은 적이 있었다. 아마도 25년쯤 전에. 하지만 마치 어제 일 같았다. 모든 것이 그때와 똑같았다. 옛날 일이지만 지금보다 더 생생하고 또렷하게 느껴졌다. 오랫동안 잊고 지냈던 일들이 떠올랐다. 눈을 감으니, 예전에 자신의 전쟁 일지에서 읽었던 일들이 영화처럼 망막에 투사되었다.

"그래도 최소한 1년은 살 수 있을 겁니다."

한 번의 봄과 한 번의 여름. 스투덴테르룬덴 공원에 떨어지는 노란 낙엽을 하나도 빠짐없이 볼 수 있으리라. 마치 더 잘 보이는 새 안경을 낀 것처럼. 1945년에도 그 나무들이 있었다. 아닌가? 나무에 대한 기억은 또렷하지 않다. 그날의 모든 기억이 다 마찬가지지만. 미소 짓는 얼굴들, 성난 얼굴들, 그의 귀에 거의 들리지 않던 함성, 쾅 닫히던 차문. 그는 분명 눈물을 글썽이고 있었을 것이다. 사람들이 인도를 따라 달리며 흔들어대던 깃발이 그의 기억 속에서 붉으면서도 흐릿했기 때문이다. "왕세자가 돌아왔다!"라고 외치던 그들의 함성.

노인은 왕궁으로 이어지는 언덕을 올라갔다. 왕궁 앞에서 몇몇 사람들이 근위병 교대식을 구경하고 있었다. 벽돌로 된 왕궁의 연노란색 정면을 배경으로 구령에 따라 개머리판을 찰싹 때리는 소리, 군화의 양 굽이 딱 부딪치는 소리가 울려 퍼졌다. 비디오카메라가 웅웅거리며 돌아가는 소리와 독일어 몇 마디도 들렸다. 젊은 일본인 커플이 서로의 몸에 팔을 두른 채 행복하게 교대식을 바라보고 있었다. 노인은 눈을 감고 군복과 총기름의 냄새를 맡아보려 했다. 당연히 날 리가 없었다. 이곳에는 그가 겪은 전쟁의 냄새가 전혀 나지 않았다.

노인은 다시 눈을 떴다. 검은 제복을 입은 저 어린 병사들이 뭘 알겠는가. 군주의 연병장에 놓인 장난감 신세가 되어 상징적인 동작만 행하는 저 아이들은 너무 순진해서 세상을 모른다. 너무 어려서 아무것도 느끼지 못한다. 노인은 다시 그날을 생각했다. 군인 복장을 한 젊은 노르웨이인들, 혹은 '스웨덴 군인'이라고 불리웠던 자들을. 군복 입는 법도 모르고, 전쟁 포로를 어떻게 다뤄야 할지는 더욱 모르는 그들이 그의 눈에는 꼭 장난감 병정처럼 보였었다. 그들은 입에 담배를 물고, 군모는 비스듬히 쓴 채 새로 지급받은 총을 꼭 쥐고 있었다. 겁을 먹은 동시에 악랄해서, 개머리판으로 죄수들의 등짝을 갈기는 것으로 자신들의 두려움을 극복하려 했다.

"나치 새끼." 죄수들을 때리며 군인들은 그렇게 말했다. 자신의 죄를 즉각 용서받기 위해서였다.

노인은 숨을 들이쉬며 따뜻한 가을날을 음미했다. 하지만 그 순간, 통증이 밀려와 뒤로 비틀거렸다. 폐에 찬 물. 열두 달이 지나면, 어쩌면 열두 달이 되기도 전에 염증과 고름이 물을 만들어내고, 폐에 그 물이 고일 것이다. 그게 최악의 상황이라고 했다.

'얼마 남지 않았습니다, 어르신.'

기침이 올라왔다. 그의 기침이 너무 심해지자, 곁에 있던 사람들이 무의식적으로 자리를 피했다.

1999년 10월 5일

빅토리아 테라세* 내(內) 외무부

외무부 차관 베른트 브란헤우그는 복도를 성큼성큼 걸어 내려갔다. 30초 전에 사무실을 나섰으니, 이제 45초 후면 회의실에 도달할 것이다. 그는 양 어깨를 쭉 폈다. 예전보다 어깨가 더 넓어지고, 양복에 닿는 등 근육이 땅기는 게 느껴졌다. 활배근, 다시 말해 등 위쪽에 근육이 생긴 것이다. 그의 나이 예순이었지만 많아야 쉰으로밖에 보이지 않았다. 그렇다고 해서 그가 외모에 집착하는 사람은 아니다. 특별한 노력을 하지 않아도 자신이 매력적으로 보인다는 것을 잘 알고 있었다. 그저 원래부터 좋아하는 운동을 하고, 겨울에 일광욕실에서 한두 시간 태워주고, 숱 많은 눈썹에서 희끗한 털만 정기적으로 뽑아주면 그만이었다.

"안녕 리세!" 복사기 옆을 지나가며 그가 외쳤다. 외무부 수습 직원은 소스라치게 놀라며, 다음 모퉁이를 돌아가는 브란헤우그에게 간신히 희미한 미소를 지어 보였다. 리세는 풋내기 변호사로, 그가 아는 대학 동창의 딸이다. 근무한 지 겨우 3주째였다. 그

* 정부 기관들이 모여 있는 건물

녀의 입사 첫날부터 브란헤우그는 이 건물에서 직급이 가장 높은 자신이 그녀의 존재를 알고 있다는 사실을 공공연히 드러냈다. 과연 그녀를 차지할 수 있을까? 아마도. 꼭 그러리라는 법은 없지만, 결국에는 그렇게 될 것이다.

회의실 문을 열기도 전에 벌써 문 안쪽에서 웅성거리는 소리가 들렸다. 그는 손목시계를 보았다. 딱 75초 걸렸다. 그는 회의실로 들어가, 실내를 재빨리 훑어보며 호출한 사람들이 모두 참석했는지 확인했다.

"이런, 이런, 자네가 비아르네 묄레르겠군." 브란헤우그가 활짝 웃으며 테이블 너머로 손을 내밀었다. 상대는 마르고 키가 큰 남자로, 경찰청장인 안네 스퇴륵센의 옆자리에 앉아 있었다.

"자네가 경정, 맞지? 홀멘콜렌 릴레이 대회에서 롤러코스터처럼 달렸다고 들었네."

이것은 브란헤우그가 잘 쓰는 수법이었다. 처음 만나는 사람에 대한 사소한 정보 알아내기. 그것도 이력서에는 없는 것으로. 그러면 상대는 불안해하기 마련이다. 특히 그의 직함을 정확히 알고 경정이라고 부른 것이 기분 좋았다. 브란헤우그는 자리에 앉아 오랜 지인인 국가정보국의 쿠르트 마이리크 국장에게 윙크했다. 그러고는 테이블에 둘러앉은 나머지 사람들도 둘러보았다.

아직은 누가 회의를 주도해야 할지 모르는 눈치였다. 그도 그럴 것이, 각 대표는 적어도 직급상으로는 동등한 고위 간부들이었기 때문이다. 그들은 각각 국무총리실, 오슬로 경찰청, 국가정보국, 강력반, 그리고 브란헤우그가 소속된 외무부 대표들이었다. 이번 회의의 주체는 국무총리실이었다. 하지만 절차가 진행됨에 따라, 안네 스퇴륵센이 대표하는 오슬로 경찰청과 쿠르트 마이리크의 국가정보국이 이번 작전을 책임지게 되리라는 것은 의심의 여지가 없었다. 국무총리실 소속의 국무차관은 자신이 이 회의를 주도하는 것이 당연하다는 표정이었다.

브란헤우그는 눈을 감고 귀를 기울였다.

만나서 반갑네 어쩌네 하는 대화가 몇고 웅성거리는 말소리가 차츰 가라앉더니, 테이블 다리가 바닥에서 지익 긁히는 소리가 났다. 아직 때가 아니다. 종이가 바스락거리는 소리, 볼펜 꼭지를 딸칵 누르는 소리. 오늘 같은 중요한 회의에서는 대부분의 부서 대표들이 개인 속기사를 데려온다. 혹시라도 나중에 이미 벌어진 일을 두고 서로 비난하게 될 때를 대비해서. 누군가의 기침 소리가 들렸다. 하지만 그것은 테이블 근처에서 나는 소리가 아니었다. 게다가 말문을 열기 전의 의례적인 헛기침과도 달랐다. 이번에는 숨을 훅 들이쉬는 소리가 들렸다. 누군가 말하려는 것이다.

"그럼 시작합시다." 베른트 브란헤우그가 재빨리 선수 치며 눈을 떴다.

사람들의 고개가 그를 향해 돌아갔다. 늘 똑같았다. 국무차관의 반쯤 벌어진 입, 안네 스퇴륵센의 시큰둥한 미소. 방금 무슨 일이 벌어졌는지 알고 있다는 뜻의 미소였다. 하지만 그 둘을 제외하고는 다들 멍한 얼굴로 그를 바라보았다. 싸움은 이미 끝났다는 걸 전혀 깨닫지 못한 채.

"우리의 첫 번째 협력 회의에 참석하신 것을 환영합니다. 우리가 맡은 임무는 세상에서 가장 중요한 네 남자가 노르웨이에 무사히 입국했다가 출국하도록 하는 것입니다. 가급적 멀쩡한 상태로 말이죠."

테이블 주위에서 점잖게 키득거리는 소리가 들렸다.

"11월 1일 월요일에 팔레스타인 해방기구의 지도자 야세르 아라파트, 이스라엘 총리 에후드 바라크, 러시아 총리 블라디미르 푸틴이 노르웨이를 방문할 겁니다. 더불어 가장 중요한 인물이 에어 포스 원을 타고 오슬로의 가르데모엔 공항에 도착할 겁니다. 정확히 27일 후 오전 6시 15분에요."

브란헤우그의 시선이 테이블 주위의 얼굴을 차례로 이동하다가 새로운 얼굴에서 멈췄다. 비아르네 묄레르.

"물론 안개가 끼지 않는다면 말이죠." 브란헤우그의 말에 사람들이 웃음을 터뜨렸다. 묄레르도 잠시 긴장을 푼 채 다른 사람들과 함께 웃었다. 그 모습을 본 브란헤우그는 만족스러워 하며 튼튼한 이를 드러내고 미소 지었다. 지난번의 치과 시술 이후로 한층 더 하얘진 이였다.

"수행원이 몇 명이나 될지는 아직 모릅니다." 브란헤우그가 말했다. "지난번 호주를 방문했을 때는 2천 명이었고, 코펜하겐을 방문했을 때는 1천 7백 명이었습니다."

테이블 주위에서 웅성거리는 소리가 들렸다.

"하지만 제 경험상 대략 700명 정도로 예측하는 게 현실적일 듯하군요."

브란헤우그는 자신의 '예측'이 곧 현실이 되리라는 것을 알고 있었다. 한 시간 전에 이미 미국으로부터 712명의 명단을 팩스로 받았기 때문이다.

"아마 단 이틀간의 정상 회담에 그렇게까지 많은 인원이 필요한지 의아해하는 분도 있을 겁니다. 대답은 간단합니다. 그것은 유구한 역사를 자랑하는 수사학의 힘을 보여주기 위해서입니다. 제 추측이 맞는다면, 700이란 숫자는 1468년 카이저 프레드리히 3세

황제가 로마에 입성할 때 데려간 수행원들의 숫자일 겁니다. 교황에게 누가 세상에서 가장 막강한 권력을 가졌는지 보여주기 위해서였죠."

테이블 주위의 웃음소리가 더욱 커졌다. 브란헤우그는 안네 스퇴륵센에게 윙크를 날렸다. 예전에 〈아프텐포스텐〉*에서 읽은 내용이었다. 그는 양 손바닥을 맞댔다.

"2개월이 얼마나 짧은 시간인지는 굳이 말씀드리지 않아도 잘 알 겁니다. 이는 앞으로 우리가 매일 10시에 여기서 협력 회의를 할 거라는 뜻입니다. 이 네 남자가 우리 손에서 벗어날 때까지는 다른 일을 모두 중단해야 합니다. 당분간 휴가와 병가 금지령이 떨어질 겁니다. 질문 없으면 다음 사항으로 넘어가죠."

"글쎄요, 우리 생각에는─." 국무차관이 운을 뗐다.

"병가에는 우울증도 포함됩니다." 브란헤우그가 그의 말을 자르고 농담을 던지자, 비아르네 묄레르가 박장대소했다.

"그러니까 우리는─." 국무차관이 다시 끼어들었다.

"다음은 자네 차례일세, 마이리크." 브란헤우그가 말했다.

"뭐 말입니까?"

정보국 국장인 쿠르트 마이리크가 반질반질한 정수리를 들어 올리며, 브란헤우그를 바라보았다.

"정보국에서 실시한 위험 평가에 대해 할 말이 있을 텐데?" 브란헤우그가 말했다.

"아, 그거요. 평가서 복사본을 가져왔습니다."

트롬쇠 출신인 마이리크는 사투리와 표준 노르웨이어가 마구잡

---

* 노르웨이 최대 일간지.

이로 섞인 이상한 말투를 썼다. 마이리크가 옆의 여자에게 고개를 끄덕이자, 브란헤우그의 시선이 그녀에게 머물렀다. 아무리 봐도 화장은 안 한 얼굴이고, 끝을 일직선으로 자른 갈색 단발머리에 꽂힌 핀은 전혀 어울리지 않았다. 입고 있는 푸른색 모직 정장은 칙칙하기 그지없었다. 남자 동료에게 여자로 보일까 두려워하는 전문직 여성들이 그렇듯, 그녀도 지나치리만큼 수수한 차림이었다. 그런데도 브란헤우그는 그녀가 마음에 들었다. 부드러운 갈색 눈동자와 도드라진 광대뼈는 귀족적이면서도 이국적인 분위기를 풍겼다. 전에도 본 적이 있었지만 그때는 머리 스타일이 지금과 달랐다. 이름이 뭐였더라? 성경에 나오는 이름이었는데. 라켈이었던가? 어쩌면 최근에 이혼했을지도 모른다. 그렇다면 머리를 싹둑 자른 게 설명이 된다. 여자가 그녀와 마이리크 사이에 있는 서류 가방 위로 몸을 숙였다. 브란헤우그의 시선은 자동적으로 그녀의 블라우스 네크라인을 살폈다. 그러나 맨 위까지 단추가 꼭꼭 잠겨 있어 눈요기를 전혀 할 수 없었다. 학교에 다니는 자녀를 두었을까? 대낮에 시내 한복판의 호텔에 방을 빌리자고 하면 싫어할까? 권력에 성적 흥분을 느낄까?

"그냥 짧게 요약해주게, 마이리크." 브란헤우그가 말했다.

"알겠습니다."

"그 전에 한 가지 말하고 싶은 게 있는데……." 국무차관이 말했다.

"마이리크 먼저 하면 안 되겠나? 마이리크가 끝낸 후에 실컷 이야기하게, 비에른."

브란헤우그가 국무차관의 이름을 부른 것은 이번이 처음이었다.

"정보국에서는 이번 미국 대통령의 방문에 공격이나 다른 피해의 위험성이 있다고 봅니다." 마이리크가 말했다.

브란헤우그는 빙긋 웃었다. 시야의 한쪽 구석으로 경찰청장도 웃는 게 보였다. 똑똑한 여자다. 법학 학위에 흠잡을 데 없는 행정 이력. 언제 저 여자와 남편을 집으로 초대해 송어라도 대접해야겠다. 브란헤우그는 노르베르그의 녹지대 안에 있는 널찍한 목조 주택에서 아내와 함께 살았다. 겨울에는 차고 앞에서 스키를 신기만 하면 바로 스키를 탈 수 있었다. 브란헤우그는 그 집을 아주 좋아했지만, 아내는 집이 너무 검다고 했다. 검은색 목재로만 되어 있어 무섭기도 하고, 숲에 둘러싸여 있는 것도 싫다는 것이다. 그래, 저녁 식사에 초대해야겠어. 단단한 목조 주택, 그가 직접 잡은 싱싱한 송어. 그것이 바로 그가 보내야 할 신호였다.

"지금까지 네 명의 미국 대통령이 암살당했습니다. 에이브러햄 링컨은 1865년에, 제임스 가필드는 1881년, 존 F. 케네디는 1963년, 그리고……."

마이리크가 도드라진 광대뼈의 여자에게 몸을 돌리자, 그녀가 소리 없이 입 모양으로 알려주었다.

"아, 그렇지. 윌리엄 맥킨리. 그게……."

"1901년이지." 브란헤우그가 따뜻한 미소를 지으며 말하고는, 손목시계를 힐끗 보았다.

"맞습니다. 하지만 그 외에도 오랫동안 엄청나게 많은 암살 시도가 있었습니다. 해리 트루먼, 제럴드 포드, 로널드 레이건은 재임 중에 심각한 공격을 받았죠."

브란헤우그가 헛기침을 했다. "현 대통령도 몇 년 전에 저격당한 걸 빠뜨렸군. 다행히 총에 맞은 건 그의 집뿐이었지만."

"맞는 말입니다만, 그런 사건은 너무 많아서 아예 포함시키지 않았습니다. 지난 20년 동안 미국 대통령 가운데 임기 중 최소한 10번의 암살 시도와 범인 체포를 겪지 않은 대통령은 없을 겁니다. 언론에서도 모르는 일이죠."

"왜죠?"

강력반 책임자인 비아르네 묄레르는 그 질문을 자기 머릿속으로만 했다고 착각했다. 그래서 자기가 내뱉은 말에 다른 사람들만큼이나 깜짝 놀랐다. 사람들의 시선이 자신에게 쏠려 있는 것을 깨닫고, 묄레르는 침을 꿀꺽 삼켰다. 그러고는 계속 마이리크를 바라보려 했지만, 그의 시선은 자기도 모르게 자꾸만 브란헤우그 쪽으로 향했다. 브란헤우그는 괜찮다는 듯이 그에게 윙크를 보냈다.

"알다시피 암살 시도는 대개 비밀에 부친다네." 마이리크가 안경을 벗으며 말했다. 드라마에서 데리크 경감 역할을 연기했던 독일 배우 호스트 타퍼트가 쓰고 다니는 안경 같았다. 햇볕에 나가면 검게 변하는 안경이었는데, 독일에서 통신 판매로 인기 만점이었다.

"암살 시도는 자살처럼 전염성이 강한 것으로 증명됐거든. 게다가 우리 같은 현장파들은 작전 기술이 노출되는 걸 싫어하니까."

"경호는 어떻게 할 계획입니까?" 국무차관이 물었다.

광대뼈 여인이 마이리크에게 종이 한 장을 건네자, 그는 다시 안경을 쓰고 종이에 적힌 글을 읽었다.

"목요일에 미국에서 비밀 경호원 여덟 명이 올 겁니다. 그들이 오면 대통령 일행이 묵을 호텔과 이동 경로를 훑어보고, 대통령과 접촉하는 모든 이들의 신원을 조사할 겁니다. 또 우리가 배치할 노르웨이 경찰들도 훈련시킬 거고요. 로메리케와 아스케르, 베룸 지역에서 경찰들을 소집할 겁니다."

"그들은 무슨 일을 하게 되지?" 브란헤우그가 물었다.

"주로 경호 업무죠. 미 대사관과 대통령 수행원들이 묵는 호텔 주변을 감시할 겁니다. 그리고 주차장이랑—."

"한 마디로 대통령이 없는 곳만 골라서 감시하는군."

"대통령 경호도 국가정보국에서 할 겁니다. 미국 비밀 경호국과 함께."

"자넨 경호 업무를 싫어하는 줄 알았는데, 쿠르트." 브란헤우그가 능글맞게 웃으며 말했다.

쿠르트 마이리크는 얼굴을 찡그렸다. 1998년 오슬로에서 광업 컨퍼런스가 개최되었을 때의 기억이 떠올랐기 때문이다. 당시 국가정보국은 자신들이 작성한 위험 평가 보고서를 기반으로 경호 업무는 하지 않겠다고 했다. 이 행사의 위험 등급이 '중급에서 하급'이라는 결론을 내렸기 때문이다. 그런데 컨퍼런스가 개최된 지 이틀째 되던 날, 노르웨이 이민국이 뜻밖의 사실을 알려왔다. 이번 컨퍼런스에서 정보국이 크로아티아 대표단의 운전사로 지명한 노르웨이인이 보스니아 출신의 이슬람교도라는 것이다. 그는 1970년대에 노르웨이로 이주해 오랜 세월이 흐른 뒤, 노르웨이 시민권을 얻었다. 그러나 1993년, 부모와 가족 네 명이 보스니아 헤르체고비나의 모스타르에서 크로아티아인에게 무참히 살해되었다. 남자의 아파트를 뒤져보니 수류탄 두 개와 유서가 나왔다. 물론 언론은 이 일을 전혀 알지 못했다. 하지만 정부가 그 사실을 알게 되었고, 쿠르트 마이리크의 경력은 위기에 처했다. 브란헤우그가 직접 개입하지 않았다면 어떻게 되었을지 모를 일이었다. 결국 그 일은 신원 확인을 담당했던 감독관이 사임하는 것으로 유야무야 넘어갔다. 범인의 이름은 기억나지 않았지만, 그 후로 브란헤우그는 마이리크와 돈독한 실무 관계를 유지해왔다.

"비에른!" 브란헤우그가 손뼉을 치며 외쳤다. "이제 우리 모두 귀를 쫑긋 세우고 자네의 말을 들도록 하지. 말해보게!"

브란헤우그의 시선이 방 안을 쭉 훑으며 마이리크의 여비서를 재빨리 지나쳤다. 재빨리, 라고는 해도 자신을 바라보는 그녀의 시선을 알아차릴 여유는 있었다. 그녀는 그가 있는 쪽을 바라보았지만, 눈동자는 아무 내색도 없이 무덤덤했다. 브란헤우그는 잠시 그녀를 마주 볼까 고민했다. 자신이 그녀를 마주 볼 때 그녀가 어떤 표정을 지을지 알고 싶었다. 하지만 이내 그 유혹을 떨쳐버렸다. 저 여자 이름이 뭐였더라? 라켈, 맞지?

1999년 10월 5일

왕궁 정원

"죽었어요?"

노인이 눈을 뜨자, 그를 굽어보는 머리의 윤곽이 보였다. 하지만 머리 뒤로 비치는 새하얀 빛과 섞여 얼굴은 보이지 않았다. 그녀일까? 그녀가 벌써 그를 데리러 온 걸까?

"죽었냐고요." 명랑한 목소리가 다시 물었다.

노인은 대답하지 않았다. 지금 자신이 눈을 떴는지, 아니면 꿈을 꾸는지조차 몰랐기 때문이다. 또한 목소리가 묻는 대로 자신이 죽었는지 살았는지도 알 수 없었다.

"이름이 뭐예요?"

머리가 움직이자, 나무 꼭대기와 새파란 하늘이 보였다. 그는 꿈을 꾸고 있었다. '머리 위에 독일 폭격기가 있네'라는 노르달 그리그*의 시구, 그리고 영국으로 망명한 왕에 관한 꿈이었다. 눈동자가 다시 빛에 적응되며 차츰 기억이 떠올랐다. 아까 잠시 쉬기 위해 왕궁 정원의 잔디밭에 앉았는데, 그대로 잠이 든 모양이

---

* 노르웨이의 시인이자 극작가.

다. 한 꼬마 소년이 그의 옆에 쪼그리고 앉아 있었다. 이마를 덮은 검은색 앞머리 아래의 갈색 눈동자가 그를 바라보고 있었다.

"내 이름은 알리예요." 소년이 말했다.

파키스탄인인가? 코가 이상한 들창코였다.

"알리는 신이라는 뜻이죠. 할아버지 이름은 뭐예요?" 소년이 물었다.

"내 이름은 다니엘이란다." 노인이 미소 지으며 말했다. "성경에 나오는 이름이지. '신은 나의 심판자'라는 뜻이야."

소년은 그를 바라보았다.

"그러니까 할아버지가 다니엘이라고요?"

"그래."

소년이 그에게서 눈을 떼지 않자, 노인은 당황했다. 어쩌면 이 아이는 그를 노숙자로 생각할지도 모른다. 그가 옷을 입은 채 코트를 깔개 삼아 햇살 아래 누워 있었기 때문이다.

"엄마는 어디 계시냐?" 자신을 뜯어보는 소년의 시선을 피하며 노인이 물었다.

"저기요." 소년이 고개를 돌려 가리켰다.

갈색 피부에 튼튼해 보이는 여자 두 명이 약간 떨어진 곳에 앉아 있었다. 그들 주위로 네 명의 아이들이 까르르 웃으며 뛰놀고 있었다.

"그럼 내가 할아버지 심판자겠네요." 소년이 말했다.

"뭐라고?"

"알리는 신이거든요. 그리고 신은 다니엘의 심판자라면서요. 내 이름은 알리고, 할아버지 이름은—"

노인은 손을 뻗어 알리의 코를 비틀었다. 소년이 웃는 얼굴로 소리를 질렀다. 두 여자가 고개를 돌려 이쪽을 쳐다보았다. 한 명이 자리에서 일어나자, 노인은 소년에게서 손을 뗐다. "엄마에게 가보거라, 알리." 노인이 이쪽으로 다가오는 여자를 향해 고갯짓했다.

"엄마! 난 이 할아버지의 심판자예요." 소년이 외쳤다.

여자가 우루두어*로 소년에게 뭐라고 외쳤다. 노인은 미소를 지어 보였지만, 여자는 노인의 시선을 피한 채 엄한 얼굴로 아들을 바라보았다. 소년은 마침내 엄마의 말에 복종해 그쪽으로 터벅터벅 걸어갔다. 두 모자가 뒤돌아보았을 때, 여자의 시선은 마치 노인이 보이지 않는 것처럼 그를 통과해 지나갔다. 노인은 그녀에게 설명하고 싶었다. 자신은 노숙자가 아니라고, 자신도 이 사회를 형성하는 데 일조했다고. 그는 이 사회에 투자했다. 그것도 엄청나게. 빈털터리가 될 때까지 자신이 가진 모든 것을 주고 또 주었다. 그러다 마침내 무너지고 항복하고 포기했다. 하지만 노인은 그 말을 할 수가 없었다. 너무 피곤해서 그저 집에 가고 싶을 뿐이었다. 가서 쉬고 싶었다. 그러고 나면 알게 되리라. 이제는 다른 사람이 대가를 치러야 할 때라는 것을.

그 자리를 떠나던 노인의 귀에는 뒤에서 외치는 소년의 목소리가 들리지 않았다.

* 파키스탄의 공용어.

1999년 10월 9일

그뢴란의 경찰청

엘렌 옐텐은 문을 벌컥 열고 들어오는 남자를 올려다보았다.
"어서 와요, 선배."
"젠장!"
해리는 자신의 책상 옆에 있던 쓰레기통을 발로 걷어찼다. 쓰레기통은 엘렌의 의자 옆 벽에 부딪히더니 리놀륨 바닥 위를 또르르 구르며 안에 든 내용물을 사방에 뱉어놓았다. 쓰다가 폐기해버린 보고서(에케베르그 살인사건), 스무 개들이 담뱃갑(면세 딱지가 붙은 카멜 담배), 초록색 고몽 요거트 통, 〈닥스아비센〉, 보고 버린 영화 티켓(《라스베이거스에서의 공포와 혐오》), 축구 도박 티켓, 음악 잡지(표지에 퀸이 실린 〈모조〉 1999년 2월 69호), 콜라 페트병(500ml), 그리고 그가 한동안 전화할까 고민했던 전화번호가 적힌 노란색 포스트잇.

엘렌은 컴퓨터에서 시선을 들어, 바닥에 펼쳐진 쓰레기통 내용물을 살펴보았다.
"〈모조〉 버릴 거예요?" 엘렌이 물었다.
"젠장!" 해리는 다시 소리쳤다. 그러고는 꼭 끼는 양복 재킷을 벗어, 그와 엘렌 엘텐이 공동으로 사용하는 20제곱미터 사무실을 가로질러 내던졌다. 재킷은 스탠드형 옷걸이를 맞췄지만, 바닥으로 떨어졌다.

"무슨 일이에요?" 엘렌이 한 손을 뻗어 좌우로 흔들리는 옷걸이가 쓰러지지 않도록 붙잡으며 말했다.

"우편함에 이게 있더라고."

해리가 허공에 서류를 흔들어댔다.

"법원 판결문 같은데요?"

"맞아."

"데니스 케밥 사건?"

"그래."

"그런데요?"

"법원에서 스베레 올센에게 최고형을 때렸어. 3년 6개월."

"와우. 그럼 기분 째져야 하는 거잖아요."

"그랬지. 한 1분 동안. 이걸 읽기 전까지."

해리는 팩스 종이를 들어 올렸다.

"그게 뭔데요?"

"오늘 아침에 판결문을 받은 크론이 우리에게 경고장을 보냈어. 재판 절차상에 오류가 있었다고 이의를 제기할 거라더군."

엘렌은 마치 벌레라도 씹은 사람처럼 얼굴을 찡그렸다.

"으윽."

"이번 판결 전체를 각하하고 싶어 해. 말도 안 되는 일이지. 근데 그 미꾸라지 같은 크론이 선서 건으로 우리를 엿 먹였어." 해리는 창가에 가서 섰다. "배석 판사들은 처음 법정에 설 때만 선서하면 돼. 하지만 반드시 재판 시작 전에 법정에서 선서해야 해. 크론은 배석 판사 중 하나가 신참이고, 그녀가 법정에서 선서하지 않았다는 걸 알아차렸어."

"확약이라고 하죠."

"맞아. 판결 증명서에 따르면 판사는 재판이 시작되기 직전, 자기 사무실에서 배석 판사에게 확약을 시킨 모양이야. 시간도 빠듯한데다 규칙이 새로 바뀐 걸 깜빡했대."

해리는 팩스 종이를 동그랗게 구겨, 큰 호선을 그리며 던졌다. 종이는 엘렌의 쓰레기통에서 50센티미터 옆에 떨어졌다.

"그래서 결과는요?" 엘렌이 팩스 종이를 다시 해리의 책상 쪽으로 차며 물었다.

"판결은 무효가 될 거고, 스베레 올센은 재판이 다시 열리기 전까지 자유의 몸이 되는 거지. 최소 18개월 동안. 그리고 경험상 이런 경우에는 다시 재판을 받아도 형이 훨씬 가벼워져. 기다리는 동안 피고가 겪었을 정신적 스트레스 어쩌고저쩌고 하면서 말이야. 이미 8개월 동안 구금되었으니까, 스베레 올센은 자유의 몸이나 마찬가지야."

이것은 엘렌에게 하는 말이 아니었다. 그녀는 이 사건을 속속들이 다 알고 있었기 때문이다. 해리는 창문에 비친 자기 얼굴에 대고 말하는 중이었다. 자신의 말이 납득이 되는지 알아보기 위해 또박또박. 그는 양손으로 땀에 젖은 머리통을 훑어 내렸다. 얼마 전까지만 해도 그곳에는 바싹 자른 금발이 까끌하게 자라 있었다. 그런데 그 짧은 머리마저 밀어버린 이유는 간단했다. 지난주에 누군가 또 그를 알아보았기 때문이다. 검은 털모자에 나이키 신발, 바짓가랑이가 무릎 부근까지 내려오는 헐렁한 배기팬츠를 입은 남학생이었다. 뒤에서 녀석의 친구들이 키득거리는 가운데, 그 녀석이 해리에게 다가와 물었다. 오스트레일리아에서 활약했던 그 브루스 윌리스 같은 형사 아니냐고. 그의 얼굴이 각종 일간지의 1면을 장식하고, 텔레비전 토크쇼에 나가 시드니에서 잡은 연쇄살인범에 대해 떠들어대는 바보짓을 한 것이 3년(무려 3년!) 전의 일이었다. 해리는 즉시 그 자리를 박차고 나와 머리를 밀어버렸다. 엘렌은 차라리 수염을 기르라고 제안했다.

"제일 기분 나쁜 일이 뭔지 알아? 내가 맹세하건대, 그 변호사 새끼는 형이 선고되기 전에 벌써 항소이유서 초안을 작성했을 거야. 재판정에서 그에 대해 조금이라도 언질을 주었다면 그 자리에서 바로 확약했을 거라고. 하지만 그 자식은 가만히 앉아 양손을 비벼대며, 재판이 끝나기만 기다리고 있었지."

엘렌은 어깨를 으쓱였다.

"그런 일은 비일비재해요. 피고 측 변호사로서는 잘한 일이죠. 법과 질서의 제단 앞에서는 무언가 희생되기 마련이라고요. 그러니까 진정해요, 선배."

반은 빈정거리듯, 반은 그게 냉정한 현실이라는 듯이 엘렌이 말했다.

해리는 차가운 유리창에 이마를 댔다. 오늘도 10월치고는 예상 밖으로 따뜻한 날이었다. 저렇게 젊고 인형처럼 예쁘장하게 생긴 풋내기 여형사가 어떻게 저런 강한 면을 갖게 되었을까? 공처럼 동그란 눈과 작은 입, 창백한 피부의 엘렌은 중산층 출신이었다. 본인 말에 의하면 버르장머리 없는 외동딸로, 심지어 스위스의 여자 기숙학교까지 다녔단다. 또 모르지. 어쩌면 그런 양육 방식이야말로 자식을 강하게 키우는 것일지도.

해리는 유리창에서 이마를 떼고, 숨을 내쉬었다. 그러고는 셔츠

단추를 하나 풀었다.

"더 풀어요, 더." 엘렌이 격려의 박수를 치며 속삭였다.

"신나치족 사이에서는 그자가 배트맨으로 통한다더군."

"알겠다. 야구 배트를 들고 다녀서 그런 거죠?"

"그 나치족 말고, 변호사."

"그래요? 재미있네요. 그 변호사가 잘생긴 부자에 빨래판 같은 복근도 있고, 끝내주는 차를 가진 똘아이인가 보죠?"

해리는 웃음을 터뜨렸다. "차라리 코미디언을 하지 그래? 그게 아니라 맡는 재판마다 항상 이기기 때문에 배트맨이라는 거야. 게다가 유부남이라고."

"그게 유일한 단점인가요?"

"그거랑 하나 더 있지. 매번 우리 경찰을 바보로 만든다는 거." 해리는 커피를 한 잔 따랐다. 2년 전, 엘렌이 이 사무실에 들어오면서부터 그들은 엘렌이 집에서 직접 갈아 섞어온 원두를 내려 마셨다. 문제는 이 커피 때문에 해리의 입맛이 고급스러워져서, 이제 흙탕물 같은 일반 커피는 도저히 마실 수 없게 되었다는 것이다.

"대법원 판사가 최종 목표일까요?" 엘렌이 물었다.

"그것도 마흔 되기 전에."

"실패한다는 데 1천 크로네 걸죠."

"좋아."

둘은 웃으며 각자의 종이컵을 들어 올려 건배했다.

"그럼 저 〈모조〉, 나 가져도 돼요?"

"저기에 프레디 머큐리 최악의 사진 열 장이 화보로 실려 있어. 털 없는 가슴을 드러내고, 손은 양 옆구리를 짚고, 뻐드렁니가 튀어나온 사진. 아주 종합 선물 세트지. 이제 네 거야."

"나 프레디 머큐리 좋아해요, 정말로. 좋아했죠."

"나도 싫어한다고 안 했어."

해리는 생각에 잠긴 채 사무실 의자에 등을 기댔다. 푹 꺼진데다 오래전부터 제일 낮은 높이로 맞춰져 있던 푸른색 의자가 항의하듯 비명을 질러댔다. 그는 전화기에 붙은 노란색 포스트잇을 떼어냈다. 엘렌의 글씨가 적혀 있었다.

"이게 뭐야?"

"글 못 읽어요? 경정님이 찾아요."

해리는 복도를 내려갔다. 스베레 올센이 다시 거리를 활보한다는 소식을 전하면, 경정이 어떤 표정을 지을까? 아마도 입을 꾹 다문 채 미간에 깊은 고랑 두 개가 패일 것이다.

해리가 지나가자, 복사기 옆에 있던 뺨이 발그레한 아가씨가 얼른 시선을 들며 미소를 보냈다. 해리는 굳이 미소로 답하지 않았다. 사무직 아가씨인 듯했는데 그녀에게서 풍기는 달콤하고 진한 향수 냄새가 신경에 거슬렸다. 그는 두 번째로 손목시계를 보았다.

이제는 향수마저 신경에 거슬리기 시작하다니, 대체 왜 이러는 걸까? 엘렌은 그에게 선천적인 회복 능력이 부족하다고 했다. 다시 말해, 보통 사람들처럼 수면으로 올려가려고 안간힘을 쓰지 않는다는 것이다. 방콕에서 돌아온 후, 그는 한없이 가라앉기 시작해 아예 수면 위로 올라가는 것을 포기할까 생각했었다. 모든 것이 차갑고 어두웠으며, 모든 감각이 무뎌졌다. 마치 깊은 물속에 가라앉은 듯이. 그곳은 놀라울 정도로 고요했다. 사람들이 말을 할 때면, 단어가 거품이 되어 그들의 입에서 부글부글 흘러나왔다. 거품은 빠르게 위로 올라가 사라져버렸다. 익사한다는 게 아마 이런 기분일 거라고 그는 생각했다. 그리고 계속 기다렸다. 하지만 아무 일도 일어나지 않았다. 진공 상태만 지속될 뿐이었다. 그것도 나쁘지는 않았지만. 그리고 결국 그는 살아남았다.

모두 엘렌 덕분이었다.

방콕에서 돌아온 후 처음 몇 주 동안, 그는 패배를 인정하고 경찰을 그만둬야 하는 상황이었다. 그런 그를 엘렌이 나서서 도와주었다. 그가 술집에 드나들지 못하게 감시하고, 그가 지각할 때면 그의 날숨 냄새를 맡아 술에 취한 상태인지 아닌지 확인했다. 가끔은 그를 일찍 조퇴시키기도 했고, 그 사실을 아무에게도 알리지 않았다. 시간이 걸리기는 했지만, 결국 해리에게는 달리 할 일이 없었다. 그가 처음으로 술을 안 마시고 출근한 지 닷새째 되던 금요일, 엘렌은 만족스러운 표정으로 고개를 끄덕였다.

마침내 해리는 그녀에게 단도직입적으로 물었다. 경찰대학을 졸업하고, 법학 학위도 있고, 앞길이 창창한 아가씨가 왜 고생길을 자처하는 거지? 네 경력에 아무런 도움도 안 된다는 걸 몰라? 아니면 성공한 정상인들과 친해지는 데 문제라도 있는 거야?

엘렌은 진지한 표정으로 그를 바라보더니 이렇게 대답했다. 선배는 강력반 최고의 형사이고, 자신은 그저 선배의 경험을 흡수하고 싶었을 뿐이라고. 물론 말도 안 되는 소리였지만, 그래도 그렇게 말해주니 기분은 좋았다. 게다가 엘렌은 열정과 야망이 넘치는 형사인 터라 해리도 거기에 감염되지 않을 수 없었다. 지난 6개월 동안, 해리는 심지어 다시 실적을 올리기까지 했다. 그중에는 아주 훌륭하게 해결한 사건들도 있었는데, 스베레 올센 사건도 그중 하나였다.

앞쪽에 묄레르 경정의 사무실이 나타났다. 해리는 그를 못 본 척하는 제복 경관의 옆을 지나며 고개를 끄덕여 인사했다.

만약 그가 〈로빈슨 탐험대*〉에 출연했더라면, 다른 출연자들은 그의 나쁜 업보를 하루 만에 알아차리고 그를 집으로 돌려보냈을 것이다. 집으로 돌려보낸다고? 맙소사 이젠 아예 그 염병할 프로그램에서 사용하는 용어로 생각하기 시작했군. 닷새 동안 매일 밤마다 텔레비전 앞에 앉아 있다 보면 그렇게 되기 마련이다. 집에 처박혀 바보상자 앞에만 있으면, 최소한 술집에는 가지 않을 것 같아서 시작한 일이었다.

그는 '비아르네 묄레르 경정'이라고 적힌 명패 바로 밑을 두 번 두드렸다.

"들어와!"

해리는 손목시계를 보았다. 딱 75초 걸렸다.

---

* 리얼리티 프로그램의 원조에 해당되는 스웨덴의 방송 프로그램으로 오지에 떨어진 출연자들이 매회 게임을 통해 한 명씩 탈락한다. 노르웨이에서는 이 프로그램의 포맷을 구입해 자체 제작했고, 이 소설의 배경인 1999년에 1시즌이 방영되었다.

1999년 10월
묄레르의 사무실

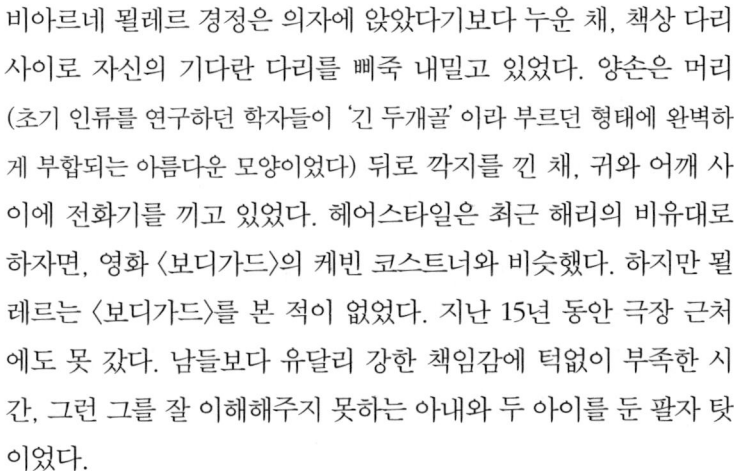

비아르네 묄레르 경정은 의자에 앉았다기보다 누운 채, 책상 다리 사이로 자신의 기다란 다리를 삐죽 내밀고 있었다. 양손은 머리 (초기 인류를 연구하던 학자들이 '긴 두개골'이라 부르던 형태에 완벽하게 부합되는 아름다운 모양이었다) 뒤로 깍지를 낀 채, 귀와 어깨 사이에 전화기를 끼고 있었다. 헤어스타일은 최근 해리의 비유대로 하자면, 영화 〈보디가드〉의 케빈 코스트너와 비슷했다. 하지만 묄레르는 〈보디가드〉를 본 적이 없었다. 지난 15년 동안 극장 근처에도 못 갔다. 남들보다 유달리 강한 책임감에 턱없이 부족한 시간, 그런 그를 잘 이해해주지 못하는 아내와 두 아이를 둔 팔자 탓이었다.

"그럼 그렇게 하도록 하죠." 묄레르는 그렇게 말하며 전화를 끊고, 책상 너머로 해리를 바라보았다. 책상은 담배꽁초가 흘러넘치는 재떨이, 각종 서류, 종이컵으로 다리가 휘어질 지경이었다. 그나마 인디언 복장을 한 두 소년의 사진이 이 아수라장 속에서 나름대로 구심점을 잡아주었다.

"왔군, 해리."

"왔습니다, 보스."

"외무부에서 열린 회의에 참석하고 오는 길이네. 11월에 오슬로에서 열리는 정상회담 때문에 말이야. 미국 대통령이 올 걸세…… 뭐, 자네도 신문에서 읽었겠지만. 커피?"

자리에서 일어난 묄레르는 두 걸음 만에 벌써 서류 캐비닛 앞에 도착해 있었다. 캐비닛 위에 쌓인 서류더미, 다시 그 위에 균형을 잡고 있는 커피 머신이 걸쭉한 액체를 뱉어냈다.

"고맙지만 전—."

하지만 너무 늦었다. 해리의 손에는 이미 김이 나는 컵이 쥐어져 있었다.

"난 특히 미국 비밀 경호원들의 방문을 고대하고 있네. 분명 그들과 서로 더 잘 알아가면서 돈독한 관계를 맺게 될 거야."

묄레르는 비꼬아서 표현하는 데 영 소질이 없었다. 그것이 해리가 자신의 상사에 대해 아는 사실 중 하나였다.

묄레르는 양 무릎을 끌어당겨 책상 밑을 받쳤다. 해리는 몸을 뒤로 젖히며 바지 주머니에서 꼬깃꼬깃한 카멜 담배를 꺼냈다. 그러고는 묻는 듯한 시선으로 묄레르를 바라보았다. 묄레르는 그 눈빛의 의미를 금방 알아차리고 흘러넘치는 재떨이를 그에게로 밀었다.

"난 가르데모엔 공항을 오고 가는 길의 경호 책임을 맡게 될 걸세. 뿐만 아니라 미 대통령과 바락—."

"바락?"

"에후드 바락. 이스라엘 총리라네."

"이런, 또 환상적인 오슬로 협정 같은 걸 맺으려나 보죠?"

묄레르는 천장을 향해 올라가는 푸른색 연기 기둥을 실망한 표정으로 바라보았다.

"설마 금시초문이라는 뜻은 아니겠지? 그렇다면 난 자네가 한층 더 걱정스러울 걸세. 지난주에 온갖 일간지의 1면에 실렸잖나."

해리는 어깨를 으쓱였다.

"우리 동네의 신문 배달 소년이 제멋대로라서요. 그 때문에 제 상식 수준이 심각하게 떨어지고 있죠. 제 사회생활에 큰 장애예요." 해리는 다시 조심스럽게 커피를 한 모금 마셔봤으나, 이내 포기하고 컵을 옆으로 밀었다. "제 연애생활에도요."

"정말인가?" 묄레르는 지금 이게 농담인지, 아니면 심각한 얘기인지 모르겠다는 표정으로 해리를 바라보았다.

"물론이죠. 서른을 훌쩍 넘긴 남자가 〈로빈슨 탐험대〉 출연자의 사생활은 시시콜콜 알면서, 정작 외국 국가 원수나 이스라엘 대통령의 이름도 모르는데 어떤 여자가 섹시하다고 생각하겠어요?"

"대통령이 아니라 총리라네."

"그거 보세요. 이제 제 말 뜻 아셨죠?"

묄레르는 웃음이 나오려는 걸 참았다. 그는 웃음이 헤펐다. 또한 머리를 빡빡 민 머리통 양옆으로 나비 날개 같은 큼지막한 귀가 툭 튀어나오고, 늘 고뇌에 차 있는 이 형사를 좋아했다. 비록 해리 때문에 그의 입장이 곤란해지는 경우가 많을지라도. 새로 승진한 이 경정은 성공을 꿈꾸는 공무원의 첫 번째 계명은 든든한 부하 직원을 두는 것임을 배웠기 때문이다. 묄레르는 해리에게 물어봐야겠다고 마음먹었지만, 여전히 묻기가 두려운 질문을 하기 위해 헛기침을 했다. 그러고는 자신의 염려가 직업적인 것이지, 결코 자상한 성격 때문이 아니라는 것을 보여주기 위해 눈살을 찌

풀렸다.
 "자네가 아직도 동네 술집인 슈뢰데르에 들락거린다고 들었네, 해리."
 "전에 비해 훨씬 줄어든 겁니다, 보스. 요즘 재미있는 텔레비전 프로가 워낙 많아서 말이죠."
 "하지만 아직도 거기 앉아서 술을 마시잖나."
 "서서 마실 순 없으니까요."
 "말장난 그만하게. 다시 술을 마시기 시작했나?"
 "눈곱만큼요."
 "그게 어느 정도인데?"
 "그보다 더 적게 마시면, 거기서 쫓겨날걸요?"
 이번에는 묄레르도 웃음을 참지 못했다. "도로의 보안을 책임져줄 세 명의 연락 담당관이 필요하네. 그 세 명은 각각 아케르스후스 주의 여러 관할구에서 파견된 경찰을 열 명씩 거느리게 될 거야. 거기다 경찰대학 졸업반인 경찰간부 후보생 두 명하고. 내가 염두에 두고 있는 사람은 톰 볼레르하고……."
 볼레르. 그 망할 놈의 인종 차별주의자는 차기 강력반 반장의 유력한 후임자였다. 해리는 볼레르의 행적을 익히 알고 있었는데, 경찰에 대한 대중의 모든 편견이 사실임을 확인시켜줄 만한 것들이었다. 한 가지만 제외하고. 불행히도 볼레르는 멍청하지 않았다. 형사로서 그의 업적은 아주 훌륭해서, 해리조차도 그가 차기 반장의 자격이 있다고 인정하지 않을 수 없었다.
 "베베르……."
 "그 우거지상 늙은이요?"
 "……그리고 자네일세, 해리."

"뭐라고요?"

"들었잖나."

해리는 얼굴을 찡그렸다.

"이의 있나?" 묄레르가 물었다.

"당연하죠."

"왜지? 이건 명예로운 임무야, 해리. 훌륭한 경력이 될 거라고."

"과연 그럴까요?" 해리는 담배를 재떨이에 맹렬히 비벼 껐다. "재활 과정의 다음 단계가 아니고요?"

"무슨 뜻이지?" 비아르네 묄레르는 상처받은 표정이었다.

"보스가 다른 사람들의 좋은 충고를 무시하고, 몇몇 사람들과 언쟁을 벌이면서까지 절 강력반에 복귀시켰다는 사실, 잘 알고 있습니다. 그 점은 앞으로 죽을 때까지 고마워할 거고요. 하지만 이게 뭡니까? 연락 담당관? 마치 보스를 의심하는 자들에게 보스가 옳았고, 그들이 틀렸다는 걸 증명하려는 것처럼 들리는군요. 해리 홀레는 상승 가도를 달리고 있고, 따라서 더 중요한 임무도 맡길 수 있다고 말입니다."

"그래서?" 비아르네 묄레르는 다시 길쭉한 머리통 뒤로 양손을 가져갔다.

"그래서?" 해리가 그의 말투를 흉내 냈다. "그게 숨은 목적인가요? 제가 또 다시 체스 판의 졸(卒)이 된 겁니까?"

묄레르는 절망 섞인 한숨을 쉬었다.

"우린 모두 졸 신세라네, 해리. 모든 일에는 늘 숨겨진 의도가 있게 마련이야. 하지만 이건 특별히 나쁠 게 없는 일이네. 자네가 잘해내면, 우리 모두에게 좋은 일이고. 그게 그렇게 어려운가?"

해리는 콧방귀를 뀌고는 무슨 말을 하려다가 입을 다물었다. 그러고는 다시 입을 열었다가 그만두기로 했는지 담뱃갑에서 두 번째 담배를 꺼냈다.

"경마장의 말이 된 기분이란 말입니다. 전 책임지는 일은 딱 질색입니다."

불을 붙이지 않은 담배가 해리의 입술 끝에서 대롱거렸다.

그가 묄레르에게 큰 신세를 진 것은 사실이지만, 만약 이 일을 망치기라도 한다면? 묄레르는 그럴 가능성도 생각했을까? 연락 담당관이라니. 한동안 금주를 하기는 했지만, 그래도 아직 조심해야 했다. 지금은 하루하루 넘기기도 힘들었다. 젠장, 그가 형사가 되려고 했던 이유 중 하나도 그게 아니었던가? 부하 직원 거느리는 걸 피하고, 가능한 한 적은 상사만 두는 것. 해리는 담배 필터를 깨물었다.

커피 머신 근처의 바깥쪽 복도에서 남자의 목소리가 들렸다. 볼레르 같았다. 이어지는 까르르 웃음소리. 아마 새로 온 사무직 아가씨일 것이다. 아직도 그녀의 향수 냄새가 해리의 코끝에 맴돌았다.

"젠장." 해리가 말했다. 젠-장. 이 두 음절을 따라, 해리의 입에 물려 있던 담배가 두 번 까닥거렸다.

해리가 생각하는 동안, 줄곧 눈을 감고 있었던 묄레르가 이제는 눈을 반쯤 뜨고 있었다. "승낙의 뜻으로 받아들여도 되겠나?"

해리는 자리에서 일어나, 아무 말 없이 밖으로 나갔다.

1999년 11월 1일
알나부르의 톨게이트 매표소

 잿빛 새 한 마리가 해리의 시야에 미끄러지듯 들어왔다가 빠져나갔다. 해리는 손에 쥔 스미스앤드웨슨 38구경의 방아쇠에 더욱 힘을 주었다. 그와 동시에 사격조준기의 가장자리 너머로 매표소 유리창 너머의 정지된 등을 바라보았다. 어제 텔레비전에서 누군가가 느리게 흐르는 시간에 대해 이야기했었다.
 경적을 울려, 엘렌. 망할 놈의 경적을 울리라고. 저자는 분명 비밀 경호원이야.
 시간이 느리게 흘렀다. 산타클로스를 기다리는 크리스마스이브처럼.
 차량 행렬의 첫 번째 오토바이가 매표소와 일직선을 이루었다. 진홍가슴새는 아직 그의 시야 가장자리에 검은 점으로 남아 있었다. 전기의자에 앉아 전류가 흐르기를 기다릴 때의 시간……
 해리는 방아쇠를 잡아당겼다. 한 번, 두 번, 세 번.
 그러자 시간이 급속도로 빨라졌다. 매표소의 색유리가 하얗게 변하더니, 아스팔트 위로 유리 파편이 쏟아져 내렸다. 팔 하나가 매표소 가장자리 아래로 사라지더니, 값비싼 미국 타이어의 속삭임이 들렸다가 사라졌다.

  해리는 매표소를 응시했다. 차량 행렬 옆에서 빙글빙글 돌아가던 노란 낙엽 두 개가 계속 공중을 떠돌다가 더러운 잿빛 잔디밭 가장자리에 내려앉았다. 그는 매표소를 응시했다. 다시 주위가 고요해졌고 잠시 그는 착각에 빠졌다. 지금 자신이 평범한 노르웨이의 가을날에, 평범한 에소 주유소를 배경으로, 평범한 톨게이트 앞에 서 있는 거라고. 공기마저도 평범하고 싸늘한 아침 공기와 똑같았다. 썩은 낙엽과 자동차 매연 냄새가 풍기는. 그러자 어쩌면 이 모든 게 현실이 아닐지도 모른다는 생각이 들었다.

  해리는 계속 매표소를 바라보았다. 그때 뒤에 있던 볼보의 탄식과도 같은 경적 소리가 그날을 두 동강 냈다.

1942년

신호탄이 잿빛 밤하늘을 밝혔다. 그러자 밤하늘이 마치 그들을 에워싼 칙칙하고 헐벗은 풍경 위로 내려앉은 지저분한 캔버스 천처럼 보였다. 소련군이 정말로 공격을 개시했을 수도 있다. 아니면 그냥 겁주려는 것일 수도 있고. 끝나기 전에는 아무도 모른다. 구드브란은 참호 가장자리에 누워 있었다. 양 다리는 가슴팍으로 끌어당기고, 양손으로 총을 든 채 멀리서 들리는 공허한 쾅쾅 소리를 들으며, 하늘에서 떨어지는 신호탄을 바라보았다. 신호탄을 보면 안 된다는 것은 알고 있었다. 야맹증에 걸려, 눈 위를 꿈틀꿈틀 기어오는 소련 저격수들을 볼 수가 없기 때문이다. 하지만 신호탄을 보지 않아도, 어차피 그의 눈에는 그들이 보이지 않았다. 지금까지 한 번도 저격수를 발견한 적이 없었다. 그저 명령에 따라 총을 쏠 뿐이었다. 지금처럼.

"저기 있다!"

다니엘 구데손이었다. 이 부대의 유일한 도시 출신. 나머지는 다들 끝이 —달*로 끝나는 지명의 출신이었다. 그중에는 널찍한 골짜기에서 살던 사람도 있고, 깊숙하고 어두컴컴하며 인적 없는 골짜기에서 살던 사람도 있었다. 구드브란처럼. 하지만 다니엘은 아니었다. 넓고 아름다운 이마에 반짝이는 푸른 눈동자, 새하얀 이가 드러나는 미소를 가진 다니엘은 예외였다. 신병 모집 포스터에서 그대로 튀어나온 듯한 그는 지평선이 보이는 도시 출신이었다.

"2시 방향, 관목 왼쪽." 다니엘이 말했다.

관목? 포탄으로 땅이 움푹 패인 이 지역에 관목이 있을 리 만무했다. 그랬다, 적군이 계속 총을 쏘아댔기 때문이다. 탕탕, 쾅, 피웅. 다섯 발마다 한 발씩 총알이 개똥벌레처럼 포물선을 그리며 떨어졌다. 예광탄이었다. 총알은 어둠을 가르며 날아왔지만, 급격히 힘을 잃고 속도가 줄어들더니 저 어딘가에 떨어졌다. 적어도 겉으로는 그렇게 보였다. 저렇게 느린 총알로 사람을 죽이기란 불가능하다고 구드브란은 생각했다.

"도망간다." 적의와 증오에 찬 목소리가 외쳤다. 신드레 페우케였다. 그의 얼굴은 얼룩무늬 군복과 섞여 잘 분간이 가지 않았고, 얼굴 가운데에 몰려 있는 작은 눈동자는 어둠을 응시하고 있었다. 신드레는 구드브란스달렌 계곡 고지대에 자리한 외딴 농장 출신이었다. 아마 햇볕도 잘 들지 않는 좁은 골짜기였을 것이다. 그의 안색이 아주 창백했기 때문이다. 신드레가 왜 자진해서 동부전선까지 왔는지는 구드브란도 알지 못했다. 다만 그의 부모님과 두 형이 민족단일당**의 당원이라는 말은 들었다. 그들은 팔에 완장을 차고 다니며 반정부인사라 의심되는 마을 사람들을 밀고하고 다

---

* dal. 노르웨이어로 골짜기를 뜻한다.
** Nasjonal Samling. 비드쿤 크비슬링이 설립한 파시스트 정당으로 히틀러의 나치당을 본떠서 만들었다.

닌다고 했다. 다니엘은 자신의 이득을 위해 이 전쟁을 이용하는 모든 사람과 앞잡이들이 언젠가는 따끔한 맛을 보게 될 거라고 했다.

"아니야." 다니엘이 총을 턱에 댄 채 나지막이 말했다. "볼셰비키 새끼들은 한 마리도 도망 못 가."

"우리에게 발각되었다는 걸 알고 있어. 그러니까 저 아래의 굴로 도망갔을 거라고." 신드레가 말했다.

"아니, 그렇지 않아." 다니엘은 그렇게 말하며 조준했다.

구드브란은 회백색 어둠을 응시했다. 하얀 눈, 하얀 군복, 하얀 불. 다시 하늘이 밝아지자, 지상을 뒤덮은 눈 위로 온갖 그림자들이 스쳐 갔다. 구드브란은 고개를 들었다. 지평선에서 빨갛고 노란 불꽃이 터지더니, 멀리서 몇 차례 우르릉거리는 소리가 났다. 극장에서 영화의 한 장면을 보는 것처럼 비현실적으로 느껴졌다. 다만 이곳은 영하 30도이고, 옆에 팔을 두를 여자가 없을 뿐이었다. 이번에는 진짜로 공격하는 걸까?

"넌 너무 느려, 구데손. 놈은 도망갔어." 신드레가 눈 위에 침을 뱉었다.

"아니라니까." 다니엘은 한층 더 나직이 말하며, 다시 조준했다. 그리고 한 번 더. 이제 그의 입에서는 입김조차 나오지 않았다.

고음의 날카로운 휘익 소리가 나더니 누군가 조심하라고 외쳤다. 구드브란은 양손으로 머리를 감싼 채 꽁꽁 언 참호 바닥으로 몸을 날렸다. 땅이 흔들리고, 얼어붙은 갈색 흙덩어리가 하늘에서 떨어져 내렸다. 덩어리 하나가 구드브란의 강철 군모에 떨어지자, 군모가 얼굴 앞으로 스르륵 미끄러졌다. 그는 추가 공격이 없다는 것이 확실해질 때까지 기다렸다가, 군모를 밀어 바로 썼다. 주위가 고요했다. 고운 하얀색 베일처럼 떨어지는 작은 눈의 입자들이 그의 얼굴에 닿았다. 흔히들 자기 앞에 떨어지는 포탄 소리는 절대 못 듣는다고 한다. 하지만 구드브란은 그 말이 사실이 아니라는 걸 알 만큼 휘익 떨어지는 포탄 소리를 실컷 들었다. 신호탄이 참호를 밝히자, 사람들의 하얗게 질린 얼굴과 그를 향해 달려오는 사람들의 그림자가 보였다. 다들 고개를 푹 숙인 채 참호 측면을 따라 달리고 있었다. 신호탄의 불빛이 점차 사라졌다. 그런데 다니엘은 어디 있지? 다니엘!

"다니엘!"

"잡았다." 여전히 참호 가장자리에 엎드린 자세로 다니엘이 말했다. 구드브란은 자신의 귀를 의심했다.

"방금 뭐라고 했어?"

다니엘은 참호 아래로 미끄러져 내려오더니 군복에 묻은 눈과 흙을 털었다. 얼굴에 환한 미소를 띤 채.

"오늘 밤에는 우리 불침번을 공격하는 소련 놈이 없을 거야. 토르모의 원수를 갚았어." 다니엘은 얼음 위에서 미끄러지지 않도록 참호 가장자리에 발뒤꿈치를 박아 넣었다.

"구라 치고 있네!" 신드레였다. "그놈은 네 총에 맞지 않았어, 구데손. 그 새끼가 땅속 구멍으로 들어가는 걸 내가 봤다고."

신드레의 작은 눈동자가 차례로 옆 사람에게 시선을 옮겼다. 마치 다니엘의 허풍을 믿는 사람이 있느냐고 묻는 듯했다.

"맞아. 하지만 두 시간 후면 동이 트고, 따라서 그 전에 거기서 나와야 한다는 걸 알고 있었던 거지." 다니엘이 말했다.

"맞는 말이야. 그래서 놈은 아예 일찌감치 나가기로 했을 거야." 구드브란이 똑똑하게 덧붙였다. "구멍 반대쪽으로. 내 말 맞지, 다니엘?"

"일찍 나왔든 늦게 나왔든 어차피 내 손에 죽었을 거야." 다니엘이 미소 지었다.

"아가리 닥쳐, 구데손." 신드레가 나지막이 쏘아붙였다.

다니엘은 어깨를 으쓱이고는 소총의 약실을 확인한 뒤, 공이치기를 잡아당겼다. 그러고는 뒤를 돌아 어깨에 총을 멨다. 꽁꽁 언 참호의 측면을 군화로 차더니, 패인 자국을 딛고 참호 위로 훌쩍 올라갔다.

"삽 좀 줄래, 구드브란?"

삽을 받아 든 다니엘이 상체를 쭉 폈다. 검은 하늘을 배경으로 하얀 겨울 군복을 입은 그의 실루엣이 드러났고, 머리 뒤에는 신호탄의 불빛이 후광처럼 걸려 있었다.

꼭 천사 같다고 구드브란은 생각했다.

"지금 뭐하는 짓들이야!" 분대장인 에드바르 모스켄이 소리쳤다. 미엔될 출신의 이 차분한 군인은 다니엘이나 신드레, 구드브란 같은 고참에게는 좀처럼 언성을 높이는 법이 없었다. 주로 실수를 저지른 신참에게 호통을 쳤는데, 그 호통 덕분에 신참들은 여러 번 목숨을 건질 수 있었다. 에드바르 모스켄은 부릅뜬 애꾸눈으로 다니엘을 올려다보았다. 저 눈은 절대 감기는 법이 없었다. 심지어 잘 때조차도. 구드브란도 직접 목격했다.

"빨리 대피해라, 구데손." 에드바르가 말했다.

하지만 다니엘은 그저 미소를 짓더니 이내 사라졌다. 그가 떠난 자리에 잠시 그의 입김만이 맴돌다 사라졌다. 신호탄이 지평선 뒤로 내려앉으며, 사방은 다시 어둠에 잠겼.

"구데손!" 에드바르가 참호 위로 올라가며 소리쳤다. "돌아와!"

"보입니까?" 구드브란이 물었다.

"사라졌어."

"근데 저 꼴통이 삽은 왜 가져간 거야?" 신드레가 구드브란을 보며 물었다.

"모르지. 철조망을 옮기려고 그러나?"

"철조망을 뭣하러 옮겨?"

"난들 알아?" 구드브란은 신드레의 광기 어린 눈동자가 마음에 들지 않았다. 예전에 이 부대에 있었던 한 촌놈을 연상시켰다. 그 녀석은 결국 미쳐버렸고 어느 날 밤, 보초를 서기 전 자기 신발에 대고 오줌을 쌌다. 하지만 얼어버린 발가락을 모두 절단한 덕분에 고향에 돌아갔으니, 어쩌면 미친 게 아닌지도 모른다. 어쨌거나 지금 신드레의 눈동자가 꼭 그 녀석 같았다.

"무인 지대에서 산책이라도 하려나 보지." 구드브란이 말했다.

"철조망 너머가 무인 지대인 건 나도 알아. 그놈이 거기서 뭘 하려는지가 궁금한 거지."

"어쩌면 포탄을 맞아 정신이 회까닥 돌았는지도 모르죠." 할그림 달레가 말했다.

달레는 부대에서 가장 어린 병사로 열여덟 살밖에 되지 않았다. 그가 군에 지원한 동기를 아는 사람은 아무도 없었다. 아마도 모험을 찾아 왔으리라고 구드브란은 생각했다. 달레는 히틀러를 존경한다고 했지만, 정치에 대해서는 아무것도 몰랐다. 다니엘은 아마도 달레가 여자를 임신시켜서 도망왔을 거라고 했다.

"그 소련 놈이 아직 살아 있다면, 구데손은 50미터도 못 가서 총에 맞았을 거다." 에드바르 모스켄이 말했다.

"다니엘이 놈을 쐈다고 했어요." 구드브란이 속삭였다.

"그렇다면 다른 놈들이 구데손을 쐈을 거야." 에드바르는 군복

상의 속에 한 손을 집어넣어 얄팍한 담뱃갑을 꺼냈다. "밤이면 놈들은 떼 지어 다니니까."

그는 성냥 주위로 손을 둥글게 오므린 채 대충 만든 성냥갑에 성냥을 세게 그었다. 두 번째로 그었을 때 비로소 황에 불이 붙었다. 에드바르는 담배에 불을 붙여 한 모금 빨고는 아무 말 없이 옆으로 건넸다. 다들 천천히 담배를 빨아들인 후, 옆 사람에게 전달했다. 저마다 자기만의 상념에 잠겨 있는 듯 말이 없었다. 하지만 구드브란은 알고 있었다. 저들도 자신과 마찬가지로 혹시 무인 지대에서 무슨 소리가 들리지 않는지 신경을 곤두세우고 있다는 것을.

정적 속에서 10분이 흘렀다.

"라도가 호*에 폭탄을 떨어뜨릴 거라더군요." 할그림 달레가 말했다.

소련 병사들이 언 호수를 건너 레닌그라드**에서 도망친다는 소문이 파다했다. 설상가상으로 호수가 얼었다는 것은 독일군에게 포위된 마을에도 소련군이 군수품을 제공할 수 있다는 뜻이었다.

"이제 다들 배가 고파 거리에서 픽픽 쓰러질걸요." 달레가 동쪽을 가리키며 말했다.

구드브란도 여기 처음 왔을 때 똑같은 말을 들었다. 하지만 그 말을 들은 지 벌써 1년이 다 되어갔는데도, 참호에서 고개를 내밀기만 하면 여전히 사방에서 총알이 날아왔다. 작년 겨울, 소련 탈영병들이 머리 뒤로 손을 깍지 끼고서 그들 참호로 건너왔다. 추

* 러시아의 호수로 핀란드와 국경 부근에 위치한다.
** 지금의 상트페테르부르크.

위와 배고픔에 지쳐 조국을 배신한 것이다. 하지만 이제는 탈영병의 수도 훨씬 줄어들었다. 지난주에는 눈이 푹 꺼진 소련 탈영병 두 명이 건너왔는데, 자신들만큼이나 비쩍 마른 노르웨이군을 보고 낭패를 본 표정을 지었다.

"20분이나 지났어. 다니엘은 오지 않을 거야. 뒈졌구만." 신드레가 말했다.

"닥쳐!" 구드브란이 신드레에게 한 발짝 다가가자, 신드레가 벌떡 일어섰다. 비록 신드레가 머리 하나는 족히 컸지만, 그에게는 구드브란과 맞서 싸울 배짱이 없었다. 아마도 몇 달 전, 구드브란이 소련 군인을 죽인 사건을 기억하기 때문일 것이다. 늘 착하고 점잖기만 하던 구드브란에게 그렇게 흉포한 면이 있을 줄 누가 알았겠는가? 당시 소련 군인 하나가 두 청음 초소 사이에 있던 그들의 참호로 몰래 숨어 들어와, 근처 벙커에서 자던 군인들을 모두 죽여버렸다. 하나는 네덜란드군의 벙커였고, 또 하나는 오스트레일리아군의 벙커였다. 그다음으로 숨어든 것이 그들의 벙커였는데, 다행히 그들은 목숨을 구할 수 있었다. 바로 이 덕분이었다.

이는 사방에 있었다. 특히 겨드랑이, 벨트 아래, 사타구니, 발목처럼 따뜻한 곳에 주로 많았다. 문 옆에서 자던 구드브란은 이에 물린 다리의 상처 때문에 잠을 못 이루던 참이었다. 벌어진 상처는 작은 동전 크기만 했는데, 가장자리에 피를 빨아먹는 이들이 들끓었다. 구드브란은 총검을 꺼내 상처에서 이를 긁어내려고 했지만 허사였다. 그러던 찰나, 소련 군인이 문간에서 총을 꺼내들었다. 구드브란은 군인의 실루엣만 보았지만, 모신 나강 라이플*

---

* 19세기 말 러시아 제국 시절에 만들어진 총으로 소련 연방의 주력 무기였다.

의 윤곽선이 올라가는 것을 보고 즉시 상대가 소련군임을 알아차렸다. 그리하여 손에 들고 있던 무딘 총검으로 소련 병사의 목을 그어버렸다. 어찌나 솜씨가 좋았는지 나중에 그들이 시신을 눈밭으로 끌어냈을 때는 시신에서 피가 모두 빠져나간 상태였다.

"진정들 해." 에드바르는 그렇게 말하며, 구드브란을 한쪽으로 끌고 갔다. "넌 가서 눈 좀 붙여, 구드브란. 한 시간 전에 교대 끝났잖아."

"가서 다니엘을 찾아보겠어요." 구드브란이 말했다.

"아니, 안 돼."

"가겠습니다. 전—."

"명령이다!" 에드바르가 그의 어깨를 흔들었다. 구드브란은 어깨를 빼내려 했지만, 분대장은 그의 어깨를 꽉 잡고 놓아주지 않았다.

구드브란의 언성이 올라가며, 절망감으로 살짝 떨렸다. "부상을 당했을지도 모릅니다! 철조망에 걸렸을지도 모른다고요!"

에드바르는 그의 어깨를 토닥였다. "곧 동이 틀 거고, 그럼 어떻게 됐는지 알 수 있을 거다."

구드브란은 다른 사람들을 재빨리 훑어보았다. 다들 말없이 잠자코 있었다. 그들은 눈 위로 발을 쿵쿵 구르며 쑥덕거렸다. 에드바르가 할그림 달레에게 다가가 귀에 대고 짧게 속삭이자, 달레가 구드브란을 쏘아보았다. 구드브란은 그게 무슨 의미인지 익히 알고 있었다. 에드바르가 그를 감시하라는 명령을 내린 것이다. 얼마 전부터 그와 다니엘이 단순히 친한 친구 이상이라는 소문이 돌았다. 또한 그들을 믿을 수 없다는 소문도 돌았다. 에드바르는 두 사람에게 함께 탈영할 계획이 있느냐고 단도직입적으로 묻기까지

했다. 물론 그들은 소문을 부인했지만, 에드바르는 다니엘이 이 기회를 이용해 탈영했을지도 모른다고 생각하는 듯했다. 따라서 구드브란이 다니엘을 '찾아보고 오겠다'는 것도 적진으로 함께 도망가기 위한 계획의 일부라고 의심하는 것이다. 구드브란은 헛웃음만 나왔다. 소련군이 독일군을 꼬드기기 위해 황량한 전쟁터에 대고 확성기로 방송을 해대는 것은 사실이었다. 자신들에게 오기만 하면 음식과 따뜻한 잠자리, 아름다운 여자들을 제공한다는 것이다. 물론 잠시나마 그런 상상을 하는 것은 즐거웠지만, 그걸 정말로 믿는 바보가 있을까?

"다니엘이 돌아올지 말지, 내기 걸 사람?" 신드레였다. "배식 세 끼, 어때?"

구드브란은 양손을 옆구리 옆으로 가져갔다. 군복 안쪽 벨트에 매달린 총검이 만져졌다.

"Nicht schieβen, bitte(총 쏘지 마세요)!"

어디선가 독일어가 들렸다.

구드브란이 몸을 빙글 돌리자, 거기, 그의 머리 바로 위에 소련 군모를 눌러쓴 불그레한 얼굴이 보였다. 참호 가장자리에 서 있던 남자는 구드브란에게 미소 짓더니 아래로 훌쩍 뛰어내렸다. 얼어붙은 땅 위로 부드럽게 떨어지는 텔레마크* 착지였다.

"다니엘!" 구드브란이 외쳤다.

"따따따 딴!" 다니엘이 노래하며 소련 군모를 위로 들어 올렸다. "Dobry vyecher.**"

병사들은 그 자리에 얼어붙은 채 다니엘을 바라보았다.

---

* 한 발을 앞으로 내밀고, 뒷발은 무릎을 굽힌 자세.
** 러시아어의 저녁 인사.

"이봐요, 에드바르." 다니엘이 소리쳤다. "우리 네덜란드 친구들 좀 닦달해야겠어요. 두 청음 초소의 간격이 50미터가 넘더라고요."

에드바르 역시 다른 사람들처럼 너무 놀란 나머지 아무 말도 없었다.

"소련 군인을 묻어주고 온 거야, 다니엘?" 구드브란의 얼굴은 흥분으로 환하게 빛났다.

"묻어주다뿐이야? 주기도문을 외워주고 노래까지 불러줬지. 다들 귀가 이상해진 거 아니야? 소련군 진영에는 분명히 들렸을 텐데."

다니엘은 그렇게 말하더니 다시 참호 가장자리로 뛰어올라, 양팔을 번쩍 들어 올리고 노래하기 시작했다. "내 주는 강한 성이요……."

병사들은 환호했고, 구드브란은 눈물이 맺힐 정도로 깔깔 웃어댔다.

"다니엘, 이 악마 같으니!" 달레가 외쳤다.

"앞으로는 날 다니엘이라 부르지 말고……." 다니엘은 소련 군모를 벗어, 그 안에 실로 수놓아진 이름을 읽었다. "우리아라고 불러. 이 새끼도 글은 쓸 줄 알았군. 뭐 그래봤자 볼셰비키지만."

다니엘은 다시 아래로 뛰어내려 주위를 둘러보았다. "흔해 빠진 유대인 이름을 쓰는 데 이의 있는 사람?"

잠시 완벽한 정적이 흐르더니 와르르 웃음보가 터졌다. 에드바르는 다니엘에게 다가가 그의 등을 철썩 때렸다.

1942년 12월 31일

레닌그라드

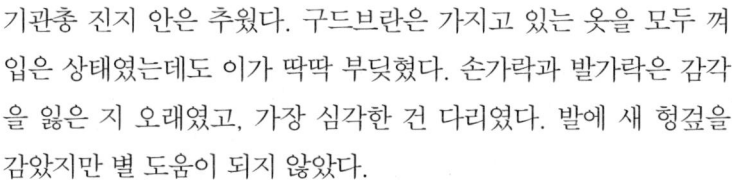

기관총 진지 안은 추웠다. 구드브란은 가지고 있는 옷을 모두 껴입은 상태였는데도 이가 딱딱 부딪혔다. 손가락과 발가락은 감각을 잃은 지 오래였고, 가장 심각한 건 다리였다. 발에 새 헝겊을 감았지만 별 도움이 되지 않았다.

그는 어둠 속을 응시했다. 오늘 밤에는 소련 놈들도 조용했다. 아마도 올해의 마지막 밤을 축하하고 있을 것이다. 푸짐한 식사를 하고 있을지도 모른다. 양고기 스튜, 혹은 양갈비를 먹으면서. 물론 소련군에게 고기가 없다는 것은 구드브란도 잘 알고 있었다. 그런데도 음식 생각을 멈출 수가 없었다. 오늘 밤 노르웨이군의 식사는 평상시와 똑같은 렌즈콩 수프에 빵이 전부였다. 빵은 초록색으로 번들거렸지만, 이제는 익숙해졌다. 빵에 곰팡이가 피어서 부서질 지경이 되면, 그냥 수프에 넣어 끓여 먹었다.

"적어도 우린 크리스마스이브에 소시지를 먹었으니까." 구드브란이 말했다.

"쉬잇." 다니엘이 말했다.

"오늘 밤에는 아무도 없어, 다니엘. 다들 모여 앉아 두툼한 사슴

고기를 먹고 있을 거라고. 연갈색의 찐득한 게임 소스와 빌베리를 얹어서. 감자도 곁들이고 말이지."

"음식 얘기 좀 그만해. 조용히 하고, 눈에 띄는 게 없는지 살펴봐."

"아무것도 안 보여, 다니엘. 개미 새끼 한 마리 없다고."

둘은 바짝 붙어 앉은 채 고개를 숙이고 있었다. 다니엘은 소련 군모를 쓰고 있었다. 바펜SS 배지가 달린 그의 강철 군모는 옆에 놓여 있었다. 구드브란은 다니엘이 군모를 쓰지 않는 이유를 알고 있었다. 군모의 모양 때문인지 늘 얼음처럼 차가운 눈이 군모 가장자리를 지나갔다. 그 때문에 군모를 쓰고 있으면 신경에 거슬리는 휘파람 소리가 끊임없이 들렸다. 특히 청음 초소에서 보초를 설 때에는 매우 방해가 되었다.

"눈에 무슨 문제라도 있는 거야?" 다니엘이 물었다.

"내 눈은 정상이야. 밤눈이 좀 어두울 뿐이지."

"그뿐이야?"

"그거랑 약간 색맹인 거."

"약간 색맹?"

"초록과 빨강을 구분 못해. 내 눈에는 똑같은 색으로 보이거든. 예를 들어, 난 숲에서 크랜베리를 따본 적이 없어. 우리 가족은 일요일마다 로스트비프에 곁들여 먹을 크랜베리를 따려고 숲에 갔는데……"

"음식 얘기는 그만하라고 했지!"

두 사람은 침묵했다. 멀리서 기관총의 두두두 소리가 들렸다. 온도계는 영하 25도를 가리켰다. 작년 겨울에는 며칠 동안 줄곧 영하 45도까지 내려간 적도 있었다. 구드브란은 그래도 이렇게 추울 때는 이가 덜 활개 친다는 사실을 위안으로 삼았다. 교대가 끝나고 벙커의 모직 담요 속으로 들어가기 전까지는 긁적거릴 일이 없었다. 하지만 이는 사람보다 추위를 잘 견뎠다. 한 번은 그가 실험을 한 적이 있었다. 살을 에듯이 추운 야외에 조끼를 놓아두었다가 사흘 후에야 벙커로 가져온 것이다. 조끼는 얼음장이 되어 있었지만 난로 앞에서 녹이자, 이들이 다시 살아나 우글거렸다. 구드브란은 그 모습이 너무 역겨워 조끼를 불 속에 던져버렸다.

다니엘이 헛기침을 했다.

"로스트비프는 어떻게 먹었는데?"

구드브란은 기다렸다는 듯이 냉큼 대답했다.

"우선 아버지가 칼로 로스트비프를 잘라. 마치 성직자처럼 엄숙한 표정으로. 그동안 우리 형제들은 꼼짝도 안 하고 그런 아버지를 지켜보지. 그러면 어머니가 각자의 접시에 고기를 두 조각씩 담고, 그레이비소스를 얹어줘. 충분히 저어주지 않으면 냄비 바닥에 눌어붙을 정도로 걸쭉한 소스지. 거기다 신선하고 아삭거리는 아기양배추를 듬뿍 곁들이는 거야. 빨리 군모 써, 다니엘. 머리에 포탄 파편이라도 떨어지면 어쩌려고?"

"아예 포탄이 내 머리로 떨어진다고 하지? 계속해봐."

구드브란은 눈을 감았다. 그의 입에는 미소가 감돌았다.

"디저트는 조린 자두나 브라우니야. 자주 먹는 음식은 아니야. 브루클린에 살 때부터 시작된 우리 집안 전통이지."

다니엘은 눈 위에 침을 뱉었다. 일반적으로 겨울 보초는 한 시간 단위로 교대한다. 하지만 신드레 페우케와 할그림 달레가 고열로 드러눕는 바람에, 에드바르 모스켄은 두 사람이 회복될 때까지 보초 시간을 두 시간으로 늘렸다.

다니엘은 한 손을 구드브란의 어깨에 얹었다.

"엄마가 보고 싶은 거지?"

구드브란은 웃으며, 아까 다니엘이 침 뱉었던 자리에 똑같이 침을 뱉었다. 그러고는 밤하늘의 꽁꽁 언 별들을 올려다보았다. 눈에서 버스럭 소리가 나자, 다니엘은 고개를 들었다.

"여우야." 그가 말했다.

믿기 힘든 일이었지만, 이곳에도 동물이 살았다. 1제곱미터마다 폭탄이 떨어지고, 칼 요한스 가에 깔린 돌멩이들보다 더 촘촘하게 지뢰가 설치된 이곳에도. 그 수가 많지는 않지만, 두 사람 다 토끼와 여우, 그리고 이상하게 생긴 긴털족제비를 본 적이 있었다. 그들은 눈에 띄는 대로 동물을 쏘아 죽였다. 먹을 수 있는 것이라면 무엇이든 환영이었다. 하지만 독일군 병사 하나가 토끼를 잡으려다가 소련군의 총에 맞은 사건이 있었다. 그 후로 고위 장성들은 소련군이 독일군을 무인 지대로 꾀어내기 위해 일부러 토끼를 푼다고 확신했다. 마치 소련군이라면 토끼를 기꺼이 포기할 수 있을 것이라는 듯이!

구드브란은 부르튼 입술을 만지작거리며 손목시계를 보았다. 교대까지 한 시간 남았다. 그는 신드레가 항문에 담배를 밀어넣어 체온을 높인 게 아닐까 하는 의심이 들었다. 신드레는 그런 짓을 하고도 남을 종자였다.

"왜 미국을 떠나 고향으로 돌아온 거야?" 다니엘이 물었다.

"대공황 때문에. 조선소에서 일하시던 아버지가 직장을 잃었거든."

"그거 봐. 그게 자본주의라니까. 소시민은 죽어라 일하고, 부자들은 점점 더 배를 불리지. 경제가 호황이든 불황이든."

"세상일이 다 그렇지 뭐."

"지금까지는 그랬지만, 이젠 달라질 거야. 우리가 전쟁에서 이기면 히틀러가 국민을 위해 깜짝 놀랄 비책을 내놓을걸? 그러면 네 아버지도 다시는 실직 걱정을 하지 않아도 돼. 너도 민족단일당에 가입해야 한다고."

"정말로 그 말을 믿어?"

"그럼 넌 안 믿어?"

구드브란은 다니엘의 말에 반박하기 싫어서 그냥 어깨를 으쓱였다. 하지만 다니엘이 재차 물었다.

"물론 나도 믿어." 구드브란이 말했다. "하지만 난 무엇보다 노르웨이가 우선이야. 우리나라에 볼셰비키가 발을 들여서는 안 된다고 생각해. 만약 놈들이 온다면, 우린 결단코 미국으로 돌아갈 거야."

"자본주의 국가로?" 이제는 다니엘의 목소리가 약간 날카로워졌다. "부유하고 타락한 지도자들이 만사를 운에 맡기며 지배하는 민주주의 국가로?"

"공산주의보다는 나아."

"민주주의는 이제 쓸모가 없어, 구드브란. 유럽을 봐. 영국과 프랑스는 전쟁이 일어나기 한참 전부터 이미 엉망진창이었어. 실업자는 증가하고, 국민은 착취당했지. 현재 혼란으로 직행하는 유럽을 막을 수 있는 사람은 단 둘뿐이야. 히틀러와 스탈린. 우리에게 다른 선택은 없어. 형제국이냐 야만국이냐. 노르웨이를 먼저 점령한 게 스탈린의 백정이 아니라, 독일군이라는 게 우리로서는 얼마나 큰 행운인지 국민들은 전혀 모르는 것 같아."

구드브란은 고개를 끄덕였다. 다니엘이 하는 말 때문이 아니라,

그의 말투 때문이었다. 너무도 확신에 넘치는 말투였다.

갑자기 사방이 아수라장으로 변하며, 눈앞의 하늘이 신호탄으로 새하얗게 변했다. 땅이 흔들리고 노란색 불꽃이 튀더니, 하늘에서 갈색 흙과 눈이 쏟아져 내렸다. 포탄이 떨어지면서 흙이 튀어 오른 모양이었다.

구드브란은 이미 손으로 머리를 감싼 채 참호 바닥에 엎드려 있었다. 하지만 이 모든 것은 시작할 때처럼 순식간에 끝났다. 그가 고개를 들어보니, 참호 뒤쪽 기관총 뒤에서 다니엘이 배꼽이 빠져라 웃어대고 있었다.

"지금 뭐 하는 거야? 사이렌을 울려! 다들 깨우라고!" 구드브란이 외쳤다.

하지만 다니엘은 그 말을 무시했다. "내 오랜 친구여." 그가 너무 웃는 바람에 눈물이 그렁그렁해진 눈으로 외쳤다. "새해 복 많이 받게!"

다니엘이 자신의 손목시계를 가리켰고, 그제야 구드브란은 이해가 갔다. 그것은 소련군의 새해 예포였던 것이다. 다니엘은 기다렸다는 듯이 초소 옆에 쌓아둔 눈더미 속에서 무언가를 꺼냈다.

"브랜디야." 연갈색 액체가 조금 남아 있는 유리병을 자랑스럽게 들어 올리며 다니엘이 말했다. "석 달 넘게 아껴뒀지. 실컷 마시자고."

구드브란은 무릎으로 기어가, 다니엘에게 미소를 지어 보였다.

"먼저 마셔." 구드브란이 외쳤다.

"정말?"

"정말이고말고, 오랜 친구. 네가 아껴둔 거잖아. 하지만 내 몫은 남겨둬!"

다니엘이 코르크 마개의 옆면을 계속 치자, 마개가 톡 빠졌다. 그는 술병을 들어 올렸다.

"레닌그라드를 위해. 봄이 되면 우리는 겨울 궁전에서 건배하고 있을 거야." 다니엘은 그렇게 외치며 소련 군모를 벗었다. "그리고 여름이면 집으로 돌아가겠지. 사랑하는 조국으로부터 영웅 대접을 받으며."

그는 술병을 입으로 가져가며, 고개를 뒤로 젖혔다. 그러자 갈색 액체가 꼬르륵거리며 병의 목 부근에서 춤을 췄다. 떨어지는 신호탄 불빛이 유리에 반사되자, 술병이 반짝 빛났다. 오랜 세월이 흐른 후, 구드브란은 소련 저격수가 본 것이 아마도 그게 아니었을까 생각했다. 어슴푸레 빛나던 술병. 다음 순간 고음의 탕탕 소리가 들리더니 다니엘의 손에 있던 술병이 산산조각 났다. 유리 조각과 브랜디가 비처럼 쏟아져 내렸고, 구드브란은 눈을 감았다. 그의 얼굴이 축축해지는 게 느껴졌다. 브랜디가 볼을 타고 흘러내리자, 한두 방울이라도 맛보기 위해 본능적으로 혀를 내밀었다. 그러나 아무 맛도 나지 않았다. 그냥 알코올과 다른 무언가의 맛, 달착지근하면서도 쇳내가 나는 맛이었다. 농도가 진했다. 아마도 추운 곳에 보관해둬서일 거라고 구드브란은 생각했다. 다시 눈을 떴을 때는 다니엘이 보이지 않았다. 자기의 위치가 발각된 걸 알고 분명 기관총 뒤로 뛰어들었을 것이다. 그런데도 이상하게 구드브란의 심장 박동이 점점 빨라졌다.

"다니엘?"

아무 대답이 없다.

"다니엘?"

구드브란은 일어나 참호 밖으로 기어나갔다. 다니엘은 머리 밑에 탄띠를 깔고, 얼굴에는 소련 군모를 덮은 채 누워 있었다. 눈밭에는 브랜디와 핏자국이 있었다. 구드브란은 모자를 들어 올렸다. 다니엘이 눈을 부릅뜬 채 별이 총총한 하늘을 바라보고 있었다. 그의 이마 한가운데에는 검은 구멍이 커다랗게 뚫려 있었다. 구드브란의 입안에서는 여전히 달착지근한 쇠 맛이 났고, 속이 울렁거렸다.

"다니엘."

구드브란의 메마른 입술 사이로 들릴 듯 말 듯한 속삭임이 새어나왔다. 그는 다니엘이 꼭 어린아이 같아 보인다고 생각했다. 눈 위에 천사를 그리려다가 잠든 소년. 구드브란은 흐느끼며 사이렌을 향해 휘청휘청 걸어가, 크랭크 핸들을 잡아당겼다. 신호탄이 그들의 은신처로 떨어지는 동안, 귀청을 찌르는 사이렌의 통곡 소리가 천국으로 피어올랐다.

'이럴 수는 없는 거잖아.' 구드브란의 머릿속에 떠오른 생각은 그것뿐이었다.

왜애애애애애애애-애애애애애애앵······!

에드바르를 비롯한 다른 대원들이 벙커에서 나와 그의 뒤에 섰다. 누군가 구드브란의 이름을 불렀지만, 그의 귀에는 들리지 않았다. 그저 핸들을 돌리고 또 돌렸다. 결국 에드바르가 다가와 핸들을 붙잡았다. 구드브란은 핸들을 놓았지만 뒤돌아보지 않았다. 그대로 서서 참호와 하늘을 멍하니 바라보았고, 그러는 동안 양 뺨의 눈물은 딱딱하게 얼어갔다. 사이렌의 통곡이 잠잠해졌다.

"이럴 수는 없는 거잖아." 구드브란은 읊조리듯 말했다.

1943년 1월 1일
레닌그라드

그들이 다니엘의 시신을 옮겼을 때는 그의 코 밑과 양쪽 눈가, 입에 벌써 빙정이 맺혀 있었다. 대개는 시신이 경직될 때까지 방치해두곤 하는데, 그편이 운반하기가 더 쉽기 때문이다. 하지만 다니엘의 시신은 기관총을 가로막고 있었기 때문에 병사 둘이서 그의 시신을 운반했다. 시신을 옮긴 곳은 중심 참호에서 좀 떨어진 막사로, 불이 붙지 않도록 그곳에 따로 보관된 두 개의 탄약통 위에 올려두었다. 할그림 달레는 시신의 얼굴에 자루를 씌웠다. 흉측한 미소를 띤 채 죽은 다니엘의 얼굴을 가리기 위해서였다. 에드바르는 북쪽 지구의 공동묘지에 전화해, 다니엘의 시신이 있는 곳을 알려주었다. 그쪽에서는 그날 밤에 두 명을 보내 시신을 수거하겠노라고 약속했다. 통화가 끝나자 에드바르는 신드레에게 당장 병상에서 나와, 구드브란과 마저 보초를 서라고 명령했다. 그들이 제일 먼저 할 일은 피가 잔뜩 튀어 있는 기관총을 닦는 일이었다.

"연합군이 폭탄을 퍼부어 쾰른을 박살냈다더군." 신드레가 말했다.

두 사람은 참호 가장자리에 나란히 엎드려 있었다. 이 좁은 참호 안에서는 무인 지대가 잘 보였다. 구드브란은 신드레와 이렇게 가까이 있는 게 싫었다.

"그리고 스탈린그라드*의 상황은 더 악화될 거래."

구드브란은 추위가 느껴지지 않았다. 마치 그의 머리와 몸이 솜으로 가득 차서, 더는 아무것도 거슬리는 게 없는 듯했다. 느낄 수 있는 것은 오로지 살갗이 얼얼할 정도로 차가운 금속 총과 말을 듣지 않는 곱은 손가락뿐이었다. 그는 다시 시도했다. 개머리판과 방아쇠 부품은 그의 옆에 펼쳐진 모직 깔개 위에 이미 놓여 있었지만 마지막 부품을 해체하기가 힘들었다. 동부전선으로 오기 전, 그들은 젠하임에서 훈련을 받았는데 그중에는 눈에 안대를 하고 기관총을 해체했다가 다시 조립하는 훈련도 있었다. 그러나 손에 감각이 없을 때는 사정이 다르다. 젠하임, 아름답고 따뜻한 독일 엘자스 지방.

"내 말 못 들었어? 소련 놈들이 우릴 죽일 거라고. 구데손을 죽인 것처럼." 신드레가 말했다.

구드브란은 독일 국방군의 한 대령이 생각났다. 신드레가 토텐 지역 외곽의 농장 출신이라는 말에 그 대령은 매우 즐거워했다.

"Toten. Wie im Totenreich(토텐? 지옥을 의미하는 그 토텐인가**)?" 대령은 그렇게 말하며 껄껄 웃었다.

구드브란은 손에서 볼트를 놓쳤다.

"젠장!" 그의 목소리가 떨렸다. "피 때문에 부품들이 죄다 들러붙어버렸어."

* 지금의 볼고그라드.
** 독일어로 지옥은 토텐라이히.

그는 총기름이 든 작은 튜브의 꼭지를 볼트에 대고, 꾹 눌러 짰다. 추위 때문에 걸쭉해진 누르스름한 액체가 천천히 흘러나왔다. 그는 기름이 피를 녹인다는 걸 알고 있었다. 예전에 귀에 염증이 생겼을 때도 총기름을 이용한 적이 있다.

신드레가 몸을 내밀더니 탄약 하나를 만지작거렸다.

"맙소사." 그가 고개를 들고는 이 사이로 누르튀튀한 얼룩을 드러내며 씩 웃었다. 수염이 거뭇거뭇하고 창백한 신드레의 얼굴이 어찌나 가까이에 있는지, 그의 구취까지 맡을 수 있었다. 이곳으로 발령이 나면 누구나 곧 입에서 그런 냄새가 나게 된다. 신드레가 검지를 들어 올렸다.

"다니엘이 그렇게 머리가 좋을 줄 누가 알았겠어. 안 그래?"

구드브란은 시선을 피했다.

신드레는 자신의 손끝을 뜯어보았다. "그런데 그 좋은 머리를 제대로 쓰지 않았어. 제대로 썼다면 무인 지대에 갔던 그날 밤에 돌아오지 않았을 거야. 너희가 소련으로 도망가려 한다는 얘기 들었어. 너희 둘은 확실히…… 친한 친구잖아. 안 그래?"

구드브란은 그 말을 제대로 듣지 못했다. 너무 멀리서 들렸기 때문이다. 그러다 단어의 메아리가 그에게 도달하자, 몸 안에서 열기가 확 일어났다.

"독일군은 절대 우리를 퇴각시키지 않을 거야." 신드레가 말했다. "우린 여기서 죽게 될 거라고. 한 명도 빠짐없이. 진작 도망갔어야 했어. 볼셰비키는 히틀러와 달리 너와 다니엘 같은 사람들을 너그럽게 받아줄 거야. 너희처럼 각별히 친한 남자들 말이야."

구드브란은 대답하지 않았다. 이제 손끝에서 열기가 느껴졌다.

"우린 오늘 밤에 넘어갈 생각이었어." 신드레가 말했다. "할그림 달레와 나. 너무 늦기 전에 말이야."

신드레는 몸을 돌려 구드브란을 바라보았다.

"그렇게 충격 받은 얼굴 하지 마, 요한센." 신드레가 히죽 웃었다. "우리가 왜 오늘 아프다고 했겠어?"

구드브란은 군화 속에서 발가락을 구부렸다. 이제 발가락의 감각이 돌아왔다. 발가락은 따뜻하고 멀쩡했다. 그리고 무언가가 더 있었다.

"너도 함께 갈래, 요한센?" 신드레가 물었다.

이! 몸이 따뜻했는데도 이가 느껴지지 않았다. 심지어 철모 안에서 들리던 휘파람 소리도 사라졌다.

"그러니까 그 소문을 퍼뜨린 게 너였군." 구드브란이 말했다.

"무슨 소문?"

"다니엘과 내가 소련이 아니라, 미국으로 떠날 거라는 소문. 그것도 지금이 아니라, 전쟁이 끝난 후에."

신드레는 어깨를 으쓱이더니 손목시계를 보고는 무릎으로 일어섰다.

"도망가면 쏠 거야." 구드브란이 말했다.

"뭘로?" 신드레는 그렇게 물으며, 모직 깔개에 놓인 총의 부품을 향해 고갯짓했다. 그들의 소총은 벙커에 있었다. 구드브란이 벙커까지 달려가 총을 가지고 돌아왔을 때는 신드레가 이미 도망친 후일 것이다. 두 사람 다 그 사실을 알고 있었다.

"원한다면 여기 남아서 죽어, 요한센. 달레에게 안부 전해줘. 녀석에게 내 뒤를 따르라고 해."

구드브란은 군복 안쪽에서 총검을 꺼냈다. 광택 없는 강철 칼날 위로 달빛이 부서졌다. 신드레는 고개를 저었다.

"너나 구데손 같은 사람은 몽상가야. 총검은 집어치우고 나랑 함께 가자. 소련군은 라도가 호를 가로질러 군인들에게 새로운 식량을 공급하고 있어. 신선한 고기도."

"난 배신자가 아니야." 구드브란이 말했다.

신드레가 벌떡 일어섰다.

"그 총검으로 날 죽인다면, 네덜란드군의 청음 초소에서 그 소리를 듣고 경보를 울릴 거야. 머리 좀 쓰라고. 사람들이 누가 탈영하려 했다고 생각하겠어? 벌써 도망칠 계획을 세워놓았다고 소문이 파다한 너겠어, 아니면 민족단일당 당원인 나겠어?"

"자리에 앉아, 신드레 페우케."

신드레가 웃었다.

"넌 살인자가 못 돼, 구드브란. 나 이제 간다. 내가 50미터쯤 갔을 때 경보를 울리라고. 그럼 전혀 의심받지 않을 테니까."

그들은 서로 마주 보았다. 깃털처럼 가벼운 작은 눈송이가 두 사람 사이로 떨어지기 시작했다. 신드레가 빙긋 웃었다. "달빛과 눈을 동시에 보다니. 이거 정말 보기 드문 광경 아니야?"

1943년 1월 2일

레닌그라드

 네 남자가 서 있는 참호는 그들의 전방 기지에서 북쪽으로 2미터 떨어진 곳, 참호가 방향을 바꿔 고리 모양에 가깝게 구부러진 지점이었다. 구드브란 앞에 서 있는 대령은 땅바닥에 발을 굴렀다. 눈이 내리던 터라 대령의 군모에는 벌써 고운 눈이 얇게 한 겹 쌓여 있었다. 에드바르 모스켄은 대령 옆에 서서, 애꾸눈을 부릅뜬 채 구드브란을 바라보고 있었다. 다른 쪽 눈은 거의 감겨 있었다.
 "So(그래서)." 대령이 입을 떼었다. "Er ist hinüber zu den Russen geflohen(그자가 소련군에게로 도망갔다고)?"
 "Ja(네)." 구드브란이 대답했다.
 "Warum(왜)?"
 "Das weiss ich nicht(모르겠습니다)."
 대령은 허공을 응시하더니 이 사이로 쑵, 소리를 내며 다시 발을 굴렀다. 그러고는 에드바르에게 고개를 끄덕이고, 함께 온 독일군 병장에게 몇 마디 중얼거렸다. 그들은 자리를 뜨는 대령을 향해 경례했다. 떠나는 군인들의 발밑에서 눈이 뽀드득거렸다.

"그게 전부야?" 에드바르가 말했다. 그는 여전히 구드브란을 바라보고 있었다.

"네."

"조사할 것도 별로 없겠군."

"그렇습니다."

"이런 일이 있을 줄 누가 알았겠나?" 부릅뜬 애꾸눈이 생기를 잃은 채 구드브란을 응시했다.

"여기서는 늘 누군가 탈영하죠. 그럴 때마다 모두 조사할 수는—."

"그게 아니라, 신드레가 그럴 줄 누가 알았겠냐고. 다른 사람도 아닌 신드레가 말이야."

"네, 그건 그렇죠." 구드브란이 말했다.

"그냥 충동적으로 벌떡 일어나 뛰어갔다고?"

"네."

"하필 기관총이 그런 상태였다니 유감이군." 에드바르가 냉랭한 말투로 빈정거렸다.

"네."

"그리고 네덜란드 보초들도 부르지 않았고?"

"소리는 질렀지만 이미 늦었습니다. 어두웠거든요."

"달이 환하게 떴을 텐데."

두 남자는 서로를 쳐다보았다.

"내가 무슨 생각하는지 아나?" 에드바르가 말했다.

"아뇨."

"알 텐데. 네 얼굴에 안다고 쓰여 있어. 왜 그랬지, 구드브란?"

"신드레를 죽일 순 없었습니다." 구드브란의 시선은 에드바르의 애꾸눈에 고정되어 있었다. "설득하려 했지만, 제 말을 들으려 하지 않았습니다. 그러더니 그냥 달아나버렸죠. 달리 방도가 없었습니다."

입김을 갈가리 찢어버리는 칼바람에 어깨를 웅크린 채 두 남자 모두 거칠게 씩씩거렸다.

"지난번에도 네가 똑같은 말을 했던 게 기억나는군, 구드브란. 벙커에 침입한 소련군을 죽였던 날이었지."

구드브란은 어깨를 으쓱였다. 에드바르는 얼음장처럼 차가운 벙어리장갑을 낀 손으로 구드브란의 팔을 잡았다.

"잘 들어. 신드레는 좋은 군인이 아니었어. 어쩌면 인간적으로도 좋은 사람이 아니었을지 몰라. 하지만 우린 도덕적인 사람들이고, 따라서 어떤 상황에서도 일정한 기준과 품위를 유지해야 해. 알겠나?"

"이제 가도 됩니까?"

에드바르는 구드브란을 바라보았다. 히틀러가 모든 전선에서 패하고 있다는 소문이 이곳에도 들려오기 시작했다. 그런데도 노르웨이의 자원 입대자는 줄을 이었고, 다니엘과 신드레의 빈자리는 벌써 산간벽지에서 온 두 청년으로 대체되었다. 새로 오는 병사는 늘 청년들이다. 그중에는 잊지 못할 얼굴도 있고, 죽는 순간에 잊어버리는 얼굴도 있다. 다니엘의 얼굴은 잊지 못하리라는 것을 에드바르는 알고 있었다. 신드레의 얼굴이 곧 잊히리라는 것을 아는 것처럼. 지우개로 지운 듯이 말끔하게. 며칠 후면 그의 아들인 에드바르 주니어는 두 살이 된다. 그는 생각을 멈추었다.

"그래, 가봐. 고개 숙이는 거 잊지 말고."

"물론이죠. 꼭 숙이겠습니다."

"다니엘이 했던 말 생각나나?" 에드바르가 미소 비슷한 표정을 지으며 말했다. "이곳에서 늘 구부정하게 다녀서, 전쟁이 끝나면 다들 꼽추가 될 거라고 그랬지."

멀리서 기관총이 따다닥거렸다.

1943년 1월 3일
레닌그라드

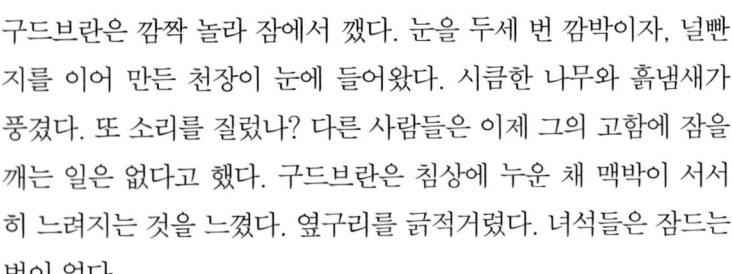

 구드브란은 깜짝 놀라 잠에서 깼다. 눈을 두세 번 깜박이자, 널빤지를 이어 만든 천장이 눈에 들어왔다. 시큼한 나무와 흙냄새가 풍겼다. 또 소리를 질렀나? 다른 사람들은 이제 그의 고함에 잠을 깨는 일은 없다고 했다. 구드브란은 침상에 누운 채 맥박이 서서히 느려지는 것을 느꼈다. 옆구리를 긁적거렸다. 녀석들은 잠드는 법이 없다.
 그는 늘 같은 꿈을 꾸며 깼다. 아직도 그의 가슴을 누르던 맹수의 앞발이 느껴진다. 어둠 속에서 노랗게 빛나던 눈동자와 비릿한 피냄새가 풍기던 하얀 이빨, 그리고 줄줄 흐르던 침이 눈에 생생하다. 겁에 질린 채 씩씩거리던 숨소리도 귓가에 쟁쟁하다. 그것은 그의 숨소리였을까, 아니면 녀석의 숨소리였을까? 꿈은 늘 이런 식으로 진행되었다. 그는 잠든 동시에 깨어 있는데 움직일 수가 없다. 동물의 아가리가 그의 숨통을 물려는 찰나, 문가에서 들리는 기관총의 두두두 소리에 잠에서 깬다. 담요 위에 버티고 있던 짐승은 허공으로 날아가 벙커의 흙담에 부딪히고, 총알에 맞아 산산이 흩어진다. 사방이 고요해지고, 바닥에는 피와 수북한 털이

어지럽게 널려 있다. 긴털족제비다. 문가에 있던 남자가 어둠 속에서 나와 한 줄기 달빛 속으로 들어간다. 달빛은 너무 가늘어서 얼굴의 반쪽만 비출 뿐이다. 하지만 그날의 꿈은 어딘가 달랐다. 총구에서는 당연히 연기가 피어올랐고, 남자는 언제나 그랬듯이 미소를 지었다. 하지만 그의 이마에 커다란 검은 구멍이 뚫려 있었다. 구드브란이 남자를 보기 위해 고개를 돌리자, 남자의 머리통에 뚫린 구멍 사이로 달이 보였다.

구드브란은 열린 문으로 차가운 외풍이 들어오는 것을 느끼고 고개를 돌렸다가, 몸이 굳었다. 문간에 검은 형체가 서 있었기 때문이다. 아직도 꿈을 꾸고 있는 걸까? 형체가 벙커 안으로 걸어 들어왔지만 너무 어두워서 누구인지 분간할 수 없었다.

형체가 우뚝 멈춰 섰다.

"일어났나, 구드브란?" 크고 또렷한 목소리, 에드바르 모스켄이었다. 다른 침대에서 툴툴거리는 소리가 들렸다. 에드바르는 구드브란의 침대로 곧장 다가왔다.

"빨리 일어나." 에드바르가 말했다.

구드브란은 신음했다. "교대 일지 안 보셨습니까? 전 방금 전에 교대 끝났다고요. 지금은 달레가—."

"그가 돌아왔어."

"돌아오다뇨?"

"방금 달레가 날 깨웠어. 다니엘이 돌아왔어."

"지금 무슨 소리를 하는 겁니까?"

어둠 속에서 에드바르의 하얀 입김만 보였다. 구드브란은 양 다리를 침대 옆으로 내려 몸을 일으키고는, 담요 속에서 군화를 꺼냈다. 자는 동안 축축한 밑창이 얼지 않도록 담요 속에 보관해두었다. 그는 얇은 모직 담요 위에 놓아두었던 코트를 걸치고, 에드바르를 따라 밖으로 나갔다. 하늘에서 별이 반짝거렸지만, 동쪽 밤하늘은 점차 옅어지고 있었다. 어딘가에서 구슬프게 통곡하는 소리가 들렸다. 그 소리만 없다면 모든 것이 이상할 정도로 조용했다.

"어제 도착한 네덜란드 신병들이 방금 무인 지대의 첫 정찰을 마치고 돌아왔지." 에드바르가 말했다.

달레는 고개를 한쪽으로 기울이고, 양팔을 살짝 벌린 이상한 자세로 참호 한가운데에 서 있었다. 얼굴에 스카프를 둘렀는데, 움푹 들어간 채 감긴 두 눈과 수척한 얼굴 때문에 꼭 거지처럼 보였다.

"달레!" 에드바르의 날카로운 호명에 달레가 깨어났다.

"앞장서라."

달레가 그들을 안내했다. 구드브란은 심장 박동이 빨라졌고, 추위로 볼이 얼얼했다. 하지만 아직도 침대에 누워 꿈꾸는 듯한 기분을 떨칠 수가 없었다. 참호는 너무 좁아서 일렬로 걸어가야 했고, 구드브란은 자신의 등에 꽂히는 에드바르의 시선을 느꼈다.

"여깁니다." 달레가 손으로 가리키며 말했다.

군모 아래로 바람이 거칠게 휘파람을 불었다. 탄환 상자 위에는 시신 한 구가 뻣뻣한 사지를 벌린 채 누워 있었다. 바람을 타고 참호로 들어온 눈이 시신의 군복 위에 한 겹 쌓여 있었고, 머리에는 자루가 씌워져 있었다.

"염병할." 달레가 고개를 저으며 발을 굴렀다.

에드바르는 아무 말도 하지 않았다. 구드브란은 그가 무슨 말이라도 하기를 기다렸다.

"왜 시신을 수거해가지 않았죠?" 마침내 참다못한 구드브란이 물었다.

"수거해갔어. 어제 오후에 왔다 갔지."

"그런데 왜 다시 가져다 둔 겁니까?" 구드브란은 에드바르가 자기를 주시하고 있다는 것을 알아차렸다.

"누구도 시신을 다시 가져다 놓으라고 명령하지 않았어."

"그럼 착오가 있었던 겁니까?" 구드브란이 물었다.

"그럴 수도 있지." 에드바르가 반쯤 피우다 만 얇은 담배를 꺼냈다. 바람을 등진 채 손을 둥그렇게 오므려 담배에 불을 붙이더니 두 모금 피운 뒤에 달레에게 건넸다.

"시신을 수거해간 군인의 말로는 북쪽 지구의 집단 매장지로 가져갔다더군."

"그 말이 사실이라면, 이미 땅에 묻힌 거 아닙니까?"

에드바르는 고개를 저었다.

"시신은 화장한 후에만 묻는다. 그리고 소련군의 눈에 띄지 않도록 화장은 낮에만 하지. 밤에는 그냥 거대한 구멍을 파놓고, 보초도 세워두지 않아. 누군가 거기서 다니엘의 시신을 빼돌린 게 분명해."

"염병할." 달레가 또 다시 그렇게 말하며, 탐욕스럽게 담배를 빨았다.

"시신을 화장한다는 게 사실이었군요. 날씨도 이렇게 추운데 화장은 왜 하는 겁니까?" 구드브란이 말했다.

"난 그 이유를 알아요." 달레가 말했다. "땅이 얼었기 때문이죠. 봄에 기온이 올라가면, 흙이 시신을 위로 밀어 올리거든요." 그는 마지못해 담배를 구드브란에게 넘겼다. "지난겨울, 한참 후방에서 한 녀석의 시체를 땅에 묻었어요. 그런데 봄이 되자, 녀석의 시신이 발에 차이더군요. 그나마 여우가 먹고 남은 시신의 일부였지만."

"문제는 어떻게 다니엘이 다시 여기로 왔느냐는 거야." 에드바르가 말했다.

구드브란은 어깨를 으쓱였다.

"네가 마지막 불침번이었다, 구드브란." 에드바르는 한쪽 눈을 찡그린 채 애꾸눈으로 그를 바라보았다. 구드브란은 천천히 담배를 피웠다. 옆에 있던 달레가 콜록거렸다.

"난 이 앞을 네 번이나 지나갔어요." 구드브란이 달레에게 담배를 건네며 말했다. "하지만 그때는 시신이 없었습니다."

"보초를 서는 동안 네가 북쪽 지구에 갔을 수도 있지. 여기 눈 위에 썰매 자국이 있다."

"시체를 수습하러 왔던 군인들이 남긴 자국이겠죠."

"군화 위에 난 자국이야. 네 입으로도 이 앞을 네 번이나 지나갔다고 했잖아."

"젠장, 에드바르. 나도 저기 있는 게 다니엘이라는 거 알아요!" 구드브란이 폭발했다. "누군가 다니엘을 다시 데려왔고, 아마도 썰매를 이용했겠죠. 하지만 내 말 못 들었어요? 내가 마지막으로 여기를 지나갈 때는 시신이 없었다고요. 그러니 그 후에 누군가 다니엘을 여기로 데려왔겠죠."

에드바르는 대답하지 않았다. 대신 짜증이 역력한 표정으로 달레의 꾹 다문 입술에 물려 있던 2센티미터의 담배꽁초를 획 잡아챘다. 그러고는 담배에 찍힌 젖은 자국을 못마땅하다는 듯이 바라보았다. 달레는 혀에 붙어 있던 담배 가루를 떼어내며 에드바르를 쏘아보았다.

"대체 내가 왜 그런 짓을 한단 말입니까?" 구드브란이 말했다. "그리고 무슨 재주로 순찰에 걸리지도 않고 북쪽 지구에서 여기까지 시신을 끌고 오겠어요?"

"무인 지대를 지나서 왔을 수도 있지."

구드브란은 어이없다는 표정으로 고개를 절레절레 흔들었다. "내가 미친놈인 줄 알아요, 에드바르? 다니엘의 시신을 가져와서 무엇하려고요?"

에드바르는 마지막으로 담배를 두 모금 빨고는, 눈 위로 꽁초를 던져 군화로 꾹꾹 밟았다. 습관적인 행동이었다. 이유는 알 수 없었지만, 그는 담배꽁초가 그대로 떨어져 있는 꼴을 보지 못했다. 그가 발꿈치를 비비자, 눈이 신음했다.

"네가 다니엘을 여기로 끌고 왔다고는 생각하지 않아. 저건 다니엘이 아닐 테니까." 에드바르가 말했다.

달레와 구드브란은 움찔했다.

"다니엘이 아니라면 누구란 말입니까?"

"다니엘과 체격이 비슷한 다른 사람이겠지. 똑같은 부대 휘장이 달린 군복을 입은." 에드바르가 말했다.

"하지만 얼굴에 자루가……."

"저게 다니엘의 얼굴에 씌운 자루와 똑같다는 증거라도 있어? 네 눈썰미가 그렇게 좋다는 거야?" 에드바르는 달레에게 조롱하듯 말했지만, 정작 시선은 구드브란을 향해 있었다.

"다니엘이 맞아요." 구드브란이 침을 꿀꺽 삼키며 말했다. "군화가 똑같아요."

"그럼 다시 전화해서 다니엘을 데려가라고 할까? 다니엘이 맞는지 확인도 안 하고? 그게 네가 원하는 거야?"

"지옥에나 떨어져요, 에드바르!"

"아마 아직은 내 차례가 아닐걸? 자루 벗겨, 달레."

달레는 입을 딱 벌린 채 두 사람을 바라보았다. 두 사람은 미처 날뛰는 두 마리 황소처럼 서로를 노려보고 있었다.

"내 말 못 들었나? 자루를 자르라고." 에드바르가 고함쳤다.

"별로 하고 싶지―."

"명령이다. 당장 잘라."

달레는 계속 머뭇거리며, 두 남자와 탄환 상자 위에 놓인 경직된 시체를 번갈아 바라보았다. 그러더니 어깨를 으쓱이고는 군복 단추를 풀어, 군복 안으로 손을 집어넣었다.

"잠깐!" 에드바르가 외쳤다. "구드브란의 총검을 빌려라."

이제 달레는 완전히 어리둥절한 표정이었다. 그가 구드브란을 바라보자, 구드브란이 고개를 저었다.

"무슨 뜻이지?" 여전히 구드브란의 얼굴을 쏘아보면서 에드바르가 물었다. "늘 총검을 소지하라는 게 상비 명령인데, 총검이 없다는 거야?"

구드브란은 대답하지 않았다.

"총검으로 사람을 밥 먹듯이 죽이는 네가? 설마 그냥 잃어버린 건 아니겠지, 구드브란?"

구드브란은 여전히 말이 없었다.

"그렇다면 네 총검을 쓰도록 해, 달레."

구드브란은 분대장의 면상에서 저 커다란 애꾸눈을 도려내고 싶은 강렬한 충동을 느꼈다. 겨우 병장Rottenführer 주제에! 아니, 차라리 쥐장*이라고 해야 한다. 쥐 눈깔에 쥐 대가리를 가진 쥐장.

왜 말귀를 못 알아듣는 거지?

 두 남자 뒤에서 총검이 자루를 북북 찢어 가르는 소리, 이윽고 달레가 숨을 헉 들이쉬는 소리가 들렸다. 그들은 뒤를 돌아보았다. 붉은 여명을 받은 시신의 얼굴이 훤히 드러나 있었다. 이마에 제3의 검은 눈이 뻥 뚫린 채 흉측하게 미소 지으며 그들을 바라보는 새하얀 얼굴. 누가 봐도 다니엘이었다. 의심할 여지없이.

* Rat-führer, rotten 대신에 그와 비슷한 쥐라는 뜻의 rat을 붙여서 만든 단어

1999년 11월 4일

외무부

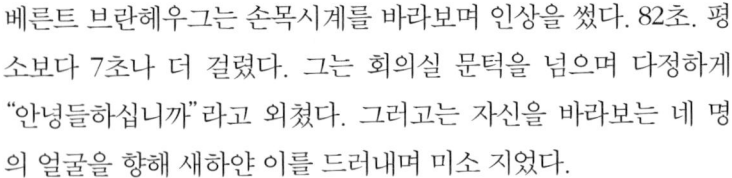

베른트 브란헤우그는 손목시계를 바라보며 인상을 썼다. 82초. 평소보다 7초나 더 걸렸다. 그는 회의실 문턱을 넘으며 다정하게 "안녕들하십니까"라고 외쳤다. 그러고는 자신을 바라보는 네 명의 얼굴을 향해 새하얀 이를 드러내며 미소 지었다.

국가정보국 국장인 쿠르트 마이리크가 라켈과 함께 테이블 한쪽에 앉아 있었다. 라켈은 오늘도 어울리지 않는 머리핀에 딱딱한 정장, 근엄한 얼굴을 하고 있었다. 하지만 그녀의 정장은 비서가 입기에는 약간 비싸 보인다는 느낌이 들었다. 지금도 그녀가 이혼녀라는 그의 직감에는 변함이 없었지만, 어쩌면 원만한 결혼 생활을 유지하고 있을지도 모른다. 아니면 유복한 집안 출신인가? 브란헤우그는 참석자들에게 오늘의 회의를 철저하게 비밀로 해달라고 당부해둔 터였다. 그런데도 그녀가 다시 참석한 것으로 보아, 국가정보국 내에서 그녀의 위치가 생각보다 높은 모양이었다. 브란헤우그는 그녀에 대해 좀 더 알아내리라 마음먹었다.

경찰청장 안네 스퇴륵센은 키가 크고 마른 강력반 책임자와 함께 테이블 반대쪽에 앉아 있었다. 저 남자의 이름이 뭐였더라? 회의실까지 오는 데도 80초가 더 걸리더니 이제는 사람 이름도 기억나지 않았다. 늙어가는 징조일까?

이 생각을 매듭짓기도 전에 어젯밤 사건이 다시 떠올랐다. 그는 젊은 수습직원인 리세를 야근 후의 저녁 식사에 초대했고, 식사 후에는 콘티넨탈 호텔에서 술이나 한잔 하자고 제안했다. 그 호텔에는 외교부에서 늘 그의 이름으로 예약해두는 방이 있었다. 남의 눈을 피해야 하는 회의를 대비한 방이었다. 리세는 야심만만한 아가씨라서 유혹하기 어렵지 않았지만, 그의 몸이 말을 듣지 않았다. 그런 적은 처음이었다. 술을 너무 많이 마신 탓이리라. 분명 나이 때문은 아니다. 브란헤우그는 그 생각을 마음에서 밀어내고, 자리에 앉았다.

"갑작스런 연락에도 불구하고 이렇게 와주셔서 감사합니다." 그가 운을 뗐다. "물론 이것이 얼마나 극비리에 진행되는 회의인지는 굳이 강조하지 않아도 아실 겁니다. 하지만 이런 자리가 처음인 사람도 있기 때문에 다시 한 번 그 점을 강조드립니다."

그는 라켈을 제외한 다른 사람들을 재빨리 훑어보았다. 그것이 그녀를 염두에 둔 말임을 분명히 하기 위해서였다. 그러고는 경찰청장 안네 스퇴륵센에게로 고개를 돌렸다.

"그건 그렇고, 그 친구는 좀 어떻습니까?"

경찰청장은 어리둥절한 표정으로 그를 바라보았다.

"그 형사 말입니다." 브란헤우그가 서둘러 덧붙였다. "홀레라고 했던가요?"

스퇴륵센이 묄레르에게 고개를 끄덕이자, 묄레르는 헛기침을 두어 번 하고서야 말문을 열었다.

"괜찮은 것 같습니다. 물론 충격은 받았지만 그래도…… 괜찮습니다." 그는 달리 할 말이 없다는 표시로 어깨를 으쓱였다.

브란헤우그는 며칠 전에 손질한 눈썹을 치켜세웠다.

"그 일을 떠들고 다닐 정도로 충격받은 건 아니겠죠?"

"에……." 묄레르가 운을 떼자, 경찰청장이 곁눈질로 그를 재빨리 바라보며 그에게로 몸을 돌렸다. "그럴 리는 없을 겁니다. 이번 일이 얼마나 민감한 사항인지 잘 알고 있으니까요. 물론 그 일에 대해 함구하겠다고 맹세했고요."

"현장에 있었던 다른 경찰들도 마찬가집니다." 안네 스퇴륵센이 기다렸다는 듯이 덧붙였다.

"그럼 입단속이 잘되는 걸로 알겠습니다." 브란헤우그가 말했다. "우선 새로운 사항을 간략히 알려드리도록 하죠. 방금 전에 미국 대사와 긴 대화를 나눴는데, 이 비극적인 사건의 중요한 쟁점에 있어서 우리와 의견이 일치했습니다."

그는 한 사람씩 돌아가며 바라보았다. 기대감이 흐르는 팽팽한 분위기 속에서 다들 그를 바라보고 있었다. 그의, 베른트 브란헤우그의 입에서 나올 말을 기다리면서. 몇 분 전에 그가 느꼈던 좌절감은 씻은 듯이 사라졌다.

"대사님 말로는 당신들 직원이," 이 대목에서 브란헤우그는 묄레르와 경찰청장을 향해 고갯짓했다. "톨게이트에서 쏜 비밀 경호원은 위독한 상태에서 벗어나 안정기에 접어들었다고 합니다. 흉추가 손상됐고, 내장 출혈이 있었지만 방탄복 덕분에 목숨은 건졌다더군요. 그 사실을 이제야 알게 된 것이 유감이지만, 아시다시피 이 일에 관한 의사소통을 최소한으로 줄여야만 했습니다. 소수의 관계자들 사이에서 가장 핵심적인 사항들만 교환되었으니까요."

"그 요원은 지금 어디 있습니까?" 묄레르가 물었다.

"엄밀히 말해서 당신이 그것까지 알 필요는 없소, 묄레르 경정."

브란헤우그는 묄레르를 바라보았고, 묄레르의 얼굴에는 이상한 표정이 떠올랐다. 잠시 회의실에 숨 막힐 듯한 침묵이 감돌았다. 누군가에게 직업상으로 필요한 것 이상은 알 필요가 없다고 깨우쳐주는 순간은 언제나 약간 민망하기 마련이다. 브란헤우그는 미소 지으며, 양손을 옆으로 벌렸다. 마치 '당신이 그런 질문을 하는 건 충분히 이해하지만, 이게 원칙이라오'라고 말하는 듯한 몸짓이었다. 묄레르는 고개를 끄덕이며 테이블을 내려다보았다.

"좋소." 브란헤우그가 말했다. "이거 하나는 말해주리다. 그 요원은 수술을 받은 후, 독일 육군 병원으로 이송됐소."

"그렇군요." 묄레르는 뒷목을 긁적였다. "에……."

브란헤우그는 그의 말을 기다렸다.

"이 사실을 홀레에게 알려줘도 되겠죠? 그 비밀 경호원이 회복되었다고요. 그럼 그 친구의 마음이 훨씬…… 에…… 편해질 겁니다."

브란헤우그는 묄레르를 바라보았다. 도무지 저 강력반 책임자라는 사람을 이해할 수가 없었다.

"그렇게 하시오."

"차관님이 대사님과 합의하신 사항은 뭔가요?" 라켈이었다.

"방금 그 말을 하려던 참이었소." 브란헤우그가 부드럽게 말했다. 실제로도 그가 꺼내려던 다음 주제는 그것이었지만, 이런 식으로 방해를 받는 것이 못마땅했다. "무엇보다 묄레르 경정과 오슬로 경찰 부서의 빠른 판단을 칭찬하고 싶군요. 내가 받은 보고가 맞는다면, 부상당한 요원이 전문 의료진의 치료를 받기까지 불과 12분밖에 걸리지 않았습니다."

"홀레와 그의 파트너인 엘렌 옐텐이 그를 아케르 병원으로 데려갔죠." 안네 스퇴륵센이 말했다.

"놀랄 만큼 신속한 대응이었습니다. 미국 대사도 나와 의견이 같았어요." 브란헤우그가 말했다.

묄레르와 경찰청장은 시선을 교환했다.

"게다가 대사님이 비밀 경호국과 이야기를 했는데, 미국 측에서 소송을 걸 가능성도 없다고 합니다. 당연한 일이지만."

"당연히 그래야죠." 마이리크가 맞장구를 쳤다.

"또한 이번 사건의 잘못이 대부분 미국 쪽에 있다는 데도 동의했습니다. 그 경호원은 매표소에 있지 말았어야 했습니다. 다시 말해 그곳에 들어갈 수는 있지만, 현장에 있던 노르웨이 연락 담당관에게 미리 알렸어야 했죠. 그 경호원은 분명 어딘가를 통과해 매표소에 들어갔을 겁니다. 그렇다면 그 입구를 지키던 노르웨이 경관이 연락 담당관에게 그 사실을 알렸어야, 아니지, 알릴 수도 있었습니다. 하지만 그냥 경호원이 보여준 신분증만 확인하고 끝냈죠. 비밀 경호원은 모든 보안 구역에 출입할 수 있다는 것이 상비 명령이었고, 따라서 경관은 딱히 그 사실을 상부에 보고해야 할 필요성을 못 느낀 겁니다. 돌이켜보면 그 형사 친구가 총을 쏴야만 하는 상황이었죠."

브란헤우그는 안네 스퇴륵센을 바라보았다. 전혀 이의가 없다는 표정이었다.

"좋은 소식은 지금으로서는 이 일에 관한 어떤 소식도 언론에 등장하지 않았다는 겁니다. 하지만 오늘 회의를 소집한 것은 최상의 상황에서 우리가 해야 할 일을 의논하기 위해서가 아닙니다. 그건 가만히 앉아 있는 것과 다를 바가 없죠. 아마도 지금과 같은 상황이 계속되지는 않을 겁니다. 이 총격사건이 영원히 언론에 알려지지 않으리라고 믿는 건 정말 말도 안 되게 순진한 생각이죠."
 베른트 브란헤우그는 손바닥을 둥글게 모아, 위아래로 흔들었다. 마치 문장을 적절한 짧은 구절들로 나누려는 것처럼 보였다.
 "스무 명 정도의 국가정보국 직원, 현장 요원, 협력 그룹이 이 사건을 알고 있습니다. 그 외에도 열다섯 명가량의 경찰이 톨게이트에서 그 현장을 목격했고요. 그 사람들을 의심하고 싶지는 않습니다. 분명 다들 이 일을 비밀로 하겠다는 서약을 지킬 것입니다. 그렇다고는 해도, 그들은 이런 보안 유지가 필요한 일에 경험이 없는 평범한 경관들입니다. 게다가 국립병원과 항공사, 통행료 회사인 피엘리니에 AS와 플라자 호텔, 이 모든 회사의 직원들도 어느 정도 눈치 챘을 겁니다. 매표소 근처 건물에서 누군가 쌍안경으로 차량 행렬을 지켜보고 있지 않았으리란 법도 없고요. 이 일과 관련된 사람의 입에서 한 마디라도 나왔다가는……." 그는 생각하기도 싫다는 듯이 입으로 푸, 소리를 냈다.
 테이블 주위가 조용해지자, 묄레르가 목청을 가다듬었다.
 "그런데 그 일이 알려지는 게 왜 그렇게…… 에…… 위험한 겁니까?"
 브란헤우그는 그보다 더 멍청한 질문도 많이 들었다는 것을 보여주기 위해 고개를 끄덕였다. 하지만 그 끄덕임 때문에 오히려 묄레르는 자신의 질문이 얼마나 멍청했는지 깨닫게 되었다.
 "우리에게 미합중국은 단순한 우방이 아니기 때문이오." 브란헤우그는 보일 듯 말 듯한 미소와 함께 말문을 열었다. 마치 외국인에게 노르웨이에는 왕이 있으며, 수도는 오슬로라고 설명할 때와 같은 말투였다.
 "1920년만 해도 노르웨이는 유럽에서 가장 가난한 나라에 속했소. 미국의 도움이 없었다면 아마 지금도 그랬을 거요. 정치인들의 미사여구 따위는 잊어버리시오. 미국이 노르웨이 이민자들을 받아주고, 마셜 플랜을 실시하고, 정유 산업의 자금을 대주면서 노르웨이는 지구상에서 가장 친미 성향이 강한 나라 중 하나가 되었소. 지금 이 자리에 있는 사람들은 현재의 위치에 오르기 위해 수년간 노력한 사람들이오. 그런데 여기 있는 누군가의 불찰로 미국 대통령의 목숨이 위험할 뻔했다는 사실이 정치인들의 귀에 들어가기라도 한다면……."

브란헤우그는 일부러 말을 끝맺지 않고 테이블 주위를 쓱 훑었다.

"그나마 한 가지 다행스러운 사실이 있습니다. 미국 역시 가장 가까운 우방인 노르웨이와의 협력 관계에 근본적 결함이 있음을 인정하기보다는, 차라리 비밀 경호원이 실수했다는 것을 인정하리라는 거죠."

"다시 말해서," 라켈이 고개를 숙인 채 앞에 놓인 메모지를 바라보며 말했다. "……우리 측의 희생양이 필요 없다는 뜻이군요." 그러더니 고개를 들고 베른트 브란헤우그를 똑바로 바라보았다. "오히려 정반대겠네요. 우리에겐 영웅이 필요하다는 뜻이죠. 안 그런가요?"

브란헤우그는 놀라움과 흥미가 뒤섞인 시선으로 그녀를 바라보았다. 자신의 의중을 그토록 빨리 읽어낸 것이 놀라웠고, 결코 만만하게 볼 수 없는 상대라는 사실이 흥미로웠다.

"그렇소. 노르웨이 경찰이 비밀 경호원을 쐈다는 사실이 새어나갈 것을 대비해, 우리만의 공식 입장이 필요합니다." 브란헤우그가 말했다. "난처한 일은 전혀 일어나지 않았다는 것이 우리의 공식 입장이 되어야만 합니다. 현장에 있던 우리의 연락 담당관은 지시받은 대로 행동했고, 따라서 잘못은 온전히 비밀 경호원의 몫입니다. 이것이 미국과 우리가 합의한 사항입니다. 문제는 언론이 이것을 믿도록 해야 한다는 겁니다. 그렇기 때문에—."

"우리에게 영웅이 필요한 거군요." 경찰청장이 덧붙였다.

"죄송하지만," 묄레르가 말했다. "이 계획의 요점을 이해하지 못한 사람은 저뿐인가요?" 그는 큭큭 웃었지만 아무도 따라 웃지 않았다.

"문제의 그 형사는 대통령의 목숨이 위험할 수도 있는 상황에서 아주 침착하게 대처했소." 브란헤우그가 말했다. "만약 매표소에 있던 사람이 암살자였다면, 그는 대통령의 목숨을 구한 게 됐을 거요. 상황의 특수성과 그가 받은 명령을 고려할 때 상대가 암살자라고 추측하는 것도 당연하오. 알고 보니 상대가 암살자가 아니었다고 해서 달라지는 건 없소."

"맞아요." 안네 스퇴릭센이 말했다. "그런 상황에서는 개인의 판단보다 명령이 우선이니까요."

마이리크는 아무 말도 하지 않았지만 동의의 뜻으로 고개를 끄덕였다.

"그러니까," 브란헤우그가 설명을 계속했다. "당신 표현대로 하자면, 이 계획의 '요점'은 그 형사가 옳은 일을 했고, 우리 역시 그 사실에 대해 한 치의 의심도 없음을 세상에 알리는 거요. 언론과 윗분들, 이 일과 관련된 모든 사람들이 그걸 믿도록 말이오. 그 형사의 행동을 사실상 영웅적 행위로 떠받드는 것, 그게 이 계획의 '요점'이오."

브란헤우그는 묄레르의 얼굴에 실망감이 번지는 것을 보았다.

"그 형사에게 적절한 보상을 하지 않는다면, 그것은 이미 우리

스스로 반쯤 인정하는 꼴이 됩니다. 그가 경호원을 쏜 것이 잘못된 판단이었고 따라서 대통령을 보호하는 우리의 보안대책이 미비했음을요."

사람들이 고개를 끄덕였다.

"고로……." 브란헤우그는 이 단어를 사랑했다. 갑옷을 입은 천하무적의 단어. 여기서부터는 이렇게 될 수밖에 없다는, 논리의 위엄을 요구하는 단어였다.

"고로 그에게 훈장이라도 수여할까요?" 이번에도 라켈이었다.

브란헤우그는 확 짜증이 일었다. '훈장'이라고 말할 때의 말투 때문이었다. 마치 그들이 조금이라도 웃기는 의견이 있으면 닥치는 대로 반영해서 코미디의 대본을 쓰고 있다는 듯이. 그의 의견이 코미디라는 듯이.

"아니." 그가 천천히 힘주어 말했다. "훈장으로는 안 됩니다. 훈장이나 상장은 진지함이 없죠. 우리가 추구하는 신뢰를 주는 것도 아니고." 그는 의자에 등을 기대며, 양손을 머리 뒤로 가져갔다. "그 친구를 승진시키도록 합시다. 경위로 승진시키는 겁니다."

긴 침묵이 흘렀다.

"경위요?" 비아르네 묄레르는 믿을 수 없다는 표정으로 브란헤우그를 바라보았다. "비밀 요원을 쏜 일로 말입니까?"

"좀 섬뜩하게 들리기는 하지만, 생각을 좀 해보시오."

"그게……." 묄레르는 눈을 깜빡이며 폭탄 발언을 할 사람처럼 머뭇거리더니, 그냥 입을 다물었다.

"원래 경위라는 직책에 주어지는 업무를 모두 해야 할 필요는 없어요." 안네 스퇴르크센이 말했다. 브란헤우그에게는 그 말이 약간 머뭇거리며 흘러나오는 것처럼 들렸다. 마치 바늘구멍에서 실을 빼내듯이.

"우리도 이 일을 좀 생각해봤어요, 안네." 브란헤우그는 그녀의 이름을 부드럽게 힘주어 말했다. 그가 그녀의 이름을 부르는 것은 이번이 처음이었다. 그녀의 한쪽 눈썹이 살짝 움찔했으나, 그 외에 딱히 싫다는 반응은 보이지 않았다. 그는 말을 이었다. "문제는 총 쏘기 좋아하는 그 형사 친구의 동료들이 이번 승진을 너무 속이 뻔히 보인다거나, 전시용이라 생각할 염려가 있다는 거죠. 그렇게 되면 이 작전은 그다지 성공했다고 볼 수 없습니다. 즉 실패하는 거죠. 만약 그들이 이 일을 은폐 공작이라 의심한다면, 즉각 소문이 퍼질 겁니다. 그러면 우리와 당신들 그리고 이 형사 친구가 대단히 큰 실수를 저질렀고, 그 사실을 의도적으로 감추려 했다는 인상을 주게 될 거고요. 다시 말해 그 친구에게 새로운 직책을 주되, 그가 실제로 무슨 일을 하는지 다른 사람들이 자세히 지켜볼 수 없어야 합니다. 이건 또 다시 말해서, 그가 승진과 동시에 비밀 작전에 투입되어야 한다는 뜻이고요."

"다른 사람들은 알 수 없는 비밀 작전이라." 라켈이 쓴웃음을 지으며 말했다. "아무래도 그 형사를 우리에게 보내실 생각인가 봐요?"

"자네 생각은 어떤가, 쿠르트?" 브란헤우그가 말했다.

쿠르트 마이리크는 나지막이 큭큭거리며 귀 뒤를 긁적였다.

"좋습니다. 경위 자리 하나쯤은 언제든 만들 수 있죠."

브란헤우그는 고개를 숙였다. "그렇게 해준다면 큰 도움이 되겠네."

"알겠습니다. 서로 돕고 살아야죠."

"잘됐군." 브란헤우그는 환한 미소를 지으며, 회의가 끝났음을 알리기 위해 벽에 걸린 시계를 힐끗 쳐다보았다. 의자들이 뒤로 밀리는 소리가 울려 퍼졌다.

1999년 11월 4일

상크트 한스헤우겐

"Tonight we're gonna party like it's nineteen-ninety-nine(오늘이 1999년인 것처럼 파티를 열 거야)!"

엘렌은 톰 볼레르를 바라보았다. 방금 전에 프린스의 카세트테이프를 밀어 넣고, 음량을 최대로 키운 사람이 그였다. 음악 소리가 어찌나 큰지 계기판이 부르르 진동했다. 프린스의 카랑카랑한 가성에 엘렌은 고막이 찢어질 지경이었다.

"진짜 끝내주지?" 볼레르가 음악보다 더 큰 소리로 외쳤다. 그의 기분을 상하게 하고 싶지 않아서 엘렌은 그냥 고개를 끄덕였다. 톰 볼레르가 사소한 일에 쉽게 화내는 성격이라서가 아니었다. 그저 가능한 한 그에게 맞서지 않기로 결심했기 때문이다. 톰 볼레르와 엘렌 옐텐의 임시 파트너 관계가 끝날 때까지. 강력반 책임자인 비아르네 묄레르는 분명 둘의 파트너 관계가 임시일 뿐이라고 말했다. 봄이 되면 볼레르가 강력반 반장으로 승진하리라는 것은 누구나 아는 사실이었다.

"깜둥이 호모 새끼라니. 참 가지가지 한다." 볼레르가 큰 소리로 외쳤다.

엘렌은 대답하지 않았다. 빗줄기가 너무 거센 탓에, 와이퍼가 전속력으로 움직이는데도 빗물이 부드러운 필터처럼 차창에 들러붙어 있었다. 그 때문에 거리의 건물들이 말랑말랑한 장난감 집으로 변해, 파도처럼 넘실대는 듯했다. 오늘 아침, 묄레르는 해리를 찾아오라며 그들을 이곳으로 보냈다. 두 사람은 이미 해리의 집에 가보았고, 그가 집에 없다는 결론을 내렸다. 혹은 안에 있는데도 문을 열어주지 않거나, 아니면 문을 열 수 없는 상황이거나. 엘렌은 최악의 상황이 벌어졌을까 두려웠다. 그녀는 보도를 따라 서둘러 걸어가는 사람들을 바라보았다. 그들 역시 뒤틀리고 기이한 형태였다. 유원지의 매직 미러에 비친 형상처럼.

"여기서 왼쪽으로 돌아서, 슈뢰데르 바 앞에 세우세요. 제가 다녀올 테니까 선배님은 차 안에 계세요." 그녀가 말했다.

"좋을 대로. 하여간 주정뱅이들이 문제라니까." 볼레르가 말했다.

엘렌은 그의 옆얼굴을 힐끗 쳐다보았다. 하지만 그의 표정만으로는 그것이 이른 아침부터 슈뢰데르에 술 마시러 온 손님들을 뭉뚱그려 하는 말인지, 아니면 해리만 꼬집어서 하는 말인지 알 수가 없었다. 볼레르가 슈뢰데르 앞의 버스 정류장에 차를 세웠다. 차에서 내리던 엘렌은 길 건너편에 카페 브레네리에가 개업한 것을 보았다. 어쩌면 옛날부터 있었는데 그녀가 몰랐을 수도 있다. 창가의 스툴에는 터틀넥 스웨터를 입은 젊은이들이 외국 신문을 읽거나, 창밖의 빗줄기를 바라보거나, 양손으로 큼직한 하얀색 커피잔을 감싼 채 생각에 잠겨 있었다. 아마도 자신이 선택한 과목, 소파, 동반자, 축구팀, 도시가 과연 올바른 선택인지에 대한 고민이리라.

그녀는 하마터면 슈뢰데르 입구에서 노르딕 스웨터를 입은 남자와 부딪힐 뻔했다. 남자는 알코올중독자인지 홍채의 푸른색이 거의 바랬고, 프라이팬만큼이나 커다란 손에는 꼬질꼬질하게 때가 끼어 있었다. 그가 지나가자, 들쩍지근한 땀 냄새와 김빠진 알코올 냄새가 풍겼다. 술집 안에는 느릿한 아침의 분위기가 감돌았다. 손님이 있는 테이블은 네 개뿐이었다. 엘렌은 전에도 여기 온 적이 있었다. 아주 오래전이었지만, 그녀가 기억하기로는 모든 것이 그대로였다. 벽에는 수세기에 걸친 오슬로의 대형 사진들이 걸려 있었다. 갈색 페인트로 칠해진 내부와 실내 한가운데 설치된 가짜 유리 천장 덕분에 마치 영국의 펍에 와 있는 듯한 분위기도 살짝 풍겼다. 솔직히 말하면, 아주 살짝이었지만. 그런가 하면 플라스틱 탁자와 벤치형 의자는 이곳이 뫼레 해변을 따라 운행하는 페리 내부의 담배 연기 자욱한 바처럼 보이게 했다. 뒤쪽 카운터에는 앞치마를 두른 웨이트리스가 서 있었다. 그녀는 카운터에 기댄 채 담배를 피우며, 은근슬쩍 엘렌을 지켜보고 있었다. 엘렌은 창가 근처의 구석 자리에서 해리를 찾아냈다. 그는 반쯤 마시다 만 맥주잔을 앞에 둔 채, 테이블에 고개를 처박고 있었다.

"선배." 그의 맞은편 자리에 앉으며 엘렌이 말했다.

해리는 고개를 들고는 끄덕였다. 마치 그녀가 오기를 기다리고 있었다는 듯이. 이내 그의 머리가 다시 미끄러져 내려갔다.

"계속 찾아 다녔어요. 집에도 갔었고요."

"내가 집에 있던가?" 그가 진지한 얼굴로 무덤덤하게 말했다.

"나도 모르죠. 원점으로 돌아간 거예요?" 그녀가 술잔을 가리켰다.

그는 어깨를 으쓱였다.

"그 남자는 죽지 않을 거예요." 그녀가 말했다.

"나도 들었어. 경정님이 자동응답기에 메시지를 남겼더군." 그의 발음은 놀라울 정도로 또렷했다. "얼마나 심하게 다쳤는지는 쏙 빼놓고 말이야. 등에는 수많은 신경과 물질이 있잖아. 안 그래?"

해리는 머리를 기울였지만, 엘렌은 대답하지 않았다.

"어쩌면 그냥 하반신 마비만 됐을지도 모르지." 이제는 완전히 비운 맥주잔을 톡톡 치며 해리가 말했다. "건배."

"선배 병가는 오늘로 끝이에요. 내일이면 다시 출근해야 한다고요."

해리가 고개를 들었다. "내가 병가 중이었어?"

엘렌은 테이블 위로 작은 플라스틱 폴더를 내밀었다. 폴더 안에 든 핑크색 종이의 뒷면이 보였다.

"경정님과 이야기했어요. 닥터 에우네하고도요. 병가 신청서 복사본이에요. 근무 중 총격 사고가 있었던 경우에는 며칠 쉬는 게 정상이라고 경정님도 말씀하셨어요. 내일부터 출근하세요."

그의 시선이 울퉁불퉁한 색유리 창문으로 옮겨갔다. 아마도 밖에서 보이지 않도록 일부러 저런 유리를 썼을 것이다. 카페 브레네리와 정반대라고 엘렌은 생각했다.

"출근하실 거죠?"

"글쎄." 그가 멍한 눈으로 그녀를 바라보았다. 엘렌이 기억하기로는 그가 방콕에서 돌아온 직후에도 저런 눈동자였다. "확답은 못하겠는데?"

"어쨌든 출근하세요. 깜짝 놀랄 만한 일이 있을 테니까."

"깜짝 놀랄 만한 일?" 해리가 부드럽게 웃었다. "그게 뭘까? 조기 은퇴? 명예퇴직? 대통령이 퍼플하트 훈장이라도 주려나?"

충혈된 눈동자가 보일 정도로 그가 고개를 들었다. 그녀는 한숨을 쉬며 창문 쪽으로 몸을 돌렸다. 몽환적인 영화의 한 장면처럼 울퉁불퉁한 유리 뒤로 형체 없는 차들이 지나갔다.

"왜 늘 자신을 못살게 구세요? 그게 선배 잘못이 아니라는 건 나도 알고, 선배도 알고, 모든 사람이 안다고요! 비밀 경호국도 우리에게 미리 알리지 않은 자신들의 탓임을 인정했어요. 우리의, 선배의 행동이 올바른 것이었음을 인정했다고요."

해리는 그녀를 바라보지 않은 채 나지막이 말했다. "그 사람의 가족들도 그렇게 생각할까? 그 사람이 휠체어에 탄 채 고국으로 돌아가면 말이야."

"맙소사, 해리!" 엘렌이 언성을 높이자, 카운터를 지키던 여자가 한층 더 흥미롭다는 표정으로 그들을 바라보았다. 아마도 재미있는 싸움이 끓어오르는 냄새를 맡았으리라.

"세상에는 언제나 재수 없는 사람들이 있기 마련이에요. 그런 사람들은 뒤로 넘어져도 코가 깨지죠. 그게 세상사예요. 누구의 잘못도 아니라고요. 매해 바위종다리의 60퍼센트가 죽는 거 알아요? 무려 60퍼센트나요! 우리가 일손을 놓고 그 통계의 의미에 대해 생각하기 시작하다가는 결국 우리도 그 60퍼센트에 속하게 될 거라고요, 해리."

해리는 대답하지 않았다. 그저 검은색 담배 구멍이 뽕뽕 뚫린 체크무늬 식탁보 위로 고개만 끄덕일 뿐이었다.

"이런 말 하기는 싫지만요, 날 위해서라도 내일 와줄 수 없어요? 그냥 얼굴만 비춰줘요. 선배에게 절대 말 걸지 않을 게요. 나한테 아는 척도 할 필요 없어요. 네?"

해리는 식탁보에 뚫린 구멍 하나에 새끼손가락을 집어넣었다.

그러고는 술잔을 움직여 다른 구멍을 가렸다. 엘렌은 기다렸다.
"저 밖의 차에 앉아 있는 사람이 볼레르야?" 해리가 물었다.
엘렌은 고개를 끄덕였다. 두 사람이 견원지간이라는 건 그녀도 잘 아는 사실이었다. 엘렌의 머릿속에 아이디어 하나가 떠올랐고, 그녀는 잠시 망설이다가 모험을 해보기로 했다. "선배가 내일 출근하지 않는다는 데 볼레르가 200크로네 걸었어요."
해리의 입에서 다시 부드러운 웃음소리가 흘러나왔다. 그러더니 양손으로 턱을 괸 채 다시 그녀를 바라보았다.
"정말 거짓말에는 영 소질이 없군. 어쨌든 시도라도 해줘서 고마워."
"엿이나 먹어요."
그녀는 숨을 들이쉬고 무언가를 말하려다가, 마음을 바꾸고 한동안 해리를 바라보았다. 그러고는 다시 숨을 들이쉬었다.
"좋아요, 사실 이 소식은 경정님이 전해야 하지만 그냥 내가 말하죠. 윗분들이 선배를 국가정보국의 경위로 승진시키겠다고 했대요."
이번에는 캐딜락 플리트우드의 엔진처럼 가르랑거리는 웃음소리가 흘러나왔다. "좋아, 약간 소질이 보이는데? 조금만 더 연습하면 나아지겠어."
"정말이에요!"
"말도 안 되는 소리." 그의 시선이 창유리를 떠나 다시 방황했다.
"왜요? 선배는 최고의 형사잖아요. 이번 일로 훌륭한 경찰이라는 것도 증명됐고요. 법학 공부도 했고, 게다가―."
"말도 안 된다니까. 설사 누군가 그런 정신 나간 제안을 했다 해도, 그런 일은 있을 수 없어."

"왜요?"

"아주 간단한 이유 때문이지. 새의 60퍼센트가 죽는다고 했나?"

해리는 식탁보와 술잔을 끌어당겼다.

"바위종다리라는 새죠."

"그렇군. 그런데 왜 죽는 거지?"

"무슨 말이에요?"

"그냥 누워 있다가 죽는 건 아닐 거 아냐. 안 그래?"

"배가 고파서 죽기도 하고, 잡아먹히기도 하겠죠. 추위, 탈진, 유리창에 머리를 박아서 죽을 수도 있고요. 이유야 많죠."

"좋아. 하지만 등에 총을 맞아 죽지는 않겠지. 그것도 사격 시험에 떨어져 총기 소지도 금지된 노르웨이 경찰의 총에 말이야. 이 사실이 밝혀지는 날이면 난 기소될 거고, 아마 징역 1년에서 3년 형을 받을 거야. 경위로 승진하기에는 꽤나 질이 나쁘지. 안 그래?"

그는 맥주잔을 집어 들어 플라스틱 폴더 위에 탕 내려놓았다.

"사격 시험이라뇨?" 엘렌이 물었다.

해리는 엘렌을 노려보았다. 그녀는 당당한 표정으로 그의 시선을 맞받았다.

"몰라서 물어?"

"무슨 말인지 모르겠어요."

"모르긴 왜 몰라? 내가 지난번—."

"내가 알기로 선배는 올해의 사격 시험을 통과했어요. 경정님도 나와 같은 생각이고요. 심지어 경정님이 오늘 아침에 총기 허가 사무실에 가서 확인까지 하시던걸요? 사격 교관님과 함께 파일을 뒤져봤고, 선배가 합격 기준보다 훨씬 높은 점수를 기록했다는 걸 알아냈죠. 설마 총기 허가증도 없이 비밀 경호원을 쏜 형사를 국가정보국의 경위로 임명하겠어요?"

엘렌은 해리에게 환한 미소를 지어 보였다. 해리는 술기운보다 당황한 기색이 역력했다.

"하지만 난 총기 허가증이 없다고!"

"아뇨, 있어요. 잃어버렸을 뿐이죠. 곧 찾을 거고요. 찾게 될 거예요."

"내 말 들어봐. 난……."

해리는 말을 멈추고, 테이블에 놓인 플라스틱 폴더를 내려다보았다. 엘렌은 자리에서 일어났다.

"내일 아침 9시에 봐요, 경위님."

해리가 할 수 있는 일은 그저 말없이 고개만 끄덕이는 것뿐이었다.

1999년 11월 5일
홀베르그스 플라스, 래디슨 사스 호텔

베티 안드레센은 돌리 파튼처럼 곱실거리는 금발이었는데, 어찌나 심하게 곱실거리는지 꼭 가발 같았다. 하지만 가발이 아니었고, 그녀가 돌리 파튼과 닮은 점도 그것뿐이었다. 베티 안드레센은 키가 크고 말랐으며, 지금처럼 미소 지을 때는 입을 조금만 벌려서 치아가 거의 드러나지 않았다. 현재 그 미소의 대상은 래디슨 사스 호텔 프런트 데스크 너머에 서 있는 노인이었다. 그것은 일반적 의미의 프런트 데스크는 아니었다. 컴퓨터가 놓인 다기능의 아일랜드식 탁자를 여러 개 붙여놓은 것이었는데, 덕분에 직원들이 동시에 많은 손님을 응대할 수 있었다.

"안녕하세요." 베티 안드레센이 말했다. 그것은 스타방에르의 호텔 경영학교에서 배운 가르침이었다. 정중한 인사로 손님을 맞이할 것. 따라서 앞으로 8시간 동안, 그녀는 손님에게 계속 이 인사를 건넬 것이다. 그런 뒤에는 방 두 개짜리 아파트로 돌아가, "다녀왔어"라는 인사를 건넬 상대가 있었으면 좋겠다고 생각할 것이다.

"맨 꼭대기 방을 보여주시오."

베티 안드레센은 어깨에서 빗물이 뚝뚝 떨어지는 노인의 코트를 바라보았다. 밖에서는 비가 억수같이 퍼붓고 있었다. 노인의 모자 챙 가장자리에도 떨리는 물방울이 매달려 있었다.

"방을 보고 싶으시다고요?"

베티 안드레센의 미소는 변함이 없었다. 호텔을 찾아오는 모든 사람은 손님이 아니라는 사실이 확실해지기 전까지는 손님으로 대해야 한다는 원칙에 따르도록 훈련받았기 때문이다. 그녀는 그 원칙을 금과옥조로 여겼다. 하지만 자기 앞에 서 있는 이 노인이 어떤 부류인지도 훤히 알고 있었다. '모처럼 오슬로를 방문한 김에 공짜로 사스 호텔에서 전망을 보고 싶어 하는 노인'으로 불리는 부류였다. 그런 사람들의 발길은 계속 이어졌고, 특히 여름에 많았다. 단순히 전망을 보는 데 그치지 않고, 그 이상을 원하는 사람들도 있었다. 한번은 어떤 여자가 22층의 스위트룸을 보여달라고 했는데, 나중에 친구들에게 자신이 그곳에 묵었다고 거짓말하며 방 내부를 설명하기 위해서였다. 심지어 베티에게 25크로네를 줄 테니 숙박부에 자신의 이름을 써달라는 제안까지 했다. 친구들에게 증거로 보여주고 싶다나?

"싱글로 드릴까요, 더블로 드릴까요? 흡연실? 금연실?" 베티가 물었다. 대부분의 경우는 이 지점에서 머뭇거린다.

"어떤 방이든 상관없소. 중요한 건 전망이니까. 남서쪽이 보이는 방을 주시오."

"네. 꼭대기 층에서는 도심 전체를 다 보실 수 있어요."

"잘됐군. 이 호텔에서 가장 좋은 방이 뭐요?"

"그거야 당연히 스위트룸이죠. 하지만 잠시만요. 일반 객실도 비어 있는지 봐드릴까요?"

그녀는 키보드를 딸그락거리며, 노인이 미끼를 무는지 지켜보았다. 오래 기다릴 필요도 없었다.

"스위트룸을 보고 싶소."

'어련하시겠어요.' 그녀는 속으로 생각하며 노인을 훑어보았다. 베티는 매몰찬 여자는 아니었다. 사스 호텔에서 전망을 보는 것이 노인의 간절한 소원이라면, 굳이 들어주지 못할 이유도 없다.

"방을 보러 가시죠." 베티가 환한 미소를 지으며 말했다. 주로 단골들에게만 보여주는 미소였다.

"오슬로에는 지인을 만나러 오셨나요?" 엘리베이터를 타면서 그녀가 예의상 물었다.

"아니오." 노인이 말했다. 그의 눈썹은 그녀의 아버지처럼 숱이 많고, 하얗게 셌다.

베티는 가려는 층의 버튼을 눌렀다. 문이 닫히며 엘리베이터가 움직이기 시작하는 이 순간은 도무지 적응이 되지 않았다. 마치 천국으로 빨려 들어가는 기분이었다. 엘리베이터의 문이 양옆으로 열리면, 그녀는 늘 새롭고 다른 세상이 펼쳐지기를 반쯤 기대한다. 《오즈의 마법사》에 나오는 소녀처럼. 하지만 그녀를 맞이하는 것은 언제나 전과 똑같은 세상이다. 그들은 복도를 걸어갔다. 벽지와 색깔을 맞춘 카펫이 깔려 있고, 벽에는 고가의 그림이 걸려 있었다. 베티는 스위트룸의 문손잡이에 카드키를 밀어 넣었다. 그러고는 문을 열어주며 노인에게 "먼저 들어가시죠"라고 말했다. 노인은 기대에 찬 표정으로 그녀의 곁을 지나 안으로 들어갔다.

"스위트룸의 면적은 105제곱미터입니다. 킹사이즈 침대가 있는 침실 두 개에 기포가 나오는 욕조와 전화가 설치된 욕실이 두 개 있습니다."

베티도 노인을 따라 침실로 들어갔다. 노인은 침실 창가에 섰다.

"가구는 덴마크 디자이너인 폴 헨릭센의 작품입니다." 그녀는 커피 테이블에 놓인 종잇장처럼 얇은 유리를 손으로 쓰다듬었다. "욕실도 보여드릴까요?"

노인은 대답이 없었다. 이어지는 정적 속에서 체리목을 쪽모이 세공한 마룻바닥에 물방울이 똑 떨어지는 소리가 들렸다. 비에 흠뻑 젖은 노인의 모자에서 물이 떨어지는 소리였다. 베티는 노인의 옆으로 가서 섰다. 중요한 건물은 모두 보였다. 시청, 국립극장, 왕궁, 노르웨이 의회, 아케르스후스 요새까지. 그들 아래로 왕궁의 정원이 펼쳐져 있었다. 나무들은 사방으로 뻗은 마녀의 검은 손가락으로 납회색 하늘을 가리켰다.

"화창한 봄날에 오셨어야 했어요." 베티가 말했다.

노인은 몸을 돌려, 무슨 말인지 모르겠다는 표정으로 그녀를 바라보았다. 베티는 그제서야 자신의 실수를 깨달았다. 뒤에 '여기 전망만 보러 오신 거니까요'가 생략된 말이었기 때문이다.

그녀는 미소로 상황을 무마하기 위해 최대한 노력했다. "봄에는 잔디도 초록색이고, 왕궁 정원의 나무들도 잎이 무성해지거든요. 그땐 정말 아름답죠."

노인은 그녀의 얼굴을 빤히 바라보았지만, 그의 생각은 다른 곳으로 흘러간 듯했다.

"그렇겠군." 마침내 노인이 말했다. "나무에는 잎이 있지. 그 생각을 못 했어."

노인은 창문을 가리켰다. "열리는 창문이오?"

"아주 조금요." 화제가 바뀐 것에 안도하며 베티가 말했다. "저

손잡이를 돌리시면 됩니다."

"왜 조금만 열리지?"

"누군가 바보 같은 생각을 할 경우에 대비해서요."

"바보 같은 생각?"

베티는 노인을 힐끗 쳐다보았다. 이 노인네가 살짝 망령이 났나?

"뛰어내리는 거요. 자살하는 사람들이 있거든요. 세상에는 불행한 사람들이 많죠. 그 사람들은……." 베티는 불행한 사람들의 행동을 표현하고자 손짓을 해 보였다.

"그러니까 그게 바보 같은 생각이라는 거요?" 노인이 턱을 문질렀다. 방금 노인의 주름 사이로 언뜻 보인 것이 미소였을까? "설사 불행하다고 해도?"

"물론이죠." 베티가 단호히 말했다. "최소한 제가 이 호텔에 근무 중일 때는요."

"자네가 근무 중일 때라, 크크크. 그거 참 재치 있는 말이로군, 베티 안드레센."

노인의 입에서 자신의 이름이 나오자, 베티는 깜짝 놀랐다. 물론 그녀의 명찰에 적힌 이름을 그대로 읽었을 것이다. 그렇다면 노인의 시력이 아주 좋다는 뜻이다. 명찰 속 그녀의 이름은 그 위에 적힌 '접수원'이라는 직함보다도 더 작은 글씨였기 때문이다. 베티는 몰래 벽시계를 보는 척했다.

"그래. 그리고 아마도 아가씨에게는 다른 중요한 업무도 많겠지." 노인이 말했다.

"네."

"이걸로 하지."

"무슨 말씀이신지……."
"이 방으로 하겠소. 오늘밤에 묵겠다는 건 아니고—."
"이 방에 묵으시겠다고요?"
"그렇소. 예약도 가능하겠지?"
"아, 예. 하지만…… 엄청나게 비싼데요."
"현금으로 선결제하겠소."
 노인은 코트 안주머니에서 지갑을 꺼내더니 지폐 다발을 내밀었다.
"아뇨, 아뇨, 그런 뜻으로 드린 말씀이 아니에요. 하룻밤에 7천 크로네는 워낙 큰 액수라서요. 차라리 다른 방을—?"
"이 방으로 하겠소. 어서 세어보시오. 혹시 모르니까."
 베티는 노인이 펼쳐 든 1천 크로네 지폐들을 바라보았다.
"나중에 묵으실 때 계산하셔도 됩니다. 음, 언제 묵으실 예정인가요?"
"아가씨 추천대로 해야지. 화창한 봄날에."
"그렇군요. 특별히 원하시는 날이라도 있나요?"
"물론이오."

1999년 11월 5일

경찰청

비아르네 묄레르는 한숨을 쉬며 창밖을 내다보았다. 그의 생각은 이리저리 자유롭게 흘러갔다. 요즘 들어 그런 증상이 부쩍 잦아졌다. 비는 그쳤어도, 그뢴란의 경찰청사 위에는 아직도 납회색 구름이 나지막이 걸려 있었다. 누렇게 죽은 잔디 위로 총총 걸어가는 강아지 한 마리가 보였다. 베르겐의 강력반에 빈자리가 하나 있었고, 응시 기한은 다음 주까지였다. 베르겐에 있는 그의 동료 말로는 베르겐에는 매년 가을마다 비가 딱 두 번 온다고 했다. 9월부터 11월까지, 그리고 11월부터 새해까지. 베르겐 사람들은 늘 과장해서 말하곤 한다. 묄레르는 베르겐에 간 적이 있었는데 그곳이 마음에 들었다. 오슬로의 정치인들로부터도 멀리 떨어진 곳이었고, 규모도 작았다. 그는 소도시를 좋아했다.

"뭐라고?" 묄레르는 몸을 돌려, 해리의 체념한 얼굴을 마주했다.

"보스가 말하던 중이었습니다. 이번 승진이 제게도 좋은 일이라고요."

"그랬나?"

"계속 말씀하세요, 보스."

"아, 그래. 맞아, 그랬지? 우리는 타성에 젖지 않도록, 그러니까 오랜 습관과 틀에 박힌 일상에 갇히지 않도록 노력해야 하네. 앞으로 나아가면서 발전을 거듭해야 해. 떠나야 한다는 말이지."

"떠나야 한다고요? 하지만 국가정보국은 겨우 3층 위에 있는데요?"

"익숙한 것으로부터 떠나야 한다는 뜻일세. 국가정보국의 마이리크 국장이 자네에게 딱 맞는 자리가 있다고 했네."

"그런 자리는 원래 공고를 내지 않나요?"

"그런 걱정은 할 필요 없어, 해리."

"그렇습니까? 그렇다면 이건 궁금해 해도 됩니까? 대체 보스는 왜 제게 감찰 업무를 맡기려는 거죠? 제가 첩보 활동에 소질이 있다고 보십니까?"

"아니, 그건 아니지."

"아니라고요?"

"그러니까 자네가 그 일에 맞는다는 뜻일세. 딱히 적합하지는 않지만, 뭐…… 안 될 이유도 없잖나?"

"안 될 이유가 없다고요?"

묄레르는 뒤통수를 맹렬히 긁적거렸다. 그의 얼굴은 시뻘겋게 상기되어 있었다.

"제발 부탁이네, 해리. 자넨 경위로 승진하는 거야. 호봉도 다섯 계단이나 오르고, 당직도 없고, 빌어먹을 신참들도 더 존경하는 직책이라고. 그건 좋은 일이잖나, 해리."

"전 당직 서는 게 좋습니다."

"당직 서는 걸 좋아하는 사람은 없네."

"그렇다면 왜 지금 공석인 강력반 반장 자리를 주지 않으시는 겁니까? 그 자리도 경위인데요?"

"해리! 제발 날 봐서 그냥 승낙해주게."

해리는 들고 있던 종이컵을 만지작거렸다. "우리가 알고 지낸 지 얼마나 됐죠, 보스?"

묄레르는 경고의 의미로 집게손가락을 들어 올렸다. "그 수법은 쓰지 말게. 우리가 좋을 때나 힘들 때나 함께 해온 지가 벌써 몇 년이라는 수법은 이제……."

"7년입니다. 지난 7년간 전 이 도시에서 두 발로 걸어다니는 생명체들 중에서 가장 멍청한 존재들을 만나고 다녔어요. 하지만 보스보다 거짓말에 서투른 사람은 본 적이 없습니다. 제가 멍청할지는 몰라도, 아직은 최선을 다하는 뇌세포가 두어 개 남아 있습니다. 그런데 그 뇌세포에 의하면 이번 승진은 딱히 제 실적이 좋아서가 아닙니다. 또한 놀랍게도 제가 갑자기 올해의 사격 시험에서 우리 부서 최상위권에 해당하는 성적을 거뒀기 때문도 아닙니다. 아무래도 제가 비밀 경호원을 쏜 일과 관계가 있는 것 같군요. 굳이 말 안 하셔도 됩니다, 보스."

묄레르는 입을 열었다가 다시 다무는 대신 보란 듯이 팔짱을 꼈다.

해리는 말을 이었다. "이 쇼를 지휘하는 사람이 보스가 아니라는 것도 압니다. 설사 제가 전체 그림은 볼 수 없을지라도, 상상력을 발휘하면 나머지는 충분히 짐작할 수 있죠. 만약 제 짐작이 맞다면, 경찰 내부에서 제가 어떤 일을 하고 싶은가는 별로 중요하지 않을 겁니다. 그러니까 이 질문에만 답해주십시오. 제게 선택의 여지가 있습니까?"

묄레르는 눈을 깜박였다. 그리고 계속 깜박였다. 그의 생각은 다시 베르겐으로 향했다. 눈이 내리지 않는 겨울. 일요일마다 아내와 두 아들을 데리고 플뢰엔 산으로 떠나는 소풍. 아이들이 자라기에 좋은 도시. 선의의 장난에서 비롯된 사건이나 소량의 마리화나가 연루된 사건만 있을 뿐 조직폭력배나 약물 과다 복용으로 사망하는 열네 살짜리 아이는 없는 곳. 베르겐 경찰청. 그래, 나쁘지 않아.

"없네." 묄레르가 말했다.

"역시 그렇군요. 그럴 줄 알았습니다." 해리는 들고 있던 종이컵을 구겨, 쓰레기통을 겨냥했다. "호봉이 다섯 계단 오른다고 하셨죠?"

"전용 사무실도 생긴다네."

"아마 다른 사람들로부터 철저히 분리된 곳이겠죠." 해리는 느리고 조심스러운 동작으로 종이컵을 던졌다. "야근은요?"

"경위에게 야근은 없네."

"그럼 4시면 서둘러 퇴근해야겠군요." 종이컵은 쓰레기통에서 50센티미터 빗나간 곳에 떨어졌다.

"그래도 될 거야." 묄레르가 어렴풋이 미소 지으며 말했다.

1999년 11월 10일

왕궁 정원

싸늘하고 맑은 저녁이었다. 지하철역에서 나오던 노인이 제일 먼저 느낀 것은 거리에 여전히 사람들이 많다는 것이다. 지금 이 시간이면 도심은 인적이 끊겼을 줄 알았다. 하지만 칼 요한스 가에는 네온 불빛 아래로 택시들이 쏜살같이 지나다녔고, 많은 인파가 보도 위아래로 부유하고 있었다. 그는 횡단보도 앞에 멈춰 섰다. 피부색이 거무스름한 한 무리의 아이들이 외국어로 떠들어대며, 신호등이 파란불로 바뀌기를 기다리고 있었다. 파키스탄인일까? 아랍 쪽일 수도 있고. 신호등의 불이 바뀌자 노인은 생각을 멈추고, 단호한 걸음걸이로 길을 건넜다. 그러고는 조명을 밝힌 왕궁 정면으로 이어지는 언덕을 올라갔다. 여기도 사람들이 있었다. 대부분이 젊은이들이었는데 어디에서 오고, 또 어디로 가는지는 오직 신만이 아실 것이다. 언덕을 오르는 길에 그는 칼 요한의 동상 앞에 서서 잠시 숨을 돌렸다. 칼 요한은 말 위에서 노르웨이 의회를, 그리고 그 의회에서 자신의 뒤쪽에 있는 왕궁으로 옮겨 오려 했던 권력을 꿈꾸듯이 내려다보고 있었다.

노인은 오른쪽으로 돌아 정원의 나무 사이로 들어섰다. 한동안

비가 오지 않았던 터라, 메마른 잎들이 바스락거렸다. 그는 몸을 뒤로 젖힌 채 별이 총총한 밤하늘을 배경으로 펼쳐진 헐벗은 나뭇가지들을 바라보았다. 머릿속에 시구 하나가 떠올랐다.

느릅나무와 미루나무, 자작나무와 떡갈나무,
죽은 듯이 창백한, 검게 그을린 망토.

오늘 밤에 달이 뜨지 않았더라면 더 좋았을 텐데. 하지만 덕분에 목표물을 더 쉽게 찾을 수 있었다. 앞으로 살 날이 얼마 남지 않았음을 깨닫던 날, 그가 머리를 기대었던 거대한 떡갈나무. 그는 나무줄기를 지나 우듬지까지 눈으로 쭉 훑었다. 이 나무는 몇 살이나 되었을까? 200살? 300살? 칼 요한이 노르웨이의 왕으로 선포되었을 때는 이미 성목이었으리라. 그렇다고는 해도 모든 생명에는 끝이 있다. 노인 자신도, 나무도, 그리고 심지어 왕들도. 그는 행인들의 눈에 띄지 않도록 나무 뒤로 가서 배낭을 벗었다. 쪼그리고 앉아 배낭에 든 물건을 꺼내놓았다. 제일 먼저 꺼낸 것은 글리포세이트 용액 세 병이었다. 그가 들렀던 철물점의 점원은 이것을 라운드업*이라고 불렀다. 그리고 튼튼한 강철 바늘이 달린 주사기. 이것은 약국에서 구입했다. 약국 점원에게 요리할 때 고기에 지방을 주입하기 위해서라고 둘러댔지만 굳이 말할 필요도 없었다. 점원은 한없이 지루한 표정이었고, 아마도 노인이 약국에서 나가자마자 그의 존재를 까맣게 잊었을 것이다.

노인은 재빨리 주위를 둘러보았다. 일단 주사기의 기다란 강철

---

* 제초제 상품명

바늘을 병의 코르크 마개에 밀어 넣고, 피스톤을 천천히 잡아당겼다. 반짝이는 용액이 주사기를 가득 채웠다. 손으로 더듬어 나무껍질 사이로 뚫린 구멍을 찾아내고, 그 안으로 주삿바늘을 밀어 넣었다. 생각했던 것만큼 쉽지는 않았다. 질긴 나무껍질을 뚫기 위해 주사기를 힘껏 밀어야 했다. 나무의 외피에 주입해서는 소용이 없다. 나무의 부름켜, 나무에게 생명을 부여하는 내면의 장기까지 도달해야 한다. 노인이 주사기를 더 힘껏 밀어 넣자, 바늘이 흔들렸다. 젠장! 부러지면 안 되는데. 주사기는 이것 하나뿐이다. 바늘은 겨우 몇 센티미터 들어가더니 딱 멈춰서 꿈쩍도 하지 않았다. 쌀랑한 날씨였는데도 땀이 비 오듯 흘렀다. 노인이 주사기를 꽉 쥐고 다시 힘껏 밀어 넣으려는 찰나, 길가에서 나뭇잎이 바스락거리는 소리가 들렸다. 그는 주사기에서 손을 뗐다. 발소리가 가까워졌다. 그는 눈을 감고 숨을 죽였다. 다행히 발소리는 그를 지나쳐갔다. 다시 눈을 떠보니, 관목 뒤로 사라지는 두 형체가 얼핏 보였다. 프레데릭스 가를 내려다보는 전망대 옆에 위치한 관목이었다. 노인은 숨을 내쉬고 다시 주사기로 주의를 돌렸다. 도박을 해보자는 생각에 있는 힘껏 주사기를 밀어 넣었다. 주삿바늘이 뚝 부러지는 소리가 나겠구나 싶던 순간, 바늘이 나무줄기 안으로 들어갔다. 노인은 이마의 땀을 훔쳤다. 나머지는 수월했다.

 10분이 흘러, 용액 두 병을 다 주입하고 마지막 병까지 거의 다 주입했을 때 목소리가 들렸다. 두 형체가 전망대 옆의 관목을 돌아 나오고 있었다. 조금 전에 지나갔던 바로 그 사람들 같았다.

 "거기 누구야!" 남자의 목소리였다.

 노인은 본능적으로 벌떡 일어나 나무 앞에 가서 섰다. 아직 나무줄기에 꽂혀 있는 주사기를 코트 자락으로 가리기 위해서였다.

다음 순간, 그는 눈이 부셔서 앞을 볼 수가 없었다. 양손을 들어 올려 얼굴을 가렸다.

"손전등 치워요, 볼레르." 여자의 목소리.

불빛이 사라지더니, 정원의 나무들 사이에서 원추형 불빛이 춤을 추었다.

두 사람이 그에게 다가왔다. 30대 초반으로 보이는, 매력적이지만 비교적 평범한 얼굴의 여자가 그의 코앞에 신분증을 내밀었다. 어찌나 바짝 들이댔는지 희미한 달빛 아래에서도 여자의 사진이 보였다. 심각한 표정의 그 사진은 분명 더 어릴 때 찍었을 것이다. 엘렌으로 시작하는 이름도 보였다.

"경찰입니다. 놀라게 해드렸다면 죄송해요." 여자가 말했다.

"오밤중에 여기서 뭐 하십니까, 할아버지?" 남자가 물었다. 둘 다 사복 차림이었다. 검은 털모자를 쓴 잘생긴 남자가 차갑고 푸른 눈동자로 그를 쏘아보고 있었다.

"그냥 산책 좀 했소." 노인이 대답했다. 자신의 떨리는 목소리가 너무 두드러지지 않기를 바랐다.

"그래요?" 볼레르라는 남자가 말했다. "공원의 나무 뒤에서, 그것도 긴 코트를 입고 말입니까? 이런 걸 뭐라고 하는지 아십니까?"

"그만해요, 볼레르! 다시 한 번 사과드려요." 여자가 노인에게로 몸을 돌리며 말했다. "몇 시간 전, 이 공원에서 폭행사건이 있었어요. 한 소년이 구타를 당했죠. 혹시 뭐 듣거나 보신 것 있으세요?"

"난 방금 전에 왔소." 자신을 뜯어보는 남자의 시선을 피하기 위해 노인은 여자만 바라보며 대답했다. "그래서 본 게 없구려. 큰

곰자리와 작은곰자리만 봤지." 그는 하늘을 가리켰다. "그나저나 그 소년 일은 유감이오. 많이 다쳤소?"

"네, 꽤 심해요. 방해해서 죄송합니다. 조심해서 돌아가세요." 여자가 미소 지었다.

두 사람은 자리를 떴고, 노인은 두 눈을 감으며 나무에 털썩 몸을 기댔다. 다음 순간, 그의 멱살이 잡히며 귓가에 뜨거운 입김이 느껴졌다. 젊은 남자의 목소리가 들렸다.

"그 짓 하다 나한테 걸리면 거시기를 확 잘라버릴 거야, 알았어? 당신 같은 바바리맨들 딱 질색이라고."

남자는 그의 멱살을 놓아주고는 가버렸다.

노인은 바닥에 털썩 주저앉았다. 땅의 축축한 습기가 옷 속으로 스며들었다. 머릿속에서 똑같은 시구를 반복해서 흥얼거리는 목소리가 들렸다.

느릅나무와 미루나무, 자작나무와 떡갈나무,
죽은 듯이 창백한, 검게 그을린 망토.

1999년 11월 12일
웅스토르게 광장의 헤르베르트 피자집

스베레 올센은 가게 안으로 들어갔다. 구석 자리를 차지한 소년들에게 고개를 끄덕여 보이고는, 맥주 한 잔을 사서 자리에 앉았다. 소년들이 있는 테이블이 아닌 자신의 전용석에. 데니스 케밥의 눈이 쫙 찢어진 주인 놈을 두들겨 팬 후로 그 자리는 1년 넘게 그의 전용석이었다. 아직 이른 시간이어서 다른 손님은 없었다. 하지만 이제 곧 토르그 가와 웅스토르게 광장 구석에 위치한 이 작은 피자집은 사람들로 가득 차게 될 것이다. 오늘은 월급날이기 때문이다. 올센은 구석의 소년들을 힐끗 바라보았다. 강경파 3인방이었다. 하지만 지금은 저들과 이야기할 마음이 없었다. 저들은 새로 생긴 정당인 국민연합당Nasjonalalliansen에 가입한 아이들로, 그와는 이데올로기가 약간 달랐기 때문이다. 올센은 예전에 조국당 Fedrelandspartiet 청년부 시절에 저 아이들을 알게 되었다. 애국심이 투철하기는 했지만, 이제는 새 파벌에 합류한 아이들이었다. 머리를 완벽하게 밀어버린 로이 크빈세는 늘 그렇듯이 딱 달라붙는 물 빠진 청바지에 긴 부츠를 신었다. 그리고 빨강과 하양, 파랑으로 된 국민연합당 로고가 그려진 흰 티셔츠를 입었다. 그 옆에 앉은 할레는 신입 당원이었는데, 검은색으로 염색한 머리에 기름을 발라 뒤로 말끔하게 넘겼다. 사람들에게 가장 큰 거부감을 불러일으키는 것은 그 애의 콧수염이었다. 단정하게 다듬은 검은색 칫솔 모양의 그 콧수염은 히틀러 총통과 똑같았다. 이제는 승마 바지에 부츠를 신고 다니지는 않았지만, 대신 초록색 군복을 입고 다녔다. 그나마 유일하게 평범한 학생으로 보이는 그레게르센은 보머 재킷에 염소수염을 길렀고, 머리 위로 선글라스를 올려 썼다. 두말할 나위 없이 저 셋 중에서 가장 똑똑한 아이였다.

올센은 실내를 훑어보았다. 남녀 한 쌍이 피자를 입으로 밀어 넣고 있었다. 처음 보는 얼굴이었지만 사복 경찰로는 보이지 않았다. 기자 같지도 않았다. 혹시 파시스트들을 감시하는 자원봉사 단체인 모니토르에서 온 걸까? 지난겨울, 올센은 모니토르에서 보낸 머저리 하나를 잡아냈다. 겁에 질린 눈빛의 남자였는데 한동안 이곳을 너무 자주 들락거렸다. 그러더니 취한 척하면서 단골손님 몇몇과 이야기를 나누기 시작했다. 올센은 뭔가 냄새가 난다고 생각했고, 그래서 다른 친구들과 함께 녀석을 밖으로 끌어내 스웨터를 찢어보았다. 아니나 다를까 녀석은 도청장치를 달고 있었다. 그들이 한 대 때리기도 전에, 남자는 자신이 모니토르 소속이라고 자백했다. 그의 몸은 겁에 질려 뻣뻣하게 굳어 있었다. 이 모니토르라는 단체에는 등신들만 잔뜩 있는 것 같았다. 자진해서 파시스트 소굴로 뛰어들어 감시 활동을 펼치는 이런 아이들 장난 같은 일을 지극히 중요하고 위험한 임무라고 생각하는 모양이었다. 마치 자신들이 늘 생사를 넘나드는 비밀 요원이라도 된 것처럼. 뭐, 좋다. 인정하기는 싫지만, 그가 속한 집단에도 그와 비슷한 사고방식을 가진 멍청이들이 몇 명 있었다. 어쨌거나 그 등신은 이제 죽었구나 싶었는지, 겁에 질려 오줌을 질질 싸기 시작했다. 말 그대로다. 올센은 짙은 줄무늬가 놈의 바짓가랑이를 타고 구불구불 흘러내려, 도로를 가로지르는 것을 보았다. 그날 밤의 기억 중에서 가장 생생한 것이 그 장면이었다. 드문드문 가로등이 켜진 뒷골목의 가장 낮은 지대 쪽으로, 희미하게 번들거리며 흘러내려가던 오줌 줄기.

스베레 올센은 저 커플이 그저 지나는 길에 배가 고파서 우연히 이곳에 들렀다는 결론을 내렸다. 먹는 속도로 보아, 아마도 이제야 이곳의 손님들이 어떤 부류인지 깨닫고 최대한 빨리 나가려는 듯했다. 창가 자리에는 모자와 코트 차림의 노인이 앉아 있었다. 아마 알코올중독에 걸린 노숙자일 것이다. 비록 옷차림은 꽤나 번듯해 보였지만, 원래 노숙자들도 처음 며칠은 저렇게 입고 다닌다. 구세군에서 약간 유행에 뒤진 고급 중고 코트와 양복을 나눠주기 때문이다. 올센이 노인을 관찰하는데, 갑자기 노인이 고개를 들어 그를 마주 보았다. 알코올중독자가 아니었다. 노인의 눈동자가 눈부시게 파란색이었기 때문이다. 올센은 무의식적으로 시선을 피했다. 이 영감탱이가 어딜 꼬나봐!

올센은 자신의 맥주잔을 바라보았다. 이제는 돈을 좀 벌어야 할 때다. 머리를 길러 뒷목의 문신을 가리고, 팔이 긴 셔츠를 입고, 일자리를 알아보자. 일자리는 많았다. 거지같은 일자리. 수당이 높은 좋은 일자리는 죄다 깜둥이들 차지다. 호모 새끼나 이교도, 깜둥이들.

"좀 앉아도 될까?"

올센은 고개를 들었다. 아까 그 노인이 그를 내려다보고 있었다. 올센은 그가 다가오는 기척조차 느끼지 못했다.

"여긴 제 자린데요." 올센이 퇴짜를 놓았다.

"잠깐 얘기 좀 하려는 것뿐일세." 노인은 테이블에 신문을 내려놓더니 맞은편 의자에 앉았다. 올센은 경계하는 눈빛으로 노인을 바라보았다.

"긴장 풀게. 나도 자네들과 같은 편이야."

"우리가 누구 편인데요?"

"국가 사회주의. 여기 오는 사람들이 다 그쪽 아닌가?"

"그래요?"

올센은 혀로 입술을 적시고 맥주잔을 입으로 가져갔다. 노인은 맞은편에 앉아 꼼짝도 하지 않고 그를 바라보았다. 차분하게. 마치 세상의 시간을 모두 가진 사람처럼. 아마 그럴 것이다. 일흔은 되어 보였으니까. 그것도 최소한. 혹시 '조른 88*'의 늙은 과격주의자일까? 어쩌면 모습을 드러내지 않는 재정 후원자 중 하나일지도 모른다. 올센도 그런 사람들에 대해 듣기만 했을 뿐, 본 적은 없었다.

"부탁이 있네." 노인이 나지막한 목소리로 말했다.

"그래요?" 여전히 퉁명스러운 말투였지만, 거들먹거리던 태도는 조금 누그러졌다. 사람 일은 어찌 될지 모르는 법이니까.

"총." 노인이 말했다.

"총이 뭐요?"

"총이 필요하네. 날 도와줄 수 있겠나?"

"제가 왜 도와줘야 하죠?"

"신문을 펼쳐보게. 28페이지."

---

* 노르웨이 국가 사회주의 단체로 88은 하일 히틀러를 의미한다.

올센은 신문을 잡아당기고는, 노인을 계속 주시하며 신문을 넘겼다. 28페이지에는 스페인의 신나치주의에 대한 기사가 실려 있었다. 그 옆에는 염병할 레지스탕스 할아범인 에벤 율의 칼럼이 있었다. 그리고 프랑코 총통의 초상화를 든 젊은 남자의 커다란 흑백 사진이 1천 크로네 지폐에 반쯤 가려 있었다.

"날 도와준다면······." 노인이 말했다.

올센은 어깨를 으쓱였다.

"······나중에 9천 크로네를 더 주도록 하지."

"그래요?" 올센은 맥주를 한 모금 마시고, 실내를 둘러보았다. 젊은 커플은 사라졌지만 3인방은 아직 구석에 앉아 있었다. 곧 다른 친구들이 올 것이고, 그러면 이 은밀한 대화를 계속할 수 없다. 1만 크로네라니.

"어떤 총을 원해요?"

"라이플."

"그거야 쉽죠."

노인은 고개를 저었다.

"매르클린 라이플."

"매르클린? 장난감 기차 회사요?" 올센이 물었다.

모자 아래의 주름진 얼굴이 슬그머니 벌어졌다. 저 영감탱이가 웃은 게 틀림없다.

"날 도울 수 없으면 지금 말하게. 그래도 1천 크로네는 자네 몫이고, 우린 더 이상 그 이야기를 하지 않을 거야. 난 여기서 나갈 거고, 우린 다시 볼 일 없을 걸세."

올센은 아드레날린이 솟구치는 걸 느꼈다. 이것은 도끼며 사냥용 소총, 혹은 다이너마이트에 대해 떠들어대는 일상적인 잡담이 아니다. 진짜 총을 말하는 것이다. 이 노인도 진심이고.

가게 문이 열리자, 올센은 어깨 너머를 돌아보았다. 3인방의 친구가 아닌 그냥 노인이었다. 빨간색 노르딕 스웨터를 입은 알코올 중독자. 공짜로 술을 달라고 난리칠 때는 꼴불견이지만, 평상시에는 얌전한 노인네였다.

"한번 알아보죠." 올센이 1천 크로네를 집으며 말했다.

다음 순간, 무슨 일이 벌어졌는지 올센은 미처 보지 못했다. 다만 독수리 발톱처럼 앙상한 노인의 손이 그의 손을 찰싹 누르며 테이블에 고정시키고 있었다.

"내 질문은 그게 아니었을 텐데." 얼음장처럼 차갑고 아삭거리는 목소리.

올센은 손을 빼려 했지만 뺄 수가 없었다. 이 망령 난 영감탱이의 손아귀에서 손이 빠지지 않았다!

"분명히 날 도와줄 수 있느냐고 물었어. 그리고 난 대답을 원해. 있다, 없다로 대답해. 알아들어?"

올센은 오랜 친구이자 원수인 분노가 올라오는 것을 느꼈다. 하지만 지금으로서는 다른 생각이 더 우세했다. 1만 크로네. 그를 도와줄 수 있는 남자가 딱 하나 있었다. 아주 특별한 남자. 부르는 값이 비싸기는 할 테지만, 왠지 이 영감탱이는 값을 흥정할 사람 같지 않았다.

"도…… 도울 수 있어요."

"언제까지?"

"사흘 뒤에요. 여기서, 같은 시간에."

"헛소리! 그 총을 사흘 안에 구하기는 불가능해." 노인은 올센의 손을 놓아주었다. "하지만 널 도와줄 수 있는 사람에게 연락해.

그 사람에게 다시 그를 도울 수 있는 사람에게 연락하라고 해. 그러면 사흘 뒤에 여기서 만나 총을 인도받을 시간과 장소를 정하도록 하지."

올센은 벤치 프레스를 할 때 120킬로까지 들어 올릴 수 있었다. 그런데 어떻게 이 말라깽이 늙은이가……?

"물건 값을 현찰로 내야 하는지 알아 와. 네가 받을 돈은 사흘 후에 주지."

"만약 내가 그 돈을 그냥 꿀꺽하면요?"

"그럼 다시 여기로 와서 널 죽여야지."

올센은 손목을 문질렀다. 더는 묻지 않았다.

토르그가타 수영장 옆에 위치한 공중전화 박스, 그 앞의 인도 위로 칼바람이 휩쓸고 지나갔다. 스베레 올센은 떨리는 손으로 번호를 눌렀다. 더럽게 춥군! 그의 양쪽 신발 모두 구두코에 구멍이 뚫려 있었다. 상대가 전화를 받았다.

"네?"

스베레 올센은 침을 삼켰다. 왜 이 목소리만 들으면 불안해질까?

"저예요, 올센."

"말해."

"총을 구하는 사람이 있어요. 매르클린."

아무 대답도 없었다.

"장난감 기차 회사와 같은 이름이에요."

"매르클린이 뭔지는 알아, 올센." 아무런 감정도 드러나지 않는 무덤덤한 목소리였다. 하지만 올센은 그 말에 담긴 경멸을 느낄 수 있었다. 그래도 잠자코 있었다. 이 남자가 싫기는 했지만, 무서운 마음이 더 컸기 때문이다. 그리고 그 사실을 인정하는 것이 전혀 부끄럽지 않았다. 이 남자는 위험하기로 명성이 자자했다. 올센이 속한 단체에서도 그의 존재를 아는 사람은 많지 않았고, 올센 역시 그의 이름조차 알지 못했다. 하지만 그가 올센과 친구들을 곤란한 상황에서 구해준 적이 한두 번이 아니었다. 물론 대의를 위해서였지, 결코 스베레 올센을 특별히 좋아해서가 아니었다. 만약 이 총에 대해 물어볼 사람이 한 명이라도 더 있었다면, 올센은 절대 이 남자에게 전화하지 않았을 것이다.

"누가, 무슨 이유로 구하는 거지?" 목소리가 물었다.

"웬 늙은이예요. 처음 보는 사람인데, 자기 말로는 우리와 같은 편이래요. 누구를 날려버릴 건지는 묻지 않았어요. 설마 누굴 죽이기야 하겠어요? 괜히 그냥—."

"입 닥쳐, 올센. 돈은 좀 있어 보이던가?"

"옷은 잘 차려입었더군요. 도와줄 수 있는지 대답해주는 것만으로 제게 1천 크로네를 줬어요."

"입 닥치고 있으라고 준 돈이야. 나중에 어떤 질문에도 대답하지 말라고."

"그렇겠죠."

"재미있군."

"사흘 뒤에 다시 만나기로 했어요. 우리가 그 총을 구할 수 있는지 알고 싶대요."

"우리?"

"아, 그거야……."

"우리가 아니라 내가 구하는 거지."

"물론이죠. 하지만……."

"이 일의 대가로 얼마를 받기로 했지?"

올센은 잠시 뜸을 들였다. "1만 크로네요."

"나도 똑같이 주지. 1만 크로네. 만약 이 거래가 성사되면. 알았어?"

"네."

"그 1만이 무엇의 대가인지 알지?"

"입 다무는 대가요."

전화기를 내려놓았을 때쯤에는 올센의 양쪽 발가락에 아무런 감각도 없었다. 새 신발이 필요했다. 그는 가만히 서서, 바람을 타고 공중으로 떠오른 과자 봉지를 바라보았다. 봉지는 자동차 사이를 지나 스토르 가 방향으로 날아갔다.

1999년 11월 15일
헤르베르트 피자

노인의 등 뒤로 헤르베르트 피자집의 유리문이 닫혔다. 그는 인도에 서서 기다렸다. 머리에 숄을 두른 파키스탄 여자가 유모차를 끌며 옆으로 지나갔다. 앞에서는 차들이 쌩쌩 지나갔고, 그는 차창에 비친 자신의 모습이 스쳐가는 것을 보았다. 뒤에 있는 피자 가게의 커다란 유리창에도 그의 모습이 비쳤다. 입구 왼쪽의 창문에는 하얀색 테이프가 십자가 모양으로 큼지막하게 붙어 있었다. 누군가 발로 찼던 것처럼. 유리창에 생긴 하얀 금의 모양이 꼭 거미줄 같았다. 스베레 올센은 방금 전까지 노인과 함께 앉아 있었던 자리에 그대로 남아 있었다. 노인은 세부 사항을 의논하고 나오는 길이었다. 5주 뒤, 컨테이너항港의 4번 부두, 새벽 2시. 암호는 천사의 목소리. 아마도 노래 제목일 것이다. 처음 듣는 제목이었지만, 적절한 암호였다. 불행히도 가격은 그다지 적절하지 않았다. 무려 75만 크로네. 그러나 가격을 흥정할 생각은 없었다. 문제는 과연 저들이 약속대로 계약을 이행할 것인가, 아니면 컨테이너항에서 그의 돈만 털어갈 것인가였다. 그는 올센의 신나치주의 애국심에 호소하기 위해 자신이 제2차 세계대전 당시 동부전선에서 싸웠다고 알려주었다. 하지만 상대가 그의 말을 믿을지는 의문이었다. 또 그 말을 믿는다고 해서 무엇이 달라질지도 알 수 없었다. 질문 받을 경우를 대비해 자신이 어디에서 싸웠는지 답변을 준비해 오기도 했다. 하지만 올센은 아무것도 묻지 않았다.

 차들이 몇 대 더 지나갔다. 스베레 올센은 여전히 가게 안에 남아 있었다. 대신 다른 사람이 자리에서 일어나 입구 쪽으로 비틀비틀 걸어 나왔다. 노인은 저 남자를 기억했다. 지난번에도 가게에 있었는데, 오늘은 아예 대놓고 그들을 계속 바라보았다. 가게 문이 열렸고, 노인은 기다렸다. 차들이 뜸해지자, 남자가 그의 뒤에 멈춰 서는 소리가 들리더니 올 것이 왔다.

 "이런, 이게 누구신가?"

 오랫동안 심한 음주와 흡연, 수면 부족이 쌓여야만 나올 수 있는, 귀에 거슬리는 독특한 음색이었다.

 "날 아시오?" 노인이 돌아보지 않고 물었다.

 "알다마다, 아무렴."

 노인은 고개를 돌려, 잠시 그를 바라보고는 다시 몸을 돌렸다.

 "난 모르겠는데."

 "맙소사! 함께 싸웠던 옛 전우도 못 알아보는 거야?"

 "무슨 전쟁을 말하는 거요?"

 "우린 같은 대의를 위해 싸웠지, 당신과 나."

 "그렇다 치고, 원하는 게 뭐요?"

 "뭐라고?" 남자는 한 손을 귀 뒤에 댔다.

 "원하는 게 뭐냐고 물었소." 노인이 더 큰 목소리로 반복했다.

 "아, 원하는 거? 원하는 거라……. 옛 지인과 이야기 좀 나눌 수 있는 거 아냐, 안 그래? 특히나 오랫동안 못 본 지인이라면, 그리고 특히나 죽은 줄로만 알았던 지인이라면."

노인이 몸을 돌렸다.

"내가 죽은 걸로 보이시오?"

빨간색 노르딕 스웨터를 입은 남자가 터키석처럼 새파란 눈동자로 노인을 바라보았다. 나이를 가늠하기 어려운 얼굴이었다. 마흔 살로도 보였고, 여든 살로도 보였다. 하지만 노인은 저 주정뱅이가 몇 살인지 정확히 알고 있었다. 좀 더 기억을 더듬으면 그의 생일도 기억날 듯했다. 전쟁 중에는 유별나게 서로 생일을 챙겨주었기 때문이다.

주정뱅이가 한 발짝 다가왔다. "아니, 죽은 걸로는 안 보여. 아픈 걸로는 보여도 죽지는 않았어."

주정뱅이가 큼지막한 손을 내밀었다. 꼬질꼬질한 손에서 땀과 오줌, 토사물의 들척지근한 냄새가 풍겼다.

"뭐야. 옛 전우와 악수도 하기 싫다는 거야?" 숨이 넘어가기 직전의 신음과도 같은 목소리였다.

노인은 장갑 낀 손으로 상대가 내민 손을 재빨리 잡았다가 떼었다.

"됐소? 이제 악수도 했으니 더 궁금한 게 없다면 그만 가보겠소." 노인이 말했다.

"아, 궁금한 거 있지, 그럼." 주정뱅이가 눈의 초점을 노인에게 맞추며 몸을 앞뒤로 흔들었다. "당신 같은 점잖은 양반이 이런 너저분한 곳에서 뭘 하는지 궁금해. 이런 내 궁금증이 그다지 이상한 건 아닐 거야, 안 그래? 그냥 길을 잃었겠지, 생각했어. 지난번에 당신을 여기서 처음 봤을 때 말이야. 그런데 당신이 그 개차반에게 다가가 이야기를 하더군. 야구방망이로 사람을 두들겨 패고 다니는 놈에게 말이야. 그러더니 오늘도 저기 앉아서……."
"그래서?"
"그래서 가끔씩 여기 오는 기자들에게 물어봐야겠다는 생각이 들었어. 당신처럼 고매하신 분이 그런 녀석과 뭘 하는지. 기자들은 뭐든 다 알거든. 모르는 게 있으면 알아내기도 하고. 예를 들어, 전쟁 중에 다들 죽었다고 생각했던 사람이 어떻게 다시 살아 있을까 하는 것들. 정보 수집력이 기똥차게 빠른 놈들이거든. 눈 깜짝할 사이에 알아내지."
남자는 손가락을 튕겨 소리를 내려고 했지만, 소리는 나지 않았다.
"그러면 또 그게 신문에 실리는 거고."
노인은 한숨을 쉬었다. "혹시 내가 도와줄 일이라도 있소?"
"내가 도움이 필요해 보여?" 주정뱅이가 양팔을 벌리며, 이빨 빠진 잇몸을 드러내고 씩 웃었다.
"알겠소." 노인은 그렇게 말하며 주위를 돌아보았다. "잠깐 걸읍시다. 난 구경꾼을 좋아하지 않아서."
"뭐라고?"
"구경꾼이 싫다고 했소."
"그거야 그렇지. 구경꾼은 필요 없어."
노인은 주정뱅이의 어깨에 한 손을 가볍게 얹었다.
"저기로 갑시다."
"내 갈 길을 보여다오, 전우여." 주정뱅이가 목쉰 소리로 흥얼거리며 낄낄댔다.
그들은 헤르베르트 피자집 옆의 아치로 들어섰다. 쓰레기가 흘러넘치는 커다란 회색 플라스틱 쓰레기통이 일렬로 늘어서서, 지나가는 사람들의 시선을 가려주었다.

"날 봤다는 얘기, 누구에게 했소?"

"미쳤어? 처음에는 헛것을 본 줄 알았다니까. 벌건 대낮에 유령이 나타난 줄 알았다고. 그것도 피자집에서!" 남자는 박장대소했지만, 웃음은 금세 축축하고 쿨럭거리는 기침으로 바뀌었다. 그는 허리를 숙여 벽을 짚은 채 기침이 잦아들기를 기다렸다. 그러더니 허리를 펴고, 입꼬리로 흘러나온 점액을 닦아냈다. "아무에게도 말 안 했지, 다행히. 말했다가는 아마 날 감옥에 처넣었을걸?"

"당신이 침묵을 지키는 대가로 적당한 금액이 얼마라고 생각하시오?"

"아, 적당한 금액이라, 흠. 그 머저리가 신문에서 1천 크로네를 빼가는 걸 봤어."

"그래서?"

"거기에 몇 장 더 얹어주면 좋겠지, 그거야."

"몇 장이나?"

"글쎄, 몇 장이나 가지고 있는데?"

노인은 한숨을 쉬며, 보는 사람이 없는지 확인하기 위해 다시 한 번 주위를 둘러보았다. 그러고는 코트의 단추를 풀고 안주머니로 손을 집어넣었다.

스베레 올센은 초록색 비닐봉지를 흔들며 웅스토르게 광장을 성큼성큼 가로질러갔다. 20분 전에는 신발에 구멍 뚫린 알거지 신세로 피자집에 앉아 있었는데, 이젠 반짝이는 새 군화를 신은 채 걸어가고 있었다. 신발끈 구멍이 각각 스무 개나 될 정도로 목이 긴 이 군화는 헨리크 입센 가의 톱 시크릿에서 구입했다. 게다가 주머니에는 아직 빳빳한 새 지폐 여덟 장이 든 봉투가 들어 있었다. 머지않아 열 장이 더 들어올 것이다. 이렇게 순식간에 상황이 바뀔 수 있다는 것이 참으로 신기했다. 이번 가을에도 그는 꼼짝없이 징역 3년형을 받게 될 판이었다. 그런데 뚱뚱한 여자 배석판사가 엉뚱한 곳에서 선서한 것을 변호사가 알아내면서 상황이 바뀌었다.

올센은 기분 좋은 나머지 오늘은 할레와 그레게르센, 크빈세 3인방을 그의 테이블로 초대해야겠다는 생각이 들었다. 녀석들에게 맥주나 한잔 돌려야겠다. 그 애들이 어떻게 나오는지 보자고. 그래, 까짓것 그러지 뭐!

그는 플뢰엔스 가를 건너, 유모차를 밀고 가는 파키스탄 여자 앞으로 갔다. 그러고는 순전히 심술궂은 마음에서 여자에게 미소를 지어 보였다. 헤르베르트 피자집으로 들어가려다, 문득 버릴 신발이 든 비닐봉지를 더 이상 들고 다닐 필요가 없다는 생각이 들었다. 그리하여 아치를 통과해 쓰레기통 뚜껑을 열고 비닐봉지를 버렸다. 돌아가려는 순간, 더 뒤쪽에 있는 쓰레기통 두 개 사이로 삐죽 나온 다리가 보였다. 올센은 주위를 둘러보았다. 거리에는 인적이 없었고, 골목도 마찬가지였다. 저게 뭐지? 알코올중독자? 약쟁이? 그는 가까이 다가갔다. 쓰레기통 두 개가 맞붙어 있어 다리밖에 보이지 않았다. 그의 맥박이 빨라졌다. 약쟁이들은 방해를 받으면 길길이 날뛰기 때문에 조심해야 한다. 올센은 뒤로 물러서서, 붙어 있는 두 개의 쓰레기통 중에서 하나를 옆으로 찼다.

"이런 씨발."

누군가를 거의 죽일 뻔한 사람치고는 이상한 일이었지만, 지금까지 스베레 올센은 죽은 사람을 본 적이 없었다. 시체를 보고 그의 다리에서 힘이 빠졌다는 사실 또한 이상하기는 마찬가지였다. 양쪽 눈동자로 각기 다른 방향을 바라보며 벽에 기대어 있는 남자는 죽었다는 데 의심의 여지가 없었다. 사인도 명백했다. 미소 짓는 빨간색 상처는 목이 베인 부위가 어디인지 말해주고 있었다. 지금은 피가 조금밖에 흐르지 않았지만, 처음에는 엄청나게 쏟아져 나온 것이 분명했다. 남자의 빨간색 노르딕 스웨터가 피에 흠뻑 젖어 끈적거렸기 때문이다. 토사물과 오줌의 악취가 코를 찔렀다. 입안에 쓴 맛이 감돌더니 이내 아까 먹은 맥주 두 잔과 피자 한 조각이 올라왔다. 그는 쓰레기통에 몸을 기댄 채 도로 위로 토악질했다. 새 신발의 앞코가 토사물로 누렇게 되었지만, 그의 눈에는 들어오지 않았다. 그의 눈에는 오로지 어둠 속에서 희미하게 번들거리며 뒷골목의 가장 낮은 쪽으로 흘러내려가는 핏줄기만 보일 뿐이었다.

1944년 1월 17일
레닌그라드

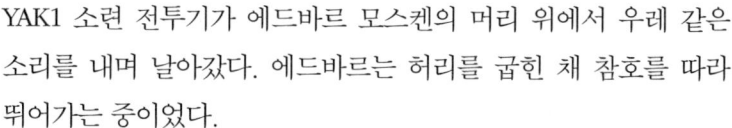

YAK1 소련 전투기가 에드바르 모스켄의 머리 위에서 우레 같은 소리를 내며 날아갔다. 에드바르는 허리를 굽힌 채 참호를 따라 뛰어가는 중이었다.

일반적으로 전투기들은 그다지 큰 피해를 입히지 않았다. 아무래도 소련군은 폭탄이 다 떨어진 듯했다. 최근에 들은 바로는 조종사에게 수류탄을 지급해, 날아가는 전투기 안에서 참호로 던지게 한다고 했다.

에드바르는 북쪽 지구에 다녀오는 참이었다. 그곳에서 부대원들에게 온 편지도 수거하고, 새로운 소식도 들었다. 작년 가을에는 동부전선 전역에서 독일군이 입은 손실과 후퇴의 우울한 보고가 오랫동안 이어졌다. 11월에는 소련군이 키예프를 탈환했고, 10월에는 독일군이 흑해 북쪽에서 소련군에게 포위될 뻔한 적도 있었다. 히틀러가 서부전선으로 병력을 재배치한 것 또한 상황을 더욱 힘들게 만들었다. 하지만 가장 걱정스러운 것은 오늘 들은 소식이었다. 이틀 전, 니콜라이 구세프 중장이 핀란드 만 남쪽에 있는 오라니엔바움에서 맹공격을 퍼부었다고 한다. 에드바르는 오라니엔바움을 기억했다. 그들이 레닌그라드로 진격하는 도중에 지나쳤던 작은 교두보이기 때문이다. 독일군은 전략적 중요성이 없다는 판단 하에 소련군이 그곳을 계속 점령하도록 내버려두었다. 그런데 이제 소련군이 비밀리에 크론시타트 요새 주위로 전 병력을 집결시켰고, 보고에 의하면 쉴 새 없이 독일군 진지에 대포 공격을 퍼붓는다고 한다. 한때는 무성했던 전나무 숲이 이제는 장작으로 전락해버렸다. 지난 며칠간 밤마다 스탈린의 대포가 연주하는 음악이 들리기는 했지만, 상황이 이렇게 심각한 줄은 아무도 몰랐다.

에드바르는 외출한 김에, 지난번 무인 지대에서 지뢰를 밟아 한쪽 발을 잃은 부대원에게 면회 가기로 했다. 그러나 몸집이 자그마한 에스토니아 간호사는 그의 요청에 고개를 저었다. 짜증이 역력한 그녀의 눈은 움푹 파인데다 주위가 검푸른 색이어서 마치 가면을 쓴 것 같았다. 그녀는 독일어로 대답했다. 아마도 지금까지 그녀가 가장 많이 말한 독일어일 것이다. "Tot(죽었어요)."

에드바르의 표정이 너무 슬퍼 보였는지, 그녀는 그를 격려하기 위해 다른 침대를 가리켰다. 역시 노르웨이 군인의 침대였다. "Leben(살아 있어요)." 그녀가 미소 지으며 말했다. 하지만 그녀의 눈에는 여전히 짜증스러운 기색이 감돌았다.

침대에서 자고 있는 남자는 에드바르가 모르는 사람이었다. 하지만 의자에 걸쳐진 하얀 가죽 재킷을 본 순간, 그가 누군지 알 수 있었다. 노르웨이 연대의 중대장인 올라프 린드비그*. 그 전설적인 인물이 지금 저기에 있었다. 에드바르는 부대원들에게 이 소식

---

* 노르웨이의 유명한 사회주의자로 제2차 세계대전 중에 노르웨이 병사들의 귀감이었다

을 알려주리라 마음먹었다.

또 다른 전투기가 굉음을 내며 머리 위로 지나갔다. 갑자기 저 많은 전투기들이 어디서 온 거지? 작년에는 한 대도 남아 있지 않은 것 같더니.

에드바르가 모퉁이를 돌자, 할그림 달레가 그에게 등을 돌린 채 구부정하게 서 있었다.

"달레!"

달레는 움직이지 않았다. 작년 11월 포탄에 맞아 의식을 잃은 뒤로는 귀가 잘 들리지 않았다. 말수도 줄었고, 전쟁신경증에 시달리는 사람들이 종종 그러듯이 눈동자가 멍할 때가 많았다. 처음에는 두통을 호소했지만, 달레를 보살펴준 군의관은 병원에서 해줄 수 있는 일이 별로 없다고 했다. 그저 기다리면서 증상이 호전되는지 지켜볼 뿐이라는 것이다. 그 의사의 말로는, 병력이 턱없이 부족한 터라 몸이 멀쩡한 사람은 야전병원에 보낼 수 없다고 했다.

에드바르는 달레의 어깨에 한 팔을 둘렀다. 하지만 달레가 너무 갑자기, 그것도 거칠게 몸을 돌리는 바람에 에드바르는 균형을 잃고 얼음판 위에서 미끄러졌다. 얼음은 햇볕에 녹아 축축하고 미끄러웠다. '최소한 올겨울은 따뜻하군.' 에드바르는 그렇게 생각하며 바닥에 드러누운 채 웃음을 터뜨렸다. 하지만 그의 코앞으로 다가온 총구를 본 순간, 웃음소리는 사라졌다.

"Passwort(암호)!" 달레가 외쳤다. 라이플의 조준기 너머로 달레의 부릅뜬 한쪽 눈이 보였다.

"이봐. 나야, 달레."

"Passwort!"

"총 저리 치워! 나라고, 에드바르. 이게 뭐하는 짓이야?"

"Passwort!"

"Gluthaufen."

달레의 손가락이 방아쇠를 감싸자, 에드바르는 공포가 밀려오는 것을 느꼈다. 못 들었나?

"Gluthaufen!" 에드바르는 목청이 터져라 소리 질렀다. "Gluthaufen. 그게 암호잖아."

"Falsch(틀려)! Ich schiesse(쏜다)!"

맙소사, 저 녀석 미쳤구나! 순간 에드바르는 암호가 바뀐 것을 깨달았다. 오늘 아침, 그가 북부 지구에 간 이후에. 달레의 손가락이 방아쇠를 잡아당겼지만, 약간만 뒤로 갈 뿐 더는 움직이지 않았다. 달레의 한쪽 눈 위로 이상한 주름이 잡혔다. 그러더니 안전장치를 풀고, 공이치기를 다시 잡아당겼다. 결국 이렇게 끝나는 건가? 그 많은 전투에서 살아남았는데 하필 전쟁신경증에 걸린 동족의 총에 맞아 죽다니. 에드바르는 검은 총구를 응시하며, 불꽃이 나오기를 기다렸다. 정말로 불꽃을 보게 될까? 하느님 맙소사. 그의 시선은 총을 지나 머리 위의 푸른 하늘로 이동했다. 하늘을 배경으로 검은 십자가가 떠 있었다. 소련 전투기였다. 너무 높은 곳에 있어서 아무 소리도 들리지 않았다. 에드바르는 눈을 감았다.

"Engelstimme(천사의 목소리)!" 근처에서 누군가 외쳤다.

에드바르는 눈을 떴다. 달레가 조준기 뒤에서 눈을 두 번 깜박였다.

구드브란이었다. 구드브란이 달레 옆으로 얼굴을 바싹 대고, 그의 귀에 외쳤다.

"Engelstimme!"

달레가 총을 내려놓더니, 에드바르에게 씩 웃어 보이며 고개를 끄덕였다. "Engelstimme." 그도 따라 말했다.

에드바르는 다시 눈을 감고 숨을 내쉬었다.

"편지 온 거 있나요?" 구드브란이 물었다.

에드바르는 끙끙거리며 자리에서 일어나, 구드브란에게 편지 뭉치를 건넸다. 달레는 여전히 싱글벙글 웃고 있었지만, 눈동자는 아까와 똑같이 공허했다. 에드바르는 달레의 총신을 붙잡고 그의 얼굴을 마주 보았다.

"이제 정신이 드나, 달레?"

평상시와 똑같은 목소리로 말하려고 했지만, 에드바르의 입에서 나온 목소리는 거칠고 허스키했다.

"귀가 안 들려요." 구드브란이 편지를 훑어보며 말했다.

"그렇게까지 심한 줄 몰랐어." 에드바르는 달레의 눈앞에서 손을 흔들어 보았다.

"달레는 여기 있으면 안 돼요. 여기 달레의 가족에게서 온 편지가 있네요. 달레에게 보여주세요. 그럼 제 말이 무슨 뜻인지 아실 거예요."

에드바르는 편지를 받아, 달레의 눈앞에 들어 올렸다. 하지만 달레는 아무 반응도 보이지 않았다. 그저 슬쩍 미소만 짓더니 다시 영원을, 혹은 그의 시선을 끄는 것이 무엇인지는 몰라도 그것을 응시했다.

"네 말이 맞아. 정상이 아니야." 에드바르가 말했다.

구드브란은 에드바르에게 편지 뭉치를 건네며 물었다. "독일 상황은 좀 어때요?"

"그거야, 뭐. 알잖아……." 에드바르는 편지를 바라보았다.

구드브란은 알지 못했다. 지난겨울 이후로 에드바르와 별로 말을 하지 않았기 때문이다. 이런 상황에서도, 심지어 이런 전쟁터에서도 마음만 먹으면 두 사람이 쉽게 서로를 피하며 지낼 수 있었다. 그렇다고 구드브란이 에드바르를 싫어하는 것은 아니었다. 오히려 반대로 그를 존경했으며, 미엔달렌 출신의 이 남자가 똑똑하면서도 용감한 군인이자 부대 신병들의 든든한 지원군이라 생각했다. 지난가을 에드바르는 중사로 승진했지만 그가 맡은 임무는 전과 똑같았다. 에드바르는 자신이 진급한 이유가 다른 사람들이 다 죽는 바람에 중사 모자가 많이 남아서라고 농담을 했다.

구드브란은 종종 다른 상황에서 만났더라면 그와 좋은 친구가 됐을 거라고 생각했다. 하지만 지난겨울의 사건(신드레의 탈영과 다니엘의 시체가 다시 나타난 일)은 아직 둘 사이에 껄끄러운 문제로 남아 있었다.

멀리서 들리는 둔탁한 폭발음이 정적을 깨더니, 뒤이어 기관총의 두두두 소리가 들렸다.

"점점 더 힘들어지겠군요." 구드브란이 말했다. 자신의 의견이라기보다 질문에 가까웠다.

"응. 이 망할 놈의 따뜻한 날씨 때문이야. 우리 보급품을 실은 트럭이 계속 진창에 빠진다잖아."

"후퇴하게 될까요?"

에드바르는 어깨를 으쓱였다. "그래 봤자 3, 4킬로미터겠지. 하지만 다시 탈환할 거야."

구드브란은 손으로 눈가에 그늘을 만들고, 남쪽을 바라보았다.

그는 다시 탈환하고 싶은 마음이 없었다. 그냥 집으로 돌아가, 그 곳에 아직 자신을 위한 삶이 남아 있는지 알아보고 싶었다.

"야전병원 앞 건널목에 있는 노르웨이어 표지판 봤어요? 둥근 원 안에 십자가가 그려진 표지판 말이에요. 십자가의 한쪽 팔은 동쪽을 가리키고, 한쪽 팔은 서쪽을 가리키죠. 동쪽을 가리키는 팔에는 이렇게 적혀 있어요. 레닌그라드까지 5킬로미터."

구드브란의 말에 에드바르는 고개를 끄덕였다.

"서쪽을 가리키는 팔에 뭐라고 적혀 있는지 기억나요?"

"오슬로까지 2611킬로미터."

"먼 거리죠."

"그래, 아주 먼 거리야."

달레는 에드바르에게 총을 맡긴 채 땅바닥에 앉아 양손을 눈 속에 묻고 있었다. 좁은 어깨 사이로 축 처진 그의 머리가 목이 꺾인 민들레 같았다. 다시 폭발 소리가 들렸다. 이번에는 좀 더 가까이.

"아까는 정말 고마웠어. 네가―."

"천만에요." 구드브란이 얼른 대답했다.

"오늘 병원에서 올라프 린드비그를 봤어." 자신이 이 말을 왜 하는지 에드바르도 알 수가 없었다. 아마 이 부대에서 달레를 제외하고 자신만큼 오래 있었던 유일한 사람이 구드브란이기 때문일 것이다.

"그 사람도……?"

"그냥 가벼운 부상이었을 거야. 그의 하얀색 군복을 봤지."

"좋은 사람이라고 들었어요."

"그래, 우리 편엔 좋은 사람들이 많지."

둘은 말없이 서로를 마주 보았다.

에드바르는 기침을 하더니 주머니에 손을 쓱 집어넣었다.
"북부 지구에서 소련 담배를 몇 개 가져왔어. 혹시 불 좀……."
구드브란이 고개를 끄덕이며 군복의 단추를 풀었다. 그러고는 성냥을 꺼내 한 개비를 사포에 그었다. 시선을 들어보니, 에드바르의 휘둥그런 애꾸눈이 제일 먼저 보였다. 그 눈은 구드브란의 어깨 너머를 응시하고 있었다. 어디선가 휘이익 하는 소리가 들렸다.
"엎드려!" 에드바르가 소리 질렀다.
다음 순간 그들은 얼어붙은 땅바닥에 누워 있었고, 머리 위로 하늘이 찢어지는 듯한 소리가 들렸다. 참호 바로 위를 날아가는 소련 전투기의 방향키가 얼핏 보였다. 전투기가 어찌나 낮게 날아가는지, 땅에 쌓여 있던 눈이 빙글빙글 기둥 모양으로 솟아올랐다. 이내 전투기는 사라졌고 다시 조용해졌다.
"이게 무슨……." 구드브란이 속삭였다.
"이런 젠장." 에드바르는 신음하며 몸을 옆으로 돌렸다. 그러고는 구드브란에게 미소를 지어 보였다.
"조종사를 봤어. 유리를 뒤로 젖히고 조종석에서 몸을 내밀더군. 소련놈들이 미쳤나 봐." 에드바르는 숨이 넘어갈 듯 웃기 시작했다. "오늘 아주 굉장한 날이 되겠는데?"
구드브란은 여전히 손에 들려 있던 부러진 성냥을 바라보았다. 그러더니 함께 웃기 시작했다.
"하하." 참호 측면의 눈 위에 앉아 그들을 지켜보고 있던 달레도 덩달아 웃었다. "히히."
구드브란과 에드바르는 눈이 마주치자 박장대소했다. 어찌나 자지러지게 웃어댔는지 처음에는 듣지 못했다. 점점 가까워지는 기이한 소리를.

챙…… 챙…….

누군가 괭이로 꾸준히 얼음을 깨는 듯한 소리였다.

챙…….

그러더니 금속끼리 부딪치는 챙강 소리가 났고, 구드브란과 에드바르가 몸을 돌려보니 달레가 천천히 눈 위로 쓰러지고 있었다.

"대체 무슨―." 구드브란이 운을 뗐다.

"수류탄이야!" 에드바르가 외쳤다.

에드바르의 고함에 구드브란은 본능적으로 몸을 동그랗게 말았다. 하지만 1미터 정도 떨어진 곳에서 빙글빙글 돌아가는 안전핀이 보였다. 안전핀 끝에는 쇳덩이가 달려 있었다. 앞으로 어떤 일이 벌어질지 깨닫자, 그의 몸이 얼음처럼 굳어버렸다.

"빨리 도망가!" 에드바르가 그의 뒤에서 소리쳤다.

소문이 사실이었다. 소련 조종사들이 정말로 전투기에서 수류탄을 던지는 것이다. 누워 있던 구드브란은 도망치려 했지만, 팔다리가 녹은 얼음 위에서 미끄러졌다.

"구드브란!"

그 이상한 소리는 수류탄이 얼어붙은 참호 밑바닥을 통통 튀어가던 소리였다. 그러다 달레의 군모를 맞힌 게 분명했다!

"구드브란!"

수류탄이 계속 빙글빙글 돌며, 다시 튀고 춤을 추었다. 하지만 구드브란은 도저히 수류탄에서 눈을 뗄 수가 없었다. 안전핀을 뽑으면 4초 후에 폭발한다고 젠하임에서 배우지 않았던가? 소련군의 수류탄은 다를지도 모른다. 4초가 아니라 6초였나? 아니면 8초? 수류탄은 계속 빙글빙글 돌아갔다. 예전에 브루클린에 살 때 아버지가 만들어주셨던 커다란 빨간색 팽이처럼. 구드브란은 팽이를 계속 돌렸고, 소니와 소니의 남동생은 옆에 서서 팽이가 언제까지 돌아가는지 세고 있었다. "21, 22······." 3층 창문에서 엄마가 저녁 먹으라고 그를 불렀다. 어서 들어가야 했다. 곧 아빠가 오실 것이다. "잠깐만요. 팽이가 돌아가고 있어요!" 구드브란은 엄마를 향해 외쳤다. 하지만 엄마는 듣지 못했다. 벌써 창문을 닫아버렸기 때문이다. 더는 에드바르의 고함 소리가 들리지 않았고, 갑자기 주위가 조용해졌다.

1999년 12월 22일
닥터 부에르의 진료실

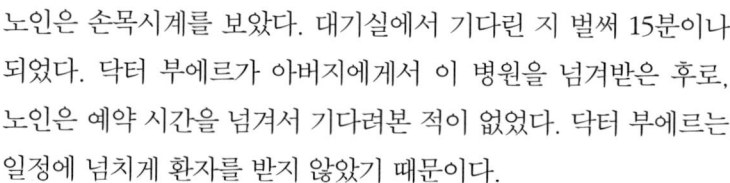

 노인은 손목시계를 보았다. 대기실에서 기다린 지 벌써 15분이나 되었다. 닥터 부에르가 아버지에게서 이 병원을 넘겨받은 후로, 노인은 예약 시간을 넘겨서 기다려본 적이 없었다. 닥터 부에르는 일정에 넘치게 환자를 받지 않았기 때문이다.
 대기실 반대편에 한 남자가 앉아 있었다. 아프리카 흑인이었다. 남자는 주간지를 뒤적거렸고, 노인은 이렇게 떨어진 거리에서도 주간지 표지에 적힌 글씨를 낱낱이 읽을 수 있었다. 왕실에 관한 기사가 실려 있었다. 지금 저 남자가 앉아서 읽고 있는 기사도 그것일까? 노르웨이 왕실에 관한 기사? 무언가 우스꽝스러웠다.
 남자는 페이지를 넘겼다. 그는 양끝이 처진 콧수염을 기르고 있었다. 어젯밤 노인이 만났던 운반책과 똑같은 수염. 그 만남은 짧게 끝났다. 운반책은 볼보를 타고 컨테이너항에 도착했다. 아마 빌린 차일 것이다. 볼보가 멈춰 서더니 윙 소리와 함께 차창이 내려갔고, 남자가 암호를 말했다. 천사의 목소리. 저 흑인 남자와 똑같은 수염을 기르고, 슬픈 눈동자를 가진 남자였다. 그는 안전상의 이유로 총은 차 안에 없다고 했다. 그러니 총이 있는 곳으로 가야 한다고 했다. 노인은 망설였다. 하지만 그의 돈을 빼앗을 목적이라면 굳이 멀리까지 데려가지 않고, 여기서 빼앗을 거라는 생각이 들었다. 그래서 차에 올라탔고, 두 사람은 목적지로 향했다. 하필이면 홀베르그스 플라스의 래디슨 사스 호텔이었다. 로비를 지나갈 때 프런트 데스크 뒤로 베티 안데르센이 보였다. 하지만 그녀는 다른 쪽을 보고 있었다.

운반책은 수트케이스에 든 돈을 세며 독일어로 숫자를 중얼거렸다. 독일어를 들은 노인이 그에게 물었다. 운반책은 부모님이 엘자스 지방 출신이라고 했다. 그러자 노인은 즉흥적으로 자신도 젠하임에 갔었다고 말했다. 충동적으로.

대학교 도서관에서 인터넷으로 매르클린 라이플에 대해 많은 자료를 읽은 터라, 막상 실물을 보자 실망스러웠다. 크기만 약간 더 클 뿐, 평범한 사냥용 라이플과 똑같았다. 운반책은 조립법을 보여주고 다시 분해했다. 그는 노인을 '우리아 씨'라고 불렀다. 노인은 분해된 라이플을 큼직한 숄더백에 넣은 뒤, 엘리베이터를 타고 로비로 갔다. 베티 안데르센에게 택시를 불러달라고 할까? 잠깐 그런 생각이 머리를 스쳤다. 이번에도 충동적으로.

"안녕하세요!"

노인은 시선을 들었다.

"아무래도 청력 검사를 해봐야 할 거 같은데요?"

닥터 부에르가 문간에 서서 유쾌한 미소를 지었다. 노인은 그를 따라 진료실로 들어갔다. 닥터 부에르의 눈 밑 지방은 더 커져 있었다.

"성함을 세 번이나 불렀거든요."

난 내 이름을 잊었다오. 내가 썼던 그 모든 이름을 다 잊었지.

노인은 생각했다.

의사가 유달리 친절한 것을 보니, 검사 결과가 나쁜 모양이었다.

"지난번 조직검사의 결과가 나왔습니다." 닥터 부에르가 의자에 채 앉기도 전에 재빨리 말했다. 가능한 한 나쁜 소식을 빨리 전하고 끝내기 위해서. "유감스럽게도 암세포가 퍼졌습니다."

"당연히 퍼졌겠죠. 그게 암세포가 하는 일 아니오? 퍼지는 것."

"하하. 네, 그렇죠." 닥터 부에르가 보이지도 않는 먼지를 책상에서 털어냈다.

"암도 우리와 같다오. 그냥 자기가 해야 할 일을 하는 것뿐이오."

"네." 닥터 부에르가 말했다. 그는 구부정하게 앉은 채 억지로 느긋한 척하는 듯했다.

"의사 선생처럼 말이오. 선생도 해야 할 일을 하는 것뿐이잖소."

"지당하신 말씀입니다. 지당하신 말씀이에요." 닥터 부에르가 미소 지으며, 안경을 썼다. "아직 항암치료의 가능성도 있습니다. 체력이 많이 떨어지기는 하겠지만 대신…… 음…… 연장할 수 있죠."

"내 목숨 말이오?"

"네."

"항암치료를 안 받으면 얼마나 살 수 있소?"

닥터 부에르의 울대뼈가 올라갔다 내려왔다. "처음에 말씀드린 것보다 좀 더 짧아질 겁니다."

"무슨 뜻이오?"

"무슨 뜻이냐 하면, 암세포가 혈액을 타고 간에서—"

"그런 건 집어치우고, 그냥 얼마 남았는지만 말해주시오."
닥터 부에르가 입을 벌린 채 멍하니 노인을 바라보았다.
"선생은 이 일을 싫어하는군. 안 그렇소?" 노인이 말했다.
"무슨 말씀이십니까?"
"아무것도 아니오. 날짜나 말해보시오."
"딱 잘라서 말하기는—."
의자에 앉아 있던 닥터 부에르는 움찔했다. 얌전히 놓여 있던 전화기가 떨어질 정도로 노인이 책상을 세게 내려쳤기 때문이다. 닥터 부에르는 무슨 말을 하려고 입을 벌렸다가, 부들부들 떨리는 노인의 손가락을 보고 입을 다물었다. 그러고는 한숨을 쉬며 안경을 벗고, 피곤에 지친 손으로 얼굴을 쓸어내렸다.
"올여름까지입니다. 6월, 더 빠를 수도 있고요. 길어야 8월입니다."
"잘됐군. 그거면 됐소. 통증은?"
"언제든 올 수 있습니다. 제가 약을 처방해드릴 겁니다."
"제대로 움직일 수는 있소?"
"모르겠습니다. 통증의 강도에 달렸죠."
"제대로 움직일 수 있는 약을 주시오. 그 약이 꼭 필요해요. 알아듣겠소?"
"진통제를 최대한—."
"통증은 얼마든지 참을 수 있소. 그냥 의식을 또렷하게 해주는 약을 주시오. 이성적으로 생각하고 행동할 수 있도록."

메리 크리스마스. 닥터 부에르의 마지막 말이었다. 노인은 계단에 멈춰 섰다. 처음에는 왜 이 도시가 사람들로 넘쳐나는지 그 이유를 몰랐다. 크리스마스가 코앞이라는 사실을 깨닫고 나니, 인도를 따라 허둥지둥 달려가는 사람들의 눈에서 극심한 공포가 보였다. 이제라도 크리스마스 선물을 사려고 서두르는 것이다. 몇몇 쇼핑객들은 에게르토르게 광장에서 음악을 연주하는 밴드 주위에 몰려 있었다. 구세군 제복을 입은 남자가 기부함을 든 채 돌아다녔다. 꺼지기 직전의 촛불처럼 가물거리는 눈동자의 마약중독자가 눈 위로 발을 굴렀다. 두 십대 소녀는 서로 팔짱을 낀 채 그의 옆을 지나쳐 갔다. 장밋빛 뺨의 소녀들은 남자아이들, 또 그들이 기대하는 미래에 대해 이야기꽃을 피웠다. 그리고 촛불. 빌어먹을 창문마다 촛불이 켜져 있었다. 노인은 얼굴을 들어 오슬로의 하늘을 바라보았다. 하늘에 반사된 도심의 따뜻한 불빛, 돔 모양의 황금색 불빛을 바라보았다. 맙소사, 그녀가 얼마나 그리운지. 내년 크리스마스. 내년 크리스마스는 함께 보낼 수 있을 거야, 내 사랑.

1944년 6월 7일

오스트리아의 빈, 루돌프 2세 병원

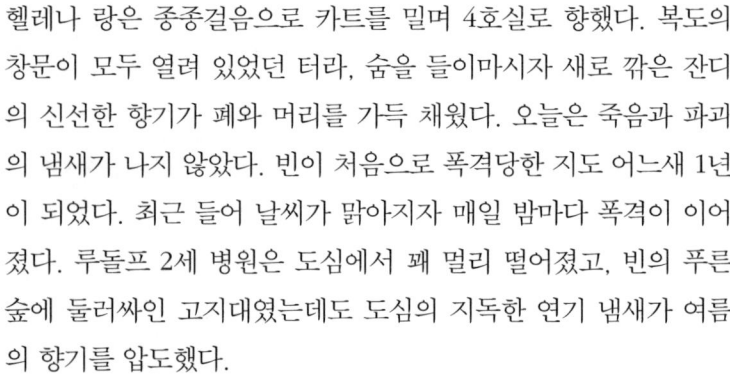

헬레나 랑은 종종걸음으로 카트를 밀며 4호실로 향했다. 복도의 창문이 모두 열려 있었던 터라, 숨을 들이마시자 새로 깎은 잔디의 신선한 향기가 폐와 머리를 가득 채웠다. 오늘은 죽음과 파괴의 냄새가 나지 않았다. 빈이 처음으로 폭격당한 지도 어느새 1년이 되었다. 최근 들어 날씨가 맑아지자 매일 밤마다 폭격이 이어졌다. 루돌프 2세 병원은 도심에서 꽤 멀리 떨어졌고, 빈의 푸른 숲에 둘러싸인 고지대였는데도 도심의 지독한 연기 냄새가 여름의 향기를 압도했다.

  모퉁이를 돌던 그녀는 닥터 브록하르트와 마주쳤다. 브록하르트는 그녀를 붙잡고 이야기하고 싶은 표정이었지만, 헬레나는 그저 미소만 지으며 발걸음을 재촉했다. 안경 뒤의 엄격한 눈동자로 그녀를 빤히 바라보는 브록하르트와 마주칠 때면 그녀는 언제나 긴장되고 거북했다. 이렇게 복도에서 마주치는 것조차 우연이 아닌 것 같다는 느낌이 들 때도 있었다. 헬레나가 전도유망한 젊은 의사를 이렇게 피해 다닌다는 걸 안다면, 그녀의 어머니는 아마도 호흡 곤란을 일으킬 것이다. 특히나 브록하르트는 빈의 명망 있는 집안 자제였기 때문이다. 하지만 헬레나는 브록하르트도, 그의 가문도 싫었다. 또한 딸을 이용해 어떻게든 다시 상류층으로 복귀하려는 어머니의 술수도 싫었다. 어머니는 이 모든 것이 전쟁 탓이라고 했다. 전쟁 때문에 헬레나의 아버지는 갑자기 유대인 대금업자에게서 돈을 빌릴 수 없게 되었고, 그리하여 빚을 제때 갚지 못하게 되었다. 위기에 처한 아버지는 어떻게든 임시변통을 해야 했기에 유대인 은행가들에게 그들이 가진 채권을 자신에게 양도하도록 했다. 하지만 오스트리아 정부가 그 채권을 압수했고, 현재 아버지는 이 나라의 적인 악덕 유대인들과 공모했다는 혐의로 감옥에 갇혀 있었다.

엄마와 달리, 헬레나는 그녀가 한때 누렸던 사회적 신분이 별로 그립지 않았다. 숱한 연회와 사춘기 소년들, 피상적인 대화, 그리고 버릇없는 부잣집 도련님과 어떻게든 결혼시키려는 엄마의 시도가 끊임없이 계속되던 시절이었다. 그 시절보다는 오히려 아버지가 더 그리웠다.

그녀는 손목시계를 보며 서둘렀다. 열린 창문으로 날아 들어온 새 한 마리가 높은 천장의 둥근 전등에 얌전히 앉아 지저귀었다. 가끔은 바깥세상에서 전쟁이 맹위를 떨치고 있다는 사실이 믿기지 않았다. 아마 저 숲 때문일 것이다. 빽빽한 전나무로 이루어진 저 숲은 보기 싫은 것들을 모두 차단시켰다. 하지만 병실에 들어서는 순간, 좀 전의 평화는 허상이었음을 알게 된다. 사지가 절단되고 영혼이 난타당한 군인들을 보면 전쟁이 뼈저리게 실감난다. 처음에는 그녀도 그들의 사연을 모두 들어주었다. 정신력과 신념으로 저들을 불행에서 끌어낼 수 있다고 굳게 믿었다. 하지만 그들의 끔찍한 이야기는 모두 한결같았다. 사람이 어디까지 참을 수 있고 또 참아야 하는지, 그저 목숨을 부지하기 위해 얼마나 큰 굴욕을 견뎌야 하는지, 그리하여 죽음만이 유일하게 안전한 탈출구라는 이야기였다. 그래서 헬레나는 이제 그들의 이야기를 듣지 않았다. 붕대를 갈아주고, 체온을 재고, 약이나 음식을 먹이며 이야기를 들어주는 척할 뿐이었다. 그들의 자는 모습도 보지 않으려 했다. 잠잘 때조차도 그들의 얼굴이 이야기를 계속했기 때문이다. 창백하고 앳된 얼굴에서는 고통이, 딱딱하게 경직되고 굳은 얼굴에서는 잔혹함이 엿보였다. 발을 절단해야 한다는 소식에 괴로워하며 찡그린 얼굴에서는 죽음에 대한 갈망이 엿보였다.

 그런데도 지금 그녀의 발걸음은 가볍고 빨랐다. 아마도 여름이 왔기 때문일 것이다. 혹은 오늘 아침에 한 의사에게서 예쁘다는 말을 들었기 때문일 수도 있다. 혹은 이제 곧 만나게 될 4호실의 노르웨이 환자 때문일 수도 있고. 그는 우스꽝스러운 독일어로 그녀에게 인사를 건네고는, 아침을 먹으며 연신 그녀를 바라볼 것이다. 그녀는 계속 다음 침대로 이동하며 환자들의 상태를 확인하고, 격려의 말을 해준다. 그러다 다섯 번째 혹은 여섯 번째 침대에 이르러, 뒤돌아 그를 바라본다. 그가 그녀에게 미소 지으면, 그녀 역시 재빨리 미소로 답하고 다시 환자를 돌본다. 아무 일도 없었다는 듯이. 아무 일도 아니라는 듯이. 하지만 사실 그것은 매우 중요한 일이었다. 요즘 들어 그녀의 하루를 버티게 해주는 것은 바로 이 짧은 순간에 대한 기억이기 때문이다. 문간 침대를 차지한 심한 화상 환자인 하들러 대령이 동부전선에 두고 온 자신의 생식기를 빨리 가져다줄 수 있느냐고 농담했을 때 그녀가 웃을 수 있었던 것도 바로 그 때문이다.

 그녀는 4호실의 문을 밀쳤다. 병실로 쏟아져 들어오는 햇살에 벽과 천장, 시트 등 모든 것이 새하얗게 빛났다. 천국에 들어설 때도 분명 이럴 것이다.

"Guten Morgen(안녕하세요), 헬레나."

헬레나는 그에게 미소 지었다. 그는 침대 옆의 의자에 앉아 책을 읽고 있었다.

"잠은 잘 잤어요, 우리아?" 헬레나가 활기차게 말했다.

"곰처럼 잤어요."

"곰처럼요?"

"네. 음…… 겨울 내내 자는 걸 독일어로 뭐라고 하죠?"

"아, 동면?"

"네, 동면하듯이."

둘 다 웃음을 터뜨렸다. 다른 환자들이 두 사람을 쳐다보고 있었다. 이 침대에만 더 오래 머물러서는 안 된다.

"머리는 어때요? 조금씩 호전되고 있죠?"

"네, 점점 좋아지고 있어요. 언젠가는 예전의 잘생긴 얼굴로 돌아갈 거예요. 두고 보라니까요."

그가 처음 실려 왔을 때가 기억났다. 이마에 그런 구멍이 뚫리고도 아직 살아 있다는 게 왠지 자연의 법칙에 위배되는 것 같았다. 그녀가 항아리로 그의 찻잔을 치는 바람에 찻잔이 떨어질 뻔했다.

"이런!" 그가 웃었다. "어제 새벽까지 춤이라도 추다 온 거예요?"

헬레나가 고개를 들자, 그가 그녀에게 윙크했다.

"네." 얼떨결에 바보처럼 둘러댄 탓에 그녀는 허둥댔다.

"빈 시민들은 무슨 춤을 추죠?"

"아뇨, 말이 잘못 나왔어요. 난 춤추지 않았어요. 그냥 늦게 자서 그래요."

"아마 왈츠를 추겠죠? 빈 왈츠?"

"네, 아마 그럴 거예요." 그녀는 그렇게 말하며 체온계에 집중했다.

"이렇게요?" 그는 자리에서 일어나더니 노래를 부르기 시작했다. 다른 침대에 있던 환자들이 모두 그를 쳐다보았다. 낯선 언어로 부르는 노래였지만, 그의 목소리는 따뜻하고 아름다웠다. 그가 조심스럽게 왈츠 스텝을 밟으며 빙글빙글 돌자, 건강한 환자들은 환호하며 웃음을 터뜨렸다. 느슨하게 묶여 있던 가운의 끈도 그의 움직임에 따라 흔들거렸다.

"빨리 자리에 앉아요, 우리아. 안 그러면 다시 동부전선으로 보내버릴 거예요." 헬레나가 엄포를 놓았다.

그는 순순히 돌아와 자리에 앉았다. 우리아는 그의 본명이 아니었지만, 그는 그렇게 불러달라고 고집을 부렸다.

"라인란트 폴카라고 알아요?" 그가 물었다.

"라인란트 폴카?"

"독일 라인 지방에서 유래된 춤이죠. 보여줄까요?"

"나을 때까지 여기 얌전히 앉아 있어요."

"그럼 다 나으면, 당신을 시내로 데려가서 라인란트 폴카를 가르쳐줄게요."

지난 며칠 동안 베란다에서 여름 햇볕을 쬔 덕분에 그의 혈색은 다시 건강해졌다. 그리고 이제 그의 행복한 얼굴에서 새하얀 이가 반짝거렸다.

"이렇게 팔팔한 걸 보니까 지금 당장 전쟁터로 돌아가도 될 것 같네요."

말은 그렇게 했지만, 헬레나는 볼이 달아오르는 것을 막을 수 없었다. 그녀가 옆 침대로 가려고 몸을 돌리자, 그가 그녀의 손을 붙잡았다.

"내 말대로 하는 겁니다?" 그가 속삭였다.

헬레나는 환히 웃으며 그의 손을 뿌리치고 옆 침대로 갔다. 가슴속에서 심장이 작은 새처럼 지저귀었다.

"음?" 그녀가 닥터 브록하르트의 사무실로 들어서자, 그가 읽고 있던 신문에서 시선을 들며 말했다. 언제나처럼 헬레나는 저 '음?' 이 질문인지, 아니면 더 긴 질문을 하기 전에 운을 떼는 것인지, 혹은 그냥 습관처럼 하는 말인지 알 수가 없었다. 그래서 그냥 문 옆에 서 있었다.

"절 보자고 하셨다고요, 선생님?"

"왜 그렇게 격식을 차리는 거야, 헬레나?" 브록하르트는 미소 띤 얼굴로 한숨을 쉬었다. "맙소사, 우린 어릴 때부터 알고 지냈잖아. 안 그래?"

"무슨 일로 찾으셨죠?"

"4호실에 있는 노르웨이 환자 때문이야. 그의 건강이 회복되었다는 보고서를 쓰기로 했어. 부대로 복귀해도 될 만큼."

"그렇군요."

그녀는 눈 하나 깜짝하지 않았다. 안 그럴 이유가 없었다. 여기 환자들은 회복되고 나면 떠나기 마련이다. 아니면 죽어가거나. 그것이 병원의 생리다.

"그래서 닷새 전 독일 국방군에 보고서를 보냈더니, 벌써 그 친구의 새로운 파견지를 통보해왔어."

"빠르네요." 그녀의 목소리는 차분하고 단호했다.

"응, 지금 그쪽은 한 명이라도 아쉬울 때니까. 지금은 전쟁 중이야, 알다시피."

"네." 그녀는 그렇게만 대답할 뿐 자신의 속내를 말하지 않았다. '그래요, 지금은 전쟁 중이죠. 그런데 스물두 살인 당신은 전방에서 몇백 킬로미터나 떨어진 이곳에 앉아 칠십 노인네가 할 법한 일을 하고 있네요. 당신 아버지 덕분에.'

"네가 직접 통지서를 전해주는 게 좋을 것 같아서. 두 사람은 꽤 각별한 사이잖아?"

브록하르트가 그녀의 반응을 면밀히 살폈다.

"그건 그렇고, 왜 그 사람을 그렇게 좋아하는 거야, 헬레나? 그 자가 이 병원에 있는 다른 400명의 환자와 다른 점이 뭐지?"

헬레나가 반박하려 하자, 브록하르트가 선수를 쳤다.

"미안, 헬레나. 물론 그건 내가 상관할 바가 아니지. 그냥 호기심에 묻는 거야. 난……." 그는 양 검지 사이에 놓여 있던 펜을 집어 들더니, 몸을 돌려 창밖을 바라보았다. "……그냥 네가 그 외국인에게서 뭘 봤는지 궁금해. 알다시피 그자는 자기 조국을 침략한 독일군의 환심을 사기 위해 조국까지 배신한 기회주의자잖아. 그건 그렇고, 어머니는 좀 어떠셔?"

헬레나는 침을 꿀꺽 삼킨 뒤 대답했다.

"저희 어머니까지 걱정하지 않으셔도 됩니다, 선생님. 통지서를 주시면 제가 전해줄게요."

브록하르트는 뒤돌아 그녀를 바라보았다. 그러고는 책상에 있던 편지를 집어 들었다.

"헝가리의 제3 기갑여단으로 배치될 거야. 그게 무슨 뜻인지는 너도 잘 알겠지?"

헬레나는 얼굴을 찡그렸다. "제3 기갑여단? 그 사람은 바펜SS에 자원한 사람이에요. 그런 사람을 왜 일반 부대로 보내는 거죠*?"

브록하르트는 어깨를 으쓱였다.

"이런 시기에는 우리가 할 수 있는 일을 완수하고, 우리에게 주어진 일을 해내는 수밖에 없어. 그렇게 생각하지 않아, 헬레나?"

"무슨 뜻이에요?"

"그자는 보병대 소속이야. 다시 말해서, 전투 차량을 모는 게 아니라 전투 차량 뒤에서 달려야 하지. 우크라이나에서 싸우는 내 친구 말로는 매일 소련군을 향해 기관총을 쏘아댄다더군. 총이 뜨끈뜨끈해지고, 시체가 수북이 쌓일 때까지. 그런데도 소련군은 끝없이 쏟아져 나온대."

헬레나는 브록하르트의 손에서 통지서를 낚아채, 갈기갈기 찢어버리고 싶은 충동을 간신히 억눌렀다.

"너 같은 아가씨는 좀 더 현실을 직시해야 해. 그랬다면 십중팔구 다시 볼 일이 없는 남자에게 그렇게 정을 붙이지는 않았을 텐데. 그건 그렇고, 그 숄이 참 잘 어울리는군. 집안 가보야?"

"선생님의 배려심 넘치는 말씀, 참으로 놀랍고 감사드려요. 하지만 분명히 말씀드리는데, 그건 전적으로 불필요한 조언이에요. 저는 그 환자에게 어떤 특별한 감정도 없으니까요. 지금은 배식 시간이라서 전 이만 가볼게요, 선생님……."

"헬레나, 헬레나……." 브록하르트가 고개를 저으며 미소 지었

---

* 바펜SS는 비정규군으로 히틀러 직속 부대이며, 정규군인 독일 국방군(wehmacht)과는 다르다.

다. "내가 눈뜬장님인 줄 알아? 이 일로 힘들어 할 너를 지켜보는 내 마음은 편하겠어? 우리 두 집안이 워낙 가깝다 보니 난 네게 특별한 유대감이 느껴져, 헬레나. 그래서 이렇게 허물없이 말할 수 있는 거고. 이런 말을 하는 날 용서해줘. 하지만 너를 향한 내 감정이 남다르다는 걸 너도 분명 알아차렸을 거야. 난—."

"그만!"

"뭐라고?"

헬레나는 등 뒤로 문을 닫고는 언성을 높였다.

"난 자원봉사자로 여기 와 있는 거예요, 브록하르트. 당신 마음대로 데리고 놀 수 있는 간호사가 아니라고요. 그러니 나한테 그 통지서 주고, 어서 할 말이나 해요. 아니면 난 당장 나가겠어요."

"이봐, 헬레나." 브록하르트는 근심스러운 표정을 지었다. "이 일이 네 손에 달렸다는 걸 모르겠어?"

"나한테요?"

"건강증명서라는 건 지극히 주관적인 거야. 특히나 이런 머리 부상일 경우에는."

"그래서요?"

"내가 그자에게 앞으로 3개월간 더 쉬어야 한다는 진단서를 써줄 수도 있어. 또 누가 알아? 그 3개월 동안에 동부전선이 사라질지?"

헬레나는 혼란스러운 표정으로 브록하르트를 바라보았다.

"넌 성경을 열심히 읽었으니까 다윗 왕의 이야기를 알 거야, 헬레나. 자기 부하의 아내인 밧세바를 탐했던 왕 말이야. 다윗은 장군들에게 밧세바의 남편을 전쟁터로 보내라고 명령했지. 그리하여 남편은 죽었고, 덕분에 다윗은 성가신 방해꾼 없이 밧세바에게 구애할 수 있었어."

"그게 이 일과 무슨 상관이죠?"

"아무 상관없어. 아무 상관도 없고말고, 헬레나. 네가 마음에 두고 있는 그 남자의 건강이 좋지 않았다면, 난 그를 전방으로 보낼 엄두도 못 냈을 거야. 아픈 사람이라면 누구든 마찬가지지. 그게 바로 내가 하고 싶은 말이야. 그리고 너도 나 못지않게 그자의 상태를 잘 알고 있어. 그래서 난 최종 결정을 내리기 전에 너와 상의해보기로 한 거야. 만약 네 생각에 그자가 아직 회복이 덜 된 것 같다면, 내가 독일 국방군에 추가 진단서를 보내줄 수도 있어."

헬레나는 지금의 상황이 서서히 이해되기 시작했다.

"어떻게 할까, 헬레나?"

그녀는 자신의 귀를 믿을 수가 없었다. 브록하르트가 우리아를 이용해 그녀를 침대로 끌어들이려 하다니. 도대체 얼마나 오랜 생각 끝에 이 계획을 짜냈을까? 지난 몇 주간 적절한 때가 오기를 기다렸을까? 그리고 그녀를 어떤 상대로 원한다는 걸까? 아내로? 아니면 연인으로?

"음?" 브록하르트가 물었다.

그녀는 이 미로에서 빠져나가기 위해 열심히 머리를 굴렸다. 하지만 모든 출구가 막혀 있었다. 당연했다. 브록하르트는 바보가 아니니까. 그가 헬레나를 위해 우리아의 진단서를 써주는 한, 그녀는 그의 변덕을 다 받아줘야 한다. 우리아가 전쟁터로 떠나는 것을 늦출 수는 있지만, 우리아가 떠나기 전까지 브록하르트는 그녀를 지배할 것이다. 지배한다고? 맙소사, 그녀는 그 노르웨이 남자를 잘 알지도 못했다. 게다가 그가 자신을 어떻게 생각하는지도 몰랐다.

"난……." 그녀가 운을 뗐다.
"응?"
브록하르트가 그녀의 대답을 어서 듣고 싶다는 듯 몸을 앞으로 내밀었다. 헬레나는 말하고 싶었다. 도망치기 위해 해야만 하는 말을 하고 싶었다. 하지만 무언가가 그녀의 발목을 잡았다. 그것이 무엇인지는 금세 깨달을 수 있었다. 바로 거짓말이었다. 도망치고 싶다는 거짓말, 우리아가 자신을 어떻게 생각하는지 모른다는 거짓말. 살아남기 위해서는 늘 굴복해야 하고 수모를 겪어야 한다는 거짓말. 이 모두가 거짓말이었다. 그녀는 파르르 떨리는 아랫입술을 깨물었다.

1999년 12월 31일

비슬렛

해리가 트램에서 내렸을 때는 정오였다. 트램은 홀베르그스 가의 래디슨 사스 호텔 앞에 멈춰 섰다. 한낮의 태양이 국립병원의 관사 창문에 잠깐 반사되었다가 다시 구름 뒤로 사라졌다. 그는 마지막으로 사무실에 다녀오는 길이었다. 말끔히 치우고, 빠진 물건이 없는지 확인하기 위해서라고 스스로에게 핑계를 댔다. 하지만 개인 소지품이라고 해봐야 어제 키위*에서 가져온 쇼핑백 하나에 충분히 담고도 남을 정도였다. 오늘 출근하지 않은 사람들은 다들 집에서 20세기의 마지막 파티를 준비하고 있을 것이다. 그의 의자 등받이에 붙어 있던 색종이를 보니, 어젯밤의 조촐한 송별회가 떠올랐다. 물론 엘렌이 주최한 파티였다. 엘렌이 장식해둔 푸른색 풍선이나 촛불을 잔뜩 꽂은 스펀지케이크에 걸맞지 않게 비아르네 묄레르의 작별인사는 담담했다. 그래도 어쨌거나 멋진 연설이었다. 아마도 강력반 책임자인 묄레르는 자신이 감상에 빠지거나 장황하게 떠들어댔다가는 해리가 결코 용서하지 않으리라는 것을

---

* 노르웨이의 체인 할인점

알았으리라. 그리고 인정하기는 싫지만, 묄레르가 해리의 경위 승진을 축하하며 국가정보국에서 행운이 따르기를 빈다고 말했을 때는 해리도 살짝 자부심이 느껴졌다. 심지어 문간에서 구경하던 톰 볼레르가 가소롭다는 미소와 함께 고개를 절레절레 흔들었어도 그 기분은 사라지지 않았다.

오늘 굳이 사무실을 다시 들른 목적은 거의 7년이라는 세월을 보냈던 그 방의 고물 의자에 마지막으로 앉아보기 위해서였다. 해리는 몸을 부르르 떨었다. 이런 싸구려 감상주의도 나이를 먹는다는 증거일까?

해리는 홀베르그스 가를 걸어가다가 왼쪽으로 돌아 소피스 가로 접어들었다. 이 좁은 길에 늘어선 건물은 대부분 20세기 초에 노동자들의 아파트로 쓰였던 터라 상태가 별로 좋지 않았다. 하지만 오슬로의 아파트 값이 오르면서, 마요르스투엔에서 집을 구하지 못한 젊은 중산층이 이곳으로 이사를 왔다. 덕분에 이 동네는 마치 주름 제거 수술이라도 받은 것처럼 말끔해졌는데, 최근에 건물 외관을 새롭게 단장하지 않은 건물은 딱 하나뿐이었다. 8번지에 있는 해리의 아파트. 하지만 해리는 전혀 개의치 않았다.

그는 아파트 입구로 들어가 복도의 우편함을 열었다. 피자 전단지와 오슬로 시 세무서에서 보낸 봉투가 있었다. 봉투를 본 순간, 해리는 그것이 지난달 주차 요금을 납부하라는 독촉장일 것이라고 짐작했다. 그는 욕을 중얼거리며 계단을 올라갔다. 얼마 전 친척 아저씨라고는 하지만 전혀 모르는 사람으로부터 15년 된 포드 에스코트를 헐값에 구입했다. 좀 녹이 슬고 클러치도 느슨했지만 그래도 선루프가 있었다. 그런데 배보다 배꼽이 더 커서, 지금까지 주차료와 차고 이용료가 어마어마하게 나왔다. 게다가 그 똥차는 시동이 잘 걸리지 않아서 반드시 언덕 꼭대기에 주차해야 했다. 그래야 내리막길에서 차를 밀어 시동을 걸 수 있기 때문이다.

그는 현관문을 열고 집 안으로 들어갔다. 가구가 거의 없는 방 두 개짜리 아파트는 깔끔하고 잘 정돈되어 있었다. 반질반질한 마룻바닥에는 카펫이 깔려 있지 않았다. 벽에 걸린 것은 어머니와 여동생의 사진, 그리고 그가 열여섯 살 때 극장에서 훔쳐온 〈대부〉 포스터뿐이었다. 화분도, 양초도, 귀여운 장신구도 없었다. 예전에는 게시판을 걸어놓기도 했었다. 엽서나 사진, 혹은 우연히 발견한 경구들을 꽂아놓으면 좋겠다는 생각에서였다. 다른 집에서 게시판이 그런 용도로 사용되는 것을 종종 봤기 때문이다. 하지만 그에게는 엽서를 보내는 사람도 없었고, 기본적으로 사진은 절대 찍지 않았다. 그 사실을 깨달았을 때 해리는 옌스 비아르네 보에*가 쓴 문장을 오려냈다.

그리고 이 마력馬力의 생산 과정이 가속화된다는 것은 소위 자연의 법칙에 대한 우리의 이해가 가속화되는 표현이기도 하다. 이런 이해＝고뇌이다.

해리는 자동응답기(역시나 그에게는 불필요한 물건)를 힐끗 쳐다보며, 아무런 메시지도 없다는 것을 확인했다. 셔츠를 벗어 빨래통에 집어넣고, 옷장에 단정하게 개켜둔 깨끗한 셔츠 하나를 꺼내 입었다.

자동응답기를 켜둔 채(노르웨이 갤럽 조사연구소에서 전화라도 올

---

* 노르웨이 작가로 노르웨이 사회와 서구 문명 전반에 대해 매우 비판적이다.

경우를 대비해) 문을 잠그고 다시 밖으로 나갔다.

그는 알리의 가게에서 20세기의 마지막 신문을 샀지만, 쓸쓸한 마음은 전혀 들지 않았다. 신문을 들고 도브레 가로 향했다. 발데마르 트라네스 가의 사람들은 오늘 밤을 위해 서둘러 집으로 향하고 있었다. 해리는 코트 속에서 부들부들 떨다가 슈뢰데르 바에 들어섰다. 사람들의 따뜻한 습기가 그의 얼굴을 덮쳤다. 실내는 꽉 차 있었지만, 그가 가장 좋아하는 자리에 앉아 있던 손님이 막 일어나는 참이라 해리는 서둘러 그쪽으로 갔다. 자리에서 일어난 노신사는 모자를 쓰더니, 숱이 많은 하얀 눈썹 아래로 해리를 재빨리 훑어보았다. 그러고는 말없이 고개만 까닥이고는 밖으로 나갔다. 창가인 그곳은 이 침침한 실내에서 낮에 무언가를 읽을 수 있을 만큼 빛이 들어오는 귀한 자리였다. 그가 앉자마자, 마야가 옆으로 다가왔다.

"안녕, 해리." 그녀가 잿빛 행주를 테이블보 위에 탁 내려놓았다. "오늘의 특별 메뉴로 줄까?"

"요리사가 술에 취하지 않았다면."

"오늘은 멀쩡해. 술은?"

"그거 듣던 중 반가운 소리군." 해리가 시선을 들었다. "오늘은 뭘 추천할 건데?"

마야는 한 손을 허리에 올린 채 큰 소리로 또랑또랑하게 말했다. "사람들의 생각과 달리, 이 도시는 사실 이 나라에서 가장 순수한 식수가 나온다고. 그런데 마침 독성이 가장 적은 식수 파이프가 20세기 초에 지어진 여러 건물에서 발견되었지. 우리 가게도 그중 하나야."

"대체 누구한테 들은 거야?"

"아마 당신일걸, 해리?" 그녀가 허스키한 음색으로 깔깔거렸다. "그건 그렇고, 자기는 취해 있는 게 더 어울려." 그녀는 나지막이 말하고는 그의 주문을 주문서에 적은 뒤, 자리를 떴다.

다른 신문은 죄다 밀레니엄에 대한 이야기뿐이라서 해리는 〈닥스아비센〉을 펼쳤다. 6페이지에 실린 커다란 사진에 눈길이 갔다. 나무로 된 도로 표지판의 사진이었는데 둥근 원 안에 십자가가 그려져 있었다. 십자가의 한쪽 팔에는 '오슬로까지 2611킬로미터', 다른 쪽에는 '레닌그라드까지 5킬로미터'라고 쓰여 있었다.

사진 밑에는 역사학 교수 에벤 율의 칼럼이 있었다. 제목은 간결했다. '서유럽 실업 증가의 관점에서 본 파시즘의 정세.'

해리는 전에도 신문에서 율의 이름을 본 적이 있었다. 나치 독일의 노르웨이 점령과 민족단일당에 관해서라면 누구보다 정통한, 일종의 막후 실력자로 통하는 인물이었다. 신문의 나머지 부분을 뒤적거렸지만, 관심이 가는 기사가 전혀 없었다. 그래서 다시 율의 칼럼으로 돌아갔다. 스웨덴에 강력한 기반을 둔 신나치주의에 대한 초기 보고서를 주제로 한 논평이었다. 율은 경제적 부흥을 이루던 1990년대에 추락했던 신나치주의가 새롭게 활기를 띠며 돌아왔다고 설명했다. 또한 새로 등장한 이 신나치주의의 특징은 확고한 이데올로기를 기반으로 한다고 썼다. 1980년대의 신나치주의는 대부분 옷차림이나 집단 정체성과 연관이 있었다. 그리하여 머리를 빡빡 밀거나, 군복을 입거나, '지크 하일'과 같은 구식 슬로건을 사용하는 데 그쳤다. 그러나 새롭게 등장한 신나치주의는 훨씬 더 조직적이다. 재정적 후원 집단이 따로 있기 때문에 부유한 지도자나 후원자들에게만 의존하지 않았다. 게다가 율의 글에 따르면, 이 새로운 운동은 실업이나 이민 같은 현 사회 상황의 요소에 대한 단순한 반응에 그치지 않고 사회적 민주주의의 대안을 세우고 싶어 했다. 따라서 그들의 구호는 도덕적, 군사적, 인종적 재무장이었다. 그들은 도덕적 쇠퇴의 예로서 가톨릭 신자의 감소, 에이즈, 약물 남용의 증가를 들었다. 또한 적의 개념도 상당 부분 새롭게 바뀌어 국가와 인종의 경계를 무너뜨린 EU의 옹호자들, 러시아와 인간 이하인 슬라브 국가에 손을 내민 나토 사람들, 세계 경제를 쥐고 흔들었던 유대인의 역할을 대신하는 아시아 신흥 거물들이 그 대상이었다.

마야가 테이블에 접시를 내려놓았다.

"만두?" 사우전드 아일랜드 드레싱이 뿌려진 배추 위의 회색 덩어리를 내려다보며 해리가 물었다.

"슈뢰데르 스타일이야. 어제 먹다 남은 걸로 만들었지. 새해 복 많이 받아." 마야가 말했다.

해리는 먹으면서 읽기 위해 신문을 들어 올렸다. 만두를 한 입 베어 무는 순간, 신문 뒤로 목소리가 들렸다.

"참 끔찍하군."

해리는 신문 너머를 훔쳐보았다. 옆 테이블에 모히칸이 앉아 그를 뚫어지게 바라보고 있었다. 언제부터 거기 있었는지 모르지만, 해리는 분명 그가 들어오는 것을 보지 못했다. 사람들이 그를 모히칸이라고 부르는 이유는 아마도 그가 제2차 세계대전 중에 활약했던 상선 선원 가운데 마지막으로 남은 생존자이기 때문일 것이다. 그가 탔던 배는 어뢰 공격을 두 번이나 받아 동료들은 다들 죽은 지 오래였다. 해리가 마야에게서 들은 바로는 그랬다. 헝클어진 수염은 맥주잔 안으로 들어갈 정도로 길었고, 늘 그렇듯이 코트 차림으로 앉아 있었다. 여름에나 겨울에나 늘 저 코트 차림이었다. 얼굴은 너무 수척해서 안면골 윤곽이 훤히 드러났고, 표백한 듯이 새하얀 피부 위로 핏줄이 진홍색 번개처럼 얽혀 있었다. 붉게 충혈된 물기 어린 눈동자가 주글주글하고 축 처진 얼굴 위에서 해리를 노려보고 있었다.

"끔찍하고말고!"

해리는 평생 주정뱅이의 헛소리라면 신물 나게 들었던 터라, 슈뢰데르의 단골들이 하는 말은 귓등으로 흘렸다. 하지만 이건 달랐다. 슈뢰데르를 들락거린 그 오랜 세월 동안, 모히칸의 입에서 제대로 된 말이 나온 것은 이번이 처음이었다. 작년 겨울, 해리는 도브레 가의 벽에 기대어 자고 있던 모히칸을 발견한 적이 있었다. 해리가 깨우지 않았다면 아마도 그대로 동사했을 것이다. 그런데도 그 후로 모히칸은 해리를 만나도 알은체를 하는 법이 없었다. 모히칸은 한동안 해야 할 말을 모두 했다는 듯이 입을 꽉 다물고, 다시 맥주잔을 뚫어지게 바라보았다. 해리는 주위를 둘러보고 모히칸의 테이블 쪽으로 몸을 내밀었다.

"나 기억해요, 콘라드 오스네스?"

노인은 끙 소리를 내며 아무 대답 없이 허공만 바라보았다.

"작년에 눈 위에서 자고 있던 걸 내가 발견했잖아요. 그때가 영하 18도였죠."

모히칸이 눈동자를 굴렸다.

"그래, 그건 고맙게 생각해."

모히칸은 조심스럽게 맥주를 마시더니 천천히 맥주잔을 내려놓았다. 마치 테이블의 특정 지점에 잔을 두는 것이 아주 중요하다는 듯이.

"저 깡패들은 쏴 죽여야 해." 그가 말했다.

"누구요?"

모히칸은 구부러진 손가락으로 해리의 신문을 가리켰다. 해리는 신문을 뒤집어보았다. 앞면에는 머리를 빡빡 민 스웨덴 신나치주의자의 사진이 커다랗게 실려 있었다.

"벽에 세워놓고 총살시켜야 해!" 모히칸이 한 손으로 테이블을 내려치자, 몇몇 사람들이 그를 돌아보았다. 해리는 그에게 진정하라고 손짓했다.

"그냥 어린애들이에요, 오스네스. 오늘은 그냥 즐기라고요. 올해의 마지막 날이잖아요."

"어린애들? 그럼 우리는 늙었었는 줄 알아? 어리다고 해서 독일군이 봐주는 법은 없어. 셸은 열아홉이었고, 오스카르는 스물둘이었어. 더 퍼지기 전에 놈들을 쏴 죽여야 해. 그건 병이야. 초기에 잡아야 한다고."

그는 떨리는 손가락으로 해리를 가리켰다.

"그중 한 놈이 아까 자네 자리에 앉아 있었어. 놈들은 절대 사라지지 않아! 자넨 경찰이니까 나가서 잡으라고!"

"내가 경찰인 걸 어떻게 알았죠?" 해리가 깜짝 놀라 물었다.

"신문에서 읽었어. 저 남쪽 나라에서 누군가를 쐈잖아. 잘한 일이야. 그러니까 여기서도 한두 명 쏘라고."

"오늘은 참 말이 많네요, 오스네스."

모히칸은 입을 꾹 다물며 험상궂은 눈길로 해리를 바라보았다. 그러더니 벽으로 고개를 돌려 웅스토르게 광장이 그려진 그림을 뚫어지게 바라보았다. 이것으로 대화는 끝났다는 것을 알고 해리는 마야에게 커피를 달라고 손짓했다. 시계를 보니, 20세기가 얼마 남지 않았다. 입구에 걸린 포스터에는 '개인적인 신년 축하 파티'를 위해 4시까지만 영업한다고 적혀 있었다. 해리는 실내의 친숙한 얼굴들을 둘러보았다. 그가 보기에 파티의 손님들은 모두 와 있었다.

1944년 6월 8일

빈, 루돌프 2세 병원

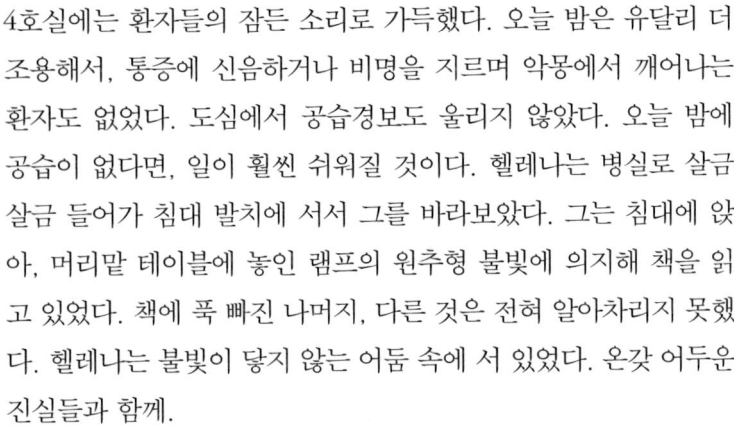

4호실에는 환자들의 잠든 소리로 가득했다. 오늘 밤은 유달리 더 조용해서, 통증에 신음하거나 비명을 지르며 악몽에서 깨어나는 환자도 없었다. 도심에서 공습경보도 울리지 않았다. 오늘 밤에 공습이 없다면, 일이 훨씬 쉬워질 것이다. 헬레나는 병실로 살금살금 들어가 침대 발치에 서서 그를 바라보았다. 그는 침대에 앉아, 머리맡 테이블에 놓인 램프의 원추형 불빛에 의지해 책을 읽고 있었다. 책에 푹 빠진 나머지, 다른 것은 전혀 알아차리지 못했다. 헬레나는 불빛이 닿지 않는 어둠 속에 서 있었다. 온갖 어두운 진실들과 함께.

책장을 넘기려던 찰나, 그가 헬레나를 알아보았다. 그러더니 미소를 지으며 즉시 책을 내려놓았다.

"안녕, 헬레나. 오늘 야간 근무인 줄 몰랐어요."

그녀는 검지를 입술 위에 대고, 그에게 다가갔다.

"야간 근무 순번을 다 알기라도 해요?" 헬레나가 속삭였다.

그가 미소 지었다. "다른 사람은 몰라도 당신이 근무하는 날은 알죠."

"정말요?"

"수요일, 금요일, 일요일. 다음에는 월요일, 화요일. 그리고 다시 수요일, 금요일, 일요일. 겁먹지 말아요. 여기서는 머리를 쓸 일이 별로 없거든요. 난 하들러 대령이 관장하는 날이 언제인지도 알죠."

헬레나가 부드럽게 웃었다.

"하지만 당신이 다시 전쟁터로 돌아가게 된 건 모르죠?"

그가 놀란 얼굴로 헬레나를 바라보았다.

"헝가리로 배치되었어요. 제3 기갑여단." 그녀가 속삭였다.

"기갑여단? 하지만 거긴 독일 국방군이잖아요. 내가 거기로 갈 순 없어요. 난 노르웨이인이라고요."

"알아요."

"대체 나더러 헝가리에서 뭘 하라는 겁니까? 난—."

"쉿, 다른 사람들이 깨겠어요. 우리아, 난 당신에게 온 통지서를 읽었어요. 유감스럽지만 별다른 도리가 없어요."

"하지만 분명 착오가 있을 거예요. 이건……."

그가 실수로 책을 치는 바람에 책이 탕 소리를 내며 바닥에 떨어졌다. 헬레나는 허리 숙여 책을 주웠다. 표지에는 《허클베리 핀의 모험》이라는 제목과 함께, 넝마를 입고 뗏목을 탄 소년의 그림이 있었다. 우리아의 얼굴에는 분노의 빛이 역력했다.

"이건 내 전쟁이 아니란 말입니다." 그는 그렇게 말하고는 입술을 꽉 다물었다.

"그것도 알아요." 헬레나가 의자 아래에 놓인 그의 가방에 책을 넣으며 말했다.

"뭐하는 겁니까?" 그가 속삭였다.

"내 말 잘 들어요, 우리아. 시간이 없어요."

"시간?"

"30분 후면 담당 간호사가 순찰을 돌 거예요. 그때까지 결정을 내려야 해요."

그는 어둠 속에 있는 헬레나를 더 잘 보기 위해 램프 갓을 아래로 기울였다.

"무슨 일이에요, 헬레나?"

그녀는 침을 삼켰다.

"그리고 왜 오늘은 사복 차림이죠?" 그가 물었다.

그녀가 가장 두려워하던 것이 바로 이것이었다. 잘츠부르크에 있는 언니네 집에 며칠간 다녀오겠다고 어머니에게 거짓말하는 것쯤은 아무것도 아니었다. 삼림 감독관의 아들(지금 병원 문 앞에서 기다리고 있었다)을 설득해 병원까지 차로 데려다달라고 부탁하는 일도 대수롭지 않았다. 심지어 자신의 소지품과 그동안 다녔던 성당, 빈 숲에서의 안전한 삶에 작별을 고하는 것조차 쉬웠다. 하지만 그에게 사실대로 말하는 것, 자신이 그를 사랑하고 있으며 그를 위해 자신의 인생과 미래를 기꺼이 걸겠다고 말하는 것이 가장 두려웠다. 그녀의 추측이 틀렸을지도 모르기 때문이다. 자신을 향한 그의 감정에 대한 추측이 아니라(그것은 의심의 여지가 없었다), 그의 성품에 대한 추측이. 과연 그에게는 그녀의 제안을 따를 만큼의 용기와 추진력이 있을까? 최소한 그가 헝가리에서 소련의 붉은 군대와 싸우는 것을 원치 않는다는 것은 분명했다.

"우리에게는 서로를 더 잘 알 수 있는 시간이 필요했어요." 헬레나가 그의 손 위에 자신의 손을 포개며 말했다. 그가 그녀의 손을 꼭 쥐었다.

"하지만 그런 호사는 허락되지 않았죠." 역시 그의 손을 꼭 쥐며 그녀가 말했다. "한 시간 후면 파리 행 열차가 출발해요. 나한테 표 두 장이 있어요. 제가 아는 선생님이 그곳에 사세요."

"선생님?"

"다 설명하자면 길고 복잡하지만, 어쨌든 선생님이 우릴 받아주실 거예요."

"무슨 뜻입니까? 우릴 받아주다니?"

"우린 선생님 댁에 머무를 수 있어요. 선생님은 혼자 사시거든요. 그리고 내가 아는 한, 친구들도 별로 없어요. 여권 있나요?"

"에? 아, 네."

그는 말문이 막힌 듯했다. 마치 넝마를 입은 소년에 관한 책을 읽다가 어느새 잠이 들었고, 이 모든 게 꿈이 아닐까 의심하는 것처럼.

"네, 여권 있어요."

"좋아요. 파리까지는 이틀이 걸려요. 좌석도 정해졌고, 내가 먹을 걸 잔뜩 싸 왔어요."

그는 숨을 깊이 들이쉬었다.

"왜 하필 파리죠?"

"대도시니까요. 사라질 수 있을 정도로 큰 도시. 저기, 아버지가 입던 옷을 몇 벌 가져왔어요. 차에 가서 사복으로 갈아입어요. 당신 신발 사이즈가—"

"아뇨." 그가 한 손을 들어 올리자, 그녀의 입에서 나지막이 흘러나오던 열띤 말들이 즉시 멎었다. 헬레나는 숨을 죽이고, 상념에 잠긴 그의 얼굴을 뚫어지게 바라보았다.

"아니에요." 그가 다시 한 번 속삭였다. "그건 바보 같은 짓이에요."

"하지만……." 헬레나는 뱃속에 얼음 덩어리가 들어 있는 것 같았다.

"군복을 입는 게 낫겠어요. 사복 차림의 젊은 남자는 사람들의 의심을 살 뿐이에요."

헬레나는 너무 기쁜 나머지 선뜻 말이 나오지 않았다. 그저 그의 손을 한층 더 꽉 잡을 뿐이었다. 심장이 기쁨에 겨워 지저귀는 바람에 그녀는 조용히 하라고 타일러야 했다.

"그리고 한 가지 더요." 그가 침대에서 두 다리를 내리며 말했다.

"뭔데요?"

"날 사랑하나요?"

"네."

"좋아요."

그는 어느새 군복 재킷을 입고 있었다.

2000년 2월 21일
경찰청사 국가정보국

해리는 주위를 둘러보았다. 선반에는 링바인더가 연대순으로 깔끔하게 꽂혀 있었다. 벽에는 졸업장, 그리고 경력이 수월하게 상승했음을 보여주는 상장들이 걸려 있었다. 책상 뒤에는 소령 시절의 젊은 쿠르트 마이리크가 군복 차림으로 올라프 왕을 맞이하는 흑백 사진이 걸려 있었다. 사무실에 들어서는 사람이라면 누구나 그 사진에 눈길이 갈 것이다. 해리가 의자에 앉아 바라보고 있던 것도 바로 그 사진이었다. 그때 그의 등 뒤로 사무실 문이 열렸다.
"기다리게 해서 미안하네, 홀레. 그대로 앉아 있게."
마이리크였다. 어차피 해리는 일어나려는 시늉조차 하지 않았다.
"그래," 책상 뒤의 의자에 앉으며 마이리크가 말했다. "지난 일주일 동안 우리와 함께 일한 소감이 어떤가?"
마이리크는 등을 곧게 펴고 앉은 채 큼지막하고 누런 이를 드러냈다. 보는 이로 하여금 평생 웃는 연습을 너무 한 것이 아닐까 의심하게 만드는 미소였다.

"꽤 지루하네요." 해리가 말했다.

"하하. 그렇게 나쁘지는 않았을 텐데. 안 그런가?" 마이리크는 놀란 표정이었다.

"글쎄요. 여기 커피가 아래층에 있는 우리 커피보다 맛있기는 하더군요."

"강력반을 말하는 건가?"

"죄송합니다. '우리'가 국가정보국이 되려면 시간이 좀 걸릴 겁니다."

"그래. 인내심을 가지고 기다려야겠지. 세상사가 다 그렇지, 뭐. 안 그런가, 홀레?"

해리는 동의의 뜻으로 고개를 끄덕였다. 풍차와 싸워봐야 무슨 소용 있겠는가? 특히나 일을 시작한 첫 달에는. 예상대로 그에게 배정된 사무실은 긴 복도의 맨 끝에 있었다. 다시 말해, 꼭 필요한 경우가 아니고서는 여기 직원들 대부분을 만날 일이 없다는 뜻이다. 그가 맡은 업무는 각 지방 정보국에서 제출한 보고서들을 읽고, 과연 그 보고서를 상부에 넘길 필요가 있는지 평가하는 것이다. 마이리크의 지침은 단순명료했다. 허섭스레기가 아닌 한, 모든 보고서는 상부로 넘길 것. 다시 말해 찌꺼기를 걸러내는 것이 해리의 일이었다. 지난주에는 세 개의 보고서를 받았다. 천천히 읽어보려 했지만 그가 검토할 수 있는 시간은 한정되어 있었다. 첫 번째는 트론헤임에서 온 보고서였다. 새로운 전자 감청 장치에 대한 것이었는데, 감청 전문가가 일을 그만두는 바람에 아무도 작동법을 모른다고 했다. 해리는 그 보고서를 상부에 넘겼다. 두 번째 보고서는 베르겐으로 출장 온 한 독일인 사업가에 대한 것이었다. 보고서에는 그 사업가가 '무혐의'로 밝혀졌다고 적혀 있었다.

커튼레일을 전달하기 위해 베르겐에 왔다는 그의 말이 사실임이 증명되었기 때문이다. 해리는 그 보고서도 상부로 넘겼다. 세 번째는 노르웨이 동부의 시엔이라는 도시의 경찰서에서 작성한 보고서였다. 그들은 실리안의 한 산장 소유주로부터 지난 주 숲에서 총소리를 들었다는 신고를 받았다. 지금은 사냥철이 아니었기에 조사해본 결과, 숲에서 탄피가 발견되었는데 어떤 총에서 나온 것인지 알 수가 없었다. 그리하여 크리포스* 과학수사과에 탄피를 보냈고, 그 탄약이 매르클린 라이플이라는 아주 희귀한 총에 사용되었을 것이라는 답을 들었다.

해리는 그 보고서도 상부에 넘겼지만, 자신이 보관하기 위해 한 부 복사해두었다.

"그래, 내가 자네를 보자고 한 건 우리 수중에 들어온 한 장의 포스터 때문일세. 신나치주의자들이 5월 17일에 오슬로의 여러 모스크 앞에서 소동을 일으킬 계획이네. 해마다 날짜가 달라지는 이슬람의 축제가 있는데, 올해는 그날이 마침 노르웨이 독립기념일인 5월 17일과 겹친 모양이야. 대다수의 이슬람 부모들은 그날 독립 기념 퍼레이드에 참가해야 하는 아이들을 학교에 보내지 않겠다고 했어. 모스크에 가야 하기 때문이지."

"이드."

"뭐라고 했나?"

"이드라고요. 이슬람의 크리스마스라고 할 수 있는 축일이죠."

"자네도 이슬람교에 관심 있나?"

"아뇨. 하지만 작년에 이웃에 사는 파키스탄인에게 저녁 초대를

---

* 나라 전체에 영향을 미치는 살인사건 수사를 돕거나 주도하는 오슬로의 중앙 범죄 수사 기구.

받았습니다. 이드를 혼자 보내는 건 너무 슬픈 일이라면서요."

"그런가? 흠." 마이리크는 안경을 썼다. 데리크 경감이 쓰는 것과 똑같은 안경이었다.

"여기 포스터가 있네. 5월 17일에 노르웨이 독립 말고 다른 것을 축하하는 행위는 그들을 받아준 이 나라에 대한 모욕이라고 적혀 있어. 또 유색인들은 노르웨이에 사는 이득만 기꺼이 취하고, 노르웨이의 모든 시민들이 지키는 의무는 회피한다고 했네."

"독립 기념 퍼레이드가 지나갈 때 노르웨이를 위해 얌전히 '만세'를 외치라는 거군요." 해리는 그렇게 말하며 담배를 꺼냈다. 책장 맨 위에 놓인 재떨이를 보았기 때문이다. 해리가 피워도 되겠느냐고 묻는 듯이 바라보자, 마이리크가 고개를 끄덕였다. 해리는 담배에 불을 붙이고, 폐부 깊숙이 연기를 들이마셨다. 폐의 혈관이 니코틴을 탐욕스럽게 흡수하는 모습을 상상했다. 그의 명줄이 점점 짧아지고, 앞으로 담배를 절대 끊지 못하리라 생각하면 이상하게 만족스러웠다. 담뱃갑에 적힌 경고 문구를 무시하는 게 남자가 할 수 있는 가장 대담한 반항이라고 할 수는 없었지만, 적어도 그가 충분히 감당할 수 있는 행위였다.

"한번 알아보게." 마이리크가 말했다.

"알겠습니다. 하지만 스킨헤드족에 관해서라면 제가 참을성이 없다는 걸 알아두셔야 합니다."

"하하." 마이리크가 다시 누런 이를 드러내었다. 해리는 그 모습이 무엇을 연상시키는지 깨달았다. 경연 대회에 출전한 말이었다.

"하하."

"한 가지 더 있습니다. 실리안에서 발견된 탄약에 관한 보고서 말입니다. 매르클린 라이플의 탄약이었죠." 해리가 말했다.

"그 비슷한 걸 들은 기억이 어렴풋이 나는군, 맞아."

"제가 독자적으로 조사를 좀 해봤습니다."

"그래?"

마이리크의 말투가 싸늘했다.

"총기등록부의 작년 기록을 살펴봤습니다. 매르클린 라이플은 기록에 없더군요."

"놀랄 일도 아니지. 자네가 그 보고서를 넘긴 후에 분명 여기 사람들이 조사했을 걸세, 홀레. 알다시피 자네 소관이 아니야."

"그럴지도 모르죠. 하지만 그 일을 담당한 사람이 누구든 인터폴의 무기 밀매 보고서를 찾아봤는지 확실히 해두고 싶어서요."

"인터폴? 왜 우리가 그런 것까지 조사해야 하지?"

"노르웨이에는 매르클린 수입업자가 없습니다. 따라서 이 매르클린은 밀반입된 거죠."

해리는 안주머니에서 인쇄물을 꺼냈다.

"이건 작년 11월 요하네스버그의 불법 무기상을 급습했을 때 인터폴이 찾아낸 배송 목록입니다. 여길 보세요. 매르클린 라이플. 도착지는 오슬로로 되어 있죠."

"흠. 이건 대체 어디서 구했나?"

"인터넷에 올라와 있는 인터폴 파일에서요. 국가정보국 직원이면 누구나 열람할 수 있습니다. 조금만 수고한다면요."

"정말인가?" 한동안 해리에게 머물던 마이리크의 눈길이 인쇄물을 좀 더 자세히 살피기 시작했다.

"다 좋네. 하지만 무기 밀매는 우리 소관이 아니야, 홀레. 1년에 경찰에서 압수하는 불법 무기가 얼마나 많은지 안다면—"

"611개죠."

"그런가?"

"작년 수치입니다. 그것도 오슬로 경찰이 압수한 것만요. 그중 3분의 2는 범죄자들에게서 압수했는데, 대부분이 소총과 펌프식 연발총, 총신을 짧게 자른 산탄총이었습니다. 평균적으로 하루에 하나씩 압수되는 셈입니다. 1990년대에는 그 수치가 거의 두 배로 늘었고요."

"좋아, 그렇다면 이제 자네도 충분히 알겠군. 우리 국가정보국에서는 부스케르 주의 그 미등록 라이플 사건을 우선시할 수 없다는 걸."

마이리크는 평정심을 잃지 않으려고 애썼다. 해리는 담배 연기를 내뱉으며 연기가 천장으로 올라가는 것을 바라보았다.

"실리안은 부스케르 주가 아닙니다."

마이리크의 턱 근육이 굳어졌다.

"관세청에는 전화해봤나, 홀레?"

"아뇨."

마이리크는 손목시계를 보았다. 둔탁하고 촌스러운 강철 덩어리 같은 시계였다. 아마도 장기근속 기념으로 받았을 거라고 해리는 생각했다.

"그럼 거기에 전화해보게. 이건 그들이 맡아야 할 사건이야. 난 더 급한 일이 있어서—."

"매르클린 라이플에 대해 아십니까, 국장님?"

해리는 국장의 양 눈썹이 위로 껑충 올라갔다가 내려오는 것을 보며, 이미 너무 늦은 게 아닐까 생각했다. 쌩쌩 돌아가는 풍차의 바람이 느껴졌다.

"그것 또한 내 소관이 아닐세, 홀레. 차라리 이 일을 다른 사람에게 넘기지……."

불현듯 쿠르트 마이리크는 자신이 홀레의 유일한 직속 상사라는 것을 깨달은 듯했다.

"매르클린 라이플은 독일에서 생산된 반자동 사냥용 총입니다. 라이플 중에서 구경이 가장 큰 16밀리 총알을 사용하죠. 원래는 물소나 코끼리처럼 덩치 큰 동물들을 사냥할 목적으로 제작되었습니다. 1970년에 처음으로 생산되었는데, 겨우 300대가 제작되었던 1973년에 독일 정부가 판매를 금지시켰죠. 이유는 몇 가지의 간단한 조정과 매르클린의 망원조준기만 있으면 최강의 살인 무기로 이용될 수 있기 때문입니다. 1973년 당시 이미 세상에서 수요가 가장 많은 암살 무기가 됐죠. 300대의 매르클린 중에서 최소한 100대는 살인청부업자 그리고 바더 마인호프나 붉은 여단 같은 테러 단체의 손에 들어갔습니다."

"흠. 100대라고 했나?" 마이리크가 인쇄물을 다시 해리에게 건넸다. "그렇다면 나머지 200대는 원래 용도로 사용되고 있다는 뜻이군. 사냥에 말이야."

"매르클린은 무스 사냥을 비롯해 노르웨이에서 흔한 어떤 사냥에도 적합하지 않습니다."

"정말인가? 왜 그렇지?"

해리는 왜 마이리크가 화를 내지 않고 참는지 궁금했다. 왜 그에게 당장 담배를 끄고 나가라고 하지 않는 걸까? 그리고 왜 자신은 그런 반응을 끌어내지 못해 안달인 걸까? 아무 이유도 없을지 모른다. 그저 나이를 먹고, 성격이 못돼서 그런 것일 수도 있고. 이유가 무엇이든 간에 마이리크는 아무리 버르장머리 없는 아이라도 절대로 때리지 않는, 몸값이 비싼 육아도우미처럼 행동했다. 해리는 바다 쪽으로 고개 숙인 기다란 담뱃재를 바라보았다.

"첫째로 노르웨이에서 사냥은 대중적인 취미가 아닙니다. 망원 조준기가 달린 매르클린은 15만 마르크 정도 하는데, 다시 말해 벤츠 한 대 값이죠. 게다가 실탄 하나에 90마르크나 합니다. 둘째로 16밀리 총에 맞은 무스는 마치 기차와 충돌한 것처럼 보이죠. 꽤 지저분해집니다."

"하하." 마이리크는 작전을 바꾸기로 했는지, 반질반질한 정수리 뒤로 손을 깍지 낀 채 의자에 등을 기댔다. 당분간은 해리의 재미있는 이야기를 들어주겠다는 신호였다. 해리는 자리에서 일어나 책장 맨 윗단에 있던 재떨이를 집어 들고, 다시 자리에 앉았다.

"물론 그 탄피의 주인이 열성적인 무기 수집가이고, 그가 새로 구입한 매르클린을 시험해봤을 수도 있습니다. 그리고 이제 그 라이플은 노르웨이 어딘가에 있는 대저택의 유리 진열장에 얌전히 걸려 있을 수도 있죠. 다시는 사용되지 않은 채로. 하지만 과연 그렇게 생각해도 될까요?" 해리는 고개를 저었다. "아무래도 시엔에 가서 현장을 살펴보고 와야 할 것 같습니다. 게다가 프로의 솜씨가 아닌 듯합니다."

"정말인가?"

"프로는 뒤처리가 깔끔하죠. 탄피를 남기는 것은 명함을 남기는 것이나 마찬가집니다. 만약 매르클린이 아마추어의 손에 들어갔다면, 그건 더 큰일입니다."

마이리크는 두세 번 음, 소리를 내더니 고개를 끄덕였다.

"그렇게 하게. 그리고 신나치주의자들의 독립기념일 계획에 대해 뭔가 알아내면 내게 보고하게."

해리는 담배를 비벼 껐다. 이탈리아, 베니스. 곤돌라 모양의 재떨이 측면에는 그렇게 적혀 있었다.

1944년 6월 9일
오스트리아, 린츠

다섯 명의 가족이 기차에서 내리자, 객실에는 그들만 남았다. 기차가 서서히 다시 출발할 무렵, 헬레나는 창가에 자리를 잡았다. 하지만 창밖은 어둠에 잠겨 잘 보이지 않았다. 선로 옆에 늘어선 건물의 윤곽만 보일 뿐이었다. 그는 맞은편에 앉아, 살짝 웃는 얼굴로 헬레나를 바라보았다.

"당신네 오스트리아인들은 밤눈이 밝군요. 난 아무것도 안 보이는데." 그가 말했다.

헬레나는 한숨을 쉬었다. "밤눈만 밝은 게 아니라, 시키는 대로 하는 것도 잘하죠."

그녀는 손목시계를 보았다. 새벽 두 시가 다 되어갔다.

"다음 정거장은 잘츠부르크예요. 독일 국경 근처죠. 그다음에는……."

"뮌헨, 취리히, 바젤, 프랑스 그리고 파리잖아요. 벌써 세 번이나 말했어요."

그는 몸을 앞으로 내밀어 헬레나의 손을 꼭 쥐었다.

"다 잘될 겁니다. 두고 봐요. 여기, 내 옆으로 와요."

그의 손을 잡은 채 헬레나는 그의 옆자리로 갔다. 그리고 그의 어깨에 머리를 살며시 기댔다. 군복 차림의 우리아는 딴사람 같았다.

"그래서 브록하르트가 앞으로 일주일간 유효한 진단서를 보냈다고요?"

"네, 어제 오후에 우편으로 보낼 거라고 했어요."

"유효 기간이 왜 그렇게 짧죠?"

"음, 그래야 이 상황과 나를 자기 마음대로 할 수 있으니까요. 그가 당신의 병가를 연장시켜줄 때마다 난 그에게 대가를 지불해야 하고요. 무슨 뜻인지 알죠?"

"네." 헬레나는 그의 턱이 굳어지는 것을 보았다.

"이제 브록하르트 이야기는 그만하죠. 다른 이야기 해줘요."

헬레나는 그의 뺨을 쓰다듬었고, 그는 무거운 한숨을 쉬었다. "어떤 이야기가 듣고 싶어요?"

"뭐든지요."

이야기. 루돌프 2세 병원에서 헬레나가 그에게 관심을 갖게 된 것도 바로 이야기 때문이었다. 우리아가 들려주는 이야기는 다른 군인들과 많이 달랐다. 용기와 전우애, 희망에 관한 이야기였다. 예를 들면 이런 식이다. 한번은 그가 불침번을 서고 돌아와 보니, 단짝 친구의 가슴에 올라간 족제비가 잠든 친구의 목을 물어뜯으려 했다. 10미터가량 떨어진 거리였고, 흙으로 만든 벙커 내부는 칠흑처럼 어두웠지만 선택의 여지가 없었다. 그는 총을 들어 탄창의 총알이 다 떨어질 때까지 쏘아댔다. 다음 날 저녁에는 다함께 족제비를 먹었다.

그런 이야기들이 몇 개 더 있었다. 헬레나는 그 이야기를 전부 기억하지는 못했지만, 자신이 듣기 시작했다는 것만은 똑똑히 기억했다. 그의 이야기는 생동감이 넘치고 재미있었다. 그중에는 도저히 믿을 수 없는 것들도 있었지만, 그래도 헬레나는 믿고 싶다. 그것은 다른 이야기들, 그러니까 구제할 수 없는 운명과 무의미한 죽음에 관한 이야기의 해독제였기 때문이다.

불 꺼진 기차가 새로 수리한 선로 위에서 흔들거리고 덜컹거리며 밤을 가르고 달리는 동안, 우리아는 새로운 이야기를 들려주었다. 무인 지대의 소련 저격수를 쏘아 죽인 이야기, 그리하여 위험을 무릅쓰고 무인 지대로 넘어가 무신론자인 볼셰비키를 땅에 묻고, 찬송가를 불러주었을 뿐 아니라 가톨릭 장례식을 제대로 치러주었다는 이야기였다.

"그날 밤 내가 부른 노래는 참으로 아름다웠죠. 소련군 진영에서 박수치는 소리가 들렸을 정도니까요." 우리아가 말했다.

"정말요?" 헬레나가 웃었다.

"당신이 빈 국립극장에서 들었던 어떤 노래보다 훨씬 아름다울 걸요?"

"거짓말."

우리아는 그녀를 잡아당겨 그녀의 귀에 대고 부드럽게 노래했다.

불가에 모인 남자들 곁으로 다가가 황금색으로 환하게 빛나는 불꽃을 바라보라.

병사들에게 목표를 더욱 높이 세우고, 일어나 싸우겠노라고 맹세하도록 촉구하라.

활활 타오르는 불꽃 속에서 수천 년 전의 노르웨이를 보라.

재에서 솟아나는 그 나라의 백성들을 보라,
평화를 누리고, 또 전쟁을 치르는 너희의 혈육을 보라.

남자와 여자 모두의 희생을 요구하는 자유, 그 자유를 위해 싸우는 아버지를 보라.
적을 물리치기 위해 일어선 수천 명의 사람들, 조국을 위해 전력으로 싸우는 그들을 보라.
매 시간마다 눈밭으로 나가는 남자들, 자신들의 투쟁과 노력을 자랑스러워하고 기뻐하는 그들을 보라.
심장은 의지와 힘으로 활활 타오르며, 우리 선조들의 토양에 꿋꿋이 버티고 서 있다.

영웅 전설에 나오는 노르인*의 이름, 눈부신 글 속에서 사는 그 이름을 보라.
그들은 수천 년 전에 죽었으되 아직 여기에 있다. 언덕에서 피오르까지 모두 그들을 기억하노라.
그러나 붉은색과 노란색의 위대한 깃발, 우승기를 감아올리는 한 남자가 있다.
우리는 그에게 열렬히 경례한다. 크비슬링, 이 나라와 군인의 통치자.

노래가 끝나자 우리아는 조용해졌고 멍하니 창밖을 바라보았다. 헬레나는 그의 생각이 먼 곳으로 떠난 것을 알고, 그가 생각에

* 고대 노르웨이인

잠기도록 내버려두었다. 그녀는 한 팔로 그를 끌어안았다.
라-타-타-탓. 라-타-타-탓. 라-타-타-탓.
기차 소리가 마치 누군가 뒤에서 그들을 쫓아오는 듯이, 누군가 그들을 따라잡으려는 듯이 들렸다.
헬레나는 덜컥 겁이 났다. 그들 앞에 놓인 미지의 나라 때문이 아니었다. 자신이 끌어안고 있는 이 미지의 남자 때문이었다. 이렇게 가까이 있으니, 그녀가 멀리서 보았고 익숙했던 모든 것이 사라진 듯했다.
그녀는 그의 심장 박동을 들으려 했지만, 선로를 달리는 기차 소리가 너무 요란했다. 그래서 그냥 이 안에 심장이 있다고 무작정 믿기로 했다. 저절로 흐뭇한 미소가 지어지며, 행복의 물결이 밀려왔다. 이 얼마나 대단하고 훌륭한 미친 짓인가! 그녀는 이 남자에 대해 아무것도 몰랐다. 우리아는 자신에 관한 이야기는 거의 하지 않았고, 아까와 같은 이야기만 들려주었다.
그의 군복에서 곰팡이 냄새가 났다. 문득 죽은 채 한동안 전쟁터에 누워 있는 군인들, 혹은 매장된 군인들의 군복에서도 이런 냄새가 나지 않을까 하는 생각이 들었다. 대체 왜 그런 생각이 드는지는 알 수 없었다. 그녀는 오랫동안 너무 긴장했던 터라 이제야 자신이 얼마나 피곤한지 깨달았다.
"눈 좀 붙여요." 그녀의 생각을 읽은 것처럼 우리아가 말했다.
"네." 멀리서 어렴풋이 공습경보가 들리는 듯하더니 주위 세상이 잦아들기 시작했다.

"뭐죠?"
그녀의 귀에 자신의 목소리가 들렸고, 자신을 흔드는 우리아의 손길이 느껴졌다. 헬레나는 깜짝 놀라 깨어났다. 잡혔구나. 객실 문간에 서 있는 제복 차림의 남자를 보았을 때 헬레나가 제일 먼저 한 생각이었다.

"표 좀 보여주시죠."

"아." 헬레나는 정신을 차리려고 했다. 미친 듯이 가방을 뒤지는 자신을 이리저리 살펴보는 차장의 시선이 느껴졌다. 마침내 빈에서 산 노란색 종이 티켓을 찾아내 차장에게 건넸다. 그는 기차의 흔들림에 맞춰 몸을 앞뒤로 흔들며 티켓을 바라보았다. 티켓을 검사하는 시간이 너무 길어지자, 헬레나는 슬슬 불편해지기 시작했다.

"파리로 갑니까? 둘이 함께?" 차장이 물었다.

"Ganz Genau(맞습니다)." 우리아가 말했다.

나이가 지긋한 차장이 두 사람을 바라보았다.

"말투를 들어보니 오스트리아인이 아니로군요."

"네, 노르웨이 사람입니다."

"아, 노르웨이. 아름다운 나라라고 들었소."

"네, 감사합니다. 그렇다고 할 수 있죠."

"그럼 히틀러를 위해 싸우겠다고 자진 입대한 거요?"

"네, 동부전선에 있었습니다. 북쪽 지역에요."

"정말이오? 북쪽 어디?"

"레닌그라드 근처까지요."

"흠. 그런데 이제는 파리로 가는군요. 동행하시는 분은……?"

"제 여자친구입니다."

"그렇군요. 휴가 중이오?"

"네."

차장은 차표에 구멍을 뚫었다.

"빈에서 타셨소?" 그가 차표를 건네주며 헬레나에게 물었다. 그녀는 고개를 끄덕였다.

"가톨릭 신자로군요." 차장이 그녀의 블라우스 위에 걸린 십자가 목걸이를 가리켰다. "우리 아내도 가톨릭 신자죠."

차장은 몸을 뒤로 젖혀 복도를 훑어보았다. 그러더니 우리아에게 몸을 돌리며 물었다. "빈에 있는 슈테판 대성당은 구경했소?"

"아뇨. 계속 병원 신세였습니다. 그래서 불행히도 구경할 시간이 별로 없었죠."

"그렇군요. 혹시 가톨릭 병원이었소?"

"네. 루―."

"맞아요." 헬레나가 끼어들었다. "가톨릭 병원이에요."

"흠."

왜 얼른 가지 않는 걸까? 헬레나는 생각했다.

차장은 다시 헛기침을 했다.

"왜 그러시죠?" 마침내 우리아가 물었다.

"내가 상관할 바는 아니지만, 휴가 증명서를 빠뜨리지 않았길 바라오."

증명서? 헬레나는 아버지와 두 번이나 파리에 다녀왔다. 그래서 여권 외에 다른 것이 필요하리라고는 전혀 생각하지 못했다.

"아가씨는 아무 문제없어요. 하지만 여기 제복 입은 친구는 주둔지와 목적지가 적힌 서류를 반드시 지참해야 합니다."

"당연하죠." 헬레나가 버럭 소리 질렀다. "어떻게 그런 서류도 없이 여행을 가겠어요?"

"네, 네, 물론 그렇겠죠." 차장이 황급히 대답했다. "그저 혹시 잊었을까 봐 하는 말입니다. 며칠 전에‥‥‥." 차장의 시선이 우리아에게로 향했다. "‥‥‥목적지가 적힌 통지서도 없이 기차에 탔던 젊은이가 체포됐거든요. 탈영병으로 간주되어 플랫폼에서 총살됐죠."

"설마요."

"유감스럽게도 사실입니다. 겁주고 싶지는 않지만, 지금은 전시니까요. 잘츠부르크를 지나면 곧장 국경인데, 당신들은 서류가 있으니 아무 문제없을 겁니다."

기차가 휘청거리는 바람에 차장은 객실 문을 붙잡아야 했다. 세 사람은 말없이 서로를 바라보았다.

"거기가 첫 번째 검문소인가요? 잘츠부르크 다음이?" 마침내 우리아가 물었다.

차장이 고개를 끄덕였다.

"고맙습니다." 우리아가 말했다.

차장은 헛기침을 했다. "나도 당신 또래의 아들이 있었소. 드네프르 강 근처에서 전사했죠."

"유감입니다."

"음, 자는데 깨워서 미안하게 됐군요, 아가씨."

그는 경례를 하더니 자리를 떴다.

헬레나는 문이 완전히 닫혔는지 확인한 후, 손에 얼굴을 묻었다.

"어쩌면 이렇게 멍청할 수가!" 그녀가 흐느꼈다.

"울지 말아요." 우리아가 그녀의 어깨를 끌어안으며 말했다. "내 불찰이에요. 어쨌거나 난 자유롭게 돌아다닐 수 있는 처지가 아니니까요."

"지금 병가 중인데 파리에 가고 싶어졌다고 말하면 어때요? 파리도 제3 제국의 일부잖아요."

"그럼 그들이 병원에 전화할 거고, 브록하르트는 내가 무단이탈 했다고 말하겠죠."

헬레나는 그의 무릎에 엎드려 흐느꼈다. 우리아는 그녀의 매끄러운 갈색 머리카락을 쓰다듬었다.

"게다가 이렇게 꿈같은 일이 실현될 리가 없다는 걸 진작 알았어야 했어요." 우리아가 말했다. "내가 어찌 감히 헬레나 간호사와 파리에 가겠어요?"

그의 목소리에는 미소가 감돌았다.

"그럴 리가 없죠. 곧 눈을 뜨면 난 병원 침대에 누워 있을 거예요. 정말 굉장한 꿈을 꿨다고 생각하면서. 그리고 당신이 가져다줄 아침 식사를 기다리겠죠. 어쨌거나 내일은 당신이 야간 근무를 하는 날이에요. 잊지 않았죠? 내일 밤에는 다니엘이 스웨덴 부대에서 배식 스무 끼를 훔쳐온 이야기를 해줄게요."

헬레나는 눈물범벅이 된 얼굴을 들어 올렸다.

"키스해줘요, 우리아."

2000년 2월 22일
텔레마르크 주 실리안

해리는 다시 한 번 손목시계를 확인하고, 조심스럽게 액셀러레이터를 밟았다. 약속은 4시였다. 땅거미가 진 뒤에 도착한다면, 여기까지 온 것이 시간 낭비일 뿐이다. 겨울용 타이어에 아직 남은 스파이크가 얼음 속을 우두둑 파고들었다. 구불구불한 숲속 오솔길의 빙판을 겨우 40킬로미터 달렸을 뿐인데도, 주도로에서 벗어난 후로 몇 시간은 지난 기분이었다. 주유소에서 산 싸구려 선글라스도 별 도움이 되지 않아, 눈에 반사되는 섬광에 눈이 따끔거렸다.

마침내 갓길에 세워진 경찰차 한 대가 나타났다. 시엔으로 시작하는 차량 번호판이 달려 있었다. 해리는 조심스럽게 브레이크를 밟아 차를 세운 다음, 지붕에 있던 스키를 꺼냈다. 트론헤임의 한 스키 회사 제품이었는데 15년 전에 망한 회사였다. 그가 마지막으로 스키에 왁싱을 한 것도 그 무렵인 모양이다. 그때 발랐던 왁스가 단단한 회색 덩어리가 되어 스키 밑에 들러붙어 있었기 때문이다. 들은 대로, 도로에서 산장으로 올라가는 스키 자국이 있었다. 스키는 접착제를 붙인 듯이 자국만 따라갔다. 설사 옆으로 가고 싶었다 해도 갈 수 없었을 것이다. 목적지에 도착했을 때는 전나무 숲 위로 해가 나지막이 걸려 있었다. 검은 통나무로 만든 산장 계단에 파카를 입은 두 남자와 소년 하나가 앉아 있었다. 십대 아이들과 담쌓고 지내는 해리로서는 그저 열두 살에서 열여섯 살 사이의 소년이라고 추정할 수밖에 없었다.

"오베 베르텔센 씨?" 해리가 스키 스틱에 몸을 기대며 물었다. 숨이 찼다.

"접니다." 두 남자 중 하나가 일어나 악수를 청했다. "이쪽은 폴달 경관입니다."

두 번째 남자가 천천히 고개를 까닥였다.

탄피를 발견한 것은 저 소년인 모양이라고 해리는 생각했다.

"모처럼 오슬로의 탁한 공기에서 벗어나니 기분이 좋으시죠?" 베르텔센이 물었다.

해리는 담배를 꺼냈다.

"시엔의 공기에서도 벗어났다면 더 기분이 좋았겠죠."

폴달이 모자를 벗고, 등을 곧추세웠다.

베르텔센은 미소를 지었다. "소문과 달리 시엔의 공기는 노르웨이의 어떤 도시보다 깨끗하답니다."

해리는 성냥 주위로 손을 둥글게 오므려 담배에 불을 붙였다.

"그런가요? 명심해야겠네요. 탄피는 어디서 발견하셨습니까?"

"저쪽에서요."

해리를 제외한 세 사람은 다시 스키를 신었고, 폴달을 선두로 숲의 공터를 향해 느릿느릿 나아갔다. 폴달이 스틱으로 검은 바위를 가리켰다. 바위는 눈 위로 20센티미터가량 튀어나와 있었다.

"이 아이가 저 바위 옆에서 탄피를 발견했죠. 아마 사냥꾼이 연습한 모양입니다. 근처의 스키 자국이 보이죠? 일주일 넘게 눈이 내리지 않았기 때문에 저 자국은 모두 총을 쏜 사람의 것입니다. 넓적한 텔레마크 스키를 신은 모양입니다."

"아니면 구식 나무 스키이거나요." 해리가 말했다.

"네?"

해리는 조그만 나뭇조각을 들어 올렸다.

"젠장." 폴달은 베르텔센을 힐끗 바라보았다.

해리는 소년에게로 몸을 돌렸다. 소년은 사방에 주머니가 달린 배기 스타일의 사냥 바지에 머리를 완전히 덮은 털모자를 쓰고 있었다.

"탄피가 바위 어느 쪽에 있었지?"

소년이 손으로 가리켰다. 해리는 스키를 벗고 바위 주위로 걸어가 눈 위에 누웠다. 일몰 직전의 맑은 겨울날이라서 하늘은 연푸른색이었다. 해리는 옆으로 몸을 굴려 바위 너머를 바라보았다. 공터를 한 바퀴 훑어 그들이 들어온 입구를 바라보았다. 그곳에 네 개의 그루터기가 있었다.

"총알이나 탄흔은 발견했습니까?"

폴달이 뒷덜미를 긁적였다. "그러니까 이곳의 반경 500미터 내에 있는 나무를 모두 조사했느냐는 뜻입니까?"

베르텔센이 장갑 낀 손으로 폴달의 입을 막았다. 해리는 담뱃재를 털고, 붉게 타오르는 담배 끝을 바라보았다.

"아뇨. 내 말은 저쪽의 그루터기 네 개를 조사했느냐는 뜻입니다."

"저 그루터기를 조사해야 하는 특별한 이유라도 있나요?" 폴달이 물었다.

"왜냐하면 매르클린은 세상에서 가장 무거운 라이플이니까요. 15킬로그램에 달하는 총을 서서 쏘지는 않았을 겁니다. 따라서 그자가 이 바위에 총을 올려놓고 쏘았을 거라고 보는 게 자연스럽죠. 탄피가 바위 오른쪽에서 발견되었다는 것은 우리가 들어온 쪽을 향해 쐈다는 뜻이고요. 그러니 저 네 개의 그루터기 중 하나에 무언가를 올려두고 쏘았을 거라는 결론이 나오죠. 안 그렇습니까?"

베르텔센과 폴달은 서로를 바라보았다.

"음, 가서 확인해봐야겠군요."

"이게 엄청나게 큰 나무 좀이 아니라면……." 3분 뒤, 베르텔센이 말했다. "……엄청나게 큰 총알구멍이겠군요."

베르텔센은 눈 위에 무릎 꿇은 채 그루터기에 뚫린 구멍에 손가락을 집어넣었다. "젠장, 총알이 깊이도 들어갔구만. 총알이 잡히질 않는데요?"

"구멍 안쪽을 들여다보세요." 해리가 말했다.

"왜요?"

"총알이 나무를 관통했는지 보라는 겁니다." 해리가 대답했다.

"이렇게 우람한 나무를 관통한다고요?"

"빛이 보이는지 들여다보세요."

해리의 뒤에서 폴달이 콧방귀를 뀌는 소리가 들렸다. 베르텔센은 구멍에 눈을 가져다댔다.

"하느님 맙소사……."

"뭐가 보여요?" 폴달이 외쳤다.

"염병할 실리안 강의 절반이 보이는군."

해리가 폴달을 향해 몸을 돌리자, 그는 해리에게 등을 돌린 채 침을 뱉었다.

베르텔센이 눈밭에서 일어났다. "이 망할 총에 맞는다면 방탄조끼도 아무 소용없겠군요. 그렇죠?" 그가 신음했다.

"무용지물이죠." 해리가 말했다. "장갑판이나 되면 모를까." 해리는 그루터기에 담배를 비벼 끄며 자신의 말을 정정했다. "그것도 아주 두꺼운 장갑판."

그는 스키를 다시 신고는 일어서서 스키 플레이트를 앞뒤로 움직였다.

"주변 산장에 묵는 사람들과 이야기를 나눠봐야겠습니다." 베르텔센이 말했다. "뭔가를 보거나 들었을지도 모르니까요. 아니면 이 지옥에서 온 라이플을 소유하고 있다고 자백할 수도 있고요."

"작년에 불법총기 자진신고 이후로······." 폴달은 운을 떼었지만 베르텔센이 노려보자 입을 다물었다.

"또 도와드릴 일이 있습니까?" 베르텔센이 해리에게 물었다.

"글쎄요." 해리는 오솔길 쪽을 바라보며 얼굴을 찡그렸다. "차에 시동이 걸리도록 뒤에서 밀어달라는 부탁은······ 드리면 안 되겠죠?"

1944년 6월 23일

빈, 루돌프 2세 병원

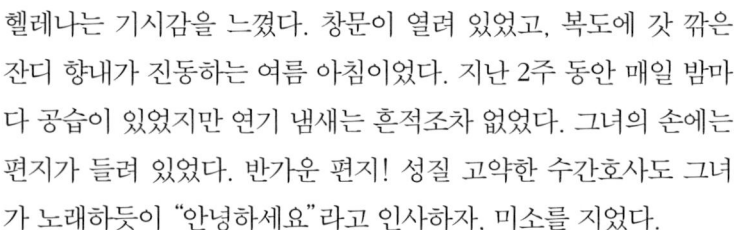

헬레나는 기시감을 느꼈다. 창문이 열려 있었고, 복도에 갓 깎은 잔디 향내가 진동하는 여름 아침이었다. 지난 2주 동안 매일 밤마다 공습이 있었지만 연기 냄새는 흔적조차 없었다. 그녀의 손에는 편지가 들려 있었다. 반가운 편지! 성질 고약한 수간호사도 그녀가 노래하듯이 "안녕하세요"라고 인사하자, 미소를 지었다.

헬레나가 갑자기 사무실로 들이닥치자, 닥터 브록하르트는 놀란 표정으로 읽고 있던 신문에서 고개를 들었다.

"음?" 그가 말했다.

그가 안경을 벗고 딱딱한 시선으로 그녀를 바라보았다. 혀로 안경다리를 빼는 그의 젖은 혀가 얼핏 보였다. 헬레나는 자리에 앉았다.

"크리스토퍼." 그녀가 말문을 열었다. 어른이 된 후로 헬레나는 그의 이름을 부른 적이 없었다. "할 말이 있어요."

"좋아. 나도 기다리던 바야."

그녀는 그가 기다리는 것이 무엇인지 알고 있었다. 그가 우리아의 진단서를 두 번이나 연장해주었는데도, 왜 아직까지 병원 본관에 있는 그의 방으로 오지 않는지에 대한 해명이었다. 헬레나는 공습 평계를 대며 무서워서 밤에 나갈 엄두가 나지 않는다고 했다. 그러자 브록하르트는 헬레나가 엄마와 함께 머물고 있는 여름 별장으로 자신이 직접 가겠다고 했다. 물론 그녀는 단호히 거절했다.

"전부 다 말할게요." 그녀가 말했다.

"전부 다?" 브록하르트가 살짝 미소 지으며 말했다.

'물론 몇 가지는 제외하고요.' 그녀는 마음속으로 생각했다.

"우리아가 사라진 날 아침에—."

"그자의 이름은 우리아가 아니야, 헬레나."

"그가 사라진 날 아침에 당신이 경보를 울렸죠. 기억나요?"

"물론이지."

브록하르트는 안경을 내려놓았다. 책상 위에 놓인 종이와 나란히. "그자가 실종되었다고 군에 보고할 생각이었어. 그런데 갑자기 그자가 나타나서 밤새 숲속을 헤매고 다녔다는 이야기를 늘어놓았지."

"그는 숲에 있었던 게 아니에요. 잘츠부르크에서 출발한 야간열차에 타고 있었어요."

"그래?" 브록하르트는 표정의 변화 없이 의자에 등을 기댔다. 그는 감정을 드러내는 것을 좋아하지 않았다.

"자정에 빈에서 출발하는 야간열차를 탔다가 잘츠부르크에서 내렸어요. 한 시간 반 동안 기다린 후에 다시 야간열차를 타고 빈으로 돌아왔죠. 그날 아침 9시에 중앙역에 도착했어요."

"흠." 브록하르트는 손가락 끝으로 들고 있는 펜에 초점을 맞췄다. "그렇게 어리석은 여행을 한 이유가 뭐라고 하던가?"

"음." 자신이 미소 짓는 것도 모른 채 헬레나가 말했다. "그날 아침에 나도 지각한 거 기억나요?"

"그래."

"나도 잘츠부르크에서 돌아오는 길이었어요."

"그랬어?"

"그랬어요."

"나한테 설명해야 할 것 같군, 헬레나."

그녀는 브록하르트의 손끝을 바라보며 자초지종을 설명했다. 펜촉 밑으로 핏방울이 맺혀 있었다.

"그랬군." 그녀의 설명이 끝나자, 브록하르트가 말했다. "파리에 갈 생각이었어? 거기에 얼마나 숨어 있을 생각이었지?"

"그렇게 자세한 것까지는 생각하지 않았어요. 우리아는 우리가 미국에 가야 한대요. 뉴욕에."

브록하르트의 입에서 헛웃음이 나왔다. "넌 분별 있는 아가씨야, 헬레나. 그 매국노가 미국에 대한 근사한 거짓말로 네 눈을 멀게 한 모양이군. 그런데 이거 알아?"

"뭘요?"

"내가 널 용서한다는 것."

헬레나가 그를 빤히 바라보자, 브록하르트가 말을 이었다. "그래, 난 널 용서해. 넌 벌을 받아 마땅한지도 몰라. 하지만 젊은 여자의 마음이 얼마나 불안정한지 난 알아."

"내가 원하는 건 용서가 아니라—."

"어머니는 좀 어떠셔? 아버님 없이 혼자 지내려니 힘드실 거야. 아버님이 3년 형을 받으셨던가?"

"4년이에요. 내 말 좀 들어줄래요, 크리스토퍼?"

"제발 부탁인데 나중에 후회할 말이나 행동은 하지 마, 헬레나.

네가 무슨 말을 하든 달라질 건 없어. 우리 계약은 그대로야."

"아니요!" 헬레나가 벌떡 일어서는 바람에 의자가 뒤로 넘어갔다. 그녀는 손에 꼭 쥐고 있던 편지를 책상에 내려쳤다.

"당신 눈으로 직접 봐요! 더는 날 당신 마음대로 할 수 없어요. 우리 아도."

브록하르트는 편지를 힐끗 보았다. 그에게 아무런 의미도 없는 갈색 편지 봉투였다. 그는 안경을 쓰고, 편지를 꺼내어 읽기 시작했다.

바펜SS

6월 22일 베를린.

우리는 노르웨이 경찰국장인 요나스 리로부터 차후 복무를 위해 당신을 즉각 오슬로 경찰에게 인도해달라는 요청을 받았습니다. 당신은 노르웨이 시민이므로, 우리가 그 요청에 따르지 않을 이유가 없습니다. 이로써 독일 국방군에 귀대하라는 당신의 이전 통지서는 철회됩니다. 만남의 장소와 시간에 관한 세부 사항은 노르웨이 경찰이 통보할 것입니다.

바펜SS 최고 사령관
하인리히 힘러

브록하르트는 서명을 두 번이나 보았다. 하인리히 힘러의 친필 서명이라니! 그는 편지를 불빛에 비춰보았다.

"원한다면 확인해봐요. 하지만 분명히 말하는데, 그 서명은 진짜예요." 헬레나가 말했다.

열린 창문으로 정원의 새소리가 들렸다. 브록하르트는 헛기침을 두 번 하고는 입을 열었다.

"그러니까 네가 노르웨이의 경찰국장에게 편지를 보낸 거야?"

"우리아가 썼어요. 난 그냥 부치기만 했고."

"부쳤다고?"

"네. 아니, 사실은 전보로 보냈어요."

"내용 전부를? 그렇다면 비용이 상당히―."

"긴급한 일이니까요."

"하인리히 힘러……." 헬레나에게 말한다기보다 혼잣말에 가까웠다.

"미안해요, 크리스토퍼."

이번에도 브록하르트는 헛웃음을 터뜨렸다. "미안해? 이게 네가 원하던 바 아니었어, 헬레나?"

그녀는 억지로 다정한 미소를 지었다.

"당신에게 부탁이 있어요, 크리스토퍼."

"부탁?"

"우리아가 자기와 함께 노르웨이에 가자고 했어요. 여행 허가서를 신청하려면 병원의 추천장이 필요해요."

"그래서 이제 내가 당신 발목을 잡을까 두려운 거야?"

"당신 아버지가 병원 이사회에 계시잖아요."

"그래. 마음만 먹으면 널 곤란하게 할 수도 있지." 브록하르트가 턱을 문질렀다. 그의 강렬한 시선은 헬레나의 이마에 고정되어 있었다.

"당신은 절대 우리를 막을 수 없어요, 크리스토퍼. 우리아와 나는 서로 사랑해요. 알겠어요?"

"내가 왜 군인의 창녀 따위가 하는 부탁을 들어줘야 하지?"

헬레나의 입이 딱 벌어졌다. 비록 상대가 자신이 경멸하는 사람이고, 분명 화가 나서 하는 말임을 알고 있었는데도 마치 따귀를 맞은 기분이었다. 하지만 그녀가 뭐라고 대답하기도 전에 브록하르트는 얼굴을 찡그렸다. 따귀를 맞은 사람이 자신인 것처럼.

"용서해줘, 헬레나. 난…… 젠장!" 그는 갑자기 그녀에게 등을 돌렸다. 헬레나는 나가고 싶었지만, 마땅한 핑계를 찾을 수가 없었다. 그가 긴장한 목소리로 덧붙였다. "상처를 줄 생각은 아니었어, 헬레나."

"크리스토퍼……."

"넌 모를 거야. 내가 거만해서 그런 말을 한 게 아니야. 좀 더 나이를 먹으면 너도 내 마음을 알게 될 거야. 내 말이 좀 지나쳤을지 몰라도, 이것만은 기억해줘. 난 언제나 네가 잘되기를 진심으로 바란다는 걸."

헬레나는 브록하르트의 등을 바라보았다. 좁고 축 처진 그의 어깨에 걸쳐진 흰 가운이 너무 커 보였다. 그녀의 기억 속에 있던 어린 크리스토퍼가 떠올랐다. 섬세한 검정색 곱슬머리의 어린 크리스토퍼는 겨우 열두 살이었는데도 제대로 된 양복을 갖춰 입고 있었다. 한때 그녀도 그를 짝사랑하지 않았던가?

브록하르트는 떨리는 한숨을 길게 내쉬었다. 헬레나는 그에게 한 발짝 다가갔다가 마음을 바꾸었다. 왜 내가 이 남자에게 연민을 느껴야 하지? 헬레나는 그 이유를 알고 있었다. 그녀의 마음이 행복으로 흘러넘쳤기 때문이다. 그것도 별다른 노력 없이 얻은 행복으로. 하지만 행복을 얻기 위해 매일 죽도록 노력하는 크리스토퍼 브록하르트는 언제나 외로움에 떨게 될 것이다.

"이제 그만 가볼게요, 크리스토퍼."
"그래, 가야겠지. 넌 네 할 일을 해, 헬레나."
그녀는 뒤돌아 문으로 향했다.
"난 내 할 일을 할 테니까." 브록하르트가 말했다.

2000년 2월 24일

경찰청사

라이트는 욕을 중얼거렸다. 사진의 초점을 맞추기 위해 오버헤드 프로젝터의 온갖 장치를 만지작거렸지만 아무 소용없었다.

누군가의 기침 소리가 들렸다.

"사진 자체가 흐린 것 같군, 중위. 프로젝터의 문제가 아니라."

"뭐 어쨌거나, 이자가 안드레아스 호흐너입니다." 라이트는 그렇게 말하며, 다른 참석자들을 보기 위해 손으로 눈가에 그늘을 만들었다. 이 방에는 창문이 없었기 때문에 지금처럼 불을 끄면 칠흑처럼 캄캄했다. 라이트가 들은 바에 의하면, 이 방은 도청도 불가능하다고 했다. 그게 무슨 뜻인지는 몰라도.

군사정보국 중위인 그를 제외하면 실내에는 세 사람뿐이었다. 군사정보국의 보르 오베센 소령, 국가정보국의 신참 직원인 해리 홀레, 국가정보국의 쿠르트 마이리크 국장. 그에게 요하네스버그의 무기거래상 이름을 팩스로 보낸 것도 바로 홀레였다. 그 후로 홀레는 정보를 내놓으라며 매일 그를 들볶았다. 국가정보국은 군사정보국을 무슨 자기네 부속기관쯤으로 여기는 게 분명했다. 하지만 그건 규정을 모르고 하는 말이다. 규정집에는 분명히 군사정보국이 국가정보국과 동반자 관계에 있는, 대등한 지위의 기관이라고 적혀 있다. 라이트는 그 사실을 똑똑히 알고 있었다. 그랬던 터라 그 신참에게 급하지 않은 사건은 뒤로 미뤄야 한다고 설명했다. 그랬더니 30분 만에 마이리크 국장에게서 전화가 걸려와, 이 사건이 제일 급하다고 했다. 그럼 처음부터 그렇게 말할 것이지.

스크린에 비친 흐릿한 흑백 영상은 레스토랑을 나서는 한 남자의 사진이었다. 차창을 내리지 않은 채 차 안에서 찍은 듯했다. 얼굴은 넓적하고 이마가 튀어나왔으며, 갈색 눈동자에 크고 펑퍼짐한 코, 그 아래로 숱이 많은 검은색 콧수염이 축 늘어져 있었다.

"안드레아스 호흐너, 1954년 짐바브웨의 독일인 부부에게서 출생." 라이트는 가져온 서류를 읽기 시작했다. "콩고와 남아프리카에서 용병으로 활동. 1980년대 중반 이후로 무기 밀매 사업에 관여. 열아홉 살에 킨샤사의 흑인 소년을 살해한 혐의로 다른 일곱 명의 용의자와 기소되었으나, 증거 부족으로 무죄 판결. 두 번의 결혼과 두 번의 이혼. 요하네스버그에 있는 그의 고용주는 시리아에 방공미사일을 밀반입하고, 이라크로부터 화학 무기를 구매한 혐의를 받고 있음. 보스니아 내전 당시 라도반 카라지치에게 특수 라이플을 제공하고, 사라예보 포위 시 저격수들을 훈련시킨 것으로 추정됨. 그러나 후자는 아직 확인된 바 없음."

"시시콜콜한 사항은 건너뛰게." 마이리크가 손목시계를 보며 말했다. 이 시계는 늘 몇 분 느렸지만, 뒷면에 군 고위 지휘부의 멋진 글귀가 새겨져 있었다.

"알겠습니다." 라이트는 서류를 뒤적였다. "네, 여기 있군요. 12월에 요하네스버그에서 무기거래상 급습 작전이 있었는데, 그때 체포된 네 명 중 하나가 안드레아스 호흐너입니다. 그날의 급습에서 암호로 된 무기 주문 목록이 발견되었고, 그중에 매르클린 라이플도 있었습니다. 도착지는 오슬로, 날짜는 12월 21일. 이게 전부입니다."

정적이 흐르며, 프로젝터가 윙윙 돌아가는 소리만 들렸다. 어둠 속에서 누군가의 기침 소리가 들렸다. 보르 오베센인 듯했다. 라이트는 눈 위로 손을 가져갔다.

"호흐너가 이번 사건의 핵심 인물인 게 확실한가?" 오베센이 물었다.

어둠 속에서 해리 홀레의 목소리가 들렸다.

"요하네스버그, 힐브로우 경찰서의 아이제이아 번 경감과 통화했습니다. 무기 밀매상 체포 후에 관련자들의 아파트를 뒤졌는데, 호흐너의 집에서 재미있는 여권을 발견했다더군요. 사진은 호흐너의 사진이었지만, 이름은 완전히 달랐다고 합니다."

"무기 밀매상의 여권에 가짜 이름이 적힌 것쯤이야…… 딱히 놀라울 게 없지." 오베센이 말했다.

"제가 말씀드리려던 것은 이름이 아니라 소인이었습니다. 노르웨이 오슬로의 소인이 찍혀 있었다더군요. 12월 10일에."

"그러니까 그자가 오슬로에 다녀간 거로군." 마이리크가 말했다. "그자의 고객 목록에 노르웨이인이 있었고, 시엔에서 매르클린 라이플의 탄피가 발견됐어. 따라서 안드레아스 호흐너가 노르웨이에 왔었고, 계약이 성사되었다고 볼 수 있겠군. 하지만 그 노르웨이인이 대체 누군가?"

"불행히도 그 목록에는 고객의 이름과 주소가 적혀 있지 않았습니다. 오슬로의 고객은 그저 '우리아'라고만 되어 있었죠. 아마 암호명일 겁니다. 그리고 요하네스버그의 번 경감 말에 따르면,

호흐너는 좀처럼 입을 열지 않는답니다."

"요하네스버그 경찰은 효과적인 고문법을 쓰는 줄 알았는데." 오베센이 말했다.

"그럴 겁니다. 하지만 호흐너는 입을 여느니 차라리 고문받는 게 더 낫다고 생각할 겁니다. 고객 목록이 워낙 길어서……." 해리가 말했다.

"남아프리카에서는 전기 고문을 한다더군요." 라이트가 말했다. "발바닥과 젖꼭지, 그리고…… 거기하고요. 피눈물 나게 아플 겁니다. 누가 불 좀 켜주시겠습니까?"

"사담 후세인에게서 화학 무기를 구매하는 것에 비한다면, 라이플을 들고 오슬로에 출장 오는 것 정도는 아무것도 아니죠." 해리가 말했다. "애석하게도 남아프리카에서는 더 중요한 사건을 위해 전기를 아끼는 모양입니다. 그건 그렇다 쳐도, 호흐너가 과연 우리아의 정체를 아는지는 의문입니다. 우리아에 대한 정보가 전혀 없는 상황에서 이런 의문을 가질 수밖에 없죠. 그의 계획은 무엇인가? 암살? 테러?"

"도둑질일 수도 있지." 마이리크가 말했다.

"매르클린 라이플로? 그건 대포로 참새를 잡는 격이네." 오베센이 말했다.

"그럼 역시 암살일까요?" 라이트가 물었다.

"글쎄요." 해리가 말했다. "스웨덴에서 가장 엄중한 보호를 받던 올라프 팔메 총리를 죽이는 데도 권총 한 자루면 충분했습니다. 그러고도 범인은 아직 잡히지 않았죠. 그런데 뭣하러 굳이 500만 크로네가 넘는 돈을 써가면서까지 오슬로에서 누군가를 쏴 죽이려 할까요?"

"하고 싶은 말이 뭔가, 해리?"

"어쩌면 표적은 노르웨이인이 아니라 외부인일지도 모릅니다. 테러리스트들의 끊임없는 표적이지만, 고국에서 너무 엄중한 보호를 받기 때문에 도저히 죽일 수가 없는 인물. 작고 평화로운 나라인 노르웨이에서라면 더 쉽게 죽일 수 있을 거라고 생각한 거죠. 여기서는 경호도 덜 심할 테고요."

"하지만 그게 대체 누군가? 거기에 해당되는 인물은 이 나라에는 없네." 오베센이 말했다.

"게다가 방문 예정인 사람도 없고." 마이리크도 덧붙였다.

"먼 훗날의 일인지도 모르죠." 해리가 말했다.

"하지만 총은 두 달 전에 도착했네. 외국인 테러리스트가 임무를 수행하기 위해 두 달 전부터 노르웨이에 와서 기다린다는 건 말이 안 돼." 오베센이 말했다.

"어쩌면 암살범은 외국인이 아니라 노르웨이인일 수도 있죠."

"노르웨이에는 그런 암살을 저지를 만한 인물이 없습니다." 라이트가 전등 스위치를 찾아 벽을 더듬으며 말했다.

"바로 그겁니다. 그게 요점이죠."

"요점?"

"유명한 외국인 테러리스트가 자기 나라의 누군가를 죽이고 싶어 한다고 가정해보죠. 그런데 그 인물이 노르웨이를 방문할 예정입니다. 그렇다면 그 테러리스트는 자기 나라의 비밀 경호국에게 일거수일투족을 감시당하겠죠. 그러니 자신이 직접 위험을 무릅쓰는 대신, 자신과 생각이 비슷한 노르웨이의 단체에 연락할 겁니다. 그들이 아마추어라는 건 오히려 잘된 일입니다. 경찰의 이목을 전혀 끌지 않을 테니까요."

"탄피를 남긴 것도 아마추어이기 때문이라고 했지, 그래." 마이리크가 말했다.

"테러리스트와 아마추어 암살범은 합의를 봤을 겁니다. 테러리스트가 값비싼 총을 구입해주고, 그 이후에는 일절 연락하지 않는 것으로. 나중에 조사해도 그 테러리스트와 연결될 일은 없죠. 그렇게 하면 돈을 좀 쓰는 것 외의 다른 위험 없이, 암살 작전에 시동을 걸 수 있습니다."

"하지만 만약 그 아마추어가 암살에 성공하지 못하면? 혹은 총을 팔아서 돈만 가지고 튀어버린다면?" 오베센이 물었다.

"물론 약간의 위험 부담은 있습니다. 하지만 아마도 테러리스트는 그 아마추어 암살범에게 강력한 동기가 있다고 생각할 겁니다. 목숨을 걸고서라도 암살을 실행할 만한 개인적 동기요."

"재미있는 가정이로군. 그걸 어떻게 증명할 건가?" 오베센이 물었다.

"증명할 수 없습니다. 전 그저 우리가 전혀 모르는 남자에 대해 이야기하는 겁니다. 우리는 그가 무슨 생각을 하는지 모릅니다. 그가 이성적으로 행동한다는 법도 없고요."

"좋아. 그 총이 노르웨이에서 어떻게 사용될지에 관한 다른 이론은 없나?" 마이리크가 말했다.

"숱하게 많죠. 하지만 이게 최악의 시나리오입니다." 해리가 말했다.

"흠." 마이리크는 한숨을 쉬었다. "그렇다면 귀신을 쫓는 격이구만. 이 호흐너라는 자와 이야기를 해보는 게 좋겠어. 내가 전화를 몇 통 걸어서…… 아앗!"

라이트는 전등 스위치를 찾았고, 방 안은 눈부신 하얀 빛으로 가득했다.

1944년 6월 25일
빈, 랑 가문의 여름 별장

헬레나는 침실 거울에 비친 자신을 바라보았다. 자갈이 깔린 진입로를 걸어오는 발소리가 들리도록 창문을 열어두고 싶었지만, 엄마는 등화관제 때문에 절대 문을 열면 안 된다고 했다. 그녀는 화장대 위에 놓인 아버지의 사진을 바라보았다. 볼 때마다 사진 속의 아버지는 참으로 젊고 순수해 보였다.

머리는 평상시처럼 뒤로 모아 핀을 꽂았다. 오늘은 다른 스타일로 해야 할까? 베아트리체가 헬레나의 늘씬한 몸에 맞춰 엄마의 빨간 모슬린 드레스를 수선해놓았다. 엄마가 아빠를 처음 만났을 때 입은 드레스였다. 그때를 생각하면 왠지 낯설고 호기심이 생겼으며, 마음이 아프기도 했다. 아마 엄마의 이야기 속에 등장하는 두 연인이 지금의 부모님과 전혀 다르게 느껴지기 때문일 것이다. 그들은 자신의 선택에 확신이 있었던, 매력적이고 행복한 연인이었다.

헬레나가 머리를 풀어 마구 흔들자, 갈색 머리카락이 그녀의 얼굴을 덮었다. 순간 초인종이 울리고, 현관으로 걸어가는 베아트리체의 발소리가 들렸다. 헬레나는 뒤에 있던 침대 위로 쓰러졌다.

자꾸만 긴장되는 마음을 도무지 주체할 수가 없었다. 어느 여름날 사랑에 빠진 열네 살 소녀가 된 기분이었다. 아래층에서 이야기 소리가 들렸다. 엄마의 날카로운 코맹맹이 소리, 베아트리체가 그의 코트를 받아 걸면서 옷장의 옷걸이가 딸그락거리는 소리. 이런 날씨에 코트라니! 보통 8월에나 볼 수 있는 후텁지근하고 더운 여름날씨인데도 그는 코트를 입고 왔다.

헬레나는 기다리고 또 기다렸다. 그러자 엄마의 목소리가 들렸다.

"헬레나!"

그녀는 침대에서 일어나 머리를 뒤로 모아 핀을 꽂았다. 자신의 양손을 바라보며 마음속으로 생각했다. 난 손이 크지 않아. 난 손이 크지 않아. 그리고 마지막으로 거울을 바라보며(그녀는 매우 아름다웠다!) 떨리는 숨을 가다듬고, 방에서 나갔다.

"헬레―."

헬레나가 계단 꼭대기에 모습을 드러내자, 엄마의 외침이 멎었다. 헬레나는 조심스럽게 한 발 내디뎠다. 평상시에는 신고도 거뜬히 뛰어다녔던 하이힐이 오늘은 갑자기 불안정하게 흔들리는 듯했다.

"네 손님이 왔구나." 엄마가 말했다.

네 손님. 다른 때였다면 헬레나는 엄마의 표현에 화가 났을 것이다. 하찮은 외국인 군인은 우리 집 손님으로 인정할 수 없음을 강조하는 표현이기 때문이다. 하지만 지금은 특별한 경우였고, 헬레나는 엄마가 그 정도로 넘어가준 것이 고마워서 키스라도 하고 싶은 심정이었다. 적어도 엄마는 헬레나가 등장하기 전에 먼저 그를 맞아주었다.

헬레나는 가정부인 베아트리체를 바라보았다. 베아트리체는 웃고 있었지만, 엄마와 마찬가지로 눈가에 쓸쓸함이 감돌았다. 헬레나는 그에게로 시선을 옮겼다. 반짝이는 그의 두 눈에서 느껴지는 열기가 어찌나 뜨거운지 그녀의 볼이 달아오르는 듯했고, 그래서 시선을 내려야 했다. 깨끗이 면도한 그의 구릿빛 목으로, 깃에 SS 표식이 달린 초록색 군복으로. 지난번 기차 안에서는 그렇게 구깃구깃했던 군복이 오늘은 말끔히 다려졌고, 손에는 장미 한 다발이 들려 있었다. 헬레나는 알고 있었다. 베아트리체가 그 꽃을 받아 꽃병에 꽂으려고 했지만, 그가 사양하며 헬레나가 볼 때까지 기다려달라고 부탁했으리라는 것을.

헬레나는 또 한 계단을 내려갔다. 손으로 난간을 살짝 잡으니 내려가기가 한결 수월했다. 그녀는 고개를 들어 세 사람을 죽 훑어보았다. 불현듯 지금이 자신의 생애에서 가장 아름다운 순간일 거라는 생각이 들었다. 저들이 자신의 모습에서 무엇을 볼지 알고 있었기 때문이다.

엄마는 계단을 내려오는 헬레나에게서 자기 자신과 잃어버린 젊음, 그리고 꿈을 보았을 것이다. 베아트리체는 친딸처럼 키운 소녀를 보았을 것이다. 그리고 우리아는 몹시 사랑한 나머지 북유럽인 특유의 수줍음과 정중한 매너로도 도저히 그 애정을 감출 수 없는, 사랑하는 여인을 보았을 것이다.

"진짜 예뻐요." 베아트리체가 소리 내지 않고 입만 벙긋거렸다. 헬레나는 답례로 그녀에게 윙크를 보냈다. 그러고는 마지막 계단을 내려갔다.

"이렇게 캄캄한데도 길을 잃지 않고 잘 찾아왔네요." 그녀는 우리아에게 미소 지었다.

"네." 그가 크고 또렷한 목소리로 말했다. 타일을 붙여서 만든 현관은 천장이 높아서 그 대답은 마치 성당에서처럼 울려 퍼졌다.

베아트리체가 다정한 유령처럼 소리 없이 식당을 들락날락거리는 동안, 엄마는 날카롭고 살짝 카랑카랑한 목소리로 이야기를 했다. 헬레나는 엄마의 목에 걸린 다이아몬드 목걸이에서 눈을 뗄 수가 없었다. 엄마의 보석 중에서 가장 값비싼 것으로, 아주 특별한 경우에만 하는 목걸이였다.

엄마는 오늘만 특별히 식당에서 정원으로 이어지는 문을 열어 두었다. 짙은 구름이 낮게 드리워져 있어서 오늘 밤은 공습 없이 무사히 지나갈 것 같았다. 열린 문 사이로 들어오는 바람에 스테아린 양초의 촛불이 팔락거렸고, 랑의 성을 가진 심각한 남녀의 초상화 위로 그림자가 춤을 추었다. 엄마는 우리아에게 저 사람은 누구이고, 무슨 업적을 이뤘으며, 어떤 집안의 배우자를 맞아들였는지 열심히 설명했다. 그 이야기를 듣는 우리아의 얼굴에 약간 냉소적인 미소가 떠오른 듯했지만, 주위가 어둠침침해서 정확히 알 수는 없었다. 엄마는 전쟁 중이니만큼 절전의 책임감을 느껴 불을 켜지 않았다고 설명했다. 물론 집안의 경제 사정이 나빠졌고, 원래 있었던 네 명의 가정부 중에 베아트리체만 유일하게 남았다는 말은 하지 않았다.

우리아는 포크를 내려놓고 목청을 가다듬었다. 엄마는 상석에 앉아 있었고, 두 사람은 기다란 식탁의 맨 위쪽에 좌우로 앉아 서로 마주 보고 있었다.

"정말 맛있었습니다, 랑 부인."

간소한 식사였다. 손님이 모욕당했다고 느낄 만큼 간소하지는 않았고, 그렇다고 귀빈이라고 느낄 만큼 호화롭지도 않았다.
 "베아트리체 솜씨예요." 헬레나가 열띤 어조로 말했다. "베아트리체가 만든 비너슈니첼은 오스트리아 최고죠. 비너슈니첼 먹어본 적 있어요?"
 "딱 한 번요. 이것과는 비교도 안 되지만."
 "돼지고기였겠죠." 엄마가 말했다. "당신이 먹은 건 아마 돼지고기로 만들었을 거예요. 우리 집에서는 송아지고기만 쓴답니다. 경우에 따라서는 칠면조 고기를 쓰기도 하고요."
 "고기 맛은 아예 나지도 않았습니다." 우리아가 빙그레 웃으며 말했다. "그냥 계란과 빵가루만 있었던 것 같네요."
 헬레나는 부드럽게 웃다가 엄마의 눈총을 받았다.
 식사 도중 한두 번 대화가 끊어졌지만 침묵이 좀 길다 싶으면 우리아가 헬레나나 그녀의 엄마 못지않게 자주 나서서 대화의 실마리를 이어나갔다. 우리아를 저녁 식사에 초대하기 전부터 헬레나는 이미 엄마의 생각은 신경 쓰지 않기로 결심한 터였다. 우리아는 깍듯하게 예의를 갖추기는 해도 어디까지나 농사꾼의 아들이었기 때문에 상류층 가정교육의 부산물인 세련된 성품이나 매너는 없었다. 하지만 그녀의 걱정이 무색하게도, 우리아는 자연스러우면서도 노련하게 처신했다. 그런 우리아의 모습에 헬레나는 놀라지 않을 수 없었다.
 "전쟁이 끝난 후에는 아마도 일할 생각이겠죠?" 마지막으로 남아 있던 감자 조각을 입에 넣으며 엄마가 말했다.
 우리아는 고개를 끄덕이며, 랑 부인이 감자를 다 씹을 때까지 참을성 있게 기다렸다. 그 말 뒤에 필연적으로 이어질 질문을 알고 있었기 때문이다.

"무슨 일을 할지 물어봐도 될까요?"

"우편배달부 일을 할 겁니다. 전쟁이 나기 전에 이미 취직이 약속된 상태였거든요."

"우편물을 배달한다고요? 노르웨이 사람들은 아주 드문드문 떨어져서 살지 않나요?"

"그렇게 멀리 떨어져 살지는 않았습니다. 정착할 수 있는 곳에 모여서 살죠. 피오르를 따라서 살거나 골짜기, 혹은 바람과 날씨로부터 보호받는 곳에서요. 물론 마을과 도시도 있고요."

"어머나, 재미있네요. 모아둔 재산은 있는지 물어봐도 될까요?"

"엄마!" 헬레나가 어이없다는 표정으로 엄마를 바라보았다.

"왜 그러니, 애야?" 엄마는 냅킨으로 입가를 톡톡 두드리며, 베아트리체에게 접시를 치우라고 손짓했다.

"왜 심문하듯이 말씀하세요?" 헬레나의 갈색 눈썹이 이마에서 V자를 그렸다.

"그래." 엄마가 와인잔을 들어 올리며 우리아에게 더없이 행복한 미소를 지었다. "이건 심문이란다."

우리아도 와인잔을 들어 올리며 미소로 답했다.

"이해합니다, 랑 부인. 헬레나는 부인의 하나뿐인 딸이니까요. 충분히 그러실 권리가 있습니다. 딸이 데려온 남자가 어떤 남자인지 알아내는 것은 어머니의 의무라고 해도 과언이 아니죠."

랑 부인은 와인을 마시기 위해 얇은 입술을 쭉 내밀었지만, 와인잔은 허공에서 멈췄다.

"전 부자는 아닙니다. 하지만 성실하고 머리가 좋죠. 저와 헬레나는 물론 그 외에 몇 명 더 먹여 살릴 수 있습니다. 최선을 다해 따님을 돌보겠다고 약속합니다, 랑 부인."

헬레나는 이상하게 흥분되는 동시에 킥킥 웃고 싶은 강렬한 충동을 느꼈다.

"맙소사!" 엄마는 그렇게 외치며 와인잔을 다시 내려놓았다. "너무 진도가 빠르네요, 젊은이. 안 그런가요?"

"네." 우리아가 와인을 벌컥벌컥 들이켜더니 와인잔을 바라보았다. "진짜 좋은 와인이라는 말씀을 또 한 번 드리지 않을 수가 없군요, 랑 부인."

헬레나는 떡갈나무 식탁 아래로 그의 다리를 차려고 했지만, 발이 닿지 않았다.

"하지만 지금은 이상한 시기입니다. 그리고 시간도 별로 없죠." 우리아는 와인잔을 내려놓았으나, 잔에서 시선을 떼지 않았다. 헬레나가 얼핏 보았다고 생각한 그의 미소는 어느새 사라져버렸다.

"이런 밤이면 전우들과 함께 앉아 이야기를 나눴습니다, 랑 부인. 새로운 노르웨이는 어떤 나라가 될지, 그리고 앞으로 우리가 하려는 일들, 또 우리가 이루게 될 크고 작은 모든 꿈들에 대해서요. 하지만 몇 시간 후면 그들은 전쟁터의 송장 신세였죠. 아무런 미래도 없이."

우리아는 시선을 들어, 랑 부인을 똑바로 바라보았다.

"너무 빠르다는 거 압니다. 하지만 그건 제가 원하고, 절 원하는 여자를 만났기 때문이죠. 전쟁이 한창인 지금, 미래의 계획에 대해 제가 어떤 말씀을 드린다 한들 그것은 모두 거짓일 뿐입니다. 제게는 한 시간이 곧 평생입니다, 랑 부인. 어쩌면 부인도 그럴지 모르고요."

헬레나는 엄마를 힐끔 쳐다보았다. 엄마는 충격을 받은 표정이었다.

"오늘 노르웨이 경찰로부터 편지를 받았습니다. 전 신체검사를 받기 위해 오슬로의 신센 학교에 있는 야전병원으로 가야 합니다. 사흘 후면 떠나야 하는데 그때 따님과 함께 가고 싶습니다."

헬레나는 숨을 죽였다. 벽에 걸린 시계 바늘의 묵직한 틱 소리가 식당에 울려 퍼졌다. 엄마의 주름진 피부 밑으로 목 근육이 수축했다가 이완되는 동안에도 다이아몬드 목걸이는 계속 반짝거렸다. 열린 문 사이로 갑자기 돌풍이 불어닥쳐 촛불이 납작하게 누워버렸고, 갈색 가구 사이로 그림자가 펄쩍펄쩍 뛰어다녔다. 오로지 부엌 문간에 드리운 베아트리체의 그림자만 미동이 없었다.

"아펠슈트루델을 내와요." 엄마가 베아트리체에게 손을 흔들며 말했다. "빈의 명물이죠."

"정말 기대되는군요." 우리아가 말했다.

"네, 그래야 할 거예요." 엄마가 억지로 냉소적인 미소를 지었다. "우리 집 정원에서 직접 딴 사과로 만든 거니까."

2000년 2월 28일

요하네스버그

요하네스버그 중심가에 자리한 힐브로우 경찰서는 꼭 요새 같았다. 벽 위에는 가시철조망이 둘러쳐지고, 창문에는 금속철조망이 덧대어 있었다. 길쭉하고 가느다란 모양의 창문은 창문이라기보다 총을 쏘기 위한 틈처럼 보였다.

"지난밤에 흑인 두 명이 살해됐소. 우리 구역에서만." 미로 같은 복도로 해리를 안내하며 아이자야 번 경감이 말했다. 하얀 벽은 칠이 벗겨졌고, 바닥에는 닳고 닳은 리놀륨이 깔려 있었다.

번 경감이 바지춤을 추켜올렸다. 그는 키가 큰 흑인으로 안짱다리에 심한 과체중이었다. 흰 나일론 셔츠의 겨드랑이에는 둥그렇게 물든 땀자국이 있었다.

"안드레아스 호흐너는 원래 우리가 '신 시티Sin City'라고 부르는 외곽 교도소에 수감되어 있소. 오늘 있을 면담들을 위해 특별히 여기로 데려온 거요." 번 경감이 말했다.

"저 말고도 또 다른 면담이 있나요?"

"여기요." 번 경감이 그렇게 말하며 문을 열었다. 방 안에는 두 남자가 가슴 앞으로 팔짱을 낀 채 갈색 유리창을 들여다보고 있었다.

"이중 유리요. 저자는 우릴 못 봐요." 번 경감이 속삭였다.

유리창 앞에 서 있던 두 남자는 번 경감과 해리에게 고개를 끄덕이더니 옆으로 비켜났다.

해리는 유리창 너머의 작고 어둠침침한 방을 들여다보았다. 의자 하나와 작은 테이블뿐이었다. 테이블에는 담배꽁초가 가득한 재떨이와 거치대에 놓인 마이크가 있었다. 의자에 앉은 남자는 검은 눈동자에 숱이 많은 검은색 콧수염을 길렀는데, 콧수염 양 끝이 입꼬리까지 내려와 있었다. 지난번 라이트가 보여주었던 흐릿한 사진 속의 남자였다.

"노르웨이?" 두 남자 중 한 명이 해리를 향해 고갯짓하며 중얼거렸다. 번 경감은 동의의 뜻으로 고개를 끄덕였다.

"좋소." 남자는 해리를 향해 몸을 돌렸지만, 유리창 너머의 남자에게서 시선을 떼지 않았다. "당신 차례요, 노르웨이. 20분이오."

"하지만 팩스에는—."

"팩스 따위는 개나 주시오, 노르웨이. 지금 이놈을 심문하거나 넘겨받고 싶어 하는 나라가 얼마나 많은지 아시오?"

"글쎄요. 모르겠는데요."

"말이라도 붙일 수 있는 걸 다행으로 아시오."

"그런데 저자가 왜 날 만나겠다고 한 겁니까?"

"난들 아나? 직접 물어보시오."

공기가 안 통하는 비좁은 심문실에 들어서자, 해리는 횡격막으로 호흡하려 했다. 벽에는 흘러내린 녹이 빨간 그물 무늬를 이루었고, 시계가 걸려 있었다. 시계 바늘은 10시 30분을 가리켰다. 해리는 자신을 따라오던 경관들을 생각했다. 감시가 삼엄했다. 그의 손이 축축한 이유도 바로 그 때문일 것이다. 의자에 앉은 남자는 등을 구부린 채 눈을 반쯤 감고 있었다.

"안드레아스 호흐너?"

"안드레아스 호흐너?" 해리의 질문에 남자가 똑같이 따라하며 고개를 들었다. 발로 마구 뭉개버리고 싶은 무언가를 발견한 사람의 표정이었다. "아니. 호흐너는 집에서 네 엄마랑 붙어먹고 있어."

해리는 조심스럽게 자리에 앉았다. 갈색 유리 너머로 요란한 웃음소리가 들리는 듯했다.

"난 노르웨이 경찰인 해리 홀레다." 그가 부드럽게 말했다. "날 만나는 데 동의했다고 하던데?"

"노르웨이?" 호흐너는 못 믿겠다는 듯이 말했다. 그러고는 몸을 앞으로 숙여, 해리가 내민 신분증을 바라보더니 약간 멋쩍은 미소를 지었다.

"미안하군, 홀레. 오늘이 노르웨이 차례라는 말을 못 들었거든. 당신을 기다리고 있었어."

"변호사는 어디 있지?" 해리는 서류 가방을 테이블에 올려놓았다. 가방을 열고, 질문지와 메모장을 꺼냈다.

"그런 거 없어. 난 변호사를 믿지 않으니까. 이 마이크 켜져 있나?"

"모르겠군. 그게 중요해?"

"깜둥이들이 엿듣는 건 싫거든. 난 거래를 하고 싶어. 당신하고, 노르웨이하고."

해리는 질문지에서 눈을 들었다. 호흐너의 머리 위에 걸린 벽시계가 재깍거렸다. 벌써 3분이 지났다. 왠지 배정받은 20분도 제대로 채우지 못할 거라는 느낌이 들었다.
"무슨 거래?"
"이 마이크 켜져 있냐고?" 호흐너는 이 사이로 속삭였다.
"무슨 거래?"
호흐너는 눈동자를 굴리더니 테이블 위로 몸을 내밀고, 재빨리 속삭였다. "저들이 내게 덮어씌우려는 죄는 남아프리카에서 사형감이란 말이야. 알아듣겠어?"
"그럭저럭. 계속해봐."
"당신네 정부가 이 깜둥이 정부에 내 집행유예를 요구하겠다고 약속해주면, 오슬로의 그 남자에 대해 말해주지. 당신들을 돕는 대가로 날 도와달란 말이야. 당신네 수상이 지금 여기 와 있잖아, 맞지? 그 여자랑 만델라랑 서로 얼싸안고 돌아다니더군. 지금 아프리카 민족회의가 정권을 잡고 있는데, 놈들은 노르웨이를 좋아해. 노르웨이가 그 정당을 지지하니까. 당신네들은 깜둥이 사회주의자들의 부탁을 받고 우리 백인 정권을 거부했잖아. 그러니 놈들도 당신네 정부의 부탁을 들어줄 거야. 안 그래?"
"차라리 여기 경찰을 도와주고 그 대가로 풀어달라고 하지 그래?"
"이런, 썅!" 호흐너가 주먹으로 테이블을 세게 내리치는 바람에 재떨이가 뒤집어지고, 담배꽁초가 쏟아졌다. "네가 뭘 안다고 그래, 이 짭새야! 저놈들은 내가 깜둥이 애새끼를 죽인 줄 안다고."
호흐너는 양손으로 테이블 가장자리를 붙잡고 부릅뜬 눈으로 해리를 노려보았다. 그러더니 마치 얼굴에 금이 가며 바람 빠진 축구공처럼 쭈그러드는 듯했다. 그는 양손에 얼굴을 묻었다.
"저놈들은 내 목을 매달려고 한단 말이야!"

격한 흐느낌이 들렸다. 해리는 호흐너를 바라보았다. 유리창 너머의 저 두 남자는 대체 이자를 심문한답시고 몇 시간째 못 자게 한 걸까? 해리는 숨을 깊이 들이쉬고, 테이블 위로 몸을 내밀었다. 그러고는 한 손으로 마이크를 잡고, 다른 손으로 줄을 잡아당겨 코드를 뽑았다.

"좋아, 호흐너. 거래해. 우리에겐 10초 남았어. 우리아가 누구지?"

호흐너는 손가락 사이로 해리를 바라보았다.

"뭐?"

"서둘러, 호흐너. 곧 저들이 들이닥칠 거야."

"그는…… 노인네야. 족히 칠십은 넘었을걸? 총을 건네줄 때 딱 한 번 봤어."

"어떻게 생겼지?"

"노인네라고 했잖아."

"묘사해봐!"

"코트를 입고 모자를 썼어. 한밤중에 어둠침침한 컨테이너항에서 만났지. 푸른 눈동자에…… 음, 키는 중간 정도 되고…… 음."

"무슨 얘기했어? 빨리!"

"이런저런 얘기였어. 처음에는 영어로 얘기하다가, 내가 독일어를 하는 걸 알고는 자기도 독일어로 얘기하더군. 우리 부모님이 엘자스 출신이라고 했더니, 자기도 거기 있었다고 했어. 젠하임이라는 곳에."

"그자의 목표가 누구지?"

"그건 모르겠어. 하지만 노인네는 아마추어야. 말이 많았지. 총을 쥤더니, 총을 잡아본 지 50년도 넘었다고 하더군. 자기가 증오하는 게 있는데—."
 문이 벌컥 열렸다.
 "증오하는 게 뭐야?" 해리가 외쳤다.
 그 순간 해리의 멱살이 잡혔고, 귓가에서 쉰 목소리가 들렸다.
 "지금 뭐하는 짓이오?"
 해리는 문으로 질질 끌려 나가는 호흐너를 바라보았다. 호흐너의 눈은 초점을 잃었고, 그의 울대뼈가 올라갔다 내려왔다. 호흐너는 입을 움직여 무언가를 말했지만, 무슨 말인지 들리지 않았다.
 해리의 눈앞에서 문이 쾅 닫혔다.

 번 경감이 공항까지 운전하는 동안, 해리는 목을 쓰다듬으며 침묵을 지켰다. 20분쯤 지났을 때 번 경감이 입을 열었다.
 "우린 이 사건에 6년 동안이나 매달렸소. 놈의 거래 대상은 20개국이나 되고, 그래서 우린 바로 아까와 같은 일이 일어날까 염려했던 거요. 호흐너에게서 정보를 얻는 대가로 외교적 도움을 제의하는 일."
 해리는 어깨를 으쓱였다.
 "그래서요? 당신들은 범인을 잡았고, 그걸로 당신들의 일은 끝난 겁니다. 남은 건 그 노고를 인정받는 것뿐이죠. 호흐너와 다른 나라 정부가 어떤 거래를 하건 당신과는 상관없어요."
 "당신도 경찰이오, 해리. 그러니 범인을 순순히 풀어주는 게 어떤 기분인지 알 거요. 사람을 죽이고도 눈 하나 깜짝하지 않는 놈들, 그래서 거리로 나가자마자 다시 살인을 시작하는 놈들 말이오."
 해리는 대답하지 않았다.

"당신도 아는군, 그렇죠? 좋소. 그러니 당신에게 제안하고 싶은 게 있소. 당신은 호흐너에게서 원하는 정보를 얻은 것 같더군. 그러니 호흐너와의 약속을 지킬 것인지, 아니면 그냥 모른 척할 건지는 당신 손에 달렸소. 내 말 맞죠?"

"난 그저 내가 해야 할 일을 할 뿐입니다, 번 경감님. 그리고 때가 되면 호흐너를 증인으로 소환할 수도 있어요. 죄송합니다."

번 경감이 어찌나 세게 운전대를 내려치는지 해리는 움찔했다.

"당신한테 해줄 이야기가 있소, 해리. 1994년에 선거가 있기 전, 그러니까 백인 소수 정권이 존재하던 시절 호흐너는 열한 살짜리 흑인 소녀 둘을 총으로 쐈소. 두 소녀의 시신은 알렉산드라라는 흑인 거주구의 학교 앞 급수탑에서 발견됐소. 우린 아파르트헤이트 단체의 누군가가 배후에 있다고 생각했소. 그 학교에는 백인 학생 세 명이 있어서 논란이 좀 있었기 때문이오. 호흐너는 싱가포르라는 총알을 사용했는데, 보스니아 내전에 사용되었던 것과 같은 총알이오. 100미터나 날아가서 터지고, 앞에 있는 건 무엇이든 뚫어버린다오. 마치 드릴처럼. 두 소녀 모두 목에 총을 맞았소. 흑인 거주구에서 사고가 생기면 대개 한 시간 반이 넘어야 앰뷸런스가 도착하는데, 그날만큼은 앰뷸런스가 늦게 와도 아무런 문제도 되지 않았소."

해리는 대답하지 않았다.

"하지만 우리가 복수 때문에 이러는 거라고 생각하면 틀렸소, 해리. 복수로는 새로운 사회를 세울 수 없다는 걸 알고 있으니까. 그래서 첫 흑인 정부가 아파르트헤이트 시대의 범죄 진상을 규명하는 위원회를 세운 거요. 복수 때문이 아니오. 자백받고 용서하기 위해서요. 덕분에 많은 상처가 치유됐고, 사회 전반에 큰 도움이 됐소. 하지만 동시에 범죄와의 전쟁에서는 졌소. 특히 모든 게 완전히 통제 불능인 여기 요하네스버그에서는 더욱 그렇지. 우리는 젊고 연약한 나라요, 해리. 조금이라도 앞으로 나아가고 싶다면, 이 나라에서도 법과 질서가 중요하다는 것을 보여줘야 해요. 혼란이 범죄의 구실이 되어서는 안 된다는 것을 보여줘야 한단 말이오. 다들 1994년의 그 사건을 기억하고 있소. 그리고 이제는 신문을 통해 사건의 추이를 지켜보고 있소. 그러니 이 일이 당신이나 내 개인적인 계획보다 중요하다는 거요, 해리."

번 경감은 주먹을 불끈 쥐고, 다시 운전대를 내려쳤다.

"생사의 심판관이 되기 위해서가 아니오. 일반 시민들에게 다시 정의를 믿도록 해주기 위해서요. 그 믿음을 심어주기 위해서는 때때로 사형도 불사해야 하는 법이고."

해리는 담뱃갑에 대고 담배를 톡톡 쳤다. 차창을 조금 내리고, 무미건조한 풍경의 단조로움을 깨뜨리는 노란색 광재더미를 바라보았다.

"그러니 어떻게 생각하시오, 해리?"

"액셀러레이터를 밟지 않으면 전 비행기를 놓칠 겁니다, 경감님."

운전대를 세게 내려치는 번 경감을 보며, 해리는 저러고도 운전대가 멀쩡하다는 사실이 놀라웠다.

1944년 6월 27일

빈의 라인츠 동물원

헬레나는 안드레 브록하르트의 검은색 메르세데스 뒷좌석에 홀로 앉아 있었다. 자동차는 부드럽게 흔들리며 양쪽에 마로니에가 늘어선 길을 따라, 라인츠 동물원으로 향해 가는 길이었다.

그녀는 창밖의 초록색 공터를 바라보았다. 차 뒤로 메마른 자갈길에 흙먼지가 일었다. 창문을 열어놓았는데도 차 안은 찜통처럼 더웠다.

차가 지나가자, 너도밤나무 숲 가장자리에서 풀을 뜯던 한 무리의 말들이 고개를 들었다.

헬레나는 라인츠 동물원을 좋아했다. 전쟁이 터지기 전에는 일요일이면 종종 빈 숲 남쪽의 넓은 삼림 지대에 가곤 했었다. 부모님 그리고 친척들과 함께 피크닉을 가기도 하고, 친구들과 승마를 즐기기도 했다.

오늘 아침 일찍, 수간호사로부터 안드레 브록하르트가 만나고 싶어 한다는 전갈을 받았을 때 헬레나는 마음의 준비를 단단히 했다. 그는 점심시간 전에 차를 보내겠다고 했다. 병원으로부터 추천장과 여행 허가서를 받은 후로 그녀는 구름 위를 떠다니는 기분이었다. 따라서 이번에 닥터 브록하르트의 아버지를 만나게 되면 이사회를 설득해줘서 고맙다는 인사를 하리라 마음먹었다. 하지만 이내 안드레 브록하르트가 고작 감사 인사나 듣자고 그녀를 불렀을 리가 없다는 생각이 들었다.

진정해, 헬레나. 그녀는 마음속으로 생각했다. 그들은 우릴 막을 수 없어. 내일 아침이면 우린 떠날 거니까.

어젯밤 그녀는 옷가지와 아끼는 물건들을 수트케이스 두 개에 꾸려 담았다. 침대 위의 십자가를 마지막으로 수트케이스를 닫았다. 아버지가 사준 오르골은 여전히 화장대에 놓여 있었다. 그 외에도 이렇게 쉽게 두고 갈 줄은 꿈에도 몰랐던 물건들이 많았다. 하지만 이상하게도 그 물건들은 이제 그녀에게 별 의미가 없었다. 베아트리체가 짐 싸는 것을 도와주었다. 두 사람은 추억을 나누며, 아래층에서 서성거리는 엄마의 발소리를 들었다. 어색하고 힘든 이별이 될 것이다. 이제 헬레나는 어서 저녁이 되기만을 손꼽아 기다렸다. 빈 시내를 구경도 못한 채 떠난다는 건 말이 안 된다면서 오늘 저녁은 밖에서 먹자고 우리아가 제안했기 때문이다. 어디서 먹게 될지는 그녀도 몰랐다. 우리아는 그저 비밀이라는 듯이 윙크를 하며, 삼림 감독관의 차를 빌릴 수 있겠느냐고 물었다.

"도착했습니다, 아가씨." 운전사가 길이 끝나는 곳에 있는 분수를 가리키며 말했다. 분수 위의 둥근 동석에 금박을 입힌 큐피드가 한 발로 균형을 잡은 채 서 있었다. 그 뒤로 거대한 회색 석조 저택이 보였다. 저택 양옆으로 기다랗고 낮게 빨간색 목조 건물들이 이어져, 또 다른 단순한 석조 주택 한 채와 함께 안뜰을 이루었다.

운전사가 차에서 내리더니 헬레나를 위해 문을 열어주었다.

저택으로 올라가는 정면 입구 계단에 서 있던 안드레 브록하르트가 그들 쪽으로 걸어왔다. 그의 승마 부츠가 햇빛을 받아 반짝거렸다. 안드레 브록하르트는 50대 중반이었지만, 걸음걸이는 젊은 사람처럼 통통 튀었다. 운동으로 단련된 자신의 상체를 내보이기 위해 빨간 모직 재킷은 단추를 채우지 않았고, 승마바지 역시 근육질의 허벅지에 딱 달라붙어 있었다. 안드레 브록하르트는 아들과 닮은 구석이 전혀 없었다.

"헬레나!" 다정하고 따뜻한 목소리였다. 앞으로의 상황이 다정하고 따뜻해지느냐를 결정할 정도로 막강한 권력을 가진 사람들 특유의 다정함과 따뜻함이었다. 브록하르트 씨를 마지막으로 본 것이 아주 오래전이었지만, 헬레나는 그가 전혀 변하지 않았다고 생각했다. 백발에 꼿꼿한 등, 크고 위풍당당한 코, 그리고 그 코 양쪽으로 그녀를 바라보는 푸른색 눈동자. 하트 모양의 입술은 이 남자에게도 부드러운 면이 있음을 암시했지만, 대부분의 사람들은 아직 그의 그런 면을 본 적이 없었다.

"너와 꼭 할 말이 있어서 기다릴 수가 없었단다." 그가 집을 향해 고갯짓했다. "여기 와봤지?"

"아뇨." 헬레나가 미소 띤 얼굴로 그를 올려다보며 말했다.

"처음이야? 크리스토퍼가 널 여기로 데려왔을 텐데. 너희 둘은 어릴 때 늘 붙어 다녔잖니."

"착각하신 것 같네요, 브록하르트 씨. 크리스토퍼와 전 친하기는 했지만—."

"정말이냐? 그렇다면 내가 구경을 좀 시켜줘야겠구나. 마구간으로 가자."

그는 한 손으로 헬레나의 등 한가운데를 가볍게 밀며 목조 건물들이 모여 있는 곳으로 이끌었다. 그들의 발 아래로 자갈이 오도독 소리를 냈다.

"네 아버지 일은 참 안됐어, 헬레나. 정말 유감이다. 너희 모녀를 위해 내가 할 수 있는 일이 있다면 좋으련만."

예전처럼 작년 크리스마스 파티에 우리를 초대해주셨으면 좋았을 텐데요. 헬레나는 속으로 그렇게 생각했지만, 아무 말도 하지 않았다. 그때 초대를 받았다면 기뻤을 것이다. 파티에 가자고 졸라대는 엄마의 성화에 시달릴 필요가 없었을 테니까.

"야니치!" 브록하르트가 검은 머리 소년을 불렀다. 소년은 햇빛을 받고 서서 안장을 윤내던 중이었다. "가서 베네치아를 데려와라."

소년이 마구간으로 가는 동안, 브록하르트는 우두커니 서서 채찍을 무릎에 가볍게 튕기며 발뒤꿈치에 체중을 실었다. 헬레나는 손목시계를 힐끗 보았다.

"죄송하지만 오래 있지는 못하겠어요, 브록하르트 씨. 제 교대 시간이……."

"물론 그렇겠지. 이해한다. 그럼 바로 본론으로 들어갈까?"

마구간 안쪽에서 격렬한 히힝 소리와 널빤지 위에서 말발굽이 딸그락거리는 소리가 들렸다.

"네 아버지와 나는 동업을 꽤 많이 했단다. 물론 그 슬픈 부도 사건 이전의 일이지만."

"알아요."

"그래. 그렇다면 네 아버지가 빚이 많다는 것도 알겠구나. 일이 그렇게 된 간접적인 원인이기도 하지. 그 유대인 고리대금업자들과의 불행한……." 그는 적합한 단어를 찾아 머리를 굴렸고, 마침내 찾아냈다. "친목 관계는 네 아버지에게 매우 큰 화를 입혔어."

"요제프 베른슈타인 말씀이세요?"

"그 사람들의 이름을 일일이 기억하지는 못한다."

"기억하실 텐데요. 브록하르트 씨의 크리스마스 파티에도 초대받았던 분인걸요?"

"요제프 베른슈타인이라고?" 안드레 브록하르트는 미소를 지었지만, 눈은 웃지 않았다. "기억나지 않는 걸 보니 아주 오래전 일인가 보구나."

"1938년 크리스마스예요. 전쟁이 터지기 전이죠."

브록하르트는 고개를 끄덕이며 짜증스러운 시선으로 마구간을 쏘아보았다.

"기억력이 아주 좋구나, 헬레나. 좋은 일이지. 크리스토퍼에게도 똑똑한 여자가 필요해. 그 애는 가끔씩 멍청하게 굴 때가 있거든. 그것만 제외하고는 아주 좋은 아이란다. 너도 알게 될 거야."

헬레나의 심장 박동이 빨라지기 시작했다. 결국 일이 틀어지는 걸까? 브록하르트 씨는 마치 그녀가 장래의 며느리인 것처럼 말하고 있었다. 헬레나는 두려움보다 분노가 더 컸다. 다시 입을 열었을 때는 상냥한 목소리로 말하려고 했지만, 딱딱한 쇳소리가 나왔다. 분노가 그녀의 목을 조른 탓이었다.

"혹시 뭔가 오해하고 계신 것 아닌가요, 브록하르트 씨?"

브록하르트도 그녀의 음색이 달라진 것을 눈치 챈 것이 분명했다. 어쨌거나 그의 목소리에는 더 이상 그녀를 맞이할 때와 같은 따뜻함이 남아 있지 않았다.

"그렇다면 그 오해를 풀도록 하자꾸나. 이걸 보렴."

그가 빨간 재킷 안주머니에서 종이 한 장을 꺼내어 헬레나에게 건넸다.

보증서. 계약서처럼 보이는 종이 맨 위에는 그렇게 적혀 있었다. 헬레나는 빡빡하게 적힌 내용을 훑어보았다. 대부분이 이해할 수 없는 말들이었다. 그저 빈 숲에 있는 그녀의 집이 언급되어 있고, 맨 아래에 아버지와 안드레 브록하르트의 이름이 각자의 서명과 함께 적혀 있다는 것만 알 수 있었다. 그녀는 살짝 놀란 표정으로 그를 바라보았다.

"보증서 같은데요?"

"그래, 맞다. 보증서야. 네 아버지는 오스트리아 정부가 유대인들의 돈을 빼앗아가고, 따라서 자신의 돈도 빼앗길 거라고 생각했지. 그래서 날 찾아와 독일에서 빌리는 엄청난 융자금의 보증을 서달라고 했어. 불행히도 나는 마음이 약해서 그렇게 해줬다. 네 아버지는 자존심이 강해서, 그 보증을 순수한 자선으로 받아들이려 하지 않았어. 그래서 지금 너와 네 어머니가 살고 있는 여름 별장을 담보로 잡아달라고 우겼지."

"왜 융자금에 대한 담보가 아니라, 보증에 대한 담보로 잡은 거죠?"

브록하르트는 깜짝 놀랐다.

"좋은 질문이로구나. 그 별장만으로는 네 아버지가 필요로 하는 돈의 담보가 되기에 부족하기 때문이지."

"하지만 안드레 브록하르트 씨의 서명이면 충분하고요?"

그는 미소 지으며, 자신의 짧고 굵은 목을 쓰다듬었다. 더위 때문에 그의 목은 번들거리는 땀으로 뒤덮여 있었다.

"내가 가진 재산이 좀 되거든."

심한 겸손이었다. 안드레 브록하르트가 오스트리아에서 가장 큰 두 기업의 주식 상당수를 소유했다는 것은 누구나 아는 사실이었다. 1938년부터 시작된 히틀러의 오스트리아 '점령기'인 안슐루스Anschluss* 이후로 장난감과 기계를 생산하던 그의 회사는 무기 생산을 주축으로 했고, 결과적으로 엄청난 돈을 벌어들였다. 그리고 이제 헬레나는 현재 자신이 사는 집 또한 그의 소유임을 알게 되었다. 뱃속에서 덩어리 하나가 점점 커지는 기분이었다.

"너무 걱정하지 마라, 헬레나." 브록하르트가 말했다. 갑자기 그의 목소리에는 다시 따뜻함이 감돌았다. "너도 알다시피, 네 어머니에게서 그 집을 빼앗을 생각은 없다."

하지만 헬레나의 뱃속에 있던 덩어리는 계속 커졌다. 뒤에 "내 미래의 며느리를 봐서라도 말이야"라는 말이 생략된 것 같았기 때문이다.

"베네치아!" 브록하르트가 외쳤다.

헬레나는 마구간 쪽을 돌아보았다. 마부가 눈부신 백마를 끌고 어두운 마구간에서 걸어 나왔다. 온갖 생각으로 머리가 복잡한 상황이었지만, 순간 헬레나는 아무 생각도 나지 않았다. 지금까지 본 것 중에서 가장 아름다운 말이었다. 마치 눈앞에 초자연적인 생명체가 나타난 듯했다.

"리피차너." 브록하르트가 말했다. "마술馬術에 가장 적합한 종이지. 막시밀리안 2세가 1562년에 스페인에서 수입했단다. 너도 네 엄마와 함께 마을에서 열렸던 고등마술을 봤겠지?"

"네, 물론이죠."

"꼭 발레를 보는 것 같았지?"

---

* 원래는 강제 점령이 아닌 합병을 의미하나 여기서는 반어적으로 '점령'이라 표현했다.

헬레나는 고개를 끄덕였다. 도무지 말에서 눈을 뗄 수가 없었다.

"이 녀석들은 8월 말까지 여기서 휴가를 보낸단다. 불행히도 스페인 승마학교의 기수를 제외하고는 녀석들을 탈 수가 없어. 훈련받지 않은 기수가 탔다가는, 나쁜 습관이 몸에 밸 수 있거든. 수년간 정밀하게 배운 기술들이 물거품이 되는 거지."

말에는 안장이 채워져 있었다. 브록하르트가 고삐를 쥐자, 마부는 자리를 떴다. 말은 꼼짝하지 않고 서 있었다.

"말에게 춤 스텝을 가르치는 것을 잔인하다고 생각하는 사람들도 있지. 동물의 본성에 어긋나는 일을 강요하니 동물 학대라는 거야. 하지만 그건 훈련받는 말을 직접 못 봤기 때문에 하는 소리다. 난 봤어. 그러니 내 말을 믿으렴. 녀석들은 훈련받는 걸 아주 좋아해. 왜 그런지 아니?"

브록하르트는 말의 주둥이를 쓰다듬었다.

"그것이 자연의 섭리이기 때문이지. 신은 열등한 생명체가 우월한 생명체에게 복종하고 봉사할 때 훨씬 행복하도록 정해놓았어. 아이와 어른의 관계만 봐도 그렇잖니. 여자와 남자의 관계도 그렇고. 심지어 소위 민주주의 국가라고 하는 곳에서도 약자는 자신보다 강하고 현명한 엘리트에게 기꺼이 권력을 양도하지. 그게 세상의 이치야. 그리고 우리 모두는 신의 생명체인 까닭에 우월한 자들은 열등한 자들이 복종하도록 만들어야 할 책임이 있단다."

"열등한 자들을 행복하게 해주기 위해서요?"

"바로 그거야, 헬레나. 넌 참 이해가 빠르구나. 그렇게…… 어린 아가씨가 말이야."

헬레나는 '어린'과 '아가씨' 중에서 어떤 말이 더 강조되었는지 알 수 없었다.

"윗사람이건 아랫사람이건 자신의 처지를 아는 건 중요하단다. 거기에 저항하면, 결과적으로는 행복해질 수 없어."

그는 베네치아의 목을 토닥이며 녀석의 커다란 갈색 눈동자를 바라보았다.

"넌 저항하지 않을 거지, 베네치아?"

헬레나는 그 질문이 자신을 겨냥한 것임을 알았다. 그래서 눈을 감고 깊이, 차분히 호흡하려 했다. 지금 자신이 어떤 말을 하느냐 혹은 하지 않느냐가 남은 인생에 중대한 영향을 미칠 것이기 때문이다. 순간의 분노에 휘둘리는 것은 사치였다.

"그렇지?"

갑자기 베네치아가 히힝 울더니 고개를 옆으로 흔들었다. 그 바람에 브록하르트는 발이 미끄러지며 중심을 잃고, 말의 목 밑에 있던 고삐에 매달렸다. 소년이 돕기 위해 쏜살같이 달려왔다. 하지만 소년이 미처 오기 전에 브록하르트는 간신히 다시 두 발로 일어서더니, 소년에게 그냥 가라고 신경질적으로 손짓했다. 그의 얼굴은 붉게 상기된 채 땀범벅이 되었다. 헬레나는 웃음을 참을 수가 없었고, 아마 브록하르트도 그녀가 웃는 것을 보았을 것이다. 어쨌거나 그는 말을 때리려고 채찍을 들어 올렸다가, 마음을 진정시키고 채찍을 내렸다. 그러고는 하트 모양의 입으로 뭐라고 중얼거렸는데, 헬레나는 그 모습에 더욱 웃음이 났다. 그러자 그가 헬레나에게 다가오며 그녀의 등 아래쪽을 밀었다. 살짝, 하지만 고압적으로.

"이제 구경은 충분히 했겠지? 넌 어서 가서 중요한 일을 해야 할 거야, 헬레나. 차가 있는 곳까지 배웅해주마."

운전사가 차를 가져오는 동안, 그들은 집 안으로 들어가는 계단

옆에 서 있었다.

"곧 또 만나기를 바란다, 헬레나. 아마 그렇게 될 테지만." 브록하르트가 그녀의 손을 잡으며 말했다. "그건 그렇고, 아내가 네 어머니께 안부 전해달라고 하더구나. 너희 모녀를 곧 주말에 초대한다고 하던데, 정확히 언제인지는 기억이 안 나는구나. 하지만 곧 연락이 갈 게다."

헬레나는 운전사가 차에서 내려 문을 열어줄 때까지 기다렸다가 입을 열었다. "아까 그 말이 왜 브록하르트 씨를 땅으로 내동댕이쳤는지 아세요?"

그의 눈을 보니, 다시 체온이 상승하고 있음을 알 수 있었다.

"말의 눈을 정면으로 바라보았기 때문이에요, 브록하르트 씨. 말은 시선이 마주치는 것을 도전으로 받아들인답니다. 무리 안에서 자신의 위치 혹은 자기 자신이 존중받지 못한 것처럼요. 따라서 시선을 피할 수 없으면 다른 식으로 행동하죠. 반항도 그중 하나고요. 말에게 존중하는 태도를 보이지 않으면 마술대회에서 이길 수 없어요. 그 말이 아무리 우월한 종이라고 해도요. 사육사라면 누구나 다 아는 사실이랍니다. 아르헨티나의 산에 사는 한 야생마는 사람이 올라타려고 하면, 근처 벼랑으로 뛰어내리죠. 안녕히 계세요, 브록하르트 씨."

그녀는 메르세데스 뒷좌석에 올라탔다. 차문이 부드럽게 닫히자, 몸을 부르르 떨며 숨을 깊이 들이쉬었다. 차가 라인츠 동물원의 길을 내려가는 동안, 그녀는 눈을 감았다. 차 뒤에서 이는 흙먼지에 가려진 안드레 브록하르트의 뻣뻣한 형체가 보이는 듯했다.

1944년 6월 28일

빈

"Guten Abend, meine Herrschaften(어서 오십시오, 손님)."
키가 작고 날씬한 수석 웨이터가 머리 숙여 인사하자, 헬레나는 우리아의 팔을 꼬집었다. 그가 웃음을 참지 못하고 계속 킥킥댔기 때문이다. 병원에서 여기까지 오는 길에 어찌나 요란법석을 떨었던지 그들은 오는 내내 깔깔거렸다. 알고 보니 우리아의 운전 실력은 형편없었고, 그래서 헬레나는 좁은 도로의 맞은편에서 차가 올 때마다 그에게 차를 세우라고 했다. 하지만 우리아는 도리어 경적을 울려댔고, 그로 인해 달려오던 차들이 도로 가장자리로 비키거나 멈춰 섰다. 다행히 전쟁 중이라 빈의 도로에는 차들이 별로 없었다. 그리하여 그들은 7시 30분 전에 도심 한복판인 바이부르그 가에 무사히 도착할 수 있었다.

수석 웨이터는 우리아의 군복을 보더니 미간에 깊은 주름을 만들며 예약자 명단을 확인했다. 헬레나는 웨이터의 어깨 너머를 바라보았다. 코린트 양식의 하얀 기둥이 아치 형태의 노란색 천장을 떠받치고 있었으며, 천장에는 크리스털 샹들리에가 걸려 있었다. 사람들의 웅성거리는 말소리와 웃음소리는 오케스트라가 연주하는 음악에 묻혀 거의 들리지 않았다.

여기가 그 유명한 '추 덴 드라이 후사렌'이로구나. 헬레나는 흐뭇한 마음으로 생각했다. 마치 이 레스토랑 입구의 계단 세 개만 올라서면, 전쟁으로 황폐해진 도시가 사라지고 새로운 세상이 마법처럼 펼쳐지는 듯했다. 폭격이나 다른 시련 따위는 별로 중요하지 않는 세상. 리하르트 슈트라우스와 아놀드 쇤베르그도 분명 여기 단골일 것이다. 이곳은 빈의 부유하고 교양이 넘치며 자유로운 사상가들이 만나는 장소였기 때문이다. 그들의 사상이 어찌나 자유로운지, 헬레나의 아버지는 가족끼리 이곳에 올 생각은 아예 하지 않았다.

수석 웨이터가 헛기침을 했다. 그는 우리아의 계급이 상병이라는 사실에 실망하고, 예약자 명단에 적힌 이상한 외국 이름에 당황하는 듯했다.

"테이블이 준비되어 있습니다. 이쪽으로 오시죠." 그가 경직된 미소를 지으며, 메뉴판 두 개를 집어 들었다. 레스토랑은 사람들로 바글거렸다.

"앉으시죠."

우리아는 체념한 표정으로 헬레나에게 미소를 지었다. 그들이 안내받은 자리는 주방으로 들어가는 회전문 바로 옆 테이블로, 아직 세팅도 되어 있지 않았다.

"곧 담당 웨이터가 올 겁니다." 수석 웨이터는 그렇게 말하고 홀연히 사라졌다.

헬레나는 주위를 둘러보더니 갑자기 키득거렸다.

"저기 봐요. 저기가 원래 우리 자리였어요." 그녀가 말했다.

우리아는 뒤를 돌아보았다. 그녀의 말대로였다. 한 웨이터가 오케스트라 바로 앞 테이블의 세팅을 치우고 있었다.

"미안해요. 예약 전화할 때 내가 직함을 소령이라고 했거든요. 당신의 미모로 내 미천한 계급이 가려질 줄 알았어요."

헬레나는 그의 손을 잡았고, 순간 오케스트라가 경쾌한 헝가리 차르다시를 연주했다.

"우리를 위해 연주하는 게 분명해요." 우리아가 말했다.

"그럴지도 모르죠." 헬레나는 시선을 내렸다. "아니라고 해도 상관없어요. 집시 음악이네요. 집시들이 연주하는 집시 음악은 정말 멋지죠. 오케스트라에 집시가 있어요?"

우리아는 고개를 저었다. 그의 눈길은 그녀를 바라보는 데만 몰두해 있었다. 마치 그녀의 이목구비, 피부의 주름 하나하나, 머리카락 한 올 한 올까지 머릿속에 새겨 넣어야 한다는 듯이.

"집시들이 모두 사라졌어요. 유대인들도. 소문이 사실일까요?" 헬레나가 물었다.

"무슨 소문요?"

"강제 수용소에 대한 소문을 들었어요."

우리아는 어깨를 으쓱였다.

"전쟁 중에는 온갖 소문이 도는 법이죠. 난 히틀러 체제가 안전하기 그지없게 느껴지는데요?"

오케스트라가 연주를 시작하자, 세 명의 가수가 이상한 언어로 노래했고 몇몇 손님들도 따라 불렀다.

"저건 뭐죠?" 우리아가 물었다.

"베르분코시라고 일종의 군가예요. 지난번 당신이 기차 안에서 불러주었던 노르웨이 노래와 같은 거죠. 젊은 헝가리 남자들에게서 라코치 독립 전쟁에 참가하라고 설득하는 내용이에요. 왜 웃어요?"
"당신은 어떻게 그런 것까지 알고 있죠? 지금 저 가사가 무슨 뜻인지도 알아요?"
"약간요. 그만 웃어요." 헬레나는 키득거렸다. "베아트리체가 헝가리인이거든요. 어릴 때 저 노래를 불러주곤 했어요. 잊힌 영웅들과 이상에 관한 이야기죠."
"잊힌 영웅이라." 우리아가 그녀의 손을 꼭 쥐었다. "이 전쟁도 언젠가 그렇게 되겠군요."
소리도 없이 그들 옆에 와 있던 웨이터가 자신의 존재를 알리기 위해 조심스럽게 헛기침했다.
"주문하시겠습니까, 손님?"
"네. 오늘의 추천 메뉴가 뭐죠?" 우리아가 물었다.
"닭고기입니다."
"닭고기라. 맛있겠군요. 당신이 와인 좀 골라주겠어요, 헬레나?"
헬레나가 와인 목록을 훑어보았다.
"왜 가격이 적혀 있지 않죠?" 그녀가 물었다.
"지금은 전시니까요, 손님. 가격이 매일 변하거든요."
"그럼 닭고기는 얼마인데요?"
"50실링입니다."
헬레나는 우리아의 안색이 창백해지는 것을 보았다.
"굴라쉬 수프로 주세요." 헬레나가 말했다. "우린 저녁을 이미 먹었거든요. 여기 헝가리 음식이 아주 맛있다고 들었어요. 당신도 한 번 먹어볼래요, 우리아? 하루에 저녁을 두 끼나 먹는 건 건강에 해로워요."

"난……." 우리아가 말문을 열었다.

"그리고 라이트 와인 한 병 주세요." 헬레나가 말했다.

"굴라쉬 수프 2인분과 라이트 와인이라고요?" 웨이터가 한쪽 눈썹을 치켜세우며 물었다.

"무슨 뜻인지 아실 거예요." 헬레나가 메뉴판을 건네며 환하게 웃었다. "웨이터."

우리아와 헬레나는 서로를 응시하다가, 웨이터가 주방 뒤로 사라지자 킥킥거리기 시작했다.

"당신은 미쳤어요." 우리아가 깔깔거렸다.

"내가요? 50실링도 안 되는 돈을 가지고 추 덴 드라이 후사렌을 예약한 사람은 내가 아니라고요!"

우리아는 손수건을 꺼내 테이블 위로 몸을 내밀었다. "이거 아십니까, 미스 랑?" 웃느라 눈가에 맺힌 그녀의 눈물을 손수건으로 닦아주며 우리아가 말했다. "당신을 사랑해요. 정말로."

순간 공습 사이렌이 울렸다.

훗날 그때를 돌이켜볼 때마다 헬레나는 자신의 기억이 얼마나 정확한지 늘 의문이었다. 그녀의 기억대로 폭탄이 정말로 그렇게 근처에 떨어졌는지, 혹은 그들이 스테판 성당의 중앙 통로를 걸어갈 때 정말로 다들 뒤돌아 그들을 바라보았는지 등등. 두 사람이 함께 보낸 빈의 마지막 밤은 꿈처럼 아스라한 베일에 싸여 있었지만, 그래도 추운 날이면 그녀는 어김없이 그날의 기억을 떠올리며 마음을 녹였다. 그 여름밤의 찰나까지도 곱씹었으며, 언젠가는 그 기억이 웃음을 그다음에는 눈물을 짓게 할 것이다. 그 이유도 모른 채.

공습 사이렌이 울리자, 다른 소리는 모두 사라졌다. 한순간 레스토랑 전체가 얼어붙는 듯하더니 금박 입힌 아치 천장 아래로 욕설이 울렸다.

"Hunde(미쳤군)!"

"Schieβe(젠장)! 겨우 여덟 시인데."

우리아는 고개를 저었다.

"영국군이 미친 게 분명해요. 아직 어두워지지도 않았는데." 그가 말했다.

웨이터들은 즉시 테이블 사이를 바쁘게 오갔고, 수석 웨이터는 손님들에게 퉁명스럽게 외쳐댔다.

"두고 봐요. 이제 곧 이 레스토랑 역시 폐허가 될 거예요. 저들은 그저 손님들이 대피하기 전에 음식 값을 받아내는 데만 관심이 있죠." 헬레나가 말했다.

악단 단원들이 악기를 챙기고 있는 연단 위로 갈색 양복을 입은 한 남자가 뛰어 올라갔다.

"여러분!" 그가 외쳤다. "음식값을 지불하신 손님은 지금 당장 가까운 대피소로 대피해주십시오. 바이부르그 가 20번지, 지하에 있습니다. 조용히 하시고 잘 들으세요! 여기서 나가면 오른쪽으로 돌아서 200미터쯤 걸어가세요. 빨간 완장을 찬 남자들을 찾으세요. 그들이 길을 안내해줄 겁니다. 그리고 진정하세요. 전투기가 여기까지 오려면 시간이 걸립니다."

순간 첫 번째 폭탄이 쾅 하고 떨어지는 소리가 들렸다. 연단 위의 남자는 무언가를 말하려고 했지만, 사람들의 비명과 말소리에 묻혀버렸다. 그러자 할 수 없이 포기한 채 가슴에 성호를 긋더니, 연단에서 뛰어내려 대피소로 향했다.

다들 출구로 달려갔지만, 그곳에는 이미 겁에 질린 사람들이 잔뜩 모여 있었다. 휴대품 보관소에서 한 여자가 소리를 질러댔다. "Mein Regenschirm(내 우산)!" 하지만 휴대품 보관소 담당자는 어디에도 보이지 않았다. 이번에는 좀 더 가까운 곳에서 쾅 소리가 들렸다. 헬레나는 옆의 빈 테이블을 바라보았다. 레스토랑 전체가 요란한 2도 화음으로 진동하자, 옆 테이블의 반쯤 차 있던 와인잔이 서로 부딪히며 딸그락거렸다. 젊은 여자 둘과 바다코끼리를 닮은 명랑한 남자 하나가 출구를 향해 달려갔다. 남자의 셔츠는 위로 말려 올라가 있었고, 입에는 기쁨에 겨운 미소가 걸려 있었다.

불과 몇 분 후 레스토랑은 텅 비어 으스스한 정적이 감돌았다. 들리는 소리라고는 휴대품 보관소에서 흘러나오는 나지막한 흐느낌뿐이었다. 우산을 달라고 소리치던 여자가 보관소 카운터에 머리를 기댄 채 울고 있었다. 하얀 테이블보가 깔린 테이블에는 먹다 남은 음식과 개봉한 와인병이 그대로 남아 있었다. 우리아는 여전히 헬레나의 손을 잡고 있었다. 또 다시 폭탄이 떨어지자 샹들리에가 흔들렸고, 보관소에 있던 여자가 비명을 지르며 밖으로 뛰쳐나갔다.

"마침내 우리 둘만 남았군요." 우리아가 말했다.

발 아래로 바닥이 흔들렸고, 금박 입힌 천장에서 떨어지는 미세한 횟가루가 허공에서 반짝거렸다. 우리아는 일어서서 한 손을 내밀었다.

"방금 가장 좋은 자리가 났네요, 아가씨. 제가 모셔도 될까요?"

헬레나는 그의 손을 잡으며 일어났고, 두 사람은 함께 연단으로 걸어갔다. 폭탄이 떨어지는 소리도 안 들렸는데 이번의 폭발음은 귀가 먹먹할 정도였다. 벽에서는 횟가루가 아닌 모래가 떨어졌고,

바이부르그 가 쪽으로 나 있던 큼직한 창문들은 모두 깨졌으며, 전기불도 나갔다.

테이블에는 여러 개의 초가 꽂힌 촛대가 있었는데 우리아는 거기에 불을 붙였다. 그러고는 그녀를 위해 의자를 빼주고, 접혀 있는 냅킨을 양손의 엄지와 검지로 들어 올려 탁 펼친 다음, 그녀의 무릎에 살며시 놓아주었다.

"Hähnchen und Prädikatwein(닭고기와 최고급 와인을 드릴까요)?" 우리아는 그렇게 물으며 테이블과 접시, 그리고 그녀의 머리 위에 떨어진 유리 조각을 조심스럽게 털어냈다.

어쩌면 밖에 어둠이 내리며 허공에서 반짝거리던 황금 먼지와 촛불 때문인지도 모른다. 혹은 깨진 창문 사이로 불어오던 서늘한 바람이 무더운 여름 더위를 잠시 식혀주었기 때문일 수도 있다. 아니면 그저 그녀의 심장 때문일 수도 있고. 심장은 이 순간을 보다 강렬히 경험하고픈 마음에 더욱 맹렬하게 혈액을 순환시키는 듯했다. 어쨌거나 그녀는 그 순간에 음악 소리를 들은 기억이 났다. 악단은 이미 짐을 꾸려 도망갔기 때문에 사실상 불가능한 일이었다. 그렇다면 그 음악은 그녀의 상상이었을까? 그 후로 오랜 세월이 흘러, 딸의 출산을 앞두고서야 비로소 그녀는 그 음악의 정체를 알게 되었다. 새 요람 위에는 아기 아빠가 달아둔 모빌이 있었는데 색색깔의 유리구슬로 만든 것이었다. 어느 날 저녁 헬레나는 손으로 모빌을 쓸어내렸고, 순간 그 옛날에 들었던 음악의 정체를 알게 되었다. 그것은 추 덴 드라이 후사렌에 걸려 있던 크리스털 샹들리에가 그들을 위해 연주해준 음악이었다. 샹들리에가 맑고 섬세한 풍경風磬이 되어 바닥의 울림에 따라 흔들린 것이다. 우리아는 부엌으로 씩씩하게 걸어가더니, 잘츠부르거 노케를*과 호이리거 와인 세 병을 들고 나왔다. 그가 와인을 가지러 내려갔던 지하실에는 와인병을 든 요리사가 한쪽 구석에 앉아 있었다. 요리사는 와인을 가져가는 우리아를 보고도 눈 하나 깜짝하지 않았다. 오히려 자신이 고른 와인을 보여주는 우리아에게 가져가라는 뜻으로 고개를 끄덕였다.

우리아는 촛대 밑에 50실링이 조금 안 되는 돈을 놓아두었고, 두 사람은 따뜻한 6월의 밤거리로 나갔다. 바이부르그 가는 쥐 죽은 듯이 고요했지만 연기와 먼지, 흙냄새가 진동했다.

"산책이나 합시다." 우리아가 말했다.

어디로 갈지 한 마디 상의도 없이 두 사람은 오른쪽으로 돌아, 캐른트너 가로 올라갔다. 그러자 갑자기 눈앞에 어두컴컴하고 인적 없는 슈테판 광장이 나타났다.

"맙소사." 우리아가 외쳤다. 거대한 성당이 초저녁의 하늘을 가득 채우고 있었다.

"이게 슈테판 성당인가요?" 그가 물었다.

"네." 헬레나는 머리를 뒤로 젖히고, 눈으로 남쪽 탑을 따라 올라갔다. 암녹색의 첨탑은 하늘로 계속 뻗어 올라갔고, 하늘에는 초저녁 별들이 슬며시 얼굴을 내밀고 있었다.

다음으로 헬레나가 기억하는 것은 그들이 성당 안에 있었다는 것이다. 피난처를 찾아 그곳으로 모여든, 창백한 얼굴의 사람들에게 둘러싸인 채. 아기 울음소리와 오르간 소리도 기억났다. 그들은 팔짱을 낀 채 제단을 향해 걸어갔다. 아니면 이것도 그녀의 상상일까? 아니면 정말로 일어난 일일까? 우리아가 갑자기 그녀를

---

* 일종의 수플레로 잘츠부르크의 명물 디저트

끌어안더니 결혼해달라고 하지 않았던가? 그녀가 네, 네, 네, 하고 속삭였고, 성당의 공동空洞이 그녀의 말을 붙잡아 아치형의 천장과 비둘기, 십자가에 매달린 예수님이 있는 곳까지 던져 올렸고, 그곳에서 그녀의 대답은 진실이 될 때까지 계속 메아리치지 않았던가? 정말로 그랬든 아니든, 그녀의 대답은 안드레 브록하르트와 이야기한 후로 그녀가 품고 다녔던 말보다 더 진실에 가까웠다.

"당신과 함께 갈 수 없어요."

드디어 그 말이 입 밖으로 나왔다. 하지만 언제, 어디서?

그날 오후 헬레나는 엄마에게 그와 함께 떠나지 않을 거라고 이미 말했다. 이유는 말하지 않았다. 엄마는 그녀를 달래주려고 했지만, 헬레나는 엄마의 신랄하고 독선적인 말투를 견딜 수가 없어서 방에만 틀어박혀 있었다. 그러다 우리아가 찾아와 그녀의 방문을 두드렸다. 그녀는 더 이상 그 일을 생각하지 않기로 했다. 그저 두려움 없이, 끝없는 심연만을 상상하며 추락하기로 했다. 어쩌면 그녀가 문을 여는 순간에 그는 알았을지도 모른다. 문간에 서 있던 두 사람은 무언의 동의를 했을지도 모른다. 우리아가 타야 할 기차가 출발하기 전까지의 몇 시간을 남은 생의 전부인 것처럼 보내기로.

"당신과 함께 갈 수 없어요."

안드레 브록하르트라는 이름이 그녀의 혀에서 쓰디쓰게 느껴졌다. 그녀는 나머지 이야기와 함께 그 이름을 내뱉었다. 보증서, 거리로 쫓겨날 위기에 처한 어머니, 석방된다 해도 다시 예전의 삶으로 돌아갈 수 없는 아버지, 혈혈단신인 베아트리체. 그렇다, 그 모든 것을 털어놓았다. 하지만 언제? 그 모든 이야기를 성당 안에서 했을까? 아니면 여기저기 마구 달려 필하르모니커 가에 도착한 후에 했을까? 필하르모니커 가에는 벽돌과 유리 파편이 흩어져 있었고, 오래된 제과점의 깨진 창문 너머로 너울거리는 노란색 불꽃이 그들의 길을 밝혀주었다. 두 사람은 호화롭지만 아무도 없는 캄캄한 호텔 로비로 들어갔다. 성냥을 켜고, 벽에서 아무 열쇠나 집어 들어 쏜살같이 계단을 올라갔다. 바닥에 두툼한 카펫이 깔린 덕에 그들은 유령처럼 소리 없이 복도를 지나 342호를 찾아갔다. 그리하여 서로 껴안고, 마치 몸에 불이라도 붙은 것처럼 서로의 옷을 찢었다. 그의 숨결이 그녀의 살갗을 뜨겁게 태우자, 그녀는 피가 날 때까지 그를 할퀴었고 나중에는 그 상처에 키스했다. 그녀는 마치 주문처럼 그 말을 반복했다. "당신과 함께 갈 수 없어요."

공습 종료를 알리는 사이렌이 울렸을 때 두 사람은 피 묻은 시트 위에 뒤엉킨 채 누워 있었다. 두 사람이 정말로 사랑을 나누었는지, 아니면 사랑을 나누었다는 것조차 그저 그녀의 상상인지 그녀도 알 수 없었다. 한밤중 빗소리에 깬 그녀는 본능적으로 그가 옆에 없다는 걸 알았다. 창가로 다가가 빗물에 재와 흙이 씻겨 내려가는 거리를 바라보았다. 이미 인도 가장자리로 빗물이 흘러넘쳤고, 주인을 잃은 우산 하나가 활짝 펼쳐진 채 다뉴브 강을 향해 떠내려갔다. 그녀는 다시 침대에 누웠다. 두 번째로 깼을 때는 밖이 환했고, 거리는 빗물이 말라 있었으며, 곁에는 그가 숨을 죽인 채 누워 있었다. 머리맡 테이블의 시계를 보니, 기차 출발 시간까지 두 시간이 남아 있었다. 그녀는 그의 이마를 쓰다듬었다.

"왜 숨을 안 쉬어요?" 그녀가 속삭였다.

"방금 깼어요. 당신도 숨을 안 쉬던데요?"

그녀는 그의 품을 파고들었다. 그는 벌거벗었지만 뜨겁고 땀에 젖어 있었다.

"그럼 우린 죽은 거군요."

"네."

"나갔다 왔었죠?"

"네."

그녀는 그가 부르르 떠는 것을 느꼈다.

"하지만 이젠 돌아왔군요." 그녀가 말했다.

PART 4
연옥

2000년 2월 29일
비에르비카의 컨테이너항

해리는 언덕 꼭대기에 있는 일꾼들의 오두막 옆에 차를 세웠다. 평지에 자리한 부둣가 비에르비카에서 유일하게 솟아 있는 언덕이었다. 갑자기 날씨가 포근해지면서 눈이 녹기 시작했고, 햇살이 반짝였다. 한마디로 화창한 날이었다. 해리는 거대한 레고 블록처럼 쌓여 있는 컨테이너 사이를 걸어다녔다. 햇볕을 받은 컨테이너는 아스팔트 위로 삐죽삐죽한 그림자를 드리웠다. 컨테이너에 적힌 글자와 상징은 그들이 대만이나 부에노스아이레스, 케이프타운 같은 머나먼 곳에서 왔음을 말해주었다. 해리는 부두 가장자리에 서서 눈을 감았다. 햇볕에 달궈진 아스팔트, 바닷물, 디젤 냄새가 뒤섞인 공기를 쿵쿵 들이마시며 자신이 그 이국땅에 있다고 상상하려 했다. 다시 눈을 뜨자, 덴마크로 향하는 페리가 그의 시야로 미끄러지듯 들어왔다. 냉장고처럼 생긴 페리였다. 똑같은 사람들을 태우고 왔다 갔다 하며 왕복 서비스를 제공하는 냉장고.

 호흐너와 우리아가 만났던 곳을 찾아가봐야 단서를 발견하기에는 너무 늦었다는 것을 알고 있었다. 그들이 만난 곳이 여기인지도 확실하지 않았다. 어쩌면 필립스타의 컨테이너항일 수도 있다.

그래도 그는 여전히 희망을 품고 있었다. 이곳이 무언가 말해주기를, 그리하여 상상력에 필요한 자극을 받게 되기를.

그는 부두 가장자리로 튀어나와 있는 타이어를 발로 찼다. 배를 한 척 사서 여름에 아버지와 동생을 데리고 바다에 나갈까? 아버지에게는 외출이 필요했다. 한때 그렇게 사교적이었던 분이 8년 전, 어머니가 죽은 뒤로 늘 혼자 지냈다. 동생은 혼자서 장거리 외출만 못할 뿐, 다운증후군 환자라는 사실이 무색할 정도로 혼자 생활하는 데 무리가 없었다.

새 한 마리가 컨테이너 사이로 신나게 뛰어들었다. 파란 박새는 시속 28킬로미터로 날 수 있다고 엘렌이 알려주었다. 청둥오리는 시속 62킬로미터까지 날 수 있다. 두 사람 다 잘 지내고 있었다. 아니, 동생은 아무 문제없다. 아버지가 더 걱정이었다.

해리는 잡념을 떨쳐내고 일에 집중하려 했다. 호흐너가 한 말은 하나도 빠짐없이 보고서에 적어두었다. 하지만 지금은 그의 얼굴에 집중하며, 그가 하지 않은 말을 기억해내려 했다. 우리아가 어떻게 생겼지? 그에 대한 호흐너의 대답은 길지 않았다. 하지만 누군가를 묘사할 때는 대개 가장 두드러지는 것부터 시작하기 마련이다. 그게 무엇이든지 간에. 그런데 호흐너가 우리아에 대해 처음으로 한 말은 그의 눈이 파랗다는 것이었다. 호흐너가 파란 눈을 생전 처음 본 것이 아닌 한, 그것은 우리아에게 눈에 띄는 장애나 걸음걸이, 특별한 말투가 없다는 뜻이다. 우리아는 독일어와 영어를 구사했고, 독일 어딘가에 있는 젠하임이라는 곳에 간 적이 있다. 해리는 드뢰박으로 향하는 덴마크 페리를 눈으로 따라갔다. 여행을 많이 다닌 사람. 우리아는 선원이었을까? 해리는 지도를 찾아보았다. 심지어 독일 지도까지 살펴봤지만, 젠하임이라는 곳은 어디에도 없었다. 어쩌면 호흐너가 지어낸 이야기일 수도 있다. 별로 중요하지 않은 정보일 수도 있고.

호흐너는 우리아가 무언가를 증오한다고 했다. 그러니 해리의 짐작이 맞을지도 모른다. 그들이 찾는 사람은 개인적으로 강력한 동기가 있는 사람이다. 하지만 대체 뭘 증오하는 걸까?

호베되야 섬 뒤로 태양이 사라지고, 피오르에서 불어오던 미풍이 잠시 매서워졌다. 해리는 코트를 더 단단히 여미고, 다시 차로 걸어갔다. 그리고 500만 크로네는 어디서 났을까? 거물에게서 받은 돈일까? 아니면 우리아가 자기 돈으로 혼자 꾸민 일일까?

해리는 휴대전화를 꺼냈다. 구입한 지 2주밖에 되지 않은 작은 노키아 휴대전화. 이 문제로 오랫동안 엘렌과 실랑이를 벌이다, 결국은 엘렌의 설득에 넘어가 구입하고 말았다. 그는 엘렌의 번호를 눌렀다.

"엘렌? 나 해리야. 혼자 있어? 좋아. 집중하고 내 말 들어봐. 그래, 우리가 하던 게임이야. 준비됐어?"

그들은 전에도 이 게임을 자주 했었다. 게임은 해리가 엘렌에게 단서를 말해주는 것으로 시작된다. 배경 정보나 자신의 추리가 어디에서 막혔는지 같은 이야기는 일절 하지 않는다. 순서에 상관없이, 그저 길어야 다섯 단어로 된 정보만 전달한다. 시간이 흐르며 그들은 점차 이 게임의 방법을 만들어냈다. 가장 중요한 규칙은 정보의 개수가 최소한 다섯이되 열을 넘지 않아야 한다는 것이다. 이 게임이 탄생된 배경은 어느 날, 해리가 당직을 걸고 엘렌과 내기를 하면서부터였다. 그는 엘렌이 2분 안에 카드 곽에 든 카드의 순서를 외울 수 없다는 데 걸었다. 2분 안에 카드 한 벌을 외운다는 것은 2초에 카드 한 장꼴로 외워야 하기 때문이다. 내기에서 세 번이나 진 후에야 마침내 해리는 포기했다. 나중에 엘렌은 자신의 비결을 말해주었다. 카드를 그냥 카드로 생각하지 않고, 카드마다 사람이나 행동과 연결시켜 이야기를 만들어낸다는 것이다. 해리는 그녀의 연상 기법을 수사에 적용해보았는데, 가끔씩 놀라운 결과를 얻곤 했다.

"남자, 70세." 해리는 천천히 말했다. "노르웨이인. 500만 크로네. 원통함. 푸른 눈. 매르클린 라이플. 독일어 구사. 튼튼한 몸. 컨테이너항에서의 무기 밀매. 시엔에서 사격 연습. 이상이야."

해리는 차에 탔다.

"아무것도 안 나와? 그럴 줄 알았어. 그냥 시도해본 거야. 어쨌든 고마워. 끊어."

차가 우체국 앞의 고가도로에 접어들었을 때 갑자기 어떤 생각이 떠올라, 해리는 다시 엘렌에게 전화했다

"엘렌? 나야. 하나 빠진 게 있어. 내 말 듣고 있어? 총을 잡은 지 50년이 넘었어. 반복할게. 총을 잡은 지……. 다섯 단어가 넘는 거 나도 알아, 그래. 여전히 아무것도 안 나와? 젠장, 출구를 지나쳤어! 나중에 다시 걸게, 엘렌."

그는 전화기를 조수석에 던지고 운전에 집중했다. 막 고가도로를 빠져나오는데 휴대전화가 삐삐 울렸다.

"여보세요. 뭐? 왜 그런 생각을 하게 됐지? 알아, 알아, 화내지 마, 엘렌. 내가 가끔씩 깜빡하거든. 네 대갈통에서 왜 그런 생각이 떠오르는지 너도 모른다는 걸. 그래, 대갈통이 아니라 뇌. 너의 커다랗고 아름다우며 둥그렇게 부푼 뇌. 그래, 네 말 듣고 보니 정말 그러네. 고마워."

그는 전화를 끊었고, 순간 그녀에게 당직을 세 번이나 빚졌다는

사실이 생각났다. 이제는 강력반 소속이 아니었으므로 무언가 다른 방법으로 빚을 갚아야 했다. 어떤 방법이 있을까? 그는 대략 3초쯤 생각했다.

2000년 3월 1일
이리스바이엔 가

문이 열리자, 해리는 주름진 얼굴 위의 매섭게 푸른 눈을 바라보았다.

"해리 홀레입니다. 아침에 전화드렸죠."

"아, 그랬지."

노인은 희끗한 머리카락을 넓은 이마 위로 매끈하게 빗어 넘기고, 니트 카디건에 넥타이를 맨 차림이었다. 오슬로 북쪽 교외의 조용한 부촌에 자리한 이 빨간색 이층집은 현관 옆 우편함에 '에벤&싱네 율'이라고 적혀 있었다.

"어서 들어오시오, 홀레 경위."

그의 목소리는 단호하고 차분했다. 몸가짐 어딘가에는 에벤 율 교수를 원래 나이보다 훨씬 더 젊어 보이게 하는 무언가가 있었다. 해리는 미리 그에 대해 조사했고, 따라서 이 역사학 교수가 독일 점령 치하에 레지스탕스로 활약했다는 사실을 알고 있었다. 비록 은퇴하기는 했어도 독일 점령기의 노르웨이와 민족단일당의 역사에 있어서라면, 에벤 율은 여전히 최고 권위자였다.

해리는 신발을 벗기 위해 허리를 숙였다. 그의 바로 앞쪽 벽에 작은 액자 여러 개가 걸려 있었는데, 살짝 빛바랜 흑백 사진들이었다. 그중에는 간호사 제복을 입은 젊은 여자의 사진과 하얀 코트를 입은 젊은 남자의 사진이 있었다.

두 사람이 거실로 들어서자, 털이 잿빛으로 샌 에어데일 한 마리가 짖는 걸 멈추었다. 그러고는 해리의 바짓가랑이를 킁킁거리더니 율의 안락의자가 있는 곳으로 가서 그 옆에 누웠다.

"〈닥스아비센〉에 실린 파시즘과 국가사회주의에 관한 교수님의 글을 읽었습니다." 자리에 앉은 뒤 해리가 말했다.

"맙소사. 〈닥스아비센〉을 읽는 사람이 정말로 존재했군." 율이 미소 지었다.

"교수님은 오늘날의 신나치주의에 대해 경고하시려는 것 같더군요."

"경고가 아니라 역사적 평형성을 지적하려는 것뿐이오. 역사가의 임무는 밝혀내는 것이지 판단하는 게 아니라오." 그는 파이프에 불을 붙였다. "많은 사람들이 옳고 그름은 절대적으로 고정된 개념이라고 생각하지. 하지만 그건 틀린 생각이오. 옳고 그름의 개념은 시간이 흐르면서 바뀐다오. 역사가의 임무는 주로 역사적 진실을 밝히고, 자료에 뭐라고 나와 있는지 살펴 그것을 제시하는 거요. 객관적이고 냉철하게. 역사가가 인간의 어리석음을 비판하기 시작한다면, 우리의 연구는 후세에 화석처럼 보일 테지. 그들 시대의 통설의 잔재로."

푸르스름한 연기가 허공으로 피어올랐다. "하지만 이런 얘기를 듣자고 찾아온 건 아닐 텐데?"

"저희가 사람을 찾는데 도움을 주실 수 있을까 해서 왔습니다."

"아까 통화할 때도 그러던데, 찾는 사람이 누구요?"

"저희도 모릅니다. 다만 그가 푸른 눈동자의 노르웨이인이고, 70세쯤 되었을 거라고 추정할 뿐입니다. 독일어를 할 줄 알고요."

"또?"

"그것뿐입니다."

율이 껄껄 웃었다. "그거야 원, 모래사장에서 바늘 찾기 아니오?"

"맞습니다. 노르웨이에 70세 이상의 남자는 15만 8천 명쯤 됩니다. 그중에 10만 명 정도가 푸른 눈에 독일어를 할 줄 알고요."

율의 한쪽 눈썹이 위로 올라갔다. 해리는 겸연쩍은 미소를 지었다.

"통계청 자료를 좀 찾아봤습니다. 재미로요."

"그런데 내가 무슨 도움이 된다는 거요?"

"그 말씀을 드리려던 참이었습니다. 듣자 하니, 그 남자는 총을 잡은 지 50년이 넘은 모양입니다. 제 생각에, 그러니까 제 동료 생각에 50년이 넘었다는 것은 50년보단 더 되지만 60년은 덜 된 거죠."

"논리적이군."

"네, 그 친구가 아주…… 에, 논리적이거든요. 그러니까 55년쯤 됐다고 가정해보죠. 그럼 제2차 세계대전이 한창이던 시기입니다. 그는 스무 살쯤 되었을 거고, 총을 사용했습니다. 당시 노르웨이인들이 개인적으로 소유했던 총은 모두 독일군에게 넘겨야 했죠. 그러니 그자는 어디에 있었을까요?"

해리는 손가락 세 개를 펼치고 하나씩 꼽았다. "레지스탕스였거나, 영국으로 도망갔거나, 동부전선에서 독일군을 위해 싸우고 있었을 겁니다. 그자는 영어보다 독일어에 능숙했습니다. 따라서……"

"그래서 당신 동료는 그가 동부전선에서 싸웠을 거라는 결론을 내린 게로군." 율이 물었다.

"그렇습니다."

율은 파이프를 빨았다.

"당시 레지스탕스로 활약했던 사람들도 대부분 독일어를 배워야 했소. 독일군에 침투하고, 그들을 감시하는 등등의 목적을 위해서 말이오. 그리고 스웨덴 경찰에서 활약했던 노르웨이인들도 있었고."

"그렇다면 저희의 결론이 틀린 건가요?"

"음, 생각을 좀 해봅시다. 대략 1만 5천 명의 노르웨이인이 독일군에 자원입대했고, 그중에 7천 명이 훈련을 받았으니 당연히 총도 사용했을 거요. 그건 영국으로 도망가 연합군에 가담한 것보다 훨씬 많은 수치지. 전쟁 말기에 레지스탕스에 가담한 사람이 늘기는 했어도, 그중에서 총을 잡아본 사람은 극소수였소."

율은 미소를 지었다.

"당분간은 당신들 결론이 맞는다고 합시다. 하지만 동부전선에서 싸웠던 사람들이라고 해서 전화번호부에 전직 바펜SS라고 적혀 있을 리는 없을 텐데? 어딜 찾아봐야 할지는 알아냈소?"

해리는 고개를 끄덕였다.

"매국노 기록보관소에 갔습니다. 이름에 따라 분류되어 있더군요. 재판 자료도 함께요. 최근 몇 년간의 자료를 뒤져봤습니다. 대부분이 사망하고 생존자가 얼마 없기를 바랐지만, 제가 틀렸더군요."

"그렇소. 생명력이 질긴 노인네들이지." 율이 웃었다.

"그래서 교수님께 연락드린 겁니다. 그 군인들의 배경을 누구보다 잘 아실 테니까요. 그들의 사고방식이 어떠했는지 이해할 수 있도록 도와주셨으면 합니다. 그래야 그들의 동기를 알아낼 수 있거든요."

"날 그렇게까지 믿어주니 고맙소, 경위. 하지만 난 역사가요. 개인의 동기에 대해서는 다른 사람들과 마찬가지로 아는 게 없소. 형사 양반도 알겠지만, 난 밀로르그에서 레지스탕스로 활약했소. 그런 내가, 독일군에 자원한 사람의 머릿속을 이해하기에는 무리가 있지 않겠소?"

"그래도 잘 아실 텐데요, 교수님."

"그렇게 생각하시오?"

"제 말이 무슨 뜻인지 아실 겁니다. 꽤 철저히 조사하고 왔거든요."

율은 파이프를 빨며 해리를 바라보았다. 흐르는 침묵 속에서 해리는 거실 문간에 누군가 서 있다는 느낌이 들었다. 돌아보니 한 노부인이 있었다. 그녀의 부드럽고 차분한 눈동자가 해리를 응시하고 있었다.

"그냥 얘기 좀 하던 중이었어, 싱네."

그녀는 해리를 향해 유쾌하게 고개를 끄덕이고는 무언가 말하려는 듯이 입을 열었다. 그러나 에벤 율과 시선이 마주치자, 그냥 입을 다물었다. 그러고는 다시 고개를 끄덕이고 조용히 문을 닫았다.

"조사했다니 알겠군." 율이 말했다.

"네. 사모님은 동부전선의 간호사로 일하셨죠."

"레닌그라드 근처의 병원이었지. 1942년에서 1944년 3월에 퇴각할 때까지." 율은 파이프를 내려놓았다. "그 남자를 왜 찾는 거요?"

"솔직히 말씀드리면, 저희도 모릅니다. 다만 암살 음모의 가능성이 있습니다."

"흠."

"그러니 누굴 찾아야 할까요? 아직도 나치에 충성하는 괴짜? 아니면 범죄자?"

율은 고개를 저었다.

"독일군에 입대했던 사람들은 감옥에서 형을 마친 후에 다시 사회로 복귀했소. 대다수가 놀랄 만큼 성공했지. 매국노라는 딱지가 붙었는데도 말이오. 따지고 보면 그리 놀랄 일도 아니지. 전쟁 같은 위기 상황에서 결단을 내리는 사람들은 재능 있는 사람들인 경우가 많으니까."

"그렇다면 우리가 찾고 있는 사람은 아주 잘살고 있겠군요."

"물론이오."

"사회의 기둥이 되었을까요?"

"아마 그가 정계나 재계의 요직으로 진출할 수 있는 길은 차단되어 있었을 거요."

"하지만 개인 사업을 하거나 기업을 세웠을 수는 있죠. 분명 500만 크로네에 달하는 총을 살 수 있을 정도로 재력이 있는 사람입니다. 그자의 표적이 누구일까요?"

"그가 동부전선에서 싸웠다는 사실이 꼭 이 일과 관련이 있소?"

"왠지 그럴 것 같은 느낌이 듭니다."

"그렇다면 복수가 목적이라는 말이오?"

"심한 억측일까요?"

"아니, 전혀 아니오. 동부전선에서 싸웠던 사람들 대다수가 자신을 진정한 애국자로 생각한다오. 1940년의 세계정세를 고려한다면, 자신들이야말로 국익을 위해 행동한 사람들이라는 거지. 따라서 후에 자신들이 매국노 취급을 받은 것은 그야말로 왜곡된 정의라고 생각한다오."

"그러니까 누굴 노리는 걸까요?"

율은 귀 뒤를 긁적였다.

"음. 그들을 재판한 판사들은 대부분 죽었소. 재판의 초석을 깐 정치가들도 마찬가지고. 복수 이론은 논리가 약한 것 같군."

해리는 한숨을 쉬었다. "맞습니다. 그냥 제가 가진 퍼즐 조각 서너 개로 그림 전체를 완성해보려고 했던 거죠."

율은 손목시계를 힐끗 보았다. "그래도 생각은 좀 해보리다. 하지만 내가 도움이 될지는 잘 모르겠소."

"어쨌든 감사합니다." 해리는 자리에서 일어섰다. 그러다 무언가가 생각나, 재킷 주머니에서 접힌 종이를 꺼냈다.

"그건 그렇고, 우리아를 만났던 사람과의 면담 보고서를 복사해왔습니다. 혹시 중요한 게 있는지 한번 훑어봐주시겠습니까?"

율은 입으로는 알겠다고 대답했으나, 싫다는 듯 고개를 저었다.

현관에서 신발을 신던 해리는 하얀 코트를 입은 남자의 사진을 가리켰다.

"교수님 사진인가요?"

"그렇소. 무려 20세기 중반의 사진이라오, 허허. 전쟁 전에 독일에서 찍었소. 난 원래 조부와 부친의 뒤를 이어 독일에서 의학 공부를 할 예정이었소. 그런데 전쟁이 터지는 바람에 귀국해야 했고, 배에서 내 생애 첫 역사책을 읽게 됐지. 그 후로 모든 게 바뀌었소. 난 역사에 푹 빠져버렸거든."

"그래서 의학을 포기하셨나요?"

"보는 관점에 따라 다르지. 난 한 인간과 하나의 이데올로기가 어떻게 그리도 많은 사람의 혼을 빼놓을 수 있는지 알아내고 싶었소. 덤으로 해독제도 찾고 말이야, 허허. 난 이팔청춘이었으니까."

2000년 3월 1일

컨티넨털 호텔, 1층

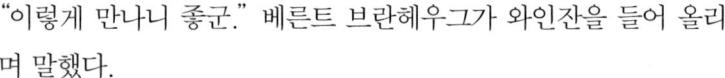

"이렇게 만나니 좋군." 베른트 브란헤우그가 와인잔을 들어 올리며 말했다.

두 사람은 건배했고, 아우드 힐데는 외무부 차관을 향해 미소 지었다.

"그것도 공적 업무가 아닌 자리에서 말이야." 브란헤우그가 계속 바라보자, 힐데는 시선을 떨어뜨렸다. 브란헤우그는 그녀를 뜯어보았다. 딱히 매력적인 여자는 아니었다. 매력적이라기에는 이목구비의 간격이 살짝 넓었고, 어느 모로 보나 통통했다. 그래도 말투와 행동에 애교가 넘쳤고, 어디까지나 젊으면서 통통한 여자였다.

오늘 아침, 인사과에 근무하는 그녀에게서 전화가 걸려와 이상한 사건에 대한 그의 조언이 필요하다고 했다. 브란헤우그는 힐데의 말이 더 길어지기 전에 자신의 사무실로 올라오라고 했다. 그러고는 그녀를 보자마자, 지금은 시간이 없으니 근무 후에 식사나 하면서 이야기하자고 했다.

"우리 공무원들도 특혜를 좀 누려야 하지 않겠나?" 힐데는 브란헤우그의 그 말이 저녁 식사를 의미하는 것이라고 생각했다.

지금까지는 모든 것이 순조로웠다. 수석 웨이터는 브란헤우그가 늘 앉는 자리를 내주었고, 그가 아는 한 레스토랑에 그를 아는 사람은 없었다.

"네, 어제 좀 이상한 일이 있었어요." 웨이터가 무릎에 냅킨을 펴주는 동안, 힐데가 말했다. "웬 노인이 찾아와서 우리에게 받아낼 돈이 있다는 거예요. 그러니까 외무부에요. 대략 200만 크로네쯤 된다더군요. 1970년에 무슨 편지를 받았대요."

힐데가 어이없다는 표정으로 눈을 굴렸다. 진한 화장이 안 어울리는군. 브란헤우그는 생각했다.

"우리가 무슨 일로 그자에게 빚을 졌다는 거지?"

"노인의 말로는 자기가 제2차 세계대전 중에 상선 선원이었대요. 노트라쉽과 관련된 일이었는데, 그들이 임금을 지불하지 않았다네요."

"아, 그래. 뭔지 알 것 같군. 또 뭐라던가?"

"더는 기다릴 수 없다고 했어요. 외무부가 그를 비롯한 상선 선원을 모두 속였으니, 천벌을 받게 될 거라고요. 술에 취한 건지, 아픈 건지 모르겠지만 확실히 몸은 좀 안 좋아 보이더군요. 그러면서 편지를 보여줬는데, 1944년 봄베이에 주재했던 노르웨이 총영사의 친필 서명이 있었어요. 내용인즉슨, 그 노인이 지난 4년간 노르웨이 상선에서 1등 항해사로 일했고, 그 4년간의 위험수당이 체불되었다는 것을 총영사인 자신이 노르웨이 정부를 대신해서 보증한다는 거였어요. 그 편지가 아니었다면 당연히 노인을 쫓아버렸을 거예요. 이렇게 사소한 문제로 차관님을 성가시게 하지도 않았을 거고요."

"필요하면 언제든 날 찾아오게, 아우드 힐데." 브란헤우그는 그렇게 말했다가 갑자기 공황 상태에 빠졌다. 이 여자의 이름이 아우드 힐데가 맞던가?

"불쌍한 노인네." 웨이터에게 와인을 더 가져오라고 손짓하며 브란헤우그가 말했다. "이 사건의 비극은 그 노인의 말이 맞는다는 거야. 노트라쉽은 제2차 대전 당시 독일군에게 억류되지 않은 화물선을 운영하기 위해 만들어졌지. 반은 정치적이고 반은 상업적 이득을 위한 단체일세. 예를 들어, 영국은 노르웨이 선박을 사용한 것에 대해 노트라쉽에게 막대한 양의 위험수당을 지불했어. 하지만 그 돈은 선원들에게 가지 않고 고스란히 선주들의 주머니와 국고로 직행했지. 무려 5, 600만 크로네에 달하는 돈이 말이야. 상선 선원들은 법적 절차를 거쳐 돈을 돌려받으려 했지만, 1954년 대법원 재판에서 지고 말았지. 1972년이 되어서야 국회에서 상선 선원들에게 그 돈을 받을 권리가 있음을 인정하는 법안이 통과됐네."

"그 노인은 땡전 한 푼 못 받은 것 같더라고요. 중국해에 있다가 독일군이 아니라 일본군의 어뢰에 맞았기 때문이래요."

"이름이 뭐라던가?"

"콘라드 오스네스요. 잠깐만요. 그 편지를 보여드릴게요. 외무부가 복리로 얼마를 갚아야 하는지까지 계산해 왔더라고요."

힐데가 몸을 숙여 가방 안을 들여다보았다. 그녀의 떨리는 팔뚝 살을 보며, 브란헤우그는 그녀가 운동을 좀 더 해야겠다고 생각했다. 4킬로그램만 더 빼면…… 뚱뚱하다는 소리 대신 통통하다는 소리를 들을 수 있을 것이다.

"괜찮네. 볼 필요 없어. 노트라쉽은 이제 상무부 소관이니까."

힐데가 브란헤우그를 올려다보았다.

"하지만 그 노인은 우리가 빚을 갚아야 한다고 우겼는데요? 2주의 기한을 줬어요."

브란헤우그가 웃었다.

"그랬나? 60년이나 기다려놓고 왜 갑자기 서두르는 거지?"

"그 이유는 말 안 했어요. 그저 돈을 갚지 않으면 그 결과를 책임져야 할 거라고 했어요."

"거 참 무서워 죽겠군." 브란헤우그는 두 사람의 잔에 와인을 따르던 웨이터가 자리를 뜬 후에야 몸을 앞으로 내밀었다. "책임지는 건 딱 질색인데 말이야. 안 그런가?"

힐데가 어설픈 미소를 지어 보이자, 브란헤우그는 와인잔을 들어 올렸다.

"이 사건을 어떻게 해야 할지 모르겠어요." 힐데가 말했다.

"잊어버리게. 하지만 내가 궁금한 게 하나 더 있다네, 아우드 힐데."

"뭔데요?"

"이 호텔에 우리 외무부가 마음대로 쓸 수 있는 방이 있는데, 본 적 있나?"

아우드 힐데는 다시 미소를 지으며 없다고 대답했다.

2000년 3월 2일
일라, SATS 헬스클럽

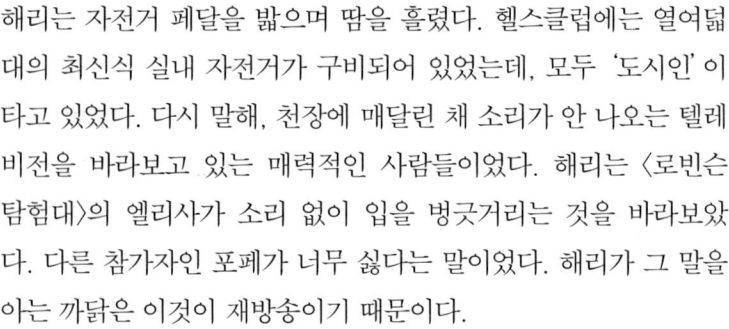

해리는 자전거 페달을 밟으며 땀을 흘렸다. 헬스클럽에는 열여덟 대의 최신식 실내 자전거가 구비되어 있었는데, 모두 '도시인'이 타고 있었다. 다시 말해, 천장에 매달린 채 소리가 안 나오는 텔레비전을 바라보고 있는 매력적인 사람들이었다. 해리는 〈로빈슨 탐험대〉의 엘리사가 소리 없이 입을 벙긋거리는 것을 바라보았다. 다른 참가자인 포페가 너무 싫다는 말이었다. 해리가 그 말을 아는 까닭은 이것이 재방송이기 때문이다.

That don't impress me much(난 그런 것에 넘어가지 않아)! 확성기에서 노래가 흘러나왔다.

그래? 그것 참 놀랄 일이로군. 해리는 생각했다. 그는 시끄러운 음악도, 그의 허파 어딘가에서 나오는 듯한 거슬리는 소리도 싫었다. 경찰청사 헬스장을 공짜로 이용할 수 있었지만, 엘렌은 그에게 SATS에 등록하라고 설득했다. 거기까지는 괜찮았다. 하지만 자신과 함께 에어로빅 수업을 듣자는 그녀의 제안은 딱 잘라 거절했다. 일그러진 미소의 강사가 "고통 없이는 근육도 없어요" 같은 재치 있는 말을 해가며 사람들에게 더 분발하라고 격려하는 동안,

통속적인 경음악에 맞춰 통속적인 경음악을 좋아하는 사람들과 몸을 움직이는 것이야말로 그로서는 도저히 이해할 수 없는 자발적 자기 비하였다. 그런 그에게 이 헬스클럽의 가장 큰 장점은 운동하면서 〈로빈슨 탐험대〉를 볼 수 있다는 것이다. 그것도 톰 볼레르가 없는 곳에서. 볼레르는 여가시간의 대부분을 경찰청 헬스장에서 보내는 듯했다. 해리는 주위를 힐끗 둘러보고, 늘 그렇듯이 오늘도 자신이 여기서 가장 나이가 많다는 것을 확인했다. 대부분 아가씨들이었는데, 귀에 워크맨을 꽂은 채 주기적으로 그가 있는 쪽을 힐끗거렸다. 하지만 그들이 힐끗거리는 대상은 해리가 아니라, 회색 후디를 입고 그의 옆에 앉아 있는 남자였다. 멋 부린 앞머리 아래로 땀 한 방울도 맺히지 않은 그 남자는 노르웨이에서 가장 유명한 스탠드업 코미디언이었다. 해리가 탄 자전거의 속도계에 메시지가 반짝거렸다. '잘하고 있습니다.'

'하지만 옷차림은 형편없지.' 후줄근하고 색이 바랜 조깅 바지를 내려다보며 해리는 생각했다. 게다가 허리에 휴대전화가 달려 있어 바지를 계속 추켜올려야 했다. 낡은 아디다스 운동화는 최신 유행이라고 하기에는 너무 옛날 제품이었고, 복고풍이라 하기에는 또 너무 최근 제품이었다. 조이 디비전 밴드가 그려진 티셔츠는 한때 청소년들에게 꽤나 먹히는 옷이었으나, 이제는 최신 음악 동향에 뒤처진 사람이라는 인상만 풍겼다. 그래도 사람들로부터 따가운 시선은 전혀, 조금도 받지 않았다. 그의 휴대전화가 울리기 전까지는. 휴대전화가 울리자, (스탠드업 코미디언까지 포함해) 열일곱 명의 꾸짖는 듯한 시선이 그에게 향했다. 해리는 허리춤에서 작은 검은색 악마의 기계를 떼어냈다.

"여보세요."

샤니아 트웨인이 다시 "That don't impress me much!"라고 노래했다.

"나 율이오. 내가 방해한 건 아닌가?"

"아닙니다. 그냥 음악 소리입니다."

"바다표범처럼 씩씩거리는구만. 편할 때 다시 전화 주시오."

"지금이 편합니다. 헬스클럽이거든요."

"알았소. 좋은 소식이오. 면담 보고서를 읽었소. 왜 그자가 젠하임에 갔었다는 말을 안 한 거요?"

"우리아요? 그게 중요합니까? 지명이 맞는지도 확실하지 않아서요. 독일 지도를 찾아봤지만 젠하임이란 곳은 없더군요."

"경위의 질문에 대한 답은 예스요. 그건 중요한 정보요. 그가 동부전선에서 싸웠는지 아닌지 확실하지 않다면 이젠 확실해졌소. 젠하임은 작은 마을인데, 내가 아는 노르웨이인 중에 거기 갔던 사람은 전쟁 때 자원입대한 사람들뿐이오. 동부전선으로 떠나기 전에 그곳에서 훈련을 받았거든. 독일 지도에 젠하임이 없는 건 현재는 거기가 독일이 아니라 프랑스 알자스 지방에 속하기 때문이오."

"네, 하지만……."

"알자스는 역사상 프랑스와 독일 사이를 왔다 갔다 했소. 그래서 그 지방 사람들이 독일어를 하는 거요. 우리가 찾는 사람이 젠하임에 갔었다면, 후보군이 크게 감소할 거요. 노를란과 노르웨이 연대의 군인들만 거기서 훈련받았으니까. 게다가 내가 아는 사람 중에 젠하임에서 훈련받은 사람이 있소. 그 사람이 기꺼이 형사 양반을 도와줄 거요."

"정말입니까?"

"동부전선에서 싸웠던 노를란 연대 소속의 군인이오. 그러다 1944년에 우리 레지스탕스에 자원했지."

"와!"

"외딴 시골 마을 출신인데 부모님과 두 형 모두 민족단일당의 열렬한 지지자였소. 그래서 억지로 독일군에 자원입대한 거요. 본인은 나치도, 스탈린도 신봉하지 않았소. 그러다 1943년 레닌그라드 근처에서 탈영했지. 잠시 소련군의 포로가 되어 소련 편에서 싸운 모양이오. 그러다 어찌어찌해서 스웨덴을 통해 노르웨이로 돌아왔소."

"동부전선에서 싸웠던 군인의 말을 믿으셨습니까?"

율이 웃음을 터뜨렸다. "물론이오."

"왜 웃으시죠?"

"사연이 길다오."

"저 시간 많습니다."

"우린 그에게 가족을 죽이라는 명령을 내렸소."

자전거 페달을 밟던 해리의 발이 동작을 멈췄다. 율이 목청을 가다듬었다.

"울레볼세테르 북쪽에 있는 노르마르카*에서 처음 그를 발견했을 때 우린 그의 이야기를 믿지 않았소. 독일군 첩자라는 생각에 죽일 작정이었지. 그런데 오슬로 경찰 자료보관실에 아는 사람이 있어서, 그의 말이 사실인지 확인해볼 수 있었소. 확인 결과, 그는 전쟁터에서 실종된 것으로 처리되어 있었소. 탈영으로 추정된다는 말과 함께. 그의 집안 배경도 확인했고, 그에게는 신분증명서

---

* 대부분이 숲으로 이뤄진 오슬로 북쪽 지역

도 있었소. 물론 그 모두가 독일군의 조작일 수도 있었지. 그래서 우리는 그를 시험하기로 한 거요."

잠시 정적이 흘렀다.

"그래서요?"

"우린 레지스탕스와 독일군 모두에게서 멀리 떨어진 오두막에 그를 숨겼소. 누군가 제안하기를, 그에게 민족단일당에 가입한 그의 두 형 중 하나를 죽이라는 명령을 내리자고 했소. 가장 큰 목적은 그의 반응을 보는 것이었지. 우리의 명령을 듣더니 그는 아무 말도 하지 않았소. 다음 날 오두막에 가보니 사라지고 없더군. 우린 그가 포기한 것이라고 확신했소. 그런데 이틀 뒤에 그가 다시 나타났소. 구드브란스달렌에 있는 집에 다녀왔다더군. 며칠 후 그쪽에 있는 우리 정보원으로부터 보고를 받았소. 그의 형 하나는 외양간에서, 또 하나는 헛간에서 발견됐다고. 부모님은 거실 바닥에 쓰러져 있었고."

"맙소사. 분명 제정신이 아니었군요."

"그랬을 거요. 우리 모두 그랬다오. 전쟁 중이었으니까. 우린 그 일에 대해 한 번도 이야기한 적이 없소. 당시에도, 그 후에도. 그러니 경위도……."

"물론입니다. 그분은 어디 사시죠?"

"여기 오슬로에 산다오. 홀멘콜렌일 거요."

"성함은요?"

"페우케. 신드레 페우케."

"알겠습니다. 제가 연락드리죠. 감사합니다, 교수님."

울면서 가족들에게 안부를 전하는 포페의 얼굴이 텔레비전 화면에 대문짝만하게 잡혔다. 해리는 휴대전화를 다시 조깅 바지 허리듬에 찌르고, 바지를 추켜올리며 역기실로 성큼성큼 걸어갔다.
 샤니아 트웨인이 계속 노래했다.
 …… whatever that don't impress me much(그게 뭐든 난 그런 것에 넘어가지 않아)……

2000년 3월 2일

헤그데헤우그스바이엔 가, 신사복 매장

"슈퍼 110으로 된 모직 원단이에요." 노인이 입을 수 있도록 양복 재킷을 들어주며 여점원이 말했다. "최고급이죠. 가볍고 오래 간답니다."

"딱 한 번만 입을 거요." 노인이 빙긋 웃으며 말했다.

"어머." 점원이 살짝 당황했다. "그럼 더 싼 것도—."

노인은 거울 속의 자기 모습을 바라보았다. "이것도 괜찮아."

"재단도 최고급이랍니다. 이 가게 물건 중에 최고죠."

점원은 겁에 질린 얼굴로 노인을 바라보았다. 갑자기 노인이 신음하며 허리를 숙였기 때문이다.

"어디 편찮으세요? 사람을 부를까요……?"

"아니, 그냥 가벼운 통증이야. 곧 사라질 거요." 노인은 허리를 폈다. "바지는 얼마나 빨리 만들 수 있지?"

"다음 주 수요일까지요. 급하지 않으시다면요. 특별한 일정이라도 잡혀 있으신가요?"

"그렇소. 하지만 다음 주 수요일까지면 괜찮아."

노인은 100크로네 지폐로 양복 값을 지불했다.

노인이 지폐를 세는 동안 점원이 말했다. "제가 장담하는데 이 양복은 평생 입으실 수 있을 거예요."

노인이 떠난 후에도 그의 웃음소리는 오랫동안 점원의 귓가에 맴돌았다.

2000년 3월 3일

홀멘콜렌

베세루드 역 근처의 홀멘콜바이엔 가에서 해리는 찾고 있던 집을 발견했다. 키가 큰 전나무 밑에 자리한 검은색 대형 목조 저택이었다. 자갈로 된 진입로가 집으로 이어졌고, 해리는 평평한 곳까지 차를 몰아 방향을 틀었다. 원래는 경사면에 주차할 생각이었는데, 기어를 바꾸는 순간 차가 요란하게 기침하더니 숨을 거두어버렸다. 해리는 욕을 중얼거리며 열쇠를 돌렸지만, 시동 모터는 신음만 할 뿐이었다.

그가 차에서 내려 집으로 걸어가는데, 한 여인이 문을 열고 나왔다. 해리의 차가 오는 소리를 못 들었는지, 계단에 멈춰 서서 무슨 일이냐고 묻는 듯한 미소를 지었다.

"안녕하세요." 해리는 인사를 건네며, 자신의 차를 향해 고갯짓했다. "몸이 좀 안 좋은가 봅니다. 약이…… 필요하겠어요."

"약이라고요?" 저음의 따뜻한 목소리.

"네, 요즘 한창 유행하는 독감에 걸린 것 같습니다."

여자의 미소가 더 환해졌다. 서른 살쯤 되어 보였고, 심플하면서 우아한 검은 코트를 입고 있었다. 해리는 저 코트가 명품이라는 걸 알고 있었다.

"지금 외출하려던 중인데, 저희 집에 찾아오셨나요?"

"그럴 겁니다. 신드레 페우케 씨 댁인가요?"

"그런 셈이죠. 그런데 좀 늦으셨네요. 아버지는 시내로 이사 가셨거든요."

좀 더 다가가 보니 꽤나 미인이었다. 그녀의 느긋한 말투와 그의 눈을 똑바로 바라보는 시선에서 자신감이 느껴졌다. 전문직 여성일 것이다. 냉정하고 이성적인 머리를 필요로 하는 전문직. 부동산 중개인이나 은행 부서장, 정치인 같은. 어쨌든 부유하다는 것만큼은 확실했다. 단순히 값비싼 코트와 뒤로 보이는 거대한 저택 때문만은 아니었다. 그녀의 몸가짐, 그리고 귀족적으로 두드러진 광대뼈 때문이었다. 그녀는 마치 직선을 따라 걷는 것처럼 일직선으로 사뿐히 계단을 내려왔다. 분명 발레를 배웠을 것이다.

"제가 도와드릴 일이 있나요?"

그녀는 자음을 또렷하게 발음했고, '제가'를 무척 강조해서 말하는 바람에 마치 연극 대사처럼 들렸다.

"전 경찰입니다." 해리는 신분증을 찾아 재킷 주머니를 뒤지기 시작했다. 하지만 여자는 그럴 필요 없다는 듯이 손을 저었다.

"네, 음, 아버님과 이야기를 좀 나누고 싶어서요."

자신도 모르게 평소보다 딱딱해진 말투에 해리는 짜증이 났다.

"무슨 일 때문이죠?"

"저희가 누굴 찾고 있는데, 아버님이 도와주실 것 같아서요."

"찾는 사람이 누군데요?"

"유감이지만 그건 말씀드릴 수 없습니다."

"알겠어요." 마치 해리가 방금 테스트에 통과했다는 듯이 그녀가 끄덕였다.

"하지만 이제 아버님이 여기 안 계신다고 하니……." 해리는 손으로 눈에 그늘을 만들었다. 여자의 손은 가늘고 길었다. 피아노를 배웠을 것이다. 눈가에는 웃어서 생긴 주름이 잡혀 있었다. 어쩌면 서른이 넘었을지도 모르겠다.

"네, 아버지는 마요르스투엔으로 이사 가셨어요. 비베스 가 18번지요. 거기 아니면 대학 도서관에 계실 거예요."

대학 도서관. 발음이 어찌나 또렷한지 불필요한 음절이 하나도 없었다.

"비베스 가 18번지요. 알겠습니다."

"맞아요."

"네."

해리는 고개를 끄덕였다. 계속 끄덕였다. 자동차에 장식해놓은 강아지 인형처럼. 그녀는 입술을 다물고, 양 눈썹을 올린 채 미소지었다. 마치 그게 전부라는 듯이, 더 이상 질문이 없으면 이것으로 만남은 끝났다는 듯이.

"알겠습니다." 해리가 다시 한 번 말했다.

여자의 눈썹은 검고 단정했다. 뽑아서 다듬은 듯했지만, 그렇다고 너무 인위적으로 보이지는 않았다.

"전 이제 그만 가볼게요. 제가 타야 할 트램이……." 그녀가 말했다.

"알겠습니다." 해리는 세 번째로 그렇게 말하고도 여전히 움직이지 않았다.

"찾으시길 바라요. 저희 아버지요."

"그럴 겁니다."

"안녕히 계세요." 그녀가 걸어가자, 하이힐 아래로 자갈이 오도독거렸다.
"음…… 제가 문제가 좀 있는데요…….." 해리가 말했다.

"도와주셔서 고맙습니다."
"천만에요. 정말 너무 돌아가는 거 아닌가요?" 여자가 물었다.
"물론입니다. 저도 같은 방향이거든요." 해리는 여자가 낀 가죽 장갑을 힐끗 보았다. 의심의 여지없이 비싸고 우아한 그 장갑에는 아까 해리의 차를 밀어주면서 생긴 회색 얼룩이 묻어 있었다.
"다만 차가 언제까지 버틸지가 문제죠." 해리가 말했다.
"정말 산전수전 다 겪은 차 같네요." 여자가 계기판에 뚫린 구멍과 라디오가 있어야 할 자리에 삐죽 튀어나온 노란색과 빨간색의 전선 뭉치를 가리키며 말했다.
"도둑맞았습니다. 그래서 문도 안 잠기죠. 놈들이 잠금장치를 부숴버렸거든요."
"이젠 모든 사람에게 늘 열려 있는 건가요?"
"네, 나이를 먹으면 그렇게 되기 마련이죠."
여자가 웃었다. "그래요?"
해리는 그녀를 힐끔 보았다. 어쩌면 저 여자는 나이를 먹어도 외모가 그대로인 부류일지도 모른다. 스무 살부터 쉰 살까지 계속 서른으로 보이는 부류. 그녀의 옆모습, 부드러운 윤곽선이 마음에 들었다. 피부에서는 따뜻하고 자연스러운 광채가 흘렀다. 저 나이대의 여자들이 2월이면 돈을 들여 선탠하는 바람에, 피부가 윤기 없고 퍼석한 것과 대조적이었다. 코트의 열린 윗단추 사이로 가늘고 긴 목이 보였다. 손은 무릎 위에 가볍게 놓여 있었다.

"빨간불이에요." 그녀가 차분히 말했다.

해리는 얼른 브레이크를 밟았다.

"미안합니다." 그가 말했다.

지금 대체 뭐하는 짓이야? 혹시 손에 결혼반지가 있는지 살펴본 거야? 맙소사.

주변을 둘러본 해리는 여기가 어딘지 깨달았다.

"무슨 문제라도 있나요?" 여자가 물었다.

"아뇨, 아뇨." 신호등이 초록색으로 바뀌자 그는 액셀러레이터를 밟았다. "이 장소에 얽힌 안 좋은 추억이 있어서요."

"저도요. 몇 년 전에 기차로 여길 지나갔는데, 바로 앞에서 경찰차 한 대가 선로를 건너더니 저 벽을 들이받아버렸죠." 그녀가 손으로 벽을 가리켰다. "끔찍했어요. 경관 하나가 울타리 기둥에 걸려 있었어요. 마치 십자가에 못 박힌 것처럼. 그 후로 며칠간 잠을 못 잤어요. 경관이 음주운전을 했다더군요."

"누구한테 들었습니까?"

"함께 공부하던 친구에게서요. 경찰대학에 다니던 친구였죠."

그들은 프뢰엔을 지났다. 그들 뒤쪽이 빈데렌 지역이었다. 옛일은 생각하지 말자고 해리는 마음먹었다.

"그럼 경찰 대학에 다녔나요?" 해리가 물었다.

"아뇨. 설마요." 그녀가 다시 웃었다. 그녀의 웃음소리가 마음에 들었다. "전 법대를 졸업했어요."

"나도요. 언제 졸업했죠?"

머리 잘 돌아가는군, 홀레.

"92년에요."

해리는 계산을 해보았다. 그렇다면 적어도 서른이다.

"그쪽은요?"

"난 90년에 졸업했죠."

"그럼 88년 법대 축제 때 라가 로커스의 공연 봤어요?"

"물론이죠. 나도 그 현장에 있었어요. 잔디밭에."

"나도요! 정말 최고였죠?" 그녀가 눈을 반짝이며 그를 바라보았다.

어디 있었죠? 당신은 어디 있었나요? 해리는 생각했다.

"네, 끝내줬죠." 해리는 공연이 잘 기억나지 않았다. 다만 라가 로커스가 연주를 시작하자, 부촌인 웨스트엔드에 사는 여학생들이 나타났던 일이 불현듯 기억났다.

"같은 시기에 대학을 다녔다면, 우리 둘 사이에 아는 사람이 꽤 되겠는데요?" 그녀가 말했다.

"아닐걸요. 난 그때도 경찰이어서 학생들과 별로 어울리지 않았거든요."

그들은 말없이 인두스트리 가를 지나갔다.

"여기 내려주시면 돼요." 그녀가 말했다.

"여기가 목적지인가요?"

"네, 여기서 내리면 충분해요."

해리가 인도 옆으로 차를 대자, 그녀가 몸을 돌려 그를 바라보았다. 머리카락 한 가닥이 얼굴로 내려와 있었다. 따뜻하면서 거침없는 시선. 갈색 눈동자. 순간적으로 뜻밖의 생각이 해리의 머릿속을 스쳤다. 이 여자에게 키스하고 싶다.

"고마워요." 여자가 미소 지으며 말했다.

그녀는 문손잡이를 아래로 내렸지만, 문은 꿈쩍하지 않았다.

"미안합니다." 해리는 몸을 옆으로 기울이며 그녀의 향기를 들이마셨다. "잠금장치가……." 그가 주먹으로 문을 세게 치자, 문이 벌컥 열렸다. 마치 물에 빠져 죽는 기분이었다. "또 만날 수 있을까요?"

"어쩌면요."

해리는 그녀에게 묻고 싶었다. 어디로 가는지, 직장은 어디인지, 하는 일은 마음에 드는지, 또 뭘 좋아하는지, 결혼은 했는지, 라가 로커스가 아니더라도 다른 가수의 콘서트에 갈 마음이 있는지. 하지만 다행히도 너무 늦어버렸다. 그녀는 그 발레리나 같은 걸음걸이로 이미 스포르바이스 가를 내려가고 있었다.

해리는 한숨을 쉬었다. 30분이나 이야기했건만 그녀의 이름조차 몰랐다. 벌써 갱년기가 왔나?

그는 백미러를 들여다보며 급격하게 유턴했다. 비베스 가가 바로 근처였다.

2000년 3월 3일
마요르스투엔, 비베스 가

해리가 숨을 헐떡이며 4층으로 올라가는 동안, 노인은 환하게 웃으며 문간에 서 있었다.
 "엘리베이터가 없어서 미안하구려." 노인은 그렇게 말하며 손을 내밀었다. "신드레 페우케요."
 그의 눈동자는 아직 젊었다. 하지만 눈동자를 제외한 나머지 얼굴은 최소한 세계대전을 두 번은 겪은 듯했다. 얼마 남지 않은 백발은 뒤로 빗어 넘겼고, 체크무늬 모직 셔츠에 노르딕 무늬의 카디건을 입고 있었다. 그의 악수는 따뜻하면서도 힘이 넘쳤다.
 "방금 커피를 내렸소. 경위가 무슨 일로 오는지 들었소."
 두 사람은 거실에 들어섰다. 거실은 사무기기와 컴퓨터를 갖춘 서재로 쓰이고 있었다. 사방에 종이가 흩어져 있었고, 탁자마다 책과 신문이 수북이 쌓여 있었다. 그걸로도 모자라 바닥에도 벽을 따라 책이 쌓여 있었다.
 "아직 정리를 못해서." 노인은 그렇게 말하며, 소파에 해리가 앉을 수 있는 자리를 마련해주었다.
 해리는 거실을 둘러보았다. 벽에는 아무것도 걸려 있지 않았다.

그저 슈퍼마켓에서 제작한 달력만 걸려 있었는데, 노르마르카의 사진이 실려 있었다.

"지금 방대한 작업 중이라오. 언젠가 책으로 출간되길 바라고 있지. 전쟁 책."

"그건 이미 다른 사람들이 쓰지 않았나요?"

페우케가 큰 소리로 웃었다. "맞는 말이오. 아직까지 제대로 쓴 책이 없을 뿐이지. 그리고 이건 '내가' 겪은 전쟁에 관한 얘기요."

"그렇군요. 그런데 왜 쓰시는 겁니까?"

페우케는 어깨를 으쓱였다.

"가식적으로 들릴지 모르겠지만, 우리 세대에게는 후대에게 우리의 경험을 기록으로 남길 의무가 있다고 생각하기 때문이오. 이승을 떠나기 전에 말이지. 어쨌거나 내 생각은 그렇소."

페우케는 부엌으로 가더니 거실을 향해 외쳤다.

"에벤 율에게서 형사 양반이 찾아올 거라는 연락을 받았소. 듣자 하니 국가정보국 소속이라고?"

"맞습니다. 하지만 율 교수님은 어르신이 홀멘콜렌에 산다고 하셨죠."

"에벤과 나는 그다지 연락을 자주 하는 사이가 아니라오. 여기에는 일시적으로 머물 거라 전화번호도 바꾸지 않았소. 책을 다 쓸 때까지만 있을 거라서."

"그렇군요. 전 모르고 홀멘콜렌에 갔습니다. 따님에게서 여기 주소를 들었죠."

"그 애가 집에 있었소? 흠, 오늘 휴가를 냈나 보군."

직장이 어디인데요? 그 질문이 목구멍까지 올라왔지만, 속이 뻔히 보일까 봐 참기로 했다.

페우케는 김이 무럭무럭 나는 큼직한 커피포트와 머그잔 두 개를 가지고 왔다.

"블랙으로 하겠소?" 그가 잔 하나를 해리 앞에 두며 말했다.

"네."

"다행이군. 사실 다른 선택의 여지가 없다오." 페우케는 웃느라 하마터면 따르던 커피를 흘릴 뻔했다.

해리는 이 노인이 놀랄 만큼 딸과 닮은 데가 없다고 생각했다. 말투나 몸가짐이 그녀처럼 세련되지도 않았고, 이목구비와 피부 톤도 달랐다. 닮은 게 있다면 이마뿐이었다. 푸르스름하고 두꺼운 혈관이 지나가는 넓은 이마.

"그쪽 집은 대저택이더군요." 해리가 말했다.

"끊임없는 보수 공사와 제설 작업이 필요하다오." 페우케가 대답했다. 그는 커피를 맛보더니 만족스럽다는 표정으로 입맛을 다셨다. "실내는 어둑어둑한데다, 시내에서는 또 어찌나 먼지. 난 홀멘콜렌이 싫소. 무엇보다 그 동네는 속물들만 살거든. 나 같은 촌놈이 살 만한 곳이 아니외다."

"그런데 왜 안 파셨습니까?"

"우리 딸애가 그 집을 좋아하는 것 같아서 말이오. 어릴 때 자란 집이니 당연히 그렇겠지. 그런데 젠하임에 대해 알고 싶다고 하지 않았소?"

"그럼 거기서 따님 혼자 사십니까?"

해리는 혀를 깨물고 싶었다. 페우케는 커피를 한 모금 머금더니 입안에서 굴렸다. 오랫동안.

"남자와 살고 있소. 올레그라고."

페우케의 눈동자는 공허했고, 더는 미소 짓지 않았다.

해리는 재빨리 몇 가지 결론을 내렸다. 너무 성급한 결론일지 모르지만, 그의 짐작이 맞는다면 신드레 페우케가 마요르스투엔으로 이사 온 이유 중에는 그 올레그라는 남자도 포함되어 있을 것이다. 어쨌거나 이것으로 끝났다. 그녀에게는 동거인이 있다. 계속 생각해봐야 소용없다. 사실 오히려 다행이었다.

"자세하게 말씀드릴 순 없습니다, 페우케 씨. 아시다시피 저희가 하는 일이……."

"알고 있소."

"젠하임에 갔었던 노르웨이 군인들에 대해 듣고 싶습니다."

"어이쿠, 그건 한두 명이 아니오. 잘 알 텐데."

"지금까지 살아 계신 분들에 한해서요."

페우케가 빙그레 미소를 지었다.

"섬뜩하게 들리겠지만, 그렇다면 일이 훨씬 쉬워지겠군. 동부전선에서는 다들 파리 목숨처럼 죽어나갔으니까. 매년 우리 중대에서만 평균 60퍼센트가 죽었소."

"맙소사. 바위종다리의 사망률이…… 음."

"뭐라고 했소?"

"죄송합니다. 계속 말씀하시죠."

해리는 당황하며 머그컵을 내려다보았다.

"요점은 전쟁터에서는 빨리 배워야 한다는 거요. 첫 6개월 동안 살아남으면, 생존 확률은 몇 배로 높아지지. 지뢰는 밟으면 안 되고, 참호에서는 늘 고개를 숙여야 하며, 모신 나강 라이플의 딸각 소리가 들리면 얼른 일어나야 해. 영웅이 될 여지는 조금도 없고, 두려움이 가장 친한 친구라는 걸 알게 되지. 따라서 6개월 뒤에 나는 그 전쟁에서 살아남게 될 소수의 노르웨이인 중 하나가 되었소. 그리고 우리 대다수는 젠하임에서 훈련받았지. 전쟁이 계속되면서 독일군은 훈련 캠프를 점차 독일의 시골로 옮겨 갔소. 혹은 입대 자원자들이 노르웨이에서 곧장 오는 경우도 있었고. 아무 훈련도 받지 않고서 말이오……." 페우케는 고개를 저었다.

"그 사람들은 죽었나요?" 해리가 물었다.

"노르웨이에서 바로 온 지원병들의 경우에는 굳이 이름을 알려고조차 하지 않았소. 부질없는 짓이었으니까. 이해하기 힘들겠지만, 전쟁 막바지인 1944년에도 동부전선으로 오는 지원병이 줄을 이었소. 막상 동부전선에 있던 우리들은 이 전쟁이 어떻게 될지 진작 알고 있었는데 말이오. 그들은 자기들이 노르웨이를 구원할 수 있으리라 생각한 거지. 가여운 사람들."

"1944년에는 그곳에 안 계신 걸로 아는데요?"

"맞소. 탈영했지. 1942년의 마지막 날에. 난 조국을 두 번이나 배신했소." 페우케는 미소 지었다. "그리고 두 번 다 잘못된 곳으로 가게 됐지."

"그럼 소련을 위해 싸우셨습니까?"

"그런 셈이지. 난 전쟁 포로로 잡혀 있었는데, 다른 포로들과 함께 굶어 죽을 지경이었소. 그런데 어느 날 아침에 한 소련군이 독일어로 묻더군. 혹시 통신에 대해 아는 사람이 있느냐고. 난 대충 알고 있었기에 손을 들었소. 알고 보니 한 연대의 통신병들이 모조리 죽은 거요. 한 명도 빠짐없이! 다음 날 내가 야전 전화를 거는 동안, 소련군은 에스토니아에 있던 내 옛 전우들을 공격했소. 그게 에스토니아의 나르바 근처였는데……."

페우케는 두 손으로 감싼 머그컵을 들어 올렸다.

"난 작은 언덕에 누워 소련군을 지켜봤소. 그들은 독일군 기관총 진지를 공격했는데, 독일군이 쏘는 기관총에 맞아 무참히 살해되었소. 120명의 군인과 말 네 마리가 수북이 쌓인 후에야 마침내 기관총이 과열되어 작동을 멈췄지. 그러자 남아 있던 소련군이 총알을 아끼기 위해 총검으로 독일군을 살해했소. 공격은 시작부터 끝날 때까지 길어야 30분이었소. 그사이에 120명이 죽은 거지. 소련군은 다시 다음 진지로 이동해 똑같은 과정을 반복했소."

해리는 페우케의 머그컵이 살짝 떨리는 것을 보았다.

"난 내가 죽으리라는 걸 알았소. 내가 믿지도 않는 대의를 위해서. 난 스탈린도, 히틀러도 믿지 않았거든."

"대의를 믿지 않았는데 동부전선에는 왜 가신 겁니까?"

"그때 난 열여덟이었소. 구드브란스달렌이라는 시골 농장에서 자랐는데 만나는 사람이라고는 근처에 사는 이웃뿐이었소. 신문도, 책도 없는 곳이었소. 난 일자무식이었지. 정치에 대해 아는 것은 아버지가 해준 이야기뿐이었소. 친척들은 1920년대에 다들 미국으로 이민을 떠나고, 남은 것은 우리 가족뿐이었소. 부모님과 우리 집 좌우에 사는 이웃들은 다들 열렬한 크비슬링 지지자로 민족단일당의 당원이었소. 내게는 형이 둘 있었는데 나는 매사에 절대적으로 형들의 의견을 따랐지. 형들은 불법 무장 단체인 히르덴의 일원이었고, 신입 당원을 모집하는 것이 형들의 임무였소. 신입 당원을 데려오지 못하면, 형들이 전쟁터로 가야 했지. 최소한 형들은 내게 그렇게 말했소. 나중에서야 형들의 임무가 실은 정보원을 선출하는 것임을 알았지. 하지만 그 사실을 알았을 땐 너무 늦었소. 난 이미 전쟁터로 가는 중이었으니까."

"그러다 전쟁터에서 전향하신 겁니까?"

"난 그걸 전향이라고 말하지 않소. 대부분의 자원병들은 정치에 대해서는 잘 모르고, 오로지 노르웨이만을 생각했소. 내게 전환점이 되었던 것은 내가 지금 남의 전쟁에서 싸우고 있다는 깨달음이었소. 사실은 그렇게 간단했던 거요. 소련을 위해 싸우든, 독일을 위해 싸우든 다를 바가 없었지. 1944년 6월, 나는 탈린의 부둣가에서 임무를 마쳤는데 그 부두에 있던 스웨덴 적십자 배에 몰래 숨었소. 석탄 저장고에 사흘간 숨어 있는 바람에 이산화탄소 중독증에 걸렸지. 하지만 스톡홀름에서 회복되었소. 거기서부터 노르웨이 국경으로 가서 두 발로 국경을 넘었소. 그때가 8월이었지."

"왜 혼자 가셨습니까?"

"스웨덴에서 연락이 닿았던 몇몇 사람들은 날 믿지 않았거든. 내 이야기가 워낙 파란만장하잖소. 하지만 상관없었어. 어차피 나 역시 아무도 믿지 않았으니까."

그가 다시 큰 소리로 웃었다.

"그래서 남의 시선을 피해 혼자 노르웨이로 갔소. 국경을 넘는 건 애들 장난이나 다름없었지. 정말이오. 전시에 스웨덴에서 노르웨이로 가는 건 레닌그라드에서 배급받는 것보다 훨씬 덜 위험하다오. 커피 더 마시겠소?"

"네. 왜 그냥 스웨덴에 계시지 않았습니까?"

"좋은 질문이오. 나도 여러 번 자문했던 질문이기도 하고."

페우케는 숱이 없는 백발을 손으로 훑어 내렸다.

"난 복수해야 한다는 생각에 사로잡혀 있었소. 젊은 나이였고, 젊을 때는 정의 실현에 대한 환상을 품기 마련이지. 또한 그것이 인간의 소명이라 믿기도 하고. 동부전선에 있을 당시 난 내적 갈등을 겪는 청년이었소. 그래서 전우들에게 못되게 굴었지. 그렇기는 해도, 혹은 그랬기 때문에 더욱 난 우리 전우들을 죽게 만든 자들에게 복수하겠노라고 맹세했소. 전우들은 고국에서 주입받은 거짓말을 위해 목숨을 바친 거요. 또한 내 삶을 망가뜨린 것에 대해서도 복수하겠다고 마음먹었소. 내 삶은 절대로 다시 온전해지지 못할 테니까. 내가 원하는 것은 그저 이 나라를 정말로 배신한 모든 이들에게 보복하는 것이었소. 지금의 정신과의사들이 그때의 나를 봤다면 아마 정신병자라는 진단을 내리고, 즉시 병원에 수감했을 거요. 어쨌든 난 무작정 오슬로로 갔소. 오슬로에 아는 사람도, 묵을 곳도 없었는데 말이오. 게다가 내가 가진 신분증이 발각되는 날에는 탈영병이라는 것이 밝혀져 그 자리에서 총살당할 수도 있었소. 화물차를 타고 오슬로에 도착했던 날, 나는 곧장 노르마르카로 갔소. 전나무 가지 밑에서 노숙하고, 사흘 동안 산딸기만 먹다가 그들에게 발견되었지."

"레지스탕스 요원들 말입니까?"

"나머지 이야기는 에벤 율에게 들은 걸로 알고 있소."

"네." 해리는 머그컵을 만지작거렸다. 살인. 그로서는 도무지 이해할 수 없는 살인이었고, 당사자를 만난 지금도 이해가 안 가기는 마찬가지였다. '이 노인은 자신의 부모와 두 형을 처형했다.' 이 생각은 해리의 머릿속에, 그것도 뇌의 앞쪽에 계속 머물러 있었다. 웃는 얼굴로 문간에 서 있던 이 노인을 처음 만나 악수한 이후로 쭉.

"경위가 무슨 생각을 하는지 알고 있소. 하지만 나는 죽이라는 명령을 받은 군인이었소. 명령이 아니었다면 절대 그런 짓을 저지르지 않았을 거요. 하지만 이 사실만은 분명히 알고 있소. 우리 가족도 노르웨이를 배신한 무리에 속한다는 걸."

페우케는 해리를 똑바로 바라보았다. 머그컵을 쥔 그의 손은 이제 떨리지 않았다.

"형사 양반은 아마 의아할 거요. 가족 중 한 명만 죽이라고 명령했는데 왜 내가 가족 전부를 죽였는지. 문제는 그들이 누구를 죽이라고 정해주지 않았다는 거요. 누구를 죽이고 살릴지 내게 맡긴 셈인데, 난 차마 그럴 수가 없었소. 따라서 모두 죽일 수밖에. 동부전선에 있을 때 진홍가슴이라 불리는 친구가 있었소. 진홍가슴새의 그 진홍가슴 말이오. 그가 말하길 총검으로 죽이는 게 가장 인간적인 살인법이라고 했소. 심장에서 뇌로 경동맥이 지나가는데, 그 동맥이 절단되면 뇌는 더 이상 산소를 공급받지 못해 즉시 뇌사 상태에 빠진다는 거요. 심장은 서너 번 펌프질을 하다가 박동이 멎지. 문제는 그렇게 죽이기가 쉽지 않다는 거요. 그 전우의 이름이 구드브란이었는데, 그 친구 솜씨는 아주 기가 막혔지. 하지만 나는 어머니의 목을 붙들고 오랫동안 씨름했고, 그저 살에 상처만 날 뿐이었소. 결국에는 총을 쏴서 죽일 수밖에 없었지."

해리는 입안이 바싹 말랐다. "그러셨군요." 그가 말했다.

의미 없는 말들이 허공에 맴돌았다. 해리는 테이블 가운데로 머그컵을 밀고는 가죽 재킷에서 수첩을 꺼냈다.

"그럼 이제 젠하임에 함께 있었던 사람들에 대해 이야기해볼까요?"

신드레 페우케가 벌떡 일어섰다.

"미안하오, 경위. 이렇게 차갑고 난폭하게 묘사할 생각은 아니었소. 이야기를 계속하기 전에 형사 양반에게 설명하고 싶소. 난 잔인한 남자가 아니오. 그저 그것이 내 방식일 뿐이오. 그 일을 언급하지 않고 넘어갈 수도 있었지만 굳이 그 이야기를 꺼낸 까닭은 이 문제를 회피하면 안 되기 때문이오. 그게 내가 이 책을 쓰는 이

유이기도 하고. 그 일이 거론될 때마다 나는 노골적으로든, 암묵적으로든 그 일을 다시 겪어야 한다오. 내가 그 일로부터 도망치지 않는다는 확신을 얻기 위해서요. 그 일로부터 도망치는 날, 두려움은 처음으로 날 꺾고 승리를 거둘 거요. 왜 그런 논리가 성립되는지는 모르겠소. 아마 심리학자들은 알 테지."

페우케는 한숨을 내쉬었다.

"이제 그 문제에 대해 하고 싶은 말은 모두 했소. 이미 너무 많은 말을 한 것 같군. 커피 더 마시겠소?"

"아뇨, 됐습니다."

페우케는 다시 자리에 앉았다. 그러고는 꽉 쥔 두 주먹으로 턱을 받쳤다.

"좋소. 젠하임으로 넘어갑시다. 그곳은 노르웨이인들의 훈련 캠프였소. 사실 생존자는 나까지 포함해 고작 다섯 명뿐이오. 그중에서 다니엘 구데손은 내가 탈영한 날에 죽었소. 그러니까 넷만 남는군. 에드바르 모스켄, 할그림 달레, 구드브란 요한센, 그리고 나. 전쟁 이후에 만난 사람은 우리 부대의 분대장이었던 에드바르 모스켄뿐이오. 1945년 여름이었지. 그는 반역죄로 3년 형을 받았소. 다른 사람들은 생사조차 모른다오. 하지만 그들에 대해 내가 아는 걸 말해주리다."

해리는 수첩의 새 페이지를 펼쳤다.

2000년 3월 3일

국가정보국

G-u-d-b-r-a-n-d J-o-h-a-n-s-e-n(구드브란 요한센). 해리는 두 검지로 타자를 쳤다. 시골 출신. 페우케의 말에 의하면 나약한 성격이며, 다니엘 구데손을 우상이자 형처럼 따랐다고 한다. 다니엘 구데손은 불침번을 서다가 총에 맞아 전사했다. 해리가 엔터키를 누르자, 프로그램이 작동했다.

그는 벽이 있는 쪽을, 벽을 바라보았다. 벽에는 작은 사진이 걸려 있었다. 여동생 쇠스의 사진. 쇠스는 사진을 찍을 때면 늘 그렇듯이 얼굴을 찡그리고 있었다. 오래전 여름휴가 때 찍은 사진이었다. 사진 찍는 사람의 그림자가 쇠스의 하얀 티셔츠에 드리워져 있었다. 엄마의 그림자였다.

컴퓨터에서 짧게 삐 소리가 나며 검색 종료를 알렸다. 그는 다시 컴퓨터 화면으로 눈을 돌렸다.

주민등록상으로는 구드브란 요한센이 두 명이었다. 하지만 출생년도로 보건대, 둘 다 예순 살 미만이었다. 신드레 페우케가 이름의 철자를 직접 불러주었기 때문에 철자가 틀렸을 리는 없다. 그렇다면 그가 찾는 요한센은 개명을 했거나, 외국에 살거나, 혹은 죽었다는 뜻이다.

해리는 다음 사람을 찾아보기로 했다. 미엔달렌 출신의 분대장, 고국에 어린 아들을 두고 온 남자. E-d-v-a-r-d M-o-s-k-e-n(에드바르 모스켄). 그는 동부전선에 갔다는 이유로 가족들로부터 의절당했다. 해리는 검색 버튼을 두 번 클릭했다.

갑자기 천장 조명에 불이 들어오자, 해리는 뒤를 돌아보았다.

"야근 중일 때는 불을 켜야지." 쿠르트 마이리크가 스위치에 손가락을 댄 채 문간에 서 있었다. 그러더니 사무실로 들어와 책상 가장자리에 걸터앉았다.

"뭐 좀 알아냈나?"

"우리가 찾는 사람은 일흔이 훌쩍 넘은 노인이고, 아마도 제2차 세계대전에 참전했을 겁니다."

"난 신나치와 독립기념일 사건을 말한 걸세."

"아." 컴퓨터에서 다시 삐 소리가 났다. "그건 아직 조사하지 못했습니다."

화면에 두 명의 에드바르 모스켄이 떴다. 하나는 1942년 생, 하나는 1921년 생.

"다음 주 토요일에 우리 부서 파티가 있네." 마이리크가 말했다.

"우편함에 초대장이 있더군요." 해리가 1921년 생을 더블 클릭하자, 주소가 나왔다. 드람멘이었다.

"인사과에서 아직 자네의 회신을 못 받았다고 하더군. 자네가 꼭 와줬으면 하네."

"왜죠?"

해리는 에드바르 모스켄의 주민등록 번호로 범죄 전과를 조회했다.

"우리 직원들이 다른 부서 사람들과도 알고 지냈으면 하거든. 아직까지 자네를 구내식당에서 한 번도 본 적이 없어서 말이야."

"전 제 사무실 안에서 잘 지내고 있는데요."

일치하는 결과가 없었다. 이번에는 국립중앙등록소에 조회해 보았다. 어떤 이유로든 경찰과 공적 접촉이 있었던 사람이라면 거기에 기록이 남게 된다. 꼭 기소되는 경우뿐 아니라, 단순히 체포되거나 범죄를 신고하거나 자신이 범죄의 피해자일 때도 마찬가지다.

"그렇게 일에 푹 빠져 있는 모습을 보니 좋군. 하지만 사무실 안에만 갇혀 있지는 말게. 그럼 파티에서 볼 수 있는 거지, 해리?"

그는 엔터키를 눌렀다.

"생각해보죠. 오래전에 잡아둔 선약이 있어서요." 해리는 거짓말을 했다.

이번에도 일치하는 결과가 없었다. 국립중앙등록소에 들어온 김에 페우케가 알려준 세 번째 이름을 검색해보기로 했다. H-a-l-l-g-r-i-m D-a-l-e(할그림 달레). 페우케의 말대로라면 기회주의자였다. 히틀러가 전쟁에 이길 거라 생각했고, 그리하여 그의 편에 섰던 사람들에게 줄 보상을 바라고 전쟁에 참가했다. 젠하임에 도착하기도 전에 벌써 그 결정을 후회했지만, 돌이키기에는 너무 늦었다. 페우케에게서 처음 그 이름을 들었을 때 왠지 귀에 익다고 생각했는데, 지금도 마찬가지였다.

"내가 너무 부드럽게 말했나 보군. 난 지금 파티에 오라고 명령하는 걸세." 마이리크가 말했다.

해리가 올려다보자, 그가 미소 지었다.

"농담일세. 하지만 자네를 보면 반가울 거야. 수고하게."

"안녕히 가십시오." 해리는 중얼거리며 다시 모니터를 바라보았다. 검색 결과, 한 명의 할그림 달레가 있었다. 1922년 생. 그는 엔터키를 눌렀다.

글자가 화면을 가득 채웠다. 그러고도 한 페이지가 더 있었고, 또 한 페이지가 있었다.

'그렇다면 전쟁이 끝나고 모두 다 잘살았던 건 아니로군.' 해리는 생각했다. 할그림 달레. 거주지는 오슬로의 슈바이고르스 가였고, 신문이 애용하는 표현대로 말하면 '경찰서를 제집처럼 드나든 자'였다. 해리는 목록을 죽 훑어 보았다. 부랑죄, 술에 취해 난동 부리기, 이웃 괴롭히기, 가벼운 절도, 공공장소에서의 폭행. 꽤 많았지만 심각한 범죄는 없었다. 가장 놀라운 사실은 그가 아직 살아 있다는 것이었다. 해리는 달레가 작년 8월부터 알코올중독 치료 프로그램에 등록했다는 사실을 적어두었다. 그러고는 전화번호부에서 할그림 달레의 번호를 찾아내 전화했다. 발신음이 가는 동안, 1942년 생 에드바르 모스켄의 주민등록을 조회해보았다. 그의 주소 역시 드람멘이었다. 해리는 그의 주민등록 번호를 적어, 다시 범죄 기록을 조회했다.

"텔레노르에서 알려드립니다. 지금 거신 번호는 결번입니다. 텔레노르에서—."

놀랄 일도 아니었다. 해리는 전화기를 내려놓았다.

에드바르 모스켄의 아들에게는 전과 기록이 있었다. 게다가 긴 형량을 선고받아 아직도 복역 중이었다. 무슨 죄를 지은 거지? 아마 마약 범죄 때문일 거라고 생각하며 해리는 엔터키를 눌렀다. 죄수의 3분의 1은 마약 혐의였기 때문이다. 아니나 다를까 대마초 4킬로그램을 밀매한 혐의였다. 가석방 없는 4년 형.

해리는 하품하며 기지개를 켰다. 뭔가 진전이 좀 있었나? 아니면 가고 싶은 곳이 슈뢰데르뿐인데, 거기서 커피를 마시고 싶지는 않으니 그냥 여기에서 시간을 때우는 걸까? 되는 게 없는 날이로군. 그는 조사 결과를 요약했다. 첫째, 구드브란 요한센은 존재하지 않는다. 적어도 노르웨이에는. 둘째, 에드바르 모스켄은 드람멘에 거주 중이며 마약으로 복역 중인 아들이 있다. 셋째, 할그림 달레는 주정뱅이이고 한 번에 500만 크로네를 지불할 형편은 아니다.

해리는 눈을 비볐다.

혹시 전화번호부에 홀멘렌에 있는 신드레 페우케의 집 전화번호가 나와 있는지 찾아볼까? 그는 신음했다.

'그 여자에게는 애인이 있어. 돈도 있고, 기품도 있지. 한 마디로 네게 없는 모든 걸 다 가진 여자야.'

그는 다시 국립중앙등록소에 할그림 달레의 주민번호를 쳤다. 컴퓨터가 윙 소리를 내며 돌아갔다.

긴 목록이 나왔다. 거의 동일한 내용이었다. 불쌍한 알코올중독자 늙은이.

'우리 둘 다 법학을 전공했어. 그리고 그 여자도 라가 로커스를 좋아하고.'

목록을 훑어보던 해리의 시선이 잠시 멈췄다. 마지막 기록에는 달레가 '피해자'로 기록되어 있었다. 두들겨 맞기라도 했나? 해리는 엔터키를 눌렀다.

'그 여자는 그만 잊어. 그걸로 끝이야. 이젠 잊힌 여자야. 엘렌에게 전화해서 영화나 보러 가자고 할까? 영화는 엘렌에게 고르라고 하자. 아냐, 그냥 헬스장에 가는 게 낫겠다. 땀이나 빼러.'

화면에 정보가 떴다.

할그림 달레. 151199. 살해됨.

해리는 숨을 깊이 들이쉬었다. 놀란 것은 사실이지만, 왜 더 놀라지 않았을까? 그는 '세부 사항'을 더블 클릭했다. 컴퓨터가 웅웅거리며 진동했다. 하지만 이번만큼은 그의 뇌가 컴퓨터보다 빨랐다. 사진이 떴을 때는 이미 그 이름을 어디서 들었는지 기억났다.

2000년 3월 3일
SATS 헬스클럽

"엘렌입니다."

"나야."

"누구?"

"해리. 전화해서 '나야' 할 사람이 나 말고 또 누가 있다고?"

"쳇, 어디예요? 이 끔찍한 음악은 또 뭐고요?"

"헬스클럽."

"뭐라고요?"

"헬스클럽에서 자전거 타는 중이야. 곧 8킬로미터에 도달해."

"확실히 짚고 넘어가죠, 선배. 그러니까 지금 헬스클럽에서 자전거를 타면서 동시에 휴대전화로 통화한다는 거예요?" 그녀는 '헬스클럽'과 '휴대전화'를 강조했다.

"그게 어때서?"

"몰라서 물어요?"

"저녁 내내 전화했어. 너랑 톰 볼레르가 11월에 맡았던 사건 기억나? 할그림 달레 사건."

"물론이죠. 크리포스에서 냉큼 가져가버렸지만. 그런데 왜요?"

"아직은 잘 모르겠지만, 그 사건이 내가 찾는 사람과 관계가 있는 것 같아. 사건에 대해 아는 대로 읊어봐."

"일 얘기하기 싫어요, 선배. 월요일에 사무실로 전화하세요."

"조금만 말해줘, 엘렌. 부탁이야."

"헤르베르트 피자 가게에서 일하던 요리사가 뒷골목에서 달레의 시신을 발견했어요. 목이 베인 채 대형 쓰레기통 사이에 누워 있었죠. 감식반원들은 아무 단서도 찾아내지 못했고요. 그런데 검시관 말에 의하면, 목의 상처가 기가 막히대요. 외과의사가 자른 것처럼 깔끔하다나?"

"범인이 누구일 거 같아?"

"모르겠어요. 물론 신나치족일 수도 있지만 그럴 것 같지는 않아요."

"왜?"

"자기들 소굴 바로 옆에서 누군가를 죽인다는 건 아주 무모하거나 완전 멍청한 짓이니까요. 그런데 이 사건은 어느 모로 보나 깔끔하고 철두철미해요. 피살자가 반항한 흔적도, 단서도, 목격자도 없죠. 범인이 능숙한 프로라는 뜻이에요."

"동기는?"

"단정 짓기 힘들어요. 달레는 빚이 꽤 있었지만, 협박해서 받아낼 정도는 아니었어요. 우리가 알기로는 마약을 하지도 않았고요. 그의 아파트를 뒤져봤는데, 빈 병 말고는 아무것도 없었어요. 그의 술친구들과도 얘기해봤어요. 무슨 이유인지 몰라도 달레는 주정뱅이 여자들과 어울려 다녔나 봐요."

"주정뱅이 여자들?"

"네, 알코올중독자들에게 붙어 다니는 여자들 있잖아요. 선배도 봤을 거예요."

"보기야 했지. 하지만…… 주정뱅이 여자들이라니."

"선배는 꼭 이상한 데 꽂히더라. 가끔씩 그거 진짜 짜증난다고요. 알아요? 어쩌면 선배는—."

"미안, 엘렌. 네가 언제나 옳아. 고치도록 최선을 다할게. 하려던 말이 뭐였어?"

"알코올중독자들끼리 파트너를 바꾸는 일이 종종 있어요. 그러니까 질투로 인한 살인일 가능성도 배제할 수 없죠. 그건 그렇고, 우리가 심문한 사람 중에 누가 있었는지 알아요? 선배의 오랜 친구인 스베레 올센! 살인이 일어나던 시간 전후로 그가 헤르베르트 피자 가게에 있었다고 요리사가 그랬거든요."

"그런데?"

"알리바이가 있었어요. 하루 종일 가게에 처박혀 있다가, 뭘 사러 딱 10분만 자리를 비웠대요. 점원이 확인해줬어요."

"그래도 그 사이에—."

"네, 그놈이 범인이면 좋겠죠? 하지만 선배……."

"달레에게는 돈 말고 다른 게 있었을지 몰라."

"또 시작이다……."

"누군가에 대한 정보 같은 거."

"국가정보국에서도 그놈의 음모 이론만 짜고 있는 거예요? 근데 이런 얘기는 월요일에 하면 안 돼요?"

"언제부터 그렇게 근무 시간을 따졌다고 그래?"

"저 침대에 있어요."

"10시 반밖에 안 됐는데?"

"혼자가 아니에요."

자전거 페달을 밟던 해리는 동작을 멈췄다. 그제야 주위 사람들이 자신의 대화를 듣고 있을지도 모른다는 생각이 들었다. 그는 몸을 획 돌렸다. 다행히 늦은 시간이라 헬스클럽에는 사람이 별로 없었다.

"퇴르스트 바에서 만났다던 보헤미안이야?" 해리가 속삭였다.

"으흠."

"둘이 언제부터 그렇게 된 거야?"

"꽤 됐어요."

"왜 말 안 했어?"

"안 물어봤잖아요."

"지금 옆에 있어?"

"으흠."

"잘해?"

"으흠."

"그쪽에서 사랑 고백도 했고?"

"으흠."

정적이 흘렀다.

"설마 그거 할 때 프레디 머큐리 생각하면서—."

"끊어요, 선배."

2000년 3월 6일

해리의 사무실

해리가 출근했을 때 안내 데스크의 시계는 8시 30분을 가리켰다. 그곳은 사실 안내 데스크라기보다는 깔때기 역할을 하는 출입구였다. 깔때기 담당자인 린다가 컴퓨터에서 눈을 들어 명랑하게 인사했다. 린다는 국가정보국에서 누구보다 오래 근무한 직원이었으며, 해리가 매일의 업무를 수행하기 위해 유일하게 접촉해야 하는 인물이었다. 속사포 같은 말투에 몸집이 자그마한 50대 여성인 린다는 '깔때기 담당자'일 뿐 아니라, 이곳 직원들의 공동 비서이자 안내원, 잡역부였다. 해리는 만약 자신이 외국 국가기관의 첩자인데 정보를 빼내기 위해 국가정보국의 누군가를 도청해야 한다면, 그 대상은 린다가 될 거라고 생각한 적이 있었다. 게다가 그녀는 마이리크를 제외하고 국가정보국에서 해리가 무슨 일을 하는지 아는 유일한 사람이었다. 다른 사람들은 그를 뭘 하는 사람이라고 생각하는지 알 수 없었다. 어쩌다 그가 한 번씩 구내식당에 가서 요거트나 담배(이건 팔지 않는 것으로 밝혀졌다)를 살라치면, 식당에 있던 사람들의 시선이 느껴졌다. 하지만 굳이 그 시선의 의미를 해석하려 하지는 않았다. 그저 서둘러 사무실로 돌아갈 뿐이었다.

"아까 경위님을 찾는 전화가 왔어요. 영어로 말하던데, 이름이……."

린다는 컴퓨터 모니터에 붙어 있던 노란색 포스트잇을 떼어냈다.

"호흐너였어요."

"호흐너?" 해리가 외쳤다.

린다가 확인하기 위해 다시 포스트잇을 보았다. "네, 전화를 건 여자 말로는 그랬어요."

"여자? 남자가 아니고?"

"네. 여자였어요. 다시 전화한다고 했는데……." 린다가 뒤돌아 벽에 걸린 시계를 보았다. "……지금 이 시간에요. 경위님과 꼭 통화해야 하는 것 같더군요. 그리고 말이 나왔으니 말인데, 아직도 다른 부서에 인사 안 했나요?"

"바빠서요. 다음 주에 할게요, 린다."

"여기 온 지 벌써 한 달이나 됐어요. 어제 스테펜센이 저한테 묻더라고요. 화장실에서 만난 껑다리 금발 남자가 누구냐고."

"그래서 뭐라고 했어요?"

"꼭 알아야 할 필요가 있을 때만 알려주겠다고 했죠, 호호호. 그리고 토요일에 열리는 우리 부서 파티에 참석해야 해요."

"알겠습니다." 해리는 그렇게 중얼거리며 우편함에 든 종이 두 장을 집어 들었다. 하나는 파티 참석을 당부하는 내용이었고, 다른 하나는 대변인 선출의 새로운 협의 사항을 알리는 내부 공지였다. 해리가 사무실 문을 닫자마자 둘 다 쓰레기통으로 직행했다.

해리는 자리에 앉아 자동응답기의 녹음과 정지 버튼을 동시에 누르고 기다렸다. 30초 후에 전화가 울렸다. 해리는 호호너라는 여자일 거라 생각하며 전화를 받았다.

"전화 바꿨습니다."

"전화 바꿨습니다아?" 엘렌이었다.

"미안. 다른 사람인 줄 알고."

"진짜 짐승남인 거 있죠." 해리가 더 설명하기도 전에 엘렌이 말했다. "완죤 언빌리버블이에요."

"지금 내 짐작이 맞는 거라면 그쯤 해두시지, 엘렌."

"쳇, 소심하긴. 근데 누구 전화를 기다리는 거예요?"

"여자."

"드디어!"

"꿈 깨시지. 아마 내가 심문했던 남자의 친척이나 부인일 거야."

엘렌은 한숨을 쉬었다. "대체 연애는 언제 할 거예요, 선배?"

"그래서 넌 지금 사랑에 빠진 거야?"

"잘 아시네요. 선배도 여자 생긴 거 아니에요?"

"나?"

엘렌의 환호성이 해리의 고막을 찔렀다.

"아니라고는 안 하는데요? 딱 걸렸어, 해리 홀레! 누구예요? 누구, 누구?"

"그만해, 엘렌."

"순순히 인정하세요!"

"만나는 사람 없다니까."

"이 누나한테 거짓말 할래?"

해리는 웃음을 터뜨렸다. "할그림 달레에 대해서나 말해봐. 현재 수사가 어디까지 진행된 거야?"

"모르겠어요. 크리포스에 물어보세요."

"그럴 거야. 하지만 그 사건에 대한 네 직감은 어때?"

"범인은 프로예요. 그리고 원한에 의한 살인도 아니고요. 살인 현장이 깔끔하고 깨끗하기는 해도, 미리 계획된 살인 같지는 않아요."

"왜?"

"범인이 솜씨가 좋고, 아무런 단서도 남기지 않은 건 사실이에요. 하지만 범행 현장으로 형편없는 곳을 골랐잖아요. 거리나 뒷골목을 지나가던 행인이 시신을 쉽게 발견할 수 있다고요."

"전화 들어온다. 이따 다시 할게."

해리는 자동응답기의 정지 버튼을 눌러 통화가 녹음되게 한 뒤, 다른 전화를 받았다.

"여보세요."

"안녕하세요. 전 콘스탄체 호흐너라고 해요."

"안녕하십니까, 호흐너 부인."

"전 안드레아스 호흐너의 누나예요."

"그러시군요."

전화 상태가 좋지 않은데도 그녀의 목소리에서 긴장감이 느껴졌다. 그녀는 곧장 본론으로 들어갔다.

"제 동생과 약속을 하셨더군요, 홀레 씨. 그런데 약속을 지키지 않으셨어요."

이상한 억양이었다. 안드레아스 호흐너와 같은 억양. 자동적으로 해리는 그녀의 모습을 그려보았다. 형사로 일하던 초창기부터 생긴 습관이었다.

"글쎄요, 호흐너 부인. 동생분이 제공한 정보의 진위 여부를 확인하기 전까지는 동생 분을 위해 어떤 일도 할 수 없습니다. 현재로서는 동생분의 말을 입증할 증거도 찾지 못했고요."

"하지만 그 애가 왜 거짓말을 했겠어요, 홀레 씨? 그렇게 궁지에 몰린 사람이?"

"바로 그렇기 때문에 거짓말을 하는 겁니다, 호흐너 부인. 설사 아는 게 없다고 해도 필사적으로 아는 척할 수 있죠."

지글거리는 전화선 너머로 정적이 흘렀다. 어디에서 건 전화일까? 요하네스버그?

"당신이 그 비슷한 말을 할 거라고 동생이 경고하더군요. 그래서 제가 전화드린 거예요. 당신이 관심을 가질 만한 정보가 더 있다는 말을 하려고요. 동생이 제게 알려줬죠."

"그렇습니까?"

"하지만 먼저 당신 정부가 제 동생을 위해 무언가를 해줘야만 정보를 드릴 수 있어요."

"최선을 다하죠."

"당신들이 우리를 돕는다는 게 확실해지면 다시 연락드리죠."

"잘 아시겠지만, 호흐너 부인, 그런 식으로는 안 됩니다. 우선 우리가 받은 정보의 결과를 봐야 합니다. 그런 후에만 동생분을 도울 수 있습니다."

"우린 당신의 보증이 필요해요. 2주 후면 재판이 시작될 거라고요."

중간쯤에서 그녀의 목소리가 잠시 흔들렸다. 금방이라도 울음을 터뜨릴 것 같았다. "제가 할 수 있는 약속은 최선을 다하겠다는 것뿐입니다."

"난 당신이 어떤 사람인지 몰라요. 모르시나 본데, 저들은 동생을 사형시키려 한다고요. 저들이—."

"설사 그렇다 해도 제가 드릴 수 있는 약속은 그것뿐입니다."

그녀는 울기 시작했다. 해리는 기다렸다. 잠시 후, 그녀의 울음이 잦아들었다.

"자녀가 있으신가요, 호흐너 부인?"

"네." 그녀가 코를 훌쩍거렸다.

"동생분이 무슨 혐의로 기소되었는지도 아시죠?"

"그럼요."

"그럼 동생분에게 죄의 사면이 필요하다는 것도 아실 겁니다. 우릴 도와 범인을 막는다면, 동생분도 좋은 일을 하는 겁니다. 당신도 마찬가지고요, 호흐너 부인."

그녀가 숨을 몰아쉬는 소리가 들렸다. 해리는 그녀가 또 울려 한다고 생각했다.

"정말로 최선을 다하겠다고 약속하시나요, 홀레 씨? 동생은 절대 그런 짓을 하지 않았어요."

"약속합니다."

해리의 귀에 자신의 목소리가 들렸다. 차분하고 담담한 목소리. 하지만 그의 손은 전화기를 부서져라 쥐고 있었다.

"좋아요." 콘스탄체 호흐너가 부드럽게 말했다. "안드레아스 말로는 그날 밤 항구에서 총을 넘겨받고 돈을 지불한 사람과 총을 주문한 사람이 다르다고 했어요. 총을 주문한 사람은 단골 고객인데 젊은 남자라고 했어요. 스칸디나비아 식 억양이 들어간 영어를 꽤 유창히 구사한대요. 그리고 자신을 암호명인 '프린스'로 불렀다더군요. 총에 집착하는 남자들의 모임부터 조사해보라고 안드레아스가 전해달래요."

"그게 전부입니까?"

"동생은 그 남자를 만난 적이 없지만, 목소리를 녹음해서 들려준다면 금방 알아낼 수 있다고 했어요."

"잘됐군요." 해리는 자신의 목소리에 실망감이 드러나지 않기를 바라며 대답했다. 그러고는 본능적으로 어깨를 폈다. 마치 앞으로 해야 할 거짓말에 마음의 대비를 하듯이.

"뭔가 발견하게 되면, 이쪽에서 손을 쓰겠습니다."

그 말이 마치 입안에서 톡 쏘는 소다처럼 따끔거렸다.

"고맙습니다, 홀레 씨."

"고마워하실 거 없습니다, 호흐너 부인."

해리는 전화가 끊어진 후에도 마지막 말을 몇 번 더 반복한 후에야 전화기를 내려놓았다.

"너무했다." 호흐너 남매 이야기를 들은 엘렌이 말했다.

"네 뇌가 사랑에 빠졌다는 걸 잠시 잊고, 재주를 부릴 수 있는지 한번 실험해봐. 최소한 이젠 동기가 생겼잖아."

"불법 무기 밀매, 단골, 프린스, 무기광. 달랑 네 개뿐이잖아요."

"내가 아는 건 그것뿐이야."

"근데 제가 왜 이 일을 해야 하죠?"

"날 사랑하니까. 그만 끊어야겠다."

"잠깐만요. 선배가 사랑에 빠진 여자는—."

"네 직관은 범죄 해결하는 데나 쓰라고, 엘렌. 잘 있어."

해리는 전화번호부에서 찾아낸 드람멘의 번호로 전화했다.

"모스켄입니다." 자신감에 넘치는 목소리가 전화를 받았다.

"에드바르 모스켄 씨?"

"그렇소만. 누구요?"

"전 국가정보국의 홀레 경위라고 합니다. 몇 가지 여쭤볼 게 있습니다만."

해리가 자신을 경위로 소개하는 것은 이번이 처음이었다. 왠지 거짓말처럼 들렸다.

"내 아들에게 무슨 일이라도 생겼소?"

"아닙니다. 언제가 편하십니까, 모스켄 씨? 내일 정오도 괜찮으신가요?"

"난 연금 수령자요. 게다가 혼자 살고. 아무 때나 와도 다 편하다오, 경위."

해리는 에벤 율에게 전화해 지금까지 있었던 일을 알려주었다. 그러고는 요거트를 사러 구내식당으로 가며 할그림 달레 사건에 대해 엘렌이 했던 말을 생각했다. 크리포스에 전화해 더 물어보긴 할 테지만, 중요한 정보는 이미 엘렌이 전부 알려줬다는 느낌이 강하게 들었다. 그래도 의심은 사라지지 않았다. 노르웨이에서 살해당할 확률은 통계적으로 1만 분의 1이다. 찾는 사람이 하필 4개월 전에 살해된 것으로 밝혀지는 일은 우연이라 하기 힘들다. 이 사건이 매르클린 라이플 구입과 관련이 있을까? 아직 아침 9시도 안 됐는데 해리는 벌써부터 골치가 아팠다. 엘렌이 프린스에 대해 뭔가 알아내야 할 텐데. 아무것이라도. 만약 아무것도 알아내지 못한다면, 거기가 출발점이 될 것이다.

2000년 3월 6일
송

 퇴근 후 해리는 차를 몰아 송의 보호시설로 향했다. 쇠스가 그를 기다리고 있었다. 동생은 작년에 살이 좀 쪘지만, 그 애의 주장대로라면 같은 층의 복도 아래에 사는 남자친구 헨릭은 지금이 더 좋다고 했단다.
 "하지만 헨릭은 몽고라서."
 쇠스는 헨릭의 취향이 독특하다는 것을 설명할 때면 그렇게 말하곤 했다. 반면 자신은 몽고가 아니라고 했다. 몽고와 몽고가 아닌 사람 간에는 분명 눈에 보이지 않지만 뚜렷한 차이가 존재하는 모양이었다. 쇠스는 이 시설에 사는 사람 중에 누가 몽고이고, 누가 몽고에 가까운지 말해주기를 좋아했다.
 동생의 이야기는 평상시와 다를 바 없었다. 지난주에 헨릭이 무슨 말을 했는지(가끔은 깜짝 놀랄 만한 발언도 있었다), 둘이 무슨 텔레비전 프로그램을 봤는지, 둘이 무엇을 먹었고, 이번 휴가에는 어디로 갈 계획인지 등등. 두 사람은 늘 휴가를 미리 계획했는데 이번에는 하와이라고 했다. 쇠스와 헨릭이 하와이언 셔츠를 입고, 호놀룰루 공항에 서 있을 모습을 생각하니 해리는 저절로 웃음이

나왔다.

"아버지와 통화는 했어?" 해리가 물었다.

"이틀 전에 찾아오셨어."

"그랬구나."

"이젠 아빠도 엄마를 잊은 것 같아. 다행이야."

해리는 그 말을 생각하며 잠시 의자에 앉아 있었다. 그러자 헨릭이 노크를 하더니, 3분 뒤에 TV2에서 드라마 〈호텔 세사르〉가 시작한다고 말했다. 해리는 코트를 입고, 곧 전화하겠노라고 약속하며 그곳을 나왔다.

울레볼 스타디움의 신호등 근처는 늘 그렇듯이 교통이 정체되어 있었다. 해리는 도로 공사 때문에 아까 순환도로에서 오른쪽으로 회전했어야 한다는 사실을 뒤늦게 깨달았다. 그는 콘스탄체 호흐너가 했던 말을 생각했다. 우리아는 중개인을 거쳤고, 중개인은 아마도 노르웨이인일 것이다. 이는 우리아의 정체를 아는 사람이 있다는 뜻이다. 린다에게 비밀문서보관소를 뒤져 '프린스'라는 별명을 가진 사람이 있는지 찾아보라고 일러두기는 했지만, 허탕칠 게 뻔했다. 이자는 보통 범죄자보다 똑똑하다는 느낌이 들었다. 안드레아스 호흐너의 말이 사실이라면, 그러니까 프린스가 정말로 그의 단골이라면 이자는 지금까지 국가정보국이나 다른 정부 기관에 발각되지 않은 채 고객을 확보해왔다. 그런 일은 시간도 오래 걸릴뿐더러 주의력과 교활함, 절제가 필요하다. 그 세 가지 모두 해리가 아는 깡패들과는 거리가 먼 자질이었다. 물론 지금까지 체포되지 않은 걸 보면, 억세게 운 좋은 자일 수도 있다. 혹은 스스로를 보호할 수 있는 위치의 사람일 수도 있고. 콘스탄체 호흐너는 그의 영어가 유창하다고 했다. 그렇다면 외교관일지도 모른다. 세관을 통과하지 않고 자유롭게 외국을 드나들 수 있는 사람.

해리는 슬렘달스 가에서 순환도로를 빠져나와, 홀멘콜렌으로 향했다.

마이리크에게 엘렌을 잠깐 국가정보국으로 전근시켜달라고 부탁할까? 하지만 그럴 가능성은 희박해 보였다. 마이리크가 해리에게 기대하는 것은 전쟁 시절의 귀신을 쫓기보다 신나치족에 대해 조사하고, 부서 파티에 참석하는 것이기 때문이다.

그녀의 집 앞에 도착하고 나서야 해리는 자신이 어디에 와 있는지 깨달았다. 그는 차를 세우고 나무 사이를 응시했다. 그녀의 집에서 50미터 정도 떨어진 거리였다. 1층 창문은 불이 밝혀져 있었다.

"이런 머저리." 해리는 큰 소리로 말했다가 자기 목소리에 깜짝 놀랐다. 그곳을 막 떠나려는데, 현관문이 열리며 계단에 불빛이 떨어졌다. 그녀가 자신의 차를 알아볼지도 모른다는 생각에 해리는 패닉 상태에 빠졌다. 조용히 후진해 몰래 언덕 위로 올라가 그녀의 시야에서 사라지기 위해 후진 기어를 넣었다. 하지만 액셀러레이터를 너무 살살 밟는 바람에 시동이 꺼져버렸다. 현관 쪽에서 목소리가 들렸다. 검은색 롱코트를 입은 장신의 남자가 집에서 나와 계단에 섰다. 남자는 뭐라고 말하고 있었는데, 이야기하는 상대는 문에 가려 보이지 않았다. 그러더니 남자가 열린 문 사이로 몸을 숙였고, 더는 그들의 모습이 보이지 않았다.

'키스하는군.' 해리는 생각했다. '겨우 30분 만난 여자를 염탐하겠다고 홀멘콜렌까지 오다니. 그래서 본다는 게 고작 그 여자가 남자친구와 키스하는 장면이라니.'

그러더니 현관문이 닫혔고, 남자는 아우디에 올라탔다. 아우디는 해리의 차를 지나 도로 아래로 내려갔다.

집으로 가는 길에 해리는 자신에게 어떤 벌을 줄까 고민했다. 뭔가 가혹하면서도 앞으로 다시는 이런 짓을 할 수 없게 만드는 벌이어야 한다. 에어로빅 수업을 들어야겠다.

2000년 3월 7일

드람멘

해리는 드람멘이 왜 그토록 질타를 받는지 도무지 이해할 수가 없었다. 물론 아름다운 도시는 아니었지만, 노르웨이에서 과잉 팽창된 도시 중에 드람멘만 유독 흉하다고는 할 수 없었다. 잠시 뵈르센에 들러 커피를 마실까 했지만, 손목시계를 보니 시간이 촉박했다.

에드바르 모스켄은 마차 경주* 트랙이 보이는 빨간색 목조 저택에 살고 있었다. 차고 앞에는 꽤나 구형인 메르세데스가 주차되어 있었다. 현관에 나와 있던 모스켄은 해리의 신분증을 꼼꼼히 살펴본 후에야 입을 열었다.

"1965년 생? 그보다는 늙어 보이는구려, 홀레 경위."

"유전자 탓이죠."

"안됐소."

"열네 살 때부터 18세 관람불가 영화를 보고 다녔습니다."

과연 에드바르 모스켄이 이 농담을 이해했는지 분간하기 힘들었다. 그는 해리에게 들어오라고 손짓했다.

---

* 말에 1인승 마차를 설치해 타원형의 트랙을 달리는 스포츠

"혼자 사십니까?" 모스켄이 앞장서서 거실로 걸어가는 동안, 해리가 물었다. 집은 깨끗하고 잘 정돈되어 있었다. 장식품은 거의 없었고, 자기 마음대로 집을 꾸밀 수 있는 일부 남자들이 그러하듯이 깔끔하다 못해 썰렁했다. 그런 점에서 해리의 아파트를 연상시켰다.

"그렇소. 아내는 전쟁이 끝난 후에 떠났소."

"떠나요?"

"이 집에서 나가 따로 살았다고. 남남이 되었단 말이오."

"그렇군요. 자녀분은요?"

"아들이 하나 있었소."

"있었다고요?"

에드바르 모스켄은 걸음을 멈추고 뒤돌아보았다.

"내 어휘력에 문제라도 있소, 홀레 경위?"

하얀 눈썹 한쪽이 위로 올라가며 넓은 이마에 뾰족한 각을 이루었다.

"아뇨, 제 문제입니다. 전 수저로 일일이 떠먹여줘야 하거든요."

"알겠소. 아들이 하나 있소."

"고맙습니다. 은퇴 전에는 무슨 일을 하셨나요?"

"화물차 몇 대를 굴렸소. 모스켄 운송이라고. 7년 전에 팔았지."

"사업은 잘되셨습니까?"

"아주 잘됐소. 인수한 사람들이 회사명을 계속 유지할 정도니까."

그들은 커피 테이블에 마주 앉았다. 커피를 마시겠느냐는 질문은 나오지 않을 것이다. 모스켄은 가슴 위로 팔짱을 낀 채 몸을 앞으로 내민 자세를 취했다. '어서 이 일을 끝냅시다'라고 말하는 듯이.

"12월 21일 밤에 어디에 계셨습니까?"

이곳으로 오는 동안 해리는 이 질문으로 시작하리라 마음먹었다. 모스켄이 그를 떠보고, 그리하여 그들에게 아무것도 없음을 알아차리기 전에 그가 가진 유일한 카드를 내놓는 것이다. 그러면 최소한 그의 반응을 끌어낼 수 있고, 거기서 뭔가를 알아낼 수 있으리라. 모스켄이 숨기는 게 있는지 없는지.

"내가 무슨 사건의 용의자라도 되는 거요?" 모스켄이 물었다. 그의 얼굴에는 그저 약간의 놀라움만 드러나 있었다.

"그냥 질문에 대답해주시면 감사하겠습니다, 모스켄 씨."

"좋을 대로. 난 집에 있었소."

"너무 빨리 대답하시네요."

"무슨 뜻이오?"

"생각하지도 않고 바로 대답하셨으니까요."

모스켄은 얼굴을 찡그렸다. 조롱하는 미소를 지으며, 절망이 가득한 시선으로 상대를 바라보는 그런 찡그림이었다.

"내 나이가 되면 집을 비우는 날이 손에 꼽을 정도라오."

"신드레 페우케 씨에게서 젠하임의 훈련 캠프에 함께 있었던 노르웨이인들의 명단을 받았습니다. 구드브란 요한센, 할그림 달레, 신드레 페우케, 그리고 모스켄 씨, 이렇게 넷이죠."

"다니엘 구데손이 빠졌군."

"그런가요? 그분은 전쟁이 끝나기 전에 전사하신 걸로 아는데요."

"그랬지."

"그런데 왜 그분 이름을 언급하신 겁니까?"

"그 친구도 우리와 함께 젠하임에 있었으니까."

"페우케 씨에게 들은 바로는 젠하임을 거쳐간 노르웨이인들은 많지만, 살아남은 사람은 네 분뿐이라던데요."

"맞소."

"그런데 왜 굳이 구데손 씨를 언급하신 겁니까?"

에드바르 모스켄은 해리를 바라보더니, 허공으로 시선을 옮겼다.

"그 친구도 아주 오랫동안 우리와 함께 있었으니까. 우린 그가 살아남을 거라고 믿었소. 다니엘 구데손은 천하무적이라고. 보통 사람이 아니었지."

"할그림 달레가 죽은 건 아십니까?"

모스켄은 고개를 저었다.

"별로 놀라지 않으시는군요."

"놀랄 이유가 없잖소. 이 나이가 되면 아직 살아있는 지인이 있다는 게 더 놀라운 소식이니까."

"만약 그분이 살해되었다면요?"

"그렇다면 얘기가 다르지. 그런데 그 얘기를 왜 하는 거요?"

"할그림 달레에 대해 아시는 게 있나요?"

"없소. 그 친구를 마지막으로 본 건 레닌그라드에서였소. 전쟁 신경증에 시달리고 있었지."

"함께 귀국하지 않으셨나요?"

"달레와 다른 전우들이 어떻게 귀국했는지는 아는 바가 없소. 난 1944년 1월에 부상을 당했거든. 소련 전투기가 우리 참호 안으로 수류탄을 던지는 바람에."

"전투기가요? 전투기에서 수류탄을 던진다는 겁니까?"

모스켄은 말없이 미소만 지으며 고개를 끄덕였다.

"야전병원에서 깨어났을 때는 독일군의 전면적인 퇴각이 진행 중이었소. 그해 여름에 오슬로의 신센 학교에 차린 야전병원으로 이송되었지. 그다음에는 독일이 항복했고."

"그럼 부상당한 후로는 다른 세 분을 전혀 못 본 겁니까?"

"신드레 페우케만 봤소. 전쟁이 끝난 지 3년 후에."

"그럼 복역을 마치신 후였겠군요."

"그렇소. 레스토랑에서 우연히 마주쳤지."

"페우케 씨가 왜 탈영했다고 생각하십니까?"

모스켄은 어깨를 으쓱였다.

"분명 자기 나름의 이유가 있었을 거요. 최소한 그는 어느 편에 설지 결정했소. 그것도 전쟁이 어떻게 끝날지 다들 모르던 때에. 그 정도면 대다수 노르웨이인들보다 훨씬 나은 거요."

"무슨 뜻입니까?"

"전쟁 중에 이런 말이 있었소. '가장 늦게 결정하는 사람이 늘 가장 옳은 결정을 내린다.' 1943년 크리스마스쯤에는 우리도 독일군이 퇴각 중이라는 걸 알고 있었소. 하지만 얼마나 심각한 상황이었는지는 몰랐지. 어쨌든 아무도 페우케에게 손바닥 뒤집듯이 마음을 바꿨다고 비난할 순 없소. 고국에서 엉덩이 붙이고 앉아 있다가, 전쟁 끝나기 몇 달 전에 갑자기 레지스탕스에 들어가는 사람과는 달랐으니까. 우린 그런 자들을 '말일末日 성도'라 불렀소. 현재 그중 몇 명은 노르웨이가 옳은 편에 서려는 영웅적 노력을 했다고 공공연히 선언하는 대열에 합류했더군."

"혹시 누굴 염두에 두고 하시는 말씀인가요?"

"물론 전쟁이 끝난 후에 갑자기 영웅 대접을 받게 된 이상한 사람이 생각나기 할 거요. 하지만 그건 중요하지 않소."

"구드브란 요한센은요? 그분은 기억하십니까?"

"물론이오. 그 친구는 막판에 내 목숨을 구해줬소. 그는……."

모스켄은 아랫입술을 깨물었다. 이미 너무 많은 말을 했다는 듯이.

"그분은 어떻게 됐나요?"

"구드브란 말이오? 나도 좀 알았으면 좋겠소. 수류탄이……. 구드브란과 할그림 달레, 그리고 나 이렇게 셋은 참호에 서 있었소. 그때 수류탄 하나가 빙판 위를 통통 튀다가 달레의 헬멧에 부딪혔소. 내가 기억하는 건 수류탄이 폭발했을 때 구드브란이 수류탄과 가장 가까운 곳에 있었다는 것뿐이오. 나중에 혼수상태에서 깨어났을 때는 구드브란과 달레의 행방에 대해 아는 사람이 없었소."

"무슨 말입니까? 그분들이 사라졌다고요?"

모스켄의 시선이 창문을 찾았다.

"그날은 소련군이 전면 공격을 펼치던 날이었소. 아수라장이라는 말로도 부족한 상황이었지. 내가 깨어났을 때는 우리 참호가 소련군의 손에 들어간 지 오래였소. 우리 연대도 이동된 후였고. 만약 구드브란이 살아 있었다면, 아마 북부 지구에 있는 노를란 연대 야전병원으로 이송되었을 거요. 달레도 마찬가지고. 나도 그곳으로 이송된 줄 알았는데 깨어나 보니 전혀 다른 곳이었소."

"구드브란 요한센은 주민등록상에 없었습니다."

모스켄은 어깨를 으쓱였다. "그럼 그날 수류탄이 터지면서 죽은 게로군. 나도 그럴 거라 생각했소."

"그분의 행방을 알아보지 않으셨습니까?"

모스켄은 고개를 저었다

해리는 이 집에 커피가 있다는 것을 암시할 만한 물건이 없는지 주위를 둘러보았다. 아무것이라도 좋았다. 커피포트나 하다못해 커피잔이라도. 벽난로 위에 한 여인의 사진이 금테 액자에 걸려 있었다.

"어르신을 포함한 독일군 입대자들이 전쟁 후에 겪은 수모에 대해서는 어떻게 생각하시나요? 억울하십니까?"

"우리가 받은 처벌에 대해서라면 억울하지 않소. 난 현실주의자요. 우린 정치적 필요에 의해 재판을 받아야만 했소. 난 전쟁에 졌소. 그러니 불평 따윈 하지 않아."

갑자기 에드바르 모스켄이 웃음을 터뜨렸다. 까치가 깍깍 우는 듯한 소리였다. 대체 왜 웃는 것인지 해리는 알 수가 없었다. 웃어 대던 모스켄이 다시 심각한 표정을 지었다.

"원통한 건 매국노라는 딱지가 붙은 거요. 하지만 우리는 알고 있소. 우리가 목숨 걸고 이 나라를 지켰다는 걸. 그 사실이 큰 위안이 된다오."

"지금도 그때와 정치적 견해가……."

"똑같냐고?"

해리가 고개를 끄덕이자, 모스켄이 헛웃음을 지으며 말했다. "그건 쉬운 질문이로군, 경위. 아니오. 내가 틀렸소. 그걸로 끝이오."

"그 후로 신나치족과 접촉은 없으셨나요?"

"큰일 날 소리! 전혀 없었소. 몇 년 전에 혹순에서 모임이 있었나 보더군. 웬 머저리에게서 모임에 참석해 전쟁 이야기를 해달라는 전화를 받았었소. 자기들 모임을 '피와 명예'라고 부르더군.

그 비슷한 이름이었소."

모스켄은 커피 테이블 위로 몸을 내밀었다. 테이블 한쪽 구석에는 테이블 가장자리에 맞춰 잡지들이 가지런히 쌓여 있었다.

"국가정보국이 찾는 게 정확히 뭐요? 신나치족을 감시하는 거요? 그런 거라면 잘못 찾아왔소."

해리는 이 시점에서 모스켄에게 어디까지 말해야 할지 알 수가 없었다. 그래도 정직하게 대답했다.

"우리가 찾는 게 뭔지 저도 모릅니다."

"과연 국가정보국답군."

모스켄은 다시 까치처럼 깍깍 웃었다. 귀에 거슬리는 고음의 웃음소리였다.

나중에 해리는 분명 조롱하는 듯한 그 웃음과 커피 대접을 받지 못한 것이 원인이라는 결론을 내렸다. 다음과 같은 질문을 하게 된 원인.

"한때 나치를 추종했던 사람을 아버지로 두었다는 것이 아드님에게 어떤 영향을 미쳤을까요? 아드님이 마약 혐의로 복역 중인 이유가 그 때문이라고 생각하십니까?"

노인의 눈에서 분노와 고통을 본 순간, 해리는 그 질문을 한 것을 후회했다. 굳이 반칙을 하지 않고서도 원하는 것을 알아낼 수 있었을 것이다.

"그 재판은 쇼였어!" 모스켄이 성난 어조로 나지막이 말했다. "우리 아들을 변호해준 국선 변호사는 날 재판했던 판사의 손자였다고. 전쟁 중에 자기들이 한 짓에 대한 수치심을 감추기 위해 우리 아들을 벌준 거야. 난……"

갑자기 그가 말을 멈췄다. 해리는 그가 계속 말하기를 기다렸지만, 그것으로 끝이었다. 아무런 사전 경고 없이, 그의 뱃속에 있던 사냥개들이 갑자기 묶여 있던 사슬을 잡아당겼다. 한동안 잠잠했던 녀석들이 다시 술을 달라고 보챘다.

"그들도 '말일 성도' 인가요?" 해리가 물었다.

모스켄은 어깨를 으쓱였다. 이 주제에 관한 오늘의 이야기는 이것으로 끝인 듯했다. 모스켄이 손목시계를 기울였다.

"어디 가실 데가 있나요?"

"산장까지 산책 갈 거요."

"여기서 멉니까?"

"그렌란에 있소. 어두워지기 전에 출발해야 해서."

해리는 자리에서 일어섰다. 현관에서 적당한 인사말을 찾는 동안 그의 머릿속에 갑자기 어떤 생각이 떠올랐다.

"아까 1944년 1월에 레닌그라드에서 부상을 당했고, 그해 여름에 신센 학교로 이송되었다고 하셨죠? 그럼 그사이에는 뭘 하셨습니까?"

"무슨 말이오?"

"얼마 전에 에벤 율의 책을 읽었거든요. 그분은 전쟁 역사가죠."

"에벤 율이 누군지는 잘 알고 있소." 모스켄이 뜻 모를 미소를 지으며 말했다.

"그 책에 의하면 노르웨이 연대는 1944년 3월, 소련의 크라스노예 셀로에서 해체되었습니다. 3월부터 신센 학교에 도착하기 전까지 어디에 계셨죠?"

모스켄은 오랫동안 해리를 바라보더니, 현관문을 열고 밖을 내다보았다.

"기온이 거의 0도까지 떨어졌소. 조심해서 운전하시오."

해리는 고개를 끄덕였다. 모스켄은 등을 쭉 펴고, 손을 눈 위로 가져가더니 텅 빈 마차 경주장을 실눈으로 바라보았다. 경주장에 쌓인 지저분한 눈 위로 회색의 타원형 트랙이 도드라졌다.

"한때는 지명이 있었으나 너무 자주 바뀌어 이제는 아무도 알 수 없는 곳들을 전전했소. 우리 지도에는 길과 강, 지뢰밭만 표시되어 있을 뿐 지명 따윈 없었다오. 만약 내가 에스토니아의 패르누에 있었다고 한다면, 그 말도 맞을 거요. 나뿐 아니라 거기 있던 누구도 지금 우리가 있는 곳이 어딘지 몰랐소. 1944년의 봄과 여름, 나는 들것에 누워서 기관총의 발포 소리를 들으며 죽음을 생각했소. 내가 있는 곳이 어딘지 따위는 생각할 겨를이 없었소."

해리는 강을 따라 천천히 차를 몰다가 빨간 신호등에 걸려 다리 앞에 멈춰 섰다. E18 고속도로와 교차하는 또 다른 다리가 마치 치아교정기처럼 전원 풍경을 지나 드람멘 피오르의 전망을 가로막았다. 그래, 인정한다. 드람멘의 모든 것이 성공작은 아니다. 해리는 가는 길에 뵈르센에 들러 커피 한 잔을 마시기로 했다가 마음을 바꿨다. 거기서 술도 판다는 사실이 기억났기 때문이다.

신호등이 초록색으로 바뀌었고, 해리는 액셀러레이터를 밟았다.

아들에 대한 질문이 나오자, 에드바르 모스켄은 노발대발했다. 모스켄을 재판했던 판사가 누구인지 알아봐야겠다. 해리는 마지막으로 백미러에 비친 드람멘을 바라보았다. 분명 이보다 더 심한 도시도 많다.

2000년 3월 7일
엘렌의 사무실

엘렌은 아무것도 생각해내지 못했다.
해리는 그녀의 사무실을 서성이다가 삐그덕거리는 자신의 옛날 의자에 앉았다. 새로 내정된 엘렌의 파트너는 스타인셰르 경찰서의 젊은 경관이었는데, 한 달 후에 오기로 되어 있었다.
"나한테 천리안이라도 있는 줄 아세요?" 해리의 실망한 표정을 보며 엘렌이 말했다. "오늘 아침 회의에서 다른 직원에게도 물어봤지만, 프린스라는 이름은 들은 적이 없대요."
"총기등록부는? 분명 무기 밀매상에 대해서 좀 알 텐데."
"선배!"
"왜?"
"난 더 이상 선배 밑에서 일하지 않아요."
"내 밑에서?"
"그럼 '선배와 함께' 라고 해두죠. 지금 내가 꼭 선배 밑에서 일하는 기분이라고요. 이런 깡패 같으니."
해리가 바닥을 차며 회전의자를 돌리자, 의자는 정확히 네 번 돌았다. 그 이상은 성공한 적이 없었다. 엘렌이 눈동자를 굴리며 말했다.

"알았어요. 그래서 총기등록부에도 전화해봤어요. 그쪽도 프린스라는 이름은 들은 적이 없대요. 차라리 국가정보국에 도움을 요청하지 그래요?"

"이건 우선순위에 속하는 사건이 아니거든. 마이리크는 이 사건을 조사하도록 허락은 했지만 신나치족의 계획을 밝히는 데 더 관심이 있어."

"단서는 그자가 '무기광'이라는 거예요. 신나치족이야말로 최고의 무기광이잖아요. 거기서부터 시작해서 일석이조의 효과를 노리는 게 어때요?"

"나도 그렇게 생각하던 중이야."

2000년 3월 7일

그렌센 가의 카페 뤼크테

해리가 에벤 율의 집 앞에 차를 세웠을 때 율은 현관 계단에 서 있었다.
 그의 옆에서 부레가 목줄을 잡아당기고 있었다.
 "빨리 왔구려." 율이 말했다.
 "전화를 끊자마자 차에 탔거든요. 부레도 함께 가나요?"
 "기다리는 동안 잠시 산책 좀 시켰소. 집으로 들어가거라, 부레."
 부레는 애원하는 눈빛으로 율을 올려다보았다.
 "어서!"
 놀란 부레가 뒤로 움찔 물러서더니 후다닥 안으로 들어갔다. 율의 갑작스런 명령에 해리도 흠칫 놀랐다.
 "갑시다." 율이 말했다.
 차로 그곳을 빠져나가던 해리의 눈에 부엌 커튼 뒤로 얼굴 하나가 힐끗 보였다.
 "점점 환해지네요."
 "뭐가 말이오?"
 "해가 점점 길어진다는 뜻이었습니다."
 율은 말없이 고개만 끄덕였다.

"궁금한 게 하나 있습니다. 신드레 페우케 씨의 가족은 어떻게 죽었죠?"

"이미 얘기했잖소. 페우케가 죽였다고."

"네, 하지만 어떻게요?"

에벤 율은 해리를 빤히 바라본 후에야 대답했다.

"총에 맞아 죽었소. 총알이 머리를 관통했지."

"네 명 다요?"

"그렇소."

마침내 그들은 그렌센 가의 주차장에 도착했고, 거기서부터는 차에서 내려 걸어갔다. 아까 통화하던 중에 율이 해리에게 꼭 보여주고 싶은 곳이 있다고 해서 그곳으로 가는 중이었다.

"여기가 카페 뤼크테로군요." 어둠침침한 실내에 들어서며 해리가 말했다. 낡은 플라스틱 테이블에 둘러앉은 네댓 명을 제외하고는 거의 비어 있었다. 카페 뒤쪽에 앉아 있던 두 노인이 이야기를 멈추고 그들을 노려보았다.

"제가 가끔 가는 카페와 비슷하네요." 해리가 두 노인을 향해 고갯짓하며 말했다.

"구제불능의 늙은이들이지. 동부전선에서 싸웠던 나치 지지자들인데, 아직도 자기들이 옳다고 믿는다오. 여기 모여서 왕실과 뉘고르스볼 내각*의 배신, 그리고 세계정세에 대한 울분을 쏟아내고 있지. 대부분이 죽었지만, 그들 중에서 아직 숨이 붙어 있는 자들이라오. 그 수가 점점 줄어드는 것 같기는 하더군."

"여전히 똑같은 정치관을 고수하고 있나요?"

---

* 1935년에 임명된 노르웨이의 두 번째 노동당 내각. 독일의 노르웨이 침략 시 왕실과 함께 영국으로 피신해 망명정부를 수립했다.

"물론이오. 저들은 아직도 제3세계 원조나 국방예산 삭감, 여성 성직자의 출현, 동성 결혼, 새로운 이민자 등등 저 늙은이들이 싫어할 만한 모든 것에 여전히 분노하고 있지. 뼛속까지 파시스트니까."

"우리아도 이곳에 자주 드나들었다고 생각하십니까?"

"우리아가 이 사회에 대한 복수를 꿈꾸는 일종의 십자군이라면, 분명 여기서 자신과 마음이 맞는 사람들을 발견했을 거요. 물론 독일군 참전자들의 모임이 따로 있기는 하지. 예를 들어, 여기 오슬로에도 해마다 전국 각지의 참전자와 관계자들이 모이는 모임이 있으니까. 하지만 그런 모임은 이런 술집에서의 모임과는 천지차이오. 그건 전사자들을 기리는 사교 행사고, 정치 이야기는 금지되어 있소. 그러니 만약 내가 복수를 꿈꾸는 독일군 참전자를 찾는다면, 이곳부터 시작할 거요."

"혹시 사모님도 그…… 아까 뭐라고 하셨죠? 참전자들의 모임에 참석하셨나요?"

율은 놀란 표정으로 해리를 바라보았다. 그러더니 천천히 고개를 저었다.

"그냥 생각이 나서요. 혹시 사모님께서 제게 해줄 말씀이 있을까요?"

"없을 거요." 율이 퉁명스럽게 대꾸했다.

"알겠습니다. 아까 말씀하신 '구제불능의 늙은이들'과 신나치족 간에 모종의 관계가 있을까요?"

"그건 왜 묻소?"

"우리아가 중개인을 거쳐 매르클린 라이플을 구했다는 정보를 입수했거든요. 무기 밀매 쪽에 몸담은 사람인 듯합니다."

율은 고개를 저었다. "대부분의 독일군 참전자들은 신나치족과 같은 부류로 취급받는다면 화를 낼 거요. 신나치족이 그들을 매우 높이 평가하기는 하지. 최전방에서 싸운다는 건 그들의 가장 큰 꿈이니까. 손에 총을 들고 조국과 동포를 지키는 일."

"그러니 한 노병이 어떤 총을 손에 넣고자 한다면, 신나치족에게 도움을 기대할 수 있겠군요?"

"아마 호의적인 대접을 받을 거요, 그렇지. 하지만 누구에게 접근해야 할지를 알아야 할 거요. 지금 경위가 찾는 것 같은 고급 총을 아무나 제공하지 못할 테니까. 회네포스에서 있었던 사건을 보면 잘 알 수 있소. 회네포스 경찰이 신나치족의 차고를 급습했는데, 녹슬고 낡은 닷산 자동차에 무기가 가득 실려 있었소. 그런데 대부분이 집에서 만든 곤봉과 나무로 만든 창, 날이 무딘 도끼였다오. 신나치족의 대다수는 말 그대로 석기 시대 사람들이지."

"그럼 그런 환경에서 국제 무기상과 연락이 닿을 만한 사람을 찾으려면 어디서 시작해야 할까요?"

"신나치족의 수가 많다는 건 별 문제가 되지 않소. 국수주의자들의 신문인 〈프리트 오르〉를 보면 이 나라의 사회주의자와 민족적 민주주의자의 수가 대략 1천 5백 명이라 했소. 하지만 모니토르에 전화해보면, 실제로 활동 중인 사람은 많아야 50명 정도라고 할 거요. 진짜 문제는 실권을 잡고 있는 부유한 후원자들이 모습을 드러내지 않는다는 거요. 말하자면 그들은 긴 부츠를 신지도 않고, 팔에 십자 문양을 새기지도 않소. 대의를 펼치는 데 이용할 수 있는 사회적 지위에 올랐으면서도, 그 목적을 위해 남들의 이목을 끄는 행동은 하지 않소."

순간 그들 뒤에서 저음의 목소리가 천둥처럼 호통쳤다. "에벤 율, 네가 감히 여기에 발을 들여?"

2000년 3월 7일

뷔그되위 알레, 김레 극장

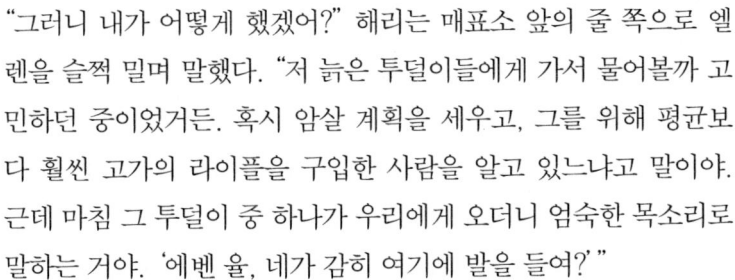

"그러니 내가 어떻게 했겠어?" 해리는 매표소 앞의 줄 쪽으로 엘렌을 슬쩍 밀며 말했다. "저 늙은 투덜이들에게 가서 물어볼까 고민하던 중이었거든. 혹시 암살 계획을 세우고, 그를 위해 평균보다 훨씬 고가의 라이플을 구입한 사람을 알고 있느냐고 말이야. 근데 마침 그 투덜이 중 하나가 우리에게 오더니 엄숙한 목소리로 말하는 거야. '에벤 율, 네가 감히 여기에 발을 들여?'"

"그래서 어떻게 했어요?" 엘렌이 물었다.

"아무것도 안 했어. 그냥 자리에 앉아서 에벤 율의 얼굴이 하얗게 질리는 걸 바라봤지. 귀신이라도 본 사람 같더라고. 둘이 아는 사이인 건 분명했어. 그건 그렇고, 오늘 율을 안다는 사람을 둘이나 만났어. 에드바르 모스켄도 율을 안다고 했거든."

"이상할 것도 없죠. 율은 신문에 기고하고, 텔레비전에도 나오잖아요. 유명 인사라고요."

"그런가? 어쨌든 율은 자리에서 일어나 그냥 나가버렸어. 난 허겁지겁 쫓아가야 했지. 거리에서 따라잡았을 때는 완전히 사색이 되었더라고. 하지만 내가 무슨 일이냐고 물어봤더니, 자기는 그 남자가 누군지 모른다고 했어. 나중에 내가 집까지 데려다주었고, 율은 인사도 하는 둥 마는 둥 하며 내렸지. 큰 충격을 받은 것 같았어. 자리는 10열로 할까?"

해리는 매표구 앞에 허리를 숙이고 티켓을 샀다.

"이 영화는 틀림없이 재미있을 거야." 해리가 말했다

"왜요? 내가 골라서?"

"버스에서 어떤 여자가 껌을 씹으면서 친구에게 하는 말을 들었거든. 이 영화, 〈내 어머니의 모든 것〉이 아주 끝내준다고 했어. 끝―내준다고."

"그게 무슨 뜻이에요?"

"여자들이 어떤 영화가 끝내준다고 하면, 난 〈프라이드 그린 토마토〉의 악몽이 떠올라. 너희 여자들은 오프라 윈프리 쇼보다 알맹이도 없으면서 신파 같은 영화를 좋아하잖아. 그런 영화가 아주 따뜻하고 똑똑한 영화라고 생각하지. 팝콘 먹을래?"

해리는 팝콘 판매대 앞의 줄로 엘렌을 슬쩍 밀었다.

"선배는 진짜 삐뚤어진 인간이에요. 어딘가 단단히 꼬였다고요. 근데 그거 알아요? 오늘 동료랑 영화 보러 간다고 했더니 킴이 질투했어요."

"오호. 축하해."

"잊어버리기 전에 말해둘게요. 지난번에 선배가 물어봤던 거 알아냈어요. 에드바르 모스켄의 아들을 담당한 변호사가 누구였는지. 참전자들의 재판을 맡았던 판사도요."

"누군데?"

엘렌이 미소를 지었다.

"요한 크론과 그의 할아버지인 크리스티안 크론."

"대박이군."

"모스켄 아들의 재판을 맡았던 검사와 얘기해봤어요. 아들이 유죄로 판결되자, 아버지가 펄펄 날뛰면서 요한 크론에게 덤벼들었대요. 요한 크론과 그의 할아버지가 모스켄 가를 몰락시키려는 음모를 꾸몄다면서."

"재미있군."

"그러니까 나 팝콘 큰 걸로 먹을 자격이 충분하죠? 안 그래요?"

〈내 어머니의 모든 것〉은 해리가 우려했던 것보다 훨씬 좋은 영화였다. 하지만 로사의 장례식 장면 중간에 해리는 눈물범벅이 된 엘렌에게 그렌란이 어디에 있느냐고 물으며 귀찮게 했다. 엘렌은 그렌란이 포르스그룬과 시엔 근처라고 말해준 후에야 비로소 편안히 영화를 감상할 수 있었다.

2000년 3월 11일

오슬로

해리는 양복이 작아졌다는 걸 한눈에 알 수 있었다. 직접 눈으로 보고도 이해가 되지 않았다. 열여덟 살 이후로 체중은 변함이 없었고, 1990년 졸업 기념으로 남성복 전문점인 드레스만에서 구입한 이 양복은 구입 당시 몸에 딱 맞았기 때문이다. 그런데도 엘리베이터의 거울 앞에 서니 양복바지와 검은색 닥터 마틴 신발 사이로 양말이 또렷이 보였다. 풀리지 않는 미스터리였다.

엘리베이터 문이 양옆으로 열리자 벌써부터 시끌벅적했다. 음악 소리, 남자들이 시끄럽게 떠들어대는 소리, 여자들이 종알대는 소리가 구내식당의 열린 문으로 새어나왔다. 해리는 손목시계를 보았다. 8시 15분. 11시까지만 버티다 집에 가야겠다.

그는 숨을 들이쉬고 구내식당으로 들어서서 실내를 둘러보았다. 식당은 전형적인 노르웨이 풍이었다. 다시 말해 사각형 실내에 유리 진열장이 있고, 한쪽에서 음식을 주문할 수 있으며, 순뫼레 피오르의 나무로 만든 밝은 색상의 가구들이 놓여 있고, 금연이었다. 파티 주최 측은 평상시의 식당과 다른 분위기를 내기 위해 풍선으로 장식하고, 빨간색 식탁보를 까는 등 최대한으로 노력한 흔적이 보였다. 남자들이 더 많기는 했지만, 강력반에서 열리는 파티보다는 성비가 균등했다. 다들 꽤 마신 듯했다. 린다에게서 파티가 시작되기도 전에 풀어지는 사람들이 많다는 이야기를 듣기는 했다. 해리는 함께 마시자고 청하는 사람이 없어서 다행이라고 생각했다.

"양복 입으니까 근사하네요, 해리."

린다였다. 처음에는 몸에 꼭 끼는 드레스를 입은 그녀를 거의 못 알아볼 뻔했다. 드레스는 그녀의 군살뿐 아니라 풍만한 몸매도 강조해주었다. 린다는 들고 있던 쟁반을 그의 앞으로 내밀었다. 쟁반에는 오렌지 색깔의 칵테일이 담겨 있었다.

"아…… 전 사양할게요, 린다."

"그렇게 지루한 표정 짓지 말아요, 해리. 파티잖아요!"

"Tonight we're gonna party like it's nineteen-ninety-nine(오늘이 1999년인 것처럼 파티를 열 거야)!" 프린스가 외쳤다.

운전석에 앉아 있던 엘렌은 몸을 숙여 음량을 줄였다.

톰 볼레르가 그녀를 힐끗 쳐다보았다.

"소리가 좀 큰 거 같아서요." 엘렌이 말했다. 앞으로 3주만 있으면 스타인셰르의 경관이 올 거고, 그러면 더는 볼레르와 함께 일하지 않아도 된다.

시끄러운 음악 때문이 아니다. 볼레르는 그녀를 귀찮게 하지도 않았고, 분명 나쁜 경찰도 아니었다.

가장 큰 이유는 전화였다. 엘렌 옐텐도 성생활의 필요성은 익히 알고 있었다. 하지만 볼레르에게 걸려오는 전화의 절반은 그가 이미 찼거나, 차는 중이거나, 차기 직전인 여자들이었다. 그중에서 후자와의 통화가 가장 꼴불견이었다. 아직 차지 않은 여자들이었기 때문에 볼레르는 그들만을 위한 특별한 말투로 통화했는데, 그럴 때마다 엘렌은 소리 지르고 싶었다. 전화하지 마! 저 남자는 백해무익한 존재야! 당장 도망가라고! 엘렌 옐텐은 상대의 약점을 쉽게 용서하는 너그러운 인간이었다. 그러나 톰 볼레르에게서는 약점도, 인간미도 발견할 수 없었다. 까놓고 말해서 엘렌은 그가 싫었다.

그들은 퇴엔 공원을 지났다. 누군가 중동 음식점인 알라딘에서 아유브를 봤다는 제보가 들어와 그곳으로 가는 길이었다. 아유브는 파키스탄 갱단의 두목으로, 지난 12월 왕궁 정원에서의 폭행사건 이후로 그들이 쫓는 용의자였다. 엘렌은 지금 가봐야 이미 늦었다는 걸 알고 있었다. 사람들에게 아유브가 어디 있는지 아느냐고 묻고만 다닐 게 뻔했다. 아무런 답도 얻지 못할 테지만 최소한 그들이 모습을 나타냈고, 그를 가만두지 않을 것임을 보여주는 게 중요했다.

"차에서 기다려. 내가 가서 물어볼게." 볼레르가 말했다.

"알았어요."

볼레르는 가죽 재킷의 지퍼를 내렸다.

경찰청 헬스장에서 단련한 근육을 과시하기 위해서일 거라고 엘렌은 생각했다. 혹은 어깨의 권총집을 슬쩍 드러내어, 자신에게 무기가 있다는 것을 알리기 위해서이거나. 강력반의 형사는 언제든 총을 소지할 수 있었다. 하지만 볼레르가 소지한 총은 경찰청에서 지급한 리볼버만이 아니었다. 구경이 큰 총이었는데, 엘렌은 그게 무슨 총인지 묻고 싶지도 않았다. 볼레르가 자동차 다음으로 좋아하는 화제가 총이었기 때문이다. 차라리 자동차에 대한 이야기가 나왔다. 엘렌은 지난 가을의 대통령 방문 때처럼 특별히 총을 소지하라는 명령이 떨어지지 않는 한 총을 소지하지 않았다.

그녀의 뇌 뒤쪽에서 무언가가 꿈틀거렸다. 하지만 이내 전자음으로 삐리삐리 연주되는 '나폴레옹과 그의 군대' 멜로디가 그녀의 생각을 방해했다. 볼레르의 휴대전화 벨소리였다. 엘렌은 차문을 열고 볼레르를 부르려 했지만, 그는 이미 레스토랑 안으로 들어간 후였다.

지루한 한 주였다. 경찰청에 들어온 후로 이렇게 지루한 적은 처음이었다. 드디어 연애를 시작했기 때문일까? 갑자기 일찍 퇴근하는 게 중요해졌고, 오늘 저녁 같은 토요일 근무가 큰 희생처럼 여겨졌다. 볼레르의 휴대전화에서 '나폴레옹과 그의 군대' 가 네 번째로 흘러나왔다.

또 차인 여자일까? 아니면 곧 차일 여자? 만약 지금 킴이 그녀를 찬다면······. 하지만 그럴 리가 없었다. 그것만은 확실했다.

'나폴레옹과 그의 군대' 가 다섯 번째로 흘러나왔다.

몇 시간 후면 교대가 끝나고 집에 갈 수 있다. 샤워를 하고, 성욕이 충만한 상태로 헬게센 가에 있는 킴의 아파트까지 5분 만에 달려갈 것이다. 그녀는 킥킥 웃었다.

또 울린다! 자그마치 여섯 번째. 엘렌은 수동식 브레이크 밑에 있던 볼레르의 전화기를 집어 들어 전화를 받았다.

"톰 볼레르의 자동응답기입니다. 지금은 볼레르 씨가 전화를 받을 수 없습니다. 메시지를 남겨주세요."

그냥 농담이었다. 처음에는 그렇게 말한 후에 자신이 누구인지 밝힐 생각이었다. 하지만 왠지 모르게 그냥 가만히 앉아 전화기에서 들려오는 거친 숨소리를 듣고 있었다. 스릴이 넘쳐서였을 수도 있고, 그냥 호기심 때문이었을 수도 있다. 어쨌거나 전화를 건 상대는 정말 음성사서함에 연결된 것으로 착각하고 있으며, 삐 소리를 기다리고 있다는 느낌이 들었다. 엘렌은 아무 버튼이나 눌렀다. 삐!

"안녕하세요. 저 스베레 올센이에요."

"해리, 이쪽은……."

해리는 뒤돌아보았지만, 쿠르트 마이리크의 나머지 말은 해리 바로 뒤의 스피커에서 흘러나오는 음악에 묻혀버렸다. DJ를 자원한 직원이 마침 음량을 크게 키웠기 때문이다.

"That don't impress me much……."

해리는 파티장에 도착한 지 20분도 안 되어 벌써 손목시계를 두 번이나 보았고, 머릿속으로는 다음의 질문들을 네 번째로 반복하고 있었다. 달레가 살해된 것이 매르클린 라이플 밀매와 무슨 연관이 있을까? 사람의 목을 베는 데 얼마나 능숙하고 익숙한 자이기에 도심 한복판 뒷골목에서, 그것도 환한 대낮에 그런 짓을 저질렀을까? 프린스가 누구지? 모스켄의 아들이 유죄 선고를 받은 것이 이 일과 무슨 연관이 있을까? 동부전선에 있었던 다섯 번째 병사, 구드바르 요한센은 어떻게 됐을까? 만약 에드바르 모스켄의 말대로 요한센이 정말 생명의 은인이었다면 왜 모스켄은 그를 찾지 않았을까?

해리는 스피커 옆에 서서 가장 어린 직원 둘이 춤추는 모습을 바라보던 중이었다. 사람들로부터 왜 무알코올 맥주를 마시느냐는 질문을 피하기 위해 일부러 무알코올 맥주를 컵에 따라 손에 들고 있었다.

"죄송하지만 뭐라고 하셨습니까?" 해리가 말했다.

쿠르트 마이리크는 오렌지빛 칵테일에 꽂힌 막대를 휘젓고 있었다. 어느 때보다도 등을 꼿꼿이 세운 그는 푸른색 줄무늬 양복 차림이었다. 해리가 보기에는 그의 몸에 완벽하게 딱 맞는 양복이었다. 반면 해리의 양복은 재킷 소매가 짧아, 소매 아래로 셔츠가 너무 많이 나와 있었다. 해리는 재킷 소매를 아래로 끌어당겼다.

"이쪽이 국가정보국 외무부 책임자라고 말했네." 마이리크가 몸을 내밀며 말했다.

해리는 마이리크 옆에 서 있던 여자를 바라보았다. 날씬한 몸매에 심플한 빨간 드레스. 어떤 예감이 그의 머리를 스쳤다.

So you got the looks but have you got the touch? (그래 생긴 건 괜찮은데 손놀림도 좋아?)

갈색 눈동자. 높이 솟은 광대뼈. 가무잡잡한 피부. 긴 얼굴을 감싼 짧은 갈색 머리. 그녀의 눈동자는 이미 미소 짓고 있었다. 예쁘다는 건 알고 있었지만 이 정도로…… 숨 막히게 아름다운 줄은 몰랐다. 생각나는 단어 중에서 정확한 표현이 그것뿐이었다. '숨 막히게 아름답다.' 지금 눈앞에 그녀가 서 있다는 것은 말문이 막힐 정도로 놀라운 일이었다. 그런데도 그에게는 이 만남이 왠지 타당하게 느껴졌다. 내심 고개를 끄덕이며, 이 상황 전체가 당연하다고 인정할 정도로.

"라켈 페우케 경위일세." 마이리크가 소개했다.

"이미 구면입니다." 해리가 말했다.

"그래?" 쿠르트 마이리크가 놀라서 물었다.

라켈과 해리는 서로를 바라보았다.

"네. 하지만 통성명까지는 하지 않았죠." 라켈이 말했다.

그녀가 내민 손은 손목이 살짝 휘어져 있었다. 역시나 피아노와 발레를 배웠을 거라고 해리는 생각했다.

"해리 홀레라고 합니다."

"아하. 그랬군요. 강력반에서 오신 분, 맞죠?"

"네."

"그때는 새로 오신 경위님인 줄 몰랐어요. 알았더라면……"

"알았으면 어쩌려고요?" 해리가 물었다.

라켈은 머리를 한쪽으로 갸우뚱했다.

"그러게요. 어쨌을까요?" 그녀가 깔깔 웃었다. 그 웃음소리에 해리의 머릿속에서 다시 바보 같은 문장이 떠올랐다. '숨 막히게 아름답다.'

"그랬다면 최소한 우리가 같은 직장에 다닌다고 말했겠죠." 그녀가 말했다. "보통은 사람들에게 제 직장을 밝히지 않거든요. 이상한 질문을 하도 많이 받아서. 그쪽도 그렇죠?"

"물론입니다."

그녀가 다시 웃었다. 어떻게 늘 저렇게 웃을 수 있을까?

"왜 전에는 한 번도 이 건물에서 본 적이 없을까요?" 그녀가 물었다.

"해리의 사무실은 복도 맨 끝에 있다네." 쿠르트 마이리크가 말했다.

"아하." 이제야 이해가 간다는 듯이 그녀가 고개를 끄덕였다. 그녀의 눈동자에서 아직 미소가 반짝거렸다. "그 맨 끝 사무실이군요?"

해리가 침울하게 고개를 끄덕였다.

"자, 그럼 소개가 끝났으니 우린 그만 가보겠네. 바에서 한잔하려던 중이었거든." 마이리크가 말했다.

해리는 함께 가자고 청해주기를 기다렸지만 그런 말은 나오지 않았다.

"나중에 보세." 마이리크가 말했다.

당연한 일이다. 상사와 부하 직원으로서 오늘 밤 국가정보국 최고 책임자인 마이리크는 라켈의 등을 토닥여줘야 할 일이 많을 것이다. 해리는 스피커에 몸을 기대며, 몰래 그들을 훔쳐보았다. 그녀가 그를 알아보았다. 그들이 통성명을 하지 않았다는 것도 기억했다. 그는 단숨에 맥주를 들이켰다. 아무 맛도 나지 않았다.

"There's something else: the afterworld……"

볼레르는 차 문을 쾅 닫았다.

"아유브를 봤거나, 그와 이야기했거나, 심지어 그를 아는 사람조차 없어. 출발해." 그가 말했다.

"네." 엘렌은 사이드 미러를 확인하며, 인도 옆에 주차되어 있던 차를 출발시켰다.

"이젠 너도 프린스를 좋아하게 된 거야?"

"내가요?"

"나 없는 동안에 소리를 키워놓았잖아."

"아." '해리에게 전화해야 해.'

"무슨 문제라도 있어?"

엘렌은 전방에서 시선을 떼지 않았다. 젖은 아스팔트 도로가 가로등 불빛에 번들거렸다.

"문제요? 무슨 문제?"

"나야 모르지. 무슨 일이 생긴 것 같은 표정이잖아."

"아무 일도 없었어요."

"나한테 전화 온 거 없었어? 조심해!" 볼레르의 몸이 뻣뻣해지더니 양 손바닥으로 계기판을 짚었다. "앞에서 차 오는 거 못 봤어?"

"미안해요."

"내가 할까?"

"운전을요? 왜요?"

"지금 네가 운전하는 꼴이 꼭……."

"꼭 뭐요?"

"아무것도 아니야. 혹시 나한테 전화 온 거 없냐고 물었어."

"전화 안 왔어요. 왔다면 당연히 내가 말했겠죠."

'해리에게 전화해야 해. 빨리.'

"내 휴대전화는 왜 꺼놨어?"

"뭐요?" 엘렌이 아연실색한 표정으로 그를 바라보았다.

"도로에서 눈 떼지 마, 엘텐. 내 휴대전화는—."

"전화 온 거 없어요. 휴대전화는 선배가 껐겠죠."

무의식중에 그녀의 언성이 높아졌다. 그녀의 귀에도 꽥꽥거리는 소리로 들렸다.

"알았으니까 진정해. 그냥 궁금해서 물어본 거야."

엘렌은 그의 말대로 하려고 노력했다. 차분하게 숨 쉬며 앞의 차들에 집중했다. 로터리에서 왼쪽으로 빠져, 발스 가로 내려갔다. 토요일 저녁이었지만 이쪽 동네는 사실상 인적이 없었다. 신호등이 초록색으로 바뀌자, 오른쪽으로 돌아 옌스 벨케스 가를 따라갔다. 다시 왼쪽으로 돌아 퇴엔 가를 내려가다 경찰청사 주차장으로 들어갔다. 엘렌은 운전하는 내내 자신을 바라보는 볼레르의 시선을 느꼈다.

라켈 페우케를 만난 후로 해리는 한 번도 시계를 보지 않았다. 심지어 린다와 함께 몇몇 동료들에게 인사를 하고 다니기도 했다. 대화는 딱딱했다. 그들은 해리에게 직급이 무엇인지 물었고, 해리가 대답하고 나면 다들 조용해졌다. 국가정보국에는 너무 많이 묻지 말라는 불문율이라도 있는 건가? 아니면 그에게 눈곱만큼도 관심이 없어서? 좋다, 어차피 그도 그들에게 별 관심이 없었다. 해리는 다시 스피커 옆자리로 돌아갔다. 한두 번 그녀의 빨간 드레스가 얼핏 보였다. 그가 보기에 그녀는 계속 돌아다닐 뿐 특별히 누구와 함께 있지는 않았다. 또 춤을 추지도 않았다. 그것만큼은 확실했다.

'맙소사, 꼭 사춘기 소년 같군.' 해리는 생각했다.

손목시계는 9시 30분을 가리켰다. 그녀에게 다가가 몇 마디 건네고 어떻게 되는지 지켜볼까? 아무 일도 일어나지 않으면 슬그머니 빠져나와, 아까 린다와 약속한 춤을 추고 집에 가면 된다. '아무 일도 일어나지 않으면'? 대체 무슨 망상을 하는 거지? 유부녀 다름없는 직장 동료일 뿐이다. 술이 필요했다. 아니다. 그는 다시 한 번 시계를 훔쳐봤다. 린다와 춤출 생각을 하니 몸서리가 쳐졌다. 그냥 집으로 가자. 이젠 다들 거나하게 취했다. 설사 술에 취하지 않았다 해도, 새로 온 경위 하나가 사라진들 아무도 눈치채지 못할 것이다. 그냥 어슬렁어슬렁 걸어 나가 엘리베이터를 타고 내려가자. 밖에는 그의 애마인 포드 에스코트가 충직하게 그를 기다리고 있었다. 린다는 아주 즐거워 보였다. 그녀와 함께 춤을 추는 젊은 남자 직원은 땀이 송골송골 맺힌 채 미소를 지으며 린다를 빙빙 돌려대고 있었다.

"법대 축제에서의 라가 공연이 더 흥겨웠던 것 같지 않아요?"

옆에서 그녀의 나지막한 목소리가 들리자, 그의 심장 박동이 빨라졌다.

톰 볼레르는 엘렌의 책상 옆에 서 있었다.

"아까 차 안에서 내가 너무 심하게 굴었다면 미안해."

그가 오는 소리를 전혀 듣지 못했던 엘렌은 흠칫 놀랐다. 그녀는 전화기를 쥔 채 번호를 누르기 직전이었다.

"신경 쓰지 마세요. 제가 뭐랄까, 좀…… 그런 거니까."

"생리 중이야?"

엘렌은 그를 올려다보았다. 농담으로 하는 말이 아니었다. 정말로 이유를 알고 싶어 하는 표정이었다.

"네." 그런데 내 사무실엔 왜 온 거지? 왜 안 하던 짓을 하는 거야?

"교대 시간 끝났어, 엘렌." 그가 벽에 걸린 시계를 향해 고갯짓했다. 시계 바늘은 10시를 가리켰다. "주차장에 내 차가 있어. 집까지 데려다줄게."

"고맙지만 전화할 데가 있어요. 먼저 가세요."

"사적인 전화야?"

"아뇨, 그냥……."

"그럼 기다릴게."

볼레르가 해리의 낡은 책상 의자에 털썩 앉자, 의자가 항의하듯이 비명을 질렀다. 그들의 시선이 마주쳤다. 젠장! 왜 사적인 전화라고 하지 않았을까? 이제 와서 번복하기에는 너무 늦었다. 그녀가 뭔가 알아냈다는 걸 눈치 챈 건가? 엘렌은 그의 표정을 읽으려 했지만 아까 패닉 상태에 빠진 후로는 도무지 어떤 능력도 발휘되지 않았다. 패닉? 톰 볼레르와 함께 있으면 왜 늘 불편했는지 이제야 알 수 있었다. 단지 그의 차가운 성격이나 여자, 흑인, 바바리맨, 동성애자를 경멸하는 태도, 혹은 폭력을 쓸 수 있는 합법적 기회를 절대 놓치지 않는 성향 때문이 아니었다. 그런 면에서라면 결코 톰 볼레르에게 뒤지지 않은 형사들도 많았고, 지금 당장 엘렌의 머릿속에 떠오르는 사람만 해도 열 명은 되었다. 하지만 그들에게는 나름대로 장점이 있었고, 덕분에 그녀는 그들과 친해질 수 있었다. 반면 톰 볼레르에게는 다른 무언가가 있었다. 이제는 그것이 무엇인지 알 수 있었다. 그녀는 톰 볼레르가 무서웠다.

"월요일에 하죠, 뭐." 엘렌이 말했다.

"좋아. 그럼 가지." 그가 자리에서 일어섰다.

볼레르의 차는 일본산 스포츠카였는데, 꼭 페라리의 싸구려 모조품 같았다. 차 안에는 어깨를 움츠리고 앉아야 하는 좌석 두 개와 차의 절반을 차지하는 듯한 스피커가 달려 있었다. 차가 트론헤임스 가를 올라가는 동안 엔진은 애교 부리듯 가르릉거렸고, 가로등 불빛이 차 내부를 훑고 지나갔다. 이제는 익숙해진 가성이 스피커에서 슬그머니 새어나왔다.

"······I only wanted to be some kind of a friend, I only wanted to see you bathing in purple rain······.(난 그저 친구가 되고 싶었을 뿐이야. 네가 자주색 빗물에 젖은 모습을 보고 싶을 뿐이야.)"

프린스. 암호명 프린스.

"이 근방에서 내려주면 돼요." 자연스러운 말투를 유지하려 애쓰며 엘렌이 말했다.

"그럴 순 없지." 볼레르가 백미러를 바라보며 말했다. "집 앞까지 모셔다드려야지. 어디로 갈까?"

엘렌은 문을 박차고 뛰어내리고픈 충동을 억눌렀다.

"여기서 좌회전하세요." 엘렌이 손으로 가리키며 말했다.

'제발 집에 있어야 해요, 해리.'

"옌스 벨케스 가." 볼레르는 벽에 붙은 표지판을 읽으며 방향을 틀었다.

이곳은 가로등이 드물었고, 인적도 없었다. 그녀의 시야 가장자리에서 작은 사각형 불빛이 차례로 볼레르의 얼굴을 스치는 것이 보였다. 볼레르가 눈치 챘을까? 그녀가 그의 정체를 알아냈다는 것을. 그녀의 손이 가방 속에 들어가 있고, 그 손이 독일에서 사온 검은색 호신용 가스총을 쥐고 있다는 것을. 작년 가을, 엘렌은 볼레르에게 이 가스총을 보여준 적이 있었다. 무기를 소지하지 않는 것은 그녀 자신뿐 아니라 동료까지 위험하게 하는 일이라는 그의 설교 때문이었다. 그때 볼레르는 그녀가 원한다면 몸 어디에든 숨길 수 있는 작은 권총을 구해줄 수 있다고 넌지시 말했었다. 등록된 총이 아니어서 혹시라도 '사고'가 날 경우, 그녀의 총이라는 걸 알아낼 수 없다는 말까지 덧붙이면서. 당시 엘렌은 그 말을 대수롭지 않게 생각했다. 늘 하는 섬뜩한 마초식 농담이려니 생각하고 웃어넘겼다.

"저기 빨간 차 옆에 세워주세요."

"하지만 4번지는 다음 블록이야." 그가 말했다.

내가 4번지에 산다고 말했었나? 그랬나 보다. 말해놓고 잊어버렸을 것이다. 그녀는 마치 해파리처럼 투명해진 기분이었다. 미친 듯이 쿵쾅거리는 자신의 심장이 그의 눈에 훤히 보일 듯했다.

자동차 엔진이 중립 상태에서 가르릉거렸다. 차가 멈추자, 엘렌은 미친 듯이 문손잡이를 찾아 더듬거렸다. 염병할 일본 엔지니어들! 왜 그냥 알아보기 쉽고, 단순한 손잡이를 달아놓지 않은 거지?

"월요일에 보자고." 볼레르의 목소리를 뒤로한 채, 그녀는 문을 열고 비틀거리며 차에서 내렸다. 그러고는 오랫동안 물속에 있다가 수면 밖으로 나온 사람처럼 유독한 3월의 오슬로 공기를 들이마셨다. 육중한 아파트 출입문을 쾅 닫았을 때도 밖에서 볼레르의 차 소리가 계속 들렸다. 기름을 듬뿍 칠한 엔진의 매끄러운 공회전 소리.

그녀는 걸음마다 쾅쾅 내디디며 쏜살같이 계단을 올라갔다. 열쇠가 수맥을 찾는 막대라도 되는 듯이 앞으로 내민 채. 이내 그녀는 집 안에 들어와 있었다. 해리의 번호를 누르는 동안, 스베레 올센이 했던 말이 낱낱이 기억났다.

"안녕하세요. 저 스베레 올센이에요. 제가 받기로 했던 1만 크로네 때문에 전화드렸어요. 그 노인네에게 총을 구해주는 대가로 주겠다고 하셨잖아요. 집으로 전화 주세요."

그러고는 전화가 끊겼다.

그 말을 들은 순간, 엘렌은 연관성을 깨달았다. 매르클린 라이플 거래의 중개인에 관한 퍼즐의 다섯 번째 단서. 경찰. 톰 볼레르. 당연했다. 스베레 올센처럼 별 볼일 없는 인간에게 1만 크로네나 준다는 건 분명 큰일이라는 뜻이다. 노인. 무기광. 극우파 지지자. 곧 강력반 반장이 될 프린스. 모든 것이 너무도 명명백백하고 분명했다. 다른 사람은 듣지 못하는 음파까지 잡아내는 능력을 가진 자신이 그걸 진작 알아차리지 못했다는 사실이 충격적일 정도로. 지금 자신이 편집증에 빠진 듯한 상태라는 것은 알았지만, 그래도 혼자 차 안에서 볼레르를 기다리는 동안 그녀의 머리는 계속 돌아갔다. 톰 볼레르에게는 앞으로도 계속 승진하고, 훨씬 더 중요한 직책에 있는 사람들의 연줄을 동원하고, 권력의 날개 아래 숨을 수 있는 가능성이 매우 높았다. 경찰청에 이미 그의 편을 구축해두었을지도 모르는 일이다. 곰곰이 생각해보면 볼레르와 절대 연관되었을 리가 없는 사람들이 떠오르기는 했다. 하지만 100퍼센트 확신할 수 있는 사람은 오로지 해리뿐이었다.

신호가 간다. 다행히 통화 중은 아니었다. 해리의 집 전화는 절대 통화 중인 적이 없다. 어서 받아요, 해리!

볼레르는 곧 올센과 통화할 테고, 무슨 일이 있었는지 알아낼 것이다. 그 순간부터 자신의 목숨이 위험해지리라는 데 엘렌은 한 치의 의심도 없었다. 빨리 행동하되, 한 번의 실수도 용납되지 않았다. 그때 전화기에서 들리는 목소리가 그녀의 생각을 방해했다.

"홀레입니다. 말씀하세요."

삐.

"염병할! 나 엘렌이에요. 놈을 알아냈어요. 선배 휴대전화로 연락할게요."

엘렌은 어깨와 귀 사이에 전화기를 끼운 채 전화번호부의 H를 뒤적거렸다. 도중에 전화번호부가 바닥으로 쿵 떨어졌고, 엘렌은 욕을 중얼거렸지만 결국에는 해리의 휴대전화 번호를 찾아냈다. 다행히 해리는 늘 휴대전화를 가지고 다녔다.

엘렌 옐텐은 최근에 새롭게 단장한 아파트 단지의 3층에서 얌전한 박새인 헬게와 함께 살았다. 이 아파트는 벽이 거의 50센티미터에 가까울 정도로 두꺼웠고, 창문도 이중 유리가 끼워져 있었다. 그런데도 집 밖에서 중립 상태에 있는 자동차 엔진의 가르릉 소리가 똑똑히 들렸다.

라켈 페우케가 웃음을 터뜨렸다.
"린다에게 춤추겠다고 약속했으면, 댄스 플로어를 한 바퀴 도는 걸로만 끝나지는 않을걸요?"
"음, 또 다른 대안은 도망가는 거죠."
잠시 정적이 흘렀고, 해리는 자신의 말이 오해의 소지가 있음을 깨달았다. 그래서 정적을 깨기 위해 서둘러 질문을 던졌다.
"어쩌다 여기서 일하게 된 겁니까?"
"러시아어 덕분에요. 국방부의 러시아어 과정을 듣게 됐고, 모스크바에서 2년간 통역관으로 일했죠. 그러다 마이리크 국장에게 스카우트됐어요. 법대 졸업 직후에 곧장 35호봉이 됐고, 난 황금 알을 낳는 거위를 잡은 줄 알았죠."
"아닌가요?"
"농담해요? 요즘 나랑 공부하는 학생들도 나보다 세 배는 더 받는다고요."
"그럼 여길 그만두고, 그 학생들이 하는 일을 하면 되잖아요."
그녀는 어깨를 으쓱였다. "난 내가 하는 일이 좋아요. 그렇게 말할 수 있는 사람이 많지는 않죠."
"일리 있는 말이군요."
침묵이 흘렀다.
일리 있는 말이군요? 기껏 생각해낸 말이 그거라니.
"당신은 어때요, 해리? 당신이 하는 일을 좋아하나요?"
두 사람은 댄스 플로어를 마주 보면서 나란히 서 있었다. 하지만 해리는 그녀의 시선이 자신에게 머물며 그를 가늠하는 것을 느낄 수 있었다. 온갖 잡생각이 그의 머릿속을 빠르게 스쳐갔다. 그녀의 눈 옆에는 웃어서 생긴 주름이 살짝 잡혀 있었다. 모스켄의 산장은 매르클린 라이플의 탄피가 발견된 지점에서 멀지 않았다. 〈다그블라데〉에 의하면 도시 거주 여성의 40퍼센트는 불륜을 저질렀다. 에벤 율의 부인에게 혹시 소련 전투기에서 던진 수류탄을 맞고 죽거나, 부상당한 노르웨이 병사 세 명을 기억하는지 물어봐야겠다. TV3의 광고에 나왔던 드레스만 양복점의 신년 세일에 꼭 가야겠다. 그런데 내가 하는 일을 좋아하냐고?

"가끔은 좋아지는 날도 있죠." 그가 말했다.

"어떤 점이요?"

"모르겠어요. 바보 같은 대답인가요?"

"글쎄요."

"왜 내가 경찰이 됐는지 생각 안 해본 건 아닙니다. 당연히 해봤죠. 하지만 모르겠더군요. 아마 나쁜 사람들을 잡는 게 즐거워서일 거예요."

"그럼 나쁜 사람들을 잡지 않을 때는 뭘 하나요?"

"〈로빈슨 탐험대〉를 보죠."

그녀가 다시 웃었다. 또 다시 저렇게 웃게 할 수만 있다면 어떤 바보 같은 말이라도 할 준비가 되어 있었다. 그는 마음을 가라앉히고 자신의 현재 상황에 대해 비교적 진지하게 이야기했다. 하지만 일상의 불쾌한 부분들을 빼려고 조심하다 보니, 할 이야기가 많지 않았다. 그녀가 여전히 관심을 보이자, 이번에는 아버지와 쇠스 이야기를 했다. 왜 누군가 그에 대해 물으면 늘 쇠스에 대한 이야기로 마무리 지을까?

"멋진 동생을 뒀네요." 그녀가 말했다.

"최고죠. 또 얼마나 용감한데요. 절대 새로운 것을 두려워하지 않아요. 인생을 시험비행이라 생각하며 사는 아이죠."

해리는 쇠스가 야콥 올스 가의 아파트를 충동적으로 구입하려 했던 이야기를 들려주었다. 단지 〈아프텐포스텐〉의 부동산란에 실린 사진 속 벽지가 어릴 때 썼던 방의 벽지와 비슷하다는 이유에서였다. 그래서 집주인에게 전화를 했는데 집값이 200만 크로네라는 대답을 들었다. 그해 여름 오슬로에서 제곱미터당 가장 높은 가격이었다.

라켈 페우케는 너무 웃는 바람에 해리의 양복 재킷에 데킬라를 흘렸다.

"쇠스의 가장 큰 장점은 불시착 후에도 벌떡 일어나 먼지를 툭툭 털고, 즉시 그다음의 가미카제 임무를 시작할 준비가 되어 있다는 거죠."

라켈은 손수건으로 해리의 재킷을 닦아주었다.

"당신은요, 해리? 불시착했을 때 어떻게 하나요?"

"나요? 글쎄요. 아마 잠시 죽은 듯이 누워 있을 겁니다. 그러다 일어날 테죠. 다른 선택의 여지가 없으니까."

"일리 있는 말이네요."

해리는 자신을 놀리는 말인지 보려고 얼른 그녀를 쳐다보았다. 그녀의 눈동자에서 즐거움이 춤추고 있었다. 강인함이 느껴지는 여자였다. 하지만 불시착한 경험이 많을 것 같지는 않았다.

"이젠 당신 얘기를 좀 해봐요."

라켈은 외동딸이라서, 의지할 만한 여자 형제가 없었다. 그래서 대신 자신이 하는 일에 대해 이야기했다.

"하지만 우린 사람을 체포하는 경우가 거의 없죠. 대부분의 사건이 전화 한 통이나 대사관의 칵테일파티로 원만하게 해결돼요."

해리는 냉소적인 미소를 지었다.

"내가 비밀 경호원을 총으로 쏜 사건은 어떻게 원만히 넘어갔나요? 전화 한 통으로? 아니면 칵테일파티로?"

라켈은 그를 골똘히 바라보며, 술잔 속에 손을 넣어 얼음을 건져냈다. 두 손가락으로 얼음을 들어 올리자, 녹은 물이 그녀의 손목과 사슬 모양의 가느다란 금팔찌를 지나 팔꿈치로 흘러내렸다.

"춤추는 거 어때요, 해리?"

"내가 기억하기로는 적어도 10분 동안 내가 춤을 얼마나 싫어하는지 설명한 것 같은데요."

그녀가 다시 고개를 갸우뚱했다.

"그게 아니라 나랑 추자고요."

"이런 음악에 맞춰서요?"

팬파이프로 연주하는 듯한 'Let it Be'가 걸쭉한 시럽처럼 스피커에서 흘러나왔다.

"죽진 않을 거예요. 린다와 춤추기 전의 워밍업이라고 생각해요."

그녀는 해리의 어깨에 가볍게 손을 올렸다.

"지금 나한테 끼 부리는 겁니까?"

"경위님 생각에는 어떤 거 같아요?"

"미안하지만 난 숨겨진 신호를 읽어내는 데 소질 없어요. 그래서 묻는 겁니다."

"아마 아닐걸요?"

해리는 그녀의 허리에 손을 올리고, 머뭇거리며 댄스 스텝을 밟았다.

"이건 마치 동정을 잃는 기분이군요. 하지만 아마 누구나 겪어야 하는 일일 겁니다. 조만간 모든 노르웨이 남성이 겪어야 할 일이죠."

"지금 무슨 얘길 하는 거예요?" 라켈이 웃었다.

"사내 파티에서 동료와 춤추는 것에 대한 이야기죠."

"난 강요하지 않았어요."

해리는 미소 지었다. 장소가 어디든 상관없었다. 설사 우쿨렐레로 '치킨 댄스'를 거꾸로 연주하는 음악이 흘러나왔을지라도, 그는 기꺼이 그녀와 춤을 췄으리라.

"잠깐만요. 그게 뭐예요?" 그녀가 물었다.

"아, 이건 권총이 아닙니다. 당신을 만나서 반갑기는 하지만……."

해리는 벨트에 부착되어 있던 휴대전화를 떼어냈다. 그러고는 그녀의 허리에서 손을 떼고, 스피커로 걸어가 그 위에 휴대전화를 올려두었다. 그가 돌아오자, 그녀가 다시 그를 향해 두 팔을 들어 올렸다.

"여기에는 도둑이 없었으면 좋겠군요." 해리가 말했다. 경찰청에서 아주 오래된 농담이었고, 그녀도 분명 지겹도록 들었으리라. 그런데도 그의 귓가에 그녀의 부드러운 웃음소리가 들렸다.

엘렌은 전화 신호가 가도록 내버려두다가 마침내 신호가 끊어지자, 전화기를 내려놓았다. 그러고는 다시 전화했다. 창가에 서서 거리를 내려다보았다. 차는 없었다. 당연했다. 신경이 너무 곤두선 탓에 착각한 것이다. 볼레르는 아마 자기 집, 혹은 아는 여자의 집에 가는 중일 것이다.

세 번이나 더 해리에게 전화한 후에야 엘렌은 포기하고 킴에게 전화했다. 그의 목소리는 지쳐 있었다.

"저녁 7시에야 택시를 반납했어. 오늘은 무려 스무 시간이나 운전한 셈이야." 킴이 말했다.

"난 샤워 먼저 할 거야. 당신이 집에 들어왔는지 알고 싶어서 전화했어."

"무슨 일 있었어?"

"별거 아니야. 45분 후에 도착할 거야. 참, 나 당신 전화 좀 써야 해. 그리고 오늘 거기서 잘래."

"좋아. 오는 길에 세븐일레븐에서 담배 좀 사다주겠어?"

"물론이지. 택시 타고 갈게."

"왜?"

"나중에 설명할게."

"오늘 토요일 밤인 거 알지? 오슬로 택시는 계속 통화 중일 거야. 거기서 여기까지 뛰어오면 4분밖에 안 걸려."

그녀는 망설였다.

"킴?"

"왜?"

"나 사랑해?"

전화기 너머로 그의 나지막한 웃음소리가 들렸다. 헬게센 가의 허름한 아파트, 그곳의 침대 이불 속에 누워 있을 그의 수척하리만치 깡마른 몸과 반쯤 감긴 졸린 눈이 떠올랐다. 그 아파트에서는 아케르셀바 강이 보였다. 그는 그녀가 원하는 모든 것을 가지고 있었다. 그 순간만큼은 그녀도 볼레르를 거의 잊을 수 있었다. 거의.

"스베레!"

스베레 올센의 어머니가 층계 아래에서 목청이 터져라 외쳤다. 그의 기억 속에서 늘 그랬듯이.

"스베레! 전화 왔다!"

마치 도움이 필요하다는 듯이, 물에 빠져 숨이 넘어가기 직전인 사람이 질러대는 듯한 소리였다.

"내 방에서 받을게요, 엄마!"

그는 침대에서 내려와 책상에 놓인 전화기를 집어 들고, 엄마가 전화기를 내려놓는 딸각 소리가 나기를 기다렸다.

"여보세요?"

"나야." 뒤에서 프린스의 노랫소리가 들렸다. 늘 프린스였다.

"당신일 거라고 생각했어요."

"왜지?"

질문이 재깍 튀어나왔다. 올센은 즉시 방어 태세에 들어갔다. 마치 빚진 사람이 프린스가 아니라 자신인 것처럼.

"내가 남긴 메시지를 듣고 전화하는 거 아닌가요?" 올센이 물었다.

"휴대전화의 통화목록을 보고 전화하는 거야. 오늘 저녁 20시 32분에 넌 내 전화로 누군가와 통화했어. 뭐라고 지껄인 거야?"

"돈에 대한 얘기였어요. 지금 돈이 떨어졌는데, 당신이 내게 돈을 주기로—."

"누구에게 말했어?"

"네? 음성사서함에 남겼어요. 안내하는 아가씨 목소리가 예쁘던데요. 새로 신청한 서비스예요?"

대답이 없었다. 그저 나지막이 프린스의 노랫소리가 흘러나올 뿐이었다. You sexy motherfucker(이 섹시한 후레자식)……. 갑자기 음악이 멈췄다.

"뭐라고 했는지 정확히 말해봐."

"그냥—."

"아니! 정확히 말해. 토씨 하나 빼놓지 말고."

올센은 최대한 기억을 더듬어 다시 말했다.

"내 짐작대로군. 넌 외부인에게 우리 계획을 누설해버린 거야, 올센. 당장 이 구멍을 막지 않으면 우린 끝장이야. 알아들어?"

스베레 올센은 무슨 말인지 이해가 가지 않았다. 프린스는 자신의 휴대전화가 다른 사람의 손에 들어갔었다고 차분하게 설명했다.

"네가 들은 건 음성사서함이 아니었어, 올센."

"그럼 누구예요?"

"적이라고 해두지."

"모니토르인가요? 누군가 당신 뒤를 캐고 다니는 거예요?"

"그 문제의 여자는 지금 경찰서로 가는 중이야. 그녀를 막는 게 네가 해야 할 일이야."

"내가요? 난 그냥 돈이나 받으려고—."

"입 닥쳐, 올센."

올센은 입을 다물었다.

"이건 대의를 위해서야. 넌 훌륭한 군인이잖아. 안 그래?"

"네, 하지만……."

"훌륭한 군인은 뒤처리를 잘하는 법이지."

"전 그냥 당신과 영감탱이 사이에서 말을 전해줬을 뿐이에요. 총을 구입한 사람은 당신—."

"특히나 집행유예 3년을 받은 군인이라면. 그것도 절차상의 원칙 문제로."

올센은 침을 꿀꺽 삼켰다.

"그걸 어떻게 알죠?" 올센은 깜짝 놀랐다.

"알 거 없어. 난 그저 이번 일로 너도 다른 형제들만큼이나 잃을 게 많다는 사실을 알려주는 것뿐이야."

올센은 대답하지 않았다. 할 필요가 없었다.

"긍정적으로 생각해, 올센. 이건 전쟁이야. 겁쟁이나 배신자들은 필요없어. 게다가 조직은 군인에게 보상을 하지. 그 일을 해내면 내가 약속한 1만 크로네 말고도, 4만 크로네를 더 받게 될 거야."

올센은 곰곰이 생각했다. 무슨 옷을 입고 가야 할까?

"어디로 가야죠?" 올센이 물었다.

"20분 뒤에 쇼우스 광장으로 와. 필요한 물건 가지고."

"술 안 마셔요?" 라켈이 물었다.

해리는 주위를 둘러보았다. 마지막 춤을 출 때쯤에는 두 사람의 몸이 너무 밀착되어 있어, 아마도 여러 사람들이 의아하게 생각했을 것이다. 이제 두 사람은 구내식당 뒤쪽의 테이블로 물러나 있었다.

"끊었어요." 해리가 말했다.

그녀가 고개를 끄덕였다.

"말하자면 깁니다." 그가 덧붙였다.

"나 시간 많아요."

"오늘 저녁에는 재미있는 이야기만 듣고 싶군요." 그가 미소 지었다. "당신 이야기를 하죠. 다른 사람에게 이야기할 수 있을 정도로 무난한 어린 시절을 보냈나요?"

해리는 그녀가 웃기를 반쯤 기대했지만, 돌아오는 것은 피곤한 미소뿐이었다.

"열다섯 살 때 어머니가 돌아가셨어요. 그것만 제외하면, 나머지는 이야기할 수 있죠."

"유감이군요."

"유감일 거 없어요. 어머니는 아주 특별한 분이었죠. 하지만 오늘 밤에는 재미있는 이야기만 해야 하니까……."

"형제나 자매는 없어요?"

"없어요. 우리 부녀뿐이죠."

"그럼 혼자서 아버지를 돌봐야 했겠군요."

그녀가 놀란 표정으로 해리를 바라보았다.

"그게 어떤 건지 알아요. 나도 어머니가 돌아가셨거든요. 아버지는 몇 년 동안 의자에 앉아 멍하니 벽만 바라보셨죠. 내가 밥을 먹여 드려야 했어요."

"우리 아버지는 자수성가하셨어요. 대규모 건축 자재 체인점을 경영하셨죠. 아마 아버지에게는 회사가 당신 인생의 전부였을 거예요. 그런데 어머니가 돌아가시면서, 갑자기 회사 일에 흥미를 잃으셨어요. 결국 망하기 전에 팔아버리셨죠. 그러고는 주위 사람들을 모두 밀어냈어요. 나까지 포함해서. 그렇게 불행하고 쓸쓸한 노인네가 돼버렸죠."

그녀가 한 손을 펼쳤다.

"난 나대로 살아야 했어요. 내가 모스크바에서 만난 남자와 결혼하자, 아버지는 내게 배신감을 느꼈죠. 상대가 러시아인이었거든요. 올레그와 함께 노르웨이에 돌아왔을 때는 우리 부녀 관계가 심하게 삐걱거렸어요."

해리는 자리에서 일어나 마실 것을 가지고 돌아왔다. 그녀가 마실 마르가리타와 자신이 마실 콜라였다.

"우리가 법대 시절에 만나지 못한 게 유감이에요, 해리."

"당시 난 똘아이었어요. 나와 같은 영화나 음악을 좋아하지 않는 사람에게는 죄다 공격적이었죠. 다들 날 싫어했어요. 심지어 나조차도."

"믿기지 않는데요."

"영화 대사 따라한 겁니다. 미아 패로우에게 작업을 걸던 남자의 대사였죠. 그러니까 영화 속에서요. 실제로 여자에게 써먹은 적은 처음이네요."

"흠." 그녀가 조심스럽게 마르가리타의 맛을 보며 말했다. "괜찮은 수법이네요. 근데 혹시 영화 속 남자도 다른 영화 속 대사를 따라한 거 아니었어요?"

둘은 웃음을 터뜨렸고, 그들이 보았던 좋은 영화와 나쁜 영화, 좋은 공연과 나쁜 공연에 대해 이야기를 나눴다. 한참 이야기를 나눈 후에 해리는 그녀가 첫인상과 다르다는 것을 깨달았다. 예를 들어, 그녀는 스무 살 때 혼자서 세계 일주를 했다. 그 나이에 해리가 했던 어른스러운 경험이라고는 인터레일 패스로 유럽을 여행하다 도중에 그만둔 것과 점점 술독에 빠지게 된 것뿐이었다.

그녀는 손목시계를 보았다.

"11시네요. 그만 가봐야겠어요. 집에서 기다릴 거예요."

해리는 가슴이 철렁 내려앉았다.

"나도 집에서 기다릴 겁니다." 해리가 일어서며 말했다.

"누가요?"

"내 침대 밑에서 키우는 괴물이요. 집까지 모셔다드리죠."

그녀가 빙긋 웃었다. "그러실 필요 없어요."

"어차피 가는 길입니다."

"홀멘콜렌에 사세요?"

"근처예요. 엎드리면 코 닿을 거리. 비슬렛에 살죠."

그녀가 웃음을 터뜨렸다.

"비슬렛은 완전히 반대쪽이잖아요. 당신이 무슨 속셈인지 알아요."

해리가 겸연쩍은 미소를 짓자, 그녀가 그의 팔에 한 손을 올려놓았다.

"차를 밀어줄 사람이 필요한 거죠?"

"가버린 것 같아, 헬게." 엘렌이 말했다.

그녀는 코트를 입은 채 창가의 커튼 사이로 밖을 내려다보았다. 창문 아래의 거리는 텅 비어 있었다. 도로에서 대기 중이던 택시는 잔뜩 취한 아가씨 세 명을 태우고 가버렸다. 헬게는 엘렌의 질문에 대답하지 않았다. 날개가 하나뿐인 헬게는 눈을 두 번 깜박이더니, 발로 배를 긁었다.

엘렌은 다시 한 번 해리의 휴대전화 번호를 눌렀지만, 이번에도 같은 여자의 목소리가 흘러나왔다. 전화의 전원이 꺼졌거나, 신호가 약한 지역에 있다는 메시지였다.

엘렌은 새장에 천을 씌우고 헬게에게 작별인사를 한 다음, 불을 끄고 나갔다. 옌스 벨케스 가는 여전히 인적이 없었기에 서둘러 토르볼 메위에르스 가로 향했다. 토요일 밤이면 그곳은 사람들로 바글거리기 때문이다. 프루 하겐 레스토랑 앞에서 아는 얼굴이 보이자 그녀는 고개를 끄덕여 인사했다. 어느 눅눅했던 저녁, 이곳 그뤼네르뢰카의 불이 환하게 켜진 거리에서 몇 마디 나눴던 사람들이었다. 문득 킴에게 담배를 사다주기로 한 것이 생각나서 세븐일레븐에 가기 위해 뒤를 돌았다. 그러자 전에 어디선가 본 듯한 얼굴이 눈에 들어왔다. 상대 남자도 그녀를 바라보고 있던 터라 엘렌은 자동적으로 미소를 지어 보였다.

세븐일레븐에 들어서서는 잠시 걸음을 멈추고, 킴이 피우는 담배가 카멜인지 카멜 라이트인지 생각했다. 그제야 두 사람이 함께 한 시간이 얼마나 짧은지 깨달았다. 서로에 대해 알아야 할 것이 아직 너무도 많았다. 그러자 생전 처음으로 그 사실이 두렵지 않았다. 오히려 설레고 기대되었다. 온 세상을 다 가진 듯 행복했다. 지금 그녀가 서 있는 곳에서 불과 세 블록 떨어진 곳에 킴이 벌거벗은 채 침대에 누워 있다고 생각하니, 달콤한 욕망이 무지근하게 솟구쳤다. 그녀는 카멜을 집어 들고 계산대 앞으로 가서 초조하게 순서를 기다렸다. 밖으로 나온 후에는 아케르셀바 강을 따라가는 지름길로 가기로 했다.

지름길은 사람들로 바글거리는 대로에서 불과 몇 걸음밖에 떨어지지 않았는데도 완벽하게 인적이 끊겨 있었다. 갑자기 사방이 조용해지면서, 졸졸 흐르는 강물 소리와 그녀의 신발 밑으로 뽀드득거리는 눈 소리만 들렸다. 그녀의 발소리 말고도 다른 사람의 발소리가 들리자, 지름길로 온 것이 후회되었다. 하지만 이미 너무 늦었다. 이제는 발소리뿐 아니라 누군가의 숨소리도 들렸다. 거칠게 헐떡이는 숨소리. 분노와 두려움 속에서 엘렌은 지금 자신의 목숨이 위험에 처했다고 생각했다. 아니, 생각이 아니라 분명한 사실이었다. 그녀는 돌아보지 않고 그냥 달리기 시작했다. 그러자 뒤에서 들리는 발소리도 똑같이 빨라졌다. 그녀는 차분하게 뛰려고 했다. 공황 상태에 빠지거나, 팔다리를 요란하게 흔들지 않으려고 했다. '할머니처럼 뛰지 마.' 그녀는 그렇게 생각하며, 코트 주머니에 손을 넣어 가스총을 쥐었다. 하지만 뒤에서 들리는 발소리는 거침없이 가까워졌다. 거리에 유일하게 켜진 저 가로등의 원추형 불빛 속으로 들어간다면 살 수 있어. 하지만 그게 거짓말이라는 걸 그녀는 알고 있었다. 그녀가 곧장 가로등 불빛 속으로 들어갔을 때 무언가가 그녀의 어깨를 가격했다. 그녀는 길옆에 쌓여 있던 눈 위로 쓰러졌다. 두 번째로 맞았을 때는 팔이 마비되었고, 무감각해진 손은 가스총을 놓쳐버렸다. 세 번째로 왼쪽 무릎을 맞았을 때는 통증에 막힌 비명이 목구멍 깊은 곳에서 소리 없이 사그라졌고, 목의 창백한 살갗 위로 핏줄이 불거져 나왔다. 그녀는 노란색 가로등 불빛 속에서 한 남자가 나무로 된 야구방망이를 들어 올리는 것을 보았다. 아는 얼굴이었다. 아까 프루 하겐 레스토랑 앞에서 뒤돌았을 때 시선이 마주쳤던 남자. 그녀는 형사답게 그의 옷차림을 눈여겨보았다. 짧은 초록색 점퍼, 검은 부츠, 검은 전투모. 머리를 맞으며 시신경이 파괴되었는지 눈앞이 캄캄해졌다.

매해 바위종다리의 40퍼센트가 살아남아. 그러니까 나도 이 겨울을 견뎌낼 거야.

그녀는 그렇게 생각하며 무언가를 잡기 위해 눈 속을 더듬거렸다. 야구방망이가 두 번째로 그녀의 뒤통수를 가격했다.
 봄이 머지않았어. 난 살아남을 거야.

 해리는 홀멘콜렌에 있는 라켈 페우케의 집 앞에 차를 세웠다. 하얀 달빛을 받은 그녀의 피부에 비현실적으로 창백한 광채가 돌았다. 이렇게 어둑한 차 안에서도 그녀의 눈길에서 피로가 느껴졌다.
 "다 왔군요." 라켈이 말했다.
 "다 왔습니다."
 "안으로 초대하고 싶지만……."
 해리는 너털웃음을 지었다. "아마 올레그가 싫어할걸요?"
 "올레그는 곤히 자고 있어요. 내가 신경 쓰는 건 베이비시터죠."
 "베이비시터?"
 "동료 직원의 딸이 올레그를 봐주고 있거든요. 오해는 하지 말아요. 하지만 난 직장에 소문이 도는 건 원치 않아요."
 해리는 계기판의 장치들을 물끄러미 바라보았다. 속도계의 유리판에는 금이 갔고, 석유램프의 퓨즈는 고장 난 듯했다.
 "올레그가 아들인가요?"
 "네. 누군 줄 알았는데요?"
 "글쎄요. 당신 애인인 줄 알았죠."
 "애인?"
 차내 라이터는 창밖으로 내던졌거나, 라디오와 함께 훔쳐간 게 분명하다.
 "모스크바에 있을 때 올레그를 임신했죠. 올레그 아빠와는 2년

살았어요."

"그런데 무슨 일이 있었던 거죠?"

그녀는 어깨를 으쓱였다.

"아무 일도 없었어요. 그저 애정이 식은 것뿐이죠. 난 오슬로로 돌아왔고요."

"그럼 이제 당신은……."

"싱글맘이죠. 당신은요?"

"난 그냥 싱글입니다."

"당신이 국가정보국으로 오기 전에 당신과 당신 파트너에 대한 소문을 들은 적이 있어요. 강력반에서 당신과 같은 사무실을 쓰는 여자요."

"엘렌 말입니까? 설마요. 우린 그냥 좋은 친구예요. 지금도 마찬가지고. 가끔씩 엘렌이 절 도와주기도 합니다."

"어떤 도움요?"

"사건 수사에 관해서요."

"아, 수사."

그녀는 다시 손목시계를 보았다.

"문 열어드릴까요?" 해리가 물었다.

그녀는 미소 지으며 고개를 저었다. 그러고는 어깨로 문을 밀쳤다. 경첩이 끼익 소리를 내며 문이 벌컥 열렸다.

홀멘콜렌 비탈은 조용했다. 전나무를 스치는 부드러운 휘파람 소리만 들릴 뿐이었다. 그녀는 차 밖으로 한 발을 내디뎠다.

"잘 가요, 해리."

"하나만 묻죠."

"뭔데요?"

"지난번에 내가 여기 왔을 때 왜 묻지 않았죠? 내가 무슨 일로 아버지를 찾아왔는지?"

"직업적 습관이에요. 내가 연루되지 않은 사건에 대해서는 묻지 않아요."

"궁금하지 않아요?"

"늘 궁금해요. 묻지 않을 뿐이죠. 무슨 일 때문이었나요?"

"당신 아버지와 동부전선에서 함께 싸웠던 사람을 찾고 있어요. 그 남자가 매르클린 라이플을 구입했죠. 그건 그렇고, 아버님과 이야기를 나눴을 때 불행한 사람이라는 느낌은 전혀 안 들던데요?"

"집필 작업으로 흥분하신 것 같아요. 나도 놀랐어요."

"언젠가는 부녀 사이가 다시 가까워지겠죠?"

"언젠가는요."

둘의 시선이 마주쳤다. 그들은 서로에게서 눈을 뗄 수가 없었다.

"지금 나한테 끼 부리는 거예요?" 그녀가 물었다.

"아마 아닐걸요?"

그녀의 웃는 눈동자는 오랫동안 해리의 눈앞에 어른거렸다. 그가 비슬렛으로 돌아가 불법주차를 하고, 침대 밑에 숨어 있는 괴물을 쫓아내고, 자동응답기의 깜빡거리는 빨간 불빛을 알아차리지 못한 채 잠든 후에도.

스베레 올센은 등 뒤로 조용히 현관문을 닫았다. 신발을 벗고, 계단을 살금살금 올라갔다. 소리가 나는 계단은 일부러 건너뛰었지만 그래 봤자 헛수고라는 걸 알고 있었다.

"스베레 왔니?"

열린 침실 문 안쪽에서 고함 소리가 들렸다.

"네, 엄마."

"어디 갔다 온 거야?"

"그냥 나갔다 왔어요, 엄마. 이제 잘 거예요."

그는 엄마의 말에 귀를 닫았다. 무슨 말일지 대충 알고 있었다. 반쯤 녹은 진눈깨비 같은 그 말들은 땅에 닿자마자 사라져버린다. 침실 문을 닫자 마침내 혼자가 되었다. 올센은 침대에 누워 천장을 바라보며, 아까 있었던 일을 다시 떠올렸다. 마치 영화의 한 장면 같았다. 눈을 질끈 감고 몰아내려 했지만, 영화는 그의 머릿속에서 계속 돌아갔다.

올센은 그녀가 누구인지 전혀 몰랐다. 약속대로 쇼우스 광장에서 프린스를 만났고, 두 사람은 그녀의 집이 있는 거리로 가서 차를 세웠다. 그녀의 아파트에서는 보이지 않지만, 그들은 아파트에 들락거리는 사람들을 볼 수 있는 곳이었다. 프린스는 밤을 새워야 할지도 모른다면서 긴장 풀라고 말했다. 그러고는 그 망할 놈의 깜둥이 자식 노래를 틀고 의자를 뒤로 젖혔다. 하지만 30분 만에 아파트 출입문이 열렸고, 프린스가 "저 여자야"라고 말했다.

올센은 그녀의 뒤를 쫓았다. 어두운 거리에 이르러서야 그녀를 따라잡았지만, 주위에 사람이 너무 많았다. 그런데 갑자기 그녀가 뒤돌아 그를 똑바로 바라보았다. 순간 그는 들킨 줄만 알았다. 소매 속에 넣어 점퍼 칼라 위로 삐죽 솟아나온 야구방망이를 그녀가 본 줄만 알았다. 너무 겁이 나서 얼굴 근육이 실룩이는 것을 주체할 수가 없었다. 하지만 나중에 여자가 세븐일레븐에서 나왔을 때는 그 두려움이 분노로 변해 있었다. 그는 가로등 불빛 아래서 일어났던 일을 기억했지만, 또 한편으로는 기억하지 못했다. 무슨 일이 벌어졌는지 알고는 있지만 몇몇 장면이 사라진 것 같았다. 마치 그림의 일부만으로 전체 그림을 알아맞히는 텔레비전 퀴즈 쇼에서처럼.

다시 눈을 뜨고, 불룩하게 튀어나온 천장의 석고보드를 바라보았다. 돈이 들어오면 건축업자를 불러다가 천장 누수를 고쳐야겠다. 오래전부터 엄마가 저것 때문에 잔소리를 해댔다. 그는 천장 수리에 대해 생각하려 했지만, 그것이 다른 생각을 몰아내기 위해서라는 걸 알고 있었다. 무언가 잘못되었다. 이번 일은 지난번과 달랐다. 그 여자는 데니스 케밥의 주인처럼 눈 찢어진 동양인이 아니었다. 평범한 노르웨이 여자였다. 짧은 갈색머리에 파란 눈동자. 그의 누이일 수도 있는 여자다. 그는 프린스가 해준 말을 반복해서 생각했다. 나는 군인이다. 이것은 대의를 위해서다.

그는 벽에 붙은 사진을 바라보았다. 십자 문양이 그려진 깃발 아래 붙은 그 사진에는 SS 제국 지도자이자 독일 경찰 총책임자인 하인리히 힘러가 있었다. 1941년 오슬로를 방문한 힘러가 바펜SS에 충성을 맹세한 노르웨이 자원입대자들에게 연설하는 장면이었다. 초록색 군복. 옷깃에 붙은 SS 표식. 뒤로 보이는 비드쿤 크비슬링. 힘러. 1945년 5월 23일의 명예로운 죽음. 자살.

"씨발!"

올센은 침대에서 내려와 불안하게 서성이기 시작했다. 그는 문 옆의 거울 앞에 멈춰 섰다. 머리를 움켜잡았다가, 점퍼 주머니를 뒤지기 시작했다. 젠장, 내 모자가 어디 갔지? 순간 그 여자 옆에 떨어뜨렸을지도 모른다고 생각하자, 패닉 상태에 빠졌다. 하지만 프린스의 차로 돌아갈 때 분명히 쓰고 있었던 기억이 나서, 안도의 한숨을 쉬었다.

프린스 말대로 야구방망이는 없애버렸다. 지문을 닦은 다음, 아케르셀바 강에 던져버렸다. 이제는 남의 눈에 띄지 않도록 조심하면서 일이 어떻게 진행되는지 지켜봐야 한다. 프린스가 이번 일도 알아서 처리하겠다고 했다. 전에도 그랬던 것처럼. 프린스의 직장이 어디인지는 몰라도 경찰과 연줄이 닿는 것만은 분명했다. 커튼 사이로 들어온 달빛에 그의 문신이 회색빛을 띠었다. 올센은 목에 걸린 철십자 훈장을 만지작거렸다.

"넌 쌍년이야. 씨발 빨갱이 쌍년." 그가 중얼거렸다.

마침내 그가 잠이 들었을 때는 동쪽 하늘에 이미 먹구름이 드리우기 시작했다.

1944년 6월 30일

함부르크

사랑하는 헬레나.

난 나보다 당신을 더 사랑해. 이제는 당신도 그런 내 마음을 알 거야. 비록 우리가 함께 한 시간은 짧고, 당신 앞에는 길고 행복한 나날이 남았다 해도(분명 그럴 거야!) 날 완전히 잊지는 말아줘. 지금 여기는 저녁이야. 난 함부르크 항구 근처의 막사에 앉아 있는데, 밖에서는 폭탄이 떨어지고 있어. 여기는 나 혼자야. 다른 사람들은 벙커나 지하실로 대피했어. 전기는 끊겼지만, 밖에서 타오르는 불길 덕분에 편지를 쓸 수 있을 만큼 환해.

우리는 함부르크에 도착하기도 전에 기차에서 내렸어. 전날 밤에 폭탄이 떨어져 선로가 끊겼거든. 할 수 없이 트럭으로 옮겨 타 시내로 이송되었지. 시내에 도착한 우리를 맞이한 건 처참한 광경이었어. 두 집 걸러 한 집마다 폐허가 됐고, 연기가 피어오르는 잿더미 옆으로 개들이 살금살금 돌아다녔어. 어디를 가나 사지가 잘린 아이들이 누더기를 걸친 채 크고 공허한 눈으로 우리가 탄 트럭을 응시했지. 불과 2년 전, 젠하임에 가는 길에 들렀던 함부르크와는 너무도 다른 모습이었어. 당시 난 엘베 강이 내가 본 강 중에서 가장 아름답다고 생각했어. 하지만 지금은 난파된 배의 판자 조각과 표류물이 더러운 흙탕물 위를 둥둥 떠다니고 있어. 누군가 시체 때문에 강이 오염되었다고 말했어. 야간 공습이 더욱 잦아졌고, 무슨 수를 써서든 함부르크에서 탈출해야 한다는 말도 들렸어. 나는 오늘 밤 코펜하겐 행 기차를 탈 예정이었지만, 공습으로 북쪽 선로가 끊겨버렸어.

내 형편없는 독일어를 용서해줘. 보다시피 지금 손도 흔들리고 있어. 폭탄 때문에 막사 전체가 흔들려서이지, 결코 두려워서가 아니야. 내가 두려울 게 뭐가 있겠어? 지금 내가 앉은 곳에서는 말로만 들었던 불바다가 보여. 항구 반대편의 불길이 모든 걸 빨아들이는 것 같아. 느슨하게 묶여 있던 목재와 납 지붕이 통째로 떨어지면서, 바람을 타고 불꽃 속으로 날아가고 있어. 그리고 바다, 바다는 펄펄 끓고 있지! 저쪽 다리 아래쪽 바다에서는 김이 모락모락 솟아오르고 있어. 어느 불쌍한 영혼이 폭탄을 피해 바다에 뛰어든다면 산 채로 튀겨질 거야. 창문을 열었지만, 대기 중에는 아예 산소가 없는 느낌이야. 그때 굉음이 들렸어. 마치 누군가 불길 속에서 "더, 더, 더" 하고 외쳐대는 듯한 소리였어. 맞아, 기묘하면서도 무서웠지만 이상하게 매력적인 광경이었지.

내 마음은 사랑으로 가득 찼기 때문에 나는 조금도 두렵지 않아. 당신 덕분이야, 헬레나. 훗날 당신에게 아이가 생긴다면(당신이 아이를 원한다는 거 알아. 나 또한 당신에게 아이가 생기기를 바라고.) 아이들에게 우리 이야기를 들려줘. 동화라고 말해줘. 사실이 그러니까. 진정한 동화. 나는 밤으로 뛰어들어 그 안에서 무엇을 발견하고, 누구를 만나게 될지 부딪쳐보기로 했어. 이 편지를 내 수통에 넣어 테이블에 남겨둘 거야. 수통에 총검으로 당신 이름과 주소를 새겨놓았으니까 누가 이 편지를 발견한다면 당신에게 보내줄 거야.

당신의 연인 우리아.

PART 5
일곱 날

2000년 3월 12일

옌스 벨케스 가

"안녕하세요. 여기는 엘렌과 헬게의 집입니다. 메시지를 남겨주세요."

"안녕, 엘렌. 나 해리야. 목소리 들으면 알겠지만 나 술 좀 마셨어. 미안해, 정말로. 하지만 맨정신이었다면 이렇게 전화하지 못했을 거야. 너도 알지? 잘 알 거야. 오늘 현장에 갔었어. 아케르셀바 강을 따라 난 길, 그 길옆의 눈에 네가 누워 있더군. 널 발견한 사람은 자정이 넘어 춤추러 가던 젊은 커플이었어. 사인은 둔기 강타로 인한 뇌 앞면의 중상. 뇌 앞면뿐 아니라 뒤통수도 맞았고, 두개골에는 세 군데나 금이 갔지. 왼쪽 무릎은 박살나고, 오른쪽 어깨에도 가격당한 흔적이 있었어. 모두 같은 둔기로 인한 부상으로 추정된대. 닥터 블릭스 말로는 사망 시간이 밤 11시에서 12시 사이라더군. 넌 내게…… 난…… 잠깐만.

미안. 길 위의 눈에서 스무 개의 각기 다른 신발 자국이 나왔고, 네 근처에서는 두 개의 발자국이 나왔어. 하지만 그 두 개는 누군가 발로 지워버렸어. 아마도 증거 인멸을 위해서였을 거야. 현재까지 목격자는 나오지 않았지만, 늘 그렇듯이 주변의 탐문 수사를 하고 있어. 길가 쪽으로 창문이 난 집이 몇 군데 있어서 크리포스는 무언가 본 사람이 있을 거라고 생각하나 봐. 하지만 난 그럴 가능성은 희박하다고 봐. 왜냐하면 어젯밤 11시 15분에서 12시 15분까지 스웨덴 TV에서 스웨덴판 〈로빈슨 탐험대〉를 재방송했거든. 농담이야. 분위기 좀 띄워보려고 했는데 괜찮았어? 아, 맞다. 네가 누워 있던 곳에서 몇 미터 떨어진 곳에 검은색 모자가 있었어. 모자에 혈흔이 있었지. 그게 네 피라면, 그 모자는 범인의 것이라는 뜻이야. 피는 분석실에 보냈고, 모자는 과학수사실로 보내서 혹시 그 안에 머리카락이나 두피 조각이 없는지 조사하고 있어. 만약 범인의 머리카락이 없다면, 비듬이라도 있어야 할 텐데. 하하. 에크만과 프리젠, 잊지 않았지? 네게 말해줄 단서는 이게 전부야. 뭔가 알아내면 알려줄게. 또 할 말이 있었던가? 아, 있다. 이제부터 헬게가 우리 집에서 살게 됐어. 헬게에게는 불행한 일이지만 너와 사는 것 다음으로는 그게 최선이야, 엘렌. 난 이제 한잔 더 마시면서 그 점에 대해 생각해볼까 해."

2000년 3월 13일
옌스 벨케스 가

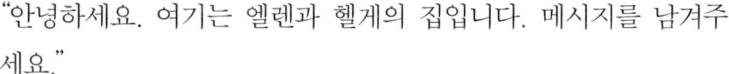

 "안녕하세요. 여기는 엘렌과 헬게의 집입니다. 메시지를 남겨주세요."
 "안녕. 또 나야, 해리. 오늘 결근했어. 그래도 닥터 블릭스에게 전화하는 건 잊지 않았지. 다행히 네게 성폭행의 흔적은 없었대. 또 우리가 알아낸 바로는, 네 지갑도 그대로였어. 그렇다면 범인의 동기가 대체 뭘까? 물론 범인이 여러 이유로 자신의 목표를 완수하지 못했을 수도 있어. 혹은 실행에 옮길 수 없었던 사정이 있었을 수도 있고. 오늘 프루 하겐 레스토랑 앞에서 널 봤다고 신고한 사람이 둘이나 나왔어. 네 신용카드 기록에 의하면 넌 22시 25분, 세븐일레븐에 있었어. 네 남자친구 킴은 오늘 하루 종일 취조 받았어. 네가 자기 집으로 오는 길이었고, 담배를 사다달라는 자신의 부탁 때문에 네가 세븐일레븐에 들른 거라고 했지. 하지만 크리포스에서는 네가 산 담배가 평소 킴이 피우던 담배가 아니라는 사실을 알아냈어. 게다가 킴에게는 알리바이가 없어. 미안하지만 엘렌, 현재로서는 그자가 유력한 용의자야.
 그건 그렇고 오늘 손님이 찾아왔어. 라켈이라는 여잔데 국가정보국에서 일해. 내가 어떻게 지내는지 보러 왔대. 한동안 여기 있다가 갔어. 우린 그냥 말없이 앉아 있었지. 아무래도 잘 안 될 거 같아.

헬게가 안부 전해달래."

2000년 3월 14일

옌스 벨케스 가

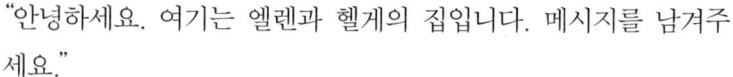

"안녕하세요. 여기는 엘렌과 헬게의 집입니다. 메시지를 남겨주세요."

"살아생전에 이렇게 추운 3월은 처음인 것 같아. 온도계가 영하 18도까지 떨어졌어. 우리 아파트의 창문은 만든 지 100년도 넘었다고. 흔히들 술 마시면 몸이 풀린다는데 그거 완전 엉터리야. 오늘 아침, 이웃에 사는 알리가 찾아왔어. 알고 보니 어젯밤 내가 집에 올라가다가 계단에서 요란하게 넘어진 모양이야. 알리가 날 침대까지 부축해줬대.

내가 출근한 시간이 점심시간이었나 봐. 아침 커피를 마시러 구내식당에 갔더니 사람들로 바글거리더라고. 다들 날 쳐다보는 느낌이 들었는데 내 착각이겠지. 보고 싶어 미치겠다, 엘렌.

내가 네 남자친구의 전과를 조회해봤어. 마리화나 소지로 짧은 형을 받은 적이 있더군. 크리포스는 아직도 그가 범인이라고 생각해. 난 그 친구를 만난 적도 없고, 사람의 성격을 파악하는 데도 소질이 없어. 하지만 네게 들은 바로는 살인을 저지를 사람 같지는 않았어. 안 그래? 과학수사과에 전화했더니 모자에서 머리카락이 한 올도 나오지 않았대. 그저 두피 조각만 나왔다더군. 그걸 DNA 검사실에 보냈으니까 4주 안에 결과가 나올 거야. 일반 성인이 하루에 머리카락이 몇 개나 빠지는지 알아? 내가 찾아봤는데 대략 150개야. 근데 그 모자에는 머리카락이 한 올도 없었어. 난 묄레르를 찾아가서, 지난 4년간 상해죄로 유죄 판결을 받은 사람 중에 빡빡머리의 명단을 작성해달라고 했어.

오늘 라켈이 내 사무실로 책을 가져왔더라고. 《우리 작은 새》라는 이상한 책이었어. 헬게가 수수를 좋아할까? 잘 있어."

2000년 3월 15일
옌스 벨케스 가

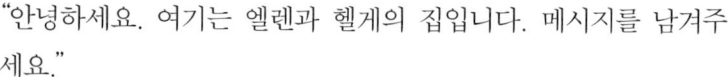

"안녕하세요. 여기는 엘렌과 헬게의 집입니다. 메시지를 남겨주세요."

"오늘 네 장례식이 있었어. 난 참석하지 않았지. 네 부모님은 품위 있는 장례식을 치를 자격이 있는데, 오늘 내 꼴이 말이 아니었거든. 그래서 대신 슈뢰데르에서 널 추모했어. 어제 저녁 8시에 차에 올라타 홀멘콜바이엔 가로 갔어. 좋은 생각이 아니었지. 마침 라켈에게는 손님이 와 있었어. 전에 라켈의 집 앞에서 봤던 그 남자더군. 자기가 외무부인지 뭔지에서 일하는 사람인데 업무차 온 거라고 말했어. 이름이 브란헤우그라던가? 라켈은 그의 방문이 그리 달갑지 않은 듯했어. 하지만 내 착각인지도 모르지. 난 너무 민망해지기 전에 서둘러 자리를 떴어. 라켈은 내가 택시를 타고 가야 한다고 우겼어. 하지만 지금 창밖으로 내 차가 보이는 걸 보니, 난 라켈의 충고를 따르지 않은 모양이야.

알다시피 지금 상황이 약간 엉망이야. 그래도 잊지 않고 애완용품 가게에서 새 모이를 사왔어. 카운터에 있던 여자가 트릴을 추천하기에 그걸 샀지."

2000년 3월 16일
옌스 벨케스 가

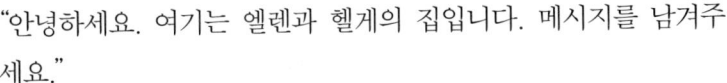

"안녕하세요. 여기는 엘렌과 헬게의 집입니다. 메시지를 남겨주세요."

"오늘 뤼크테 카페로 산책을 갔어. 거긴 슈뢰데르와 좀 비슷해. 최소한 아침에 맥주를 주문해도 이상하다는 시선을 받지는 않아. 난 노인 혼자 앉아 있는 테이블로 갔지. 한참 구슬린 끝에야 겨우 대화를 나누게 됐어. 그에게 왜 에벤 율을 그렇게 싫어하느냐고 물었지. 그랬더니 노인이 탐색하는 눈으로 오랫동안 날 바라보더군. 지난번에 내가 여기 왔던 걸 전혀 기억 못하는 눈치였어. 맥주 한 병을 사줬더니, 그제야 모든 이야기를 들려줬어. 그 노인도 동부전선에서 싸웠는데(나도 거기까지는 짐작했지), 율 부인을 알고 있더라고. 부인이 그곳 야전병원에서 간호사로 일할 때 소문을 들었대. 율 부인이 간호사로 자원한 건, 노르웨이 연대에 있던 한 군인과 약혼했기 때문이라더군. 에벤 율이 아내를 만난 건 1945년, 그녀가 유죄 판결을 받았을 때였대. 율 부인은 2년 형을 언도받았는데, 당시 사회당 고위 간부였던 율의 아버지가 힘을 쓴 덕분에 몇 달 만에 풀려난 거래. 그게 왜 그렇게 못마땅하냐고 물었더니,

에벤 율이 보이는 것처럼 성인군자가 아니라고 중얼거리더군. 그 노인이 사용한 단어가 정확히 그거였어. '성인군자.' 율도 다른 역사가와 다를 바 없다고 했어. 승자들이 자기들 멋대로 역사를 보여주듯이, 율도 제2차 대전 당시의 노르웨이에 대해 엉터리로 쓰고 있다고. 율 부인의 약혼자 이름은 기억나지 않는다고 했어. 다만 그가 노르웨이 연대에서 영웅과 같은 존재였다는 말만 했어.

술을 다 마신 후에 카페에서 나와 사무실로 갔지. 쿠르트 마이리크가 날 보려고 들렀는데 아무 말도 하지 않고 그냥 갔어. 묄레르에게 전화했더니, 내가 요청한 명단에 무려 서른네 명이나 있다는 거야. 빡빡머리들은 폭력적인 성향이 더 강한 걸까? 어쨌든 묄레르는 용의자를 줄이기 위해 명단에 있는 사람들에게 모두 전화해서 알리바이를 확인하라고 일러두었대. 초기 보고서를 보니까 톰 볼레르가 널 집까지 태워다준 걸로 되어 있더라. 22시 15분에 네가 차에서 내렸는데, 그때는 아주 차분한 상태였다고 했어. 또 네가 별다른 이야기도 하지 않았다고 증언했어. 하지만 텔레노르에 의하면, 네가 우리 집에 메시지를 남긴 시각이 22시 16분이야. 다시 말해 넌 집에 올라오자마자 내게 메시지를 남겼다는 건데, 뭔가를 알아냈다며 잔뜩 흥분한 상태였단 말이야. 어딘가 이상해. 하지만 묄레르는 그렇게 생각하지 않아. 또 내가 착각한 거겠지?

빨리 연락 줘, 엘렌."

2000년 3월 17일
옌스 벨케스 가

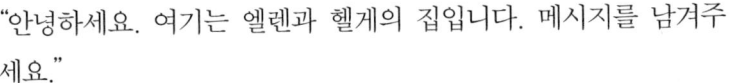

"안녕하세요. 여기는 엘렌과 헬게의 집입니다. 메시지를 남겨주세요."

"오늘 출근 안 했어. 밖은 영하 12도고, 집 안은 그보다 겨우 1, 2도 높아. 하루 종일 전화가 울렸는데 안 받았어. 그러다 큰맘 먹고 받았더니 닥터 에우네더군. 에우네는 좋은 사람이야. 정신과 의사치고는 말이지. 최소한 우리 머릿속에서 일어나는 일에 대해 자기가 우리들보다 덜 혼란스러운 척은 하지 않아. 알코올중독자의 악몽은 진탕 술을 퍼마신 직후부터 시작된다는 게 에우네의 오랜 지론이야. 좋은 경고이긴 한데 꼭 맞는 말은 아니야. 내가 멀쩡하게 전화를 받으니까 에우네가 놀라더군. 모든 건 상대적이라고. 에우네가 한 미국인 심리학자에 대해 이야기해줬어. 그 심리학자가 알아낸 바에 의하면, 우리의 삶은 어느 정도 유전적이래. 우리가 부모의 역할을 물려받기 시작하면서, 우리의 삶은 그들을 닮아간다는군. 어머니가 돌아가신 후로 아버지는 은둔자가 되었고, 에우네는 나도 그렇게 될까 봐 걱정하고 있어. 내가 최근에 힘든 사건들을 좀 겪었잖아. 너도 알다시피 빈데렌의 총격 사고와 시드니에서의 일, 그리고 이 일까지. 맞는 말이야. 내가 어떻게 지내는지 얘기해줬더니, 닥터 에우네의 말이 걸작이었어. 박새인 헬게 덕분에 내 삶이 파멸되지 않았다는 거야. 어찌나 웃기던지. 아까도 말했지만 에우네는 좋은 사람이야. 하지만 그놈의 정신분석 어쩌고 하는 얘기는 안 했으면 좋겠어.

 라켈에게 전화로 데이트 신청했어. 생각해보고 전화해주겠대. 내가 나한테 왜 이러는지 모르겠어."

2000년 3월 18일
옌스 벨케스 가

"텔레노르에서 알려드립니다. 지금 전화하신 번호는 없는 번호입니다. 텔레노르에서 알려드립니다. 지금 전화하신……."

PART 6

밧세바

2000년 4월 25일

해리의 사무실

봄의 첫 공세는 늦게 시작되었다. 3월 말이 되어서야 비로소 홈통에서 물이 졸졸 흐르는 소리가 들렸고, 4월에는 송스반까지 모든 눈이 사라졌다. 그러다 봄은 다시 물러가야 했다. 하늘에서 눈송이가 빙글빙글 떨어졌고, 심지어 도심에도 눈이 잔뜩 쌓였다. 눈이 다시 녹을 때까지는 몇 주가 걸렸다. 거리에는 작년에 버린 쓰레기와 개똥의 악취가 코를 찔렀다. 바람은 빠른 속도로 그뢴란슬라이레의 공터를 가로질러 갈레리 오슬로까지 불었는데, 모래바람에 행인들은 눈을 비비고 침을 뱉어야 했다. 장안의 화제는 곧 왕비가 될지도 모를 미혼모와 유럽 축구 선수권 대회, 계절답지 않은 날씨였다. 경찰청의 주된 화제는 부활절 휴가에 무엇을 했는지 그리고 쥐꼬리만큼 오른 연봉이었다. 모든 것이 전과 다름없다는 듯이 계속되었다.

하지만 모든 것이 달라졌다.

해리는 책상에 발을 올린 채 사무실에 앉아 창밖을 내다보고 있었다. 구름 한 점 없는 맑은 날씨였다. 꼴사나운 모자를 쓴 채 아침 산책을 나와 거리를 다 차지한 할머니들. 노란 신호등 사이로

질주하는 배달 트럭들. 이 도시가 지극히 정상이라는 거짓된 허울을 만들어주는 사소한 모든 것들. 이런 허울에 속지 않는 사람은 과연 자신뿐일지 해리는 궁금했다. 엘렌을 땅에 묻은 지 6주가 되었는데도, 밖을 내다보면 달라진 게 없었다.

노크 소리가 들렸다. 해리는 대답하지 않았지만 그래도 문은 열렸다. 강력반 책임자인 비아르네 묄레르였다.

"돌아왔다고 들었네."

해리는 창 밖에 버스 정류장으로 미끄러져 들어가는 빨간 버스 한 대를 바라보았다. 버스 옆면에는 스토어브랜드 생명보험 광고가 붙어 있었다.

"궁금한 게 있습니다, 보스. 사실은 죽음에 보험을 드는 건데 왜 생명보험이라고 할까요?"

묄레르는 한숨을 쉬며 책상 끝에 걸터앉았다.

"왜 사무실에 손님용 의자를 두지 않나, 해리?"

"의자가 없어야 용건만 빨리 말하고 갈 테니까요." 그는 창밖에서 시선을 떼지 않았다.

"장례식에 안 왔더군."

"가려고 옷도 갈아입었습니다." 묄레르에게라기보다 혼잣말을 하듯이 해리가 말했다. "분명 장례식장으로 걸어가던 중이었고요. 그런데 고개를 들어보니 주위에 한심한 사람들이 모여 있더군요. 그때만 해도 장례식장에 온 줄 알았습니다. 앞치마를 두른 채 내 주문을 기다리는 마야를 보기 전까지는요."

"그럴 거라고 짐작했네."

개 한 마리가 코를 땅에 대고, 꼬리는 허공에 든 채 갈색 잔디밭을 가로지르며 돌아다녔다. 최소한 누군가는 오슬로의 봄을 즐기고 있었다.

"그 후에는 어떻게 된 건가? 한동안 통 안 보이더군." 묄레르가 말했다.

해리는 어깨를 으쓱였다.

"바빴습니다. 새로운 하숙생이 생겼거든요. 날개가 하나뿐인 박새죠. 또 자동응답기에 녹음된 옛날 메시지도 들었습니다. 지난 2년간 받은 메시지가 30분짜리 테이프에 꽉 찼더군요. 모두 엘렌이 남긴 메시지였습니다. 슬프지 않나요? 뭐 별로 슬프지 않을 수도 있죠. 유일하게 슬픈 일은 엘렌이 마지막으로 전화했을 때 제가 집에 없었다는 겁니다. 엘렌이 그자의 정체를 알아낸 거 아십니까?"

묄레르가 사무실에 들어온 후 처음으로 해리가 몸을 돌려 그를 마주 보았다.

"엘렌 기억하시죠, 네?"

묄레르는 한숨을 쉬었다.

"우리 모두 엘렌을 기억하네, 해리. 엘렌이 자네 집 자동응답기에 남긴 메시지도 기억하고, 그 메시지가 무기 거래의 중간상을 알아냈다는 의미인 것 같다는 자네의 말도 기억해. 범인을 못 잡았다고 해서 우리가 엘렌을 잊었다는 뜻은 아닐세, 해리. 크리포스와 강력반은 몇 주째 그 사건에 매달리느라 잠도 거의 못 잤어. 자네가 꼬박꼬박 출근했다면 우리가 얼마나 열심히 일하는지 알았을 텐데."

묄레르는 그렇게 말한 것을 즉시 후회했다. "자네를 비난하는 뜻으로 한 말은……."

"아뇨, 맞습니다. 그런 뜻으로 하신 말이고, 맞는 말입니다."

해리는 손으로 얼굴을 쓸어내렸다.

"간밤에 엘렌이 옛날에 남긴 음성메시지를 들었습니다. 대체 왜 전화했는지 모르겠더군요. 내가 먹지 말아야 할 음식에 대해 잔뜩 설교를 늘어놓더니, 작은 새들을 보면 모이를 주고, 운동 후에는 스트레칭을 해주고, 에크만과 프리젠을 기억하라는 말로 끝났습니다. 에크만과 프리젠이 누군지 아십니까?"

묄레르는 고개를 저었다.

"심리학자입니다. 우리가 웃으면 얼굴 근육이 뇌에서 화학작용을 일으켜, 주위 세상을 좀 더 긍정적으로 생각하고, 자신에게 더 만족한다는 사실을 알아냈죠. '세상을 향해 웃으면 세상도 널 향해 웃을 것이다'라는 격언이 사실이라는 걸 증명한 셈이죠. 한동안은 엘렌 때문에 그 말을 믿었습니다."

해리는 묄레르를 올려다보았다.

"정말 슬프지 않습니까?"

"눈물 나는군."

두 사람은 빙그레 미소를 지었고, 아무 말 없이 앉아 있었다.

"표정을 보니까 뭔가 제게 하실 말씀이 있어서 오신 것 같군요. 뭡니까?"

묄레르는 책상에서 뛰어내려 방을 서성이기 시작했다.

"알리바이를 확인한 결과, 서른네 명의 빡빡머리 용의자가 열두 명으로 줄었네. 알겠나?"

"알겠습니다."

"모자에서 찾아낸 피부 조직의 DNA 실험 결과, 모자 주인의 혈액형을 알아냈어. 열두 명 중에서 네 명의 혈액형이 일치했지. 그 네 명에게서 혈액을 채취해 DNA 실험실로 보냈는데 오늘 결과가 나왔네."

"그런데요?"

"아무도 일치하지 않았어."

사무실이 조용해졌다. 들리는 소리라고는 묄레르가 뒤로 돌 때마다 그의 신발 고무창이 조그맣게 찍찍거리는 소리뿐이었다.

"크리포스는 엘렌의 남자친구를 용의선상에서 제외했다면서요?" 해리가 물었다.

"그 친구의 DNA도 확인했거든."

"그럼 다시 원점으로 돌아온 겁니까?"

"그런 셈이지, 응."

해리는 다시 창문을 바라보았다. 개똥지빠귀 한 무리가 거대한 느릅나무에서 날아올라 서쪽으로 향했다. 플라자 호텔 쪽으로.

"어쩌면 그 모자는 우리를 혼란에 빠뜨리려고 놓아둔 건지도 모르겠군요. 범인은 일체의 흔적을 남기지 않았고, 자신의 신발 자국까지 지웠습니다. 그런데 피살자에게서 불과 몇 미터 떨어지지 않은 곳에 모자를 떨어뜨렸다는 게 저로서는 이해가 되지 않습니다."

"그럴 수도 있지. 하지만 모자에서 나온 피는 엘렌의 피였어. 그것까지는 알아냈다네."

코를 킁킁대며 아까 갔던 길을 다시 돌아오는 개가 해리의 시선을 끌었다. 개는 잔디밭 한 가운데 우뚝 멈춰 서더니, 한동안 코를 땅에 댄 채 어느 쪽으로 갈지 망설였다. 이내 결정을 내렸는지 왼쪽으로 돌아 그의 시야에서 사라졌다.

"모자를 추적해야 합니다. 상해죄로 유죄 판결 받은 사람뿐 아니라, 구속되거나 고소당한 사람까지 모두 조사해주십시오. 기간도 10년으로 넓히고, 조사 범위도 아케르스후스까지 포함시켜주세요. 그리고 반드시—."

"해리……."

"네?"

"자네는 더 이상 강력반 소속이 아닐세. 게다가 어차피 이 사건은 크리포스 담당이야. 자네 부탁은 지금 나더러 선을 넘으라는 말이네."

해리는 아무 말도 하지 않았다. 그저 고개만 끄덕거렸다. 그의 시선이 에케베르그 어딘가에 고정되었다.

"해리?"

"여기가 아닌 다른 곳에 있어야 한다고 생각해본 적 있으십니까, 보스? 이렇게 화창한 봄날인데 말입니다."

서성거리던 묄레르가 걸음을 멈추고 미소 지었다.

"말이 나왔으니 하는 말인데, 난 언제나 베르겐이 살기 좋은 도시라고 생각했네. 아이들에게도 좋을 거고 말이야."

"하지만 경찰 일은 계속하실 거죠?"

"물론이지."

"우리 같은 사람은 다른 일에는 영 소질이 없으니까요. 안 그렇습니까?"

묄레르는 어깨를 으쓱였다. "아마도."

"하지만 엘렌은 다른 일도 잘했습니다. 그 친구가 경찰청에서 일한다는 게 참으로 큰 인력 낭비라고 생각한 적이 많습니다. 나쁜 놈들을 잡아들이는 일. 우리 같은 사람에게는 딱 맞는 일이지만, 엘렌에게는 아니죠. 제 말, 무슨 뜻인지 아시죠?"

묄레르는 창가로 다가가 해리와 나란히 섰다.

"5월이 되면 나아질 걸세."

"흠."

그뢴란 성당의 시계가 두 번 울렸다.

"할보르센에게 그 일을 맡길 수 있는지 한번 알아보지." 묄레르가 말했다.

2000년 4월 27일

외무부

오랫동안 다양한 여자들을 겪어본 경험상, 베른트 브란헤우그는 손에 넣고 싶을 뿐 아니라 반드시 손에 넣어야 직성이 풀리는 여자들이 드물게 있다는 것을 알게 되었다. 다음의 네 가지 이유 중 하나에 해당될 때였다. 다른 여자들보다 유달리 아름답거나, 다른 여자들보다 성적으로 유달리 만족스럽거나, 함께 있으면 유달리 더 남자다운 기분이 들거나, 다른 남자를 원하는 여자. 특히 마지막 이유가 가장 결정적이었다.

브란헤우그는 라켈 페우케가 네 번째 유형에 속하는 여자임을 알게 되었다.

그는 1월의 어느 날, 라켈에게 전화했다. 오슬로 주재 러시아 대사관에 새로 부임한 군사 담당관의 평가 보고서가 필요하다는 핑계였다. 그녀는 보고서를 보내주겠다고 했지만, 그는 일대일로 보고 받아야 한다고 우겼다. 마침 금요일 오후이고 하니, 컨티넨털 호텔 바에서 맥주나 한잔 하면서 이야기하는 것이 어떻겠느냐고 제안했다. 라켈이 싱글맘이라는 사실을 알아낸 것도 그때였다. 그녀가 그의 제안을 거절하며 아이를 데리러 유치원에 가야 한다고 말했기 때문이다. 그는 "자네 세대에서는 보통 남편이 그런 일을 하지 않나?"라고 명랑하게 물었다.

비록 직접적인 대답은 없었지만, 그녀의 반응으로 보아 남편과 함께 살지 않는다는 직감이 들었다.

전화를 끊었을 때 이 뜻밖의 수확에 기분이 좋았다. 비록 '자네 세대'라는 말을 해서 두 사람의 나이 차이를 강조한 것이 살짝 거슬리기는 했어도.

그다음에는 쿠르트 마이리크에게 전화해, 라켈에 대한 정보를 털어놓도록 조심스럽게 유도했다. 설사 자신의 태도가 다소 노골적이어서 마이리크가 눈치 챘다 해도 전혀 상관없었다.

언제나 그렇듯이 마이리크는 모르는 게 없었다. 그의 설명에 의하면, 라켈은 모스크바 주재 노르웨이 대사관 외무부에서 2년간 통역관으로 일하다가 러시아 남자와 결혼했다. 유전공학을 공부하는 젊은 교수였는데 그는 단번에 라켈의 마음을 사로잡았고, 자신의 전공을 즉시 실행에 옮겨 그녀를 임신시켰다. 하지만 남편에게는 선천적으로 알코올중독의 유전자가 있었으며, 게다가 물리적인 해결을 좋아하는 성향까지 있었다. 따라서 그들의 행복한 결혼 생활은 오래가지 못했다. 라켈 페우케는 많은 여자들의 실수를 반복하지 않았다. 그리하여 남편이 처음으로 손찌검을 한 순간, 올레그를 품에 안고 집에서 나와버렸다. 남편과 다소 영향력 있는 시가(媤家)에서는 올레그의 양육권을 신청했다. 외교관의 면책 특권이 없었더라면, 그녀는 무사히 아들과 함께 러시아를 떠날 수 없었을 것이다.

마이리크는 현재 라켈의 남편이 그녀에게 소송을 제기한 상태라고 알려주었다. 그 말을 듣자, 브란헤우그도 어렴풋이 기억났다. 러시아 법정에서 발부해 그의 미결 서류함으로 들어오게 된 소환장. 하지만 당시 그녀는 통역관에 불과했기에 그는 그녀의 이름조차 눈여겨보지 않은 채 그 일 전부를 다른 사람에게 맡겨버렸다. 마이리크는 러시아와 노르웨이 정부 간에 아직도 올레그의 양육권 소송이 진행 중이라고 했다. 그 말을 들은 순간, 브란헤우그는 즉시 통화를 중단하고 법무부에 전화했다.

법무부와의 통화가 끝난 후에는 라켈에게 전화했다. 이번에는 아무런 핑계 없이 함께 저녁을 먹자고 했다. 그녀는 역시나 다정하면서도 단호하게 거절했다. 라켈과의 통화가 끝나자마자, 브란헤우그는 비서에게 라켈 앞으로 발송할 편지를 불러주었다. 법무부 책임자의 서명이 적힌 편지였다. 편지의 내용은 간단히 말해서, '올레그 친가에 대한 인간적 배려 차원에서' 지금까지 오랫동안 미뤄왔던 올레그 양육에 대해 이제 노르웨이 외무부와 러시아 정부가 타협해 해결책을 도출하려 한다는 것이다. 따라서 라켈과 올레그는 러시아 법정에 출두해 법정의 판결을 따라야 했다.

나흘 뒤 라켈에게서 전화가 걸려와, 사적인 일로 좀 만나달라고 부탁했다. 브란헤우그는 지금은 바쁘니 몇 주 뒤로 약속을 미룰 수 있는지 물었다. 바쁘다는 그의 말은 사실이었다. 가능한 한 빨리 만나달라고 사정하는 그녀의 공손하면서도 공적인 말투 이면에서 살짝 카랑카랑한 쇳소리가 감지되었다. 그는 오랜 고심 끝에 유일하게 시간이 비는 때가 금요일 오후 6시 컨티넨털 호텔 바라고 했다. 그리하여 두 사람은 그곳에서 만나기로 약속했다. 일단 호텔에 도착하자, 브란헤우그는 진과 토닉을 주문했다. 자신이 처한 상황을 상세히 설명하는 라켈의 태도에는 한 아이를 둔 엄마로서의 단호한 절박함이 묻어 있었다. 그는 진지하게 고개를 끄덕이며, 그녀에게 공감한다는 눈빛을 보내기 위해 최선을 다했다. 그러고는 마침내 딸을 보호하려는 아버지처럼 그녀의 손 위에 자신의 손을 올려놓는 대담한 행동을 했다. 그녀의 몸이 굳어졌지만, 그는 아무 일도 없다는 듯이 태연하게 말했다. 불행히도 자신은 법무부 최고 책임자의 결정을 기각할 정도의 위치는 아니라고. 그러나 물론, 자신의 권력을 최대한 동원해 그녀가 러시아 법정에 출두하는 일이 없도록 막아보겠다고 했다. 또한 전 남편의 집안이 상당한 정치적 영향력이 있는 것으로 보아, 러시아 법정의 판결이 그녀에게 불리하리라는 그녀의 우려에도 충분히 공감한다고 강조했다. 그는 눈물이 그렁그렁한 그녀의 갈색 눈동자를 넋이 나간 사람처럼 바라보며 우두커니 앉아 있었다. 지금까지 이 여자보다 아름다운 생명체는 본 적이 없는 듯했다. 하지만 그가 레스토랑에서 저녁을 먹으며 대화를 이어가자고 하자, 그녀는 고맙지만 사양하겠다며 거절했다. 결국 그날 저녁은 김빠지게도 혼자서 위스키와 유료 텔레비전을 벗 삼아 보내야 했다.

다음 날 아침, 브란헤우그는 러시아 대사에게 전화해 노르웨이 외무부에서 올레그 페우케 고세프의 양육권에 대한 내부 논의가 있었다고 설명했다. 그러니 이 문제에 관한 러시아 정부의 입장을 업데이트하여 보내달라고 했다. 러시아 대사는 그 재판에 대해 전혀 들은 바가 없었지만, 어쨌거나 외무부 차관의 요청에 응하겠다고 약속했다. 더불어 긴급한 소환장의 형태로 편지도 보내주겠노라고 했다. 러시아 정부에서 라켈과 올레그에게 러시아 법정 출두를 요구하는 소환장은 일주일 후에 도착했다. 브란헤우그는 즉시 그 편지의 복사본을 법무부 책임자와 라켈에게 한 장씩 보냈다.

이번에는 다음 날 바로 라켈에게서 전화가 걸려왔다. 그녀의 설명을 들은 브란헤우그는 이 문제를 해결하려는 자신의 외교적 행동과 정반대의 상황이 벌어졌다며 유감을 표했다.

"어쨌거나 이런 중요한 일을 전화상으로 의논할 수는 없지. 자네도 알다시피 난 아이가 없네. 하지만 자네 말을 들어보니 올레그는 아주 착한 아이 같군."

"직접 만나 보시면 차관님도 분명—." 그녀가 운을 뗐다.

"그거야 어려울 거 없지. 마침 편지를 보니 자네 주소가 홀멘콜바이엔 가로 되어 있군. 내가 사는 노르베르그에서 아주 가까운 거리지."

전화기 반대편에 감도는 침묵 속에서 망설임이 감지되었지만, 그는 운명의 여신이 자기 편임을 알고 있었다.

"내일 저녁 9시에 보는 게 어떻겠나?"

오랜 침묵이 흐른 끝에 마침내 그녀가 대답했다.

"여섯 살짜리가 9시까지 깨어 있는 건 불가능해요."

그리하여 그들은 대신 6시에 보기로 합의했다. 올레그는 엄마와 똑같은 갈색 눈동자에 예의 바른 아이였다. 하지만 짜증나게도 라켈은 시종일관 법원 출두에 대한 이야기만 했고, 올레그를 방으로 올려 보내지도 않았다. 그랬다, 다른 사람이 보았다면 마치 그녀가 아이를 인질 삼아 소파에 계속 앉혀둔다고 생각했을 것이다. 게다가 아이가 자꾸 자신을 바라보는 것도 마음에 들지 않았다. 마침내 브란헤우그는 로마가 하룻밤 만에 이루어지지 않으리라는 것을 깨달았다. 하지만 그 집을 나와 현관 계단에 섰을 때 다시 시도했다. 그녀의 눈을 똑바로 바라보며 이렇게 말한 것이다. "자네는 아름다울 뿐 아니라 아주 용감한 사람이기도 해, 라켈. 내가 그런 자네를 높이 평가한다는 걸 알아줬으면 좋겠군."

그녀의 표정을 어떻게 해석해야 할지 알 수 없었지만, 어쨌거나 그는 모험을 하기로 했다. 몸을 앞으로 내밀고 그녀의 볼에 키스한 것이다. 라켈의 반응은 양면적이었다. 입은 미소를 지으며 칭찬해줘서 고맙다고 했지만, 눈동자는 싸늘했다. 그러더니 이렇게 덧붙였다. "제가 차관님을 너무 오래 붙잡고 있었던 것 같아 죄송하네요. 사모님께서 기다리시겠어요."

그의 초대가 너무 노골적이었기에 그는 그녀에게 생각할 시간을 며칠 주기로 했다. 하지만 라켈 페우케에게서는 전화가 오지 않았다. 오히려 뜻밖에 러시아 대사관에서 그의 답신을 요구하는 편지 한 통이 날아왔다. 브란헤우그는 자신의 문의가 꺼져가던 올레그 페우케 고세프 사건을 새롭게 소생시켰음을 깨달았다. 아차 싶었으나 이미 생긴 일, 그로서는 이 기회를 이용하지 않을 이유가 없었다. 그리하여 즉시 라켈에게 전화해 이 새로운 사실을 알렸다.

그로부터 몇 주 뒤, 그는 다시 홀멘콜바이엔 가의 목조 가옥에 앉아 있게 되었다. 그의 집, 아니 그들 부부의 집보다 훨씬 크고 어두운 저택이었다. 이번에는 아이가 잠자리에 든 후에 만났다. 그녀는 전보다 훨씬 느긋해 보였다. 게다가 브란헤우그는 두 사람의 대화가 좀 더 사적인 방향으로 흐르도록 교묘하게 조종했다. 따라서 자신과 아내는 오로지 정신적 사랑만 나누는 사이이며, 가끔은 머리를 비운 채 몸과 마음의 소리에만 귀 기울이는 것이 정말 중요하다는 이야기도 꽤나 자연스럽게 꺼낼 수 있었다. 그때 초인종이 울리며 달갑지 않은 훼방꾼이 끼어들었다. 문을 열러 나갔던 라켈은 짧은 머리에 눈이 충혈된 장신의 남자와 돌아왔다. 국가정보국에서 함께 일하는 동료라고 했는데, 브란헤우그도 분명 들은 적이 있는 이름이었다. 다만 언제, 어디서 들었는지 기억나지 않을 뿐이었다. 브란헤우그는 즉시 그 남자의 모든 것이 싫어졌다. 이렇게 둘 사이를 방해하는 것 하며, 술에 취한데다 소파에 앉아 올레그처럼 아무 말 없이 그를 바라보기만 하는 것도. 하지만 가장 마음에 안 드는 것은 라켈의 변화였다. 그녀는 표정이 한층 밝아지더니 주방으로 달려가 커피를 끓였다. 그러고는 남자가 아리송한 단음절로 대답할 때마다 마치 그 말에 대단한 재치와 유머라도 담긴 것처럼 신나게 웃어댔다. 또한 집까지 택시를 타고 가라며 운전을 말리는 그녀의 목소리에서 진심으로 걱정하는 마음이 느껴졌다. 그 남자에게서 마음에 드는 점은 딱 하나였다. 남자가 갑자기 벌떡 일어나 밖으로 나가더니, 곧이어 밖에서 자동차 시동 거는 소리가 들린 것이다. 어쩌면 차를 몰다 얌전히 죽어줄지도 몰랐다. 하지만 그자가 분위기에 미친 악영향은 돌이킬 수 없었다. 그리하여 잠시 후에는 브란헤우그 역시 집으로 가는 차에 앉아 있게 되었다. 그의 옛날 이론이 떠오른 것도 바로 그때였다. 남자로 하여금 여자를 손에 넣어야만 직성이 풀리게 하는 네 가지 이유. 그중에서 가장 결정적인 이유는 여자가 다른 남자를 좋아한다는 사실이었다.

　다음 날 그는 쿠르트 마이리크에게 전화해 키가 큰 금발의 형사가 누구인지 물었다. 그의 정체를 알고 처음에는 매우 놀랐지만, 이내 웃음을 터뜨렸다. 그 남자를 승진시키고 국가정보국에 배치한 장본인이 바로 자신이었기 때문이다. 이런 운명의 장난이라니. 하지만 그 운명은 또한 가끔씩 외무부 차관의 지배를 받기도 했다. 전화를 끊었을 때 브란헤우그는 이미 한결 기분이 나아져 있었다. 그리하여 다음 회의가 있는 회의실을 향해 복도를 성큼성큼 걸어가며 휘파람을 불었다. 그리고 75초가 되기 전에 회의실에 도착했다.

2000년 4월 27일

경찰청

해리는 옛 사무실 문간에 서서, 엘렌의 의자에 앉은 금발 청년을 바라보았다. 청년은 컴퓨터 모니터를 어찌나 뚫어지게 바라보는지 해리의 존재를 전혀 알아차리지 못했다. 마침내 해리의 헛기침에 그가 고개를 들었다.

"자네가 새로 왔다는 할보르센이군."

"네." 호기심 어린 표정으로 그가 대답했다.

"스타인셰르 경찰서에서 왔다고?"

"맞습니다."

"난 해리 홀레야. 지금 자네 자리가 예전에 내 자리였지. 의자는 저쪽 의자였지만."

"그 의자는 부서졌기에 바꿨습니다."

해리는 빙그레 웃었다. "부서진 게 아니라 원래 그런 의자야. 묄레르 경정이 엘렌 옐텐 사건과 관련해 몇 가지 조사하라고 지시했을 텐데?"

"몇 가지요?" 할보르센은 항의하듯이 외쳤다. "사흘째 철야 작업 중입니다."

해리는 이제 엘렌의 책상으로 옮겨진 자신의 옛날 의자에 앉았다. 엘렌의 자리에서 사무실을 바라보는 건 처음이었다.
"그래서 뭐 좀 알아냈나?"
할보르센은 얼굴을 찌푸렸다.
"걱정 마." 해리가 말했다. "그 정보를 요청한 장본인이 바로 나니까. 원한다면 묄레르 경정에게 물어보라고."
할보르센의 얼굴이 갑자기 환해졌다.
"맞다! 정보국의 홀레 경위님이시죠! 죄송합니다. 제가 새로운 정보를 받아들이는 데 좀 느려서요." 소년 같은 얼굴 위로 환한 미소가 번졌다. "오스트레일리아에서 해결하신 사건, 기억합니다. 그게 벌써 몇 년 전이죠?"
"좀 됐지. 아까 말한 대로······."
"아, 네. 명단!" 할보르센은 잔뜩 쌓인 컴퓨터 출력물을 손가락 마디로 툭툭 쳤다. "이게 지난 10년간 상해죄로 구속, 고소되었거나 유죄 판결을 받은 사람들입니다. 1천 명이 넘죠. 이건 차라리 쉬워요. 문제는 이들 중에 누가 빡빡머리냐 하는 겁니다. 그런 정보는 전혀 없거든요. 아마 몇 주가 걸릴 겁니다."
해리는 의자에 등을 기댔다.
"나도 알아. 하지만 전과 기록에 그들이 사용한 무기 번호가 적혀 있을 거야. 일단 총기 사용자부터 제외시키라고."
"사실 저도 경정님께 그런 제안을 하려던 참이었습니다. 대부분이 총이나 칼, 주먹을 쓰거든요. 몇 시간 후면 새 명단이 작성될 겁니다."
해리는 자리에서 일어섰다.
"좋아. 내 내선 번호가 생각이 안 나는데, 아마 전화번호 목록에 있을 거야. 앞으로는 좋은 제안이 생각나면 주저 말고 말하라고. 여기 오슬로 사람들은 그렇게 똑똑하지 않으니까."
 할보르센이 살짝 눈치를 보며 키득거렸다.

2000년 5월 2일

국가정보국

아침 내내 장대비가 퍼붓더니, 뜻밖에 태양이 자신만만하게 등장해 하늘의 모든 구름을 눈 깜짝할 사이에 불살라버렸다. 해리는 책상에 다리를 올리고 머리 뒤로 손을 깍지 낀 채 지금 매르클린 라이플에 대해 생각 중이라고 핑계를 댔다. 하지만 사실 그의 생각은 창밖을 방황하고 있었다. 이제는 제법 따뜻한 냄새가 풍기는, 말갛게 씻긴 거리를 따라, 젖은 아스팔트와 트램 선로를 따라 홀멘콜렌 꼭대기까지 올라갔다. 거기서도 아직 전나무숲 그늘에 쌓인 얼룩덜룩한 잔설로 향했다. 라켈과 올레그, 해리, 이렇게 세 사람은 깊은 웅덩이를 피해 전나무숲의 질척거리는 길을 폴짝폴짝 뛰어다녔다. 해리도 올레그의 나이였을 때 그런 산책을 했던 기억이 어렴풋하게 났다. 산책이 길어져서 해리 남매가 뒤처지면, 아버지는 가장 낮은 나뭇가지에 초콜릿 조각을 올려두었다. 쇠스는 아직도 크비클룬시 초콜릿바가 나무에서 열린다고 믿었다.

처음 두 번의 만남에서 올레그는 별 말이 없었다. 하지만 상관없었다. 해리도 무슨 말을 해야 할지 몰랐으니까. 두 사람 사이의 거북함이 살짝 줄어든 것은 해리가 올레그의 겜보이에서 테트리스를 발견하면서부터였다. 여섯 살짜리 꼬마를 상대로 한 경기에서 해리는 한 치의 자비심과 수치심도 없이 최선을 다했다. 그 결과 무려 4만 점 차이로 압승을 거뒀다. 그 후로 올레그는 해리에게 '눈은 왜 흰색이죠?' 와 같은 질문을 던지기 시작했다. 성인 남자로 하여금 이마에 깊은 주름이 패고, 너무 집중해서 생각하느라 민망하다는 것조차 잃어버리게 하는 그런 질문이었다. 지난주 일요일, 올레그는 하얀색 코트로 갈아입은 산토끼를 발견하고 앞서서 뛰기 시작했다. 그 틈에 해리는 라켈의 손을 잡았다. 겉은 차갑고 안은 따뜻한 손이었다. 라켈은 고개를 돌려 그에게 미소를 짓더니, 팔을 앞뒤로 크게 흔들기 시작했다. 마치 올레그에게 '우린 지금 손잡는 게임을 하고 있어. 이건 진짜가 아니야'라고 말하는 듯했다. 사람들이 다가오자 라켈이 긴장하는 게 느껴져서 해리는 잡았던 손을 놓았다. 산책이 끝난 후에는 프롱네르세테렌 카페에서 코코아를 마셨고, 올레그는 지금이 왜 봄이냐고 물었다.

해리는 라켈에게 데이트를 신청했다. 이번이 두 번째였다. 지난번에는 생각해보겠다고 하더니 잠시 후에 다시 전화해 거절했었다. 이번에도 생각해보겠다고 했으나, 아직까지는 거절하지 않았다.

전화가 울렸다. 졸린 목소리의 할보르센이었다.

"110명의 용의자 중에 70명이 피해자 공격 시에 무기를 사용했어요. 나머지 40명 중에 빡빡머리는 여덟 명이었고요."

"그걸 어떻게 알아냈지?"

"전화를 걸었죠. 그들 중 대다수가 새벽 4시에 집에 있다는 사실이 놀랍지 않으세요?"

해리가 아무 말이 없자, 약간 긴장한 할보르센의 웃음소리가 들렸다.

"그 사람들에게 전부 전화했다고?"

"물론이죠. 집이나 휴대전화로요. 그들 중 대다수가 휴대전화를 가지고 있었다는 사실이—."

해리는 그의 말을 잘랐다.

"그래서 그 흉악한 범죄자들에게 미안하지만 최근 머리 스타일이 어떻게 바뀌었는지 경찰에게 알려달라고 부탁했다는 거야?"

"아뇨. 경찰에서 빨간 장발의 용의자를 찾고 있다, 그런데 최근에 염색했느냐고 물었죠."

"그게 무슨 말이야?"

"머리를 밀었다면 그 질문에 뭐라고 대답하겠어요?"

"흠. 스타인세르에 똑똑한 친구들이 좀 있나 보군."

이번에도 역시 긴장한 웃음소리가 들렸다.

"그럼 팩스로 명단을 보내줘."

"갔다 오는 대로 보내드리죠."

"갔다 와?"

"제가 사무실에 왔더니 형사님 한 분이 기다리고 있더라고요. 지금까지 제가 조사한 내용을 좀 봐야겠대요. 급한 것 같았어요."

"엘렌 사건은 크리포스로 넘어간 줄 알았는데."

"아니던데요?"

"그게 누구였는데."

"이름이 볼레라던가?"

"강력반에 볼레라는 사람은 없어. 혹시 볼레르 아니야?"

"맞아요." 할보르센은 약간 부끄러워하며 덧붙였다. "새로 외워야 할 이름이 너무 많아서……."

해리는 이 젊은 형사를 혼내주고 싶었다. 이름도 모르는 사람에게 수사 관련 자료를 넘기다니. 하지만 지금은 그럴 때가 아니었다. 이 친구는 사흘 연속으로 밤을 샌 탓에 녹초가 되었을 것이다.

"아무튼 수고했어." 해리는 그렇게 말하며 전화를 끊으려 했다.

"잠깐만요! 팩스 번호는요?"

해리는 창밖을 바라보았다. 에케베르그 리지에 다시 먹구름이 끼기 시작했다.

"전화번호 목록에 있을 거야." 해리가 말했다.

전화기를 내려놓자마자, 전화벨이 울렸다. 마이리크였다. 지금 당장 그의 사무실로 오라는 명령이었다.

"신나치족에 관한 보고서는 어떻게 돼가나?"

해리가 문을 열고 들어서자마자, 마이리크가 물었다.

"진전 없습니다." 의자 속으로 가라앉으며 해리가 말했다. 마이리크의 머리 위에 걸린 사진 속의 노르웨이 국왕과 왕비가 그를 내려다보고 있었다. "자판의 E가 고장 났거든요." 해리가 덧붙였다.

마이리크는 사진 속 국왕처럼 억지 미소를 지었다.

"당분간 그 보고서는 잊어버리게. 자네에게 다른 일을 맡길 거니까. 노동조합의 최고정보책임자에게서 방금 전화를 받았네. 오늘 노동조합 지도자의 절반이 팩스로 살인 협박을 받았다는군. 88이라고 서명이 되어 있었대. 하일 히틀러의 약자지. 그런 일이 처음은 아니지만, 이번에는 언론에서도 알게 된 모양이야. 벌써부터 언론사에서 전화가 오기 시작했네. 우리 측의 조사 결과, 협박장이 클리판의 한 공공 팩스에서 발송된 걸로 밝혀졌어. 따라서 이 일을 가볍게 넘길 수가 없게 됐네."

"클리판?"

"헬싱보리에서 동쪽으로 5킬로미터 떨어진 작은 마을이지. 주민 1만 6천 명이 사는 스웨덴 최악의 나치 소굴일세. 1930년대부터 대대로 나치 지지자인 집안들이 모여 사는 곳이야. 노르웨이의 신나치족 중에는 뭔가를 배우기 위해 그곳으로 순례를 떠나는 놈들도 있다더군. 당장 짐을 꾸리게, 해리."

해리는 불길한 예감이 들었다.

"가서 첩보 활동을 해줘야겠네. 그곳 정보망에 침투하게. 자네의 위장 직업이나 신분, 다른 세세한 사항들은 우리가 조금씩 처리해주겠네. 한동안 거기 있을 채비를 하게. 우리의 스웨덴 동료가 벌써 자네 거처를 마련해뒀네."

"첩보 활동이라고요?" 해리는 자신의 귀를 믿을 수가 없었다. "전 스파이 업무에 대해서는 아무것도 모릅니다. 전 형사이지 스파이가 아니라고요. 혹시 잊으셨습니까?"

마이리크의 미소가 아슬아슬할 정도로 옅어졌다.

"금방 배우게 될 걸세, 해리. 그건 문제가 아니야. 이번 일을 재미있고 유익한 경험으로 생각하게."

"흠. 거기에 얼마나 있어야 하죠?"

"서너 달. 길면 6개월 정도."

"6개월?" 해리가 소리쳤다.

"긍정적으로 생각하게 해리. 자네는 처자식도 없고, 또—."

"또 다른 팀원은 누가 있습니까?"

마이리크는 고개를 저었다.

"팀은 없네. 자네 혼자야. 그편이 더 그럴듯해서 말이야. 보고는 나한테 직접 하면 되네."

해리는 턱을 문질렀다.

"왜 하필 접니까? 극우파 담당의 잠입 전문 요원만 모아둔 부서가 아예 따로 있는 걸로 아는데요."

"늘 처음은 있는 법이라네."

"매르클린 라이플 사건은요? 우리가 늙은 나치족을 추적하는 마당에 88이라는 서명이 적힌 협박장 사건이 터졌습니다. 전 차라리 여기 남아서 그 사건을 계속 조사하는 게……?"

"난 이미 결정했네, 해리." 마이리크는 더 이상 웃지 않았다.

뭔가 구린내가 났다. 아주 멀리서도 맡을 수 있을 정도의 확연한 구린내. 하지만 그 냄새의 정체가 무엇이고, 근원지가 어디인지는 알 수 없었다. 해리가 자리에서 일어서자, 마이리크도 따라서 일어났다.

"월요일에 떠나게." 마이리크는 그렇게 말하며 손을 내밀었다.

이 상황에서 악수라니 너무 이상하다고 해리는 생각했다. 순간 마이리크도 같은 생각을 했는지 겸연쩍은 표정을 지었다. 하지만 이젠 너무 늦었다. 손은 손가락을 벌린 채 허공에 무력하게 떠 있었고, 해리는 이 민망한 상황을 빨리 끝내기 위해 서둘러 그 손을 잡았다.

해리가 지나가자, 안내 데스크에 있던 린다가 우편함에 팩스가 와 있다고 외쳤다. 해리는 지나가는 길에 팩스를 꺼냈다. 할보르센이 작성한 명단이었다. 그는 복도를 터벅터벅 걸어가며 명단에 적힌 이름을 훑어보았다. 그와 동시에 대체 6개월간 스웨덴 남부의 촌구석에서 신나치족과 어울리는 것이 자신에게 어떤 도움이 될지 생각했다. 금주에는 별로 도움이 되지 않을 것이다. 그의 데이트 신청에 대한 라켈의 대답을 기다리는 데도 도움이 되지 않을 것이다. 엘렌의 살인범을 잡는 데는 더더욱 도움이 되지 않을 것이다. 그는 걸음을 멈췄다.

명단에 적힌 마지막 이름은…….

명단에서 갑자기 아는 이름이 나왔다고 해서 놀랄 이유는 없었다. 하지만 이번 경우는 달랐다. 그것은 그가 자신의 스미스앤웨슨을 청소하고 모든 부품을 다 맞췄을 때 나는 소리였다. 모든 것이 딱 들어맞음을 알려주는 부드러운 딸각 소리.

그는 사무실에 도착해 곧장 할보르센에게 전화했다. 할보르센은 그의 질문을 받아 적었고, 알아내는 대로 전화하겠다고 약속했다.

해리는 의자에 등을 기댔다. 자신의 심장 박동 소리가 들렸다. 공통점이 전혀 없어 보이는 사소한 정보들을 짜 맞추는 것은 원래 그의 특기가 아니다. 분명 순간적인 영감일 것이다. 15분 뒤, 할보르센에게서 전화가 왔을 때는 마치 서너 시간을 기다린 기분이었다.

"말씀하신 대로예요. 감식반이 길에서 찾아낸 신발 자국 중에 45사이즈의 군화가 있었어요. 거의 닳지 않은 새 군화였기 때문에 신발 브랜드를 알아낼 수 있었죠."

"어떤 사람들이 군화를 신는지 알아?"

"물론이죠. 이건 나토 보증 마크가 있는 군화인데, 꽤 많이들 신어요. 특히 스타인셰르에서는요. 영국 축구팬인 훌리건도 많이 신더군요."

"맞아. 스킨헤드, 깡패, 신나치족들이지. 사진은 찾았어?"

"네 장 있었어요. 아케르 주민 센터에서 찍은 사진 두 장. 1992년 청소년 회관 앞에서 열린 시위 현장에서 찍은 사진 두 장요."

"그중에 모자 쓰고 찍은 사진은?"

"아케르 주민 센터 사진에서는 모자를 썼어요."

"전투모?"

"잠깐만요."

할보르센의 숨소리가 전화기의 마이크에 닿으며 치지직 부서졌다. 해리는 마음속으로 기도했다.

"전투모가 아니라 베레모 같은데요."

"확실해?" 해리가 실망감을 감추지 않은 채 물었다.

"확실해요." 할보르센의 대답에 해리는 큰소리로 욕을 했다.

"군화를 추적해볼까요?" 할보르센이 조심스럽게 제안했다.

"바보가 아닌 한 군화를 버렸을 거야. 게다가 눈 위의 발자국을 지운 걸로 봐서 바보는 아니고."

해리는 결정을 내릴 수가 없었다. 다시금 이 느낌, 범인이 누구인지 알고 있다는 갑작스런 확신이 들었다. 이런 확신은 위험했다. 그의 의견에 반박하며, 아무리 그런 확신이 들지라도 전체 그림이 완벽하지 않다고 속삭이는 작은 목소리를 무시하기 때문이다. 끈질긴 의심을 거부하기 때문이다. 의심은 찬물을 끼얹는 것과 같고, 범인을 잡기 직전에는 그런 찬물을 원치 않는 법이다. 그렇다, 그는 전에도 자신이 옳다고 확신했다가 틀린 적이 있었다.

할보르센이 말했다. "스타인셰르의 경관들은 미국에서 직접 군화를 사 왔었죠. 그걸로 봐서 노르웨이에는 그런 군화를 파는 가게가 많지 않을 거예요. 게다가 거의 닳지 않은 새 군화라면……"

해리는 즉시 일련의 생각을 따라갔다.

"잘했어, 할보르센! 군화 파는 상점들을 찾아봐. 군수용품 가게들부터 시작해. 그런 다음 상점을 돌며 올센의 사진을 보여주고, 혹시 최근에 그에게 군화를 판 적이 있는지 물어봐."

"에…… 경위님……."

"그래, 알아. 먼저 묄레르 경정에게 말해둘게."

가게 점원이 신발을 사 간 손님의 얼굴을 모두 기억할 확률은 극히 희박하다. 해리도 그 사실을 알고 있었다. 물론 그 손님의 목에 지크 하일 문신이 있었다면, 기억할 확률이 높아지기는 한다. 하지만 어쨌거나 할보르센도 살인사건 수사의 90퍼센트가 삽질이라는 것을 배워둬야 한다. 해리는 전화를 끊고 묄레르에게 전화했다. 강력반 책임자는 해리의 주장을 말없이 들어주었고, 해리의 말이 끝나자 헛기침했다.

"마침내 자네와 볼레르의 의견이 일치하다니 반가운 일이군." 묄레르가 말했다.

"네?"

"30분 전에 볼레르에게 전화가 왔네. 방금 자네가 했던 말과 거의 똑같은 말을 하더군. 그래서 스베레 올센을 데려와 취조하라고 허락했네."

"아."

"당연히 그래야지."

해리는 무슨 말을 해야 할지 몰랐다. 묄레르가 더 할 말이 있느냐고 묻자, '없습니다'라고 웅얼거리며 전화를 끊었다. 창밖으로 슈바이고르스 가에 서서히 러시아워가 시작되는 모습이 보였다. 그는 회색 코트에 고풍스러운 모자를 쓴 노인을 골랐다. 그러고는 노인이 느린 걸음으로 그의 시야에서 사라지는 것을 지켜보았다.

맥박은 이제 거의 정상으로 돌아왔다. 클리판. 깜박 잊고 있었던 그 지명이 골치가 지끈거리는 숙취처럼 돌아왔다. 라켈의 사무실로 전화할까 하다가 관두기로 했다.

그때 이상한 일이 벌어졌다.

시야 가장자리로 창밖에서 어떤 움직임이 감지되었다. 처음에는 해리도 그게 무엇인지 분간할 수 없었다. 그저 무언가가 빠른 속도로 다가온다는 것만 알 수 있었다. 그는 입을 벌렸지만 어떤 말도, 비명도, 혹은 그의 뇌가 만들어내려고 했던 것이 무엇이든 간에 그것 또한 입 밖으로 나오지 않았다. 그러더니 부드러운 쿵 소리가 났고, 창문의 유리가 살짝 진동했다. 해리는 자리에 앉은 채 유리창의 젖은 자국을 바라보았다. 자국에 붙은 잿빛 깃털이 봄바람에 파르르 떨렸다. 해리는 한동안 움직이지 않았다. 그러다 재킷을 낚아채 엘리베이터를 향해 전력으로 달려갔다.

2000년 5월 2일

비에르케 구, 크로클리바이엔 가

스베레 올센은 라디오 음량을 높였다. 엄마가 구입한 여성지 최근 호를 천천히 뒤적거리며, 라디오에서 흘러나오는 뉴스를 듣는 중이었다. 아나운서는 노동조합의 지도자들이 협박 편지를 받았다고 전했다. 거실 창문 바로 위의 홈통에서는 아직도 물이 뚝뚝 떨어졌다. 올센은 웃음을 터뜨렸다. 협박 편지의 내용을 들어보니, 아무래도 로이 크빈세 3인방 중 하나의 소행 같았다. 이번에는 맞춤법이 많이 틀리지 않았어야 할 텐데.

그는 손목시계를 힐끗 보았다. 오늘 오후, 헤르베르트 피자집은 사람들로 바글거릴 것이다. 지금은 수중에 한 푼도 없지만, 잘하면 엄마에게 100크로네쯤 빌릴 수 있을 것이다. 며칠 전에 낡은 진공청소기를 고쳐주었기 때문이다. 개자식 프린스! '며칠 후면' 돈을 주겠다고 약속한 것이 벌써 2주 전의 일이다. 그사이 올센에게 돈을 빌려준 몇몇 친구들의 입에서 불쾌한 협박조의 말이 나오기 시작했다. 무엇보다 기분 나쁜 일은 헤르베르트 피자집에 있던 그의 전용석이 이젠 다른 사람의 차지가 되었다는 것이다. 데니스 케밥 사건도 이내 잊힐 것이다.

지난번 헤르베르트 피자집에 갔을 때 올센은 참을 수 없는 충동을 느꼈다. 자리에서 일어나, 그뤼네르뢰카의 경찰년을 죽인 게 나라고 외치고 싶었다. 그가 마지막으로 야구방망이를 휘둘렀을 때 여자의 머리에서는 피가 간헐천처럼 뿜어져 나왔고, 여자는 비명을 지르며 죽어갔다. 여자가 경찰인 걸 몰랐다거나, 피를 보고 하마터면 토할 뻔했다는 말은 굳이 덧붙일 필요가 없을 것이다.

개자식 프린스! 그놈은 처음부터 여자가 경찰이라는 걸 알고 있었다.

그는 돈을 받을 자격이 충분했다. 아무도 그 사실을 부인하지 못할 것이다. 하지만 지금으로서는 도리가 없었다. 그 일이 있은 후, 프린스는 당분간 전화하지 말라고 했다. 소동이 가라앉을 때까지 일종의 예방책이라는 것이다.

밖에서 대문 경첩이 끼익 소리를 냈다. 올센은 자리에서 일어나 라디오를 끄고, 서둘러 복도로 나갔다. 계단을 올라갈 때쯤에는 자갈을 밟는 엄마의 발소리가 들렸다. 그가 방 안에 들어갔을 때는 현관문에서 열쇠 돌아가는 소리가 났다. 엄마가 아래층을 뒤지고 다니는 동안, 그는 방 한가운데 서서 거울 속의 자신을 바라보았다. 한 손으로 머리를 훑자, 1밀리미터의 까끌한 머리카락이 손끝에 닿았다. 꼭 구둣솔을 만지는 기분이었다. 올센은 이미 마음의 결정을 내렸다. 설사 프린스에게 4만 크로네를 받게 된다 해도 어차피 직장은 구해야 했다. 하루 종일 집에만 있는 것도 신물 나고, 솔직히 말하면 헤르베르트 피자집의 '동지들'도 신물 났다. 아무런 발전도 없는 놈들과 붙어 다니는 것도 지겨웠다. 그는 실업전문대학에서 강전류 과정을 이수했고, 전기 제품 수리에 소질이 있었다. 대다수의 전기기사에게는 견습생과 조수가 필요했다.

몇 주 후면 뒷목의 '지크 하일' 문신이 사라질 정도로 머리카락이 자랄 것이다.

머리카락, 맞다. 불현듯 한밤중에 걸려왔던 경찰의 전화가 생각났다. 경찰은 트론헤임 억양이 들어간 목소리로 빨간 머리에 대해 물었다! 다음 날 아침에 일어났을 때는 그게 꿈인 줄만 알았다. 새벽 4시에 전화하는 사람이 어디 있느냐는 엄마의 잔소리를 아침 식탁에서 듣기 전까지는.

올센은 거울에서 벽으로 시선을 옮겼다. 총통의 사진, 블랙 메탈 밴드인 버줌의 공연 포스터, 십자 문양이 그려진 깃발, 철십자 훈장, 요제프 괴벨스의 옛 선전 포스터를 본뜬 '피와 명예' 단체의 포스터. 그제야 처음으로 자신의 방이 소년의 방 같다는 생각이 들었다. 스웨덴의 화이트 아리안 레지스탕스 깃발 대신 맨체스터 유나이티드 스카프를 걸어두고, 하인리히 힘러의 사진 대신 데이비드 베컴의 사진을 걸어둔다면 사춘기 소년의 방이라고 해도 믿을 것이다.

"스베레!" 엄마였다.

그는 두 눈을 감았다.

"스베레!"

저 소리는 사라지지 않을 것이다. 절대 없어지지 않을 것이다.

"네!" 어찌나 크게 소리를 질렀는지 머릿속이 고함으로 가득 찼다.

"누가 널 찾아왔다."

여기로? 날? 올센은 다시 눈을 떴고, 거울 속의 자신을 불안하게 바라보았다. 여기로 찾아올 사람은 아무도 없다. 그가 아는 한, 그가 여기 산다는 것을 아는 사람조차 없다. 심장 박동이 빨라지기 시작했다. 트론헤임 억양을 쓰던 그 경찰이 찾아왔나?

그가 침실 문 쪽으로 걸어가는데 문이 슬며시 열렸다.

"안녕, 올센."

봄의 태양이 하늘에 나지막이 걸려 있었고, 창문으로 들어온 햇살이 곧장 층계참으로 떨어졌기 때문에 올센은 문간에 선 사람의 실루엣만 볼 수 있었다. 하지만 그게 누구의 목소리인지 정확히 알고 있었다.

"날 만난 게 별로 반갑지 않은 모양이야." 프린스가 등 뒤로 문을 닫으며 말했다.

그는 호기심 어린 시선으로 방 안을 훑었다. "방이 아주 멋진데?"

"왜 우리 엄마가 당신을 들여보냈죠……?"

"어머니께 이걸 보여드렸거든." 프린스가 흔들어대는 신분증에는 하늘색 바탕에 황금색의 노르웨이 문장이 그려져 있었고, 뒷면에는 경찰이라고 적혀 있었다.

"젠장." 올센은 침을 꿀꺽 삼켰다. "그거 진짜예요?"

"글쎄, 모르지. 진정해, 올센. 자리에 앉으라고."

프린스는 침대를 가리켰고, 자신은 책상 의자의 등받이를 앞으로 오게 해서 앉았다.

"여긴 웬일이에요?" 올센이 물었다.

"왜 왔을 거 같아?" 프린스는 침대 가장자리에 걸터앉은 올센에게 환한 미소를 지었다. "심판의 날이 왔기 때문이지."

"심판의 날?"

올센은 아직도 얼떨떨한 상태였다. 내가 여기 사는 걸 프린스가 어떻게 알았지? 게다가 저 경찰 신분증은 또 뭐야? 프린스를 보고 있자니, 올센은 그가 경찰일 수도 있겠다는 생각이 들었다. 단정하게 다듬은 머리, 차가운 눈동자, 일광욕실에서 태운 듯이 가무잡잡한 피부와 근육질의 상체, 부드러운 검은 가죽점퍼와 청바지. 그 사실을 이제야 알았다는 게 이상할 정도였다.

"그래." 여전히 미소 띤 얼굴로 프린스가 말했다. "심판의 날이 왔어." 그는 안주머니에서 봉투를 꺼내 올센에게 건넸다.

"이제야 받는군요." 긴장된 미소를 흘리며 올센이 말했다. 그는 봉투 안으로 손가락을 넣었다. "이게 뭐죠?" 올센은 접힌 A4 용지를 꺼냈다.

"강력반에서 곧 혈액을 채취할 여덟 명의 용의자 명단이야. 그 혈액을 DNA 실험실로 보내, 범죄 현장에서 발견된 모자 속의 피부 조직과 일치하는지 알아볼 거야."

"내 모자요? 내가 모자를 당신 차 안에 두고 내려서 당신이 태워버렸다고 했잖아요."

올센은 겁에 질린 얼굴로 프린스를 바라보았다. 프린스는 유감스럽다는 듯이 고개를 저었다.

"그게 말이야, 내가 범죄 현장으로 돌아간 것 같더라고. 현장에 가보니 한 커플이 혼비백산한 상태로 경찰이 오기를 기다리고 있더군. 그런데 시신으로부터 약간 떨어진 곳에서 내가 그만 모자를 '잃어버렸지' 뭐야."

올센은 두 손으로 머리를 여러 번 쓸어내렸다.

"많이 당황한 것 같군, 올센."

올센은 고개를 끄덕이며 미소 지으려 했다. 하지만 양쪽 입꼬리가 그의 명령을 따르지 않았다.

"내 설명을 듣고 싶나?"

올센은 다시 고개를 끄덕였다.

"일단 경찰이 살해되면 범인이 잡힐 때까지는 그 사건이 영순위야. 아무리 오래 걸린다 해도 상관없어. 어떤 지침서에도 적혀 있지 않지만, 누구도 그 사실에 이의를 제기하지 않지. 그게 경찰을 죽일 때의 문제점이야. 경찰은 절대 포기하지 않거든." 그는 올센을 가리켰다. "범인을 잡을 때까지. 그러니 범인이 잡히는 건 시간문제야. 그래서 내가 실례를 무릅쓰고 다른 형사들을 도와줬지. 범인 잡는 시간이 단축되도록 말이야."

"하지만……."

"내가 왜 형사들을 도와줬는지 궁금할 거야. 보나마나 넌 감형받으려고 내 존재를 발설할 게 뻔하니 말이야."

올센은 침을 삼켰다. 머리를 굴리려 했지만, 그에게는 이 상황이 너무 버거웠고 모든 것이 막혀 있었다.

"그래, 이해가 잘 안 갈 거야." 프린스가 벽에 걸린 모조 철십자 훈장을 손가락으로 쓰다듬으며 말했다. "물론 난 사건 직후에 널 쏴 죽일 수도 있었어. 하지만 그러면 경찰에서는 네게 공범이 있고, 그자가 자취를 감추려 한다고 생각해서 수사를 계속했겠지."

그는 철십자 훈장 목걸이를 벽에서 떼어내 자신의 목에 걸었다. 가죽점퍼 위로.

"또 다른 대안은 나 혼자 사건을 '해결'하고, 체포 과정에서 널 쏘는 거야. 네가 체포에 불응했던 것처럼. 하지만 그럴 경우, 나 혼자서 사건을 해결했다는 게 수상쩍어 보일 거야. 사람들은 날 의심하기 시작할 테지. 특히 엘렌 옐텐의 살아 있는 모습을 마지막으로 본 사람이 나니까."

프린스는 말을 멈추고 웃었다.

"그렇게 겁먹은 표정 하지 마, 올센! 이건 다 내가 포기한 대안이라니깐. 그래서 난 그냥 옆으로 물러나 수사의 진행 과정을 계속 알아보고, 그들이 네게 다가가는 걸 지켜봤어. 내 작전은 늘 똑같아. 결승선이 가까워졌을 때 끼어들어서 바통을 넘겨받고, 마지막 바퀴를 나 혼자 뛰는 거지. 그건 그렇고 국가정보국에서 일하는 한 술고래가 널 추적하고 있어."

"당신…… 경찰이에요?"

"나한테 어울려?" 프린스는 손으로 철십자 훈장을 가리켰다. "됐어, 그딴 건 중요치 않아. 나도 너처럼 군인이야, 올센. 모름지기 배는 수밀격벽으로 만들어야 해. 안 그러면 작은 틈에도 가라앉지. 내 신분을 네게 노출한다는 게 어떤 의미인지 알아?"

올센은 입과 목구멍이 바싹 말라서 더는 침을 삼킬 수 없었다. 자신이 과연 무사할 수 있을지 두려웠다.

"네가 살아서 이 방을 나갈 수 없다는 뜻이야. 알겠어?"

"네." 올센이 쉰 목소리로 말했다. "내 도, 돈은……."

프린스는 점퍼 안으로 손을 넣어 권총을 꺼냈다.

"가만히 있어."

그는 침대로 다가가 올센 옆에 앉았다. 그러고는 양손으로 권총을 잡고 침실 문을 겨냥했다.

"이건 글록이야. 세상에서 가장 안전한 총이지. 어제 독일에서 배송됐는데, 제조 번호는 줄로 지워졌어. 시가로 8천 크로네쯤 돼. 일단 돈 대신 이걸 받아."

총에서 빵 소리가 나자, 올센은 소스라치게 놀랐다. 그는 휘둥그레진 눈으로 문 맨 위에 뚫린 작은 구멍을 바라보았다. 구멍을 통해 한 줄기 햇살이 레이저 광선처럼 방 안으로 들어왔다. 광선

안에서 먼지들이 춤을 췄다.

"만져봐." 프린스가 올센의 무릎에 글록을 떨어뜨렸다. 그러고는 일어서서 문으로 갔다. "꽉 잡아봐. 균형감이 완벽하지?"

올센은 마지못해 총의 개머리판을 손가락으로 감쌌다. 티셔츠 안으로 땀이 줄줄 흘렀다. '천장에 구멍이 뚫렸어.' 머릿속에는 그 생각뿐이었다. 그렇지 않아도 물이 새는 천장에 또 구멍이 생겼는데, 그는 아직 수리업자의 전화번호도 몰랐다. 그러자 올센이 우려했던 일이 일어났다. 그는 두 눈을 감았다.

"스베레!"

'꼭 물에 빠진 사람처럼 소리를 지른다니까.' 올센은 총을 세게 쥐었다. '엄마는 늘 물에 빠진 사람처럼 소리를 질러.' 다시 눈을 뜨자, 문 옆에 서 있던 프린스가 서서히 몸을 돌리는 것이 보였다. 프린스가 양팔을 휙 들어 올렸다. 그의 두 손에는 검게 반짝이는 스미스앤드웨슨 리볼버가 들려 있었다.

"스베레!"

총의 주둥이에서 노란 불꽃이 일었다. 올센은 층계 아래에 서 있을 엄마의 모습이 눈에 선했다. 그러자 총알이 그의 이마에 명중해 머리를 뚫고 나갔다. 총알과 함께 지크 하일 문신의 '하일'도 날아가버렸다. 그렇게 날아간 총알은 벽 뒤의 목재와 단열재를 통과한 후, 외벽에 부착된 에터닛 사(社)의 외장 패널 뒤에서 멈췄다. 하지만 그때쯤에는 스베레 올센이 이미 죽은 뒤였다.

2000년 5월 2일

크로클리바이엔 가

해리는 보온병을 들고 있던 감식반원에게 커피 한 잔을 얻어 마셨다. 지금 그가 서 있는 곳은 비에르케 구, 크로클리바이엔 가에 위치한 작고 볼썽사나운 집 앞이었다. 그의 시선은 사다리 위의 젊은 경관에게 향해 있었는데, 경관은 총알이 빠져나간 자리를 지붕에 표시하는 중이었다. 호기심 많은 구경꾼들이 벌써 모여들기 시작했고, 경찰은 보안상의 이유로 집 주위에 노란색 테이프를 쳐두었다. 사다리 위의 경관은 오후 햇살 속에 잠겨 있었지만, 집은 움푹 파인 곳에 자리한 터라 해리가 서 있는 곳은 벌써 쌀쌀했다.

"그래서 사건 직후에 도착했다고?" 뒤에서 들리는 목소리에 해리는 뒤를 돌아보았다. 거기에는 비아르네 묄레르가 서 있었다. 그가 현장에 모습을 드러내는 경우는 갈수록 드물었지만, 해리는 그의 훌륭한 수사 능력에 대해 익히 들은 터였다. 그가 수사 업무를 계속해야 한다고 주장하는 사람들까지 있었다. 해리가 묄레르에게 커피를 마시겠느냐고 묻자, 그는 고개를 저었다.

"네, 분명 사건이 발생하고 4, 5분쯤 후에 도착했을 겁니다. 누구에게 들으셨습니까?" 해리가 물었다.

"경찰청 전화 교환원이 그러더군. 볼레르가 총격사건을 보고한 직후에 자네가 전화로 병력 지원을 요청했다고."

해리는 고갯짓으로 대문 앞에 세워진 빨간 스포츠카를 가리켰다.

"도착하니 볼레르의 차가 보이더군요. 그가 여기로 올 거라는 건 알고 있어서 놀라지 않았습니다. 그런데 제가 차에서 내렸을 때 끔찍하게 울부짖는 소리가 들리더군요. 처음에는 이웃집 개가 짖는 소리인 줄 알았습니다. 하지만 자갈길을 걸어 올라가면서 그게 집 안에서 나는 소리라는 걸 알았죠. 개가 아니라 사람의 소리라는 것도요. 기다릴 것 없이 곧장 외케른 경찰지구에 도움을 요청했습니다."

"피살자의 어머니였나?"

해리는 고개를 끄덕였다. "극도의 히스테리 상태였습니다. 거의 30분이나 걸려서 진정시킨 후에야 뭔가 알아들을 수 있는 말을 하더군요. 베베르가 아직 함께 있습니다. 거실에요."

"그 예민한 늙은이?"

"베베르 정도면 괜찮습니다. 현장에서 좀 우거지상이긴 한데, 이런 상황에서는 사람들을 꽤 잘 다루죠."

"알아. 그냥 농담한 걸세. 볼레르는 어떤가?"

해리는 어깨를 으쓱였다.

"역시 그렇군. 볼레르야 냉혈한이니까. 좋아. 함께 들어가서 좀 둘러볼까?"

"전 들어갔다 왔습니다."

"그럼 내 가이드가 되어주게."

그들이 2층으로 올라가는 동안, 묄레르는 오랜만에 다시 만난 동료들에게 웅얼웅얼 인사를 건넸다.

침실은 감식반 요원들로 바글거렸고, 사방에서 카메라 플래시가 터졌다. 침대에는 시신의 윤곽선이 그려진 검은색 플라스틱 판이 놓여 있었다.

묄레르의 시선이 벽을 훑었다. "맙소사." 그가 중얼거렸다.

"스베레 올센이 노동당을 찍지 않은 건 분명합니다." 해리가 말했다.

"아무것도 손대지 말게, 비아르네." 누군가가 외쳤다. 해리가 알기로는 과학수사과 요원이었다. "지난번에 무슨 일이 있었는지 알지?"

물론 묄레르도 알고 있었다. 하지만 어쨌거나 그는 온화하게 웃었다.

"볼레르가 들어왔을 때 스베레 올센은 침대에 앉아 있었습니다." 해리가 말했다. "볼레르의 말에 의하면, 그는 문가에 서서 엘렌이 죽던 날 밤에 뭘 했는지 물었답니다. 올센은 기억이 안 나는 척했고, 볼레르는 계속 질문을 던졌습니다. 점차로 올센에게 알리바이가 없다는 게 분명해졌겠죠. 그래서 볼레르의 말에 의하면, 그가 경찰청에 동행해 진술해달라고 요구했더니 갑자기 올센이 권총을 꺼내 들었답니다. 분명 베개 밑에 숨겨뒀을 거라더군요. 올센은 총을 쐈고, 총알은 볼레르의 어깨 위를 지나 문을 통과했습니다. 저기 구멍이 보이죠? 저 구멍을 지나 그대로 복도 천장까지 통과했죠. 그래서 볼레르의 말에 의하면, 자기가 리볼버를 꺼내 들어 올센을 먼저 쐈다는군요. 올센이 다시 쏘기 전에요."

"발 빠른 대응이었군. 게다가 정확히 명중했다고 들었네."

"이마 한가운데였죠." 해리가 말했다.

"놀랄 일도 아니지. 지난 가을 사격 시험에서 볼레르가 일등이었으니까.”

“제 성적은 잊으신 겁니까?” 해리가 시침을 뚝 떼며 말했다.

“어떻게 돼가나, 로날드?” 묄레르가 하얀 작업복을 입은 수사요원을 돌아보며 외쳤다.

“착착 진행 중이야.” 로날드는 자리에서 일어나, 등을 펴며 신음했다. “여기 에터닛 패널 뒤에서 올센을 죽인 총알을 찾아냈어. 문을 통과한 총알은 그대로 천장까지 통과했고. 그 총알도 찾을 수 있는지 알아봐야겠어. 그래야 내일 탄도 전문가들이 심심하지 않을 테니까. 어쨌거나 각도는 맞아.”

“흠. 고맙네.”

“천만에. 그건 그렇고 아내는 잘 지내나?”

묄레르는 아내의 근황에 대해 이야기했지만, 로날드의 아내에 대해서는 묻지 않았다. 해리가 알기로 로날드에게는 아내가 없었다. 작년에 과학수사과에서만 네 명의 요원이 같은 달에 부인과 헤어졌다. 분명 시체 냄새 때문일 거라며 그들은 구내식당에 모여 킥킥거렸다.

집 앞에 베베르가 서 있었다. 그는 손에 커피를 든 채 혼자 서서, 사다리 위의 경관을 바라보고 있었다.

“이상 없나, 베베르?” 묄레르가 물었다.

베베르는 실눈으로 그들을 바라보았다. 귀찮음을 무릅쓰고 대답해줄 만한 상대인지 아닌지 먼저 확인해야 한다는 듯이.

“피살자의 어머니는 괜찮을 겁니다.” 다시 사다리 위의 경관을 올려다보며 베베르가 말했다. “물론 자기는 이 일을 도저히 이해할 수 없다고 하더군요. 아들이 피라면 질색했대요. 하지만 어쨌든 그 외의 일들은 아무 문제없습니다.”

"흠." 묄레르가 해리의 팔꿈치를 잡았다. "잠깐 산책 좀 하지."
 두 사람은 거리를 걸어 내려갔다. 작은 정원이 딸린 아담한 집들이 모인 지역이었는데 맨 끝에는 아파트 단지가 있었다. 몇몇 아이들이 힘을 주느라 빨갛게 상기된 얼굴로 자전거 페달을 밟으며 그들 옆을 지나갔다. 푸른 불이 빙글빙글 돌아가는 경찰차를 따라가는 모양이었다. 묄레르는 주위에 듣는 사람이 아무도 없을 때까지 기다렸다가 입을 열었다.
 "엘렌을 죽인 범인을 잡았는데도 별로 행복하지 않은 모양이군." 묄레르가 말했다.
 "글쎄요. 행복의 정의가 무엇인가에 달렸죠. 첫째로 범인이 스베레 올센인지 아직 모릅니다. DNA 테스트를 해봐야—"
 "DNA 테스트를 해보면 그가 범인이라는 게 밝혀질 걸세. 무슨 일인가, 해리?"
 "아무 일도 아닙니다, 보스."
 묄레르가 걸음을 멈췄다. "정말인가?"
 묄레르는 올센의 집을 향해 고갯짓했다.
 "총에 맞아 급사하는 건 올센에게 너무 가벼운 형벌이라고 생각하는 건가?"
 "아무것도 아니라고 했잖습니까!" 갑자기 해리가 격하게 소리쳤다.
 "말해보라니까!" 묄레르도 지지 않고 호통쳤다.
 "그냥 너무 웃긴다는 생각이 들었습니다."
 묄레르는 얼굴을 찌푸렸다. "뭐가 웃겨?"
 "볼레르 같은 노련한 형사가……." 해리는 목소리를 낮췄다. 그러고는 단어 하나하나를 강조하며 천천히 말했다. "……용의자를 혼자 찾아와 이야기를 나누고, 체포하려고 했다는 것 자체가요. 모든 성문율과 불문율에 어긋나는 짓이잖습니까."

"그래서 하고 싶은 말이 뭔가? 톰 볼레르가 규칙을 어겼다고? 엘렌의 복수를 하기 위해 자기 손으로 올센을 쏴 죽였다는 건가? 그런 거야? 그래서 아까 설명할 때 마치 우리 경찰은 동료의 말을 믿지 않는다는 듯이 '볼레르의 말에 의하면' 어쩌고저쩌고 한 건가? 그것도 강력반의 절반이 듣고 있는 데서?"

둘은 서로를 노려보았다. 묄레르는 해리만큼이나 키가 컸다.

"전 그냥 웃긴다고 했을 뿐입니다." 반대쪽으로 몸을 돌리며 해리가 말했다. "그뿐이라고요."

"그쯤 해두게, 해리! 왜 자네가 볼레르를 뒤따라 여기 왔는지는 모르겠네. 무슨 일이 터질 거라고 예상한 건지 어쩐지도 모르겠고. 하지만 더는 듣고 싶지 않아. 더 이상 뭔가를 암시하는 말 따위는 듣고 싶지 않단 말일세. 알았나?"

해리의 시선이 올센 모자의 노란색 집에 머물렀다. 그 집은 이 조용한 오후의 주택가에 위치한 다른 집들보다 작았다. 또한 다른 집들처럼 집 주위에 높은 산울타리가 둘러져 있지도 않았다. 그 때문에 에터닛 외장 패널이 덧대어진 그 볼썽사나운 집은 완전히 무방비 상태로 보였다. 이웃집들이 그 못난 집을 냉대하는 것처럼 보였다. 모닥불의 시큼한 냄새가 풍겼다. 비에르케 경마장에서 중계하는 아나운서의 금속성 목소리가 바람결에 실려 왔다가 멀어졌다.

해리는 어깨를 으쓱였다.

"죄송합니다. 전…… 아시잖아요."

묄레르는 해리의 어깨에 한 손을 얹었다.

"엘렌은 최고의 형사였지. 나도 알아, 해리."

2000년 5월 2일

슈뢰데르 바

노인은 〈아프텐포스텐〉을 읽고 있었다. 마차 경주의 경기 방식을 설명한 기사에 푹 빠져 있을 때 그의 테이블 옆으로 웨이트리스가 와서 섰다.

"안녕하세요." 노인 앞에 큼지막한 잔을 내려놓으며 그녀가 말했다. 늘 그렇듯이 노인은 대답하지 않았다. 그저 여자가 그에게 줄 거스름돈을 세는 것만 지켜보았다. 여자는 나이를 짐작하기 힘들었지만, 아마도 서른다섯에서 마흔 사이일 듯 싶었다. 그녀가 서빙하는 이 노인만큼이나 온갖 풍파를 겪은 얼굴이었다. 그래도 미소만큼은 아주 예뻤다. 술 한두 잔은 얻어 마실 수 있을 정도로. 여자가 자리를 뜨자, 노인은 맥주를 벌컥벌컥 들이키며 실내를 둘러보았다.

그러고는 손목시계를 보고 자리에서 일어났다. 뒤쪽에 있는 공중전화로 가서 1크로네 동전 세 개를 밀어 넣고, 번호를 눌렀다. 신호음이 세 번 울리더니 누군가 전화를 받았다.

"여보세요?"

"싱네?"

"그런데요."

목소리만 들어도 이미 그녀가 겁에 질렸다는 걸 알 수 있었다. 그녀는 전화한 사람이 누구인지 알고 있는 듯했다. 벌써 여섯 번째였으니, 어쩌면 패턴을 파악해 오늘 전화가 오리라는 걸 알았을지도 모른다.

"나 다니엘이오." 그가 말했다.

"누구시죠? 원하는 게 뭐예요?" 그녀는 숨 가쁘게 헐떡였다.

"말했잖소. 다니엘이라고. 오래전 당신이 했던 말을 다시 들려주려는 것뿐이오. 기억나오?"

"제발 그만해요. 다니엘은 죽었어요."

"죽음이 우리를 갈라놓을 때까지, 싱네. 죽음이 우리를 갈라놓을 때까지."

"경찰에 신고할 거예요."

노인은 전화기를 내려놓았다. 그러고는 모자를 쓰고 코트를 입은 뒤 천천히 햇볕 속으로 걸어갔다. 상크트 한스헤우겐 공원에는 벌써 첫 번째 꽃망울이 등장했다. 이제 얼마 남지 않았다.

2000년 5월 5일
저녁 식사

사람들로 꽉 찬 레스토랑 안에서 라켈의 웃음소리가 울려 퍼졌다. 손님들의 이야기 소리와 딸그락거리는 식기 소리, 분주하게 오가는 웨이터들의 발소리가 어우러진 웅성거림보다 훨씬 크게.

"……자동응답기에 메시지가 남겨진 걸 알았을 때는 겁이 덜컥 나더군요." 해리가 말했다. "그 깜박이는 작은 불빛, 알죠? 거기다 당신 목소리는 또 얼마나 근엄하던지."

해리가 목소리를 저음으로 깔았다.

"'나 라켈이에요. 금요일 저녁 8시에 만나요. 멋진 양복과 지갑, 잊지 말아요.' 그걸 들은 헬게가 무서워서 벌벌 떨 지경이었다니까요. 헬게를 진정시키기 위해 수수를 두 번이나 줘야 했다고요."

"내가 언제 그렇게 말했어요?" 그녀가 웃음을 터뜨리며 항의했다.

"비슷했어요."

"전혀 아니거든요? 게다가 내가 그렇게 말한 건 당신 탓이에요. 자동응답기에 녹음해둔 당신 음성 때문이라고요."

라켈은 아까 해리와 똑같이 목소리를 깔았다. "'홀레입니다. 말

쏨하세요.' 그게 뭐예요? 그건 너무…… 너무…….”

"나답다고요?"

"맞아요."

지금까지는 완벽한 저녁 식사에 완벽한 시간이었지만, 이제는 찬물을 끼얹을 때가 되었다고 해리는 생각했다.

"마이리크가 내게 새 임무를 줬어요. 스웨덴에 가서 첩보 활동을 해야 해요." 파리스 생수가 담긴 잔을 만지작거리며 해리가 말했다. "6개월 동안요. 월요일에 떠납니다."

"어머."

놀랍게도 그녀의 얼굴에는 아무런 반응도 드러나지 않았다.

"동생과 아버지께는 오늘 아침에 전화드렸어요. 아버지가 행운을 빈다고 하시더군요." 해리가 말했다.

"잘됐네요." 라켈이 슬쩍 미소를 흘리고는 디저트 메뉴판을 열심히 뒤적였다.

"올레그가 보고 싶어 할 거예요." 그녀가 나지막이 말했다.

해리는 그녀를 바라보았지만, 시선을 마주칠 수 없었다.

"당신은요?" 그가 물었다.

그녀의 얼굴에 쓴웃음이 스쳤다.

"쓰촨식 바나나 스플릿이라는 메뉴도 있네요." 그녀가 말했다.

"2인분 주문해요."

"나도 보고 싶을 거예요." 그녀의 시선은 메뉴판의 다음 페이지로 향했다.

"얼마나요?"

라켈은 어깨를 으쓱였다.

해리가 재차 묻자, 라켈은 숨을 들이쉬고 말할 준비를 했다. 하지만 그녀의 입에서 나온 것은 한숨뿐이었다. 그녀는 다시 입을 뗐고, 이번에는 대답이 나왔다.

"미안해요, 해리. 하지만 지금 내 인생에는 오로지 한 남자의 자리밖에 없어요. 여섯 살짜리 남자아이요."

머리 위로 양동이째 냉수를 들이붓는 기분이었다.

"설마. 내가 그렇게까지 헛다리 짚었을 리는 없을 텐데요."

라켈이 메뉴판에서 시선을 들어 어리둥절한 표정으로 그를 바라보았다.

"당신과 나." 해리는 테이블 위로 몸을 내밀었다. "오늘 밤, 여기 이렇게 단 둘이 있어요. 이렇게 시시덕거리면서 즐거운 시간을 보내고 있다고요. 하지만 우린 그 이상을 원해요. 당신도 그 이상을 원하고요."

"그럴지도 모르죠."

"'그럴지도 모르죠'가 아닙니다. 확실해요. 당신은 모든 걸 원해요."

"그래서요?"

"그래서요? 내게 말해줘야죠, 라켈. 그게 뭔지. 며칠 후면 난 스웨덴 남부의 촌구석으로 떠납니다. 난 무례한 사람이 아니에요. 그저 내가 가을에 오슬로로 돌아왔을 때 날 맞아줄 사람이 있는지 알고 싶을 뿐이라고요."

둘의 시선이 마주쳤고, 이번에는 그녀의 시선이 그에게 계속 머물렀다. 오랫동안. 마침내 그녀가 메뉴판을 내려놓았다.

"미안해요. 이렇게까지 말하고 싶진 않았는데 도리가 없군요. 이상하게 들릴 테지만…… 내게 대안은 없어요."

"대안이라뇨?"

"내가 하고 싶은 대로 하는 거요. 당신을 집에 데려가 옷을 전부 벗기고 밤새 당신과 사랑을 나누는 거요."

그녀는 마지막 부분을 빠르고 부드럽게 속삭였다. 막판까지 미뤘다가 하고 싶은 말이었으나, 막상 말할 때는 꼭 그렇게 말해야 한다는 듯이. 노골적이면서 적나라하게.

"하룻밤만 더 함께 보내는 건 어때요? 며칠 밤은? 내일 밤과 그다음 날 밤, 그리고 다음 주 그리고······?"

"그만해요!" 그녀가 화를 내자, 콧등에 주름이 잡혔다. "이해해줘요, 해리. 소용없어요."

"알았어요." 해리는 담배를 꺼내 불을 붙였다. 라켈이 그의 턱과 입을 쓰다듬었고, 그는 가만히 있었다. 그녀의 부드러운 손길을 따라 그의 신경 섬유에 전기가 일며 아련한 통증이 남았다.

"당신 때문이 아니에요, 해리. 한동안은 나도 다시 할 수 있을 거라 생각했어요. 모든 생각을 다 검토했다고요. 두 성인 남녀의 일이고, 다른 누구도 얽혀 있지 않아요. 뭘 약속한 사이도 아니고 단순한 남녀 관계죠. 게다가 상대는······ 상대는 전 남편 이후로 내가 가장 끌리는 남자고요. 그렇기 때문에 한 번만으로는 끝나지 않을 거예요. 그리고 그건······ 좋지 않은 일이고요."

라켈은 입을 다물었다.

"올레그의 아빠가 알코올중독자이기 때문인가요?"

"그건 왜 묻죠?"

"모르겠어요. 당신이 나랑 사귀지 않으려는 이유가 그 때문이 아닐까 해서요. 이미 알코올중독자를 사귀어봤기 때문에 내가 좋은 남자가 아니라는 걸 알고 그러는 게······."

그녀가 그의 손 위에 자신의 손을 포갰다.

"당신은 좋은 남자예요, 해리. 그래서가 아니에요."

"그럼 뭐 때문이죠?"

"이게 우리의 마지막 만남이에요. 그냥 그뿐이에요. 다시는 만날 일 없어요."

그녀의 시선이 그에게 머물렀다. 이제는 그도 알 수 있었다. 그녀의 눈꼬리에 맺힌 눈물은 웃어서 생긴 것이 아님을.

"그럼 그다음 이야기는요?" 해리가 억지 미소를 지으며 물었다. "국가정보국의 다른 기밀 사항들처럼 꼭 알아야 할 필요가 있을 때만 공개되나요?"

그녀는 고개를 끄덕였다.

웨이터가 그들의 테이블로 다가왔으나 타이밍이 좋지 않다는 걸 느꼈는지 그냥 가버렸다.

라켈은 무언가를 말하려고 입을 벌렸다. 그녀의 눈에서는 금방이라도 눈물이 쏟아질 듯했다. 그녀는 입술을 깨물더니, 무릎에 있던 냅킨을 식탁 위에 올려놓았다. 그러고는 의자를 뒤로 밀며 자리에서 일어나 아무 말 없이 가버렸다. 해리는 자리에 앉은 채 냅킨을 바라보았다. 냅킨이 공 모양으로 둥글게 구겨진 것으로 보아, 분명 그녀는 한동안 냅킨을 움켜쥐고 있었을 것이다. 그는 하얀색 종이꽃처럼 서서히 피어나는 냅킨을 지켜보았다.

2000년 5월 6일

할보르센의 아파트

할보르센이 전화벨 소리에 잠에서 깼을 때 디지털 알람시계를 밝힌 숫자는 01시 30분이었다.

"나 홀레야. 자고 있었나?"

"아뇨." 왜 거짓말을 하는지도 모른 채 할보르센이 대답했다.

"몇 가지 생각이 떠올라서 말이야. 스베레 올센에 관해서."

숨소리와 뒤에서 들리는 차 소리로 보아, 홀레 경위는 거리를 걸으며 통화하는 모양이었다.

"뭐가 궁금하신지 알아요. 스베레 올센은 헨리크 입센 가의 톱 시크릿에서 군화를 구입했어요. 가게 직원들이 올센의 사진을 알아보더군요. 왔던 날짜까지 알려줬어요. 알고 보니, 크리포스가 이미 찾아갔었더라고요. 할그림 달레 사건과 관련해서 그의 알리바이를 조사했나 봐요. 하지만 그와 관련된 서류는 오늘 오전에 경위님께 보내드렸는데요. 사무실 팩스로."

"알아. 지금 막 사무실에서 나오는 길이야."

"지금요? 저녁에 약속 있다고 하지 않으셨어요?"

"약속이 일찍 끝났어."

"그래서 다시 일하러 간 거예요?" 할보르센은 믿기지 않는다는 말투로 물었다.

"응. 그런 것 같아. 자네가 보내준 팩스를 받고 이런저런 생각이 들더군. 내일 날 위해 몇 가지 알아봐줄 수 있겠어?"

할보르센의 입에서 신음이 나왔다. 첫째로 묄레르 경정이 오해의 소지가 없도록 분명히 밝힌 바에 의하면, 이 해리라는 남자는 엘렌 옐텐 사건 수사에 아무런 권한이 없었다. 그리고 둘째로 내일은 토요일이었다.

"듣고 있나, 할보르센?"

"네."

"묄레르가 뭐라고 했을지 알지만, 신경 쓰지 마. 이건 형사 업무에 대해 배울 수 있는 절호의 기회라고."

"하지만 문제는요—."

"조용히 하고 내 말 들어봐, 할보르센."

할보르센은 속으로 욕을 하며 해리의 말을 들었다.

2000년 5월 8일
비베스 가

갓 내린 신선한 커피 향기가 복도에 감돌았다. 해리는 이미 옷이 잔뜩 걸린 옷걸이에 재킷을 걸었다.

"이렇게 갑작스럽게 찾아와서 정말 죄송합니다, 페우케 씨."

"천만에." 페우케가 부엌에서 중얼거렸다. "나 같은 늙은이가 도움이 된다는 게 기쁠 따름이오. 정말로 도움이 될지는 모르겠지만."

페우케는 두 개의 큼직한 머그컵에 커피를 따라, 부엌 식탁으로 가져갔다. 해리는 식탁의 거친 표면을 손끝으로 훑어보았다. 짙은 갈색의 육중한 떡갈나무 식탁이었다.

"프로방스 산이오." 묻지도 않았는데 페우케가 대답했다. "아내가 프랑스 전원풍 가구를 좋아했거든."

"멋진 식탁이네요. 사모님께서 안목이 높으셨나 봅니다."

페우케가 미소 지었다.

"결혼했소? 안 했어? 지금까지 한 번도? 너무 미루진 마시오. 눈만 높아져서 결국엔 혼자 살게 돼, 허허허. 내가 잘 알아서 하는 소리요. 나도 서른이 넘어서 결혼했거든. 당시에는 만혼이었지.

1955년 5월에."

페우케는 식탁 옆의 벽에 걸린 사진 하나를 가리켰다.

"정말 사모님이신가요? 전 라켈인 줄 알았습니다." 해리가 말했다.

"아, 맞아. 그랬지." 페우케가 깜짝 놀라 해리를 바라본 후에 말했다. "두 사람이 직장 동료라는 걸 깜빡했군."

둘은 거실로 갔다. 지난번 해리가 왔을 때보다 더 불어난 종이 더미가 모든 의자를 다 차지하고 있었다. 책상 뒤에 놓인 의자만 제외하고. 페우케는 종이가 흘러넘치는 커피 테이블 옆에 두 사람이 앉을 공간을 마련했다.

"지난번에 내가 알려준 이름에서 뭔가 찾아냈소?" 페우케가 물었다.

해리는 지금까지 알아낸 것을 요약해서 말했다.

"하지만 새로운 요소가 몇 가지 더 생겼습니다. 경찰이 살해됐죠."

"신문에서 읽었소."

"사건은 해결됐습니다. 지금은 DNA 실험 결과를 기다리는 중이고요. 우연을 믿으십니까, 페우케 씨?"

"별로 안 믿소만."

"저도 그렇습니다. 그렇기 때문에 분명 아무 관계도 없는 두 사건에 동일인이 자꾸 등장하면 이상하게 생각하죠. 엘렌 옐텐은 살해되기 몇 시간 전, 저희 집 자동응답기에 메시지를 남겼습니다. '놈을 알아냈어요'라고요. 엘렌은 저를 도와 요하네스버그에서 매르클린 라이플을 주문한 사람을 찾고 있었거든요. 물론 그 총을 주문한 사람과 엘렌을 죽인 범인과는 아무 연관이 없을 수도 있습니다. 하지만 동일인이라고 믿고 싶어지긴 하죠. 특히나 엘렌이 제게 연락하려고 매우 애썼다는 점을 고려한다면요. 그건 제가 몇 주째 조사하던 사건이었는데, 엘렌은 하필 그날 밤 제게 여러 차례 연락했습니다. 그리고 아주 흥분한 목소리였고요. 그건 엘렌이 협박받았을 가능성이 있다는 뜻입니다."

해리는 커피 테이블 위에 검지를 올려놓았다.

"어르신이 알려주신 사람들 중에서 할그림 달레는 작년 가을에 살해됐습니다. 그의 시신이 발견된 골목에는 특이하게도 토사물이 있었죠. 처음에는 그게 왜 거기 있는지 알아내지 못했습니다. 토사물 속의 혈액형은 피살자와 일치하지 않았고, 냉혈하기 그지없는 노련한 살인자가 시체를 보고 토한다는 것도 앞뒤가 맞지 않으니까요. 하지만 크리포스는 그 토사물이 범인의 것일 가능성도 배제하지 않았습니다. 그래서 토사물 속의 타액 샘플을 DNA 실험실로 보냈죠. 그러다 엘렌의 살해 현장에서 모자가 발견되었고, 거기서 또 DNA를 얻어냈습니다. 오늘 아침에 제 동료가 두 DNA를 비교해봤는데 두 개가 일치했습니다."

해리는 말을 멈추고 페우케를 바라보았다.

"알겠소. 범인이 동일인이라 생각하는구려."

"아뇨, 그렇게 생각하지는 않습니다. 다만 두 범인이 연관되어 있고, 두 사건의 현장 근처에 스베레 올센이 있었던 건 우연이 아니라고 생각합니다."

"동일범의 소행일 수도 있잖소?"

"물론 그럴 수도 있습니다. 하지만 스베레 올센이 사용한 폭력과 할그림 달레를 죽인 범인이 사용한 폭력은 결정적인 차이가 있습니다. 야구방망이로 맞았을 때 어떻게 되는지 보셨습니까? 뼈가 박살나고, 간과 콩팥 같은 내장 기관이 파열되죠. 대부분 살갗에는 상처가 나지 않고, 피살자는 내장 출혈로 죽습니다. 반면 할그림 달레의 경우에는 경동맥이 절단됐죠. 이 경우에는 피가 콸콸 흘러나옵니다. 이해하시겠어요?"

"이해는 되지만 무슨 말을 하려는 건지 모르겠소."

"스베레 올센의 엄마는 올센이 피를 보면 질색한다고 했습니다."

페우케가 머그컵을 입으로 가져가다 멈췄다. 그러더니 컵을 도로 내려놓았다.

"알겠소, 하지만……."

"무슨 생각 하시는지 압니다. 여전히 올센이 범인일 가능성이 있다고 생각하시겠죠. 그가 피를 보면 질색하기 때문에 토했다는 것도 설명이 되고요. 하지만 문제는 달레를 죽인 범인이 칼을 사용한 것은 그때가 처음이 아니라는 겁니다. 검시 보고서에 따르면 마치 외과의사가 자른 것처럼 완벽하다고 했습니다. 경험이 많은 사람의 솜씨죠."

페우케는 천천히 고개를 끄덕였다.

"무슨 뜻인지 알겠소."

"수심에 잠기신 것 같군요."

"경위가 여기 왜 왔는지 알 거 같군. 젠하임에서 훈련받은 병사 중에 그런 칼솜씨를 가진 사람이 있는지 알고 싶은 거 아니오?"

"맞습니다. 그럴 만한 사람이 있습니까?"

"그렇소. 한 사람 있소." 페우케는 양손으로 머그컵을 잡았고, 방황하는 그의 시선은 먼 곳으로 향했다. "경위가 행방을 알아내지 못한 사람, 구드브란 요한센이오. 그의 별명이 진홍가슴이라고 말했던가?"

"그분에 대해 더 말해주실 수 있습니까?"

"물론이오. 하지만 그 전에 먼저 커피를 더 가져와야겠소."

2000년 5월 8일

이리스바이엔 가

"누구세요?" 문 안쪽에서 고함이 들렸다. 겁에 질린 작은 목소리. 성에가 낀 유리창 너머로 여자의 윤곽선이 보였다.

"해리 홀레입니다. 아까 통화했었죠."

문이 빠끔 열렸다.

"미안해요. 내가……"

"괜찮습니다."

싱네 율은 문을 활짝 열었고, 해리는 집 안으로 들어갔다.

"남편은 외출 중이에요." 미안해하는 미소를 지으며 율 부인이 말했다.

"네, 아까 전화로 말씀하셨습니다. 사실은 부인과 이야기하려고 왔습니다."

"나요?"

"부인께서 괜찮으시다면요."

노부인이 앞장섰다. 숱이 많은 잿빛 머리카락은 꼬아서 동그랗게 틀어 올렸고, 구식 핀으로 고정되어 있었다. 좌우로 흔들거리는 둥글둥글한 몸매는 부드러운 품과 맛좋은 음식을 떠올리게 했다.

그들이 거실로 들어서자, 부레가 고개를 들었다.

"교수님 혼자서 산책을 나가신 겁니까?" 해리가 물었다.

"네, 부레를 카페에 데려갈 순 없으니까요. 어서 앉아요." 그녀가 말했다.

"카페요?"

"요즘에 새로 생긴 습관이랍니다." 율 부인이 미소 지었다. "신문 읽으러요. 집에 있을 때보다 머리가 더 잘 돌아간대요."

"확실히 그런 면이 좀 있죠."

"그럼요. 몽상에 잠길 수도 있고."

"어떤 몽상이 좋을까요?"

"글쎄요, 모르겠네요. 다시 젊은 시절로 돌아가 파리나 빈의 노천카페에서 커피를 마시는 상상을 할 수도 있죠." 이번에도 역시 미안해하는 미소가 슬쩍 나타났다 사라졌다. "그 얘긴 그만하죠. 커피 마시겠어요?"

"네, 좋죠."

율 부인이 부엌에 있는 동안, 해리는 거실의 벽을 둘러보았다. 벽난로 위에는 검은 망토를 걸친 젊은 남자의 초상화가 걸려 있었다. 전에 왔을 때는 미처 못 봤던 초상화였다. 망토를 걸친 남자는 과장된 자세로 서 있었는데, 분명 화가의 등 뒤에 있는 머나먼 지평선을 훑어보고 있었다. 해리는 초상화 앞으로 걸어갔다. 작은 구리 명판에 글씨가 적혀 있었다. '의료 고문 코르넬리우스 율, 1885-1969.'

"그건 남편의 조부랍니다." 율 부인이 커피잔을 받친 쟁반을 들고 오며 말했다.

"그렇군요. 거실에 초상화가 많네요."

"네." 그녀가 쟁반을 내려놓으며 말했다. "그 옆의 초상화는 남편의 외조부고요. 닥터 베르네르 슈만. 1885년에 울레볼 병원을 세운 설립자 중 한 명이죠."

"이분은요?"

"요나스 슈만. 국립병원의 의료 고문이셨어요."

"부인의 친척들은요?"

그녀가 당황한 표정으로 그를 바라보았다. "무슨 말이죠?"

"부인의 친척들은 어디 계신가요?"

"그분들은…… 다른 나라에 있어요. 크림 넣을까요?"

"아뇨, 됐습니다."

해리는 자리에 앉았다. "부인과 전쟁 이야기를 좀 하고 싶은데요."

"아, 싫어요." 그녀가 버럭 외쳤다.

"이해합니다. 하지만 중요한 일이라서요. 질문 좀 드려도 될까요?"

"일단 들어는 보죠." 그녀가 자신의 잔에 커피를 따르며 말했다.

"전쟁 중에 간호사로 일하셨다고 들었습니다……."

"동부전선에서요, 네. 매국노였죠."

해리는 고개를 들었다. 그녀가 차분하게 그를 바라보았다.

"간호사들은 모두 400명 정도 됐어요. 전쟁이 끝난 후에 다들 징역형을 받았죠. 국제 적십자 연맹이 노르웨이 정부에 모든 형사소송을 멈추라고 호소문을 보냈는데도 소용없었어요. 노르웨이 적십자 연맹은 1990년이 되어서야 사과했죠. 저기 초상화 속에 있는 시아버님이 연줄을 동원해서 제 형량을 감해줬어요……. 1945년 봄에 제가 부상당한 두 명의 레지스탕스를 도와줬다는 이유도 있었고요. 게다가 전 민족단일당에 한 번도 가입한 적이 없었으니까요. 또 궁금한 게 있나요?"

해리는 자신의 커피잔을 바라보았다. 오슬로의 부자 동네는 이렇게 조용하구나 하는 생각이 들었다.

"제가 알고 싶은 건 부인의 과거가 아닙니다. 동부전선에 있었던 노르웨이 병사 가운데 구드브란 요한센이라는 사람을 기억하십니까?"

율 부인이 움찔하자, 해리는 뭔가가 있다고 생각했다.

"알고 싶은 게 뭐죠?" 그녀가 긴장한 얼굴로 물었다.

"남편분께 못 들으셨나요?"

"에벤은 내게 아무것도 말해주지 않는답니다."

"그렇군요. 전 젠하임에서 훈련받은 후, 전선으로 배치된 노르웨이 군인들의 신원을 확인하고 있습니다."

"젠하임." 그녀가 부드럽게 말했다. "다니엘도 거기 갔었죠."

"네, 다니엘 구데손 씨와 약혼하셨다고 들었습니다. 신드레 페우케 씨가 그러더군요."

"그게 누구죠?"

"역시 동부전선에서 싸웠던 분인데 나중에는 레지스탕스로 활약하셨죠. 남편께서 아시는 분입니다. 부인께 구드브란 요한센에 대해 물어보라고 알려준 것도 그분이고요. 페우케 씨는 탈영했기 때문에 나중에 요한센 씨가 어떻게 되었는지 전혀 모릅니다. 하지만 동부전선에 있었던 또 다른 군인인 에드바르 모스켄 씨의 말에 의하면 참호에서 수류탄이 터졌다더군요. 그 후의 일은 모스켄 씨도 잘 모릅니다. 하지만 요한센 씨가 살아남았다면, 아마도 야전병원으로 이송되었으리라 보는 게 자연스럽죠."

율 부인이 입술로 쩝 소리를 냈다. 부레가 어슬렁어슬렁 다가오자, 그녀는 부레의 뻣뻣하고 수북한 털 속에 손을 묻었다.

"네, 구드브란 요한센이 누군지 기억나요. 다니엘이 편지에 가끔씩 그 사람에 대해 썼었죠. 젠하임에서 보낸 편지에도, 내가 야전병원에 있을 때 받았던 쪽지에도 등장했어요. 둘은 아주 대조적이었죠. 다니엘에게 구드브란 요한센은 남동생 같은 존재였어요." 율 부인이 빙그레 미소 지었다. "다니엘 주위의 남자들은 대부분 그런 경향이 있기는 했지만."

"요한센 씨가 어떻게 됐는지 아십니까?"

"형사님 말대로 내가 있던 병원으로 실려 왔어요. 전선에 있던 우리 지구가 소련군의 손에 넘어가면서 전면적인 퇴각이 진행되던 때죠. 전선에는 의약품이 하나도 없었어요. 퇴각하는 차들로 도로가 모두 막혀버렸으니까요. 요한센은 심한 부상을 입었죠. 특히나 무릎 바로 위의 허벅지에 수류탄 파편이 박혀 있었어요. 발에 괴저가 퍼지기 시작해서 절단해야 할 위기에 처했고요. 그래서 오지도 않는 약을 마냥 기다리느니, 차라리 퇴각하는 차량 행렬 편에 그를 서쪽으로 보내기로 했죠. 대형 화물차 짐칸의 담요 아래로 삐죽 나와 있던 그의 덥수룩한 얼굴이 생각나네요. 내가 본 그의 마지막 모습이었어요. 화물차가 첫 번째 모퉁이를 돌아 시야에서 사라질 때까지 무려 한 시간이나 걸렸죠. 봄이 되면서 녹은 진창에 화물차 바퀴가 빠져버렸거든요."

부레가 부인의 무릎에 머리를 뉘이고, 슬픈 눈으로 그녀를 올려다보았다.

"그 후로는 요한센 씨에 대해 듣거나, 만난 적이 없습니까?"

율 부인이 섬세한 도자기 찻잔을 들어 천천히 입으로 가져가더니, 입술만 축이고 다시 내려놓았다. 심하게는 아닐지라도 그녀의 손은 분명 떨리고 있었다.

"그로부터 몇 달 후에 요한센이 카드를 보냈더군요. 다니엘의 물건을 가지고 있다고 했어요. 소련 군모라고 했는데, 내가 아는 바로는 일종의 전리품이었죠. 카드에 적힌 내용은 다소 횡설수설했어요. 부상당한 지 얼마 안 된 사람들에게 자주 있는 일이죠."

"혹시 그 카드를……?"

그녀는 고개를 저었다.

"보낸 곳이 어디인지 기억하십니까?"

"아뇨. 하지만 그 이름을 봤을 때 어딘가 신록이 푸르른 시골이라는 느낌이 들었어요. 그가 건강해졌다는 느낌도 들었고요."

해리는 자리에서 일어섰다.

"그 페우케라는 사람은 어떻게 날 알죠?" 그녀가 물었다.

"그게……." 해리가 뭐라고 말해야 좋을지 몰라 망설이자, 그녀가 끼어들었다.

"하긴 전방에 있던 병사들은 다 내 얘기를 들었을 거예요." 그녀는 그렇게 말하며 미소 지었다. "감형받기 위해 악마에게 영혼을 판 여자. 그게 그 사람들 생각인가요?"

"모르겠습니다." 해리가 대답했다. 이제 그만 가야 했다. 여기는 오슬로의 순환도로에서 고작 두 블록 떨어져 있었다. 하지만 어찌나 조용한지 숲속 호숫가 옆이라고 해도 믿을 수 있을 정도였다.

"난 그를 두 번 다시 못 봤답니다. 다니엘 말이에요. 그의 사망 소식을 들은 게 마지막이었어요." 율 부인이 말했다.

그녀의 시선은 전방 허공의 한 지점에 고정되어 있었다.

"잡역부를 통해서 그에게 새해 복 많이 받으라는 쪽지를 받았죠. 그런데 그로부터 사흘 뒤, 전사자 명단에 다니엘의 이름이 있었어요. 도저히 믿을 수가 없더군요. 군인들에게 그의 시신을 보기 전까지는 믿을 수 없다고 했어요. 그랬더니 날 북쪽 지구의 공동묘지로 데려가더군요. 거기서 시신을 화장하고 있었어요. 난 구덩이 속으로 들어가 시신을 밟고 다니며 다니엘을 찾아 헤맸어요. 불에 탄 시신을 보고 또 보며, 시커먼 눈구멍을 들여다보았죠. 하지만 다니엘은 없었어요. 군인들은 내가 그를 알아보지 못한 거라고 했지만, 난 그럴 리가 없다고 했죠. 그랬더니 그럼 아마 이미 메워버린 구덩이에 다니엘이 들어갔을 거라고 하더군요. 어떻게 된 건지 모르겠어요. 어쨌든 그를 두 번 다시 보지 못했죠."

해리가 헛기침하자, 그녀가 움찔했다.

"커피 잘 마셨습니다, 율 부인."

노부인은 그를 배웅하기 위해 복도까지 따라 나왔다. 옷장 옆에 서서 코트의 단추를 채우는 동안, 해리는 벽에 걸린 사진들을 바라보았다. 그를 바라보는 사진 속 얼굴 중에서 율 부인을 찾아보았지만, 그녀는 어디에도 없었다.

"남편에게 이 일을 얘기해야 할까요?" 노부인이 해리를 위해 현관문을 열어주며 물었다.

해리는 놀란 표정으로 그녀를 바라보았다.

"그러니까 우리가 이런 얘기를 했다는 걸 그이에게 꼭 알려야 하나요?" 그녀가 서둘러 덧붙였다. "전쟁과…… 다니엘에 대해서요."

"싫으면 말씀 안 하셔도 됩니다, 물론이죠."

"당신이 왔다 갔다는 건 어차피 알게 될 거예요. 하지만 그냥 당신이 집에서 남편을 기다리다 다른 약속이 있어서 간 걸로 할 수 있을까요?"

율 부인의 눈동자는 애원하고 있었지만, 거기에는 다른 뭔가가 더 있었다.

그게 무엇인지는 딱 부러지게 말할 수가 없었다. 차가 링바이엔 가에 진입하자, 해리는 차창을 내렸다. 귀청이 떨어질 듯 시원한 자동차 경적 소리가 차 안으로 흘러들었다. 그 요란한 소음이 그의 머릿속에서 정적을 날려버리자, 마침내 해리는 그 정체를 알 수 있었다. 그것은 공포였다. 싱네 율은 무언가를 두려워하고 있었다.

2000년 5월 9일

노르베르그에 위치한 브란헤우그의 저택

베른트 브란헤우그는 나이프로 크리스털 잔의 가장자리를 가볍게 두드렸다. 그러고는 부드럽게 목청을 가다듬으며 의자를 뒤로 밀고, 냅킨으로 입가를 톡톡 쳤다. 그의 입술에 살짝 미소가 스쳤다. 마치 오늘의 손님에게 하려는 연설의 요점만 생각해도 벌써 즐겁다는 듯이. 오늘의 손님은 경찰청장인 안네 스퇴륵센과 그녀의 남편, 그리고 쿠르트 마이리크와 그의 아내였다.

"친애하는 친구와 동료 여러분."

시야 구석으로 그의 아내가 손님들에게 딱딱한 미소를 짓는 게 보였다. '이런 연설을 듣게 해서 미안해요. 하지만 나로서도 어쩔 수가 없답니다'라고 말하는 듯한 미소였다.

이날 저녁 브란헤우그는 우정과 협력에 대해 이야기했다. 광대한 민주주의의 방어책으로 긍정적 에너지를 불러일으키는 것은 언제나 평범함을 허용한다는 사실에 대해, 충성의 중요성에 대해, 책임 방기와 지도자들의 무능력에 대해. 물론 선거로 선출된 전업 주부나 농부가 그들에게 주어진 책임의 복잡성을 이해하리라고 기대하는 것은 무리다.

"민주주의는 그 자체가 보상입니다." 브란헤우그는 어디선가 본 그 문구를 마치 자기가 만들어낸 것인 양 사용해왔다. "하지만 그렇다고 해서 민주주의가 아무런 대가 없이 이뤄진다는 뜻은 아닙니다. 우리가 금속공을 재무부 장관 자리에 앉혔을 때……."

그는 경찰청장이 자신의 말을 듣고 있는지 주기적으로 확인했다. 그리고 한때 식민지였던 아프리카의 여러 국가에서 진행되는 민주화 과정에 대해 간간히 농담을 던지기도 했다. 그중에는 한때 그가 대사로 부임했던 나라도 있었다. 하지만 다른 토론회에서도 몇 차례 했던 그 연설이 오늘 저녁에는 그에게 아무런 영감도 주지 못했다. 마음이 다른 곳에 가 있었기 때문이다. 지난 몇 주간 계속 향해 있었던 곳, 라켈 페우케에게로.

이제 그는 그녀에게 완전히 집착하게 되었다. 가끔은 그녀를 포기할까 고민하기도 했다. 지금까지 그녀를 손에 넣기 위해 지나친 노력을 했기 때문이다.

그는 자신이 꾸민 최근의 계략에 대해 생각했다. 쿠르트 마이리크가 국가정보국 국장이 아니었다면 불가능했을 계략이었다. 그가 제일 먼저 한 일은 더는 방해가 되지 않도록 해리 홀레를 오슬로에서 쫓아내는 것이었다. 라켈 혹은 그 누구와도 연락할 수 없는 곳으로.

브란헤우그는 마이리크에게 전화해 〈다그블라데〉의 기자에게 들은 이야기가 있다고 했다. 작년 가을, 미 대통령이 오슬로를 방문했을 때 '어떤 일'이 일어났다는 소문이 언론계에 파다하다고 하네. 그러니 너무 늦기 전에 우리가 먼저 손을 써야겠어. 언론이 찾아낼 수 없는 곳에 해리를 숨겨야 해. 자네도 그렇게 생각하지 않나?

마이리크는 '음음'과 '아하'로 일관했다. 최소한 소문이 가라앉을 때까지만이라도 그렇게 하자고 브란헤우그는 우겼다. 솔직히 말하면, 마이리크가 한순간이라도 그의 말을 믿었을 것 같지는 않았다. 그렇다고 해서 그 사실이 걱정되는 건 아니었지만. 며칠 후 마이리크가 전화해 해리를 일선으로 보냈다고 알려주었다. 스웨덴의 어느 오지라고 했다. 브란헤우그는 말 그대로 기쁨에 겨워 양손을 비벼댔다. 이제는 그가 라켈을 차지하기 위한 계획에 아무런 걸림돌도 없었다.

"우리의 민주주의는 늘 웃는 얼굴에, 아름답지만 세상 물정 모르는 딸과 같습니다. 사회에서 선을 추구하는 권력이 함께 뭉치는 것은 엘리트주의나 파워 게임과는 아무 상관이 없습니다. 그저 그것만이 우리의 딸인 민주주의가 침해당하지 않고, 정부가 바람직하지 못한 세력의 손에 넘어가지 않도록 막기 위한 유일한 보장책입니다. 우리 같은 사람들이 서로에게 충성하는 것은 바람직할 뿐 아니라 절대적으로 필요하기도 합니다. 네, 그것은 의무와도 같아서······."

그들은 거실의 푹신한 안락의자로 장소를 옮겼고, 브란헤우그는 쿠바산 시가를 돌렸다. 하바나의 노르웨이 영사관이 보낸 선물이었다.

"쿠바 여자들이 허벅지 안쪽에 대고 말아서 만든 거라오." 브란헤우그는 안네 스퇴륵센의 남편에게 그렇게 속삭이며 윙크했다. 하지만 그는 그 말의 요점을 이해하지 못하는 듯했다. 재미없고 뻣뻣한 사람 같았다. 그 남편이라는 작자는. 이름이 뭐였더라? 두 개로 된 이름이었는데. 맙소사, 벌써 잊어버린 건가? 토르 에리크! 그거다, 토르 에리크.

"코냑 더 들겠소, 토르 에리크?"

토르 에리크는 입을 꾹 다문 채 희미하게 미소 지으며 고개를 저었다. 아마도 일주일에 50킬로미터씩 뛰어야 직성이 풀리는 금욕주의자일 것이다. 그는 모든 것이 빈약했다. 몸매도, 얼굴도, 머리숱도. 브란헤우그는 아까 연설하던 도중 토르 에리크가 안네 스퇴륵센과 시선을 주고받는 것을 보았다. 마치 그녀에게 둘만 아는 농담을 상기시키는 듯한 시선이었다. 꼭 그의 연설을 겨냥한 것이라고 할 수는 없다.

"현명하군요." 브란헤우그가 시큰둥하게 말했다. "나중에 후회하는 것보다 조심하는 게 낫죠."

그의 아내 엘사가 거실 문간에 나타났다.

"당신을 찾는 전화가 왔어요, 여보."

"지금은 손님이 계시잖소."

"〈다그블라데〉래요."

"그럼 서재로 돌려줘요."

전화를 건 사람은 그가 잘 모르는 이름의 젊은 여기자였다. 그는 여기자의 얼굴을 상상해보았다. 그날 저녁 오스트리아 대사관 앞에서 열린 시위 때문이었는데, 외르크 하이더가 이끄는 극우파 자유당이 오스트리아 제2 정당이 된 것에 반대하며 열린 시위였다. 그녀는 그저 내일 조간에 실을 외무부의 짤막한 견해를 원했다.

"지금이 노르웨이가 오스트리아와의 외교적 관계를 재검토할 시기라고 생각하십니까, 브란헤우그 씨?"

그는 눈을 감았다. 기자들은 가끔씩 습관적으로 그를 낚으려 했다. 하지만 그가 떡밥을 물지 않으리라는 것은 기자들도, 그도 잘 아는 사실이었다. 브란헤우그는 너무 노련했기 때문이다. 취기가 올라오는 게 느껴졌다. 살짝 어지러웠고, 눈꺼풀 뒤에서 눈동자가 춤을 추었다. 하지만 이 정도는 문제없었다.

"그건 정치적 판단이고, 외무부의 일개 공직자가 결정할 사항이 아니오." 그가 말했다.

잠시 정적이 흘렀다. 브란헤우그는 그녀의 목소리가 마음에 들었다. 틀림없이 금발일 것이다.

"여러 외교 사안을 다뤄보신 차관님의 폭넓은 경험으로 볼 때 앞으로 노르웨이 정부가 어떻게 나오리라고 예상하시나요?"

그는 어떤 대답을 해야 할지 알고 있었다. 아주 간단했다.

'난 그런 예상은 하지 않소.'

그 이상도, 그 이하도 아니다. 외무부 차관이라는 자리는 조금만 있어 보면 세상에 존재하는 모든 질문을 이미 다 받은 듯한 느낌이 든다. 젊은 기자들은 대체로 그런 질문을 한 사람은 자신이 처음일 거라고 착각한다. 거의 밤을 새워가며 생각해낸 질문이기 때문이다. 그리하여 브란헤우그가 대답하기 전에 잠시 말을 멈추기라도 하면 좋아서 어쩔 줄을 모른다. 실은 지금까지 그가 열 번도 넘게 받았던 질문인데 말이다.

'난 그런 예상은 하지 않소.'

놀랍게도 아직까지 그의 입에서는 그 대답이 나오지 않았다. 하지만 그녀의 목소리에는 무언가가 있었다. 그로 하여금 조금 더 친절을 베풀고 싶게 만드는 무언가가. '차관님의 폭넓은 경험'이라고 말하지 않았던가. 브란헤우그는 특별히 자신에게 전화한 것이 그녀의 자의였는지 묻고 싶었다.

"외무부의 대다수 고위 공직자들과 마찬가지로, 나 역시 노르웨이가 오스트리아와 기존 외교 관계를 계속 유지해야 한다고 확신하는 바요. 그건 분명한 사실이지. 세계 각국이 현재 오스트리아에서 벌어지는 일에 민감한 반응을 보이고 있다는 건 우리도 잘 알고 있소. 하지만 어떤 나라와 외교 관계를 유지한다고 해서 그 나라에서 벌어지는 일을 마음에 들어 한다는 뜻은 아니오."

"그건 그렇죠. 노르웨이는 군사 정권을 수립한 몇몇 국가들과도 외교 관계를 맺고 있으니까요." 전화기 반대편의 목소리가 말했다. "그렇다면 왜 사람들이 특히 오스트리아 정부에 이토록 격렬한 반응을 보이는 걸까요?"

"분명 오스트리아의 최근 행보 때문일 거요." 여기서 멈춰야 했다. 여기까지만 말했어야 했다. "나치주의와 연관이 있으니까. 어쨌든 대다수의 역사가들은 제2차 세계대전 중에 오스트리아가 나치 독일의 실질적 동맹국이었다는 데 동의할 거요."

"오스트리아도 히틀러에게 점령된 게 아닌가요? 노르웨이처럼?"

요즘 젊은 친구들은 학교에서 제2차 세계대전에 대해 뭘 배우는 거지? 배우는 게 거의 없는 모양이었다.

"아가씨 이름이 뭐라고 했소?" 브란헤우그가 물었다. 술을 너무 많이 마신 모양이다. 여자가 자신의 이름을 말했다.

"그래요, 나타샤. 아가씨가 다른 사람들에게 전화를 걸어서 물어보기 전에 내가 좀 도와주도록 하지. 안슐루스라고 들어봤소? 그건 오스트리아가 일반적인 의미에서 독일에게 강제 점령당한 게 아니라는 뜻이오. 독일군은 1938년 3월, 오스트리아로 진격했소. 오스트리아는 거의 아무런 저항 없이 독일군을 받아들였고,

전쟁이 끝날 때까지 그 상태가 계속 유지됐지."

"그러니까 노르웨이처럼요?"

브란헤우그는 충격을 받았다. 여자의 말투가 너무도 확신에 차 있었기 때문이었다. 자신의 무지를 부끄러워하는 기색이 조금도 없었다.

"아니오." 그는 머리 나쁜 아이에게 설명하듯이 천천히 대답했다. "노르웨이하고는 다르지. 우리는 스스로를 방어했고, 우리에게는 런던에서 대기 중인 노르웨이의 국왕과 정부가 있었소. 그들은 라디오 방송도 하면서…… 고국의 국민들을 격려했소."

자신이 별 설득력이 없는 예를 든 것 같아서 그는 이렇게 덧붙였다. "노르웨이에서는 독일군에 대항해 온 국민이 단결했소. 바펜SS의 제복을 입고, 독일군을 위해 싸운 매국노들은 어느 나라에나 존재하는 인간쓰레기들이라고 봐야지. 하지만 노르웨이에서는 선을 추구하는 세력이 시련을 견뎌냈고, 레지스탕스 운동을 이끌었던 강인한 자들이 훗날 민주주의의 초석을 닦는 핵심 세력이 되었소. 그들은 서로에게 충성했고, 결과적으로는 그것이 노르웨이를 구원했다고 할 수 있지. 민주주의는 그 자체가 보상이오. 내가 아까 왕에 대해 했던 말은 잊어버려요, 나타샤."

"그러니까 나치에 동조해 싸웠던 사람들은 모두 인간쓰레기라는 건가요?"

이 여자가 원하는 게 대체 뭐지? 브란헤우그는 대화를 끝내기로 마음먹었다.

"난 그저 독일 편에 섰던 그 매국노들은 그렇게 가벼운 징역형만 받고 풀려난 것을 감사해야 한다는 뜻이오. 내가 대사로 부임했던 나라에서였다면 그런 자들은 하나도 남김없이 죄다 총살됐을 테니까. 이 나라에서 그렇게 하지 않은 게 딱히 올바른 처사였다고는 말 못하겠군. 하지만 다시 당신이 듣고 싶다는 주제로 돌아가지, 나타샤. 외무부에서는 오늘의 그 시위나 오스트리아의 새 국회의원에 대해 할 말이 없소. 지금 집에 손님이 와 계시니 실례가 안 된다면……."

나타샤는 알겠다고 말했고, 브란헤우그는 전화를 끊었다.

다시 거실로 돌아가니 손님들은 떠날 채비를 하고 있었다.

"벌써 가는 겁니까?" 브란헤우그는 아쉬운 표정으로 말했지만, 더는 만류하지 않았다. 워낙 피곤했기 때문이다.

그는 현관까지 배웅했다. 특히 경찰청장의 손을 꽉 잡으며, 혹시 그의 도움이 필요한 일이 있으면 주저하지 말라고 했다. 공적 경로를 통해서야 만사가 순조롭게 진행 중이기는 했지만 그래도…….

그는 잠들기 전에 라켈을, 그리고 그가 쫓아버린 그녀의 형사를 생각했다. 그리하여 미소를 지은 채 잠들었지만 다음 날 아침, 머리가 쪼개질 듯한 두통을 느끼며 깨어났다.

2000년 5월 10일
프레데릭스타에서 할렌까지

기차는 반도 차지 않았고, 해리는 창가의 빈자리를 발견했다. 그의 바로 뒷자리에 앉은 여자가 워크맨에 연결된 이어폰을 빼자, 가수의 목소리가 들렸다. 하지만 악기 소리는 전혀 들리지 않았다. 시드니에 있을 때 그들이 조사를 의뢰했던 감청 전문가의 말이 생각났다. 소리가 작을 때 인간의 귀는 인간의 목소리가 사용하는 주파수만 확장시킨다고 했었다.

완전히 조용해지기 전에 우리가 마지막으로 듣는 것이 인간의 목소리라는 사실은 왠지 위안이 되었다.

떨리는 빗줄기가 안간힘을 쓰며 기차의 창문을 가로질렀다. 해리는 비에 젖은 평평한 들판과 선로 가장자리에 늘어선 전신주를 따라 오르락내리락하는 전선을 바라보았다.

아까 프레드릭스타의 플랫폼에서는 군악대가 한창 연주 중이었다. 설명해준 차장 말로는 5월 17일 독립기념일 공연을 대비해 연습하는 중이라고 했다.

"매년 이맘때면 화요일마다 연습하죠. 밴드 리더가 사람들 앞에서 하는 연습이 가장 효과적이라고 생각하거든요."

해리가 챙긴 것은 옷가지 몇 개가 전부였다. 클리판의 아파트는 간소하지만 있을 건 다 있었다. 텔레비전에 오디오, 심지어 책까지.

"《나의 투쟁》* 같은 책들일 걸세." 마이리크가 씩 웃으며 말했다.

그는 라켈에게 전화하지 않았다. 비록 그녀의 목소리가 듣고 싶기는 했지만. 마지막으로 듣고 싶은 인간의 목소리.

"다음 정차 역은 할렌입니다." 확성기에서 따닥거리며 비음의 목소리가 흘러나오다가 기차 브레이크의 소음에 묻혀버렸다. 귀에 거슬리며, 음정이 어긋난 음.

해리는 창문을 가로질러 손가락으로 직선을 그리며 머릿속으로 문장을 조합해보았다. 귀에 거슬리며 음정이 어긋난 음. 음정이 어긋나고, 귀에 거슬리는 음. 음이 귀에 거슬리면서도 음정이 어긋난다…….

음정이 어긋난 음이란 틀린 말이다. 하나의 음만으로는 음정이 어긋났는지 알 수 없다. 다른 음이 함께해야 비로소 음정에 어긋난다고 할 수 있다. 심지어 그가 아는 사람 중에 음감이 가장 뛰어난 엘렌도 최소한 3, 4분 동안 여러 개의 음을 들어야 음악을 판별할 수 있었다. 아무리 엘렌이라 해도 어느 한 부분만 콕 집어서 음정이 어긋난다고 단언할 수는 없다. 그것은 틀린 말이며, 거짓말이다.

그런데도 그의 귓가에 울리는 이 음은 매우 고음이면서, 신경에 거슬릴 정도로 음정이 어긋났다. 그는 클리판으로 가서 협박 편지를 보낸 용의자를 감시해야 했다. 고작 한두 개 신문의 헤드라인

* 아돌프 히틀러의 자서전

에 실린 것을 제외하고 아직까지 아무 문제도 일으키지 않은 편지 때문에 말이다. 그는 오늘자 신문을 이 잡듯이 뒤졌지만, 다들 이 협박 편지에 대해 까맣게 잊고 있었다. 불과 며칠 전의 일이었건만. 대신 〈다그블라데〉에는 노르웨이를 싫어하는 스키 선수 라세 슈스와 외무부 차관 베른트 브란헤우그에 대한 기사가 실렸다. 신문이 제대로 인용했다면, 브란헤우그는 제2차 세계대전 시절의 매국노들은 모두 사형을 당했어야 마땅하다고 말했다.

음정이 어긋난 음은 또 있었다. 하지만 그건 어쩌면 그가 그렇게 생각하고 싶기 때문인지도 모른다. 라켈이 그렇게 레스토랑에서 나가버린 일, 그녀의 시선에 깃든 감정, 대화를 끝내기 전, 선언과도 같았던 사랑 고백. 그에게 남은 것은 한없는 추락과 그녀가 내겠다고 자랑하던 식사비 800크로네가 적힌 계산서뿐이었다. 앞뒤가 맞지 않았다. 아니면 맞는 걸까? 예전에 엘렌이 죽은 후, 라켈이 그의 아파트로 찾아왔던 적이 있다. 그는 그녀 앞에서 술을 마시고 죽은 동료에 대해 울먹이며 떠들어댔다. 마치 평생 친하게 지낸 사람은 겨우 2년간 함께 일한 엘렌뿐이라는 듯이. 그가 생각해도 한심했다. 인간은 상대를 배려해 서로 자신의 바닥까지는 보여주지 말아야 한다. 그런데 왜 정작 그때는 헤어지자고 하지 않았을까? 왜 그 당시에는 이 남자가 자신이 감당할 수 없는 골칫덩어리라고 결론내지 않았을까?

사생활이 감당하기 힘들어지면 늘 그랬듯이, 그는 일로 도망쳤다. 어떤 유형에 속하는 남자들의 전형적인 행동이라고 어디선가 읽은 적이 있었다. 그래서였는지 그는 주말 내내 음모 이론과 시나리오를 한 솥에 넣고 끓여댔다. 그 안에는 매르클린 라이플, 엘렌의 살인, 할그림 달레의 살인 같은 온갖 요소들이 다 들어 있었다. 그래야 그 솥을 휘휘 저어 냄새가 고약한 수프로 만들 수 있기 때문이다. 그 역시 한심한 짓이었다.

그는 쓰러질 듯한 테이블 위에 펼쳐진 신문을 훑어보다가, 외무부 차관의 사진에 시선을 고정했다. 그의 얼굴이 어딘가 눈에 익었다.

해리는 손으로 턱을 문질렀다. 경험상 수사에 진전이 없으면, 그의 뇌는 스스로 이런저런 연상을 하는 경향이 있었다. 매르클린 라이플에 관한 수사는 이제 옛일이 되어버렸다. 마이리크가 분명히 못 박았다. 그건 사건도 아니라고. 마이리크가 그에게 바라는 건 신나치주의자들에 대한 보고서를 쓰고, 스웨덴의 표류하는 청춘들 속에서 첩보 활동을 하는 것이다. 젠장, 엿 먹어라 마이리크!

"……내리실 문은 오른쪽입니다."

만약 기차에서 그냥 내리면 어떻게 될까? 그럴 경우 최악의 상황이 뭘까? 외무부와 국가정보국에서 작년 대통령 방문 때의 총격사건이 알려질까 두려워하는 한, 마이리크는 그를 자르지 못할 것이다. 그리고 라켈에 관해서는…… 라켈에 관해서는 어떻게 될지 모르겠다.

마지막 신음과 함께 기차가 정차하자, 객실 안이 조용해졌다. 객실 밖 복도에서 문이 쾅쾅 닫히는 소리가 들렸다. 해리는 자리에 그대로 앉아 있었다. 워크맨에서 흘러나오는 노래가 좀 더 또렷하게 들렸다. 예전에 많이 들은 노래였다. 어디서 들었는지 기억나지 않을 뿐이었다.

2000년 5월 10일

노르베르그와 컨티넨털 호텔

통증은 불시에 찾아왔다. 갑자기 찌르는 듯한 통증에 노인은 숨을 쉴 수가 없었다. 그는 누워 있던 땅바닥에서 몸을 웅크리고, 비명이 새어나가지 않도록 입안에 주먹을 밀어 넣었다. 빛과 어둠의 파도가 그를 덮치는 동안 노인은 그렇게 누워 의식의 끈을 놓지 않으려고 했다. 눈을 떴다가 또 감았다. 머리 위에서 하늘이 빙글빙글 돌았다. 마치 시간이 빨라진 듯했다. 구름이 빠른 속도로 하늘을 가로지르고, 별이 반짝거렸다. 낮이 밤이 되고, 다시 낮으로, 밤으로, 낮으로, 그러다 다시 밤으로 돌아갔다. 그러더니 통증이 멎었다. 노인은 몸 아래 있는 젖은 흙의 냄새를 맡았고, 자신이 살아 있다는 것을 깨달았다.

숨을 고를 때까지 같은 자세로 계속 누워 있었다. 땀에 젖은 셔츠가 몸에 찰싹 달라붙어 있었다. 노인은 몸을 돌려 배를 깔고 누운 자세로, 다시 집을 내려다보았다.

검은색의 대형 목조 저택이었다. 아침부터 여기서 잠복해 있었던 터라, 지금 집에는 부인 혼자뿐이라는 걸 알고 있었다. 그런데도 1층과 2층의 창문은 모두 환하게 불이 밝혀져 있었다. 어두워지는 기미가 보이자마자, 여자는 집 안을 돌아다니며 불을 켜고 다녔다. 아무래도 어둠을 무서워하는 모양이었다.

노인도 무섭기는 마찬가지였다. 하지만 어둠이 무섭지는 않았다. 지금까지 살면서 어둠이 무서웠던 적은 없다. 그가 무서운 것은 점점 빨라지는 시간이었다. 점점 심해지는 통증이었다. 이것은 새로운 경험이었고, 아직은 다루는 법을 배우지 못했다. 다룰 수 있을지조차 알 수 없었다. 그리고 흐르는 시간은? 그는 분열에 분열, 또 분열을 거듭하는 암세포를 생각하지 않으려고 노력했다.

하늘에 창백한 달이 떴다. 손목시계는 7시 30분을 가리켰다. 곧 너무 어두워서 아무것도 보이지 않을 테고, 그럼 내일 아침까지 기다려야 한다. 그렇게 되면 야영을 할 수밖에 없다. 그는 Y자 모양의 나뭇가지 두 개로 이루어진 자신의 구조물을 바라보았다. 그가 땅속에 밀어 넣은 나뭇가지는 지상으로 50센티미터 정도 나와 있었다. 그 두 나뭇가지 사이, 가지가 갈라진 지점에 잔가지를 쳐낸 소나무 가지 하나를 걸쳐놓았다. 그런 다음, 긴 가지 세 개를 꺾어 이 소나무 가지를 받치도록 땅에 고정시켰다. 그리고 그 위에 다시 전나무 잔가지를 두껍게 쌓았다. 그리하여 비를 피할 수 있고, 몸의 온기를 유지해주며, 예기치 못하게 옆길로 샌 행인들로부터 그의 존재를 감춰줄 수 있는 지붕이 생겼다. 이걸 만드는 데 채 30분도 걸리지 않았다.

그의 계산대로라면 행인이나 근처 주민에게 발각될 위험은 거의 없었다. 대략 300미터쯤 떨어진 거리에서 빽빽한 전나무숲 속에 있는 그의 움막을 알아보려면 관찰력이 유달리 뛰어나야 할 것이다. 혹시 몰라서 움막 입구도 전나무 가지로 거의 다 가려놓았고, 나지막이 걸린 오후 태양이 강철에 반사되지 않도록 총신에

헝겊도 감아두었다.
노인은 다시 한 번 시계를 보았다. 이 남자는 대체 어디 있는 거지?

베른트 브란헤우그는 손에 든 잔을 빙빙 돌리며, 다시 손목시계를 확인했다. 이 여자는 대체 어디 있는 거지?
약속 시간은 7시 30분이었는데, 지금은 7시 45분이 다 되어갔다. 그는 잔에 남아 있던 술을 마시고, 한 잔 더 따랐다. 룸서비스로 시킨 제임슨 위스키였다. 아일랜드에서 나오는 것 중에 유일하게 좋은 것. 오늘은 끔찍한 하루였다. 〈다그블라데〉에 실린 헤드라인 때문에 하루 종일 전화가 빗발쳤다. 다들 그의 편을 들어주었지만, 결국 그는 〈다그블라데〉의 편집장에게 전화해 그 기사가 잘못 인용된 것임을 분명히 밝혔다. 편집장은 오랫동안 알고 지낸 대학 동창이었다. 브란헤우그가 제시한 대가는 유럽 재정위원회 모임에서 외무부 장관이 저지른 중대한 실수에 대한 내막이었다. 편집장은 생각할 시간을 달라고 했고, 30분 뒤에 다시 전화했다. 이 나타샤라는 여자는 신입 기자였는데, 자신이 브란헤우그의 말을 오해했을 소지가 있다는 사실을 인정했다는 것이다. 그리하여 정정기사는 내지 않지만, 그에 관한 후속 취재도 하지 않기로 합의했다. 피해 대책 전략은 성공이었다.
브란헤우그는 위스키를 한 모금 머금었다. 입안에서 위스키를 굴리며, 거칠면서도 매끈한 향을 비강 깊은 곳에서 음미했다. 주위를 둘러보았다. 여기서 얼마나 많은 밤을 보냈던가? 술을 너무 많이 마신 탓에 약간의 두통을 느끼며, 살짝 탄력을 잃은 이 킹사이즈 침대에서 깨어난 적이 얼마나 많았던가? 옆에 누워 있던 여자에게(여자가 아직 안 가고 있다면) 엘리베이터를 타고 2층에 있는 조식 라운지로 가서, 로비까지 계단으로 내려가라고 부탁한 적이 얼마나 많았던가? 그래야 여자가 객실에서 나온 것이 아니라, 조찬 모임을 마치고 나온 것처럼 보이기 때문이다. 어디까지나 신중을 기해야 한다.

그는 위스키를 또 한 잔 따랐다.

라켈에게는 다를 것이다. 그녀에게 조식 라운지로 내려가라고 말하는 일은 없을 것이다.

가벼운 노크 소리가 났다. 그는 자리에서 일어나, 노란색과 황금색으로 된 고급 침대보를 마지막으로 바라보았다. 살짝 두려움이 일었지만 바로 떨쳐버리고, 문까지 네 걸음을 걸어갔다. 복도 거울에 비친 자신의 모습을 점검하며 혀로 하얀 앞니를 훑고, 손가락에 침을 묻혀 양 눈썹에 발랐다. 그리고 문을 열었다.

그녀는 코트 단추를 푼 채 벽에 기대어 서 있었다. 코트 안에는 브란헤우그의 부탁대로 빨간 모직 드레스를 입고 있었다. 눈을 반쯤 감은 채 한쪽 입꼬리를 올리며 히죽거리는 그녀의 모습에 브란헤우그는 깜짝 놀랐다. 이렇게 흐트러진 모습을 본 적이 없었다. 분명 술을 마셨거나 약을 먹었을 것이다. 그녀의 눈이 시큰둥하게 그를 바라보았다. 하마터면 이곳을 못 찾을 뻔했다는 내용의 말을 횡설수설할 때는 목소리조차 다른 사람 같았다. 브란헤우그는 그녀의 팔을 잡았으나, 그녀가 뿌리치는 바람에 어쩔 수 없이 그녀의 등 아래쪽을 가볍게 밀며 방 안으로 안내했다.

"술 마시겠나?" 브란헤우그가 물었다.

"네, 주세요." 그녀가 불분명한 발음으로 말했다. "아니면 그냥 바로 옷부터 벗을까요?"

브란헤우그는 아무 말 없이 그녀에게 줄 술을 따랐다. 그녀가 무슨 수작을 부리는 것인지 알고 있었다. 하지만 헤픈 여자 흉내로 그의 즐거움을 망칠 수 있을 거라 생각했다면 큰 오산이었다. 물론 그녀가 지금까지 그에게 정복당했던 외무부 여직원들과 같은 흉내를 냈더라면 더 좋았을 것이다. 다시 말해, 상사의 거부할 수 없는 매력과 자신감 넘치는 남성미에 빠진 순진한 여자의 흉내. 하지만 가장 중요한 것은 그녀가 그의 욕망에 굴복했다는 점이었다. 그는 인간의 낭만적 동기를 믿기에는 너무 늙었다. 라켈이 다른 여자들과 다른 점은 목적이 다르다는 것뿐이다. 그들은 권력이나 커리어였고, 라켈은 아들의 양육권이었다.

여자들이 그의 지위에 현혹된다는 사실은 그에게 전혀 문제되지 않았다. 어차피 그도 자신의 지위에 현혹되었기 때문이다. 그는 외무부 차관인 베른트 브란헤우그였다. 맙소사, 그것은 평생을 바쳐 얻어낸 자리였다. 설사 라켈이 약에 취해 창녀 흉내를 낸다고 해도, 달라질 것은 없었다.

"미안하지만 난 자네를 가져야겠어." 브란헤우그가 그녀의 술잔에 얼음 두 조각을 넣으며 말했다. "나란 사람을 알게 되면 이 상황을 더 잘 이해하게 될 거야. 하지만 우선 일종의 첫 번째 수업을 하도록 하지. 날 움직이게 하는 것이 무엇인가에 관해서."

그는 그녀에게 잔을 건넸다.

"어떤 남자들은 평생 땅에 코를 박은 채 기어다니며 살지. 그러다 음식 찌꺼기라도 발견하면 그걸로 만족하면서, 하지만 나를 포함한 나머지는 두 발로 일어서서, 식탁으로 걸어가 정당하게 자리를 차지하고 앉아서 먹지. 우리 같은 사람은 소수야. 왜냐하면 그렇게 살기 위해서는 때때로 잔인해져야 하는데, 그런 잔인함은 힘에서 나오거든. 우리는 민주적이고 평등한 사회의 교육 방식으로부터 우리 스스로를 해방시켜야만 했어. 따라서 그렇게 살거나 기어서 사는 것, 둘 중 하나를 골라야 한다면 난 차라리 근시안적인 도덕주의와 결별하는 쪽을 택하겠어. 도덕주의는 개인의 행동을 제대로 된 맥락에서 바라보지 못하거든. 그러니 자네도 그런 점에서 내심 날 존경하게 될 거야."

그녀는 대답하지 않았다. 그저 술을 벌컥벌컥 마셔댈 뿐이었다.

"홀레는 당신에게 전혀 위협적인 존재가 아니었어요. 우린 그저 친한 친구였을 뿐이라고요."

"거짓말을 하는군." 브란헤우그는 그녀가 내민 잔에 마지못해 다시 술을 따라주었다. "난 자네를 독점해야만 했어. 그렇다고 오해는 하지 마. 홀레와 모든 연락을 당장 끊는 것을 조건으로 내건 이유는 질투심 때문이 아니야. 그보다는 순수함의 원칙 때문이었지. 어쨌거나 스웨덴인지 어딘지는 몰라도 거기서 몇 주 산다고 해서 그자에게 해될 것은 없어."

브란헤우그는 킬킬 웃었다.

"왜 그런 눈으로 날 바라보지, 라켈? 이건 경우가 달라. 난 다윗 왕이 아니고, 홀레도…… 그 사람 이름이 뭐라고 했지? 다윗 왕이 부하들을 시켜 전쟁터로 보낸 남자?"

"우리아." 그녀가 중얼거렸다.

"맞아. 우리아는 죽었지. 안 그래?"

"살았다면 이야기가 재미없었을 테니까요." 그녀가 술잔에 대고 말했다.

"그래. 하지만 여기서는 아무도 죽지 않아. 그리고 내가 크게 틀리지 않는다면, 다윗 왕과 밧세바는 그 후로 행복하게 살았어. 안 그래?"

브란헤우그는 그녀의 옆에 앉아 손가락으로 그녀의 턱을 들어 올렸다.

"말해봐, 라켈. 성경 이야기를 어떻게 그리 많이 아는 거지?"

"훌륭한 가정교육 덕분이죠." 라켈이 그의 손길을 뿌리치며 머리 위로 드레스를 벗었다.

브란헤우그는 그녀를 바라보며 침을 삼켰다. 라켈은 매력적이었고, 그가 요구한 대로 하얀색 속옷을 입고 있었다. 속옷의 하얀색 때문에 그녀의 살갗은 황금빛을 띠었다. 아이를 낳은 여자의 몸매라고는 믿기지 않았다. 하지만 아이를 낳았다는 사실, 그녀가 명백한 가임기의 여성이며 저 가슴으로 수유했다는 사실은 그에게 더욱 매력적으로 다가왔다. 브란헤우그의 눈에 비친 그녀는 완벽했다.

"서두를 필요는 없어." 그가 라켈의 무릎에 한 손을 올리며 말했다. 그녀의 얼굴은 무덤덤했지만, 몸이 움찔하는 게 느껴졌다.

"마음대로 하세요." 라켈이 어깨를 으쓱이며 말했다.

"편지 먼저 보겠어?"

브란헤우그가 테이블 한가운데에 놓인 갈색 봉투를 고갯짓으로 가리켰다. 러시아 대사의 인장이 찍힌 그 봉투는 블라디미르 알렉산드로프 대사가 라켈 페우케에게 보내는 편지였다. 내용은 짤막했다. 올레그 페우케 구세프의 양육권 공판에 참가하라는 기존 소환장은 무시하라는 글이었다. 법정에 밀린 사건들이 너무 많아서 그 재판은 무기한으로 연기되었다는 것이 이유였다. 그 편지를 받아내기는 쉽지 않았다. 브란헤우그는 러시아 대사에게 자신이 베풀어준 몇 가지 호의를 상기시켜야 했고, 추가로 또 다른 호의도

베풀겠노라고 약속했다. 그중에는 노르웨이 외무부 차관에게 허용되는 권력의 범위를 아슬아슬하게 초과하는 것도 있었다.

"차관님을 믿어요. 그러니까 이 일을 빨리 좀 끝내죠." 라켈이 말했다.

그의 손이 뺨에 닿았을 때 그녀는 눈도 깜짝하지 않았다. 하지만 이내 머리를 마구 흔들며 그의 손길을 뿌리쳤다.

브란헤우그는 손을 문지르며 그녀를 골똘히 바라보았다.

"당신은 멍청하지 않아, 라켈. 그러니까 이게 단지 일시적인 합의라는 걸 알 거야. 저 재판이 무효가 될 때까지는 6개월이라는 시간이 남았어. 그 전에는 언제든 소환장이 새로 발부될 수 있지. 내 전화 한 통이면 말이야."

라켈은 그를 바라보았고, 마침내 그녀의 죽은 눈동자도 살아났다.

"나한테 사과해야 할 것 같은데."

그녀의 가슴이 들썩였고, 콧구멍이 떨렸다. 눈동자에 서서히 눈물이 고였다.

"어때?" 그가 물었다.

"미안해요." 그녀가 모기만 한 목소리로 말했다.

"큰 소리로 말해야지."

"미안해요."

브란헤우그는 활짝 웃었다.

"이런, 이런, 라켈." 그가 그녀의 뺨 위로 흐르는 눈물을 닦아주었다. "괜찮아. 그냥 나랑 친해지기만 하면 돼. 난 당신과 친구가 되고 싶어. 이해하지, 라켈?"

그녀는 고개를 끄덕였다. "정말로 이해하는 거야?"

그녀는 코를 훌쩍이며 다시 고개를 끄덕였다.

"좋아."

브란헤우그는 자리에서 일어나, 벨트를 풀었다.

유달리 추운 밤이었고, 노인은 미리 준비해온 침낭 속에 들어가 있었다. 비록 침낭 아래에 전나무 가지를 두툼하게 깔아뒀지만, 땅의 냉기가 몸 안으로 스며들었다. 다리는 이미 뻣뻣해졌다. 상체마저 무감각해지지 않도록 가끔씩 좌우로 몸을 굴려야 했다.

집의 창문은 여전히 환했지만, 이제 밖은 너무 어두워서 조준기 너머로 아무것도 보이지 않았다. 하지만 아직 희망은 있었다. 만약 남자가 오늘 밤에 돌아오면, 숲을 마주 보는 차고 문 위의 외등이 켜질 것이다. 노인은 조준기를 들여다보았다. 비록 외등의 불빛이 강하지는 않았지만, 차고 문의 색깔이 밝아서 남자의 윤곽선이 뚜렷하게 보일 것이다.

노인은 몸을 돌려 등을 대고 누웠다. 이곳은 쥐 죽은 듯이 고요하니, 차가 오면 소리가 들릴 것이다. 물론 잠들지 않는다는 전제하에. 아까의 복통으로 기운이 빠지기는 했지만 잠들 수는 없다. 그는 예전에 불침번을 설 때도 잠든 적이 없었다. 단 한 번도. 마음속에서 증오가 올라왔고, 그는 그 증오로 몸을 데우려 했다. 그러나 이것은 평상시의 증오와 달랐다. 지난 몇 년간 낮은 온도로 꾸준히 타오르며 사소한 생각의 덤불을 모두 태워버리고, 상황을 더 잘 파악할 수 있는 새로운 시각까지 주던 그 증오가 아니었다. 이 새로운 증오는 너무도 맹렬하게 타올라 노인은 자신이 증오를 조정하는지, 증오가 자신을 조정하는지 알 수 없었다. 이 증오에 끌려다녀서는 안 된다. 평정심을 유지해야 한다.

그는 머리 위의 전나무 사이로 별이 반짝이는 하늘을 바라보았다. 고요했다. 너무도 고요하고 차가웠다. 그는 죽을 것이다. 모두 다 죽을 것이다. 그 생각을 하니 위안이 되었다. 그는 그 사실을 명심하려 애썼다. 그러고는 두 눈을 감았다.

브란헤우그는 천장의 샹들리에를 바라보았다. 블라우풍크트* 옥외 광고판에서 새어 들어온 푸른빛 한 줄기가 샹들리에에 반사되었다. 너무 고요하고, 너무 차가웠다.
"이제 그만 가봐."
그는 그녀를 보지 않았다. 그저 이불 젖히는 소리가 들리고, 침대가 솟아오르는 게 느껴졌을 뿐이다. 이윽고 옷 입는 소리가 들렸다. 그녀는 한 마디도 하지 않았다. 그가 그녀를 만졌을 때도, 그녀에게 만지라고 명령했을 때도. 그녀는 검은 눈을 커다랗게 부릅뜬 채 그렇게 누워 있었다. 공포로 혹은 증오로 검게 변한 눈동자. 그 눈동자가 그의 마음을 너무도 불편하게 한 나머지 그는 할 수가 없었다.
처음에는 무시하려 했다. 느낌이 오기를 기다렸다. 지금까지 잤던 여자들을 생각했다. 그 생각은 늘 효과가 있었다. 하지만 느낌은 끝내 오지 않았고 한참 후, 그는 그녀에게 그만 만지라고 했다. 그녀에게 그를 모욕하도록 허락할 이유가 없었다.
그녀는 로봇처럼 그의 명령에 따랐다. 계약상 자신이 이행해야 할 몫을 분명히 해냈다. 그 이상도, 그 이하도 아니었다. 올레그의 양육권 재판이 무효가 될 때까지는 아직 6개월이 남았다. 시간은

* 독일 전자회사

충분했다. 괜히 스트레스 받을 필요는 없었다. 다른 날, 다른 밤에 하면 될 것이다.

그는 처음부터 다시 하기로 했다. 하지만 술은 마시지 말았어야 했다. 술은 그를 무감각하게 만들었다. 그녀의 애무에도, 자신의 애부에도 반응이 없었다.

그는 그녀에게 욕조에 들어가라고 하고, 두 사람이 마실 술을 준비했다. 뜨거운 물, 비누. 그는 그녀가 얼마나 아름다운지 긴 독백을 늘어놓았지만, 그녀는 한 마디도 하지 않았다. 너무 고요하고 너무 차가웠다. 결국 물도 차갑게 식었고, 그는 수건으로 그녀의 몸을 닦아 다시 침대로 데려갔다. 물기가 마른 그녀의 살갗에 소름이 돋아 있었다. 그녀가 몸을 부르르 떨자, 그는 마침내 그녀가 반응하기 시작했다고 생각했다. 그의 손이 아래로, 아래로 내려갔다. 그러다 다시 그녀의 눈을 보았다. 검고 커다란, 죽은 눈동자. 그녀의 시선은 천장에 고정되어 있었다. 그러자 다시 마법이 사라졌다. 그는 그녀를 때리고 싶었다. 때려서라도 죽은 그녀의 눈동자에 생기를 불어넣고 싶었다. 손바닥으로 그녀를 때려, 살갗이 벌겋게 달아오르는 것을 보고 싶었다.

그녀가 테이블에 놓인 편지를 집어 들고, 가방의 잠금쇠를 딸칵 여는 소리가 들렸다.

"다음번엔 술을 좀 줄여야겠어. 당신도 마찬가지야." 그가 말했다.

그녀는 대답하지 않았다.

"다음 주야, 라켈. 같은 시간, 같은 장소. 잊지 않겠지?"

"어떻게 잊겠어요?" 그녀가 말했다. 문이 닫히고, 그녀는 떠났다.

브란헤우그는 침대에서 일어나 다시 위스키에 물을 섞었다. 제임슨 위스키. 아일랜드에서 생산되는 것 중에 유일하게……. 그는 천천히 술을 마시고, 다시 침대에 누웠다.

어느새 자정이었다. 눈을 감았지만 잠은 오지 않았다. 옆방에서 유료 텔레비전 영화 소리가 들렸다. 그게 영화 속 소리인지는 모르겠지만, 신음이 꽤 진짜 같았다. 경찰차 사이렌이 밤을 가르고 울려 퍼졌다. 젠장! 그는 이리저리 뒤척였다. 물렁한 침대 때문에 벌써부터 등이 뻣뻣했다. 여기서는 늘 잠을 편히 잘 수가 없었다. 꼭 침대 때문만은 아니었다. 이 노란색 방은 예전에도 그랬고 앞으로도 늘 그저 호텔 객실, 낯선 곳일 것이다.

아내에게는 라르비크에 회의가 있다고 말해두었다. 어느 호텔에 묵느냐는 아내의 질문에 그는 늘 그렇듯이 호텔 이름이 기억나지 않는다고 했다. 리카 호텔이었던가? 일찍 끝나면 전화할게. 하지만 이런 만찬이 얼마나 늦게 끝나는지 알잖아. 그는 그렇게 말했다.

아내는 불평할 처지가 아니었다. 별 볼일 없는 배경을 가진 여자 치고는 지금까지 분에 넘칠 정도의 삶을 살았다. 전 세계를 여행했고, 세상에서 가장 아름다운 몇몇 도시에서 도우미들을 거느린 호화로운 대사관저에서 살았으며, 외국어를 배우고, 재미있는 사람들을 만났다. 모두가 남편 덕분이었다. 평생 손가락 하나 까딱하지 않고 살아온 여자였다. 만약 혼자가 된다면, 지금까지 한 번도 일해본 적이 없는 그녀는 어떻게 될까? 아내에게 있어서 그는 그녀의 존재와 가족, 다시 말해 그녀가 가진 모든 것의 기반이었다. 따라서 아내가 어떻게 생각할까 따위는 신경 쓰고 싶지 않았다.

그런데도 지금 이 순간 그가 생각하는 사람은 바로 아내였다. 그는 집에서 아내와 함께 있었어야 했다. 그의 등에 닿는 따뜻하고 익숙한 몸, 그를 감싼 팔. 그래, 그런 냉담함을 겪었으니 약간 따뜻해지는 것도 괜찮을 거야.

그는 다시 손목시계를 확인했다. 만찬이 일찍 끝나서 그냥 집에 오기로 했다고 말하면 그만이다. 게다가 아내는 아주 기뻐할 것이다. 그 큰 집에서 혼자 자는 걸 아주 싫어했으니까.

그는 침대에 누운 채 옆방에서 들리는 소리에 귀 기울였다.

그러다 벌떡 일어나 얼른 옷을 입기 시작했다.

노인은 다시 젊어져 있었다. 그리고 춤을 추고 있었다. 느린 왈츠였는데 그녀가 그의 목에 뺨을 대었다. 그들은 오랫동안 춤을 추었다. 두 사람은 땀에 젖었고, 그의 몸에 닿는 그녀의 살갗이 몹시 뜨거웠다. 노인은 그녀가 미소 짓는 것을 느꼈다. 이대로 계속 춤추고 싶었다. 그저 그녀를 계속 안고 싶었다. 건물이 불에 타 사라질 때까지, 시간이 정지할 때까지, 그들이 눈을 뜨면 다른 곳에 와 있을 때까지.

그녀가 뭐라고 속삭였지만, 음악 소리가 너무 컸다.

"뭐라고?" 그가 고개를 숙이며 물었다. 그녀가 그의 귓가로 입을 가져갔다.

"그만 일어나야 한다고요." 그녀가 말했다.

노인은 눈꺼풀을 밀어 올렸다. 어둠 속에서 눈을 깜빡이자, 자신의 숨결이 눈앞에 하얗게 떠 있는 것이 보였다. 차가 오는 소리를 미처 듣지 못했다. 노인은 얼른 몸을 돌려 엎드렸다. 나지막이 신음하며 몸 아래에 깔린 양팔을 빼내려고 낑낑거렸다. 그를 깨운 것은 차고 문이 열리는 소리였다. 자동차 엔진이 돌아가는 소리가 들렸고, 차고의 어둠이 푸른색 볼보를 삼키는 것이 보였다. 오른팔이 저렸다. 몇 초 후면, 남자가 차에서 내려 외등의 불빛 속에 설 테고, 차고 문이 닫힐 것이다. 그다음에는…… 너무 늦다.

노인은 미친 듯이 더듬거려 침낭의 지퍼를 내리고, 왼팔을 빼냈다. 아드레날린이 혈관을 타고 질주했지만 잠이 깨지 않았다. 마치 얼굴에 솜을 한 겹 두른 듯 모든 소리가 작게 들렸고, 사물이 흐릿하게 보였다. 차 문이 닫히는 소리가 들렸다.

이제 양팔 모두 침낭 밖으로 나왔다. 다행히 하늘에 별이 총총해서, 노인은 별빛에 의지해 재빨리 라이플을 찾아 자세를 취했다. 빨리, 빨리! 그는 차가운 개머리판에 볼을 대고, 실눈으로 조준기 안을 들여다보았다. 눈을 깜박였지만 아무것도 보이지 않았다. 노인은 떨리는 손으로 조준기에 감아둔 천을 벗겨냈다. 렌즈에 서리가 끼지 않도록 감아둔 천이었다. 됐다! 다시 개머리판에 뺨을 댔다. 이젠 또 뭐지? 이번에는 차고가 흐릿하게 보였다. 아까 천을 풀면서 거리계를 건드린 게 분명하다. 탕 소리와 함께 차고 문이 닫히는 소리가 들렸다. 거리계를 조정하자, 차고 앞의 남자가 또렷이 보였다. 키가 크고 어깨가 딱 벌어진 코트 차림의 남자가 그에게 등을 돌린 채 서 있었다. 노인은 눈을 두 번 깜빡였다. 꿈이 옅은 안개처럼 여전히 그의 눈앞에 둥둥 떠 있었다.

노인은 기다리고 싶었다. 남자가 돌아설 때까지, 그리하여 상대가 한 치의 의심도 없이 자신의 목표물이라는 사실을 확인할 때까지. 노인의 손가락이 방아쇠를 감싸고, 조심스럽게 잡아당겼다. 그가 오랫동안 훈련받았던 총이었다면 더 쉬웠으리라. 그 총은 방아쇠의 압력이 그의 피에 새겨져 있어, 모든 동작이 자동으로 이뤄졌다. 그는 호흡에 집중했다. 살인은 어렵지 않다. 훈련만 받는다면. 1863년 게티즈버그 전투가 시작되었을 때의 일이다. 새로 모집된 신병들로 이뤄진 두 중대가 50미터 가량 떨어진 상태로 대치해 서로에게 총을 쏴댔지만, 총에 맞은 사람은 아무도 없었다. 사격 실력이 나빠서가 아니라, 서로의 머리 위로 총을 쏘아댔기 때문이다. 그들은 그저 살인으로 가는 문지방을 넘어설 수 없었던 것이다. 하지만 일단 한 번 죽이고 나면······.

차고 앞에 서 있던 남자가 몸을 돌렸다. 마치 노인을 똑바로 바라보는 것 같았다. 그 남자였다. 의심의 여지없이. 남자의 상체가 조준기 전체를 거의 다 채웠다. 노인의 머릿속에 끼어 있던 안개가 점차 걷히기 시작했다. 그는 숨을 죽이고 방아쇠에 걸친 손가락에 천천히, 차분히 힘을 주었다. 첫 방에 명중할 것이다. 차고 앞의 둥근 불빛만 제외하면 사방이 칠흑처럼 깜깜했기 때문이다. 시간이 정지했다. 베른트 브란헤우그는 이제 죽은 목숨이다. 노인의 머릿속은 더할 나위 없이 맑았다.

그랬기 때문에 무언가 잘못되었다는 느낌이 먼저 왔고, 1천 분의 1초 후에 그게 무엇인지 깨달았다. 방아쇠가 움직이지 않았다. 노인은 방아쇠를 더 세게 잡아당겼지만, 방아쇠는 꼼짝도 하지 않았다. 안전장치가 걸려 있었던 것이다. 이제 너무 늦었다는 걸 노인은 알고 있었다. 엄지로 안전장치를 찾아 휙 젖히고 다시 조준기 속을 들여다보았다. 하지만 차고 앞의 원추형 불빛 속은 텅 비어 있었다. 브란헤우그는 이미 집의 반대편, 길을 마주 보는 현관 쪽으로 걸어가고 있었다.

노인은 눈을 깜빡였다. 갈비뼈 안쪽에서 심장이 망치로 두드리는 것처럼 쿵쾅거렸다. 그는 욱신거리는 폐 안의 공기를 내보냈다. 잠이 들다니. 그는 다시 눈을 깜박였다. 이제는 주위가 실안개에 잠겨 헤엄치는 것 같았다. 실패했다. 노인은 주먹 쥔 손으로 땅을 내려쳤다. 손등에 뜨거운 눈물이 떨어진 후에야 자신이 울고 있음을 깨달았다.

2000년 5월 11일

스웨덴의 클리판

해리는 잠에서 깼다.

1초쯤 지난 후에야 이곳이 어디인지 깨달았다. 이 집에 도착해 맨 처음 했던 생각은 당분간 잠자기는 틀렸다는 것이다. 밖의 소란스러운 도로와 이 집을 갈라놓는 것은 얇은 벽과 유리 한 장만 덜렁 끼워진 창문뿐이었다. 하지만 밤이 되어, 도로 반대편의 ICA 슈퍼마켓이 문을 닫자마자 주변은 조용해졌다. 차도 얼씬하지 않았고, 동네 사람들은 모두 어둠에 삼켜진 듯했다.

 잠들기 전, 해리는 슈퍼마켓에서 사온 그란디오사 냉동 피자를 오븐에 데워 먹었다. 노르웨이에서 만든 이탈리아 음식을 스웨덴의 촌구석에서 먹고 있다니 참으로 해괴했다. 피자를 먹은 후에는 구석의 맥주 상자 위에 놓인 텔레비전을 틀었다. 텔레비전에는 먼지가 뿌옇게 쌓여 있었다. 게다가 어디가 고장 났는지, 사람들의 얼굴이 죄다 초록색으로 번들거렸다. 해리는 의자에 앉아 다큐멘터리를 보았다. 한 여자가 자신의 오빠에 대해 만든 다큐멘터리였다. 그녀가 어린아이였던 1970년대 내내 오빠는 세상을 여행하며 그녀에게 편지를 보냈다. 파리의 노숙자 공동체에서, 이스라엘의 키부츠에서, 기차로 인도를 횡단하면서, 코펜하겐의 절망 끝에서. 아주 단순하게 만든 다큐멘터리였다. 필름 클립 몇 개를 끼워 넣긴 했지만 다수의 스틸 사진과 해설, 이상하게 감상적이고 슬픈 이야기 하나가 전부였다. 그 다큐멘터리에 관한 꿈을 꿨는지, 잠에서 깼을 때는 다큐멘터리에 등장했던 인물과 장소가 아직도 그의 망막에서 재생 중이었다.

그를 깨운 소리의 진원지는 부엌 의자에 걸쳐둔 코트였다. 고음의 삐삐 소리가 맨벽에 부딪쳐 튀었다. 전기 라디에이터를 최고로 높여놓았지만, 얇은 이불 속은 여전히 추웠다. 그는 차가운 리놀륨 바닥을 두 발로 짚고, 코트 주머니에서 휴대전화를 꺼냈다.

"여보세요?"

아무 대답도 없다.

"여보세요?"

여전히 상대방의 숨소리만 들렸다.

"너니, 쇠스?"

그의 번호를 아는 사람 중에 이런 한밤중에 전화할 사람은 동생뿐이었다.

"무슨 일이야? 헬게에게 문제라도 생겼어?"

그는 쇠스에게 헬게를 맡기는 게 불안했지만, 쇠스는 몹시 기뻐하며 자신이 잘 돌보겠다고 약속했다. 하지만 전화한 사람은 쇠스가 아니었다. 쇠스의 숨소리는 이렇지 않았다. 그리고 쇠스였다면 대답했을 것이다.

"누구세요?"

여전히 아무 대답도 없다.

막 전화를 끊으려는데 조그맣게 훌쩍이는 소리가 들렸다. 상대의 숨소리가 떨리기 시작했다. 마치 울음을 터뜨리려는 듯이. 해리는 소파 겸용 침대에 앉았다. 얇은 파란색 커튼의 틈 사이로 ICA 슈퍼마켓의 네온사인이 보였다.

해리는 침대 옆의 커피 테이블에 놓인 담뱃값에서 담배 하나를 뺐다. 담배에 불을 붙이고, 뒤로 누웠다. 떨리는 숨소리가 낮은 흐느낌으로 바뀌는 것을 들으며, 담배를 깊이 빨아들였다.

"울지 말아요." 그가 말했다.

밖에서 차 한 대가 지나갔다. 분명 볼보일 것이다. 해리는 다리 위로 이불을 덮었다. 그러고는 한 여자와 그녀의 오빠에 대한 이야기를 들려주었다. 대략 그가 기억하는 대로. 이야기가 끝나자, 그녀는 더 이상 울지 않았다. 그는 잘 자라고 말했고, 전화는 끊어졌다.

휴대전화가 다시 울렸을 때는 8시가 넘은 시간이어서 창밖이 환했다. 휴대전화는 이불 속에, 그의 다리 사이에 있었다. 전화한 사람은 마이리크였는데 스트레스를 받은 목소리였다.

"당장 오슬로로 돌아오게. 자네가 찾는 그 매르클린 라이플이 드디어 사용된 모양이야."

PART 7
검은 망토

2000년 5월 11일

국립병원

해리는 단번에 베른트 브란헤우그를 알아보았다. 그는 만면에 미소를 지은 채 부릅뜬 두 눈으로 해리를 바라보고 있었다.

"왜 웃고 있는 겁니까?" 해리가 물었다.

"난들 아나." 클레멧센이 말했다. "죽으면 안면 근육이 경직되면서 온갖 이상한 표정을 짓는다네. 가끔씩 부모가 자식을 못 알아보는 경우도 있어. 얼굴이 너무 변해서 말이야."

검시 테이블은 검시실 한가운데에 있었다. 클레멧센이 시트를 젖히고 시신의 나머지 부분도 보여주자, 할보르센이 재빨리 뒤로 돌아섰다. 할보르센은 검시실에 들어오기 전, 코밑에 멘톨 크림을 바르라는 해리의 제안을 거절했었다. 하지만 국립병원 과학수사과 4호 검시실의 실내 온도는 12도였기 때문에 냄새는 그리 괴로울 정도가 아니었다. 할보르센은 계속 헛구역질을 해댔다.

"동감일세. 과히 보기 좋은 꼴은 아니지." 크누트 클레멧센이 말했다.

해리는 고개를 끄덕였다. 클레멧센은 훌륭한 검시관이자 사려 깊은 남자였다. 할보르센이 신입 형사인 걸 알고 있었던 터라, 그를 민망하게 하고 싶지 않았다. 브란헤우그는 대다수의 시신과 다를 바가 없었다. 다시 말해, 일주일간 강 속에 있었던 쌍둥이 시신이나, 경찰을 피해 시속 200킬로미터로 도망가다가 교통사고로 죽은 열여덟 살짜리의 시신이나, 알몸으로 퀼팅 파커만 입고 있다가 자기 몸에 불을 지른 약쟁이의 시신과 다를 바가 없었다. 별의별 시체를 다 본 해리에게 이 정도는 지금까지 그가 봤던 최악의 시체들 중 10위 안에도 끼지 못했다. 하지만 한 가지는 확실했다. 베른트 브란헤우그는 등을 관통한 총알 한 방 때문에 이렇게 흉측한 몰골이 되었다는 것. 그의 가슴에 뚫린 구멍은 해리의 주먹이 들어갈 수 있을 정도로 컸다.

"그래서 총알이 등으로 들어온 겁니까?" 해리가 물었다.

"정확히 양쪽 어깨뼈 사이로, 아래를 향해 비스듬히 들어왔네. 등으로 들어오면서 척추관을 박살냈고, 가슴으로 나가면서 흉골이 박살났지. 보다시피 흉골 일부는 아예 사라지고 없네. 자동차 좌석에서 흉골의 흔적이 발견됐어."

"자동차 좌석?"

"그래. 브란헤우그는 막 차고 문을 열던 참이었거든. 아마도 출근하려는 길이었겠지. 총알은 그를 비스듬히 관통해서 자동차 앞 유리를 지나 뒷 유리로 나갔어. 결국 차고 뒤쪽의 벽에 박혔지."

"어떤 총알이었습니까?" 할보르센이 물었다. 그는 이제 진정된 듯했다.

"그건 탄도 전문가가 설명해줄 걸세." 클레멧센이 말했다. "하지만 성능은 덤덤탄과 드릴을 합쳐놓은 것 같더군. 이런 시신을 본 건 1991년, 내가 UN 업무차 크로아티아에 머무를 때뿐이야."

"싱가포르 총알입니다." 해리가 말했다. "차고 벽에 0.5센티미터 박혀 있던 총알을 찾아냈습니다. 사건 현장 근처의 숲에서 발견된 탄피는 작년 겨울, 제가 실리안에서 봤던 탄피와 똑같았고요. 그래서 곧장 제게 연락한 거죠. 또 다른 건요, 크누트?"

"별다른 건 없네. 검시는 이미 끝났어. 법률에 따라 크리포스의 참관 하에 말이야. 사인은 명백해. 그 외에 말해두고 싶은 건 딱 두 가지네. 첫째, 브란헤우그의 혈액에 알코올의 흔적이 있었어. 둘째, 그의 오른손 중지 손톱 밑에서 질 분비물이 나왔고."

"아내의 것일까요?" 할보르센이 물었다.

"과학수사과가 알아낼 걸세." 클레멧센이 안경 너머로 젊은 경관을 바라보며 말했다. "필요하다고 생각되면 말이지. 딱히 수사와 관련된 게 아니라면, 지금은 굳이 브란헤우그 부인에게 물어볼 필요 없을 거야."

해리는 고개를 끄덕였다.

그들은 송스바이엔 가를 지나 페데르 앙케르스 가로 올라가, 브란헤우그의 집에 도착했다.

"흉물스런 집이군요." 할보르센이 말했다.

초인종을 누르고 잠시 기다리자, 진한 화장을 한 50대 여자가 문을 열었다.

"엘사 브란헤우그 부인?"

"전 동생이에요. 무슨 일이죠?"

해리는 신분증을 보여주었다.

"질문할 게 또 남았나요?" 그녀가 분노를 억누른 목소리로 물었다. 해리는 무슨 말이 나올지 어느 정도 짐작하면서 고개를 끄덕였다.

"작작 좀 하세요! 언니는 완전히 지쳤다고요. 게다가 이런다고 형부가 살아 돌아오는 것도 아니잖아요? 당신네 경찰들은—."

"죄송합니다만, 지금 우리가 걱정하는 건 브란헤우그 씨가 아닙니다." 해리가 공손하게 그녀의 말을 잘랐다. "그분은 이미 돌아가셨죠. 우린 다음 희생자를 걱정하는 겁니다. 지금 언니분이 겪으시는 고통을 더 이상 다른 분들이 겪지 않도록 말입니다."

여자는 입을 딱 벌린 채, 뭐라고 말해야 할지 모르는 듯했다. 해리는 궁지에 몰린 그녀를 도와주기 위해 신발을 벗고 들어가야 하는지 물었다.

브란헤우그 부인은 동생의 말처럼 지쳐 보이지는 않았다. 그저 소파에 앉아 멍하니 허공을 응시하고 있었는데, 쿠션 아래로 뜨개질감이 나와 있었다. 그렇다고 해서 좀 전에 남편이 살해된 상황에서 뜨개질을 한다는 것이 잘못되었다는 뜻은 아니다. 생각해보면 오히려 꽤나 자연스러운 일이라고 해리는 생각했다. 주위 세상이 무너져 내릴 때면 무언가 익숙한 것에 매달리는 법이다.

"전 오늘 밤 떠나요. 동생네 집으로." 브란헤우그 부인이 말했다.

"추후 공지가 있을 때까지 경찰이 이곳에서 경비를 서는 것으로 알고 있습니다." 해리가 말했다. "혹시라도……."

"혹시라도 그들이 절 노릴 경우를 대비해서겠죠." 그녀가 고개를 끄덕였다.

"그렇게 생각하십니까?" 할보르센이 물었다. "그렇다면 '그들'이 과연 누굴까요?"

그녀는 어깨를 으쓱였다. 그러고는 창밖을, 실내로 들어오는 희미한 햇살을 바라보았다.

"이곳을 다녀간 크리포스가 이미 여쭤봤겠지만, 저도 묻겠습니다." 해리가 말했다. "어제 〈다그블라데〉에 기사가 실린 후로, 혹시 차관님이 협박을 받으셨나요?"

"이곳으로 걸려오는 협박 전화는 없었어요. 전화번호부에는 제 이름만 실려 있거든요. 남편이 그러길 원했죠. 협박 전화가 걸려 왔는지 알고 싶다면 외무부에 물어보세요."

"이미 물어봤습니다." 할보르센이 해리와 짧게 시선을 교환하며 말했다. "어제 차관님 사무실로 걸려온 전화들을 추적하는 중입니다."

할보르센은 혹시 남편이 원한을 산 사람이 있는지에 대해 몇 가지 질문을 던졌다. 하지만 그녀는 별다른 도움을 주지 못했다.

자리에 앉아 두 사람의 대화를 듣고 있던 해리에게 갑자기 어떤 생각이 떠올랐다. "어제 전화가 한 통도 오지 않았나요?"

"걸려온 전화가 있기는 했어요. 그래 봤자 두세 통이지만."

"누구의 전화였습니까?"

"제 동생하고 남편, 그리고 무슨 여론조사 기관에서 왔어요. 제 기억이 맞는다면요."

"뭐라고 하던가요?"

"모르겠어요. 그냥 베른트를 바꿔달라고 하더군요. 그런 기관에서는 대개 이름이 적힌 명단을 가지고 있잖아요. 나이와 성별도 함께 적힌……."

"베른트 브란헤우그 씨를 바꿔달라고 하던가요?"

"네."

"여론조사 기관에서는 전화 거는 상대의 이름을 모릅니다. 뒤에서 무슨 소리가 들리던가요?"

"무슨 말이죠?"

"그런 기관은 대체로 탁 트인 사무실에서 여러 명이 함께 일하거든요."

"소리가 들리기는 했어요. 하지만……."

"하지만?"

"말씀하신 그런 소리는 아닌 것 같네요. 그것과는…… 달랐어요."

"전화가 언제 왔습니까?"

"정오쯤이었을 거예요. 그래서 남편이 오후에 올 거라고 말해줬죠. 사실 남편은 저녁에 라르비크에서 수출위원회와 만찬 약속이 있다고 했는데 제가 그만 깜박했어요."

"차관님의 성함이 전화번호부에 없기 때문에 누군가 브란헤우그라는 성을 가진 사람들에게 모두 전화한다는 생각은 안 드셨습니까? 차관님의 집이 어디인지, 또 언제 돌아오는지 알아내기 위해서요."

"무슨 말씀이신지……."

"여론조사 기관에서는 평일 한낮에 전화해서 한참 일할 나이의 남자를 바꿔달라고 하지는 않습니다."

해리는 할보르센을 돌아보았다.

"텔레노르에 전화해서, 이 집에 걸려온 전화의 발신지를 추적할 수 있는지 알아봐."

"실례합니다만, 브란헤우그 부인." 할보르센이 말했다. "아까 보니까 복도의 전화기가 신형이더군요. 아스콤 ISDN 전화기요. 저희 집도 같은 기종이라서 아는데, 그 전화기에는 마지막으로 걸려온 열 통의 전화 기록이 자동으로 남습니다. 번호와 발신 시간까지요. 제가 좀 봐도……?"

해리가 할보르센에게 허락하는 시선을 던지자, 할보르센이 자리에서 일어났다. 브란헤우그 부인의 동생이 그를 복도로 안내했다.

"남편은 어떤 면에서 아주 구식이었죠." 그녀가 한쪽 입꼬리만 올리며 미소를 지었다. "하지만 신제품이 출시되면 꼭 사곤 했어요. 전화나 그런 기기들요."

"차관님의 정절 개념도 구식이셨나요, 브란헤우그 부인?"

그녀가 고개를 번쩍 들었다.

"이 이야기는 단 둘이 있을 때 해야겠다고 생각했습니다. 아까 오전에 부인이 하신 말씀을 크리포스가 확인했는데, 차관님께서는 어제 라르비크에서 어떤 만찬 약속도 없었습니다. 컨티넨털 호텔에 외무부 명의로 된 방이 있다는 사실을 아십니까?"

"아뇨."

"제 상사가 오늘 아침에 귀띔해주더군요. 어제 오후 차관님께서 그 호텔에 체크인을 하신 걸로 밝혀졌습니다. 차관님 혼자였는지, 아니면 동행이 있었는지는 저희도 모릅니다. 하지만 남편이 부인에게 거짓말을 하고 호텔에 갈 때는 뻔한 거죠."

해리는 그녀의 얼굴이 변하는 과정을 바라보았다. 분노에서 절망으로, 절망에서 체념으로, 그러다…… 마침내 웃음으로. 나지막한 흐느낌처럼 들리는 웃음이었다.

"사실 놀랄 일도 아니죠. 굳이 말씀드리자면 남편은 그 방면에 있어서…… 아주 현대적인 사람이었어요. 그게 이번 사건과 무슨 상관이 있는지는 모르겠지만."

"누군가의 남편이 질투심에 눈이 멀어 차관님을 쏘아 죽일 동기가 생기니까요."

"그렇게 따지면 제게도 동기가 있는 거 아닌가요, 홀레 씨? 그 생각은 안 하셨나요? 우리가 나이지리아에 살 때 노르웨이 돈으로 200크로네면 청부살인을 할 수 있었죠." 이번에도 그녀에게서 상처받은 웃음소리가 흘러나왔다. "〈다그블라데〉에 실린 기사가 살인 동기라고 했던 것 같은데요."

"모든 가능성을 다 조사하고 있습니다."

"대개는 남편이 직장에서 알게 된 여자들이었죠. 물론 나도 내막을 다 알지는 못해요. 하지만 딱 한 번 현장을 덮친 적이 있죠. 그 후로 남편이 바람피우는 패턴과 방법을 알게 됐어요. 하지만 그 일로 남편을 죽인다고요?" 그녀는 고개를 저었다. "요즘 누가 그런 일로 사람을 쏘아 죽이나요. 안 그래요?"

그녀는 해리를 바라보았고, 해리는 뭐라고 대답해야 할지 알 수 없었다. 현관 복도로 이어지는 유리문을 통해 할보르센의 저음이 들려왔다. 해리는 헛기침을 했다.

"최근에 차관님께서 특별히 만나는 여자가 있는지 혹시 아십니까?"

그녀는 고개를 저었다. "외무부에 물어보세요. 거긴 참 이상한 동네죠. 기꺼이 경위님께 귀띔해주고자 하는 사람들이 있을 거예요."

그녀는 아무런 앙심 없이, 사실 그대로를 말하는 표정이었다.

할보르센이 거실로 돌아오자, 두 사람 다 고개를 들었다.

"이상하네요." 할보르센이 말했다. "12시 24분에 걸려온 전화가 있기는 합니다, 브란헤우그 부인. 하지만 어제가 아니라 그제인데요."

"이런, 제가 날짜를 혼동했나 보네요. 그럼 그 전화는 사건과 아무 상관없겠군요."

"그럴지도 모르죠." 할보르센이 말했다. "어쨌거나 발신지를 확인해봤는데 공중전화더군요. 슈뢰데르 바에 있는."

"바? 맞아요. 그러고 보니 전화기 너머로 들리던 소리가 그런 술집이었던 것 같네요. 정말로 그 전화가……?"

"차관님의 살인과 꼭 연관이 있다는 법은 없습니다." 해리가 자리에서 일어나며 말했다. "슈뢰데르에는 이상한 사람들이 많으니까요."

그녀는 현관 계단까지 그들을 배웅했다. 집 밖은 회색빛 오후였다. 낮게 드리운 구름이 그들 뒤로 보이는 언덕을 뒤덮고 있었다.

"여긴 정말 어두워요. 그거 못 느꼈어요?" 브란헤우그 부인이 물었다.

해리와 할보르센이 들판을 가로질러 다가갔을 때에도 현장 감식반은 여전히 바빴다. 그들은 탄피가 발견된 곳에 만들어진 움막 주위를 이 잡듯이 뒤지고 있었다.

"이봐, 거기!" 그들이 노란 경찰 테이프 아래로 몸을 숙이자, 누군가 외쳤다.

"경찰입니다." 해리가 대답했다.

"상관없어!" 아까와 똑같은 목소리가 외쳤다. "우리가 끝날 때까지는 출입금지야."

베베르였다. 그는 무릎까지 올라오는 장화에 우스꽝스러운 노란 우비를 입고 있었다. 해리와 할보르센은 다시 경찰 테이프 아래로 몸을 숙여, 밖으로 나갔다.

"이봐요, 베베르." 해리가 외쳤다.

"시간 없어." 베베르가 손을 휘휘 저으며 말했다.

"1분이면 돼요."

베베르가 보폭이 넓은 걸음으로 그들에게 좀 더 가까이 다가왔다. 얼굴에는 짜증스러운 기색이 역력했다.

"원하는 게 뭐야?" 그가 20미터쯤 떨어진 곳에서 외쳤다.

"여기서 얼마나 오랫동안 잠복했던 거죠?"

"범인 말이야? 나도 몰라."

"그러지 말고요, 베베르. 추측 좀 해봐요."

"이 사건 담당이 어디야? 자네야, 크리포스야?"

"둘 다요. 아직은 공조 체제가 구축되지 않았어요."

"그런데 지금 내 앞에서 자네가 담당자인 척하려는 거야?"

해리는 빙긋 웃으며 담배를 꺼냈다.

"전에도 잘 맞췄잖아요, 베베르."

"아부는 집어치워, 홀레. 그 꼬맹이는 누구야?"

"할보르센이라고 해요." 할보르센에게 자기 소개할 틈도 주지 않은 채 해리가 대답했다.

"잘 들어, 할보르센." 베베르가 역겹다는 시선으로 해리를 바라보며 말했다. "흡연은 혐오스러운 습관이자, 인간이 오로지 딱 하나만을 위해 태어났다는 궁극적 증거이기도 해. 바로 쾌락이지. 여기 있던 놈도 반쯤 마신 환타 병에 담배꽁초를 여덟 개나 남겼어. 필터 없는 테디 담배지. 테디 담배를 피우는 놈들은 절대 하루에 두 개비로 만족 못해. 그러니 담배가 떨어진 게 아닌 한, 놈은 최대한 24시간 여기에 대기하고 있었어. 놈이 꺾은 전나무 가지는 모두 빗줄기가 닿을 수 없는 맨 아래쪽 가지들이야. 하지만 움막을 덮은 전나무 가지에는 빗방울이 맺혀 있었지. 마지막으로 비가 왔던 시간은 어제 오후 3시였고."

"그러니까 어제 아침 8시에서 오후 3시 사이에 여기 자리 잡았다는 뜻이군요?" 할보르센이 물었다.

"이 친구 출세하겠는데?" 여전히 해리에게서 눈을 떼지 않은 채 베베르가 돌려서 칭찬했다. "특히나 앞으로 이 친구가 경찰청에서 겪게 될 경쟁을 생각하면 말이야. 갈수록 형편없는 놈들만 들어오잖아. 요새 경찰대학에서 신입 녀석들을 어떻게 뽑는지 봤나? 경찰청에 오는 쓰레기들과 비교하면 사범대 학생들은 다 천재일걸?"

갑자기 베베르는 별로 바쁘지 않은 사람처럼 경찰의 암울한 미래에 대해 통렬한 장광설을 늘어놓았다.

"근처 주민들 중에 뭔가 본 사람은 없나요?" 베베르가 잠깐 말을 멈추고 한숨 돌리는 사이에 해리가 냉큼 물었다.

"지금 네 명이 집집마다 돌아다니고 있어. 하지만 주민들 대다수가 저녁때나 돼야 돌아올 거야. 어차피 아무것도 알아내지 못할 테지만."

"왜죠?"

"범인이 모습을 드러냈을 리가 없어. 오늘 아침에 탐지견 한 마리를 풀어서 범인의 발자국을 쫓게 했어. 길 하나를 따라서 숲 속으로 1킬로미터까지 들어가더군. 그런데 거기서 끊겼어. 범인은 아마 같은 길로 들어왔다 나갔을 거야. 송스반과 마리달 호수 사이에 있는 수많은 길을 따라서 말이야. 이 근방을 산책하는 사람들을 위해 만든 수십 개의 주차장 중 하나에 차를 주차했겠지. 매일 수천 명의 사람들이 이 근방의 길을 지나다닌다고. 최소한 그 중 절반은 배낭을 메고 말이지. 알겠어?"

"알아요."

"이젠 또 지문은 없냐고 묻겠지?"

"당연하죠."

"참나."

"환타 병에는요?"

베베르는 고개를 저었다.

"지문이고 뭐고 아무것도 없어. 그렇게 오래 있었던 걸 생각하면, 놀랄 정도로 흔적을 남기지 않았어. 계속 수색하고는 있지만, 기껏해야 신발 자국하고 범인의 옷에서 떨어진 섬유 조각이 전부일 거야, 분명."

"탄피하고요."

"그건 일부러 남긴 거야. 나머지는 철두철미하다 싶을 정도로 다 치웠어."

"흠. 경고일 수도 있겠군요. 어떻게 생각하세요?"

"내 생각이 어떠냐고? 머리 잘 돌아가는 축복을 받은 건 너네 젊은 놈들뿐인 줄 알았는데? 요즘 경찰청에서 자꾸 그런 쪽으로 홍보하더군."

"어쨌거나 도와줘서 고마워요, 베베르."

"담배나 끊으라고, 홀레."

"좀 까다로운 사람이네요." 시내로 가는 차 안에서 할보르센이 말했다.

"가끔씩 상대하기 힘들 때가 있지." 해리도 인정했다. "하지만 실력 있는 사람이야."

할보르센은 소리 없는 노래에 맞춰 계기판을 두드렸다. "이젠 어디로 가죠?" 그가 물었다.

"컨티넨털 호텔."

크리포스가 컨티넨털 호텔에 전화했을 때는 이미 브란헤우그가 묵었던 객실의 침구를 모두 갈고 세탁한 지 15분이나 지난 후였다. 브란헤우그에게 동행이 있었는지는 아무도 알지 못했다. 다만 그가 자정경에 체크아웃했다는 사실만 알아낼 수 있었다.

해리는 프런트 데스크에 서서 마지막 담배를 꺼냈다. 어젯밤 프런트를 지켰던 수석 접수원은 양손을 쥐어짜며 불행한 표정으로 서 있었다.

"브란헤우그 씨가 총에 맞았다는 걸 아침 늦게야 알았습니다. 진작 알았으면 방을 치우지 않았을 텐데요." 접수원이 말했다.

해리는 알았다는 듯이 고개를 끄덕이고는 담배를 한 모금 빨았다. 호텔 객실은 범죄 현장이 아니다. 그들이 기대한 것은 그저 베개에서 금발 머리카락이라도 하나 나와서, 브란헤우그와 마지막으로 이야기했던 사람에게 연락해보면 어떨까 하는 정도였다.

"음, 더 이상 하실 말씀이 없으시면……." 접수원이 미소 띤 얼굴로 말했다. 왠지 울 것 같은 얼굴이었다.

해리는 대답하지 않았다. 자신과 할보르센의 말이 적으면 적을수록 수석 접수원이 점점 더 안절부절못하는 것을 깨달았기 때문이다. 그래서 아무 말도 하지 않았다. 그저 담뱃불을 바라보며 기다렸다.

"에……." 접수원은 그렇게 말하며 손으로 옷깃을 쓸어내렸다.

해리는 기다렸다. 할보르센은 뚫어져라 바닥만 보았다. 채 15초도 못 버티고 수석 접수원이 실토했다.

"물론 가끔씩 브란헤우그 씨를 찾아오는 손님이 있기는 했습니다."

"누구?" 해리가 담뱃불에서 시선을 떼지 않은 채 물었다.

"남자들도 있고, 여자들도……."

"그러니까 누구 말이오?"

"솔직히 말씀드려서 저도 모릅니다. 외무부 차관님이 누구와 시간을 보내는지는 저희 소관이 아니니까요."

"정말이오?"

침묵이 흘렀다.

"물론 객실 손님이 아닌 여자분이 엘리베이터를 타시면, 어느 층에서 내리는지 봐두기는 합니다."

"여자를 알아볼 수 있겠소?"

"네." 1초의 머뭇거림도 없이 즉각 대답이 튀어나왔다. "아주 매력적이었거든요. 많이 취해 있었죠."

"매춘부?"

"그랬다면 아마 아주 고급 매춘부였을 겁니다. 하지만 고급 매춘부들은 대개 술에 취해서 오지 않죠. 뭐, 제가 그쪽 방면에 대해 잘 아는 건 아니지만요. 저희 호텔은 절대—."

"고맙소." 해리가 말했다.

남풍이 따뜻한 날씨를 몰고 왔다. 경찰청장과 마이리크 국장이 참석한 회의를 마치고 경찰청사를 나서던 해리는 본능적으로 깨달았다. 무언가가 끝나고 새 시기가 도래했다는 것을.

경찰청장과 마이리크 국장 모두 브란헤우그와 아는 사이였다. 공적으로만, 이라고 두 사람은 강조하고 싶어 하는 듯했지만. 분명 둘이서 이미 브란헤우그 사건에 대해 의논했을 것이다. 마이리크는 클리판에서의 첩보 활동은 더 이상 할 필요가 없다는 말로 회의를 시작했다. 해리의 눈에는 왠지 한시름 던 듯한 표정이었다. 그러더니 경찰청장이 한 가지 제안을 했고, 해리는 시드니와 방콕에서 자신이 이룬 성과가 경찰 고위층에도 강한 인상을 남겼다는 것을 깨달았다.

'전형적인 리베로.' 경찰청장은 해리를 그렇게 부르더니, 이제부터 그들이 해리에게 맡길 역할을 설명했다.

새로운 시기. 따뜻한 푄바람에 해리는 살짝 현기증이 일었고, 특별히 택시를 타기로 했다. 클리판에서부터 들고 온 무거운 짐가방이 아직도 있었기 때문이다. 소피스 가의 아파트에 도착해 제일 먼저 자동응답기를 확인했다. 빨간색 눈에 불이 들어와 있었지만 깜빡거리지는 않았다. 메시지도 없었다.

그는 린다에게 복사해달라고 부탁했던 사건 파일을 꺼내 저녁 내내 읽었다. 할그림 달레와 엘렌 옐텐 살인사건에 관한 모든 자료였다. 무언가 새로운 것을 찾아내리라 기대해서가 아니라, 상상력을 자극하기 위해서였다. 가끔씩 전화기를 바라보며, 그녀에게 전화할 때까지 얼마나 참을 수 있을지 생각했다. 텔레비전 뉴스에서는 브란헤우그 사건이 주요 쟁점이었다. 자정이 되어 침대에 누웠다가, 새벽 1시에 일어나 전화선을 뽑아버리고 전화를 냉장고에 집어넣었다. 결국 새벽 3시에야 잠이 들었다.

2000년 5월 12일
묄레르의 사무실

"그래서?" 묄레르가 물었다. 방금 전 해리와 할보르센이 커피를 한 모금 마신 후, 해리가 찡그린 얼굴로 자기 생각을 말한 참이었다.

"신문 기사와 브란헤우그 살인과는 아무런 연관성이 없는 것 같습니다."

"왜지?" 묄레르가 의자에 몸을 기댔다.

"베베르의 의견에 따르면, 범인은 그 전날 오전부터 숲에 숨어 있었습니다. 〈다그블라데〉가 가판대에 깔리고 기껏해야 몇 시간 후였죠. 충동적인 살인이 아닙니다. 치밀하게 계획되었어요. 범인은 며칠 전부터 브란헤우그의 암살을 준비했습니다. 그 지역을 정찰하고, 브란헤우그의 출근과 귀가 시간도 알아내고, 총을 쏘기에 가장 좋으면서도 발각될 우려가 제일 적은 장소도 찾아냈습니다. 그곳으로 들어갔다가 나오는 법에 이르기까지 수백 개의 세부 사항을 알고 있었습니다."

"그래서 범인이 매르클린 라이플을 구입한 이유가 브란헤우그를 죽이기 위해서였다는 건가?"

"그럴 수도 있죠. 아닐 수도 있고요."

"고맙네. 그거 참 큰 도움이 되는구만." 묄레르가 비꼬아서 말했다.

"그럴 가능성도 있다는 뜻입니다. 다른 한편으로 생각해보면, 앞뒤가 전혀 안 맞기도 하고요. 경호원이나 보안 요원도 없고, 비교적 별 특징도 없는 고위 공무원 하나를 죽이기 위해 세상에서 가장 비싼 암살용 라이플을 밀반입한다는 건 약간 지나치다는 생각이 들거든요. 누구든 말 그대로 그냥 초인종만 누른 뒤, 코앞에서 그를 쏠 수도 있죠. 이건 뭐랄까 마치…… 마치……."

해리가 손을 빙빙 돌렸다.

"대포로 참새를 잡는 격이죠." 할보르센이 말했다.

"맞습니다." 해리가 말했다.

"흠." 묄레르는 눈을 감았다. "그런데 앞으로의 수사에서 자네는 어떤 역할을 하게 되는 건가, 해리?"

"일종의 리베로죠." 해리가 빙긋 웃었다. "국가정보국에 적을 두고 독자적으로 활동하지만, 필요할 때마다 다른 모든 부서에 도움을 요청할 수 있는 사람. 마이리크 국장에게 보고는 하지만, 사건에 관련된 모든 자료를 열람할 수 있는 사람. 질문을 할 수는 있지만, 받지는 않는 사람. 뭐 그런 역할입니다."

"살인 면허증은 없고? 최신식 차도 몰고 다니지 그래?" 묄레르가 말했다.

"사실 이건 제가 원했던 게 아닙니다. 마이리크 국장이 경찰청장과 의논해서 결정된 일이에요."

"경찰청장?"

"네. 아마 오늘 중으로 경정님께 이메일이 갈 겁니다. 지금부터는 브란헤우그 사건이 제1 순위이고, 경찰청장은 온갖 수단을 다 동원하고 싶어 해요. 중요한 사건에서 사고가 규격화되는 것을 막기 위해 수사팀들의 임무가 어느 정도 겹치게 하는 거죠. FBI의 작업 방식입니다. 경정님도 읽어보셨을 거예요."

"난 처음 듣는데?"

"요점은 설사 어떤 일이 중복해서 이뤄지고, 또 설사 같은 수사가 여러 팀에 의해 몇 번이고 반복적으로 이루어지더라도, 다각도의 다층적 수사가 갖는 장점이 훨씬 더 크다는 겁니다."

"설명 고맙네. 그런데 그게 나와 무슨 상관이지? 그리고 자네는 왜 여기 앉아 있는 거고?" 묄레르가 물었다.

"왜냐하면, 말씀드렸다시피, 전 필요할 때마다 다른 모든 부서에—."

"도움을 요청할 수 있다고, 그래. 아까 들었네. 그러니 빨리 말하게, 해리."

해리는 할보르센을 향해 고개를 기울였고, 할보르센은 다소 수줍은 미소를 지으며 묄레르를 바라보았다. 묄레르가 신음했다.

"맙소사, 해리! 강력반 인력이 얼마나 부족한지 자네도 알잖나."

"멀쩡한 상태로 다시 돌려드리겠다고 약속합니다."

"거절하겠네!"

해리는 아무 말도 하지 않았다. 그저 손가락을 꼬며, 책꽂이 위에 걸린 그림을 바라보았다. 테오도르 키텔센의 〈소리아 마리아 성〉의 싸구려 모사화였다.

"언제 다시 보내줄 건가?" 묄레르가 물었다.

"사건이 해결되는 대로요."

"사건이 해결되는 대로? 그건 경정이 수사관에게 해야 할 소리야, 해리. 그 반대가 아니라."

해리는 어깨를 으쓱였다.

"미안합니다, 보스."

2000년 5월 12일
이리스바이엔 가

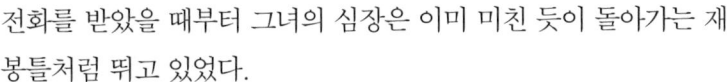

전화를 받았을 때부터 그녀의 심장은 이미 미친 듯이 돌아가는 재봉틀처럼 뛰고 있었다.
"안녕, 싱네. 나야." 목소리가 말했다.
그녀는 금방이라도 눈물이 나올 것 같았다.
"이러지 말아요. 제발." 그녀가 속삭였다.
"죽음이 우리를 갈라놓을 때까지. 당신 입으로 그렇게 말했잖아, 싱네."
"남편을 부르겠어요."
상대가 큭큭 웃었다.
"하지만 남편은 집에 없지. 안 그래?"
전화기를 어찌나 꽉 쥐었는지 손이 아플 지경이었다. 남편이 집에 없다는 걸 어떻게 알았을까? 그리고 어떻게 남편이 집에 없을 때만 골라서 전화할까?
그 답이 떠오르자 목구멍이 오그라들었다. 숨을 쉴 수가 없었고 현기증이 일었다. 이 집이 보이는 곳에서 전화하는 걸까? 그래서 에벤이 언제 나가는지 지켜봤던 걸까? 아냐, 아냐, 그럴 리가 없어. 그녀는 의지를 발휘해 마음을 가라앉히고 호흡에 집중했다. 너무 빠르지 않게, 깊이. 진정해, 그녀는 자기 자신에게 말했다. 전장에서 부상당해 실려 오는 군인들, 통증을 견디다 못해 울며 과호흡 증상을 보였던 군인들에게 말해줬던 것처럼. 그녀는 두려움을 가라앉혔다. 뒤에서 들리는 소리로 보건대, 상대는 사람들이 많은 곳에서 전화하고 있었다. 이곳처럼 조용한 주택가가 아니었다.

"간호사 제복을 입은 당신은 정말 아름다웠어, 싱네. 순백색으로 눈부시게 빛났지. 순백색, 올라프 린드비그의 하얀색 가죽 재킷과 똑같은 색. 그 사람 기억나? 그토록 순수한 당신이 우리를 배신할 줄은, 당신의 마음속에 배신이 싹틀 줄은 꿈에도 몰랐어. 난 당신이 올라프 린드비그와 똑같다고 생각했거든. 당신이 그를 만지는 걸 봤어, 싱네. 그의 머리카락을. 달빛이 환한 밤이었지. 당신과 린드비그, 두 사람은 마치 천사 같았어. 하늘에서 내려온 천사. 하지만 내 생각이 틀렸어. 이 세상에는 하늘에서 내려오지 않은 천사도 있는 거야, 싱네. 그거 알아?"

그녀는 대답하지 않았다. 머릿속에서 그녀의 생각이 엄청난 소용돌이를 일으키며 돌아가고 있었다. 방금 그가 말한 무언가가 그녀의 생각을 자극했기 때문이다. 목소리. 이제야 이 목소리를 알아들을 수 있었다. 지금 그는 목소리를 변조시키고 있었다.

"몰라요." 그녀가 억지로 대답했다.

"몰라? 그럼 알아두라고. 나 역시 그런 천사니까."

"다니엘은 죽었어요." 그녀가 말했다.

전화기 반대편이 조용해졌다. 전화기에 대고 쌕쌕거리는 숨소리만 들릴 뿐이었다. 이윽고 목소리가 들렸다.

"난 심판하러 왔어. 산 자와 죽은 자 모두를."

그러더니 전화가 끊어졌다.

성네는 눈을 감았다가 자리에서 일어나 침실로 갔다. 블라인드를 내린 창가에 서서 거울에 비친 자신을 바라보았다. 마치 고열에 시달리는 사람처럼 몸이 부들부들 떨리고 있었다.

2000년 5월 12일

해리의 옛 사무실

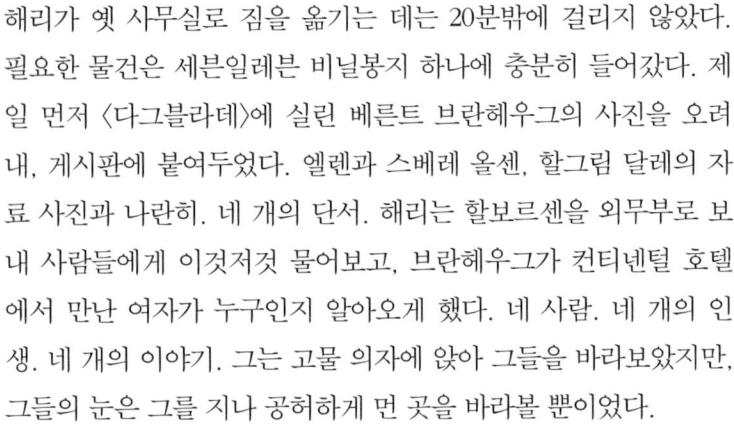

해리가 옛 사무실로 짐을 옮기는 데는 20분밖에 걸리지 않았다. 필요한 물건은 세븐일레븐 비닐봉지 하나에 충분히 들어갔다. 제일 먼저 〈다그블라데〉에 실린 베른트 브란헤우그의 사진을 오려 내, 게시판에 붙여두었다. 엘렌과 스베레 올센, 할그림 달레의 자료 사진과 나란히. 네 개의 단서. 해리는 할보르센을 외무부로 보내 사람들에게 이것저것 물어보고, 브란헤우그가 컨티넨털 호텔에서 만난 여자가 누구인지 알아오게 했다. 네 사람. 네 개의 인생. 네 개의 이야기. 그는 고물 의자에 앉아 그들을 바라보았지만, 그들의 눈은 그를 지나 공허하게 먼 곳을 바라볼 뿐이었다.

해리는 쇠스에게 전화했다. 쇠스는 당분간만이라도 헬게를 계속 키우고 싶어 했다. 둘이 아주 좋은 친구가 되었다는 것이다.

"알았어. 대신 놈에게 먹이 주는 거 잊지 마."

"헬게는 암컷이야." 쇠스가 말했다.

"그래? 그걸 어떻게 알아?"

"헨릭과 내가 확인했어."

해리는 확인하는 방법이 무엇인지 물어보려다가, 모르는 게 낫겠다는 생각이 들었다.

"아버지랑 통화했어?"

"응. 근데 오빠는 그 여자 다시 만날 거야?"

"누구?"

"함께 산책했다는 여자. 어린 아들이 있다는."

"아, 그 여자. 아니, 안 만날 거 같아."

"바보."

"바보? 넌 그 여자를 본 적도 없잖아, 쇠스."

"오빠는 그 여자를 사랑하잖아. 그러니까 바보라는 거야."

가끔씩 쇠스는 해리가 도저히 대꾸할 수 없는 말을 하는 재주가 있었다. 두 남매는 언제 함께 영화나 보자고 약속했다.

"그럼 헨릭도 함께 만나는 건가?" 해리가 물었다.

"당연하지. 애인이 있으면 그런 거라고."

그들은 전화를 끊었고, 해리는 골똘히 생각에 잠겼다. 아직은 복도에서 라켈을 마주치지 않았지만, 해리는 그녀의 사무실이 어디인지 알고 있었다. 그는 마음을 먹고 자리에서 일어났다. 지금 그녀와 이야기해야 했다. 더는 기다릴 수 없었다.

해리가 국가정보국 정문으로 들어서자, 린다가 미소 지었다.

"벌써 돌아온 거예요?"

"라켈을 보려고 잠깐 들렀어요."

"잠깐이 아닐 텐데요. 지난 번 파티에서 두 사람이 어땠는지 내가 모를 줄 알아요?"

린다의 짓궂은 미소에 그의 귀가 빨개졌다. 그는 그런 자신이 짜증스러웠다. 헛웃음을 웃으려 했지만, 그의 귀에 들리는 웃음소리는 어색할 뿐이었다.

"하지만 괜한 헛수고 말아요, 해리. 라켈은 오늘 출근하지 않았으니까. 병가예요. 잠깐만요, 해리……." 린다는 전화기를 집어들었다. "국가정보국입니다. 뭘 도와드릴까요?"

해리가 다시 나가려는데, 린다가 그를 불러 세웠다.

"당신 전화예요. 여기서 받을래요?" 린다가 그에게 전화기를 건네주었다.

"해리 홀레 씨?" 여자 목소리였다. 숨이 차거나 겁에 질린 듯한.

"접니다만."

"나 싱네 율이에요. 나 좀 도와줘요, 홀레 경위. 그자가 날 죽일 거예요."

뒤에서 개 짖는 소리가 들렸다.

"누가 죽인다는 말씀입니까, 율 부인?"

"지금 그가 오고 있어요. 그 사람이 틀림없어요. 그 사람은…… 그 사람은……."

"진정하세요, 율 부인. 지금 무슨 말씀이십니까?"

"그 사람이 목소리를 변조해서 몰랐어요. 하지만 이번에는 알아들었어요. 내가 야전병원에서 올라프 린드비그의 머리를 쓰다듬은 걸 알고 있더라고요. 그 말을 듣고서야 알았죠. 맙소사, 난 이제 어떻게 하죠?"

"혼자 계십니까?"

"네. 혼자예요. 완전히, 완전히 혼자예요. 아시겠어요?"

뒤에서 들리던 개 짖는 소리가 한층 더 격렬해졌다.

"일단 이웃집으로 달려가세요, 율 부인. 거기서 우리를 기다리시면, 우리가—."

"그가 날 찾아낼 거라고요! 내가 어디에 있든 그는 날 찾아내요."

율 부인은 히스테리 상태였다. 해리는 손으로 전화기를 막고, 린다에게 중앙 전화교환대에 연락해 에벤 율의 집과 가장 가까운 곳에 있는 순찰차를 출동시켜달라고 부탁했다. 그리고는 자신의 동요된 마음이 들통 나지 않기를 바라며 다시 싱네 율과 통화했다.

"이웃집으로 가실 수 없다면, 최소한 문이란 문은 모조리 잠그세요, 율 부인. 만약 누가—."

"이해를 못하는군요. 그 사람은……." 삐. 통화 중 신호가 들리더니 전화가 끊겼다.

"젠장! 욕해서 미안해요, 린다. 긴급한 사건이라고 말해요. 그리고 조심하라고. 무기를 가진 침입자가 있을지 몰라요."

해리는 전화국에 전화해 에벤 율의 집 전화번호를 알아내어 전화했다. 여전히 통화 중이었다. 해리는 린다에게 전화기를 던졌다.

"마이리크 국장이 날 찾거든, 에벤 율의 집으로 갔다고 전해주세요."

2000년 5월 12일

이리스바이엔 가

해리의 차가 모퉁이를 돌아 이리스바이엔 가에 접어들자마자, 에벤 율의 집 앞에 세워진 순찰차가 보였다. 목조 주택들이 늘어선 조용한 거리, 잔설이 녹아 생긴 물웅덩이, 느릿느릿 돌아가는 푸른색 경광등, 자전거를 탄 호기심 많은 두 소년. 마치 스베레 올센의 집 앞에서 봤던 풍경이 되풀이되는 듯했다. 비슷한 점은 제발 이것뿐이기를.

그는 차를 주차하고 자동차에서 내려, 저택을 향해 천천히 걸어갔다. 등 뒤로 대문을 닫자, 누군가 집 안에서 나왔다.

"베베르." 해리가 깜짝 놀라 말했다. "우리 노선이 또 겹쳤네요."

"그러게."

"순찰 업무까지 보는 줄은 몰랐어요."

"아닌 거 알면서 그래? 브란헤우그 집이 이 근처야. 우리가 막 차에 탔을 때 무전을 받았어."

"어때요?"

"자네도 나만큼이나 잘 맞추잖아. 집에는 아무도 없어. 하지만 문은 열려 있었지."

"집 안은 둘러봤어요?"

"지하실부터 다락방까지."

"이상하네요. 개도 없어졌어요."

"개고 사람이고 모두 사라졌어. 하지만 누군가 지하실에 있었던 것 같기는 해. 지하실 문에 달린 창문이 부서졌거든."

"그렇군요." 해리가 이리스바이엔 가를 바라보며 말했다. 집 사이로 테니스장이 보였다.

"어쩌면 이웃집에 갔을지도 몰라요. 제가 그러라고 했거든요." 해리가 말했다.

베베르는 해리를 따라 집 안으로 들어갔다. 한 젊은 경관이 복도에 서서, 전화가 놓인 테이블 위의 거울을 바라보고 있었다.

"어때, 모엔? 지적 생명체의 흔적이 보이나?" 베베르가 빈정거리며 물었다.

모엔이 몸을 돌리더니 해리에게 고개를 까닥 숙였다.

"글쎄요. 지적인 건지, 그냥 이상한 건지 모르겠는데요?"

모엔이 거울을 가리켰다. 두 사람은 가까이 다가갔다.

"이건 또 뭐야?" 베베르가 말했다.

거울에는 빨간 립스틱으로 큼지막하게 적혀 있었다.

'신은 나의 심판자.'

해리는 입안이 오렌지 껍질 안쪽처럼 느껴졌다.

현관문의 유리창이 덜거덕거리더니 문이 벌컥 열렸다.

"여기서 뭣들 하는 거요?" 햇빛을 등진 채 그들 앞에 나타난 검은 형체가 물었다. "부레는 어디 있소?"

에벤 율이었다.

해리는 근심의 기색이 역력한 에벤 율과 함께 식탁에 앉았다. 모엔은 싱네 율도 찾을 겸 혹시 뭘 보거나 들은 사람이 있는지 알아보기 위해 이웃집을 순찰하러 나갔다. 베베르는 브란헤우그 사건과 관련해 급한 일이 있어, 먼저 순찰차를 타고 떠나야 했다. 대신 해리가 모엔을 태워다주기로 약속했다.

"아내는 외출할 일이 있으면 내게 미리 알려준다오." 에벤 율이 말했다.

"복도의 거울에 적힌 글씨는 사모님 필적인가요?"

"아니오. 절대 아내의 필적이 아니오."

"그럼 립스틱은 사모님 건가요?"

율은 대답 없이 해리를 바라보았다.

"저와 통화했을 때 사모님은 무척 겁에 질린 목소리였습니다. 계속 누가 자신을 죽이려 한다고 말했죠. 혹시 그게 누구일지 짐작이 가십니까?" 해리가 말했다.

"죽인다고?"

"사모님 말로는 그랬습니다."

"하지만 아내를 죽이고 싶어 하는 사람은 없소."

"정말입니까?"

"지금 미쳤소, 경위?"

"글쎄요. 그렇다면 제가 이런 질문을 드려도 이해하시겠군요. 혹시 사모님께서 정신적으로 불안정하셨나요? 히스테리가 있다든가."

율은 고개를 저었지만, 해리는 그가 과연 질문을 제대로 이해했는지 의심스러웠다.

"알겠습니다." 자리에서 일어나며 해리가 말했다. "혹시라도 저희에게 도움이 될 만한 정보가 있는지 잘 생각해보십시오. 친구와 친척에게 전화해서 사모님이 갔는지도 알아봐주시고요. 저희도 수색을 시작하겠습니다. 모엔 경관과 집 근처부터 뒤질 생각입니다. 현재로서는 할 수 있는 일이 별로 없군요."

해리가 등 뒤로 현관문을 닫자, 모엔이 그를 향해 걸어왔다. 모엔은 고개를 절레절레 흔들었다.

"차를 본 사람도 없고?" 해리가 물었다.

"그 시각에 집에 있는 사람은 노인이나 아이들을 키우는 엄마뿐이죠."

"노인들은 관찰력이 좋던데."

"이 동네 노인들은 아니던데요? 조금이라도 관찰할 거리가 있었는지는 모르겠지만요."

관찰할 거리. 이유는 모르겠지만, 모엔의 그 표현이 해리의 뇌 뒤쪽에서 울려 퍼졌다. 자전거를 탄 아이들은 사라지고 없었다. 해리는 한숨을 쉬었다.

"그만 철수하지."

2000년 5월 12일

경찰청

해리가 사무실에 도착했을 때 할보르센은 통화 중이었다. 그는 상대의 말을 듣는 중이라는 것을 알리기 위해 입술에 손가락을 댔다. 아직도 컨티넨털 호텔의 여자를 추적하는 중인 듯했다. 그렇다면 외무부에서 아무것도 건지지 못했다는 뜻이다. 사무실에 서류라고는 할보르센의 책상에 쌓인 사건 보고서뿐이었다. 매르클린 라이플 사건 외에 다른 서류는 깨끗이 치워져 있었다.

"그래요? 그럼 뭔가 알아내면 연락 주십시오."

할보르센이 전화기를 내려놓았다.

"닥터 에우네에게 연락했어?" 해리가 의자에 털썩 앉으며 물었다.

할보르센은 고개를 끄덕이며 손가락 두 개를 들어 보였다. 2시라는 뜻이다. 해리는 손목시계를 보았다. 20분 뒤면 에우네가 여기로 올 것이다.

"에드바르 모스켄의 사진 좀 구해줘." 해리는 그렇게 말하며 전화기를 집어 들었다. 신드레 페우케의 번호를 누르고, 3시에 만나기로 약속했다. 전화를 끊은 뒤에는 할보르센에게 싱네 율의 실종을 알려주었다.

"브란헤우그 사건과 관계가 있다고 생각하세요?" 할보르센이 물었다.

"모르겠어. 다만 닥터 에우네와 상의해야겠다는 생각이 점점 더 강해져."

"왜요?"

"갈수록 정신병자의 소행처럼 보이기 시작했거든. 그러니 전문가가 필요해."

거의 2미터쯤 되는 키에 과체중인 에우네는 그 큰 덩치만큼이나 자기 전공 분야의 거물로 꼽혔다. 이상 심리학을 전공하지는 않았지만, 워낙 똑똑해서 지금까지 해리에게 여러 차례 도움을 주었다.

다정하고 천진난만한 에우네의 얼굴을 볼 때마다 해리는 종종 이런 생각이 들었다. 인간의 정신이라는 전쟁터를 헤쳐 나가기에 에우네는 너무도 인간적이고, 너무도 여리며, 너무도 멀쩡해서 망가지지 않을 수 없을 거라고. 해리가 그렇지 않느냐고 물었을 때 에우네는 물론 영향을 받기는 하지만, 누군들 그렇지 않겠느냐고 대답했다.

에우네는 해리가 하는 이야기를 주의 깊게 들었다. 할그림 달레의 목이 베인 자국, 엘렌 엘텐의 살인, 베른트 브란헤우그의 암살. 범인은 아마도 동부전선에서 싸운 군인일 거라던 에벤 율의 가설, 그리고 〈다그블라데〉에 기사가 실리고 브란헤우그가 살해됨으로써 그 가설에 더욱 힘이 실린 것, 그리고 마침내 싱네 율의 실종까지.

해리의 이야기가 모두 끝나자, 에우네는 깊은 생각에 잠겼다. 끙 소리를 내며 고개를 끄덕이기도 했다가, 절레절레 흔들기도 했다.

"유감스럽지만 내가 별 도움이 못 될 것 같군. 내가 분석할 수 있는 건 거울에 적힌 메시지뿐일세. 그 메시지는 일종의 명함이고, 그런 명함을 남기는 건 연쇄 살인마들에게 꽤 자주 있는 일이야. 특히 여러 차례의 살인 후에 어느 정도 안도감을 느끼고, 경찰을 자극해서 아슬아슬한 강도를 높이고 싶을 때 말이야."

"범인은 정신이상자일까요?"

"정신이 이상하다는 건 상대적 개념일세. 우린 누구나 정신이 이상해. 문제는 사회가 바람직한 행동이라 정해놓은 규칙에 어느 정도 부합하는 기능을 가졌느냐는 거지. 행동 자체만으로 정신병의 징후가 보인다고 말할 수는 없네. 그 행동이 일어난 맥락을 살펴봐야 해. 예를 들어, 대다수의 사람에게는 중간뇌에 충동 통제력이 있어서 같은 인간을 죽이지 못하도록 막아주지. 인간이라는 종족을 보호하기 위해 생겨난 진화적 속성일세. 하지만 그런 억제력을 극복하도록 오랫동안 훈련받으면 억제력은 약해지기 마련이야. 예를 들면, 군인이 그런 경우지. 자네나 내가 갑자기 사람을 죽이기 시작하면, 정신이 이상해질 확률이 매우 높아. 하지만 청부살인업자의 경우에는 꼭 그렇다고 할 수 없지. 그렇게 따지면 경찰도 마찬가지고."

"그러니까 만약 전쟁 중에 어느 한편에서 싸운 군인이 있다면, 그 군인이 살인을 억제하는 한계점은 다른 사람보다 훨씬 낮겠군요. 그 군인이나 비교 대상 모두 건강한 정신의 소유자라고 가정할 때요."

"그렇기도 하고, 아니기도 하네. 군인은 전쟁이라는 상황에서 사람을 죽이도록 훈련받았어. 따라서 억제력이 끼어들지 않기 위해서는 지금도 자신이 같은 맥락에서 살인을 저지른다고 느껴야 해."

"그러니까 아직도 전쟁 중이라고 느껴야 한다는 말이죠?"

"간단히 말하자면 그렇지. 그런 경우에는 살인을 계속 저지르고도 의학적 의미에서 정신이 이상해지지는 않아. 보통 군인들이 그렇듯이 말이야. 하지만 현실감이란 사람마다 다 다르기 마련이고, 그에 관해서는 우리 모두 살얼음판을 걷는 셈이지."

"왜 그렇죠?" 할보르센이 물었다.

"어느 것이 진실이고 거짓인지, 도덕적이고 비도덕적인지 누가 정할 수 있겠나? 심리학자? 법정? 정치가?"

"맞습니다. 하지만 세상에는 그걸 정하는 사람들이 있죠." 해리가 말했다.

"바로 그거야. 권한을 부여받은 사람들이 날 독단적으로 혹은 부당하게 판단한다는 느낌이 들면, 우리 눈에는 그들이 도덕적 심판을 내릴 자격이 없는 것으로 보이지. 예를 들어 전적으로 합법적인 정당에 가입한 죄로 감금된다면, 우리는 재판을 다시 받으려고 할 거야. 말하자면 판결에 불복하고, 더 높은 권한을 가진 자를 찾아가겠지."

"'신은 나의 심판자'로군요." 해리가 말했다.

에우네는 고개를 끄덕였다.

"그게 무슨 뜻이라고 생각하세요?"

"자신의 행동을 설명하고 싶다는 뜻일 수 있어. 자신이 그런 일을 저지르기는 했어도, 여전히 이해받고 싶은 거야. 대부분의 인간이 그렇지, 알다시피."

해리는 페우케를 만나러 가는 길에 슈뢰데르에 들렀다. 술집은 한가했고, 마야는 텔레비전 아래에 있는 테이블에 앉아 담배를 문 채 신문을 읽고 있었다. 해리는 그녀에게 에드바르 모스켄의 사진을 보여주었다. 할보르센이 놀랄 만큼 빠르게 구해온 사진이었다. 아마도 2년 전 모스켄에게 국제 운전면허를 발행해준 기관에서 얻었을 것이다.

"응, 이 쭈그렁바가지를 본 적이 있는 거 같아." 마야가 말했다. "근데 언제, 어디서 봤는지까지 기억하는 건 무리야. 얼굴이 눈에 익은 걸 보니 여기 몇 번 왔었나 봐. 하지만 단골은 아냐."

"이 사람과 이야기하던 사람이 있었어?"

"그런 건 더 기억 안 나지, 해리."

"지난주 월요일 누군가 여기서 12시 30분에 공중전화로 전화를 걸었어. 기억 안 나겠지만, 혹시 그 사람이 이 사진 속의 사람일 수도 있을까?"

마야는 어깨를 으쓱였다.

"물론 그럴 수 있지. 산타클로스였을 수도 있고. 알잖아, 해리."

비베스 가로 가던 중 해리는 할보르센에게 전화해 에드바르 모스켄에게 연락하라고 했다.

"체포할까요?"

"아니, 아니. 브란헤우그가 살해되던 날과 오늘 싱네 율이 실종됐던 시간의 알리바이만 확인해봐."

문을 열어주는 신드레 페우케의 안색이 창백했다.

"어제 친구 하나가 위스키 한 병을 들고 찾아왔소." 그가 설명하며 얼굴을 찡그렸다. "내 몸은 이제 그런 걸 받아들이지 못한다오. 내가 예순만 되었어도……."

페우케는 껄껄 웃더니, 전기 레인지 위에서 삐익 소리 내는 커피포트를 가지러 갔다.

"외무부 남자가 살해됐다는 기사 읽었소." 페우케가 주방에서 외쳤다. "경찰이 〈다그블라데〉에 실린 기사와 이번 사건의 연관성을 배제하지 않는다고 적혀 있더군. 〈베르덴스 강〉은 이 사건의 배후가 신나치족이라고 했소. 형사 양반도 같은 생각이오?"

"〈베르덴스 강〉은 그렇게 생각할지도 모르죠. 하지만 저희는 아무것도 믿지 않고, 어떤 가능성도 배제하지 않습니다. 책 쓰는 일은 어떻게 되어갑니까?"

"오늘은 진도가 좀 느리군. 하지만 이 책이 완성되면, 몇몇 사람의 눈을 뜨게 해줄 거요. 어쨌거나 나 자신에게 그렇게 되뇌고 있다오. 오늘처럼 의욕이 떨어지는 날에는."

페우케는 두 사람 사이의 테이블에 커피포트를 내려놓고, 안락의자에 털썩 앉았다. 커피포트에는 차가운 행주가 묶여 있었다. 그는 흐뭇한 미소를 지으며 동부전선에서 배운 기술이라고 설명했다. 어떻게 하는지 물어봐주기를 바라는 표정이었으나, 해리에게는 시간이 없었다.

"율 부인이 실종됐습니다." 해리가 말했다.

"맙소사. 도망간 거요?"

"아닐 겁니다. 그분을 아십니까?"

"만난 적은 없소. 하지만 율이 그녀와 결혼했을 때 말이 많았던 건 잘 알고 있소. 그 여자가 종군간호사였던 것도. 어떻게 된 거요?"

해리는 율 부인에게서 걸려온 전화와 그녀의 실종에 관해 설명했다. "저희가 아는 건 그것뿐입니다. 어르신께서 혹시 율 부인과 아는 사이가 아닐까 해서 찾아왔습니다. 단서를 얻으려고요."

"미안하지만, 난……." 페우케는 말을 멈추고, 커피를 한 모금 마셨다. 무언가를 생각하는 듯했다. "거울에 뭐라고 적혀 있다고 했소?"

"신은 나의 심판자."

"흠."

"무슨 생각하십니까?"

"솔직히 말해서, 나도 잘 모르겠소." 페우케가 면도하지 않은 턱을 문지르며 말했다.

"그러지 말고 말씀해보세요."

"범인이 스스로를 설명하고 싶어 한다고 했나? 이해받고 싶다고?"

"네."

페우케는 책꽂이로 걸어가 두툼한 책 한 권을 꺼내더니 뒤적이기 시작했다.

"역시 내 생각대로군."

페우케는 그렇게 말하며, 해리에게 책을 건넸다. 성경 사전이었다.

"다니엘이라고 적힌 곳을 보시오."

해리의 시선이 계속 아래로 내려가다가 마침내 그 이름을 찾았다. "'다니엘. 히브루어. 신(엘)은 나의 심판자.'"

해리는 고개를 들어 페우케를 보았다. 페우케는 커피를 따르기 위해 커피포트를 들어 올렸다.

"당신은 지금 귀신을 쫓고 있구려, 홀레 경위."

2000년 5월 12일
우라니엔보르그, 파르크바이엔 가

요한 크론은 자신의 사무실에서 해리를 맞이했다. 그의 뒤로 보이는 책꽂이에는 법률서가 빼곡히 꽂혀 있었다. 갈색 가죽으로 장정된 그 책들은 어린아이 같아 보이는 변호사의 얼굴과 기묘한 대조를 이루었다.

"또 만났네요." 크론이 해리에게 앉으라고 손짓하며 말했다.

"기억력이 좋으시군요." 해리가 말했다.

"내 기억력이야 나무랄 데 없죠. 스베레 올센. 꽤 힘든 사건이었어요. 법정이 규칙을 지키지 않은 건 부끄러운 일이죠."

"그 일 때문에 온 게 아닙니다. 부탁할 일이 있어서 왔어요." 해리가 말했다.

"부탁하는 거야 공짜니까요." 크론은 그렇게 말하며 양 손가락 끝을 모았다. 그 모습이 꼭 어른 흉내를 내는 꼬마 같다고 해리는 생각했다.

"난 지금 밀반입된 무기를 쫓는 중인데, 스베레 올센이 어느 정도 그 일에 연루되었다고 믿고 있습니다. 고객이 죽었으니 당신은 더 이상 고객의 비밀 보장을 이유로 우리에게 함구할 필요가 없죠. 당신의 도움으로 브란헤우그 살인사건이 해결될 수도 있어요. 브란헤우그는 현재 우리가 쫓는 무기로 살해된 게 분명하니까."

크론은 시큰둥한 미소를 지었다.

"고객의 비밀을 언제까지 지킬지는 내가 정합니다, 홀레 경관. 고객이 죽었다고 해서 비밀 보장의 의무가 자동으로 사라지는 건 아니죠. 그리고 당신이 이렇게 찾아와 내 고객의 정보를 요구하는 게 나로서는 참 뻔뻔하게 느껴질 거라는 생각은 전혀 안 했나 봅니다. 내 고객이 경찰의 총에 맞아 죽은 마당에 말이죠."

"난 감정을 배제하고 최대한 프로답게 행동하는 중입니다." 해리가 말했다.

"그럼 좀 더 노력하세요, 홀레 경관!" 크론은 언성을 높였지만, 그의 목소리는 더 끽끽거릴 뿐이었다. "이건 전혀 프로답지 못한 일입니다. 자기 집에 있던 민간인을 경찰이 쏘아 죽인 것이 전혀 프로답지 못했듯이요."

"그건 정당방위였습니다."

"원칙적으로는 그렇죠. 하지만 그 사람은 노련한 형사였어요. 올센이 극도로 불안정한 상태라는 걸 알았어야 했습니다. 그리고 그렇게 느닷없이 찾아가서도 안 되는 일이고요. 그 형사는 고소당해야 마땅합니다."

해리는 도저히 그냥 넘어갈 수가 없었다.

"나도 동의합니다. 원칙상의 문제로 범죄자를 풀어준다는 건 언제나 슬픈 일이죠."

크론은 눈을 두 번 깜빡거린 후에야 해리의 말뜻을 이해했다.

"법적 원칙은 전혀 다른 문제입니다, 홀레 경관. 법정에서 선서하는 건 사소해 보일지 모르지만, 그런 법적인 안전장치가 없다면—."

"내 직급은 경위입니다."

해리는 천천히 부드럽게 말하려고 노력했다.

"당신이 말한 그 법적 안전장치 때문에 내 동료의 목숨이 날아갔어요. 엘렌 엘텐. 당신의 그 잘난 기억력에 새겨두시죠. 엘렌 엘텐. 스물여덟 살. 오슬로 경찰청에서 제일 능력 있는 형사. 그런데 두개골이 부서져서 죽었어요. 피를 철철 흘리면서."

해리는 자리에서 일어나, 크론의 책상 위로 190센티미터의 몸을 기울였다. 크론의 앙상한 목에 위치한 울대뼈가 올라갔다가 내려왔다. 해리는 무려 2초간 이 젊은 변호사의 눈동자에 어린 두려움을 만끽하는 사치를 누렸다. 그러고는 책상에 자신의 명함을 내려놓았다.

"고객의 비밀을 언제까지 지킬 건지 결정하면 전화 주십시오." 해리가 말했다.

그가 문을 열고 반쯤 나갔을 때 크론이 그를 불러 세웠다.

"올센이 죽기 직전에 전화했습니다."

해리는 몸을 돌렸다. 크론은 한숨을 쉬었다.

"누군가를 두려워하고 있더군요. 스베레 올센은 늘 겁에 질려 있었습니다. 외로움과 두려움에 시달리던 사람이었죠."

"누군 안 그러나?" 해리는 그렇게 웅얼거리며 다시 물었다. "두려워하는 대상이 누구였습니까?"

"프린스. 올센은 그 사람을 프린스라고 불렀어요. 그냥 프린스라고만."

"두려운 이유가 뭔지는 말했습니까?"

"아뇨. 그냥 프린스가 일종의 상급자인데, 자신에게 범죄를 저지르라고 명령했다더군요. 올센은 명령을 어디까지 따르는 것이 처벌받는 행위인지 알고 싶어 했어요. 불쌍한 멍청이."

"그게 무슨 명령이었습니까?"

"그건 말 안 했습니다."

"다른 말은 없었습니까?"

크론은 고개를 끄덕였다.

"뭔가 생각나면 언제든 전화 주십시오."

"그리고 한 가지만 더 말하죠, 홀레 경위. 혹시라도 내 변호로 풀려난 남자가 당신 동료를 죽였다고 해서, 내가 죄책감에 조금이라도 밤잠을 설치리라 생각한다면 그건 오산입니다."

하지만 해리는 이미 떠나고 없었다.

2000년 5월 12일

헤르베르트 피자집

해리는 할보르센에게 전화해 헤르베르트 피자집으로 오라고 했다. 가게 안에는 손님이 거의 없었고, 그들은 창가 자리에 앉았다. 구석 자리에는 긴 트렌치코트를 입고, 아돌프 히틀러와 함께 유행이 끝난 스타일의 콧수염을 기른 청년이 앉아 있었다. 그는 부츠 신은 두 발을 맞은편 의자에 올린 채, 세상에서 가장 지루함에 몸서리치는 사람이라는 신기록이라도 세우려는 듯했다.

"에드바르 모스켄에게 연락했어요. 하지만 드람멘에 있는 게 아니더군요." 할보르센이 말했다. "집에 전화했는데 안 받기에 전화번호부에 실린 휴대전화로 연락했죠. 그랬더니 오슬로에 있더라고요. 로델뢰카의 트롬쇠 가에 본인 소유의 아파트가 있는데, 비에르케에 갈 때는 그 아파트에서 지낸대요."

"비에르케?"

"경마장요. 매주 금요일과 토요일마다 경마장에 가는 것 같더라고요. 재미로 돈을 좀 건대요. 어떤 경주마의 4분의 1이 자기 소유라고 했어요. 경마장 트랙 뒤의 마구간에서 만났죠."

"또 다른 건?"

"오슬로에 머물 때면 가끔씩 아침에 슈뢰데르에 들른대요. 베른트 브란헤우그가 누군지 전혀 모르겠고, 그의 집에 전화한 적도 없다고 했어요. 싱네 율은 누군지 안대요. 동부전선에 있을 때 그녀에 대해 들었답니다."

"알리바이는?"

할보르센은 페페로니와 파인애플이 들어간 하와이안 트로픽 피자를 주문했다.

"경마장에 갈 때를 제외하고 이번 주 내내 트롬쇠 가에 있는 아파트에서 혼자 지냈대요. 브란헤우그가 살해되던 날도, 오늘 아침에도 역시 경마장에 있었대요."

"알았어. 자네 질문에 대답하는 그의 태도가 어땠던 거 같아?"

"무슨 말이죠?"

"모스켄의 대답을 들었을 때 그 말을 믿었어?"

"네, 아뇨. 글쎄요, 믿었냐고 하신다면, 음······."

"걱정하지 말고 그냥 직감에 맡겨봐, 할보르센. 느껴지는 대로 말해. 나중에 틀렸다고 나무라지 않을 테니까."

할보르센은 테이블을 내려다보며 메뉴판을 만지작거렸다.

"만약 모스켄이 거짓말한 거라면, 그 사람은 대단한 냉혈한일 거예요. 그건 확실해요."

해리는 한숨을 쉬었다.

"모스켄에게 미행을 붙일 수 있는지 알아봐. 밤낮으로 두 명씩 모스켄의 아파트 앞을 지키게 하고."

할보르센은 고개를 끄덕이고, 휴대전화로 어딘가에 전화했다. 전화기 너머에서 묄레르의 목소리가 들리는 동안, 해리는 구석에 앉은 신나치주의자를 훔쳐보았다. 저들은 스스로를 뭐라고 부르는지 모르겠지만. 국가 사회주의자? 국가 민주주의자? 조금 전에 한 대학으로부터 사회학 논문의 복사본을 받았는데, 거기에 따르면 현재 노르웨이에는 57명의 신나치주의자가 있었다.

피자가 나오자, 할보르센이 해리에게 안 먹느냐는 눈길을 보냈다.

"어서 먹어. 난 피자 안 좋아해." 해리가 말했다.

짧은 초록색 군복 재킷을 입은 청년이 트렌치코트의 테이블에 합석했다. 그들은 머리를 맞댄 채 해리와 할보르센을 바라보았다.

"한 가지 더." 해리가 말했다. "국가정보국의 린다가 말해줬는데, 쾰른에 SS 문서보관소가 있대. 1970년대에 화재로 일부 손실되기는 했지만, 그곳에 독일군과 함께 싸운 노르웨이인들에 관한 정보가 있나 봐. 그들에게 내려진 명령, 수여된 상, 계급 같은 것들. 거기 전화해서 다니엘 구데손에 관한 정보가 있는지 알아봐. 구드브란 요한센도."

"알겠습니다." 할보르센이 입에 피자를 가득 문 채 말했다. "이 피자 다 먹고 나면요."

"자네가 먹는 동안에 난 저 친구들과 이야기 좀 하고 있을게." 해리는 그렇게 말하며 자리에서 일어났다.

일과 관련된 자리에서라면 해리는 자신의 덩치로 심리적 우월함을 누리지 않으려고 각별히 조심했다. 그런데도 히틀러콧수염은 해리를 올려다보기 위해 목을 쭉 빼야 했고, 해리는 그의 차가운 시선 이면에 감춰진 두려움을 보았다. 크론에게서 봤던 것과 똑같은 두려움이었다. 다만 이 친구는 그것을 감추는 데 더 능숙할 뿐이다. 해리는 히틀러콧수염이 발을 올려둔 의자를 휙 잡아당겼다. 미처 피하지 못한 히틀러콧수염의 두 발이 바닥으로 쿵 떨어졌다.

"미안. 빈 의자인 줄 알고." 해리가 말했다.

"씨발 짭새." 히틀러콧수염이 말했다. 군복 재킷을 입고 있던 빡빡머리가 돌아보았다.

"어디 짭새뿐인가? 짜바리도 있지. 쎄리도 있고. 민중의 지팡이도 있고. 아냐, 그건 너무 다정한 표현일 거야. 그냥 영어로 '더 맨 the man'이라고 하는 건 어때? 그 정도면 국제 공용어 아닌가?"

"우리가 뭐 잘못한 거라도 있어요?" 트렌치코트가 물었다.

"그래, 잘못한 게 있어. 잘못한 게 아주 많지. 프린스에게 안부 전해줘. 그리고 이젠 해리 홀레가 갚아줄 차례라고 해. 홀레가 프린스에게. 알아들었어?"

군복 재킷이 눈을 깜빡이더니 입을 딱 벌렸다. 그러자 트렌치코트가 삐죽삐죽 뻗은 이를 드러내며 입을 벌리고 웃어젖혔다. 침이 흐를 때까지.

"지금 호콘 망누스 왕세자를 말하는 거예요?" 트렌치코트가 묻자, 그제야 농담을 이해한 군복 재킷이 함께 웃기 시작했다.

"니들이 쫄따구라면 당연히 프린스가 누군지 모르겠지. 그러니까 네 윗사람에게 그 말을 전해. 피자 맛있게 먹으라고."

해리는 그들의 시선이 자신의 등에 꽂히는 것을 느끼며 할보르센에게 걸어갔다.

"마저 먹어." 해리가 할보르센에게 말했다. 할보르센은 치즈가 자기 얼굴의 반을 돌아갈 정도로 늘어난 피자 조각을 먹느라 바빴다. "내 경력에 더 먹칠하기 전에 나가자고."

2000년 5월 12일

홀멘콜렌

올해 들어 가장 따뜻한 저녁이었다. 해리는 차창을 내린 채 운전했고, 창문으로 들어오는 부드러운 바람이 그의 얼굴과 머리카락을 어루만졌다. 이곳 홀멘콜렌 꼭대기에서는 피오르와 그 주변에 녹갈색 조개처럼 흩뿌려진 섬들이 보였다. 올해 처음으로 등장한 하얀 돛들이 육지를 향해 나아가고 있었다. 빨간 모자를 쓴 졸업생* 둘이 도로 가장자리에 서서 오줌을 싸고 있었다. 그 옆에는 빨간 버스가 세워져 있었고, 버스 지붕에 달린 확성기에서 음악이 쿵쿵 흘러나왔다. Won't-you-be my lover……(내 연인이 되어줘…….)

등산용 반바지를 입고, 허리에 파카를 둘러맨 할머니가 여유롭게 걸어 내려가고 있었다. 피곤하면서도 더할 나위 없이 행복한 표정이었다.

해리는 집 아래쪽에 차를 세웠다. 왠지 모르게 진입로 끝까지 올라가고 싶지 않았다. 아래쪽에 주차하는 게 좀 더 예의바르게 느껴졌다. 물론 말도 안 되는 생각이었다. 오늘은 미리 전화도 하지 않

---

* 노르웨이에서는 고등학교 졸업식에서 빨간 모자를 쓰는 전통이 있다

고, 초대도 받지 않은 채 무작정 방문하는 길이었기 때문이다.

진입로를 반쯤 걸어갔을 때 그의 휴대전화가 삐삐 울렸다. 매국노 문서보관실에서 할보르센이 한 전화였다.

"아무것도 없어요. 만약 다니엘 구데손이 정말로 살아 있다면, 전쟁 후에 재판을 받지 않은 게 분명해요."

"싱네 율은?"

"율 부인은 1년 형을 받았어요."

"하지만 감옥에는 가지 않았어. 다른 건?"

"전혀요. 이제 문 닫는다고 절 쫓아내려 해요."

"집에 가서 쉬어. 내일은 뭔가 나올 거야."

계단 앞에 도착한 해리는 한 걸음에 계단을 전부 뛰어넘을 생각이었다. 그런데 문이 열렸다. 그는 가만히 서 있었다. 라켈은 울 점퍼에 청바지를 입고 있었다. 머리는 부스스했고, 얼굴은 평소보다 창백했다. 해리는 그녀의 눈동자에 그를 다시 만나 조금이라도 반가운 기색이 있는지 살폈지만, 그런 기색은 없었다. 그렇다고 해서 무덤덤한 공손함도 없었다. 그것이야말로 그가 가장 두려워하던 반응이었다. 그녀의 눈동자에는 아무런 감정도 드러나 있지 않았다. 그것이 무슨 뜻인지 간에.

"밖에서 말소리가 들려서 나와봤어요. 들어와요." 라켈이 말했다.

올레그는 거실에서 파자마 차림으로 텔레비전을 보고 있었다.

"안녕, 패배자. 이럴 시간에 테트리스 연습해야 하는 거 아냐?" 해리가 말했다.

올레그는 텔레비전에서 시선을 떼지 않은 채 콧방귀를 뀌었다.

"아이들은 반어법을 이해 못한다는 걸 늘 잊어버린다니까요." 해리가 라켈에게 말했다.

"어디 갔었어요?" 올레그가 물었다.

"갔었냐고?" 해리는 비난하는 듯한 올레그의 표현에 살짝 당황했다. "무슨 말이지?"

올레그는 어깨를 으쓱였다.

"커피 마실래요?" 라켈이 묻자, 해리는 고개를 끄덕였다. 올레그와 해리는 말없이 앉아 텔레비전을 보았다. 영양의 일종인 누gnu가 칼라하리 사막을 가로질러 대대적인 이주를 하는 동안, 라켈이 주방에서 딸그락거렸다. 시간이 걸렸다. 커피도, 누의 이주도.

"5만 6천 점." 마침내 올레그가 말했다.

"거짓말." 해리가 말했다.

"내가 최고 기록을 달성했어요!"

"겜보이 가져와봐."

올레그가 일어나서 거실을 나가자, 라켈이 커피를 들고 와 해리의 맞은편에 앉았다. 해리는 리모컨을 찾아 우레와 같이 울려 퍼지는 누의 발굽 소리를 줄였다. 결국 침묵을 깬 사람은 라켈이었다.

"독립기념일에는 뭐 할 거예요?"

"일해야죠. 하지만 날 초대하려고 물은 거라면, 내가 열 일 제쳐놓고……."

라켈은 웃으며, 그런 게 아니라는 듯이 손을 저었다.

"미안해요. 그냥 할 말이 없어서 물어본 거예요. 다른 얘기 하죠."

"어디 아팠어요?" 해리가 물었다.

"사연이 길어요."

"긴 사연이 참 많군요."

"스웨덴에서 왜 돌아왔어요?"

"브란헤우그 때문에요. 그러고 보니 그 사람과 바로 여기 앉아 있었군요. 기분이 이상하네요."

"네, 인생은 괴상한 우연을 만들어내죠."

"너무 괴상해서 허구가 따라갈 수 없을 정도로요."

"당신은 그 반의반도 몰라요, 해리."

"무슨 뜻입니까?"

라켈은 한숨을 쉬며, 티스푼으로 차를 저었다.

"왜들 이래요? 오늘 저녁에는 아리송한 말만 하기로 두 모자가 약속이라도 한 겁니까?"

라켈은 웃으려고 했지만, 웃는 대신 코를 훌쩍거렸다. 감기에 걸렸나 보다고 해리는 생각했다.

"난…… 그게……."

라켈은 운을 떼려고 한두 번 더 시도했지만, 제대로 된 말은 나오지 않았다. 그녀의 찻잔에 담긴 티스푼만 계속 돌아갔다. 해리는 라켈의 어깨 너머로 악어가 누 한 마리를 천천히, 무자비하게 강으로 끌고 들어가는 것을 힐끗 보았다.

"그동안 너무 힘들었어요. 당신이 정말 그리웠고요."

라켈은 그렇게 말하며 고개를 들어 해리를 보았다. 그제야 해리는 그녀가 울고 있었다는 걸 알았다. 뺨을 타고 흘러내린 눈물이 그녀의 턱에 모여 있었고, 눈물은 하염없이 흘러내렸다.

"그게……." 해리는 운을 뗐지만 그가 할 수 있는 말은 그것뿐이었다. 그들은 어느새 서로의 품에 안겨 있었다. 물에 빠진 사람이 부표에 매달리듯, 두 사람은 서로에게 매달렸다. 해리는 몸을 떨었다. '이것뿐이야. 이거면 충분해. 이 여자를 이렇게 안는 것으로 충분해.' 그는 생각했다.

"엄마!" 위층에서 고함이 들렸다. "내 겜보이 어디 있어요?"

"화장대 서랍에 있을 거야." 라켈이 떨리는 목소리로 외쳤다. "맨 윗서랍부터 찾아봐."

"키스해줘요." 그녀가 해리에게 속삭였다.

"하지만 올레그가—."

"겜보이는 화장대에 없어요."

마침내 장난감 상자에서 겜보이를 찾아낸 올레그가 아래층으로 내려왔을 때, 아이는 거실의 달라진 분위기를 눈치 채지 못했다. 그저 자신이 새로 달성한 점수를 걱정스럽게 바라보며 흠흠 소리 내는 해리를 보고 깔깔거렸다. 하지만 해리가 새로운 기록을 세우자마자, 올레그가 물었다. "엄마랑 아저씨 얼굴이 왜 이래요?"

해리는 라켈을 바라보았다. 라켈은 웃음이 터지려는 걸 간신히 참고 있었다.

"우리가 서로 많이 좋아해서 그래." 해리는 그렇게 말하며, 막대기 세 개를 긴 막대기 하나로 만들어 사라지게 했다. "그리고 이제 네 기록은 깨졌어, 이 패배자야."

올레그는 웃으며 해리의 어깨를 찰싹 때렸다.

"어림없어요. 패배자는 아저씨라고요."

2000년 5월 12일

해리의 아파트

자정 직전, 열쇠로 현관문을 열고 들어서는 해리의 기분은 패배자와 거리가 멀었다. 그는 자동응답기의 깜빡거리는 빨간 눈을 바라보았다. 집으로 오기 전에 올레그를 침대로 옮겨주고, 라켈과 차를 마셨다. 라켈은 언젠가 그에게 긴 사연을 들려주겠다고 했다. 지금처럼 지치는 때 말고. 해리는 그녀에게 휴가가 필요하다고 했고, 그녀도 동의했다.

"셋이 함께 어디로 놀러 갈 수도 있어요. 이 일이 끝나면." 해리가 말했다.

그녀는 해리의 머리를 쓰다듬었다.

"그건 경솔하게 정할 문제가 아니에요, 해리 홀레."

"누가 경솔하다고 그래요?"

"나중에 얘기해요. 지금은 어서 집에 가요, 해리 홀레."

그들은 복도에서 좀 더 키스했고, 해리의 입술에는 아직도 그녀의 맛이 감돌았다.

그는 불을 켜지 않은 채 신발을 벗고 거실로 살금살금 걸어갔다. 자동응답기의 재생 버튼을 누르자, 신드레 페우케의 목소리가 어둠을 가득 채웠다.

"나 페우케요. 생각을 좀 해봤소. 만약 다니엘 구데손이 유령이 아니라면, 지구상에서 그 수수께끼를 풀 수 있는 사람은 한 명뿐이오. 다니엘 구데손이 총에 맞아 죽던 날에 보초를 섰던 사람. 구드브란 요한센. 구드브란 요한센을 찾으시오, 홀레 경위."

그러더니 전화기를 내려놓는 소리가 들리고 삐 소리가 났다. 해리는 딸깍 소리가 나며 응답기의 테이프가 멈출 거라 생각했지만, 새로운 메시지가 재생되었다.

"할보르센이에요. 지금은 11시 반이고요. 방금 전에 모스켄의 아파트를 지키던 경관에게서 전화가 왔는데, 아무리 기다려도 모스켄이 집에 돌아오지 않는대요. 그래서 혹시 드람멘으로 돌아갔나 싶어서 그쪽으로도 전화해봤지만, 역시 안 받았대요. 한 경관이 비에르케 경마장에 가봤지만, 거긴 이미 문이 다 잠기고 불도 꺼졌답니다. 두 사람에게 당분간 계속 잠복하라고 했어요. 그리고 경찰 무전으로 모스켄의 차를 찾아달라는 요청도 했고요. 알려드려야 할 것 같아서요. 내일 봐요."

다시 삐 소리가 났고, 새 메시지가 재생되었다. 해리가 자동응답기를 산 후로 신기록이었다.

"또 저예요, 할보르센. 제가 망령이 났나 봐요. 전해야 할 소식이 하나 더 있는데 깜빡했어요. 드디어 우리 수사에 운이 좀 따르는 것 같아요. 쾰른에 있는 SS 문서보관실에 구데손이나 요한센에 관한 기록은 전혀 없었어요. 그쪽에서 베를린에 있는 국방군 문서보관실로 전화해보라고 하더군요. 그래서 거기로 전화했더니 웬 고약한 노인네가 받더라고요. 노인네 말로는 노르웨이인 중에서 독일 정규군에 가입한 사람은 극소수래요. 제가 상황을 설명했더니 그럼 한번 찾아보겠다고 했어요. 잠시 후에 그쪽에서 전화가 왔는데, 역시나 다니엘 구데손에 관한 기록은 전혀 없었어요. 하지만 구드브란 요한센에 관한 서류 복사본은 몇 장 찾았대요. 그 서류에 따르면, 요한센은 1944년 바펜SS에서 독일 국방군으로 발령이 났다네요. 복사본에 메모가 적혀 있는데, 서류 원본이 1944년 여름에 오슬로로 보내졌다는 내용이래요. 노인네 말로는 이 문서대로라면 요한센이 오슬로로 갔을 거래요. 또 요한센의 진단서를 작성한 의사의 편지도 발견했는데, 주소는 빈으로 되어 있었어요."

해리는 거실에 하나뿐인 의자에 앉았다.

"의사의 이름은 크리스토퍼 브록하르트. 루돌프 2세 병원에 근무했더군요. 빈 경찰에 연락해봤더니 그 병원은 아직도 왕성히 영업 중이래요. 전쟁 중에 그 병원에 근무했던 사람들 가운데 아직 살아 있는 사람의 이름과 전화번호까지 알려줬어요. 스무 명 남짓 돼요."

튜턴인들이 기록 보관 하나는 잘하지. 해리는 생각했다.

"그래서 그 사람들에게 차례로 전화를 걸어봤어요. 저 독일어 완전 꽝인데 말이죠."

스피커에서 할보르센의 웃음소리가 지지직거렸다.

"여덟 번째로 전화한 사람이 간호사였는데, 구드브란 요한센을 기억하더라고요. 75세의 노부인인데 아주 똑똑히 기억한대요. 내일 아침에 그 부인의 전화번호와 주소를 알려드릴게요. 참, 그 부인의 이름은 마이어였어요. 헬레나 마이어."

지직거리는 침묵이 흐르더니 삐 소리가 났고, 딸각 소리와 함께 테이프가 재생을 멈췄다.

해리는 라켈에 관한 꿈을 꾸었다. 그의 목 속으로 파고드는 그녀의 얼굴, 그녀의 강한 손, 떨어지고 또 떨어지는 테트리스의 꿈. 하지만 한밤중에 그를 깨운 것은 신드레 페우케의 목소리였다. 해리는 어둠 속에서 사람의 윤곽을 응시했다.
"구드브란 요한센을 찾으시오."

2000년 5월 13일
아케르스후스 요새

새벽 2시 30분. 노인은 아케르스후스트란다라고 불리는 거리에 위치한 야트막한 창고 옆에 차를 세웠다. 수년 전 이 거리는 오슬로의 주요 도로였다. 하지만 피엘리니에 터널이 개통된 후로 거리 한쪽이 차단되어, 이제는 낮에 부두 노동자들만 이용하는 거리가 되었다. 또한 매춘부의 고객들이 비교적 남의 방해 없이 잠깐 '산책' 할 수 있는 곳으로 애용되기도 했다. 이 거리와 강 사이에 창고가 여남은 개 있었고, 그 반대쪽이 아케르스후스 요새의 서쪽이었다. 따라서 누군가 아케르 브뤼게에 자리를 잡고, 성능 좋은 망원조준기로 들여다본다면 지금 노인이 보는 것과 똑같은 장면을 보게 될 것이다. 회색 코트의 뒷모습과 진하게 화장한 여자의 얼굴을. 회색 코트의 주인이 엉덩이를 앞으로 밀칠 때마다 코트 자락이 들썩거렸고, 만취한 여자는 대포 바로 아래인 요새의 서쪽 벽에 몸을 쿵쿵 부딪혔다. 짝짓기를 하는 이 커플 양옆으로 투광조명등이 있어서, 그들 위의 바위 표면과 벽을 환하게 밝혔다.

아케르스후스, 제2차 세계대전 중 독일 국방군의 감옥. 밤이면 요새의 내부는 폐쇄된다. 설사 요새 안으로 들어가는 길을 찾아낸

다 해도, 실제 처형이 이뤄진 장소는 발각될 위험이 너무 크다. 전쟁 중에 거기서 얼마나 많은 사람들이 총살되었는지 아무도 모른다. 하지만 그곳에는 전사한 레지스탕스들을 위한 기념 명판이 세워져 있다. 노인은 그 레지스탕스 중에 최소한 한 명은 어느 모로 보나 처벌받아 마땅한 단순 범죄자라는 것을 알고 있다. 비드쿤 크비슬링을 비롯해 전범 재판에서 사형을 선고받은 자들이 총살된 곳도 바로 거기다. 크비슬링은 파우더 타워에 감금되어 있었다. 옌스 비아르네보의 작품 중에 지난 수세기 동안 집행된 다양한 처형 방법을 아주 상세히 묘사한 책이 있다. 그가 그런 책을 쓰게 된 것은 파우더 타워로부터 영감을 받아서가 아니었을까? 그 책에 등장했던 처형법, 군인들이 일렬횡대로 서서 총을 쏘아 죽이는 처형법은 사실 1945년 10월의 어느 날에 있었던 비드쿤 크비슬링의 처형 장면을 묘사한 게 아닐까? 그날 그들은 그 매국노를 광장으로 끌고 나와 그의 몸을 벌집으로 만들었다. 그 책에 나온 대로 정말 크비슬링의 머리에 자루를 씌우고, 그의 심장을 표시하기 위해 가슴에 하얀 사각형 천을 달았을까? 정말로 총성이 울리기 전에 발포 명령을 네 번이나 내렸을까? 훈련받은 저격수들의 실력이 너무 형편없어서 정말로 청진기를 대본 의사가 사형수를 다시 처형시켜야 한다고 말했을까? 그래서 네댓 번 더 발사하고, 마침내 그 매국노는 몸에 생긴 수많은 상처로 인한 과다출혈로 사망했을까?

노인은 책에서 그 부분을 오려냈었다.

마침내 회색 코트가 용무를 마치고, 주차해둔 차를 향해 비탈을 내려갔다. 여자는 스커트를 끌어내리고 담배에 불을 붙인 후 계속 벽에 기대 서 있었다. 그녀가 담배를 빨아들일 때마다 어둠 속에서 담뱃불이 빨갛게 달아올랐다. 노인은 기다렸다. 이내 여자가 구두 굽으로 담배를 짓이기더니 요새 주위의 진흙길을 내려가기 시작했다. 아마 자신의 '사무실'인 노르게스 은행 주변의 거리로 돌아갈 것이다.

노인은 자동차 뒷좌석으로 몸을 돌렸다. 거기에는 입에 재갈을 물린 여인이 누워 겁에 질린 눈으로 그를 바라보고 있었다. 아까 마취제의 약효가 떨어지고 다시 의식을 차렸을 때처럼 겁에 질린 눈빛이었다. 재갈을 문 그녀의 입이 움직였다.

"겁낼 거 없어, 싱네." 노인은 몸을 내밀어 그녀의 코트 위에 무언가를 붙였다. 그녀는 무엇인지 보려고 고개를 숙였지만, 그가 그녀의 머리를 눌렀다.

"산책이나 갑시다. 예전처럼." 노인이 말했다.

그는 뒷문을 열고 그녀를 끌어내어 앞으로 밀쳤다. 그 바람에 그녀는 발을 헛디뎌 길옆의 자갈밭으로 넘어졌다. 노인은 그녀의 손을 등 뒤로 묶은 밧줄을 잡아 그녀를 일으켜 세웠다. 그러더니 그녀의 눈을 정면으로 비추는 투광조명등 바로 앞에 그녀를 세웠다.

"가만히 서 있어. 와인을 깜박했군. 리베이로 레드 와인. 기억날 거야, 안 그래? 꼼짝 말고 있어. 안 그러면……."

빛 때문에 눈이 부신 그녀를 위해 노인은 그녀가 볼 수 있도록 코앞에 칼을 가져다 댔다. 눈부시게 환한 빛 속에서도 그녀의 동공은 크게 팽창되어, 마치 눈동자 전체가 새까맣게 변한 듯했다. 노인은 차가 있는 곳으로 내려가 주위를 정찰했다. 아무도 없었다. 귀를 기울여 보았지만 도심의 웅웅거리는 소음만 들릴 뿐 고요했다. 노인은 자동차 트렁크를 열고, 그 안에 든 검은 쓰레기봉투를 옆으로 밀쳤다. 봉투 안에 든 개의 시신은 벌써 경직된 듯했다. 봉투 아래에 있던 매르클린 라이플이 검은빛으로 반짝거렸다. 그는 매르클린을 꺼내 들고 조수석에 앉았다. 차창을 반쯤 내리고, 창 위에 총을 올려놓았다. 고개를 들어 보니, 싱네의 거대한 그림자가 16세기에 지어진 황갈색 벽 위에서 춤을 추었다. 저 그림자가 피페르비카 만 너머, 네소덴까지 보여야 한다. 아름다운 그림자.

노인은 오른손으로 차에 시동을 걸고, 기어를 올렸다. 마지막으로 주위를 살핀 뒤, 조준기를 들여다보았다. 50미터가 채 안 되는 거리라서 그녀의 코트가 조준기 렌즈 안의 원을 다 채웠다. 그가 오른쪽으로 총구를 미세하게 움직이자, 검은색 십자선이 목표물을 찾아냈다. 그녀의 코트에 붙은 하얀 종이. 그는 폐에 있던 공기를 모두 내보내고, 손가락으로 방아쇠를 감았다.

"돌아온 걸 환영해." 노인이 나직이 중얼거렸다.

2000년 5월 14일

빈

해리의 뒷목과 팔에 티롤리안 항공 좌석의 서늘한 가죽이 닿았다. 그는 딱 3초간 그 감촉을 음미한 뒤 다시 생각에 잠겼다.

비행기 아래로 전원 풍경이 노랑과 초록의 조각보처럼 막힘없이 펼쳐졌다. 다뉴브 강은 흐느끼는 갈색 상처처럼 햇빛에 반짝거렸다. 곧 슈베하트 공항에 도착할 거라는 방송을 들은 해리는 내릴 준비를 했다.

원래부터 비행기 타는 것을 그다지 좋아하지 않았지만, 요즘 들어서는 완전히 무서워지기 시작했다. 한번은 엘렌이 뭐가 그리 무섭냐고 물은 적이 있었다. "비행기가 박살나서 죽는 거지 달리 뭐겠어?" 해리는 그렇게 대답했다. 그러자 엘렌은 어쩌다 탄 비행기가 추락해서 사망할 확률은 3천만 분의 1이라고 했다. 해리는 알려줘서 고맙다, 덕분에 앞으로는 무섭지 않겠다고 대꾸했다.

해리는 숨을 깊이 들이마셨다 내쉬면서, 차츰 변하는 비행기 엔진의 소리에 귀 기울였다. 왜 죽음에 대한 공포는 나이를 먹을수록 심해지는 걸까? 오히려 그 반대가 되어야 하는 거 아닐까? 싱네 율은 일흔아홉이었으니, 아마도 죽을 때 미친 듯이 두려웠을 것이다. 그녀를 발견한 사람은 아케르스후스 요새의 경비였다. 그날 저녁 경비실로 전화 한 통이 걸려왔다. 근처에 사는 어느 백만장자 유명인의 전화였는데, 잠 못 이루던 그에게 요새 남쪽 담의 불 꺼진 투광조명등 하나가 눈에 들어온 것이다. 경비실에서는 가장 어린 경비에게 확인하고 오도록 했고, 그로부터 두 시간 후 해리는 그 경비를 심문하게 되었다. 경비는 이렇게 진술했다.

"투광조명등 쪽으로 가는데 웬 여자가 의식을 잃고 조명등에 기대어 있더군요. 그 여자가 빛을 막고 있었어요. 처음에는 약쟁이인 줄만 알았죠. 가까이 다가가니 희끗한 머리칼과 유행이 지난 코트가 보였어요. 그제야 나이 많은 할머니라는 걸 알고, 아파서 쓰러졌나 보다 했죠. 그런데 할머니의 손이 등 뒤로 묶여 있더라고요. 더 가까이 다가간 후에야 할머니의 코트에 뻥 뚫린 구멍이 보였어요. 그 구멍으로 뭉개진 척추가 보이더군요. 젠장, 척추가 훤히 보였다고요. 손으로 벽을 짚은 채 한참을 토했죠. 나중에 경찰이 시신을 수거하자, 투광기가 다시 요새의 벽을 비췄어요. 그제야 제 손에 묻은 끈적한 물질이 무엇인지 깨달았죠." 경비는 그렇게 말하며 자신의 손을 해리에게 보여주었다. 아주 중요하다는 듯이.

감식반원들이 도착했고, 베베르는 졸음이 가득한 눈으로 싱네율을 바라보면서 해리를 향해 가로질러 왔다. 그러고는 신이 아니라 저 아래 있는 어떤 미친놈이 망할 심판자 행세를 한다고 말했다.

이 사건의 목격자는 창고를 지키던 야간 경비원뿐이었다. 그는 새벽 2시 45분, 아케르스후스트란다 가를 내려가는 차 한 대를 보았다고 했다. 하지만 불을 환하게 밝힌 헤드라이트 탓에 눈이 부서서 차종이나 색깔은 전혀 보지 못했다.

비행기 속도가 빨라지는 듯했다. 해리는 갑자기 조종석 앞에 알프스 산이 등장하는 바람에 기장이 비행기의 고도를 높였다고 상상했다. 그러더니 마치 비행기 양쪽 날개의 공기가 증발해버린 듯했고, 해리는 위장이 귀 밑까지 튀어 오르는 것을 느꼈다. 다음 순간 비행기가 고무공처럼 통통 튀자, 그는 큰 소리로 신음했다. 기장이 독일어와 영어로 기류가 어쩌고저쩌고 방송했다.

에우네는 만약 두려움을 느끼지 못하는 사람이 있다면, 그 사람은 단 하루도 살아남지 못할 거라고 말했다. 해리는 좌석 팔걸이를 꼭 쥐며, 그 말에서 위안을 얻으려고 했다.

사실 해리가 당장 비행기를 타고 빈으로 가야겠다고 충동적으로 결정한 것도 에우네 때문이었다. 이번 사건에 관한 이야기를 쭉 듣자마자, 에우네는 시간이 촉박하다고 말했다.

"만약 상대가 연쇄 살인범이라면 지금 그자는 통제력을 잃기 직전일세. 이자는 성적 욕구를 해소하기 위해 희생자를 찾아다니는 전형적인 연쇄 살인범과 달라. 그보다는 살인을 저지를 때마다 실망하면서, 순수한 절망감에 살인의 빈도가 더욱 증가하는 쪽이지. 그자에게는 어떤 정신 나간 계획이 있고, 그 계획을 성사시켜야만 해. 그리고 지금까지는 아주 조심하면서 이성적으로 행동했네. 하지만 이제는 살인 주기가 점점 짧아지고, 아케르스후스 요새에서 처형하는 것처럼 자기 행동의 상징을 강조하는 지경에 이르렀지. 이건 그가 자신이 천하무적과 같은 존재라고 느끼거나, 통제력을 상실했다는 뜻이야. 아마 정신병으로 발전하는 중일 걸세."

"아니면 아직도 완벽하게 스스로를 통제하는 걸지도 모르죠." 할보르센이 말했다. "아직까지 실수를 한 적이 없으니까요. 우리에겐 단서가 전혀 없거든요."

 전적으로 맞는 말이었다. 그들에게는 단서가 없었다.

 모스켄은 자신의 행적을 설명할 수 있었다. 모스켄의 아파트를 지키던 잠복 팀으로부터 그의 코빼기도 볼 수 없다고 보고받은 다음 날 아침, 할보르센은 확인차 드람멘의 집으로 전화했다. 전화를 받은 모스켄은 어제 10시 반에 경마장이 문을 닫은 후, 차를 몰고 11시 반에 드람멘에 도착했다고 했다. 물론 그의 말이 사실인지 아닌지 알 도리가 없었다. 그가 싱네 율을 쏴 죽이고, 오늘 새벽 2시 반에 도착했을 수도 있다.

 해리는 할보르센에게 모스켄의 이웃집에 전화해보라고 시켰다. 별 기대는 하지 않았지만, 혹시라도 모스켄이 도착하는 것을 보거나 들은 사람이 있는지 알아보기 위해서였다. 그리고 묄레르 경정에게는 검사와 이야기해, 혹시라도 모스켄의 집 두 채의 수색 영장을 발부받을 수 있는지 알아봐달라고 부탁했다. 해리는 자신들의 주장이 근거가 약하다는 것을 알고 있었다. 아니나 다를까 검사는 최소한 정황 증거 비슷한 것이라도 가져오라고 말했다.

 아무런 단서도 없다. 지금이야말로 패닉 상태에 빠져야 할 때였다.

 해리는 눈을 감았다. 에벤 율의 얼굴이 아직 그의 망막에 남아 있었다. 창백하게 굳은 얼굴. 그는 손에 개줄을 쥔 채 안락의자에 축 처져 있었다.

 그러자 비행기 바퀴가 땅에 닿았고, 해리는 자신이 운 좋은 3천만 명 중 하나라는 사실을 확인했다.

 빈 경찰청에서는 친절하게도 해리를 위해 운전사 겸 가이드, 통역관 역할을 해줄 경관 하나를 지정해주었는데, 그가 도착 홀에서 해리를 기다리고 있었다. 검은 양복에 선글라스, 황소처럼 짧고 굵은 목에 A4 용지를 든 남자였다. 용지에는 매직펜으로 '미스터 홀레' 라고 적혀 있었다.

황소 목은 자신을 프리츠라고 소개했고('프리츠라는 이름이 빠질 수 없지' 라고 해리는 생각했다), 해리를 군청색의 BMW로 안내했다. 잠시 후 고속도로에 접어든 BMW는 북서쪽으로 쌩 달렸다. 하얀 연기를 뿜어내는 공장 굴뚝을 지나고, 프리츠가 속도를 내면 오른쪽으로 비켜주는 예의 바른 운전자들도 지나 빈 시내로 향했다.

"스파이 호텔에 묵게 될 겁니다." 프리츠가 말했다.

"스파이 호텔?"

"유서 깊은 임페리얼 호텔이죠. 냉전 기간 동안 소련과 서방의 첩보 요원들이 망명을 요청한 장소이기도 하고요. 상사가 돈이 많은가 봐요."

BMW가 원형도로인 캐른트너 링에 도착하자, 프리츠가 어딘가를 가리켰다.

"오른쪽 지붕 너머로 보이는 게 슈테판 성당의 첨탑입니다. 아름답죠? 여기가 호텔이에요. 체크인하시는 동안 전 차에서 기다리죠."

해리가 휘둥그레진 눈으로 로비를 둘러보자, 임페리얼 호텔의 접수원은 빙그레 미소를 지었다.

"4천만 실링을 투자한 보수 공사 덕분에 지금은 제2차 대전 전과 똑같이 복구되었습니다. 이 호텔은 1944년의 폭격으로 거의 완전히 파괴되었고, 몇 년 전에는 허물어질 지경이었거든요."

해리는 엘리베이터를 타고 3층에서 내려 걸어갔다. 카펫이 어찌나 두툼하고 부드러운지 폭신한 토탄 위를 걷는 기분이었다. 방은 특별히 크지는 않았지만, 만들어진 지 최소한 100년은 되어 보이는 널찍한 사주식 침대가 놓여 있었다. 창문을 열자, 길 건너편 케이크 가게에서 빵 냄새가 풍겼다.

"헬레나 마이어는 라차레테 가에 삽니다." 해리가 다시 차에 타자, 프리츠가 말했다. 차 한 대가 방향지시등도 켜지 않은 채 차선을 변경하자, 프리츠가 경적을 눌렀다.

"장성한 두 아이를 둔 과부죠. 전쟁 후에 교사로 재직하다 은퇴했습니다."

"통화했소?"

"아뇨. 하지만 파일은 읽었습니다."

그들이 찾아간 주소에는 한때 분명 우아했을 테지만, 이제는 널찍한 계단통의 벽에서 칠이 벗겨지는 저택이 자리하고 있었다. 그들의 질질 끄는 발소리가 똑똑 떨어지는 물소리와 섞여 메아리쳤다.

헬레나 마이어는 미소를 지으며 4층에 있는 자신의 집 앞에 나와 있었다. 생기 넘치는 갈색 눈동자의 노부인은 엘리베이터가 없어서 미안하다고 사과했다.

집 안은 약간 지나칠 정도로 가구가 많았고, 사람이 평생 모을 수 있는 온갖 장신구들이 다 모여 있었다.

"자리에 앉아요. 난 독일어밖에 못하지만, 영어로 이야기해도 돼요. 알아들을 수는 있답니다."

그녀가 해리를 향해 말하더니, 부엌에 들어가 커피와 케이크가 담긴 쟁반을 내왔다. "슈트루델." 그녀가 케이크를 가리키며 말했다.

"맛있겠는데요." 프리츠는 그렇게 말하며 케이크를 먹기 시작했다.

"그래서 구드브란 요한센 씨를 아신다고요?" 해리가 물었다.

"알죠, 그럼. 우린 그를 우리아라고 불렀답니다. 그 사람이 그렇게 불러달라고 했어요. 처음에는 다들 그가 부상 때문에 정신이 이상하다고 생각했죠."

"어딜 다쳤습니까?"

"머리요. 물론 다리도요. 닥터 브록하르트가 다리를 절단하려고 했었죠."

"하지만 회복돼서 1944년 여름에 오슬로로 떠났죠?"

"네, 원래 계획은 그랬죠."

"무슨 말씀이십니까?"

"그 사람 실종되지 않았나요? 오슬로에도 나타나지 않은 걸로 아는데요. 안 그래요?"

"저도 그렇게 알고 있습니다. 구드브란 요한센 씨를 얼마나 자세히 아시나요?"

"아주 잘 알죠. 외향적이면서 훌륭한 이야기꾼이었어요. 아마 간호사들은 모두 그를 사랑했을 거예요."

"부인도요?"

그녀가 밝게 깔깔 웃었다. "그럼요. 하지만 그 사람은 절 사랑하지 않았어요."

"아."

"나도 나름 미인이었답니다. 그건 장담할 수 있어요. 내가 못생겨서 차인 게 아니에요. 우리아가 다른 여자를 사랑했기 때문이죠."

"다른 여자요?"

"네, 그녀의 이름도 헬레나였어요."

"성은 뭔가요?"

노부인의 이마에 주름이 잡혔다.

"분명 헬레나 랑이었을 거예요. 두 사람의 사랑이 그 비극의 원인이었죠."

"비극이라뇨?"

노부인은 깜짝 놀란 표정으로 해리와 프리츠를 번갈아 바라보더니 다시 해리를 바라보았다.

"그 일로 여기 온 거 아닌가요? 그 살인사건 말이에요."

2000년 5월 14일

왕궁 정원

오늘은 일요일이었다. 사람들의 발걸음이 평소보다 느렸기 때문에 왕궁 정원을 가로지르던 노인은 계속 앞서 나갔다. 그러다 위병소 옆에 멈춰 섰다. 정원의 나무들은 그가 가장 좋아하는 색깔인 연두색으로 물들어 있었다. 한 그루만 빼고. 정원 한가운데에 있는 키 큰 떡갈나무는 결코 지금보다 더 신록이 짙어지지는 않을 것이다. 벌써 다른 나무와의 차이점이 눈에 띄었다. 겨울잠에서 깨어난 나무는 생명을 불어넣는 수액을 순환시키기 시작했고, 잎맥 전체에 독을 퍼뜨렸을 것이다. 이제 독은 나뭇잎 하나하나까지 모두 도달해 제 역할을 할 것이다. 1, 2주 후면 나뭇잎이 시들며 갈색으로 변해 떨어지고, 마침내 나무는 죽을 것이다.

하지만 아직은 아무도 그 사실을 모른다. 모르는 것은 그것뿐만이 아니다. 원래 베른트 브란헤우그는 죽일 계획이 아니었다. 하지만 그 사건 덕분에 경찰은 수사에 혼선을 빚고 있다. 〈다그블라데〉에 실린 브란헤우그의 발언은 그냥 이상한 우연의 일치였을 뿐이다. 신문에서 그 기사를 봤을 때 노인은 박장대소했다. 맙소사, 심지어 그는 브란헤우그의 말에 동의하기까지했다. 패배자들은 싹 쓸어버려야 한다. 그것이 전쟁의 법도다.

하지만 그는 경찰에게 다른 단서들도 주었다. 그런데도 경찰은 심지어 아케르스후스 요새에서의 처형을 그 크나큰 배신과 연결시키지도 못하고 있다. 아마 성곽에서 또 다른 대포알이 발사된 후에야 깨달을 것이다.

그는 벤치를 찾아 주위를 둘러보았다. 요즘에는 통증의 주기가 점점 짧아졌다. 굳이 병원에 가서 물어볼 필요도 없었다. 암이 퍼지고 있다는 걸 온몸으로 느낄 수 있었다. 이제 얼마 남지 않았다.

노인은 나무에 몸을 기댔다. 독일 점령기의 상징인 왕실 자작나무*. 영국으로 망명한 노르웨이 정부와 왕. '머리 위에 독일 폭격기가 있네.'** 노르달 그리그가 쓴 이 시구가 그의 속을 메스껍게 했다. 그 시구는 마치 왕의 배신이 고매한 후퇴인 것처럼, 궁지에 몰린 국민을 두고 떠나는 것이 도덕적인 행위인 것처럼 묘사했다. 왕은 안전한 런던에 기거하며, 망명한 다른 왕족들과 마찬가지로 즐거운 만찬 자리에서 연설이나 하며 지냈다. 연설을 들어주는 사람은 기껏해야 그들에게 동조하는 상류층 귀부인들뿐이었지만. 그러면서 그들의 작은 왕국이 언젠가 다시 그들을 불러주리라는 희망을 잃지 않았다. 전쟁이 끝나고 왕세자를 태운 배가 돌아오자, 부두에서는 환영회가 열렸다. 그를 맞이하러 나온 국민들은 목이 터져라 소리를 질러댔다. 자신들의 수치심이 들리지 않도록, 왕의 수치심이 들리지 않도록. 노인은 태양을 향해 고개를 돌리

---

* 독일의 폭격을 피해 몰데라는 도시로 피신한 왕과 왕세자가 그곳에서 찍은 사진 속에 등장한 자작나무를 말한다
** 노르달 그리그가 몰데에서 찍은 왕의 사진에 영감을 받아 쓴 〈왕〉이라는 시의 한 구절이다

고, 눈을 감았다.
 명령하는 고함 소리, 부츠 굽이 부딪치는 소리, AG3 총이 자갈을 탁 때리는 소리. 이양. 근위병 교대.

2000년 5월 14일

빈

"몰랐나요?" 헬레나 마이어가 말했다.

그녀는 이상하다는 듯이 고개를 저었고, 프리츠는 벌써 전화로 누군가에게 옛날 살인사건 파일을 찾아보라고 지시하는 중이었다. "분명히 자료가 있을 겁니다." 프리츠가 속삭였다. 그 점은 해리도 의심하지 않았다.

"그래서 경찰은 구드브란 요한센이 자신의 주치의를 죽였다고 확신했습니까?" 해리가 노부인을 바라보며 물었다.

"네, 그럼요. 크리스토퍼 브록하르트는 병원에 있는 아파트에서 혼자 살았어요. 경찰은 요한센이 문의 유리를 발로 부수고 들어가, 침대에서 자고 있는 브록하르트를 죽였다고 했어요."

"어떻게……?"

마이어 부인은 손가락으로 자신의 목을 휙 그었다.

"나중에 직접 시신을 볼 기회가 있었어요. 닥터 브록하르트가 자기 스스로 목을 그었다고 해도 믿을 정도로 깔끔했죠."

"흠. 그런데 왜 경찰은 그게 요한센의 짓이라고 확신한 겁니까?"

마이어 부인이 웃었다.

"네, 그 이유를 말해드리죠. 그건 요한센이 경비에게 브록하르트의 숙소가 어디냐고 물었기 때문이에요. 뿐만 아니라 그가 브록하르트의 숙소 앞에 차를 세우고, 건물 출입구로 들어가는 것까지 경비가 봤거든요. 그러더니 잠시 후에 그가 건물에서 뛰어나와 차의 시동을 걸고, 전속력으로 도심을 향해 가더래요. 다음 날 우리아는 사라졌고, 그가 어디에 있는지 아무도 몰랐어요. 다만 그에게 발부된 통지서에 사흘 후까지 오슬로에 도착하라고 적혀 있다는 사실만 알고 있었죠. 노르웨이 경찰은 그를 기다렸지만, 그는 끝내 나타나지 않았어요."

"경비의 진술 말고, 다른 증거가 있었는지 혹시 기억하십니까?"

"혹시 기억하느냐고요? 우린 몇 년 동안 그 사건에 대해 이야기했는걸요! 유리문에서 발견된 혈흔이 우리아의 혈액형과 일치했어요. 그리고 브록하르트의 침실에서 발견된 지문이 우리아의 병실 침대와 머리맡 테이블에서 발견된 지문과 일치했고요. 게다가 우리아에게는 살인 동기가 있었는데……"

"동기까지요?"

"네, 그들은 서로 사랑했거든요. 우리아와 헬레나요. 다들 알고 있었죠. 헬레나는 유복한 집안 출신이었는데 아버지가 수감되면서 가세가 기울었어요. 브록하르트 집안과의 결혼만이 두 모녀가 다시 자립할 수 있는 길이었죠. 형사님도 아실 거예요. 젊은 여자에게는 집안에 대한 어떤 의무가 있죠. 최소한 그 당시 헬레나는 그랬어요."

"현재 헬레나 랑이 어디 있는지 아십니까?"

"근데 슈트루델은 손도 안 댔네요, 형사님." 노부인이 말했다.

해리는 슈트루델을 크게 한 입 베어 먹으며, 마이어 부인에게 계속하라는 뜻으로 고개를 끄덕였다.
 "아뇨. 그건 몰라요. 브록하르트가 살해되던 날 밤, 헬레나가 우리아와 함께 있었다는 사실이 밝혀지면서 그녀도 수사를 받았죠. 하지만 아무것도 나오지 않았어요. 헬레나는 간호사 일을 그만두고 빈으로 이사 갔죠. 거기서 삯바느질을 시작했어요. 네, 그녀는 아주 강하고 사업가 기질이 있는 여자였답니다. 가끔씩 거리에서 그녀를 보곤 했었죠. 하지만 1950년대 중반에 하던 일을 모두 정리했고, 그 후로는 그녀의 소식을 듣지 못했어요. 외국으로 갔다고 하는 사람도 있더군요. 하지만 헬레나의 행방을 알 만한 사람이 있어요. 아직 살아 있는지는 모르겠는데, 베아트리체 호프만이라고 랑 집안의 가정부로 일했던 여자죠. 살인사건 후에 그 집은 더 이상 가정부를 둘 형편이 안 되어서, 베아트리체는 한동안 루돌프 2세 병원에서 일했어요."
 프란츠는 벌써 통화 중이었다.
 파리 한 마리가 웅웅거리며 필사적으로 창문 주위를 맴돌았다. 파리는 자신만의 미시적 논리에 따라 계속 유리창에 몸을 던지고 있었다. 딱히 이유도 모른 채. 해리는 자리에서 일어났다.
 "슈트루델은……?"
 "다음에 먹도록 하죠, 마이어 부인. 지금은 시간이 없습니다."
 "왜죠? 이건 50년도 더 전에 일어난 일이에요. 이제 와서 달라질 게 없다고요."
 "그게……." 해리는 레이스 커튼 밑에서 햇볕을 쪼이는 검은 파리를 바라보았다.

 경찰청으로 차를 몰던 프리츠가 전화를 받더니 갑자기 불법 유턴을 했다. 뒤에 있던 차들이 경적을 누르는 소리가 들렸다.
"베아트리체 호프만이 아직 살아 있답니다." 차량 행렬의 불빛 사이로 속도를 내며 프리츠가 말했다. "마우어바흐 가의 양로원에 있대요. 빈 숲 쪽이죠."

BMW의 터보 엔진이 환희의 비명을 질렀다. 아파트 단지들이 점차 반목조 가옥과 포도밭으로 변해가더니, 마침내 초록색 낙엽수림이 등장했다. 양옆으로 너도밤나무와 밤나무가 늘어선 길을 따라 달리는 동안, 오후 햇살이 나뭇잎을 희롱하며 마법의 숲과 같은 분위기를 자아냈다.

간호사는 넓은 정원으로 그들을 안내했다.

옹이진 거대한 떡갈나무, 그리고 그 그늘 아래 놓인 벤치에 베아트리체가 앉아 있었다. 밀짚모자가 쪼글쪼글한 작은 얼굴을 거의 다 가리고 있었다. 프리츠가 독일어로 노부인에게 자신들이 찾아온 목적을 설명했다. 노부인은 미소를 지으며 고개를 한쪽으로 기울였다.

"난 아흔 살이라우." 그녀가 떨리는 목소리로 말했다. "그런데도 헬레나 아가씨만 생각하면 아직도 눈물이 나."

"그분이 아직 살아 있나요?" 해리가 학창 시절에 배운 독일어로 물었다. "어디 있는지 아십니까?"

"뭐라는 거야?" 노부인이 귀 뒤에 손을 대며 묻자, 프리츠가 설명했다.

"아, 그럼. 헬레나가 어디 있는지 알지. 저기 앉아 있잖아."

그녀가 우듬지를 가리켰다.

'그럼 그렇지. 노망이 났군.' 해리는 생각했다. 하지만 노부인의 말은 아직 끝나지 않았다.

"성 베드로와 함께. 랑 가문은 독실한 가톨릭 신자였어. 특히나 헬레나는 그 집안의 천사였지. 아까도 말했다시피, 아가씨 생각만 하면 눈물이 나."

"구드브란 요한센을 기억하십니까?" 해리가 물었다.

"우리아 말이군. 딱 한 번 봤어. 잘생기고 매력적인 젊은이였지. 하지만 불행히도 제정신이 아니었지. 그렇게 착하고 예의 바른 청년이 사람을 죽일 줄 누가 알았겠어? 둘 다 감정을 주체하지 못했던 거야. 그래, 아가씨도 그랬지. 아가씨는 절대 그를 잊지 못했어, 가여운 것. 경찰은 우리아를 찾아내지 못했어. 헬레나는 아무 죄도 없었는데, 안드레 브록하르트가 아가씨를 병원에서 쫓아내도록 조치했지. 헬레나는 시내로 이사 가서 대주교를 위해 자원봉사를 했지만, 돈에 너무 쪼들리는 바람에 일자리를 구해야 했어. 그렇게 해서 시작한 삯바느질이 2년 만에 정직원 열네 명을 거느린 사업으로 성장했지. 헬레나의 아버지는 석방되었지만, 유대인 은행가와의 스캔들 때문에 일자리를 구할 수 없었어. 가문의 몰락을 크게 수치스러워하던 랑 부인은 결국 오랜 지병으로 1953년에 세상을 떠났지. 랑 씨도 같은 해 가을에 교통사고로 그 뒤를 따랐고. 헬레나는 1955년에 사업을 정리하고, 누구에게 어떤 설명도 없이 이 나라를 떠나버렸어. 난 그날을 기억해. 5월 15일, 오스트리아 독립기념일이었지."

해리가 이상하다는 표정을 짓자, 프리츠가 설명했다.

"오스트리아는 좀 특이합니다. 히틀러에게 항복한 날이 아니라, 연합군이 떠난 날을 독립기념일로 삼죠."

베아트리체는 헬레나의 사망 소식을 어떻게 알게 되었는지 설명했다.

"20년 넘게 연락이 두절되었는데 어느 날, 파리의 소인이 찍힌 편지 한 통을 받았어. 남편과 딸을 데리고 파리 여행을 왔다고 적혀 있더군. 난 그게 죽음을 앞둔 헬레나의 마지막 여행이라는 걸 깨달았어. 어디에 사는지, 누구와 결혼했는지, 어떤 병을 앓고 있는지는 전혀 적혀 있지 않았어. 그저 살날이 얼마 남지 않았으니 자신을 위해 슈테판 성당에 촛불을 밝혀달라고만 했지. 아주 특이한 사람이었어, 헬레나는. 일곱 살 때 내가 있는 부엌으로 오더니 그 회색 눈동자로 날 바라보며 이렇게 말하는 거야. '인간은 사랑하기 위해 창조되었어요.'"

노부인의 주름진 볼에 눈물이 흘러내렸다.

"그 말이 잊히지가 않아. 겨우 일곱 살짜리가 말이야. 헬레나는 앞으로 어떻게 살지 그때 이미 결심한 것 같아. 비록 삶이 생각대로 풀리지 않고, 숱한 시련을 겪었을지라도 분명 헬레나는 그 말을 굳게 믿고 살았을 거야. 인간은 사랑하기 위해 창조되었다고. 헬레나가 그런 사람이었으니까."

"아직도 그 편지를 보관하고 계신가요?" 해리가 물었다.

베아트리체는 눈물을 훔치더니 고개를 끄덕였다.

"내 방에 있다우. 하지만 잠시 추억에 잠기게 해줘. 가는 건 조금 있다 가도 되니까. 그건 그렇고, 올해 들어 처음으로 무더운 저녁일세."

태양이 소피엔알페 호텔 너머로 지는 동안, 그들은 말없이 앉아 나뭇가지가 흔들리는 소리와 작은 새들이 지저귀는 소리를 들었다. 그리고 각자 자신들보다 먼저 떠난 사람들을 생각했다. 나무 사이로 떨어지는 빛기둥 속에서 곤충들이 폴짝폴짝 춤을 추었다. 해리는 엘렌을 생각했다. 새 한 마리가 눈에 들어왔다. 예전에 조류도감에서 본 딱새와 똑같았다.

"이제 그만 가지." 베아트리체가 말했다.

그녀의 방은 작고 소박했지만, 환하고 아늑했다. 침대 뒤쪽의 벽은 온갖 크기의 사진들로 도배되어 있었다. 베아트리체는 큼직한 화장대 서랍 속의 종이를 뒤적거렸다.

"나름 체계적으로 정리를 해뒀으니 찾을 수 있을 게야." 그녀가 말했다. '아무렴요.' 해리는 생각했다.

순간 그의 시선이 은테 액자 속의 사진으로 향했다.

"여기 있구만." 베아트리체가 말했다.

해리는 대답하지 않은 채 사진만 뚫어지게 바라보았다. 바로 뒤에서 베아트리체의 목소리가 들린 후에야 정신을 차렸다.

"그건 헬레나가 병원에서 일하던 시절에 찍은 사진이라우. 정말 예쁘지?"

"네, 그러네요. 이상하게 어딘가 눈에 익어요."

"이상할 거 없수. 거의 2천 년 동안 성화에 그려온 얼굴이니까."

무더운 밤이었다. 덥고 후텁지근한 밤. 해리는 사주식 침대에서 뒤척이다가 담요를 바닥에 던지고, 덮고 있던 시트도 침대에서 빼 버렸다. 머릿속 생각을 모두 차단하고, 잠들려고 노력했다. 잠깐 미니바 속의 술을 생각하기도 했지만, 아까 열쇠뭉치에서 미니바의 열쇠를 빼 접수원에게 주었던 일이 생각났다. 문 앞 복도에서 말소리가 들렸다. 누군가 그의 객실 문손잡이를 잡자, 해리는 침대에서 벌떡 일어났다. 하지만 아무도 들어오지 않았다. 그러더니 이제는 방 안에서 말소리가 들렸다. 그들의 뜨거운 숨결이 그의 살결에 닿았고, 옷을 찢는 소리가 들렸다. 하지만 눈을 떠보니 섬광이 번쩍였다. 번개가 치고 있었다.

멀리서 들리는 폭발음 같은 천둥이 도심의 이쪽에서, 다음에는 저쪽에서 울려 퍼졌다. 그는 다시 잠이 들었고, 그녀에게 키스하며 하얀 잠옷을 벗겼다. 그녀의 새하얀 살결은 차가웠고 땀으로, 두려움으로 젖어 있었다. 그는 오래 오래 그녀를 껴안았다. 그녀가 따듯해질 때까지. 그의 품에서 다시 살아날 때까지. 마치 봄 내내 화면 속에 정지해 있던 꽃이 다시 맹렬한 속도로 재생되듯이.

그는 그녀에게 계속 키스했다. 그녀의 목에, 팔 안쪽에, 배에. 강압적이지 않게, 그렇다고 자극적이지도 않게. 오히려 반은 그녀를 위로하고, 반은 곧 사라질 사람처럼 혼수상태에 빠진 듯한 키스였다. 마침내 자신들의 목적지가 안전하다는 판단 하에 그녀가 주저하며 그를 따랐고, 그는 그녀를 계속 이끌었다. 그리하여 결국 그도 모르는 풍경 속에 다다랐다. 그가 돌아보았을 때는 너무 늦었다. 그녀는 그의 품에 몸을 던지며 그에게 욕하고, 애원하고, 그 튼튼한 손으로 그를 꼬집었다. 그의 살갗에서 피가 흐를 때까지.

해리는 자신의 헐떡이는 숨소리에 잠에서 깼다. 정말로 혼자인지 확인하기 위해 옆을 돌아봐야 했다. 그 후로는 모든 것이 천둥과 잠, 꿈이 뒤섞인 거대한 소용돌이였다. 그는 한밤중에 장대비 소리에 잠에서 깼다. 창가로 다가가 거리를 내려다보니, 인도 가장자리로 물이 흘러넘쳤다. 주인 없는 모자 하나가 빗물에 둥둥 떠내려가고 있었다.

다음 날 아침 일찍, 모닝콜에 잠이 깼을 때는 밖이 환했고 거리는 모두 말라 있었다.

그는 머리맡 테이블의 시계를 보았다. 오슬로 행 비행기 출발 시간까지 두 시간이 남았다.

2000년 5월 15일
테레세스 가

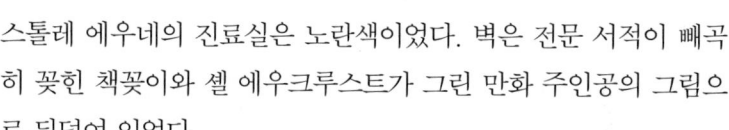

스톨레 에우네의 진료실은 노란색이었다. 벽은 전문 서적이 빼곡히 꽂힌 책꽂이와 셸 에우크루스트가 그린 만화 주인공의 그림으로 뒤덮여 있었다.

"어서 오게, 해리. 앉을 텐가, 누울 텐가?" 닥터 에우네가 말했다. 평소 내담자를 맞이하는 그의 첫마디였다. 해리는 오른쪽 입꼬리를 들어 올리며, '재미있기는 하지만 이제 질릴 때도 됐잖아요'라는 미소를 지어 보였다. 가르데모엔 공항에 도착한 해리의 전화를 받았을 때 에우네는 만날 수는 있지만 오래 이야기할 수는 없다고 했다.

"하마르 시에서 열리는 세미나에 참석해야 되거든. 거기서 기조연설을 하기로 했네. 제목하여 '알코올중독 진단과 관련된 문제점'이라네. 자네 이름은 가명으로 바꿀 테니 걱정 말게."

"그래서 이렇게 차려입으신 겁니까?"

"옷은 인간이 보내는 가장 강력한 신호라네." 에우네가 손으로 양복 깃을 쓸어내리며 말했다. "트위드는 남성성과 자신감을 암시하지."

"나비넥타이는요?" 해리가 수첩과 펜을 꺼내며 물었다.

"지적인 주책스러움과 오만함이지. 자기 비하가 살짝 느껴지는 진지함이라고 할 수도 있고. 이류 동료들에게 좋은 인상을 주고도 남을 거야."

에우네는 스스로의 발언에 즐거워하며 의자에 등을 기댔다. 양손은 불룩 튀어나온 배 위에 포개져 있었다.

"다중인격 혹은 정신분열증에 대해 말해주세요." 해리가 말했다.

"5분 동안에?" 에우네가 신음했다.

"그럼 요약만 해주세요."

"첫째로 자네는 다중인격을 정신분열증과 같은 맥락에서 언급했는데, 그건 많은 사람들이 저지르는 오해야. 정신분열증은 각양각색의 정신 질환을 언급하는 포괄적 용어로, 다중인격과는 아무 상관도 없네. 물론 정신분열증schizophrenia의 'schizo'가 다중인격split personality의 'split'과 같은 뜻이기는 하네. 하지만 정신분열증에서의 분열은 인격의 분열이 아니라, 뇌의 정신적 기능이 분열된다는 뜻이야. 게다가 만약……."

해리는 자신의 손목시계를 가리켰다.

"알았네. 자네가 말하는 인격 분열은 MPD, 즉 다중인격장애라고 하지. 한 사람 안에 둘 혹은 그 이상의 인격이 존재하면서 차례로 그 사람을 지배하는 거야. 지킬 박사와 하이드처럼."

"그러니까 정말로 그런 사람이 존재하는군요."

"아, 그럼. 하지만 드물어. 할리우드 영화에 자주 등장하는 것과 달리 아주 드물지. 나는 정신과의사로 25년간 일해왔지만, 불행히도 다중인격장애 사례는 한 번도 보지 못했네. 그래도 그 증상에 대해 알고는 있지."

"하나만 말해주세요."

"하나만 말하자면, 그 증상은 반드시 기억상실증과 연관이 있네. 다시 말해, 다중인격장애 환자는 술을 마신 기억이 없는데도 아침에 깨어났을 때 숙취에 시달릴 수 있지. 다른 인격체가 술을 마셨기 때문이야. 사실 한 인격체는 술꾼인데, 다른 인격체는 술을 입에도 안 대는 사람일 수 있어."

"비유적으로 하신 말씀이죠?"

"물론."

"하지만 알코올중독은 육체적 질병이기도 하잖아요."

"그래, 그래서 다중인격장애가 흥미로운 거야. 내가 읽은 다중인격장애 보고서 중에는 한 인격체가 골초인데, 다른 인격체는 담배를 전혀 피우지 않는 경우가 있었어. 그런데 골초의 인격체일 경우에 혈압을 재보면, 그렇지 않을 때보다 20퍼센트나 높았지. 다중인격장애를 가진 여자들 중에는 한 달에 생리를 네댓 번씩 한다는 보고도 있어. 각 인격체마다 생리 주기가 다른 거야."

"그러니까 이 사람들은 신체적 증상까지도 바꿀 수 있는 거로군요."

"어느 정도까지는 그렇다네. 사실 지킬 박사와 하이드 이야기는 사람들 생각처럼 그렇게 허무맹랑하지 않아. 오셔손 박사가 보고한 유명한 사례를 보면, 한 인격체는 이성애자인데 다른 인격체는 동성애자인 경우도 있으니까."

"인격체마다 목소리가 다를 수도 있나요?"

"그렇지. 사실 목소리야말로 인격체의 전이를 식별할 수 있는 가장 쉬운 방법 중 하나야."

"목소리가 너무 심하게 바뀌어서, 평소에 그 사람을 아주 잘 알던 사람이 못 알아듣을 수도 있을까요? 예를 들어, 전화로 통화할 때 말이에요."

"만약 그 사람이 상대의 다른 인격에 대해 전혀 모른다면 그럴 수 있네. 다중인격장애를 잘 모르는 사람들에게는 몸짓이나 바디랭귀지를 바꾸는 것만으로도 충분히 속일 수 있어. 심지어 같은 방에 앉아 있어도 상대를 못 알아보지."

"다중인격장애에 걸린 사람이 그 사실을 가까운 주위 사람들에게 숨길 수도 있나요?"

"가능하지, 응. 다른 인격체가 얼마나 자주 나타나는지는 개인에 따라 다르고, 환자들은 어느 정도 그 변화를 통제할 수 있으니까."

"하지만 그러려면 인격체들이 서로의 존재를 알아야 하잖아요?"

"그거야 그렇지. 하지만 그게 그렇게 특이한 경우는 아닐세. 지킬 박사와 하이드에서처럼 두 인격체 간에 심한 충돌이 일어날 수도 있어. 각자의 목표, 도덕관, 주위 사람들에 대한 호감과 반감 등등이 모두 다를 수 있으니까."

"필적은요? 필적도 바꿀 수 있나요?"

"일부러 바꾸는 게 아닐세, 해리. 자네도 늘 똑같은 해리는 아니야. 예를 들어, 퇴근하고 집에 가면 자네 안에서도 미세한 변화들이 엄청나게 많이 일어난다네. 목소리, 몸짓 등이 바뀔 거야. 자네가 필적 이야기를 꺼내다니 이상하군. 마침 어딘가에 그와 관련된 책이 있거든. 그 책에는 다중인격장애 환자가 쓴 편지가 실려 있는데, 열일곱 개의 완전히 다르면서도 일관된 필적으로 쓰였다네. 언제 시간이 나면 한번 찾아봄세."

해리는 노트에 몇 가지 사항을 메모했다.

"다른 생리 주기, 다른 필적이라. 완전히 미친 거군요." 그가 중얼거렸다.

"맞는 말일세, 해리. 도움이 됐으면 좋겠군. 난 이제 얼른 가봐야겠네."

에우네는 전화로 택시를 불렀고, 그들은 함께 거리로 나갔다. 인도에 서서 택시를 기다리는 동안, 에우네는 해리에게 독립기념일인 5월 17일에 무슨 계획이 있는지 물었다. "우리 부부는 몇몇 친구들을 점심 식사에 초대할 예정이라네. 자네도 대환영이야."

"고맙습니다만, 그뢴란의 모스크 주위를 감시하는 업무에 협력하라는 지시를 받았습니다. 신나치족이 이드를 축하하는 이슬람교도를 덮칠 예정이라서요." 갑작스러운 초대에 해리는 기쁘기도 하면서 당황스러웠다. "이런 가족 명절의 근무는 늘 우리 같은 싱글들 차지죠. 아시잖아요."

"그냥 잠깐 들렀다 갈 수는 없나? 오후에는 다들 각자 계획이 있어서 식사만 하고 갈 거라네."

"고맙습니다. 상황 보고 전화드리죠. 박사님 친구분들은 어떤 사람들입니까?"

에우네는 나비넥타이가 똑바로 매어졌는지 확인했다.

"다 자네 같은 사람들이야. 하지만 우리 아내는 훌륭한 친구들을 뒀지."

그 순간, 택시가 인도 옆에 멈춰 섰다. 에우네가 올라타는 동안 차 문을 붙잡고 있던 해리의 머릿속에 갑자기 무언가가 떠올랐다.

"다중인격장애가 생기는 원인은 뭔가요?"

택시 뒷자리에 앉은 에우네가 허리를 숙여 해리를 올려다보았다.

"대체 무슨 일로 그러는 건가, 해리?"

"저도 아직 확실히는 모릅니다. 하지만 중요한 문제예요."

"알겠네. 다중인격장애는 주로 어린 시절의 학대로 인한 경우가 많아. 하지만 나중에 어른이 돼서 극심한 트라우마를 경험하면서 생길 수도 있지. 문제에서 도망치기 위해 또 다른 인격이 생기는 거니까."

"만약 성인 남성이라면 극심한 트라우마가 될 만한 경험이 뭐가 있을까요?"

"그거야 상상력을 발휘할 수밖에. 자연재해를 겪었거나, 사랑하는 사람을 잃었거나, 폭력의 피해자이거나, 오랫동안 공포를 느끼며 살았을 수도 있지."

"전쟁터의 군인처럼요, 예를 들면."

"분명 전쟁이 도화선이 될 수 있지, 아무렴."

"혹은 레지스탕스 활동이거나요."

해리가 그 말을 중얼거릴 때에는 에우네를 태운 택시가 이미 테레세스 가를 내려가고 있었다.

"스코츠맨 펍에서요."

"5월 17일을 스코츠맨 펍에서 보내겠다고?" 해리는 얼굴을 찡그리며, 기다란 옷걸이 뒤에 가방을 내려놓았다.

할보르셴은 어깨를 으쓱였다. "더 나은 제안이라도 있어요?"

"굳이 펍에서 보내겠다면 최소한 스코츠맨보다는 더 멋진 펍을 고르라고. 더 좋은 건 차라리 그날 근무하는 애아버지와 교대하는 거야. 아이들 퍼레이드 감시 업무를 맡아. 보수는 두 배고, 숙취도 없지."

"생각해보죠."

해리는 의자에 털썩 주저앉았다.

"그 의자 안 고치실 거예요? 완전히 고장 난 거 같은데."

"수리가 불가능해." 해리가 시무룩하게 말했다.

"유감이네요. 빈에서 뭐 좀 알아내셨어요?"

"그 이야기를 하려던 참이야. 자네 먼저 말해봐."

"율 부인이 사라진 시간에 에벤 율의 알리바이를 조사했어요. 본인 말로는 시내를 돌아다니다가 울레볼스 가에 있는 카페 브레네리에 들어갔다는데, 거기서 만난 사람이 없어서 증명할 수는 없대요. 제가 카페 브레네리에 직원들에게 물어봤더니, 자기들은 너무 바빠서 율 교수가 왔는지 안 왔는지 모르겠다더군요."

"카페 브레네리에는 슈뢰데르 건너편에 있지." 해리가 말했다.

"그래서요?"

"그냥 그렇다고. 베베르는 뭐래?"

"그쪽도 아무것도 못 찾았대요. 만약 야간 경비원이 봤던 차에 시네 율이 실려 있었다면, 그녀의 옷에서 뭔가가 나왔을 거래요. 자동차 뒷좌석의 섬유라든가, 트렁크의 기름이나 흙 같은 거요."

"차에 쓰레기 봉지를 깔아놨을 거야."

"베베르도 그렇게 말했어요."

"율 부인의 코트에 붙어 있던 건초는 조사했어?"

"네. 모스켄의 마구간에서 나온 것일 수도 있어요. 하지만 거기 말고도 다른 수백만 가지의 가능성이 있죠."

"건초야. 지푸라기가 아니고."

"지푸라기든 건초든 전혀 특별할 게 없어요. 그냥…… 건초라고요."

"젠장." 해리가 시무룩하게 주위를 둘러보았다.

"빈에서는 어땠어요?"

"거기도 건초뿐이야. 커피에 대해 좀 알아, 할보르센?"

"네?"

"엘렌은 아주 고급 커피를 만들곤 했어. 그뢴란에 있는 어떤 가게에서 사온 커피였는데, 어쩌면 자네도……."

"싫어요! 전 커피 심부름은 안 할 거예요." 할보르센이 말했다.

"노력은 해보겠다고 해줘." 해리는 다시 자리에서 일어섰다. "한두 시간 나갔다 올게."

"빈에 대해 하실 말이 그거뿐이에요? 건초? 지푸라기라도 잡은 거 없어요?"

해리는 고개를 저었다. "미안. 거기도 막다른 길이었어. 자네도 익숙해질 거야."

무슨 일인가 있었다. 그뢴란슬라이레 가를 따라 걸으며 해리는 그게 정확히 무엇인지 알아내려 했다. 거리의 행인들이 달라졌다. 그가 빈에 있는 동안, 그들에게 무슨 변화가 일어난 것이다. 칼 요한스 가까지 한참을 걸어 올라가서야 비로소 그게 무엇인지 깨달았다. 여름이 온 것이다. 몇 년 만에 처음으로 아스팔트 냄새가 느껴졌다. 그를 지나가는 행인들도, 그렌센의 꽃가게도 눈에 들어왔다. 왕궁 정원을 가로질러 걷는 동안, 갓 깎은 잔디 냄새가 어찌나 싱그러운지 저절로 미소가 지어졌다. 정원 관리사 복장의 남녀가 한 나무의 우듬지를 올려다보고 있었다. 그러더니 무언가를 상의하며 고개를 절레절레 흔들었다. 여자는 위아래가 붙은 작업복의 상의를 아래로 내려 허리에 질끈 묶고 있었다. 여자가 나무를 올려다보며 어딘가를 가리키자, 남자 동료는 나무가 아닌 그녀의 딱 달라붙은 티셔츠를 힐끗 훔쳐보았다.

헤그데헤우그스바이엔 가의 최신 유행을 따르는, 혹은 유행에 약간 뒤처지는 옷가게들은 독립기념일을 앞두고 막판 판촉전이 한창이었다. 거리 매점에서는 리본과 국기를 팔았고, 멀리서 밴드가 전통 행진곡 가락을 마지막으로 연습하는 소리가 울려 퍼졌다. 일기예보에 의하면 소나기가 온다고 했지만, 그래도 따뜻할 것이다.

신드레 페우케의 집 초인종을 누를 때는 해리도 땀을 흘리고 있었다.

페우케는 딱히 독립기념일을 고대하고 있지는 않았다.

"너무 소란스러워. 국기도 너무 많고. 히틀러가 노르웨이인에게 친밀감을 느낀 것도 무리가 아니지. 노르웨이인들은 애국심이 강하거든. 감히 인정하지 못할 뿐이야."

페우케는 커피를 따랐다.

"구드브란 요한센은 빈의 육군병원으로 이송되었습니다." 해리가 말했다. "노르웨이로 떠나기 전날 밤에 의사를 살해했고, 그 후로 행방을 감췄죠."

"저런, 금시초문이로군." 혀가 데일 만큼 뜨거운 커피를 후루룩 마시며 페우케가 말했다. "어딘가 문제 있는 친구라고 생각은 했지."

"에벤 율 교수님에 대해서는 어떻게 생각하십니까?"

"할 말이야 많지. 굳이 하자면."

"굳이 해주셔야겠는데요."

숱이 많은 페우케의 한쪽 눈썹이 올라갔다.

"확실한 거요? 헛다리를 짚은 건 아니고?"

"확실한 건 하나도 없습니다."

페우케는 생각에 잠겨 커피를 후후 불었다.

"좋소. 꼭 들어야겠다면 말하지. 율과 나의 관계는 여러 면에서 구드브란 요한센과 다니엘 구데손의 관계와 비슷했소. 에벤에게 나는 대리부와 같은 존재였지. 아마도 그에게 친부모가 없다는 사실과 연관이 있을 거요."

입으로 향하던 해리의 커피잔이 허공에서 멈췄다.

"그 사실을 아는 사람은 많지 않소. 에벤이 계속 이야기를 지어냈기 때문이지. 그가 만들어낸 어린 시절은 보통 사람들이 기억하는 것보다 더 세세하다오. 사람들과 장소, 날짜 등이 훨씬 더 많이 등장하니까. 그의 공식적인 어린 시절은 그리니에 있는 농장에서 율 가족과 함께 자란 것으로 되어 있소. 하지만 사실 에벤은 노르웨이 전역의 여러 고아원과 양부모를 전전했소. 그러다 마침내 열두 살 때 아이가 없는 율 부부의 집에 정착하게 된 거요."

"그분이 거짓말을 한다는 건 어떻게 아셨습니까?"

"그게 참 신기하다니까. 우리는 하레스투아 북쪽 숲에 캠프를 세웠는데, 어느 날 밤 에벤과 내가 불침번을 서게 되었소. 당시 우리 둘은 딱히 가까운 사이는 아니었지. 그런데 에벤이 갑자기 어린 시절에 학대받은 이야기며, 여러 차례 파양된 이야기를 하기에 깜짝 놀랐소. 아주 은밀한 과거사까지 들려주었는데, 그중에는 차마 듣기 힘든 것도 있었다오. 그를 입양했던 몇몇 부모들은 정말이지……." 페우케는 몸을 부르르 떨었다.

"산책이나 갑시다. 오늘 날씨가 아주 좋다고 하니." 페우케가 말했다.

두 사람은 비베스 가를 따라 스텐스 공원까지 걸어갔다. 공원에는 올해의 첫 비키니족들이 등장했고, 언덕 꼭대기의 노숙자 쉼터에서 빠져나온 약쟁이 하나는 마치 이 지구별을 처음 발견한 사람처럼 주위를 두리번거렸다.

"에벤이 왜 내게 그런 이야기를 털어놓았는지 모르겠지만, 그날 밤 그 친구는 마치 다른 사람 같았소. 아주 이상했지. 그런데 더 이상한 건 다음 날이 되자, 어젯밤 일은 전혀 기억나지 않는 것처럼 행동했다는 거요."

"그날 밤에 혹시 어르신도 동부전선 경험담을 들려주셨나요?"

"물론이오. 숲에서 달리 할 일이 뭐가 있겠소? 그저 주위를 어슬렁거리며 독일군을 감시하는 게 전부였지. 그렇게 기다리는 동안 긴 이야기들이 꽤 많이 오갔소."

"다니엘 구데손에 대해서도 많이 말씀하셨나요?"

페우케는 해리를 바라보았다.

"그럼 에벤 율이 다니엘 구데손에게 집착한다는 걸 알아낸 거요?"

"지금으로서는 그냥 짐작일 뿐입니다."

"그랬소, 다니엘에 대한 이야기를 많이 했지. 전설 같은 인물이었다오, 다니엘 구데손은. 다니엘처럼 자유롭고 강인하며 행복한 영혼은 좀처럼 만나기 힘들 거요. 에벤도 다니엘의 이야기에 푹 빠져버렸소. 나는 다니엘의 이야기를 해주고 또 해줘야 했지. 특히 다니엘이 무인 지대에 들어가 소련 군인을 묻어주고 온 이야기를."

"다니엘 구데손이 젠하임에서 훈련받은 사실을 율 교수님도 아시나요?"

"물론이오. 에벤은 다니엘에 대해서라면 시시콜콜한 것까지 모두 기억했고, 오히려 나중에는 내게 일깨워줄 정도였소. 왠지 모르지만, 에벤은 자신을 다니엘과 완전히 동일시하는 것 같았소. 내가 보기에 둘은 닮은 구석이 전혀 없었는데 말이지. 한번은 술에 취한 에벤이 나더러 자기를 우리아라 부르라고 했소. 다니엘이 그랬던 것처럼. 내 소견으로는 젊은 시절 에벤이 싱네 알사케르 외에 다른 여자는 거들떠보지 않은 것도 우연이 아니오."

"네?"

"에벤은 다니엘 구데손의 약혼녀가 재판받는다는 사실을 알아냈소. 그리하여 법정으로 가서 하루 종일 그녀를 바라보았지. 마치 그녀를 갖겠다고 이미 결심한 사람 같았소."

"율 부인이 다니엘의 약혼녀였기 때문에요?"

"이게 정말 중요한 일이오?" 페우케가 언덕으로 향하는 길을 올라가며 말했다. 그의 걸음이 어찌나 빠른지 해리는 보조를 맞추기 위해 속력을 내야 했다.

"물론입니다."

"이런 말을 해도 될지 모르겠지만, 나 개인적으로는 에벤 율이 싱네 율보다는 다니엘 구데손의 신화를 더 사랑했다고 믿소. 에벤이 전쟁 후에 다시 의학을 공부하지 않고 역사를 공부한 데에는 다니엘에 대한 동경도 큰 몫 했을 거요. 그의 전공 분야도 당연히 독일 점령 치하의 노르웨이와 동부전선에서 싸웠던 노르웨이 군인들이고."

언덕 꼭대기에 도착하자, 해리는 땀을 닦았다. 그러나 페우케의 호흡은 조금도 흐트러지지 않았다.

"에벤 율이 역사가로서 그렇게 빨리 자리 잡을 수 있었던 것은 그가 레지스탕스 요원이었다는 이유도 있소. 다시 말해, 노르웨이 정부가 전후 노르웨이에 필요하다고 판단한 역사를 쓰기에 그가 완벽한 도구였던 거요. 독일군과의 광범위한 협력에 대해서는 침묵하고, 미비했던 레지스탕스 활동에 초점을 맞춰줄 역사가. 예를 들어 에벤이 저술한 역사책을 보면 4월 9일 새벽, 나치 독일의 중순양함 블뤼허가 노르웨이 군대의 공격을 받아 침몰한 사건에 대해서는 다섯 페이지나 할애되어 있소. 반면 전쟁이 끝나고 거의 10만 명에 달하는 노르웨이인들이 독일군에 동조한 행위로 고소당한 사실은 전혀 언급되지 않았지. 그리고 그 방법은 성공했소. 노르웨이 국민들이 나치에 대항해 힘을 합쳐 싸웠다는 신화는 오늘날까지 살아 있으니까."

"그래서 그에 관한 책을 쓰시는 겁니까, 페우케 씨?"

"난 그저 사실만 말할 뿐이오. 에벤은 자신의 글이 거짓이거나 최소한 진실의 왜곡이라는 걸 알고 있소. 둘이서 그에 관해 이야기를 나눈 적이 있지. 에벤은 자신의 책 덕분에 국민들이 단결하게 되었다면서 스스로를 변호하더군. 에벤이 유일하게 영웅적 행위로 미화하지 않은 것은 왕의 망명뿐이었소. 레지스탕스 요원 중에 왕의 망명에 배신감을 느끼지 않은 사람은 없을 거요. 하지만 에벤처럼 그렇게 일방적으로 왕을 비난하는 사람은 본 적이 없소. 동부전선의 군인들도 그 정도는 아니었지. 에벤은 믿고 사랑했던 사람들로부터 평생 버림받아왔다는 사실을 기억하시오. 내 생각에 그는 런던으로 도망친 사람들을 하나도 빠짐없이 진심으로 증오하는 것 같았소. 정말로."

두 사람은 벤치에 앉아 파게르보르그 교회 너머를 바라보았다. 필레스트레데 가의 지붕들은 도심을 향해 아래로 펼쳐져 있고, 멀리서 푸른 오슬로 피오르가 반짝거렸다.
"아름답구만. 너무 아름다워서 가끔은 이 경치를 위해 목숨도 내놓을 수 있을 것 같소." 페우케가 말했다.
해리는 페우케로의 이야기를 모두 받아들여 전체 그림을 맞추려 했다. 하지만 작은 조각 하나가 없었다.
"율 교수님은 전쟁 전에 독일에서 의학을 공부했다고 들었습니다. 그게 독일 어딘지 아십니까?"
"모르겠소."
"뭘 전공하려고 했는지는 아십니까?"
"에벤은 유명한 조부와 아버지의 뒤를 이을 거라고 했었소."
"그분들 전공이 뭐였나요?"
"모르시오? 두 사람은 외과의였소."

2000년 5월 16일

그뢴란슬라이레

비아르네 뮐레르와 할보르센, 해리는 나란히 모츠펠츠 가를 걸어 내려갔다. 지금 그들이 있는 곳은 리틀 카라치* 가장 안쪽으로, 이곳의 냄새와 주위 사람들, 그리고 그들의 옷차림은 노르웨이와 거리가 멀었다. 그들이 먹고 있는 케밥이 노르웨이의 구운 소시지와 거리가 먼 것처럼. 파키스탄인 소년 하나가 그들이 있는 쪽으로 깡충깡충 뛰어왔다. 파키스탄 전통 축제 의상을 입었지만, 금박 입힌 옷깃에 5월 17일 리본을 달고 있었다. 해리는 신문에서 이슬람교 학부모들이 아이들을 위한 독립기념일 파티를 오늘로 당겨서 연다는 기사를 읽었다. 내일은 이드 행사에만 집중하기 위해서였다.

"만세!"

소년이 그들 옆으로 휙 지나가며 하얀 이를 드러내고 싱긋 웃었다.

"에벤 율은 평범한 사람이 아닐세." 뮐레르가 말했다. "아마 전

---

* 파키스탄인들이 모여 사는 지역

쟁사에 있어서 노르웨이 최고의 권위자일 거야. 만약 자네 말이 맞다면, 언론은 난리를 치겠지. 만약 우리가 실수하는 거라면, 그 후의 일은 생각하기도 싫네. 우리가 아니라 자네의 실수지만, 해리."

"제가 원하는 건 그저 율 교수를 데려와 심문하게 해달라는 겁니다. 정신과의사의 동석 하에요. 그리고 그의 집을 뒤질 수 있는 수색 영장하고요."

"내가 원하는 건 그저 최소한의 증거나 목격자를 하나라도 내놓으라는 거야." 묄레르가 손짓하며 말했다. "율은 유명인사야. 그런데 범죄 현장 근처에서 그를 본 사람이 하나도 없어. 단 한 명도. 예를 들어, 브란헤우그 부인에게 전화를 건 곳이 자네 동네 술집이었다면서?"

"슈뢰데르에서 일하는 여자에게 에벤 율의 사진을 보여줬습니다." 할보르센이 말했다.

"마야." 해리가 냉큼 덧붙였다.

"하지만 에벤 율을 본 기억이 나지 않는다고 했어요." 할보르센이 말했다.

"내 말이 바로 그 말일세." 묄레르가 신음하며, 입가에 묻은 소스를 닦았다.

"네, 하지만 술집에 있던 다른 사람들에게도 사진을 보여줬어요." 할보르센이 해리를 힐끔 곁눈질하며 말했다. "그랬더니 코트를 입은 할아버지 하나가 고개를 끄덕이며, 그 사람을 체포해야 한다고 하더군요."

"코트?" 해리가 말했다. "그건 모히칸이야. 콘라드 오스네스, 전쟁 때 선원이었지. 아주 괴짜인데 유감스럽게도 믿을 만한 목격자는 못 돼. 어쨌든 율은 슈뢰데르 건너편의 카페에 있었다고 했는데, 거기에는 공중전화가 없어. 그러니까 전화할 거라면 당연히 슈뢰데르로 갔을 거라고."

묄레르는 얼굴을 찡그리며, 못마땅한 시선으로 자신의 케밥을 바라보았다. 해리의 표현대로 하자면 '터키와 보스니아, 파키스탄이 그뢴란슬라이레를 만난 맛'인 부렉 케밥을 먹는 게 애초부터 별로 내키지 않았었다.

"그리고 자넨 그 다중인격인지 뭔지 하는 걸 다 믿나, 해리?"

"저도 보스만큼이나 그 이론이 믿기지 않아요. 하지만 에우네 박사는 그럴 가능성이 있다고 했어요. 기꺼이 우리를 돕겠다고도 했고요."

"그래서 에우네 박사가 율 교수에게 최면을 걸 수 있다는 건가? 최면 상태에서 율 안에 있는 다니엘 구데손을 구슬려 자백도 받아낼 수 있고?"

"에벤 율이 다니엘 구데손의 악행을 알고 있는지는 확실하지 않습니다. 하지만 율 교수와 꼭 이야기할 필요가 있어요. 에우네 박사의 말에 의하면 다중인격장애에 시달리는 사람들은 최면에 아주 잘 걸린다고 합니다. 그들이 늘 하는 게 그거니까요. 자기 최면."

"대단하군." 묄레르가 눈동자를 굴렸다. "그런데 수색 영장은 또 왜 필요하다는 거야?"

"보스 입으로 말했다시피 우리에게는 증거도, 목격자도 없어요. 법정에서 정신병 어쩌고 운운해봐야 전혀 먹히지 않을 테고요. 하지만 율 교수의 집에서 매르클린 라이플만 나오면 게임 끝이죠. 나머지는 필요 없어요."

"흠." 묄레르가 걸음을 멈췄다. "동기는?"

해리는 묄레르의 얼굴을 살폈다.

"내 경험상 아무리 정신이 오락가락하는 사람이라도 대개 동기는 있있네. 그런데 율에게는 전혀 동기가 없잖아."

"율 교수에게는 없죠. 하지만 다니엘 구데손에게는 있습니다, 보스. 싱네 율은 변절했다고 볼 수 있고, 그것이 다니엘 구데손에게 복수의 동기가 될 수 있습니다. 그가 거울에 쓴 말, '신은 나의 심판자'는 그가 이 모든 살인을 자기 혼자 벌이는 십자군 전쟁으로 생각한다는 것을 암시합니다. 비록 다른 사람들이 비난할지라도 그에게는 정당한 대의가 있는 겁니다."

"그렇다면 다른 살인은? 베른트 브란헤우그와 할그림 달레는? 자네 말대로 이 모두가 동일범의 소행이라면 말일세."

"그들을 죽인 동기가 뭔지는 저도 모릅니다. 하지만 브란헤우그는 매르클린 라이플로 사살되었고, 할그림 달레는 다니엘 구데손을 알고 있었습니다. 검시 보고서에 의하면 달레의 목을 그은 상처는 마치 외과의사의 솜씨 같다고 했죠. 네, 율 교수는 의학을 공부했었고, 외과의사가 될 계획이었습니다. 어쩌면 달레가 죽은 이유는 율이 다니엘 구데손 흉내를 내고 다니는 것을 알았기 때문인지도 모릅니다."

할보르센이 옆에서 헛기침을 했다.

"뭐야?" 해리가 시큰둥하게 물었다. 그는 이제 어느 정도 할보르센을 파악한 터라 이쯤해서 그가 이의를 제기할 거라고 예상했었다. 그것도 근거가 아주 충분한 이의.

"다중인격장애에 대한 경위님의 설명대로라면, 할그림 달레를 죽인 건 에벤 율이어야만 해요. 다니엘 구데손은 외과의가 아니었으니까요."

해리는 남아 있던 케밥을 입에 모두 넣고, 냅킨으로 얼굴을 닦은 뒤 쓰레기통을 찾아 두리번거렸다.

"좋습니다, 보스. 모든 질문에 대한 답을 얻을 때까지 기다렸다가 움직이자고 말할 수도 있습니다. 저 또한 검사가 증거 불충분을 이유로 영장 발부를 거부하리라는 걸 알고요. 하지만 우리가 절대 무시할 수 없는 사실이 하나 있습니다. 용의자가 다시 살인을 저지를 거라는 거죠. 보스는 만약 에벤 율을 체포할 경우, 언론의 난리법석이 두렵다고 하셨죠? 하지만 반대로 그가 또 다시 살인을 저질렀을 때 어떤 소동이 벌어질지 상상해보십시오. 게다가 우리가 줄곧 그를 의심하면서 아무런 조치도 취하지 않은 게 알려진다면……."

"그래, 그래, 그래, 무슨 말인지 알아. 그래서 율이 다시 살인을 저지를 거라고 생각하나?"

"이 사건에는 제가 모르는 것투성이입니다. 하지만 이것만큼은 확실하죠. 그의 프로젝트가 아직 끝나지 않았다는 것." 해리가 말했다.

"그렇게 확신하는 이유가 뭔가?"

해리는 가슴을 톡톡 치며, 냉소적으로 씩 웃었다.

"여기 사는 누군가가 제게 모스 부호를 보내고 있거든요. 그가 세상에서 가장 비싼 최고급 암살용 라이플을 구입한 데는 이유가 있습니다. 다니엘 구데손은 뛰어난 사격 솜씨 덕분에 전설적 인물이 되었습니다. 제 직감에 의하면 그는 이 십자군 전쟁의 논리적 결말을 원합니다. 그러니 다니엘 구데손을 불멸의 인물로 만들어줄 만한 사건, 그에게 더할 나위 없는 영광이 될 만한 사건을 계획할 겁니다."

 모츠펠츠 가에 쌀쌀한 돌풍이 휘몰아치면서 잠시 여름의 더위가 사라지고, 먼지와 쓰레기가 바람결에 빙글빙글 돌아갔다. 묄레르는 눈을 감고, 코트를 단단히 여미며 부르르 떨었다. 역시 베르겐인가. 그는 생각했다. 베르겐.

 "한번 알아볼 테니 자네는 대기하고 있게." 묄레르가 말했다.

2000년 5월 16일
경찰청

해리와 할보르센은 대기 중이었다. 둘 다 어찌나 기합이 들어가 있었는지, 해리의 전화가 울리자 벌떡 일어났다. 해리가 전화를 받았다. "여보세요!"

"소리 지를 필요 없어요." 라켈이었다. "그러라고 전화가 발명된 거니까. 지난번에 17일 날 어쩐다고 했죠?"

"뭐요?" 해리는 몇 초 후에야 질문을 이해했다. "근무한다고 했던 거요?"

"그거 말고, 그 다음 말. 열 일 제쳐놓고······."

"정말입니까?" 그의 뱃속에서 이상하고 따뜻한 기분이 느껴졌다. "내가 교대해줄 사람만 구하면 독립기념일을 나와 함께 보내겠다는 거예요?"

라켈이 웃었다.

"이제야 목소리가 정상이네요. 하지만 당신이 첫 번째 선택은 아니었다는 걸 고백하죠. 아버지가 올해 독립기념일은 혼자 지내겠다고 하시는 바람에 당신 질문에 대한 답은 예스가 됐어요. 우린 당신과 함께 독립기념일을 보내고 싶어요."

"올레그는 뭐래요?"

"올레그가 제안한 거예요."

"그래요? 똑똑한 녀석이군요, 올레그는."

해리는 행복했다. 너무 행복해서 평상시의 목소리로 말하기가 힘들 정도였다. 할보르센이 책상 바로 맞은편에 앉아 히죽거리며 이 통화를 듣고 있다는 사실은 눈곱만큼도 신경 쓰이지 않았다.

"그럼 약속한 거예요?" 라켈의 목소리가 그의 귀를 간지럽혔다.

"교대할 수 있으면요. 네. 다시 연락할게요."

"좋아요. 아니면 오늘 밤에 먹을 거 사 가지고 와도 돼요. 그러니까 시간이 있으면요. 아니면 올 의향이 있거나."

그녀의 말투가 지나치게 퉁명스러운 걸로 보아, 전화하기 전에 이 문장을 연습한 게 분명했다. 그의 몸 안에서 웃음이 부글부글 끓어올랐고, 마치 마약이 주입된 것처럼 현기증이 일었다. 알았다고 대답하려는 찰나, 지난번 그녀가 레스토랑에서 했던 말이 기억났다. '딱 한 번만으로는 끝나지 않을 거예요.' 오늘 밤 그녀가 그에게 주려는 건 음식이 아닐 것이다.

'그러니까 시간이 있으면요. 아니면 올 의향이 있거나.'

지금이야말로 패닉 상태에 빠져야 할 때였다.

전화기의 불이 깜빡거리며 그의 생각을 방해했다.

"지금 다른 전화가 들어왔는데 꼭 받아야 해요. 잠깐만 기다려줄래요, 라켈?"

"물론이죠."

해리는 사각형 버튼을 눌렀다.

"체포 영장 나왔네. 수색 영장은 지금 나오는 중이야. 톰 볼레르가 네 명의 무장 경관과 순찰차 두 대를 대기시켜뒀어. 자네 가슴

속에서 모스 부호를 보내는 남자가 수전증이 없기를 바라네, 해리."

"가끔씩 글자가 틀리는 경우는 있어도, 메시지 전체를 잘못 보내지는 않습니다." 해리는 그렇게 말하며 할보르센에게 재킷을 입으라고 손짓했다. "이따 연락드리죠." 해리는 전화기를 쾅 내려놓았다.

그들은 1층으로 내려가는 엘리베이터를 탔고, 그제야 해리는 라켈이 아직 전화를 끊지 않았다는 게 생각났다. 그녀는 그의 대답을 기다리고 있을 것이다. 그는 그게 무슨 뜻인지 생각할 정신적 여력이 없었다.

2000년 5월 16일

오슬로, 이리스바이엔 가

올해의 첫 여름날이 서늘해질 무렵, 집들이 드문드문 떨어진 조용한 주택가에 경찰차 한 대가 진입했다. 해리는 마음이 편치 않았다. 방탄조끼에 땀이 차서가 아니었다. 너무 조용해서였다. 그는 아주 꼼꼼하게 다듬은 산울타리 뒤의 커튼을 바라보았지만, 인기척은 전혀 없었다. 마치 서부 영화에서처럼 말을 타고 적의 매복지로 들어가는 기분이었다.

처음에는 방탄조끼를 입지 않으려고 했다. 하지만 이번 작전의 책임자인 톰 볼레르가 최후의 통첩을 날렸다. 방탄조끼를 입거나, 아니면 집에 가라고. 매르클린 라이플에 방탄조끼는 그야말로 칼로 버터 자르기라는 주장에도 볼레르는 심드렁한 표정으로 어깨만 으쓱일 뿐이었다.

그들은 두 대의 경찰차에 나눠 탔다. 볼레르가 탄 두 번째 차는 송스바이엔 가로 올라가 울레볼 하게뷔 지역을 지나, 이리스바이엔 가에 진입했다. 정반대쪽인 서쪽에서부터. 워키토키에서 볼레르의 목소리가 지글거렸다. 차분하고 자신감에 넘치는 목소리였다. 볼레르는 각자의 위치를 확인하고, 다시 한 번 체포 절차와 비상조치를 설명했다. 그러고는 경관들에게 차례로 각자의 임무를 말하게 했다.

"만약 상대가 프로라면, 대문에 경보장치를 설치했을 것이다. 그러니 대문을 통과하지 않고 위로 뛰어넘는다."

볼레르는 능률적이었다. 해리조차도 그 사실을 인정하지 않을 수 없었다. 차에 탄 다른 경찰들도 볼레르를 존경하는 게 분명했다.

해리는 빨간 목조 저택을 가리켰다.

"저기야."

"알파." 앞자리에 앉은 여경이 워키토키에 대고 말했다. "그쪽 차가 보이지 않는다."

"지금 모퉁이를 돌고 있다. 우리 차가 보일 때까지 집의 시야에서 벗어난 곳에 있어라. 오버."

"너무 늦었다. 벌써 집 앞에 도착했다. 오버."

"알았다. 대신 우리가 갈 때까지 차 안에서 대기하라. 오버. 통신 끝."

다음 순간, 두 번째 경찰차의 앞부분이 모퉁이를 돌아 나오는 것이 보였다. 그들은 집까지 남은 50미터를 지나, 차고 앞에 주차했다. 혹시라도 범인이 차고를 통해 달아날 경우를 막기 위해서였다. 볼레르의 차량은 정원으로 들어가는 문 앞에 멈춰 섰다.

해리와 여경은 차에서 내렸다. 줄이 약간 느슨해진 테니스 라켓에 테니스공이 퉁 튕겨 나오는 둔탁한 소리가 울려 퍼졌다. 태양은 울레르노센 쪽으로 저물고 있었으며, 어느 집 창문에서 기름에 튀기는 돼지갈비 냄새가 풍겼다.

이윽고 쇼가 시작되었다. 두 명의 경관이 안전장치를 푼 MP5 기관총을 들고 울타리를 훌쩍 뛰어넘어 집 뒤쪽으로 돌아갔다. 한 명은 오른쪽으로, 한 명은 왼쪽으로.

해리와 함께 온 여경은 차 옆에 그대로 서 있었다. 경찰청 중앙 교환대와 무전을 유지하고, 구경꾼들을 쫓아내는 것이 그녀의 임무였다. 볼레르와 마지막 남은 경관은 앞의 두 경관이 제 위치에 설 때까지 기다렸다. 그러고는 워키토키를 가슴 주머니에 넣고, 권총을 치켜든 채 대문을 뛰어넘었다. 해리와 할보르센은 경찰차 뒤에 서서 이 모든 쇼를 지켜보았다.

"담배?" 해리가 여경에게 물었다.

"고맙지만 사양할게요." 그녀가 미소 지었다.

"그게 아니라 혹시 담배 있냐고."

여경의 얼굴에서 미소가 사라졌다. '전형적인 비흡연자로군.' 해리는 생각했다.

볼레르와 경관은 계단을 올라가 현관문 양옆에 자리를 잡았다. 순간 해리의 휴대전화가 울렸다.

여경이 어이없다는 듯이 눈동자를 굴렸다. '전형적인 아마추어로군.' 아마 그녀는 그렇게 생각했을 것이다.

해리는 액정에 뜬 번호가 라켈의 번호가 아니라는 것만 확인하고 전화를 끄려던 참이었다. 그런데 어딘가 눈에 익은 번호였다. 볼레르가 신호를 보내기 위해 손을 들었을 때 해리는 발신인이 누군지 깨닫고, 얼른 여경의 워키토키를 낚아챘다.

"알파! 멈춰라. 지금 용의자에게서 전화가 왔다. 들리나?"

해리가 계단 쪽을 바라보자, 볼레르가 고개를 끄덕였다. 해리는 휴대전화의 수신 버튼을 누르고 귀에 댔다.

"여보세요."

"여보세요." 놀랍게도 에벤 율이 아니었다. "나 신드레 페우케요. 갑자기 전화해서 미안한데, 나 지금 에벤 율의 집에 와 있소. 아무래도 형사 양반이 와봐야 할 것 같아."

"무슨 일이죠? 그리고 거기에는 왜 가신 겁니까?"

"내가 바보 같은 짓을 한 것 같소. 한 시간 전에 에벤에게서 전화가 왔는데, 자신의 목숨이 위태롭다면서 당장 와달라더군. 차를 몰고 와봤더니 대문만 열려 있고, 에벤은 없었소. 아무래도 침실에 틀어박혀 있는 모양이오."

"왜 그렇게 생각하시죠?"

"침실 문이 잠겼거든. 열쇠 구멍으로 들여다보려고 했더니, 안쪽에 열쇠가 꽂혀 있었소."

"알겠습니다." 해리는 경찰차를 돌아 대문을 지나갔다. "제 말 잘 들으세요. 지금 서 계신 곳에 그대로 계세요. 손에 든 물건이 있으면 바닥에 내려놓고, 손을 우리가 볼 수 있는 곳에 두세요. 2초 후에 들어갈 겁니다."

해리는 현관을 향해 걸어갔다. 볼레르와 경관은 놀란 표정으로 해리를 지켜보았다. 해리는 문손잡이를 아래로 누르고, 안으로 들어갔다.

페우케는 전화기를 든 채 입을 딱 벌리고 그들을 바라보았다.

"맙소사." 총을 든 볼레르를 보자, 노인의 입에서는 그 말만 나왔다. "정말 빠르구만……."

"침실이 어딥니까?"

해리가 물었다.

페우케는 말없이 계단을 가리켰다.

"안내해주시죠." 해리가 말했다.

페우케 뒤로 세 명의 경관이 따라갔다.
"여기가 침실이오."
문이 잠겨 있다는 페우케의 말은 사실이었다. 자물쇠에 열쇠가 꽂혀 있었지만, 열쇠를 돌려봐도 돌아가지 않았다.
"미처 말을 못했군. 그 열쇠는 다른 침실의 열쇠요. 다른 열쇠로도 가끔씩 열리는 경우가 있어서 시도해봤소." 페우케가 말했다.
해리는 열쇠를 빼고, 열쇠구멍을 들여다보았다. 침실 안쪽의 침대와 머리맡 테이블이 보였다. 침대 위에는 전등처럼 보이는 물건이 놓여 있었다. 볼레르는 워키토키에 대고 나지막이 무언가 중얼거렸다. 해리는 다시 방탄조끼에 땀이 차는 것을 느꼈다. 천장에 있어야 할 전등이 침대 위에 있는 것이 마음에 걸렸다.
"문 안쪽에도 열쇠가 꽂혀 있다고 하셨죠?"
"그랬었지. 그런데 내가 밖에서 열쇠를 밀어 넣는 바람에 침실 안쪽에 있던 열쇠는 빠져버렸소."
"그럼 우린 어떻게 들어가죠?" 해리가 물었다.
"지금 오는 중이야." 볼레르가 말했다. 순간 육중한 군화가 계단을 쿵쿵 올라오는 소리가 들렸다. 아까 집 뒤로 돌아갔던 경관이 손에 빨간 쇠지렛대를 든 채 달려오고 있었다.
"이쪽이야." 볼레르가 문을 가리켰다.
나뭇조각이 튀었고, 문이 벌컥 열렸다.
해리는 침실 안으로 들어갔다. 볼레르가 페우케에게 밖에서 기다리라고 말하는 소리가 들렸다.
그의 눈에 제일 먼저 들어온 것은 개줄이었다. 에벤 율은 개줄에 목을 맸다. 맨 윗단추를 푼 흰 셔츠에 검은 바지, 체크무늬 양말을 신은 채 죽어 있었다. 그의 발아래에는 넘어진 의자가, 의자

밑에는 신발이 가지런히 놓여 있었다. 해리는 천장을 올려다보았다. 개줄은 천장 고리에 묶여 있었다. 보지 않으려고 했지만, 결국 해리는 참지 못하고 에벤 율의 얼굴을 바라보았다. 그의 한쪽 눈은 방 안을 노려보았고, 다른 눈은 해리에게 고정되어 있었다. 따로 따로. 마치 각자 눈을 하나씩 가진, 머리 두 개 달린 트롤 같았다. 해리는 동쪽 창가로 걸어가, 이리스바이엔 가를 따라 자전거를 타는 아이들을 지켜보았다. 경찰차가 왔다는 소문을 듣고 몰려든 아이들이었다. 이런 동네에서 그런 소문은 눈 깜짝할 사이에 퍼진다.

해리는 눈을 감고 생각했다. '첫 인상이 제일 중요해요. 현장을 봤을 때 맨 먼저 떠오른 생각이 가장 정확할 때가 많죠.' 엘렌의 가르침이다. 그의 가르침을 받던 후배는 그에게 현장에 도착했을 때 제일 먼저 떠오르는 느낌에 집중하라고 가르쳤다. 그랬기 때문에 해리는 굳이 돌아보지 않아도 침실 바닥에 열쇠가 떨어져 있으리라는 걸 알고 있었다. 또한 방에서 어떤 지문도 나오지 않을 것이고, 집에 외부인이 침입한 흔적도 없으리라는 것을 알았다. 이유는 간단했다. 살인자와 피살자 모두 천장에 매달려 있기 때문이다. 머리 두 개 달린 트롤이 분열된 것이다.

"베베르에게 전화해." 해리는 할보르센에게 말했다. 뒤따라 들어온 할보르센은 문간에 서서 매달린 시체를 바라보고 있었다.

"내일 축제를 위해 다른 계획을 세워뒀을지도 모르지만, 일거리가 생겼다고 전해. 대신 이번 사건은 별로 조사할 게 없다고 위로해줘. 에벤 율은 살인범을 알아냈고, 자기 목숨으로 그 대가를 치러야 했으니까."

"그 살인범이 누군데?" 볼레르가 물었다.

"살인범도 죽었어. 자신을 다니엘 구데손이라 부르던 자였는데, 율의 머릿속에서 살았지."

나가는 길에 해리는 할보르센에게 한 가지 더 당부했다. 혹시 베베르가 이 집에서 매르클린 라이플을 찾거든 자신에게 전화해달라고.

해리는 현관 앞 계단에 서서 주위를 둘러보았다. 갑자기 동네 사람들이 너 나 할 것 없이 정원으로 나와, 까치발을 딛고 서서 산울타리 너머를 바라보았다. 해리를 뒤따라 나온 볼레르가 그의 옆에 섰다.

"아까 저기서 한 말이 이해가 잘 안 가는데? 저 노인이 죄책감에 자살했다는 뜻이야?" 볼레르가 물었다.

해리는 고개를 저었다.

"아니, 말 그대로야. 그들은 서로를 죽였어. 율은 다니엘을 막기 위해 그를 죽였고, 다니엘은 자신의 정체를 드러내지 않기 위해 율을 죽였어. 처음으로 둘의 이해관계가 일치한 거지."

볼레르는 고개를 끄덕였지만, 여전히 모르는 표정이었다.

"왠지 저 노인네가 눈에 익어. 죽은 사람 말고, 산 사람." 볼레르가 말했다.

"그럴 거야. 라켈 페우케의 아버지니까. 라켈을 아는지 모르겠지만."

"당연히 알지. 국가정보국의 새끈녀잖아. 그랬군."

"담배 있어?"

"없어. 이제 나머지 일은 다 네 책임이야, 홀레. 난 이제 갈 거니까 도움이 필요하면 지금 말하라고."

해리가 고개를 젓자, 볼레르는 대문을 향해 걸어갔다.

"아, 참." 해리가 말했다. "내일 특별한 일 없으면 나 대신 근무 좀 서주겠어? 노련한 형사가 필요해서 말이야."

볼레르는 헛웃음을 웃으며 계속 걸어갔다.

"그냥 그뢴란의 모스크에서 예배가 진행되는 동안 감시만 하면 돼." 해리가 외쳤다. "그런 일 잘하잖아. 스킨헤드 녀석들이 이드를 축하하는 이슬람교도들을 폭행하지 못하도록 단속만 하는 거라고."

대문 앞에 도달한 볼레르가 갑자기 걸음을 멈췄다.

"네가 그 일을 맡았다고?" 그가 어깨 너머로 물었다.

"별거 아니라니까. 차 두 대에 요원 네 명이 전부야." 해리가 말했다.

"몇 시까지?"

"아침 8시부터 3시까지."

볼레르는 환한 미소를 지으며 몸을 돌렸다.

"그거 알아? 생각해보니까 내가 너한테 빚진 게 있어. 잘됐네. 내가 대신 해줄게."

볼레르는 경례를 하더니 차에 올라타 시동을 걸고 떠났다.

'내게 빚진 게 있다고?' 해리는 테니스장을 오가는 나른한 통통 소리를 들으며 생각에 잠겼다. 하지만 생각은 오래가지 못했다. 다시 휴대전화가 울렸고, 이번에는 라켈의 번호가 떴기 때문이다.

2000년 5월 16일

홀멘콜바이엔 가

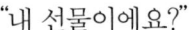

"내 선물이에요?"

라켈은 손뼉을 치면서, 데이지 꽃다발을 받아 들었다.

"꽃집에 갈 시간이 없었어요. 이건 당신 집 정원에서 꺾은 겁니다." 해리가 집 안으로 들어서며 말했다. "음, 이건 코코넛 밀크 냄새잖아요. 타이 음식 만들었어요?"

"네. 양복 산 거 축하해요."

"그렇게 티 나요?"

라켈은 웃으며 양복 깃을 쓰다듬었다.

"고급 모직이네요."

"슈퍼 110이에요."

하지만 해리는 슈퍼 110이 무엇인지 전혀 몰랐다. 그저 순간적인 객기로 헤그데헤우그스바이엔 가의 세련된 옷가게로 돌진해, 문을 닫으려는 점원들을 설득해 그의 긴 체구에 맞는 양복을 찾아오게 했다. 물론 7천 크로네는 원래 예산을 훨씬 웃도는 금액이었지만, 이것 말고 다른 양복은 꼭 촌극에서 튀어나온 것처럼 우스꽝스러웠다. 결국 눈을 질끈 감고 카드를 긁었다.

두 사람이 식당으로 가자, 식탁에는 2인용 식기만 준비되어 있었다.

"올레그는 잠들었어요." 해리가 묻기도 전에 그녀가 말했다. 두 사람 사이에 침묵이 흘렀다.

"난 그런 뜻으로 한 말이……." 그녀가 운을 뗐다.

"확실해요?" 해리가 미소 지으며 말했다. 그녀가 볼을 붉히는 모습은 처음 보았다. 해리는 라켈을 끌어안고, 방금 전에 감은 머리카락의 향기를 들이마셨다. 그녀의 몸이 살짝 떨렸다.

"음식 식어요." 그녀가 속삭였다.

해리는 그녀를 놓아주었고, 그녀는 주방으로 사라졌다. 정원으로 나 있는 창문이 열려 있었다. 어제만 해도 보이지 않았던 하얀 나비들이 노을 속에서 색종이 조각처럼 팔락거렸다. 집 안에서는 마룻바닥 세정제와 축축한 마루 냄새가 풍겼다. 해리는 눈을 감았다. 개줄에 목을 맨 에벤 율의 모습이 완전히 사라질 때까지는 이런 날들이 많이 필요하겠지만, 결국에는 사라질 것이다. 베베르와 그의 수하들은 매르클린을 찾아내지 못했다. 대신 부레를 찾아냈다. 냉동실의 비닐봉지 속에 목이 베인 부레의 사체가 있었다. 그리고 연장통에서 칼 세 자루도 나왔는데 모두 피가 묻어 있었다. 아마 그중에는 할그림 달레의 피도 있을 것이다.

부엌에서 라켈이 음식 나르는 것을 도와달라고 부르는 소리가 들렸다. 에벤 율의 모습은 벌써 희미해졌다.

2000년 5월 17일

홀멘콜바이엔 가

바람결에 군악대의 음악 소리가 실려 왔다 멀어졌다. 해리는 눈을 떴다. 모든 것이 순백색이었다. 펄럭이는 흰 커튼 사이로 하얀 햇살이 어슴푸레 빛나며 번쩍거렸다. 하얀 벽, 하얀 천장, 뜨거운 살갗에 닿는 부드럽고 시원한 하얀 침구. 그는 몸을 돌렸다. 베개에는 그녀의 머리 자국이 남아 있었지만, 옆자리는 비어 있었다. 손목시계는 8시 5분을 가리켰다. 그녀와 올레그는 아케르스후스 요새에서 열리는 퍼레이드 행사장에 가는 중일 것이다. 아이들 퍼레이드가 거기서 출발할 예정이었다. 그들은 11시에 왕궁 위병소 앞에서 만나기로 했다.

그는 눈을 감고 어젯밤의 일을 다시 떠올렸다. 그러고는 자리에서 일어나 느릿느릿 욕실로 걸어갔다. 그곳도 온통 하얀색이었다. 하얀 타일, 하얀 세면대. 그는 뼛속까지 차가운 물로 샤워했고, 자신도 모르게 그룹 더더The The의 옛날 노래를 흥얼거렸다.

"……a perfect day!"

라켈은 그를 위해 새하얀 목욕 수건을 놓아두었다. 그는 혈액순환을 촉진하기 위해 그 두툼한 면수건으로 살갗을 문지르며, 거울 속의 자기 얼굴을 곰곰이 바라보았다. 지금 행복한 거 맞지? 지금. 그가 눈앞의 얼굴에 대고 미소 짓자, 그 얼굴도 미소로 답했다. 에크만과 프리젠. 세상을 향해 웃으면 세상도……

 그는 큰 소리로 웃으며 허리에 수건을 둘렀다. 젖은 발로 천천히 복도를 가로질러 침실로 들어갔다. 처음에는 잘못 들어갔다는 것을 깨닫지 못했다. 왜냐하면 이 방도 모든 것이 순백색이었기 때문이다. 천장, 벽, 가족사진이 놓인 화장대, 단정하게 정돈된 더블베드, 구식 크로셰 레이스의 침대보까지.

 해리는 몸을 돌려 침실에서 나가려고 했다. 문손잡이를 향해 손을 뻗은 순간, 갑자기 그의 몸이 굳었다. 그는 그 자리에 얼어붙었다. 마치 뇌의 한쪽에서는 그냥 잊어버리고 이 방에서 나가라고 명령하고, 다른 쪽에서는 다시 돌아가서 방금 본 것을 확인하라고 명령하는 듯했다. 그가 본 것이 그가 생각하는 물건이 맞는지, 더 정확히 말하면 그가 두려워하는 물건이 맞는지. 정확히 무엇이, 왜 두려운지는 그도 알 수 없었다. 다만 모든 것이 완벽하고 이보다 좋을 수는 없을 때에는 아무것도, 단 한 가지도 바꾸고 싶지 않은 법이다. 하지만 너무 늦었다. 늦고말고.

 그는 숨을 들이쉬고 몸을 돌려, 다시 돌아갔다.

 단순한 금색 사진틀 속에 한 장의 흑백 사진이 있었다. 긴 얼굴에 두드러진 광대뼈, 미소 짓는 차분한 눈동자의 여인이었다. 눈동자는 카메라 약간 위쪽의 무언가에 고정되어 있었는데, 아마도 사진을 찍는 사람일 것이다. 강인해 보이는 여자였다. 평범한 블라우스를 입었고, 블라우스 위에 은으로 된 십자가 목걸이가 걸려 있었다.

 '거의 2천 년 동안 성화에 그려왔으니까.'

이 사진을 처음 봤을 때 눈에 익다고 생각했던 이유는 그것이 아니었다.

의심의 여지가 없었다. 사진 속 여인은 베아트리체 호프만의 방에서 봤던 여인과 똑같았다.

2000년 5월 17일

오슬로

이 글을 누가 발견하게 될지는 모르지만, 지금까지 내가 왜 그런 결정을 내리면서 살았는지 조금이라도 밝히기 위해 이 글을 쓴다. 내 삶의 결정은 종종 둘 혹은 그 이상의 악마들 사이에서 내려진 결정이었고, 나는 그 사실을 전제로 심판받아야 한다. 또한 내가 결코 결정을 내리는 일로부터 도망치지 않았다는 사실도 감안되어야 한다. 나는 내 도덕적 의무를 한 번도 회피하지 않았다. 침묵하는 다수가 되어 겁쟁이처럼 사느니, 차라리 잘못된 결정이라도 내리는 위험을 감수했다. 군중 속에서 안전을 추구하고, 타인에게 자신의 결정권을 넘겨버리는 사람으로 살지는 않았다. 훗날 하느님과 사랑하는 헬레나를 만났을 때 떳떳할 수 있도록 이 마지막 결정을 내렸다.

"젠장!"

해리는 브레이크를 꾹 밟았다. 드레스와 전통 의상을 입은 사람들이 마요르스투엔의 횡단보도로 우르르 쏟아져 나왔기 때문이다. 벌써 도시 전체가 분주했다. 신호등은 도무지 초록색으로 다시 바뀔 기미가 없어 보였다. 마침내 그는 클러치를 풀고, 액셀러레이터를 밟았다. 비베스 가에 이중 주차를 한 뒤, 페우케의 집 초인종을 찾아 눌렀다. 이제 막 걸음마를 배운 아기가 걸을 때마다 요란하게 소리 나는 신발을 신고 그의 곁을 지나갔다. 아이의 장난감 뿔피리에서 귀청이 떨어질 듯한 뿌웅 소리가 나자, 해리는 깜짝 놀랐다.

페우케는 대답이 없었다. 해리는 다시 차로 가서 쇠지렛대를 가져왔다. 걸핏하면 열리지 않는 트렁크 때문에 아예 차 안에 보관해두는 지렛대였다. 다시 문 앞으로 가서, 두 줄로 늘어선 초인종을 양팔로 눌렀다. 몇 초 후, 집집마다 들뜬 목소리로 대답하는 불협화음이 울려 퍼졌다. 아마도 손에 고대기나 구두약을 든 채 서두르는 사람들일 것이다. 경찰이라는 해리의 말을 누군가가 믿어준 모양이었다. 성난 앵 소리가 나더니, 문을 열 수 있었기 때문이다. 그는 한 번에 네 계단씩 뛰어올라 4층에 도착했다. 그의 심장 박동은 사진을 보았던 15분 전보다 훨씬 더 빨라졌다.

내가 나 자신에게 부과한 임무는 이미 결백한 몇몇 사람들의 목숨을 앗아갔다. 물론 앞으로도 더 많은 사람의 목숨을 빼앗을 위험이 있다. 전쟁은 늘 그런 법이다. 그러니 날 선택권이 그다지 많지 않았던 군인으로서 심판해주길 바란다. 그것이 내 소망이다. 하지만 날 혹독하게 비난해야만 한다면, 당신 역시 실수할 수 있는 인간에 불과하다는 것을 알기 바란다. 당신이나 나나 늘 그럴 것이다. 결국 심판자는 한 사람뿐이다. 하느님. 이것은 내 자서전이다.

해리는 주먹으로 현관문을 두 번 두드리며, 페우케의 이름을 불렀다. 하지만 아무 소리도 나지 않았다. 자물쇠 옆으로 지렛대를 밀어 넣고, 문을 향해 몸을 날렸다. 세 번 만에 요란한 쾅 소리와 함께 문이 열렸다. 그는 집 안으로 들어갔다. 어둡고 조용했다. 이상하게 아까 사진이 걸려 있던 침실이 생각났다. 무언가 텅 비고, 사람이 살지 않는다는 느낌이 들었다. 거실에 들어서자 비로소 그 이유를 알 수 있었다. 정말로 사람이 살지 않았기 때문이었다. 바닥에 흩어졌던 종이, 비스듬히 기울어진 책꽂이에 꽂혀 있던 책들, 반쯤 마시다 만 커피잔은 모조리 사라지고 없었다. 가구는 모두 구석으로 옮겨진 채 하얀 천이 씌어져 있었다. 창문으로 들어오는 햇살 한 줄기가 깨끗이 청소된 거실 바닥 한가운데 떨어졌고, 거기에는 끈으로 철해놓은 종이 뭉치가 놓여 있었다.

당신이 이 글을 읽을 때쯤에는 내가 죽었기를. 우리 모두 죽었기를.

해리는 종이 뭉치 옆에 쪼그리고 앉았다.
맨 윗장에는 〈크나큰 배신: 한 군인의 자서전〉이라고 적혀 있었다.
해리는 종이를 묶은 끈을 풀었다.
다음 페이지는 이렇게 시작되었다. '이 글을 누가 발견하게 될지는 모르지만, 내가 지금까지 왜 그런 결정을 내리면서 살았는지 조금이라도 밝히기 위해 이 글을 쓴다.' 해리는 종이를 휘리릭 넘겼다. 글자가 빼곡히 들어찬 종이가 족히 6, 700장은 되어 보였다. 손목시계를 보니 8시 30분이었다. 수첩에서 프리츠의 전화번호를 찾아내 휴대전화로 전화했다. 당직을 마치고 귀가하는 중이던 프리츠와 짧은 통화를 마친 후, 다시 전화국에 전화했다. 안내원은 그가 찾는 번호를 알려주었고, 그 번호로 연결해주었다.

"여보세요."

"베베르, 나 홀레예요. 즐거운 독립기념일 보내요. 오늘은 이런 인사를 해야 하는 거 맞죠?"

"알 게 뭐야. 무슨 일이야?"

"음, 오늘 특별한 계획이 있을지 모르겠지만……."

"그래, 있어. 문 잠그고, 창문 모두 닫은 후에 신문이나 읽을 계획이야. 빨리 말해."

"지문을 좀 떠야 해요."

"대단하군. 언제?"

"지금 당장요. 여기서 그 지문을 보내야 하니까 장비 가지고 오세요. 그리고 스미스앤드웨슨도 필요해요."

해리는 주소를 불러주었다. 그러고는 종이 뭉치를 들고, 천이 씌워진 의자에 앉아 읽기 시작했다.

2000년 5월 17일
오슬로

1942년 12월 12일. 레닌그라드.

신호탄이 잿빛 밤하늘을 밝혔다. 그러자 밤하늘이 마치 우리를 에워싼 칙칙하고 헐벗은 풍경 위로 내려앉은 지저분한 캔버스 천처럼 보였다. 소련군이 정말로 공격을 개시했는지도 모른다. 아니면 그냥 겁주려는 것일 수도 있고. 끝나기 전에는 아무도 모른다. 다니엘은 자신이 얼마나 훌륭한 명사수인지 다시 한 번 증명했다. 지금까지도 이미 전설이었지만, 오늘로써 불멸의 존재가 되었다. 무려 500미터나 떨어진 거리에서 소련 놈을 맞힌 것이다. 그러더니 혼자서 무인 지대로 들어가 그 죽은 군인에게 가톨릭 장례를 치러주고 돌아왔다. 지금까지 그런 일을 한 사람이 있다는 얘기는 들어본 적이 없다. 다니엘은 전승품으로 그 소련군의 모자를 가져왔다. 그러고는 평상시처럼 흥에 겨워 노래를 불렀고, 그의 그런 모습에 다들 즐거워했다(질투심에 사로잡혀 찬물을 끼얹는 소수의 사람들을 제외하고). 난 저렇게 용감하고 과단성 있는 사람을 친구로 두었다는 사실이 몹시 자랑스럽다. 가끔씩 이 전쟁이 영원히 계속될 것 같고, 우리 조국이 너무도 큰 희생을 치른다는 생각이 들 때가 있다. 하지만 다니엘 구데손 같은 사람이 있기에 우리 모두는 볼셰비키를 막아내고, 안전하고 자유로운 노르웨이로 돌아갈 수 있으리라는 희망을 품게 된다.

해리는 손목시계를 확인하고 계속 읽어나갔다.

1942년 12월 31일. 레닌그라드.

……신드레 페우케의 눈에 공포가 어리자, 나는 그를 안심시키며 경계심을 풀어주었다. 그곳에는 기관총 진지를 지키는 우리 둘뿐이었다. 나머지는 다들 침대에서 자고 있었고, 다니엘의 시신은 탄환 상자 위에 뻣뻣하게 누워 있었다. 나는 탄띠에서 다니엘의 피를 좀 더 긁어냈다. 눈 내리는 밝은 달밤, 흔치 않은 밤이었다. 이제 다니엘이 흘린 피를 모두 모아, 그를 다시 원래대로 돌아가게 할 것이다. 그는 온전해질 것이고, 자리에서 일어나 우리를 이끌어주리라. 하지만 신드레 페우케는 그걸 이해하지 못한다. 페우케는 그저 승자의 편에 붙으려는 기회주의자에 앞잡이, 하이에나 같은 놈이다. 혹시라도 상황이 내게, 우리에게, 다니엘에게 불리해지면 기꺼이 우리를 배신할 것이다. 나는 재빨리 뒤로 한 발짝 물러서 페우케의 뒤에 섰다. 그러고는 녀석의 이마를 잡은 뒤, 총검을 휘둘렀다. 목을 깊고 깔끔하게 베려면 손놀림이 꽤나 날래야 한다. 목을 벤 후에는 재빨리 녀석을 놓아주었다. 내가 성공했다는 것을 알고 있었기 때문이다. 페우케는 천천히 돌아서더니 그 돼지 같은 조그만 눈으로 날 바라보았다. 비명을 지르고 싶어 했지만, 성대가 이미 절단되어 벌어진 상처에서는 휘파람 같은 소리만 나왔다. 그리고 피도. 페우케는 자신의 목숨이 흘러나가는 것을 막기 위해 양

손으로 목을 움켜잡았다. 하지만 그래 봐야 손가락 사이로 가느다란 핏줄기가 솟구칠 뿐이었다. 나는 눈밭에 주저앉아 뒤로 허우적허우적 물러났다. 행여나 내 군복에 피가 튈까 봐서였다. 혹시 군에서 신드레 페우케의 '탈영' 사건을 조사한다면, 내 군복에 새로 생긴 핏자국을 수상하게 여길 것이다.

페우케가 엎드린 채 더는 움직이지 않자, 나는 그의 시신을 돌려 눕히고 다니엘이 있는 탄환 상자로 끌고 갔다. 다행히 두 사람은 체구가 비슷했다. 나는 페우케의 군복 안에서 신분증 서류를 꺼냈다. (우리는 밤낮으로 그 서류를 몸에 지니고 다녀야 한다. 불시에 검문당할 경우, 우리의 신분과 계급이 [보병, 북쪽 지구, 날짜, 도장 등등] 적힌 서류가 없으면 탈영범으로 간주되어 그 자리에서 총살당할 수 있다.) 나는 페우케의 서류를 돌돌 말아, 내 탄띠에 달린 수통에 넣었다. 그런 다음, 다니엘의 머리에서 자루를 벗겨내 페우케의 머리에 씌웠다. 그리고 다니엘을 등에 업은 채 무인 지대로 들어가, 눈 속에 다니엘을 묻어주었다. 다니엘이 소련 군인 우리아를 묻어주었듯이. 다니엘의 소련 군모는 내가 간직하기로 했다. 다니엘을 위해 찬송가 '내 주는 강한 성이요'와 군가인 '불가에 모인 남자들 곁으로 다가가'를 불러주었다.

1943년 1월 3일. 레닌그라드.

따뜻한 겨울이다. 모든 것이 계획대로 진행되었다. 1월 1일 새벽, 시신 수거반은 지시받은 대로 탄환 상자 위에 있던 시신을 가져갔다. 그들은 썰매에 실어, 북쪽 지구로 가져가는 그 시신이 당연히 다니엘 구데손이라고 생각했겠지? 그 생각을 하면 아직도 웃음이 난다. 시신을 구덩이에 집어던지기 전에 자루를 벗겼을까? 설사 벗겼다 해도 상관없다. 어차피 그들은 누가 다니엘이고, 누가 페우케인지 모르니까.

유일하게 마음에 걸리는 것은 에드바르 모스켄이다. 그는 페우케가 탈영했다는 내 말을 믿지 않고, 내가 그를 죽였다고 생각한다. 하지만 그로서는 손쓸 일이 별로 없다. 신드레 페우케의 시신은 다른 수백 명의 시신과 함께 알아볼 수 없을 정도로 활활 탔을 테니까(그의 영혼이 영원히 불타기를).

하지만 간밤에 불침번을 서는 동안 나는 그 어느 때보다도 대담한 작전을 실행해야만 했다. 점차 다니엘의 시신을 그대로 눈 속에 두면 안 되겠다는 생각이 들었기 때문이다. 날씨가 따뜻했기 때문에 언제 시신이 드러날지 몰랐다. 그러면 내가 시신을 바꿔치기한 것도 들통 날 것이다. 게다가 꿈까지 꾸기 시작했다. 봄이 되어 눈이 녹으면서, 여우와 족제비들이 다니엘의 시신을 훼손하는 꿈이었다. 그래서 다시 시신을 파내 공동묘지에 보내기로 결심했다. 어쨌거나 거기는 축성받은 곳이니까.

물론 소련군보다 우리 측 초소에 들킬까 더 두려웠다. 하지만 다행히 초소를 지키는 사람은 할그림 달레였다. 페우케의 멍청한 전우. 게다가 하늘에 구름이 잔뜩 껴서 어두웠다. 하지만 무엇보다 중요한 사실은 다니엘이 나와 함께한다는 것이다. 그렇다, 그는 내 안에 있었다. 마침내 다니엘의 시신을 탄환 상자가 있는 곳으로 끌고 갔다. 그의 얼굴에 자루를 씌우려는 순간, 다니엘이 내게 미소 지었다. 수면 부족과 허기에 시달리다 보면 헛것이 보이기도 한다는 건 알고 있다. 하지만 나는 뻣뻣하게 굳어 있던 그의 얼굴이 변하는 것을 두 눈으로 똑똑히 보았다. 놀라운 일은 그것을 보고도 무섭기는커녕, 기쁘면서 마음이 든든했다는 것이다. 나는 다시 침대로 살그머니 들어가 어린아이처럼 곤히 잤다.

한 시간 뒤, 에드바르 모스켄이 날 깨웠을 때는 그 모두가 꿈속에서 벌어진 일 같았다. 그래서 다니엘의 시신을 다시 보았을 때 정말로 놀란 시늉을 할 수 있었다. 하지만 그것만으로는 에드바르 모스켄을 속이기에 부족했다. 그는 그것이 페우케의 시신이고 내가 그를 죽인 후, 시신을 거기에 두었다고 확신했다. 그러면 시신 수거반이 시신을 미처 못 가져간 줄 알고, 페우케의 시신도 마저 가져갈 거라는 계산에서 말이다. 마침내 달레가 자루를 벗기자, 다니엘의 얼굴이 드러났다. 두 사람은 입을 딱 벌린 채 시신을 바라보았고, 나는 터져 나오려는 웃음을 참느라 혼났다. 하마터면 다니엘과 내가 한 짓이 들통 날 뻔했다.

1944년 1월 17일. 레닌그라드, 북부 지구의 야전병원.

소련 전투기에서 던진 수류탄이 달레의 군모에 맞더니, 빙판 위에서 빙글빙글 돌아갔다. 우리는 달아나려 했다. 수류탄과 가장 가까운 곳에 있었던 나는 이제 우리 셋(모스켄과 달레, 나)은 죽은 목숨이라고 확신했다. 이 무슨 운명의 장난이란 말인가. 방금 전에 에드바르 모스켄이 가여운 달레의 총에 맞을 뻔한 것을 구해줬는데, 내가 한 일은 고작 우리 분대장의 목숨을 2분 늘여준 셈이 되었다. 이상하게도 그것이 내가 마지막으로 했던 생각이었다. 하지만 다행히도 소련군이 만든 수류탄은 형편없었고, 우리 모두 목숨을 보전할 수 있었다. 나는 한쪽 발에 부상을 입었고, 수류탄 파편이 군모를 뚫고 들어와 이마에 박혔다.

내가 이송된 곳은 다니엘의 약혼녀 싱네 알사케르가 있는 병원이었다. 이 얼마나 놀라운 우연의 일치인지. 그녀는 처음에는 날 알아보지 못했지만, 오후가 되자 내 침대로 와서 노르웨이어로 말을 걸었다. 그녀는 아주 아름다웠고, 나는 왜 그녀와 약혼하고 싶어 했는지 새삼 깨달았다.

올라프 린드비그도 나와 같은 병실에 있었다. 그의 침대 옆 고리에는 그 유명한 하얀색 가죽 재킷이 걸려 있었다. 왜 저기 걸어두었는지는 모르겠다. 부상에서 회복되자마자 벌떡 일어나, 자신을 기다리는 업무에 복귀하려고 그러는 걸까? 지금과 같은 상황에서는 저런 훌륭한 군인이 필요하다. 소련 포병대의 소리가 점점 가까워진다. 한번은 린드비그가 악몽을 꿨는지 비명을 질렀다. 그러자 싱네가 다가가 무언가를 주사했다. 아마 모르핀일 것이다. 린드비그가 다시 잠들자, 싱네는 그의 머리칼을 쓰다듬었다. 그녀가 너무 아름다워서 난 그녀를 불러, 내가 누구인지 말해주고 싶었다. 하지만 그녀가 겁낼 것 같아서 참았다.

의약품을 구할 수가 없기 때문에 날 서쪽으로 보내겠다는 소식을 들었다. 아무도 말해주지 않지만, 부상당한 발은 통증이 심했고 소련군은 점점 더 가까워졌다. 이런 상황에서는 그것만이 내가 살아남을 수 있는 유일한 희망이다.

1944년 5월 29일. 빈 숲.

내 생애 가장 아름답고 똑똑한 여자를 만났다. 동시에 두 여자를 사랑하는 게 가능할까? 가능하다. 가능하고말고.

구드브란은 변했다. 그래서 난 다니엘의 별명인 우리아를 쓰기로 했다. 헬레나도 그 이름을 더 좋아했다. 구드브란은 이상한 이름이라고 생각하는 듯했다.

다른 환자들이 잠들 때면 난 시를 썼다. 하지만 난 그다지 훌륭한 시인은 못된다. 그녀가 문간에 나타나면 내 심장이 미친 듯이 두근거린다. 다니엘은 그런 내게 침착하라고 했다. 여자의 마음을 얻고 싶으면 냉정할 정도로 침착하라고. 이 일은 파리를 잡는 것과 같아. 꼼짝도 하지 말고 가급적 다른 방향을 바라봐야 해. 그러면 방심한 파리가 네 앞의 테이블에 내려앉을 거야. 파리는 점점 더 다가오고 마침내 자신을 한 번 잡아달라고 사정하는 순간, 번개처럼 재빠르게 내려쳐야 해. 확신을 가지고 단호하게. 마지막에 내려칠 때가 가장 중요해. 파리를 잡는 것은 빠른 속도가 아니라 확신이야. 우리에게는 한 번의 기회밖에 없어. 그러니 그 기회에 대비해. 다니엘은 그렇게 말했다.

1944년 6월 29일. 빈.

……사랑하는 헬레나의 품에서 빠져나왔다. 공습은 진작 멈췄지만, 밖은 한밤중이고 거리는 여전히 인적이 없다. 자동차는 우리가 두고 온 그 자리, 추 덴 드라이 후사렌 레스토랑 앞에 그대로 있었다. 뒷좌석의 유리창은 부서지고, 지붕에는 벽돌 하나가 떨어져 움푹 꺼졌다. 하지만 다행히도 그것만 제외하고는 아무 이상도 없었다. 나는 최대한 빨리 차를 몰아 병원으로 향했다.
이제 와서 무슨 짓을 해도 헬레나와 내가 함께 떠날 수는 없었다. 우린 그저 거대한 운명의 소용돌이에 갇힌 가련한 인간이었고, 우리 힘으로는 그 소용돌이를 멈출 수 없었다. 헬레나는 부모님을 위해 그 의사, 크리스토퍼 브록하르트와 결혼할 것이다. 지독한 이기심으로(자신은 사랑이랍시고!) 사랑의 가장 순수한 결정체를 짓밟은 파렴치한. 그는 모르는 걸까? 자신이 하는 사랑과 헬레나가 하는 사랑은 정반대라는 것을? 나는 이제 헬레나와 함께하는 꿈을 포기하고 대신 그녀에게 새로운 삶을 주기로 결심했다. 행복한 삶까지는 아니더라도 최소한 품위 있는 삶, 브록하르트에 의해 억지로 추락하지 않아도 되는 삶.

그런 생각이 내 마음을 스치는 동안, 나는 빠르게 차를 몰았다. 병원으로 가는 길은 우리의 인생만큼이나 굽이졌다. 하지만 다니엘이 내 손발을 움직이고 있었다.

……난 그의 침대 가장자리에 걸터앉아 있었고, 그는 믿을 수 없다는 표정으로 날 바라보았다.

"여기서 뭐하는 겁니까?" 그가 물었다.

"크리스토퍼 브록하르트, 넌 매국노야. 너에게 사형을 선고한다. 준비 됐나?" 내가 속삭였다.

그는 준비되지 않은 것 같았다. 사람들은 절대 죽음에 준비되지 않는다. 자신들이 영원히 살 거라 착각한다. 천장을 향해 솟구치는 핏줄기를 그가 보았기를. 그 핏줄기가 침대 위로 후드득 떨어지는 소리를 그가 들었기를. 무엇보다도 자신이 죽어가고 있음을 깨달았기를.

옷장에서 찾아낸 그의 양복과 구두, 셔츠를 황급히 둘둘 말아 겨드랑이에 끼고 그 방에서 나왔다. 차에 올라타 시동을 걸고…….

……아직 잠들어 있다. 나는 갑작스런 폭우에 흠뻑 젖어 온몸이 차가웠다. 이불 속으로 살그머니 들어가 그녀에게 다가갔다. 헬레나는 난로처럼 따뜻했고, 내가 몸을 밀착시키자 잠결에 신음했다. 나는 그녀의 살갗을 한 치의 빈틈도 없이 내 살갗으로 뒤덮으려 했다. 이 순간이 영원하리라는 생각으로 날 속이려 했다. 시계를 보지 않으려 했다. 기차 시간까지는 딱 두 시간 남았다. 그 두 시간이 지나면 나는 오스트리아 전역에서 살인자로 수배될 것이다. 경찰은 내가 언제, 어떤 경로로 떠날지 모른다. 하지만 내가 어디로 갈지는 알고 있다. 따라서 내가

오슬로에 도착하면, 경찰이 기다리고 있을 것이다. 나는 이 느낌을 평생 기억할 수 있도록 그녀를 꼭 껴안았다.

초인종 소리가 들렸다. 언제부터 울렸지? 해리는 인터콤을 찾아 베베르가 들어올 수 있도록 문을 열어주었다.

"텔레비전 스포츠 중계 다음으로 싫은 게 바로 오늘이야." 베베르는 씩씩대며 쿵쾅쿵쾅 들어와 수트케이스만 한 가방을 쿵 내려놓았다. "독립기념일만 되면 이놈의 나라 전체가 열에 들떠 미친 다니까. 도로는 죄다 봉쇄돼서, 어디 가려면 도심을 빙 돌아야 하고. 맙소사! 어디서부터 시작할까?"

"부엌 커피포트에 선명한 지문이 몇 개 남아 있을 거예요. 아까 빈의 동료 형사와 통화했는데, 그 친구가 지금 1944년의 지문을 열심히 찾고 있을 겁니다. 스캐너와 컴퓨터 가져 오셨죠?"

베베르가 들고 온 가방을 툭툭 쳤다.

"잘하셨어요. 지문 스캔이 끝나면, 제 휴대전화를 컴퓨터에 연결해서 '빈, 프리츠'라는 이름으로 저장된 이메일 주소로 보내주세요. 프리츠가 그 지문을 자신이 찾아낸 지문과 비교해서 바로 알려줄 거예요. 그게 다예요. 전 거실에서 뭐 좀 읽고 있을게요."

"그게 뭔데?"

"국가정보국 자료예요. 꼭 알아야 할 필요가 있을 때만 공개하는 자료."

"그래?" 베베르는 입술을 깨물더니 해리를 살펴보았다. 해리는 그를 바라보며 무슨 말이 나오려는지 기다렸다.

"이거 알아, 홀레?" 마침내 베베르가 입을 열었다. "이런 시기에도 여전히 프로답게 행동하는 사람이 있으니 좋군."

2000년 5월 17일

오슬로

1944년 6월 30일. 함부르크.

헬레나에게 편지를 쓴 다음, 수통을 열어 돌돌 말린 신드레 페우케의 신분증 서류를 빼내고 그 안에 편지를 넣었다. 수통 표면에 총검으로 헬레나의 이름과 주소를 새긴 뒤, 밤으로 뛰어들었다. 밖에 나오자마자 열기가 느껴졌다. 바람은 내 군복을 찢어버릴 듯한 기세였고, 하늘은 잿노란색의 둥근 천장 같았다. 멀리서 불길이 포효하는 소리 외에는 유리창이 박살나는 소리와 더는 도망갈 곳이 없는 사람들의 비명 소리뿐이었다. 내가 상상하던 지옥과 비슷했다. 하늘에서 떨어지던 폭탄이 멎었다. 이제는 길이라 할 수도 없고, 그저 폐허가 쌓인 공터를 가로지르는 한 줄의 아스팔트에 불과한 길을 따라 걸었다. 그 '길'에 아직 서 있는 것이라고는 시커멓게 그을린 채 마녀의 손가락으로 하늘을 가리키는 나무 한 그루뿐이었다. 그리고 불에 타고 있는 집 한 채. 그 안에서 비명이 새어 나오고 있었다. 그 집에 가까이 가자, 숨을 들이쉴 때마다 폐가 그을리는 듯했다. 나는 몸을 돌려 항구 쪽으로 걷기 시작했다. 순간 한 소녀가 나타났다. 내가 지나가자, 공포에 사로잡힌 검은 눈동자의 소녀는 내 군복을 잡아당기며 목이 터져라 비명을 질러 댔다.

"Meine Mutter! Meine Mutter!(엄마를 살려주세요! 엄마!)"

나는 가던 길을 계속 갔다. 달리 할 수 있는 일이 없었기 때문이다. 이미 맨 꼭대기 층의 훨훨 타오르는 불꽃 속에서 사람의 해골이 보였다. 해골의 한쪽 발은 창틀에 끼어 있었다. 하지만 소녀는 엄마를 도와달라고 절박하게 소리 지르며 날 계속 따라왔다. 나는 더 빨리 걸으려고 했으나, 소녀의 작은 팔이 날 붙잡고 놓아주지 않았다. 그래서 난 소녀를 질질 끌며 화염의 바다를 향해 갔다. 우리는 이상한 행진을 계속했다. 두 사람이 한 덩어리가 되어 소멸을 향해 나아간 것이다.

나는 울었다. 울고 또 울었다. 하지만 눈물은 나오자마자 증발해버렸다. 우리 둘 중에서 누가 먼저 멈췄는지 모르겠지만, 어쨌거나 나는 소녀를 안아 올렸다. 그리고 소녀를 데리고 기숙사로 들어가 내 담요를 소녀에게 둘러주었다. 그런 다음, 다른 침대에서 매트리스를 꺼내 바닥에 누인 소녀 옆에 누웠다.

나는 소녀의 이름이 무엇인지, 그 애가 어떻게 되었는지 모른다. 그날 밤에 소녀는 어디론가 사라졌기 때문이다. 하지만 그 애가 내 생명을 구했고, 나는 희망을 갖기로 했다.

아침에 눈을 떠보니 죽어가는 도시가 날 맞이했다. 몇몇 군데는 여전히 화염에 휩싸여 있었고, 항구의 건물은 완전히 파괴되었다. 식량을 나르거나, 부상병들을 외차 알스터 호수 밖으로 수송하는 배들은 부두에 정박하지 못했다.

그날 저녁은 아직 선원들이 짐을 내리거나, 실을 수 있는 장소가 마련되기 전이었다. 나는 서둘러 이 배, 저 배를 기웃거리다가 마침내 내가 원하는 것을 발견했다. 노르웨이로 가는 배. 안나라는 이름의 그 배는 트론헤임으로 시멘트를 수송했다. 목적지가 트론헤임이라니 내게는 더 잘된 일이었다. 거기까지는 수배령이 내려지지 않았을 테니까. 당시 독일군의 명령 체계는 아수라장이었고, 지휘 계통도 혼선을 빚었다. 내 군복 깃에 달린 SS 표식 덕분에 나는 아무 문제없이 승선해, 선장을 설득할 수 있었다. 오슬로까지 가는 가장 빠른 길을 찾아내는 것이 내가 맡은 임무이며, 지금으로서는 안나 호를 타고 트론헤임으로 가서 기차로 오슬로에 가는 것이 가장 빠른 길이라고 설명했다.

트론헤임까지는 사흘이 걸렸다. 나는 배에서 내려 신분증을 보여주었고, 무사히 통과되었다. 그런 다음, 오슬로 행 기차에 몸을 실었다. 오슬로까지는 하루가 더 걸렸다. 기차에서 내리기 전에 화장실로 가서, 크리스토퍼 브록하르트의 옷장에서 가져온 옷으로 갈아입었다. 나는 첫 번째 실험을 할 준비가 되어 있었다. 기차에서 내려 칼 요한스 가로 걸어갔다. 가랑비가 부슬부슬 내리는 포근한 날이었다. 앞에서 두 소녀가 팔짱을 낀 채 걸어오더니 큰 소리로 킥킥거리며 나를 지나갔다. 함부르크에서 본 지옥은 까마득히 먼 옛날처럼 느껴졌다. 가슴이 벅차올랐다. 나는 사랑하는 조국으로 돌아왔고, 새로운 사람으로 다시 태어났다.

컨티넨털 호텔의 접수원은 내 신분증을 꼼꼼히 검사하더니, 안경 너머로 날 바라보았다.

"컨티넨털 호텔에 오신 걸 환영합니다, 페우케 씨."

나는 노란 객실의 침대에 누워, 밖에서 들리는 도심의 소리에 귀 기울였다. 새로운 이름이 입에 익도록 연습해보았다. 신드레 페우케. 낯설었지만 이 이름으로 살아갈 수 있을 것이다.

1944년 7월 12일. 노르마르카.

……에벤 율이라는 남자였다. 그는 최전선에서 싸워 본 적이 없는 다른 남자들처럼 내 이야기를 전부 믿는 듯했다. 안 믿을 이유가 어디 있겠는가? 사실은 내가 동부전선에서 싸웠고, 살인자로 수배 중이라는 이야기보다는 내가 탈영해서 스웨덴을 거쳐 노르웨이로 돌아왔다는 편이 훨씬 믿기 쉬울 것이다. 그들은 소식통에게 연락해 내 이야기를 확인해보았다. 그리하여 신드레 페우케라는 사람이 실종 신고가 되었으며, 아마도 소련으로 도망갔으리라는 기록을 찾아냈다.

나는 어릴 때 미국에서 자란 탓에 표준 노르웨이어를 구사했다. 하지만 다행히 신드레 페우케가 구드브란스달 사투리를 쓰지 않는다는 사실은 아무도 알아차리지 못했다. 내 고향은 노르웨이의 시골 마을이다. 하지만 설사 십대 시절의 나를 아는 사람을 만난다 해도(십대 시절이라니, 맙소사! 불과 3년 전의 일이거늘 한평생 전처럼 느껴진다), 나를 절대 알아보지 못하리라 확신했다. 나는 완전히 다른 사람이 되었기 때문이다.

그보다 두려운 일은 진짜 신드레 페우케를 아는 사람이 나타나는 것이다. 다행히 페우케는 나보다 더 산간벽지 출신이었다. 그게 가능한지는 모르겠지만. 그렇다고는 해도 당연히 그에게는 그를 알아볼 수 있는 가족과 친척들이 있었다.

그런 고민을 하던 차였기에 오늘 레지스탕스 간부들이 민족단일당에 가입한 내(페우케의) 형제들을 죽이라고 명령했을 때는 놀라지 않을 수 없었다. 내가 정말로 그들 편인지 아니면 끄나풀인지 알아보기 위한 일종의 테스트였을 것이다. 하지만 다니엘과 나는 하마터면 박장대소할 뻔했다. 마치 우리가 직접 생각해낸 해결책 같았기 때문이다. 내

정체를 탄로할 수 있는 사람들을 제거하라고 등을 떠밀어주다니! 이 오합지졸 레지스탕스의 지도자들은 형제를 죽인다는 것이 극악무도한 일이라 생각하고 있었다. 전쟁의 만행으로부터 동떨어진 이 안락한 요새 안에서만 살았으니 당연히 그렇겠지. 하지만 난 그들이 마음을 바꾸기 전에 어서 그 명령을 실행하기로 마음먹었다. 그래서 어두워지자마자 마을로 내려가, 군복과 함께 역의 라커에 숨겨둔 총을 꺼냈다. 그러고는 오슬로에 올 때 탔던 야간기차를 탔다. 나는 페우케의 농장과 가장 가까운 마을 이름을 알고 있었다. 그러니까 마을에 도착해서 농장으로 가는 길을 묻기만 하면……

1945년 5월 13일. 오슬로.

오늘도 이상한 날이었다. 아직 해방의 열기가 식지 않은 이 나라에 오늘 왕세자가 정부 대표위원들을 데리고 오슬로에 도착했다. 나는 굳이 항구까지 가서 보고 싶은 마음은 없었다. 하지만 듣자 하니 오슬로 시민의 '절반'이 그곳에 모인다고 한다. 나는 사복 차림으로 칼 요한스 가를 걸어 올라갔다. '오합지졸 전우들'은 왜 내가 레지스탕스 군복을 입고 으스대며 돌아다니지 않는지 의아해했다. 그 군복을 입으면 영웅 대접을 받을 수 있기 때문이다. 게다가 젊은 아가씨들에게 인기 만점일 것이다. 여자와 제복이라. 내 기억이 틀리지 않는다면 1940년에도 여자들은 군복에 열광했었다. 그때는 독일군의 초록색 군복이었지만.

나는 왕궁으로 올라갔다. 왕세자가 발코니에 나타나 몇 마디라도 하는지 보기 위해서였다. 그곳에도 많은 사람들이 모여 있었다. 내가 갔을 때는 근위병 교대식이 진행 중이었다. 독일군과 비교하면 한심한 수준이었지만 그래도 사람들은 환호했다.

왕세자가 소위 '착한 노르웨이인'이라는 족속들에게 찬물을 끼얹어 주었으면 좋겠다. 그들은 지난 5년간 어느 편도 돕지 않은 채 수수방관하다가 이제 와서 매국노에게 복수해야 한다고 부르짖고 있었다. 사실 난 올라프 왕세자라면 우리를 이해해줄 거라고 생각한다. 소문이 사실이라면 독일에게 항복하는 동안, 왕실과 정부 각료들 중에서 노르웨이에 남아 국민과 운명을 함께하겠노라고 했던 사람은 왕세자뿐이기 때문이다. 배짱 있게 행동한 유일한 사람이었지만, 각료들은 그의 결정에 반대했다. 자신들은 도망가면서 왕세자만 이곳에 남겨두고 갔다가는 그들과 왕의 입장이 난처해지리라는 것을 잘 알고 있었기 때문이다.

그렇다, 난('말일 성도들'과 달리 군복을 제대로 입을 줄 알았던) 젊은 왕세자가 이 나라 국민들에게 동부전선의 군인들이 나라를 위해 무엇을 해주었는지 말해주기를 바랐다. 특히 그는 당시(지금도 그렇지만) 볼셰비키가 노르웨이에 얼마나 위험한 존재인지 직접 보았기 때문이다. 우리가 동부전선으로 떠날 준비를 하던 1942년에 왕세자는 루즈벨트 대통령과 이야기를 나누며, 노르웨이를 집어삼키려는 소련의 야욕에 걱정을 표하지 않았던가.

여기저기서 깃발을 흔들어댔고, 노랫소리가 들렸다. 신록은 그 어느 때보다도 푸르렀다. 하지만 왕세자는 끝내 발코니에 모습을 나타내지 않았다. 나는 인내심을 가지고 더 기다려보기로 했다.

"방금 빈에서 전화가 왔어. 지문이 일치했대."
거실 문간에 베베르가 서 있었다.
"잘됐군요." 읽는 데 정신이 팔린 해리는 건성으로 고개를 끄덕였다.

"누가 쓰레기통에 토했던데. 아주 아픈 모양이야. 토사물보다 피가 더 많아." 베베르가 말했다.

해리는 엄지에 침을 바르고 다음 페이지를 넘겼다. "네."

침묵이 흘렀다.

"내가 또 도울 일이 있으면……."

"정말 고마워요, 베베르. 하지만 이제 됐어요."

베베르는 고개를 기울일 뿐 움직이지 않았다.

"무전으로 경보를 발령해야 하는 거 아냐?" 마침내 베베르가 물었다.

해리는 고개를 들어 멍한 시선으로 베베르를 바라보았다.

"왜요?"

"나들 아나. 꼭 알아야 할 필요가 있을 때만 공개되는 정보에 의해서 그래야 하는 거 아니냐고."

해리는 미소 지었다. 아마도 늙은 경관의 말 때문이었을 것이다. "아뇨. 바로 그 정보 때문에 그럴 필요가 없어요."

베베르는 해리가 더 설명해주기를 기다렸지만, 그게 전부였다.

"자네 부탁대로 스미스앤드웨슨을 가져왔어. 장전했고 여분의 총알도 한 세트 있어. 받아!"

해리는 고개를 들어, 베베르가 던진 검은 권총집을 잡았다. 권총집에서 리볼버를 꺼내 보았다. 기름칠도 되어 있었고, 새로 윤을 내어 닦은 강철이 은은하게 빛났다. 당연했다. 이건 베베르 개인 소유의 총이었다.

"정말 고마워요, 베베르." 해리가 말했다.

"몸조심해."

"그러죠. 즐거운…… 하루 보내요."

베베르는 코웃음을 쳤다. 그가 터덜터덜 나가는 동안, 해리는 벌써 원고 속으로 빠져들었다.

1945년 8월 27일. 오슬로.

배신자, 배신자, 배신자! 나는 맨 뒷줄에 몸을 숨긴 채 망연자실하게 앉아 있었다. 그 동안 내 여자가 앞으로 끌려나와 피고석에 앉았다. 그녀는 에벤 율에게 슬쩍, 하지만 분명히 미소를 지어 보였다. 그 짧은 미소만으로도 모든 것을 알 수 있었다. 하지만 나는 못 박힌 듯이 방청석에 앉아 아무것도 할 수 없었다. 눈앞의 광경을 듣고, 보는 것 외에는. 그리고 고통받는 것 외에는. 위선적인 거짓말쟁이! 에벤 율은 싱네 알사케르가 누구인지 잘 알고 있었다. 그녀에 대해 말해준 장본인이 바로 나였으니 누구를 탓하랴. 에벤이야 다니엘 구데손이 죽은 줄 아니 그렇다 쳐도 저 여자, 싱네는 죽을 때까지 정절을 지키겠노라고 맹세했었다. 그랬다. 다시 한 번 말하리라. 배신자! 그리고 왕세자는 끝내 한 마디도 하지 않았다. 노르웨이를 위해 목숨을 걸었던 사람들은 아케르스후스 요새에서 총살되었다. 총성의 메아리가 잠시 도심 하늘을 맴돌다 사라졌고, 모든 것이 다시 전처럼 조용해졌다. 아무 일도 일어나지 않은 것처럼.

지난주에 내 재판이 기각되었다는 통지서를 받았다. 내가 저지른 범죄 행위보다 내 영웅적 행위가 더 크다는 것이다. 그 통지서를 읽으며, 눈물이 흐를 때까지 웃었다. 그러니까 그들은 구드브란스달렌의 어느 농가에 살던 무방비 상태의 가족을 넷이나 죽인 것을 영웅적 행위로 생각한다는 뜻이다. 레닌그라드에서 조국을 지키기 위해 싸웠던 내 범죄 행위보다 훨씬 가치 있는 영웅적 행위! 나는 의자를 벽에 던져버렸고, 놀란 집주인이 올라오는 바람에 사과해야 했다. 미쳐버릴 것만 같다.

 그날 밤 헬레나의 꿈을 꾸었다. 이제 내겐 헬레나뿐이다. 그녀를 잊어야 한다. 그리고 왕세자는 한 마디도 하지 않았다. 도저히 참을 수가 없다. 나는…….

2000년 5월 17일
오슬로

해리는 다시 손목시계를 보았다. 몇 장을 더 넘기다 보니, 익숙한 이름이 눈에 들어왔다.

1948년 9월 23일. 슈뢰데르 바.

……전망 좋은 사업이다. 하지만 오늘 오랫동안 우려하던 일이 벌어졌다.
신문을 읽고 있는데 누군가 옆에 서서 날 지켜보고 있다는 걸 깨달았다. 고개를 든 나는 온몸의 피가 얼어붙는 줄 알았다! 그는 조금 지쳐 보였다. 옷차림도 꽤 낡았고, 예전처럼 등이 꼿꼿하지도 않았다. 예전에 있었던 무언가가 사라지고 없었다. 그래도 나는 애꾸눈이었던 우리 분대장을 금방 알아볼 수 있었다.
"구드브란 요한센." 에드바르 모스켄이 말했다. "소문에 듣기로는 죽었다던데. 함부르크에서."
난 무슨 말을 해야 할지, 혹은 어떻게 해야 할지 몰랐다. 그저 내 앞에 앉은 이 남자가 날 매국노, 심지어는 살인자로도 만들 수 있다는 것만 알고 있었다.

마침내 할 말이 생각났을 때는 입안이 바짝 말라 있었다. "네, 보다시피 이렇게 멀쩡히 살아 있어요." 나는 그렇게 대답하고는 시간을 벌기 위해 머리와 발을 다쳐 빈의 육군 병원으로 이송된 과정을 설명했다. 그러고는 그에게 그간 어떻게 지냈는지 물었다. 모스켄은 노르웨이로 송환되어 신센의 야전병원에서 지냈다고 했다. 우스운 일이었다. 빈에서 내가 가기로 내정되어 있던 병원도 그곳이었으니 말이다. 다른 사람들과 마찬가지로 그도 3년 형을 받았고, 2년 반 후에 출소했다고 한다.

우리는 이런 저런 이야기를 나누었고, 나는 긴장이 풀어지기 시작했다. 그에게 맥주를 주문해주고, 내가 운영 중인 건축자재 사업에 대해 이야기했다. 그 분야야말로 우리 같은 사람들이 새로 시작하기에 제격이라는 내 의견을 피력했다. 대부분의 회사는 동부전선에서 싸웠던 군인들을 고용하지 않기 때문이다(특히 전쟁 중에 독일과 협력했던 회사들).

"넌 어떻게 지냈어?" 모스켄이 물었다.

나는 '옳은 편'에 가담한 것이 별로 도움이 되지 않았다고 말했다. 마음속으로는 여전히 독일 군복을 입고 있었다.

모스켄은 이야기하는 내내 미소를 반쯤 지은 채 앉아 있었다. 그러더니 마침내 참지 못하고 털어놓았다.

"사실 난 오랫동안 널 찾으려고 수소문했어. 하지만 모든 흔적이 함부르크에서 다 끊겼더군. 거의 포기한 상태였는데, 어느 날 신문에 실린 레지스탕스 요원에 관한 기사에서 신드레 페우케라는 이름을 발견했어. 그걸 보고 다시 관심이 생겨서 페우케의 직장을 알아내 전화했지. 그랬더니 전화를 받은 사람이 아마도 네가 슈뢰데르 바에 있을 거라고 알려주더군."

나는 긴장하며 드디어 올 것이 왔구나 생각했다. 하지만 그의 입에서 나온 말은 내 예상을 완전히 빗나갔다.

"그때 내 목숨을 구해준 것에 대해 제대로 고맙다는 인사를 못했어. 네가 아니었다면 난 할그림 달레의 총에 맞아 죽었을 거야. 넌 내 목숨을 구해줬어, 요한센."

나는 별거 아니라는 듯이 어깨를 으쓱이고는, 입을 벌린 채로 그를 바라보았다. 나로서는 그 반응이 최선이었다. 모스켄은 말을 이었다.

"날 구해주었다는 건 네가 도덕적인 사람이라는 증거야. 왜냐하면 내가 죽는 게 너로서는 훨씬 이득일 테니 말이야. 만약 신드레 페우케의 시신이 발견되었다면, 아마 난 네가 범인이라고 증언했을 거야."

나는 고개를 끄덕였다. 모스켄은 날 바라보며, 자신이 찾아와서 놀랐느냐고 물었다. 나는 그에게라면 지금까지 내가 겪은 일을 모두 들려줘도 잃을 게 없다는 것을 깨달았다.

모스켄은 내 이야기를 들어주었다. 가끔씩 거짓말인지 확인하기 위해 그 애꾸눈으로 날 뚫어지게 바라보았고, 때때로 고개를 젓기도 했다. 하지만 내 이야기가 사실이라는 것을 잘 알고 있었다.

이야기가 끝나자, 나는 맥주를 두 잔 더 주문했고 모스켄은 자신의 이야기를 털어놓았다.

"내가 감옥에 수감되어 있는 동안, 아내는 자신과 아들을 돌봐줄 다른 남자를 찾아 떠났어. 난 아내를 이해해. 우리 아들도 매국노 아버지 밑에서 자라는 것보다는 그편이 더 나을 거야. 운수업에 관련된 일을 하고 싶어서 알아보고 있는데, 날 받아주는 곳이 없어."

"트럭을 사세요. 나처럼 개인 사업을 시작하면 되잖아요." 내가 말했다.

"그럴 만한 돈이 없어." 나를 힐끗 보며 모스켄이 말했다. 나는 이야기가 어느 방향으로 흐를지 감이 잡혔다. "은행에서는 독일군 참전자들에게 대출해주지 않아. 우리를 사기꾼 취급한다고."

"제가 모아둔 돈이 좀 있어요. 그걸 빌려드리죠."

그는 거절했지만, 나는 더 이상 왈가왈부하지 말자고 했다.

"물론 이자도 받을 겁니다. 당연히." 내가 그렇게 말하자, 그의 표정이 한층 밝아졌다. 하지만 다시 심각한 표정을 지으며, 기반을 잡을 때까지는 이자가 부담이 될 거라고 했다. 그래서 난 이자율이 그다지 높지는 않을 것이다, 그냥 상징적인 의미의 이자가 될 거라고 했다. 나는 맥주를 두 잔 더 주문했고, 우리는 술을 다 마신 후에 악수하고 헤어졌다. 이로써 거래가 성사되었다.

1950년 8월 3일. 오슬로.

……우편함에 빈의 소인이 찍힌 편지가 있었다. 나는 편지를 식탁에 내려놓고 뚫어지게 바라보았다. 봉투 뒷면에 그녀의 이름과 주소가 적혀 있었다. 지난 5월에 루돌프 2세 병원으로 편지를 보냈었다. 혹시나 헬레나의 거처를 아는 사람이 편지를 전해주지 않을까 하는 실낱같은 희망을 품고. 물론 다른 사람이 편지를 뜯어볼지 몰라서 우리 두 사람에게 위험한 내용은 전혀 쓰지 않았고, 내 본명도 쓰지 않았다. 감히 답장을 받고 싶다는 기대는 하지 않았다. 사실은 답장을 원했는지도 잘 모르겠다. 내 예상대로 그녀가 아이를 둔 엄마가 되었다면 차라리 답장을 받고 싶지 않았다. 그런 답장은 원치 않았다. 비록 그녀가 행복한 가정을 꾸리기를 바랐고, 내 입으로도 그렇게 살라고 허락했을지라도.

맙소사, 그때 우리는 너무도 어렸다. 헬레나는 겨우 열아홉이었다.

그리고 이제 그녀의 편지를 손에 쥐고 있으니 이 편지가 너무도 비현실적으로 느껴졌다. 봉투에 단정하게 적힌 글씨는 지난 6년간 내가 그리워하던 헬레나와 아무 상관도 없는 것만 같았다. 나는 떨리는 손가락으로 봉투를 뜯으며, 일부러 최악의 상황을 예상했다. 장문의 편지였고, 그 편지를 읽은 지 불과 몇 시간밖에 지나지 않았지만 나는 벌써 편지를 모두 외워버렸다.

친애하는 우리아

당신을 사랑해요. 그리고 죽을 때까지 당신을 사랑할 거예요. 하지만 이상하게도 태어나면서부터 당신을 계속 사랑했던 느낌이 들어요. 당신 편지를 받았을 때 행복해서 눈물이 나올 지경이었어요. 나는⋯⋯.

해리는 원고를 손에 든 채 부엌으로 갔다. 싱크대 위의 선반에서 커피를 발견하고, 계속 원고를 읽으며 전기 레인지에 커피포트를 올려두었다. 두 사람은 어렵고 힘든 과정을 거쳐 파리의 호텔에서 행복한 재회를 했다. 그리고 다음 날 약혼했다.

거기부터는 다니엘에 대한 이야기가 차츰 줄어들었고, 마침내 그의 존재는 완전히 사라진 듯했다.

대신 사랑에 빠진 연인들의 이야기가 주를 이루었다. 하지만 크리스토퍼 브록하르트의 살인 때문에 그들은 여전히 경찰의 추적을 받고 있었다. 그리하여 사람들의 눈을 피해 코펜하겐과 암스테르담, 함부르크에서 만남을 이어갔다. 헬레나는 구드브란이 신분을 바꾼 것을 알고 있었다. 하지만 과연 그가 동부전선에서 전우를 죽이고, 그의 가족을 몰살한 것까지 알고 있었을까? 그런 것 같지는 않다.

두 사람은 연합군이 오스트리아를 떠나던 해에 약혼했는데, 1955년이 되자 헬레나는 오스트리아를 떠났다. '실수로부터 전혀 배우지 못하는 전범들과 반유대주의자, 광신도들'이 다시 오스트리아를 지배할 것임을 확신했기 때문이다. 두 사람은 오슬로에 정착했고, 구드브란은 여전히 신드레 페우케의 이름으로 살면서 사업을 계속했다. 같은 해에 헬레나가 빈에서의 사업을 정리하고 마련한 돈으로 홀멘콜바이엔의 외딴 곳에 자리한 대형 저택을 구입했다. 그리고 그 저택의 정원에서 신부님을 모시고 둘만의 결혼식을 올렸다. 두 사람은 행복한 시절을 보냈다고 적혀 있었다.

갑자기 쉬익 하는 소리에 고개를 든 해리는 깜짝 놀랐다. 주전자에서 물이 끓어 넘치고 있었다.

2000년 5월 17일

오슬로

1956년. 국립병원.

헬레나의 출혈이 너무 심해 한동안 생사의 기로에 서 있었다. 하지만 다행히도 의료진이 재빨리 손을 써주었다. 아이는 죽었다. 당연히 헬레나는 크게 상심했다. 나는 그녀에게 우리는 아직 젊으니 기회가 많을 거라고 위로했다. 하지만 의사의 의견은 그다지 긍정적이지 않았다. 헬레나의 자궁이…….

1967년 3월 12일. 국립병원.

딸이다. 이름은 라켈이라고 지었다. 나는 계속 울었고, 헬레나는 내 뺨을 쓰다듬으며 하느님은 놀라운 방식으로…….

해리는 다시 거실로 돌아갔다. 한 손을 눈 위에 얹었다. 베아트리체의 방에서 헬레나의 사진을 봤을 때 왜 바로 알아차리지 못했을까? 라켈의 어머니였는데! 정신이 딴 데 팔렸던 게 분명하다.

어쩌면 정말 그 때문일 것이다. 당시에는 정말로 정신이 딴 데 팔려 있어, 사방에서 라켈이 보였다. 길을 지나가는 여자의 얼굴에서도, 이리저리 돌려대는 텔레비전 채널에서도, 카페 카운터 뒤의 여종업원 얼굴에서도. 그러니 벽에 걸린 아름다운 여자의 사진에서 라켈의 얼굴이 보였다 해도 이상할 이유가 없었다.

모스켄에게 전화해 구드브란 요한센, 다시 말해 신드레 페우케가 쓴 이 글이 사실인지 확인해야 할까? 그럴 필요가 있을까? 지금은 아니다.

그는 원고를 주르륵 넘기다가 마침내 1999년 10월 5일이라고 적힌 대목에 이르렀다. 그 뒤로는 몇 페이지밖에 없었다. 손바닥이 땀으로 축축해졌다. 지금 해리의 심정은 라켈의 아버지가 헬레나의 편지를 받았을 때와 똑같았다. 마지못해 불가피한 결과를 대면해야 하는 심정.

1999년 10월 5일. 오슬로.

난 곧 죽을 것이다. 산전수전 다 겪었는데 고작 남들처럼 흔한 병에 걸려 죽음을 맞이하다니 이상한 일이다. 라켈과 올레그에게 뭐라고 말해야 할까? 칼 요한스 가를 따라 걷다 보니, 헬레나가 죽은 후로 아무런 의미도 없었던 이 삶이 불현듯 소중하게 느껴진다. 당신을 다시 만나고 싶지 않아서가 아니야, 헬레나. 오랫동안 지상에서의 내 목적을 너무 소홀히 했는데, 이제 시간이 얼마 남지 않았기 때문이야. 나는 1945년 5월 13일에 걸었던 그 길을 똑같이 걸어갔다. 왕세자는 아직도 발코니에 나와 우리를 이해한다는 말을 하지 않았다. 그는 그저 궁핍한 다른 사람들을 이해할 뿐이었다. 아마 영영 나오지 않을 것이다. 아무래도 우리를 배신한 것 같다.

그러다 나무에 기대어 잠이 들었는데, 길고 이상한 꿈을 꿨다. 마치 계시와도 같은 꿈. 잠에서 깼을 때는 내 오랜 친구도 함께 깨어났다. 다니엘이 돌아온 것이다. 나는 그가 무엇을 원하는지 알고 있었다.

해리가 기어를 1단에서 2단으로 난폭하게 움직이자, 포드 에스코트가 신음했다. 이번에는 액셀러레이터를 납작 밟은 채 계속 누르자, 에스코트가 상처 입은 짐승처럼 울부짖었다. 외스테르달렌 전통 복장을 입고 비베스 가와 보그스타바이엔 가 사이의 횡단보도를 건너던 남자가 화들짝 놀라며 차를 피했다. 하마터면 올록볼록한 무늬가 완전히 마모되어 사라진 고무 타이어 자국이 스타킹을 신은 그의 다리에 찍힐 뻔했다. 헤드게하우그스바이엔 가에는 도심으로 진입하려는 차량 행렬이 줄지어 있었다. 그래서 해리는 한 손으로 계속 경적을 누른 채 왼쪽의 반대 차선으로 들어갔다. 부디 맞은편에서 오는 차량이 경적 소리를 듣고 비켜주기를 바라면서. 로리 카페 앞을 막 돌아가려는 찰나, 갑자기 푸른색 벽이 해리의 시야를 가득 채웠다. 트램이다!

멈추기에는 너무 늦었다. 그래서 해리는 운전대를 옆으로 마구 돌렸고, 차 뒷부분이 들리도록 브레이키를 살짝 밟으며 자갈이 깔린 인도 위로 올라갔다. 마침내 포드 에스코트의 왼쪽이 트램의 왼쪽과 충돌했다. 사이드미러가 날아가면서 날카로운 탕 소리가 들리더니, 곧이어 문손잡이가 트램 옆면에 긁히는 소리가 오랫동안 고막을 찔렀다.

"젠장, 젠장!"

그러다 에스코트가 트램과 떨어졌고, 바퀴는 마구 굴러 트램 선로에서 벗어나 아스팔트 도로에 안착해 다음 신호등을 향해 나아갔다.

초록불, 초록불, 노란불.

해리는 전속력으로 달리며, 한 손으로는 여전히 경적을 누르고 있었다. 5월 17일 10시 15분의 도심 한복판에서 고작 자동차 경적 소리로 사람들의 주의를 끌겠다는 헛된 희망을 품은 채. 그러다 비명을 지르며 급히 브레이크를 밟았다. 에스코트가 필사적으로 도로에 붙어 있으려고 애쓰는 동안, 빈 카세트 케이스와 담뱃갑 그리고 해리 홀레는 앞으로 튀어나갔다. 차가 멈추자, 그는 앞 유리창에 머리를 쿵 부딪쳤다. 환호하는 아이들이 깃발을 흔들며 차 앞의 횡단보도로 쏟아져 나왔다. 해리는 이마를 문질렀다. 왕궁 정원은 코앞이었지만, 왕궁으로 올라가는 길은 인산인해였다. 그의 옆에 멈춰 선 오픈카에서 라디오 소리가 흘러나왔다. 매년 똑같은 생방송 중계였다.

"이제 왕실 가족들이 발코니로 나와 아이들의 행렬과 왕궁 광장에 모인 군중을 향해 손을 흔들고 있습니다. 사람들은 환호합니다. 특히 미국에서 막 돌아온 왕세자에게 큰 환호를 보내고 있습니다. 왕세자님도 당연히……."

해리는 클러치를 풀고, 액셀러레이터를 밟아 자갈길 앞의 연석을 향해 돌진했다.

1999년 10월 16일

오슬로

나는 다시 웃기 시작했다. 물론 웃는 사람은 다니엘이었다. 다니엘이 깨어나 제일 먼저 한 일은 두말할 나위 없이 싱네에게 전화하는 것이었다. 우리는 슈뢰데르의 공중전화를 이용했다. 가슴이 메어지듯이 웃겨서 눈물이 흘렀다.

오늘 밤에 좀 더 계획을 세워야겠다. 문제는 내가 원하는 무기를 어떻게 구하느냐는 것이다.

1999년 11월 15일

오슬로

……마침내 문제가 해결된 것 같다. 그런데 그자가 나타났다. 할그림 달레. 당연한 일이지만, 그는 형편없는 몰골을 하고 있었다. 적어도 날 알아보지 못하기를 바랐건만. 내가 함부르크 폭격 당시 죽었다는 소문을 들었는지, 처음에는 귀신을 본 줄 알았단다. 내가 무슨 음모를 꾸민다고 생각하고는, 자기 입을 다물게 하려면 돈을 내놓으라고 했다. 하지만 내가 아는 달레는 세상의 돈을 모두 주어도 비밀을 지키지 못할 위인이다. 그래서 내가 그의 마지막 말동무가 되기로 했다. 달레를 죽이는 일은 전혀 즐겁지 않았다. 하지만 솔직히 말해서 내 옛날 기술이 녹슬지 않은 것을 보고 약간 뿌듯했다.

2000년 5월 17일

오슬로

2000년 2월 8일. 오슬로.

에드바르와 내가 매년 여섯 번씩 슈뢰데르에서 만난 지도 50년이 넘었다. 만나는 날은 짝수 달의 첫 번째 화요일, 오전이었다. 슈뢰데르가 웅스토르게 광장에 있을 때부터 우리는 이것을 직원회의라고 불렀다. 에드바르와 나처럼 천양지판인 두 사람을 하나로 묶어주는 것은 과연 무엇일까? 아마도 그저 같은 운명을 공유했기 때문일 것이다. 우리는 비슷한 운명을 타고났다. 둘 다 동부전선에서 싸웠고, 아내와 헤어졌으며, 장성한 아이들을 떠나보냈다. 모르겠다. 내게 가장 중요한 것은 에드바르가 날 절대 배신하지 않으리라는 점이다. 당연히 그는 전쟁 후에 내게 도움받은 일을 잊지 않았다. 하지만 내가 그를 도운 것은 그때만이 아니다. 예를 들면, 1960년대 후반 그가 점점 술독과 경마에 빠졌을 때는 내가 그의 도박 빚을 갚아주기도 했다. 내 도움이 없었더라면 그는 사업을 고스란히 날렸을 것이다.

지금의 에드바르에게 옛날 레닌그라드 시절의 훌륭한 군인 모습이 많이 사라진 것은 사실이다. 그래도 최근 들어 에드바르는 인생이 자기 뜻대로 풀리지만은 않는다는 사실을 받아들이고, 그 상황에서 나름 최선을 다하려는 듯하다. 그는 말을 키우는 일에 몰두했고, 술과 담배도 끊었다. 내게 경마에 관련된 정보를 알려주는 것으로 만족해했다.

정보 이야기가 나왔으니 말인데, 에벤 율에 관한 정보를 준 사람도 에드바르였다. 그 정보에 따르면 최근 에벤 율이 다니엘의 생사를 알아보고 다닌다고 했다. 나는 그날 저녁 에벤에게 전화해 망령이라도 난 거 아니냐고 물었다. 그러자 에벤은 자초지종을 들려주었다. 며칠 전 침실에 있는 전화기로 우연히 아내의 통화를 엿듣게 되었는데, 상대 남자가 자신이 다니엘이라고 주장했다는 것이다. 그러면서 언젠가 화요일이 되면 다시 전화하겠다고 했단다. 에벤은 전화한 장소가 카페인 것 같다면서 장난전화범을 잡을 때까지 화요일마다 오슬로 카페를 샅샅이 뒤지고 다닐 생각이라고 했다. 이런 사소한 일에 경찰이 나설 리가 없기 때문이라는 것이다. 또한 싱네가 이 사실을 알게 되면 그를 말릴 게 뻔하므로 아내에게도 알리지 않았다고 했다. 나는 웃음이 터져 나오려는 걸 참기 위해 손등을 깨물어야만 했다. 그러고는 그에게 행운을 빈다고 했다. 어리석은 늙은이 같으니.

마요르스투엔의 아파트로 이사 온 뒤로는 딸애를 통 보지 않았지만, 그래도 가끔 전화 통화는 했다. 이젠 우리 둘 다 싸우는 데 지친 것 같다. 나는 그 애가 과거 볼셰비키 집안 출신의 러시아인과 결혼한 것이 우리 부부에게 어떤 의미인지 납득시키는 걸 포기하기로 했다.

"아버지가 배신감 느끼는 거 알아요. 하지만 이제 옛날 일이잖아요. 그 일은 그만 덮어요." 라켈은 그렇게 말했다.

하지만 그것은 옛날 일이 아니다. 더는 어떤 것도 옛날 일이 아니다.

올레그가 내 안부를 물었다고 한다. 올레그는 착한 아이다. 자기 엄마 같은 고집쟁이가 되지 않기를 바랄 뿐이다. 라켈의 황소고집은 헬레나에게서 물려받은 것이다. 두 사람은 너무 비슷해서 이 글을 쓰자니 눈물이 난다.

다음 주에 에드바르의 산장을 빌리기로 했다. 거기서 라이플로 사격 연습을 할 생각이다. 다니엘이 기뻐할 것이다.

해리가 자동차 앞바퀴로 도로 연석을 들이받자, 그 충격으로 차 전체가 움츠러들었다. 에스코트는 볼썽사납게 날아오르더니 갑자기 잔디밭 위에 떨어졌다. 도로에 사람이 너무 많았기에 해리는 잔디밭을 가로질러 달렸다. 그의 차가 공원 잔디밭에서 아침을 먹는 네 명의 젊은이들과 호수 사이로 휘청거리며 지나갔다. 백미러에 번쩍거리는 푸른 불빛이 보였다. 위병소 앞에는 이미 사람들이 구름떼처럼 몰려 있었다. 해리는 차를 세우고 뛰어내려, 왕궁 광장 주위에 둘러진 바리케이드를 향해 달려갔다.

"경찰이다!" 그는 그렇게 외치며 군중들 사이를 힘겹게 헤쳐 나갔다. 앞쪽에 서 있는 사람들은 좋은 자리를 맡기 위해 새벽같이 일어난 사람들이라서 좀처럼 움직이려 하지 않았다. 해리가 바리케이드를 넘어서자, 근위병이 그를 저지했다. 해리는 옆구리에서 경찰 신분증을 꺼내 얼른 보여준 다음, 비틀거리며 광장에 착지했다. 그의 발 아래로 자갈이 우두둑 소리를 냈다. 그는 아이들 행렬에 등을 돌린 채 반대쪽을 바라보았다. 음정이 완전히 틀린 'I'm Just a Gigolo'에 맞추어 슬렌달 유치원과 볼레렝가 유소년 밴드로 이루어진 행렬이 막 왕궁 발코니 아래를 지나가고 있었다. 발코니에는 왕족들이 나와 손을 흔들고 있었다. 해리는 환하게 미소 짓는 사람들의 얼굴과 빨강, 하양, 파랑의 노르웨이 국기로 이뤄진 인파를 바라보았다. 그의 눈동자가 줄지어 선 사람들을 훑었다.

노인들, 카메라 셔터를 눌러대는 삼촌들, 어린아이를 목말 태운 아빠들은 있었지만 신드레 페우케는 없었다. 구드브란 요한센도, 다니엘 구데손도 없었다.

"젠장! 젠장!"

해리는 패닉 상태에 빠져 소리 질렀다.

하지만 바리케이드 앞에 그가 아는 얼굴 하나가 있었다. 사복 차림으로 워키토키를 들고, 표면이 반사되는 선글라스를 낀 채 근무 중이었다. 결국 그는 해리의 충고에 따라 펍에 가지 않고, 경찰청 내의 다른 아이 아빠에게 휴일을 양보한 모양이었다.

"할보르센!"

2000년 5월 17일

오슬로

2000년 5월 16일. 오슬로.

싱네가 죽었다. 사흘 전 반역자 혐의로 처형되었고, 총알이 그녀의 거짓된 심장을 관통했다. 싱네를 총살하고 나자, 다니엘은 나를 갈등 속에 홀로 남겨둔 채 떠나버렸다. 다니엘과 그토록 오랫동안 함께 지냈는데도 내 마음은 한없이 약해졌다. 의심이 스멀스멀 올라와 밤새 뒤척였다. 통증도 나를 더 힘들게 했다. 닥터 부에르가 한 알씩만 먹으라고 했던 진통제를 세 알이나 먹어보았지만, 통증은 여전히 참기 힘들었다. 나는 가까스로 잠이 들었고, 다음 날에는 다시 원기를 회복한 다니엘이 돌아왔다. 이제 앞으로 한 고비 남았고, 우리는 과감하게 계속 나아가야 한다.

불가에 모인 남자들 곁으로 다가가 황금색으로 환하게 빛나는 불꽃을 바라보라.
병사들에게 목표를 더욱 높이 세우고, 일어나 싸우겠노라고 맹세하도록 촉구하라.

우리가 당한 크나큰 배신을 갚아줄 날이 점점 다가오고 있다. 나는 조금도 두렵지 않다.

중요한 것은 내가 당한 배신이 널리 알려져야 한다는 것이다. 이 자서전이 잘못된 사람들의 손에 들어갔다가는 대중의 반응이 두려운 나머지 없애버리거나, 숨겨버릴지도 모른다. 그래서 국가정보국의 젊은 형사에게 필요한 단서를 남겨주었다. 그 친구가 얼마나 똑똑할지는 두고 봐야 알겠지만, 내 직감으로 볼 때 최소한 정직한 사람이다.

마지막 며칠은 그야말로 극적이었다.

시작은 내가 싱네에게 복수해야겠다고 결심한 날부터였다. 난 싱네에게 전화해 데리러 가겠다고 말한 뒤, 슈뢰데르를 나섰다. 그런데 길 건너편 커피숍의 유리창 너머로 에벤 율의 얼굴이 보였다. 나는 못 본 척하고 계속 걸어갔지만, 만약 에벤이 상황을 잘 되짚어본다면 결국 내가 범인임을 알아낼 것이다.

어제 국가정보국의 경위에게서 전화가 왔다. 지금까지 나는 내 임무가 끝난 후에야 그가 모든 상황을 이해할 수 있도록, 일부러 애매한 단서들만 주었다. 하지만 알고 보니 그는 구드브란 요한센의 흔적을 따라 빈까지 다녀왔다. 내게는 시간이 필요했다. 최소한 48시간이. 그래서 이런 상황이 벌어질 경우를 대비해 미리 꾸며둔 이야기, 에벤 율에 관한 이야기를 들려주었다. 에벤 율이 상처받은 가여운 영혼이고, 그의 마음속에 다니엘이 살고 있다고 했다. 그 이야기는 첫째로 싱네의 살인까지 포함해 모든 사건의 배후에 에벤이 있는 것처럼 보이게 할 것이다. 둘째로 내가 계획한 에벤의 자살을 좀 더 설득력 있게 만들 것이다.

경위가 떠나자, 나는 즉시 작업에 착수했다. 문을 열어주던 에벤 율은 현관 계단에 서 있는 나를 보고도 별로 놀라지 않았다. 내가 범인이라는 걸 알아냈는지, 아니면 그저 놀라는 능력을 상실한 것인지 알 수 없었다. 에벤은 이미 죽은 사람처럼 보였다. 나는 그의 목에 칼을 들이대며, 내 말대로 하지 않으면 그의 개에게 그랬던 것처럼 목을 베어버리겠다고 했다. 그리고 내가 진심이라는 것을 보여주기 위해 미리 가지고 간 비닐봉지 속의 죽은 개를 보여주었다. 우리는 위층으로 올라갔고, 그는 순순히 내 말대로 의자 위에 올라갔다. 그러고는 개줄을 천장 고리에 묶었다.

"이 일이 끝날 때까지는 경찰에게 더 이상 단서를 주고 싶지 않아. 그러니 자네 죽음을 자살로 꾸며야 해." 나는 그렇게 말했지만, 에벤은 아무런 반응도 보이지 않았다. 이 모든 일에 관심이 없는 듯했다. 어쩌면 내가 그에게 호의를 베푸는 것인지도 모르겠다.

일이 끝난 후에는 내 지문을 닦고, 냉동실에 개의 사체가 든 비닐봉지를 넣고, 지하실에 칼을 놓아두었다. 모든 일이 끝나고 마지막으로 침실을 둘러보았을 때 자갈 부서지는 소리가 들리더니, 길에 세워진 경찰차가 보였다. 차는 무언가를 기다리는 듯 가만히 서 있었다. 나는 위기에 빠졌음을 깨달았다. 구드브란은 당연히 패닉 상태에 빠졌지만, 다행히 다니엘이 민첩하게 행동했다.

먼저 다른 두 침실에 들어가 열쇠를 가져왔다. 한 침실의 열쇠가 에벤이 목을 맨 침실의 열쇠 구멍에 들어맞았다. 그래서 그 열쇠를 침실 바닥에 두고, 원래 열쇠를 열쇠 구멍에서 꺼내 밖에서 침실 문을 잠갔다. 그러고는 얼른 열쇠를 빼낸 다음, 맞지 않는 열쇠를 다시 열쇠 구멍에 밀어 넣었다. 이 모두가 몇 초 만에 이뤄졌다. 그러고는 차분히 1층으로 내려가 해리 홀레의 휴대전화에 전화했다.

그러자 곧바로 그가 들이닥쳤다.

비록 가슴속에서 웃음이 일어나기는 했지만, 그래도 놀란 표정은 제대로 지었다. 해리 홀레와 함께 온 경찰 중에 전에 본 남자가 있어서 좀 놀랐기 때문이다. 왕궁 정원에 갔던 날 밤에 본 남자였다. 그는 날 알아보지 못한 것 같다. 어쩌면 그날 그가 본 건 다니엘일지도 모른다. 아, 그렇다, 물론 열쇠에서 내 지문을 닦아내는 것도 잊지 않았다.

"홀레 경위님! 여긴 어쩐 일이세요? 무슨 일 있습니까?"
"잘 들어. 지금 당장 자네 워키토키로……."
"네?"
볼테뢰카 학교의 드럼 밴드가 지나가고 있었다.
"지금 당장……." 해리가 외쳤다.
"뭐라고요?" 할보르센도 외쳤다.
해리는 할보르센의 손에 있던 워키토키를 낚아챘다.
"근무 중인 경관들 모두 잘 들어라. 눈을 부릅뜨고 찾아야 할 사람이 있다. 나이는 70세, 신장 175미터, 푸른 눈, 백발. 아마 무기를 소지했을 것이다. 반복한다. 무기를 소지했다. 극도로 위험한 자다. 암살 시도의 위험이 있으니 열린 창문과 지붕을 확인하라. 반복한다……."

해리가 메시지를 반복하는 동안, 할보르센은 입을 딱 벌린 채 그를 바라보았다. 메시지를 모두 전달하자, 해리는 워키토키를 다시 할보르센에게 던졌다.

"이제 독립기념일 행사를 취소시키는 건 자네 몫이야, 할보르센."
"뭐라고요?"
"자넨 근무 중이잖아. 나는 꼭…… 술 취한 사람처럼 보이니까 내 말은 듣지 않을 거라고."

할보르센은 면도하지 않은 해리의 턱과 하나씩 밀려서 채워진 단추, 꼬깃꼬깃한 셔츠, 구두 속의 맨발을 바라보았다.

"누가 경위님 말을 듣지 않을 거라는 거죠?"

"아직도 내 말을 이해하지 못한 거야?" 해리는 호통을 치며 떨리는 손가락으로 발코니 쪽을 가리켰다.

2000년 5월 17일

오슬로

결전의 날이다. 조준 거리 400미터. 그 정도는 전에도 맞춘 적이 있다. 정원은 생명력으로 가득 차, 푸르고 싱그러울 것이다. 죽음의 흔적은 전혀 찾아볼 수 없을 정도로. 하지만 나는 총알이 나갈 길을 터두었다. 잎이 없는 죽은 나무. 총알은 하늘에서 떨어지리라. 마치 하느님의 손가락이 배신자의 후손을 가리키듯이. 그리하여 순수하지 않은 심장을 가진 자에게 하느님이 어떤 처벌을 내리는지 모두 보게 될 것이다. 배신자는 이 나라를 사랑한다고 했지만, 이 나라를 버리고 도망쳤다. 우리 혼자서 동쪽의 침입자들*을 물리치도록 내버려두었고, 나중에는 도리어 우리에게 매국노라는 딱지를 붙였다.

할보르센이 왕궁 정문으로 달려가는 동안, 해리는 광장에 서서 술 취한 사람처럼 제자리를 뱅뱅 돌았다. 발코니를 비우는 데는 4, 5분이 걸릴 것이다. 중요 요직의 사람들은 자신들이 책임져야만 하는 결정을 내려야 할 것이다. 그저 한 경관이 수상쩍은 동료

* 여기서는 소련을 말한다

와 이야기를 했다는 이유만으로 독립기념일 행사를 취소하지는 않는 법이다. 해리는 군중을 상하로 훑어보았다. 자신이 무엇을 찾는지도 딱히 모른 채.

총알은 하늘에서 날아올 것이다.

해리는 고개를 들었다. 신록이 푸른 나무들. 죽음의 흔적이라고는 전혀 찾아볼 수 없다. 나무들은 너무도 키가 크고 울창해서, 아무리 훌륭한 망원조준기가 달렸다고 해도 근처에서 총을 쏘는 건 불가능했다.

해리는 눈을 감았다. 그의 입술이 움직였다. 도와줘, 엘렌.

'나는 총알이 나갈 길을 터두었다.'

어제 이 길을 지나갈 때 두 명의 왕궁 정원사들이 왜 그렇게 놀랐던가? 나무 때문이었다. 잎이 하나도 달리지 않은 나무. 그는 다시 눈을 뜨고, 우듬지 위를 가로질러 바라보았다. 거기에 그가 찾던 것이 있었다. 갈색으로 말라 죽은 떡갈나무. 해리의 심장이 쿵쿵 뛰기 시작했다. 뒤를 돌다가 하마터면 군악대 지휘자와 부딪힐 뻔했다. 그는 왕궁을 향해 달리다가 발코니와 나무의 중간 지점에 도달하자, 걸음을 멈췄다. 그의 시선은 나무 너머를 계속 따라갔다. 헐벗은 나뭇가지 뒤로 거대한 푸른색 유리 건물이 우뚝 솟아 있었다. 사스 호텔. 저기다. 저기라면 총알 한 방으로 끝낼 수 있다. 독립기념일에 총성 한 방 정도는 아무도 알아차리지 못할 것이다. 총을 쏜 다음, 사람들로 붐비는 로비로 차분히 내려와 거리의 인파 속으로 사라지면 그만이다. 그다음에는? 그다음에는 어떻게 되지?

지금은 생각을 할 때가 아니다. 행동해야 했다. 움직여야 했다. 하지만 너무 피곤했다. 흥분 대신 갑자기 도망치고 싶은 충동이 일었다. 집으로 가서 침대에 누워 자고 싶었다. 깨어나면 이 모든 것이 꿈이 되어버리는 새로운 날이었으면 좋겠다. 드람멘스바이엔 가를 지나가던 앰뷸런스의 사이렌 소리에 그는 정신이 번쩍 들었다. 사이렌 소리가 두껍게 내려앉은 군악대의 음악을 두 동강 냈다.

"젠장, 젠장!"

해리는 다시 달리기 시작했다.

2000년 5월 17일

래디슨 사스 호텔

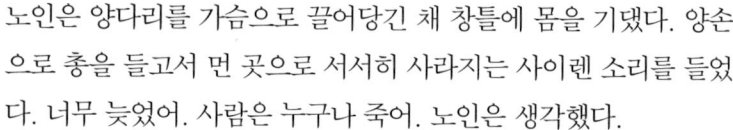

노인은 양다리를 가슴으로 끌어당긴 채 창틀에 몸을 기댔다. 양손으로 총을 들고서 먼 곳으로 서서히 사라지는 사이렌 소리를 들었다. 너무 늦었어. 사람은 누구나 죽어. 노인은 생각했다.

방금 전에 또 토했는데 대부분이 피였다. 통증이 너무 심한 나머지 의식을 거의 잃었고, 나중에는 몸을 웅크린 채 바닥에 엎드려 진통제 네 알의 효과가 나타나기만을 기다렸다. 통증은 잦아들었지만, 마지막의 찌르는 듯한 통증으로 보아 곧 다시 찾아올 기세였다. 욕실은 원래대로 정리해두었다. 두 개 중에서 기포 욕조가 설치된 욕실. 기포 욕조가 아니라 사우나였던가? 어쨌거나 객실에 텔레비전이 있기에 그는 텔레비전을 틀어두었다. 채널마다 애국심을 고취하는 노래들과 국가가 흘러나왔고, 축제 의상을 입은 리포터가 아이들의 퍼레이드를 중계했다.

이제 그는 거실에 앉아 있었다. 하늘에 걸린 태양은 마치 모든 것을 환하게 밝히는 대형 신호탄 같았다. 신호탄을 똑바로 보면 안 된다. 그러면 야맹증에 걸려서 무인 지대의 눈 위를 기어오는 소련 저격수들을 보지 못할 것이다.

'난 볼 수 있어.' 다니엘이 속삭였다. '1시 방향. 죽은 나무 바로 뒤의 발코니야.'

나무? 포탄으로 땅이 움푹 패인 이 지역에 나무가 있을 리 만무했다.

왕세자는 발코니로 나오기는 했지만, 아무 말도 하지 않았다.

"놈이 도망갈 거야!" 구드브란의 목소리 같았다.

"아니, 볼셰비키 새끼들은 한 마리도 도망 못 가." 다니엘이 말했다.

"우리에게 발각된 걸 알고, 구멍으로 기어가고 있어."

"아냐, 도망 못 가."

노인은 창틀에 총을 올려놓았다. 아까 스크루드라이버를 이용해 원래 열려 있던 것보다 조금 더 열어두었다. 그때 로비에 있던 아가씨가 뭐라고 했었지? 손님들이 '바보 같은 생각'을 하지 못하도록 하기 위해서라고 했다. 그는 조준기 안을 들여다보았다. 땅 위의 사람들이 개미처럼 조그맣게 보였다. 그는 거리를 조정했다. 400미터. 지금처럼 위에서 아래로 쏠 때는 총알에 중력이 다르게 작용한다는 사실을 감안해야 한다. 평지에서 쏠 때와는 탄도가 다르다. 하지만 다니엘은 알고 있다. 다니엘은 모든 것을 알고 있다.

노인은 손목시계를 보았다. 10시 45분. 이제 일을 시작해야 할 때다. 그는 차갑고 육중한 개머리판에 뺨을 대고, 왼손을 총신 아래쪽에 올려놓았다. 왼쪽 눈을 찡그렸다. 발코니의 난간이 조준기를 가득 채웠다. 이윽고 검은 코트와 실크해트가 들어왔다. 거기에 그가 찾던 얼굴이 있었다. 놀랄 만큼 닮은 얼굴. 1945년 때처럼 젊은 얼굴이었다.

다니엘은 한결 차분해진 상태로 조준했다. 그의 입에서는 더 이상 입김도 나오지 않았다.

발코니 앞에는 초점이 맞지 않는 떡갈나무 한 그루가 있었다. 죽은 나무는 검은 마녀의 손가락으로 하늘을 가리키고 있었는데, 나뭇가지에 새 한 마리가 앉아 있었다. 딱 총알이 지나가는 길목이었다. 노인은 초조하게 자세를 바꾸었다. 아까까지만 해도 없던 새였다. 곧 다시 날아가겠지. 노인은 총을 내려놓고, 욱신거리는 폐로 신선한 공기를 들이마셨다.

크리리릭. 크리리리릭.
해리는 운전대를 내려치고, 다시 한 번 시동을 걸었다.
크리리리릭. 크리리리릭.
"빨리 걸려라, 이 똥차야! 안 그러면 내일 당장 폐차장에 보내 버릴 거야."

굉음과 함께 시동이 걸리더니 에스코트가 풀과 흙을 뱉어내며 앞으로 튀어나갔다. 해리는 호수 옆에서 급격하게 우회전했다. 에스코트가 비틀거리며 사스 호텔로 향하자, 담요 위에 누워 있던 청년들이 맥주병을 들어 올리며 해리에게 환호를 보냈다. 1단 기어 엔진의 비명 속에서 해리는 계속 경적을 누른 채 붐비는 도로를 효율적으로 헤집고 나아갈 수 있었다. 하지만 유치원 근처에 도달했을 때 갑자기 나무 뒤에서 유모차가 튀어나왔다. 해리는 왼쪽으로 뛰어들며 운전대를 오른쪽으로 확 비틀었다. 차가 미끄러지면서 온실 앞의 울타리를 들이받기 직전에 간신히 피했다. 에스코트는 옆으로 미끄러지며 베르겔란스바이엔 가로 접어들어, 택시 앞으로 뛰어들었다. 라디에이터 그릴에 노르웨이 국기와 자작나무 가지를 장식한 택시였다. 기사는 놀라 브레이크를 밟았지만, 해리는 더 속도를 내어 다가오는 차들을 뚫고 홀베르그스 가로 향했다.

그러고는 사스 호텔의 회전문 앞에 차를 세우고 뛰쳐나갔다. 그가 사람들로 바글거리는 로비에 뛰어들자, 일순 정적이 흘렀다. 다들 무슨 신기한 구경거리라도 났나 궁금했던 것이다. 하지만 상대가 5월 17일에 흔히 볼 수 있는 술주정뱅이라는 걸 알고, 이야기 소리는 다시 커졌다. 해리는 우스꽝스럽게 생긴 '아일랜드식 탁자' 중 하나로 달려갔다.

"어서 오세요." 접수원이 말했다. 꼭 가발 같은 꼬불꼬불한 금발 머리 아래의 눈동자가 양 눈썹을 치켜세운 채 그를 머리부터 발끝까지 훑어보았다. 해리는 그녀의 이름표를 발견했다.

"베티 안데르센, 지금부터 내가 하려는 말은 저질 농담이 아니오. 그러니까 잘 들어요. 난 경찰인데 지금 이 호텔에 암살범이 있소."

베티 안데르센은 흐트러진 옷차림에 눈이 충혈된 장신의 남자를 빤히 바라보았다. 그녀로서는 당연히 술에 취했거나, 미쳤거나 혹은 둘 다라고 생각할 수밖에 없었다. 그녀는 남자가 내민 신분증을 꼼꼼히 살펴보고, 다시 남자를 뜯어보았다. 그러고는 마침내 입을 열었다.

"이름이?"

"신드레 페우케."

그녀의 손가락이 키보드 위에서 춤췄다.

"죄송합니다만 그런 이름의 손님은 없는데요."

"젠장! 그럼 구드브란 요한센으로 찾아봐요."

"구드브란 요한센이라는 분도 없습니다, 홀레 경위님. 혹시 호텔을 잘못 찾아오신 건 아닌가요?"

"아니오! 그는 여기 있소. 지금 객실에 있을 거라고."

"그럼 그분과 통화하신 건가요?"

"아니. 그건 아니고…… 설명하자면 길어요."

해리는 손으로 얼굴을 쓸어내렸다.

"어디 보자. 생각을 해야 해. 분명 고층에 있을 거야. 이 건물이 몇 층까지 있죠?"

"21층입니다."

"그중에서 아직 열쇠를 반환하지 않은 방은 몇 개나 됩니까?"

"유감스럽게도 꽤 많은데요."

해리는 양손을 허공에 들어 올리고는 그녀를 바라보았다.

"맞아. 이건 다니엘의 일이었어." 그가 중얼거렸다.

"뭐라고요?"

"다니엘 구데손으로 찾아봐주시오."

그다음에는 어떻게 될까? 노인은 알지 못했다. 그 후에는 아무것도 없다. 적어도 지금까지는 계속 그랬다. 그는 총알 네 개를 창틀에 올려놓았다. 노란빛이 도는 갈색의 금속 창틀에 햇살이 반사되었다.

그는 다시 조준기를 들여다보았다. 새는 아직도 있었다. 노인은 저 새가 무슨 새인지 알고 있었다. 그와 같은 이름의 새. 그는 조준기를 군중에게로 내렸다. 바리케이드 앞에 줄지어 선 사람들을 쭉 훑었다. 그러다 눈에 익은 무언가를 발견하고 멈췄다. 혹시 저건……? 그는 조준기의 초점을 맞추었다. 맞다, 의심의 여지없이 라켈이었다. 저 애가 왕궁 광장에서 뭘 하는 거지? 올레그도 있었다. 아이들 행렬을 따라가다 뒤처진 듯했다. 라켈이 팔을 뻗어 바리케이드 위로 올레그를 들어 올렸다. 라켈은 강했다. 강한 손. 그 애의 엄마처럼. 이제 두 모자는 위병소를 향해 걷고 있었다. 라켈은 손목시계를 보았다. 누군가를 기다리는 모양이었다. 올레그는 노인이 크리스마스 선물로 준 재킷을 입고 있었다. 라켈의 말에 의하면, 올레그는 그 재킷을 할아버지 재킷이라 부른다고 했다. 재킷은 벌써 올레그에게 좀 작아 보였다.

노인은 껄껄 웃었다. 가을이 되면 올레그에게 새 재킷을 사줘야겠다.

이번에는 아무런 경고도 없이 통증이 밀려왔고, 노인은 숨을 쉬기 위해 무력하게 헐떡거렸다.

신호탄이 떨어지면서 어깨가 구부정한 그들의 그림자가 참호 벽을 따라 그에게 몰려들었다.

모든 것이 캄캄해졌다. 하지만 암흑 속으로 떨어진다고 느끼던 찰나, 통증이 다시 물러갔다. 총은 바닥에 떨어져 있었고, 셔츠는 땀에 젖어 몸에 찰싹 달라붙어 있었다.

노인은 등을 펴고 다시 총을 창틀에 올려놓았다. 새는 날아가고 없었다. 이제 사선에는 아무 장애물도 없었다.

망원조준기에 다시 젊은 얼굴이 잡혔다. 왕세자는 공부를 많이 했다. 올레그도 그래야 한다. 그것이 그가 마지막으로 라켈에게 한 말이었다. 브란헤우그를 쏘기 전에 마지막으로 중얼거렸던 혼잣말이기도 했다. 책을 몇 권 가지러 홀멘콜바이엔가에 들렀던 날, 라켈은 집에 없었다. 그래서 그는 열쇠로 문을 열고 들어갔다가 우연히 책상에 놓인 편지를 보았다. 발신인이 러시아 대사관으로 되어 있었다. 그는 그 편지를 읽고 책상에 내려놓았다. 창문 너머로 정원을, 정원에 쌓인 눈을 바라보았다. 겨울의 마지막 발악과도 같은 폭설 후에 쌓인 눈이었다. 그러고는 책상의 다른 서랍을 뒤져 마침내 다른 편지들도 찾아냈다. 발신인이 노르웨이 대사관으로 된 편지들이었다. 그런가 하면 발신인이 적혀 있지 않은 편지들도 있었다. 노트에서 찢어낸 종이와 냅킨에 적힌 그 편지에는 베른트 브란헤우그의 서명이 적혀 있었다. 노인은 크리스토퍼 브록하르트를 떠올렸다.

오늘 밤에는 우리 불침번을 쏘는 소련 놈이 없을 것이다.

노인은 안전장치를 풀었다. 이상하게 마음이 차분했다. 막 기억났기 때문이다. 브록하르트의 목을 베는 것이 얼마나 쉬웠는지. 베른트 브란헤우그를 쏘는 게 얼마나 쉬웠는지. 할아버지 재킷. 올레그에게 새로 사줄 할아버지 재킷. 그는 폐에 있던 공기를 모두 뱉어내고, 손가락으로 방아쇠를 감았다.

모든 객실을 열 수 있는 카드키를 손에 쥔 채 해리는 엘리베이터를 향해 바닥으로 미끄러졌다. 닫히려는 엘리베이터 문 사이에 그의 한쪽 발이 끼면서, 문이 다시 양옆으로 열렸다. 그가 일어서자 사람들이 놀란 얼굴로 그를 바라보았다.

"경찰이다! 다 내려!" 해리가 소리쳤다.

마치 학교에서 점심시간을 알리는 벨이 울린 것처럼 사람들이 쏟아져 나왔다. 하지만 검은 염소수염을 기른 50대 남자 하나만 꿈쩍하지 않았다. 푸른 줄무늬 양복을 입고, 가슴에 5월 17일 리본을 단 이 남자는 어깨에 비듬이 살짝 내려앉아 있었다.

"이봐요, 우린 노르웨이 시민이오. 그리고 이 나라의 주인은 경찰이 아니라 시민이란 말이오!"

해리는 남자를 돌아가 엘리베이터에 타고, 21층을 눌렀다. 하지만 염소수염의 설교는 아직 끝나지 않았다.

"납세자로서 내가 이런 대접을 받아야 하는 이유를 하나라도……."

해리는 권총집에서 스미스앤드웨슨을 꺼내 들었다.

"이 총 안에 그 이유가 여섯 개나 있다. 내려, 이 납세자야!"

시간은 쏜살같이 흐르고, 곧 새로운 날이 될 것이다. 아침 해가 뜨면 그를 더 잘 볼 수 있다. 동지인지, 적인지.

적이다, 적. 너무 이르든 아니든 어차피 내 손에 죽을 거야.

할아버지 재킷.

젠장, 그 후에는 아무것도 없어.

조준기 안의 얼굴은 진지해 보였다. 웃으렴, 얘야.

배신, 배신, 배신.

이제 방아쇠는 뒤로 완전히 당겨져서 더는 아무런 저항도 느껴지지 않았다. 한계점은 무인 지대 어디쯤이 될 것이다. 총성과 반동은 생각하지 마. 그냥 방아쇠를 당겨. 총알이 저절로 알아서 날아가게 해.

탕 소리에 그는 깜짝 놀랐다. 찰나의 순간, 완벽한 정적이 흘렀다. 그러더니 총성의 메아리가 울려 퍼졌고, 음파가 도심에 그리고 순간적으로 수천 개의 소음이 사라져버린 갑작스런 정적 위로 내려앉았다.

총성을 들었을 때 해리는 21층의 복도를 쏜살같이 달리던 중이었다.

"젠장!" 그는 씨근거렸다.

양쪽에서 벽이 다가왔다가 그를 지나쳐갔다. 마치 깔때기 속으로 들어가는 기분이었다. 문. 그림. 푸른 육각형 무늬. 카펫이 워낙 두꺼운 터라 그의 발소리는 거의 들리지 않았다. 대단하군. 좋은 호텔은 늘 소음을 줄이려고 고심하지. 좋은 경찰은 늘 어떻게 대처해야 할지 고심하고. 젠장, 젠장. 뇌에 젖산이 마구 쌓이는구나. 제빙기를 지나 2154호실, 2156호실. 또 다시 총성이 들렸다. 드디어 스위트룸이다.

심장이 갈비뼈에 닿을 정도로 세게 쿵쾅거렸다. 해리는 문 옆에 서서 카드키를 밀어 넣었다. 둔탁한 웅 소리가 나더니 매끄러운 딸각 소리와 함께 잠금장치의 불이 초록색으로 변했다. 그는 조심스럽게 손잡이를 아래로 눌렀다.

경찰에서는 이런 상황에 어떻게 대처해야 할지 절차를 정해두었다. 해리 역시 그 과정을 수강했으며 배우기도 했다. 하지만 지금은 그중 하나라도 지키고 싶은 마음이 전혀 없었다.

그는 문을 벌컥 열어젖혔다. 양손으로 잡은 총을 앞으로 내민 채 무릎을 꿇으며 현관에서 거실로 뛰어들었다. 거실에 흘러넘치는 햇살에 눈이 부셨다. 창문이 열려 있었는데, 창문 뒤의 태양이 백발노인의 머리 뒤로 후광을 만들어주었다. 노인은 천천히 뒤를 돌아보았다.

"경찰이다! 총 내려." 해리가 외쳤다.

해리의 동공이 수축되면서, 빛 속에서 그를 겨누고 있는 라이플의 윤곽이 서서히 눈에 들어왔다.

"총 내려라. 당신은 목적을 달성했다. 페우케. 임무 완료야. 이제 끝났다."

 이상하게도 거리에서는 브라스 밴드가 연주를 계속했다. 마치 아무 일도 없었다는 듯이. 노인은 라이플의 개머리판을 볼에 가져다 대었다. 빛에 적응된 해리의 눈은 지금까지 사진으로만 보았던 그 총의 총신을 내려다보았다.

 페우케가 뭐라고 중얼거렸지만, 또 다시 들리는 총성에 묻혀버렸다. 이번에는 더 또렷하고 날카로웠다.

 "난……." 해리는 중얼거렸다.

 페우케 뒤로 창밖에서 하얀 말풍선 같은 연기가 허공으로 피어올랐다. 아케르스후스 요새의 대포에서 나오는 연기였다. 독립기념일의 축포였다. 아까 그가 들은 소리는 독립기념일 축포였던 것이다! 군중들의 환호가 들렸다. 해리는 코로 숨을 들이쉬었다. 객실에서는 화약 타는 냄새가 전혀 나지 않았다. 그제야 그는 페우케가 총을 쏘지 않았음을 깨달았다. 아직까지는. 해리는 리볼버를 꽉 움켜쥔 채 조준기 너머로 그를 멍하게 응시하는 주름진 얼굴을 바라보았다. 이것은 단지 그와 노인의 목숨이 달린 문제가 아니었다. 이 상황에서 어떻게 행동해야 할지는 명백했다.

 "비베스 가의 집에서 오는 길이다. 당신 원고를 읽었다, 구드브란 요한센. 아니면 다니엘인가?" 해리가 물었다.

 해리는 이를 꽉 다물고 손가락으로 방아쇠를 감았다.

 노인은 다시 중얼거렸다.

 "뭐라고?"

 "Passwort(암호)." 잔뜩 쉰 노인의 목소리는 지금까지 해리가 들었던 목소리와 완전히 달랐다.

 "이러지 마라. 당신을 쏘고 싶지 않다." 해리가 말했다.

땀 한 방울이 해리의 이마를 가로질러 코를 타고 내려갔다. 그러고는 마치 어떤 결정도 내릴 수 없다는 듯이 코끝에 매달려 있었다. 해리는 총을 고쳐 쥐었다.

"Passwort." 노인이 다시 말했다.

해리는 노인의 손가락이 방아쇠를 단단히 움켜쥔 것을 보았다. 죽음의 공포가 그의 심장을 옥죄었다.

"아니, 아직 늦지 않았다." 해리가 말했다.

하지만 그렇지 않다는 걸 해리도 알고 있었다. 이젠 너무 늦었다. 노인은 제정신이 아니었다. 벌써 이승과 현생 너머에 있었다.

"Passwort."

이제 곧 둘 다 죽을 것이다. 느리게 흐르는 시간만 남았을 뿐이다. 산타클로스를 기다리는 크리스마스이브처럼.

"올레그." 해리가 말했다.

총은 그의 머리를 똑바로 겨누고 있었다. 멀리서 자동차 경적 소리가 들렸다. 노인의 얼굴에 경련이 일었다.

"암호는 올레그다." 해리가 말했다.

방아쇠를 잡아당기던 손가락이 멈췄다.

노인은 무언가를 말하려고 입을 벌렸다.

해리는 숨을 죽였다.

"올레그." 노인의 입술 사이로 한 줄기 바람처럼 그 말이 새어 나왔다.

훗날 해리는 그 상황을 제대로 설명할 수가 없었지만, 어쨌거나 분명히 보았다. 그 순간에 노인이 죽어가는 것을. 주름 뒤에서 해리를 바라보고 있는 것은 어린아이의 얼굴이었다. 총은 더 이상 해리를 겨누지 않았고, 따라서 해리도 리볼버를 내렸다. 그러고는 한 팔을 뻗어 노인의 어깨를 잡았다.
"약속해주겠나?" 노인의 목소리는 거의 들리지 않았다. "우리 아이들에게는 절대……."
"약속합니다. 언론에 어떤 이름도 새어 나가지 않도록 제가 반드시 조처하겠습니다. 올레그와 라켈에게는 어떤 식으로도 피해가 가지 않을 겁니다……."
노인은 오랫동안 해리를 바라보았다. 그러더니 쿵 소리와 함께 라이플이 밑으로 떨어졌고, 그가 쓰러졌다.

해리는 라이플에서 탄창을 모두 빼내 소파 위에 올려놓았다. 로비에 전화해 베티에게 앰뷸런스를 불러달라고 한 뒤, 다시 할보르센에게 전화해 위기 상황이 끝났다고 말했다. 그런 다음 노인을 소파로 끌고 가서 앉히고, 자신도 의자에 앉아 기다렸다.
"결국에는 내가 잡았어. 또 도망가려고 하더라고. 진흙 속으로." 노인이 속삭였다.
"누굴 잡았다는 겁니까?" 해리가 담배를 힘껏 빨아들이며 물었다.
"누구긴 누구야. 다니엘이지. 결국에는 내가 그를 잡았어. 헬레나의 말이 맞아. 늘 내가 더 강해."
해리는 담배꽁초를 비벼 끈 뒤, 창가로 갔다.
"난 죽어가고 있네." 노인이 속삭였다.
"압니다."
"그게 내 가슴 위에 있어. 보이나?"
"뭐가요?"
"족제비."

하지만 해리의 눈에 족제비는 보이지 않았다. 스쳐가는 의심처럼 빠르게 하늘을 가로지르는 흰 구름이 보였다. 햇볕 속에서 도심의 모든 깃대 위에서 펄럭이는 노르웨이 국기도 보였다. 창 옆으로 날아가는 한 마리 잿빛 새도 보였다. 하지만 족제비는 보이지 않았다.

PART 10
부활

2000년 5월 19일

울레볼 병원

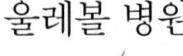

비아르네 묄레르는 암 센터 대기실에 앉아 있는 해리를 발견하고, 그의 옆자리에 앉았다. 그러고는 앞에 있던 어린 소녀에게 윙크했다. 소녀는 얼굴을 찡그리더니 그를 외면했다.

"다 끝났다고 들었네." 묄레르가 말했다.

해리는 고개를 끄덕였다. "오늘 새벽 4시에 돌아가셨습니다. 라켈이 내내 곁을 지켰고요. 지금은 올레그도 와 있습니다. 여긴 어쩐 일이십니까?"

"자네랑 얘기 좀 하려고."

"담배 좀 피워야겠습니다. 밖으로 나가시죠."

두 사람은 나무 밑의 벤치로 갔다. 그들 위로 성긴 구름이 황급히 지나갔다. 어느 모로 보나 오늘도 따뜻한 날이 될 것 같았다.

"그래서 라켈은 아무것도 모르는 건가?" 묄레르가 물었다.

"전혀요."

"그럼 알고 있는 사람이 나와 마이리크 국장, 경찰청장, 법무장관, 그리고 수상님뿐이로군. 물론 자네하고."

"누가 뭘 아는지는 저보다 더 잘 아시잖습니까, 보스."

"그래. 당연하지. 그냥 소리 내면서 생각해본 것뿐일세."

"무슨 말을 하려고 오신 겁니까?"

"이거 아나, 해리? 가끔씩 다른 도시로 전근 가고 싶을 때가 있다네. 정치에는 덜 신경 쓰고, 경찰 업무만 볼 수 있는 곳으로 말이야. 예를 들면 베르겐 같은. 그러다 오늘 아침처럼 화창한 날에 침실 창가에서 피오르와 그 사이의 섬들을 바라보고, 새들이 지저귀는 소리를 듣노라면…… 뭔지 알겠지? ……그러면 아무 데도 가고 싶지 않아진다네."

묄레르는 자신의 허벅지를 기어가는 무당벌레를 바라보았다.

"우리는 이번 일을 지금 이대로 유지하고 싶네. 그게 내가 하고 싶은 말일세, 해리."

"'이번 일'이란 뭘 말하는 겁니까?"

"지난 20년간 미국 대통령들은 임기 중에 최소한 열 번 이상의 암살 위협에 시달렸다는 사실을 아나? 범인들은 모두 예외 없이 체포되었고, 언론에는 전혀 알려지지 않았다네. 한 나라의 대통령을 암살하려 했다는 사실이 알려져서 득 될 건 하나도 없기 때문이야, 해리. 특히 암살을 성공시킬 수도 있는 사람들의 귀에 들어가는 건 위험하지, 이론적으로 볼 때."

"'이론적으로 볼 때'요, 보스?"

"내가 한 말이 아닐세. 어쨌거나 우리는 이 일을 덮자는 결론을 내렸어. 괜히 사람들에게 불안을 심어주고 싶지 않네. 또 이 나라의 보안 체계에 약점이 있다는 것도 밝히고 싶지 않고. 그 또한 내가 한 말이 아닐세. 암살은 전염성이 강해서……."

"무슨 말씀이신지 압니다." 해리가 코로 담배 연기를 뿜어내며 말했다. "우리가 하는 이 일 자체가 원래 권력을 가진 분들을 위한 거 아닙니까. 비상경보를 울릴 수도 있고, 울려야 하는 분들 말입 니다."

"아까도 말했지만, 가끔씩 베르겐으로 가고 싶은 유혹에 시달린 다네."

몇 분 동안, 둘 다 아무 말도 하지 않았다. 새 한 마리가 꼬리를 흔들며 그들 앞으로 으스대듯이 걸어갔다. 새는 풀밭을 쪼면서도 경계를 늦추지 않았다.

"할미새. 학명은 모타실라 알바. 신중한 녀석이죠."

"뭐라고?"

"《우리 작은 새들》이라는 책에서 봤습니다. 구드브란 요한센이 저지른 살인은 어떻게 해야 할까요?"

"그가 저지른 살인은 모두 만족스럽게 처리되지 않았나?"

"무슨 말입니까?"

묄레르가 몸을 꼼지락거렸다.

"이제 와서 그 옛일을 들춰봐야 얻을 게 뭐가 있나? 피살자 친족들의 옛 상처를 쑤시는 것밖에 안 돼. 누군가 그 일을 캐고 다니다가 사건 전체를 알아낼 위험도 있고. 그 사건은 종결됐네."

"그렇군요. 에벤 율과 스베레 올센. 그럼 할그림 달레는요?"

"그가 죽은 걸로 난리칠 사람은 아무도 없을 걸세. 어차피 달레는…… 에……."

"아무도 신경 쓰지 않는 늙은 주정뱅이니까요?"

"제발, 해리. 가뜩이나 어려운 상황을 더 어렵게 만들지 말게. 나도 이 결말이 마음에 드는 건 아니야."

해리는 벤치 팔걸이에 담배를 비벼 끄고, 담배꽁초를 담뱃갑에 집어넣었다.

"다시 들어가봐야겠습니다, 보스."

"그럼 자네가 비밀을 지킬 거라고 믿어도 되겠나?"

해리는 말없이 미소만 지었다.

"제가 들은 소문이 사실입니까? 국가정보국에서 제 후임자가 되고 싶어 하는 사람에 대한 소문 말입니다."

"물론이지. 톰 볼레르가 자네 자리에 응시할 거라고 했네. 마이리크 국장은 자네의 후임자에게 신나치족 관련 업무 전반을 맡길 생각이네. 자네 자리가 고위직으로 올라가는 발판이 되는 거지. 그나저나 나도 볼레르를 추천할 생각일세. 자네가 강력반에 복귀했는데 볼레르가 사라져서 행복하겠군. 더구나 그가 맡았던 강력반 반장 자리도 공석이 될 테고 말이야."

"그게 제가 입을 다무는 대가입니까?"

"대체 왜 그런 생각을 하나, 해리? 자네를 반장 자리에 앉히는 건 자네가 최고이기 때문이야. 이번에도 증명되지 않았나. 난 그저 우리가 자네를 믿어도 되는지 알고 싶을 뿐일세."

"제가 수사하고 싶은 사건이 뭔지 아시죠?"

묄레르는 어깨를 으쓱였다.

"엘렌의 살인사건은 해결됐네, 해리."

"아직 아닙니다. 아직 우리가 모르는 것들이 몇 가지 있어요. 특히나 매르클린 라이플의 값으로 지불한 75만 크로네는 어떻게 됐을까요? 어쩌면 중개인이 여러 명인지도 모릅니다."

묄레르는 고개를 끄덕였다.

"좋아. 자네와 할보르센에게 두 달 주지. 그 안에 아무것도 찾아내지 못하면, 그 사건은 종결하겠네."

"좋습니다."

뫼레르는 자리에서 일어섰다.

"한 가지 궁금한 게 있네, 해리. 암호가 '올레그'라는 걸 어떻게 알았나?"

"글쎄요. 엘렌은 늘 마음속에 제일 먼저 떠오르는 게 정답인 경우가 많다고 했죠."

"멋지군." 뫼레르는 공감하며 고개를 끄덕였다. "그래서 자네 마음에 제일 먼저 떠오른 게 그의 손자 이름이었나?"

"아뇨."

"아니라고?"

"전 엘렌이 아닙니다. 바로 떠오른 게 아니라 한참을 생각했죠."

뫼레르는 해리를 노려보았다.

"지금 나 놀리는 건가, 홀레?"

해리는 미소 지었다. 그러고는 어깨로 할미새를 가리켰다.

"아까 말한 책에서 읽었는데요, 할미새가 가만히 서 있을 때 왜 꼬리를 흔드는지는 아무도 모른답니다. 미스터리래요. 우리가 아는 사실은 녀석들이 절대……"

2000년 5월 19일

경찰청

해리가 책상에 두 발을 올린 채 새로 구입한 의자 위에서 완벽하게 편안한 자세를 찾았을 때 전화가 울렸다. 자세를 바꾸기 싫었던 해리는 엉덩이 근육으로 균형을 잘 잡은 뒤, 상체를 앞으로 쭉 내밀었다. 손끝으로 간신히 전화기를 들어 올릴 수 있었다.

"여보세요."

"해리? 나 요하네스버그의 아이자야 번이오. 잘 지냈소?"

"번 경감님? 웬일이십니까?"

"감사 인사 하려고 전화했소."

"무슨 감사 인사요?"

"손쓰지 않은 것에 대해서라고나 할까?"

"뭘 손쓴다는 말입니까?"

"무슨 말인지 알잖소, 해리. 형을 취소하거나 하는 식의 어떤 외교적 조치도 취하지 않은 것에 대해서 말이오."

해리는 대답하지 않았다. 이런 전화가 오리라고 반쯤 예상하던 차였다. 갑자기 이 자세가 불편하게 느껴졌다. 안드레아스 호흐너의 간청하는 눈동자, 콘스탄체 호흐너의 절실한 목소리가 떠올랐다.

'정말로 최선을 다하겠다고 약속하시나요, 홀레 씨?'

"해리?"

"듣고 있습니다."

"어제 형이 선고됐소."

해리는 벽에 걸린 쇠스의 사진을 바라보았다. 저 사진을 찍던 해의 여름은 유달리 따뜻했다. 심지어 비오는 날에도 둘이서 수영하러 갔을 정도로. 그는 설명할 수 없는 슬픔에 휩싸였다.

"사형인가요?" 해리가 물었다.

"항소 불가능한 사형이오."

2000년 6월 1일

슈뢰데르

"올 여름엔 뭐할 거야, 해리?"

마야는 그에게 줄 잔돈을 세고 있었다.

"모르겠어. 어딘가의 산장을 빌릴까 해. 아이에게 수영도 가르치고 말이야."

"아이가 있는 줄은 몰랐네."

"아니야. 말하자면 길어."

"그래? 언젠가 그 사연 좀 듣고 싶은데?"

"그럴 때가 오겠지. 잔돈은 필요 없어."

마야는 허리 숙여 과장되게 인사하고는 씩 웃으며 가버렸다. 토요일 오후의 슈뢰데르는 텅 비어 있었다. 날씨가 따뜻해서 아마도 다들 상크트 한스헤우겐의 노천카페에 앉아 있을 것이다.

"어때요?" 해리가 말했다.

노인은 대답하지 않은 채 술잔을 내려다보았다.

"그 사람은 죽었어요. 이제 만족해요, 오스네스?"

모히칸은 고개를 들고 해리를 바라보았다.

"죽긴 누가 죽어? 아무도 안 죽었어. 나만 죽었지. 내가 마지막으로 죽었어."

해리는 한숨을 내쉬고, 겨드랑이 사이에 신문을 끼워 넣었다. 그러고는 일렁이는 오후의 열기 속으로 걸어 나갔다.

옮긴이의 말

2011년 안데르스 브레이빅이 우토야 섬에서 잔인한 테러를 일으킨 뒤, 언론에 심심찮게 오르내린 책 한 권이 있었다. 2000년에 출간된 이 책 속에 등장하는 극우파 나치 동조자가 브레이빅과 놀랄 만큼 닮았기 때문이다. "그들은 우리 터전 한복판에 적들이 모스크를 세우고, 노인들의 돈을 빼앗고, 우리 여인들과 피를 섞도록 허락하고 있습니다. 우리 인종을 보호하고, 우리에게 도움이 되지 않는 자들을 제거하는 것은 노르웨이인으로서 마땅히 행해야 할 의무입니다." 마치 브레이빅이 작성한 성명서에서 나온 듯한 이 문장은 사실 책 속의 극우파 범죄자가 하는 말이다. 브레이빅의 사건을 예언했다고 해서 다시금 세간의 주목을 받은 책은 바로 해리 홀레 시리즈의 세 번째 작품인 《레드브레스트(Redbreast, 노르웨이 원제 Rødstrupe)》이다.

노르웨이의 테러가 충격적이었던 것은 스칸디나비아 국가들이 지구상에서 가장 평화롭고 부유한 지역이기 때문이다. 세상에서 끔찍한 테러 사건이 절대 일어나지 않을 법한 곳이 있다면 바로 스칸디나비아 반도가 아닐까? 그런데 과연 그들은 정말로 그렇게 온순하고 평화롭기만 한 민족일까? 네스뵈는 이 책을 통해 제2차 세계대전으로 거슬러 올라가 나치에 동조했던 노르웨이 사회 이면의 어두운 그림자를 폭로한다. 지금까지 제2차 세계대전 사(史)에서 노르웨이가 쌓아온 이미지는 어디까지나 '착한 편'이었다. 비록 독일에게 점령되었지만 비드쿤 크비슬링과 같은 소수의 지독한 매국노들만 나치에 동조했을 뿐, 대다수 국민과 왕실은 함께 힘을 합쳐 저항운동을 펼쳐온 정의로운 나라. 그러나 이 책에 의하면 대략 1만 5천 명의 젊은이들이 독일군에 자원입대했고, 독일군 제복을 입은 남자들은 여자들에게 인기 만점이었으며, 많은 노르웨이인들이 히틀러를 새로운 구세주로 생각했다. 독일군에 저항해 싸운 레지스탕스는 극소수로, 그마저도 전세가 히틀러에게 기울었다는 것이 확실해진 전쟁 말기에서야 그 수치가 급증했다. 특히 네스뵈는 영국으로 피신해 라디오 방송으로 국민들의 항전의식을 고취했다고 알려진 노르웨이 왕실이 사실은 국민을 버리고 도망친 비겁한 지도자였을 뿐이라고 통렬하게 비난한다.

네스뵈가 당시 상황을 그토록 잘 아는 것은 부모님 덕분이다. 공교롭게도 그의 아버지는 제2차 대전 당시 독일군에 자원입대해 레닌그라드 외곽에서 싸웠다. (소설 속에 등장하는 동부전선의 이야기와 묘사는 상당 부분 그의 아버지의 경험을 바탕으로 했다.) 반면 그의 어머니와 외가쪽 친척들은 레지스탕스에 가담해 독일군에 대항했다. 네스뵈는 열다섯 살 때 처음으로 아버지가 나치군이었다는 사실을 알고 상당한 충격을 받았다고 한다. 그도 그럴 것이 지금까지 나치라 하면 무조건 악한 존재라고만 생각했는데, 자신이 그토록 존경하는 아버지가 나치군이었다는 사실이 믿기지 않았던 것이다. 충격에 빠진 네스뵈에게 아버지는 궁금한 것이 있으면 무엇이든 물어보라고 했고, 그는 아버지와 많은 이야기를 나누며 점차 아버지를 이해하게 됐다.

당시 유럽은 민주주의가 붕괴된 상황이었고, 독일과 소련 사이에 끼어 있던 노르웨이는 어쩔 수 없이 두 나라 중 하나를 선택해야만 했다. 특히 스탈린은 호시탐탐 노르웨이를 노렸는데 공산주의에 반감을 가진 젊은이들은 스탈린보다는 차라리 히틀러가 낫다고 판단했다. 그리하여 사랑하는 조국을 지키겠다는 포부를 안고 자원입대했는데, 네스뵈의 아버지도 그런 젊은이들 중 하나였다. 당시로서는 그것이 올바른 판단이라 생각하고 소신껏 행동한 것이다. 하지만 히틀러가 패전하면서 나라를 위해 목숨을 걸고 싸웠던 그들은 도리어 매국노로 낙인찍히고, 전쟁 막판에 잠깐 레지스탕스로 활약했던 사람들은 영웅대접을 받는다. "많은 사람들이 옳고 그름은 절대적으로 고정된 개념이라고 생각하지. 하지만 그건 틀린 생각이오. 옳고 그름의 개념은 시간이 흐르면서 바뀐다오"라는 이 책의 구절이 생각나는 대목이다.

네스뵈는 아버지의 이야기를 통해 역사가 오로지 승자의 입장에서만 쓰인 다는 것을 깨닫고, 당시 상황을 제대로 전달하고 싶었다고 한다. 사실 이것은 원래 그의 아버지가 쓰려고 했던 이야기이다. 아버지는 언젠가 자신이 겪은 경험을 소설로 쓰고 싶어 했으나 그 꿈을 이루지 못한 채 세상을 떠났고, 그런 아버지를 보며 네스뵈는 글쓰기에 대한 자신의 꿈을 더 미루지 않고 바로 직장을 그만두었다. 《레드브레스트》는 해리 홀레 전체 시리즈의 본격적인 출발점이라 할 수 있다. 1편인 《The Bat(Flaggermusmannen)》와 2편인 《The Cockroaches(The Kakerlakkene)》가 각각 호주와 태국을 배경으로 한 스탠드얼론에 가까운 작품이었다면, 《레드브레스트》에서부터 해리 홀레 시리즈의 기본적 얼개가 잡혀나가고 해리의 캐릭터도 구체화되기 때문이다. 또한 해리의 시선으로만 진행되었던 앞의 두 작품과 달리 이 작품에서 처음으로 다양한 관점에서 동시에 이야기가 진행되는데, 처음으로 시도하는 그 기법이 어찌나 힘들었든지 네스뵈는 꼭 〈지옥의 묵시록〉을 찍을 때의 프란시스 포드 코폴라가 된 심정이었다고 한다. 이렇듯 그는 이 작품을 통해 작가로서 크게 성장하고, 명실공히 노르웨이의 대표 작가로 자리매김하게 된다. 또한 이 작품은 지금까지도 해마다 노르웨이 역대 최고의 크라임 노블로 선정되고 있다.

책의 제목인 레드브레스트는 개똥지빠귀를 의미하는 robin redbreast에서 비롯되었다.(이 작품에서는 redbreast가 직역의 의미로 사용되기 때문에 정식 명칭이 아닌 진홍가슴새로 번역했다.) 네스뵈가 진홍가슴새의 이미지를 차용한 것은 이 새와 관련된 신화 때문인 듯하다. 책의 맨 서두에도 짧게 인용된 바 있는 이 신화는 진홍가슴새가 어떻게 진홍빛 깃털을 가지게 되었는가에 관한 이야기이다. 원래 진홍가슴새는 잿빛으로 된 평범한 새였다고 한다. 하지만 신은 너희들이 참사랑을 베풀 수 있을 때 그 이름에 합당한 깃털을 가지게 될 것이라고 말해주었다. 오랜 세월이 흐르는 동안 진홍가슴새들은 가슴을 붉게 물들이기 위해 온갖 시도를 했으나 번번이 실패하고 만다. 그러던 어느 날 한 진홍가슴새의 둥지 근처에 십자가가 세워지고, 한 남자가 십자가에 매달리게 된다. 십자가로 가까이 날아간 진홍가슴새는 가시 면류관을 쓴 남자의 이마에서 피가 흐르는 것을 보았다. 진홍가슴새는 남자가 너무 가여워서 부리로 그의 이마에 박힌 가시를 하나씩 빼내기 시작했는데, 그때 흘러내린 피가 새의 가슴에 떨어져 깃털을 붉게 물들였다. 그 후로 진홍가슴새는 대대로 진홍빛 깃털을 가지게 되었다는 신화이다.

이 책이 출판되던 2000년을 배경으로 한 현재와 제2차 세계대전이 한창이던 1940년대 초반이 교차되며 펼쳐지는 전반부는 전개가 다소 느리고 복잡해서 읽기 힘들다는 외국 독자들의 평이 많다. 하지만 절반 정도만 잘 넘긴다면 그 후로는 폭발하는 이야기의 힘을 즐길 수 있을 것이다. 무엇보다 이 책에서는 비교적 밝고 명랑하며 행복하기까지 한 해리의 낯선 모습을 볼 수 있다. 이 시리즈는 '해리 홀레 해체하기' 시리즈라 불릴 만큼 후반으로 갈수록 해리는 몸의 흉터가 늘어나고, 한두 군데씩 절단되고, 정신적으로는 점점 어둡고 피폐해져 그가 쫓는 범죄자들과 비슷해진다. 시리즈의 초반인 이 책에서 이렇게 신체적으로 온전하고 정신적으로 밝은 해리의 모습을 보노라니, 어쩐지 애잔하기까지 하다. 예전에 어느 인터뷰에서 갈수록 불행해지는 해리가 너무 가엾지 않느냐는 질문에 네스뵈는 인생이 원래 그런 것 아니냐고 반문했다. 500페이지의 비극 속에 행복한 순간은 잘해야 서너 페이지 존재하는 것. 완벽하고 행복했던 순간으로부터 점차 퇴보하는 과정. 앞으로 네스뵈가 어떤 논리로 그 장엄한 새드 엔딩을 이끌어낼지 지켜보는 것도 재미있으리라. 한 가지 확실한 사실은 그가 절대 우리를 실망시키지 않으리라는 것이다.

워낙 촉박한 기간에 이 두꺼운 책을 번역하느라 나 역시도 이번 작업은 〈지옥의 묵시록〉을 찍는 듯한 심정이었다. (솔직히 말하면 아예 지옥에 떨어진 심정이었지만.) 하지만 이 시리즈는 아무리 힘들어도 한 권의 번역이 끝나고 나면 어느새 슬그머니 다음 책을 뒤적거리게 된다. 네스뵈가 또 어떤 훌륭한 이야기로 나를 사로잡을지 궁금하기 때문이다. 다음은 네스뵈가 어떤 작품보다도 첫 장면을 공들여 썼다는 《네메시스(Nemesis)》이다.

노진선